法兰西经典 02

Mythe et tragédie en Grèce ancienne

古希腊神话与悲剧

[法] 让-皮埃尔·韦尔南（Jean-Pierre Vernant）
皮埃尔·维达尔-纳凯（Pierre Vidal-Naquet） 著
张苗 杨淑岚 译

华东师范大学出版社·上海

华东师范大学出版社六点分社 策划

出版弁言

1

法国——一个盛产葡萄酒和思想家的地方。

英国人曾写了一本名叫 *Fifty Key Contemporary Thinkers* 的书，遴选了 50 位 20 世纪最重要的思想家，其中居然有一半人的血统是法兰西的。

其实，自 18 世纪以来，法国就成为制造"思想"的工厂，欧洲三大启蒙思想家孟德斯鸠、伏尔泰、卢梭让法国人骄傲了几百年。如果说欧洲是整个现代文明的发源地，法国就是孕育之床——启蒙运动的主战场。自那时起，法国知识界就从不缺席思想史上历次重大的思想争论，且在这些争论中总是扮演着重要的角色，给后人留下精彩的文字和思考的线索。毫不夸张地说，当今世界面临的诸多争论与分歧、问题与困惑，从根子上说，源于启蒙运动的兴起。

法国人身上具有拉丁文化传统的先天基因，这种优越感使他们从不满足于坐在历史车厢里观望这个世界，而是始终渴望占据历史火车头的位置。他们从自己的对手——英德两翼那里汲取养料,在知识的大洋里,法国人近似于优雅的"海盗",从早年"以英为师",到现代法德史上嫁接思想典范的 3M 和 3H 事件,①可以说,自 18 世纪以来,启蒙运动的硝烟在法国始终没有散去——法国总是有足够多的思想"演员"轮番上场——当今世界左右之争的桥头堡和对峙重镇,无疑是法国。

保罗·利科(P. Ricœur)曾这样形容法兰西近代以来的"学统"特质:从文本到行动。法国人制造思想就是为了行动。巴黎就是一座承载法兰西学统的城市,如果把巴黎林林总总的博物馆、图书馆隐喻为"文本",那巴黎大大小小的广场则可启示为"行动"聚所。

2

当今英美思想界移译最多者当属法国人的作品。法国知识人对经典的吐故纳新能力常常令英美德知识界另眼相看,以至于法国许多学者的功成是因为得到英美思想界首肯而名就。法国知识界戏称"墙内开花墙外香",福柯(M. Foucault)如此,德里达(J. Derrida)如此,当下新锐托马斯·皮凯蒂(T. Piketty)也是如此。

移译"法兰西经典"的文本,我们的旨趣和考量有四:一是脱胎于"革命"、"改革"潮流的今日中国人,在精气、历史变迁和社会心理上,与法国人颇有一些相似之处。此可谓亲也。二是法国知

---

① 法国知识界有这样的共识:马克思、弗洛伊德和尼采被誉为三位"怀疑大师"(trois Maîtres de soupçon),法称 3M;黑格尔、胡塞尔和海德格尔这三位名字首字母为 H 的德国思想家,法称 3H;这六位德国思想大家一直是当代法国知识谱系上的"主食"。可以说,3M 和 3H 是法国知识界制造"思想"工厂的"引擎"力量。

识人历来重思想的创造,轻体系的建构。面对欧洲强大的德、英学统,法国人拒绝与其"接轨",咀嚼、甄别、消化、筛选、创新、行动是法国人的逻辑。此可谓学也。三是与英美德相比较,法国知识人对这个世界的"追问"和"应答",总是带有启示的力量和世俗的雅致,他们总会把人类面临的问题和思考的结果赤裸裸地摆上桌面,语惊四座。此可谓奇也。四是法国人创造的文本形态,丰富多样,语言精细,文气沁人。既有狄德罗"百科全书式"的书写传统,又有承袭自蒙田那般精巧、灵性的 Essai(随笔)文风,更有不乏卢梭那样,假托小说体、自传体,言表隐匿的思想,其文本丰富性在当今世界独树一帜,此可谓读也。

3

伏尔泰说过这样的话:思想像胡须一样,不成熟就不可能长出来。法兰西民族是一个早熟的民族——法国思想家留给这个世界的文字,总会令人想象天才的模样和疯子的影子,总会自觉或不自觉地让人联想到中国人的那些事儿,那些史记。

从某种意义上说,法国人一直在骄傲地告诉世人应当如何生活,而我们译丛的旨趣则关注他们是如何思考未来的。也许法兰西民族嫁接思想、吐故纳新、创造历史的本领可以使我们一代人领悟:恢复一个民族的元气和自信要经历分娩的阵痛,且难免腥风血雨。

是所望焉。谨序。

倪为国

2015 年 3 月

目 录

卷一

序言 / 3

让-皮埃尔·韦尔南

一、悲剧在古希腊历史背景下的社会条件和思想条件 / 8
二、希腊悲剧的张力与模糊性 / 14
三、在希腊神话中,"意志"开始显露 / 36
四、无恋母情结的"俄狄浦斯" / 71
五、模糊性与逆转:论《俄狄浦斯王》的结构之谜 / 95

皮埃尔·维达尔-纳凯

六、埃斯库罗斯的悲剧《俄瑞斯忒亚》中的狩猎与献祭 / 131
七、索福克勒斯作品中的"菲罗克忒忒斯"和预备公民培训制 / 157
附录 关于叙拉古博物馆的一个陶瓶 / 179

卷二

序言 / 189

一、悲剧传奇之神　　　　　　　　　让-皮埃尔·韦尔南 / 198

二、古希腊面具的形象
　　　　　　　让-皮埃尔·维尔南和弗龙蒂西-迪克鲁 / 204

三、跛脚僭主：从俄狄浦斯到佩里安德　让-皮埃尔·韦尔南 / 221

附录 / 244

四、悲剧的主题：历史性和跨历史性　　让-皮埃尔·韦尔南 / 254

五、埃斯库罗斯，过去和现在　　　　　皮埃尔·维达尔-纳凯 / 264

六、英雄们的盾牌：论《七雄攻忒拜》的核心一幕
　　　　　　　　　　　　　　　　　　皮埃尔·维达尔-纳凯 / 288

七、俄狄浦斯在雅典　　　　　　　　　皮埃尔·维达尔-纳凯 / 321

八、俄狄浦斯在两城之间：论《俄狄浦斯在科罗诺斯》
　　　　　　　　　　　　　　　　　　皮埃尔·维达尔-纳凯 / 344

九、俄狄浦斯在维琴察和巴黎：两个历史时刻
　　　　　　　　　　　　　　　　　　皮埃尔·维达尔-纳凯 / 382

十、欧里庇得斯《酒神的伴侣》中戴面具的狄俄尼索斯
　　　　　　　　　　　　　　　　　让-皮埃尔·韦尔南 / 405

卷 一

张苗/译

序　言

在第一卷中(第二卷将承接本卷),我们之所以收录了在法国和国外发表的七篇研究论文,主要是因为这些论文都属于我们共同研究多年的成果,而路易·热尔内①(Louis Gernet)的教学课程是支撑这一研究的根基。

《神话与悲剧》,由这一题目我们具体会想到什么呢? 当然,并非所有的悲剧故事都是神话传说。相反,我们认为,悲剧这一艺术样式是在公元前6世纪末才出现的,此时,神话语言不再与城邦政治的现实紧密相连。悲剧世界处于两种世界之间:其一是神话世界,此后被认为是属于一个逝去的远古时代,但这个已逝去的时代却仍存在于意识之中;其二就是新的价值标准体系,这是随着庇西特拉图(Pisistrate)、克里斯提尼(Clisthène)、地米托克利(Thémistocle)和伯里克利(Périclès)时期城邦的迅速发展而逐渐形成的。这种双重世界的参照体系,构成了悲剧艺术的特色之一,同时也成为悲剧行为的推动力。在悲剧的矛盾冲突中,英雄、国王、僭主仍保有英雄式的和神话性的传统,但结尾的胜利却不属于他们:最终的胜利从来就不是一个

---

① 参见韦尔南(J.-P. VERNANT),〈路易·热尔内眼中的希腊悲剧〉(La Tragédie grecque selon Louis Gernet),出自《向路易·热尔内致敬》(*Hommage à Louis Gernet*),Paris,1966,页 31—35。

独立的英雄人物所能实现的,它总是由新的民主城邦所赋予的集体价值的胜利。

在这种情况下,分析者的任务是什么呢?该书所收集的大部分论文都属于结构分析的范畴。但如果是将这种类型的阅读和严格意义上的解密神话传说相混淆的话,那就犯了一个很严重的视角上的错误。解读的技巧可能是类似的,但是研究的目的必然是完全不同的。当然,要解密一个神话传说,首先是口头或书面的话语陈述和衔接,但其目的——可以说是最基本的——是打乱神话叙述,以便探索其初始元素。同一神话传说或者不同神话传说的其他版本所体现出来的元素,与这些初始元素本身就是对立的关系。起初的叙述,全然不是局限于自身,也不是只从叙述本身的层面去构建一部唯一的作品,相反地,这一叙述是开放性的,是从各个层次展开,开放地面向所有其他应用相同密码体系的叙述作品,从而来发掘解密的关键元素。从这个方面看,对于神话研究者来说,所有的神话都处于同一层面,无论它们的描述充实还是贫乏。从启发性角度来衡量,它们也都具有同样重要的价值。任何一个神话传说都无法享受专有权,神话解读者赋予这些神话的唯一特权是:可以选择其中一个作为研究过程中的参照模式。

在该书中,我们所着手研究的这些希腊悲剧构成了一个完全不同的研究客体。这些都是书面作品,是在时间和空间层面均被个体化了的文学作品,其中任何一部都没有严格意义上的与之平行对照的作品。因此,并不能说索福克勒斯(Sophocle)的《俄狄浦斯王》(Œdipe-Roi)是俄狄浦斯(Œdipe)神话众多版本之一。研究要想取得成果,首先也必须要考虑到悲剧在公元前 420 年的雅典所代表的含义和意图。这里的含义和意图意味着什么呢?需要具体说明的是,我们的目的并不是要研究索福克勒斯在写某个悲剧的那一刻头脑里在想什么。悲剧诗人并未给我们留下任何隐秘的解释和日记,可以说,我们只能获得一些附加资料,那么,我们就应该利用它们来进行评论性的思考。这里所说的"意图"是通过作品本身的结构和内在组织体现出来的,我们没有任何方法去由作品进而上升到作者本身。同样地,如果我们意识到希腊悲剧深层意义上的历史特性,我们就不会试图去探索每部悲剧背后狭义的历史背景。有人写了一本让人瞠目结舌的书,试图通过欧里庇得斯(Euripide)的作品①来追溯雅典的历史;这本书让人产生强烈的质疑:类似的研究方式在埃斯库罗斯(Eschyle)和索福克勒斯身上是否也适用呢?这种思路和企图似乎有些牵强,并不能服众。当然,我们完全可以认为,在《俄狄浦斯王》中,开头所描述的传染病盛行与公元前430年雅典的瘟疫是有一定关联的。但是,我们也会发现,索福克勒斯曾读过《伊利亚特》(Iliade),而在《伊利亚特》里面也提到了一场对全民造成巨大威胁的传染病。总之,作者在书中所运用的这种阐释方式还是欠缺说服力的。

事实上,我们的分析是从不同层面展开的。既涉及到文学社会学,也涉及到历史人类学的范畴。我们不是想要把悲剧浓缩为某些社会条件去解释它,而是要把它看作一种与社会、审美和精神不可分割的现象,尽量从所有与之相关的层面去解读它。问题的关键并不在于将其中某个层面置于另一层面之中,而是去理解这些不同的层面是如何相互关联、相互组合,从而构建出一种绝无仅有的人类行为,一种共同的创造,而在历史上,这种创造体现为三种形式:在社会现实方面,设立了悲剧比赛;在美学创造方面,发掘了文学新形式;在精神变化方面,产生了悲剧的人和悲剧意识。这三种形式都体现了同一客体,而且都隶属于同一解释体系。

在研究中,我们做了如下的假定:在范畴上看,现代观念和古代悲剧所应用的观念,总是存在一种持久的对照和冲突。那么,《俄狄浦斯王》能用精神分析法来解释清楚吗?如何在悲剧中体现责任的意义?如何体现悲剧行为中施动者的介入,即今天我们所说的意志

---

① 古森斯(R. GOOSSENS),《欧里庇得斯与雅典》(*Euripide et Athènes*),Bruxelles,1960。

的精神功能？提出这些问题，是为了在作品的"意图"和解读者的心理习惯之间，建立起明智的、严格意义上的历史对话。这有助于揭示当今读者无意识预设的心理条件，这种心理阻碍了他们在阅读中找到悲剧与他们自身的关联。因此，这种历史对话会迫使现代的读者在所谓的"无辜阅读"中重新审视自我。

但这只是一个出发点而已。跟所有的文学作品一样，希腊神话也充满了固有观念和预设前提，这些观念和前提是文化的表现方式之一，它们共同构成了与日常生活经历相似的神话背景。例如狩猎和祭献的对立，我们本以为能够利用它来分析《俄瑞斯忒亚》（Orestie），但其实这并非神话所特有的，在好几个世纪的希腊历史中，我们能找到很多涉及该主题的文本。为了便于正确解读，狩猎和祭献的对立是建立在以下前提之上的：我们探求作为古希腊宗教主要仪式的"祭献"的本质，以及"狩猎"在城邦生活和神话思想中的地位。诚然，研究的重点并非狩猎和祭献两者自身的对立，而是这种对立通过怎样的方式构建了一部文学作品。同样地，我们也试图将悲剧作品与宗教实践或当代社会法规相对照。这样的话，我们就可以通过双重对比来阐释《俄狄浦斯王》：首先是宗教仪式——用于赎罪的献祭；然后是在某个限定时期内的政治制度——陶片放逐制①，在克里斯提尼改革（公元前 508 年）之前的雅典，并未出现这种政治制度，而且，它消失于古典悲剧之前。同样，我们也试图阐明《菲罗克忒忒斯》（Philoctète）鲜为人知的层面，同时展现出一个雅典青年成长为一个备受磨炼的公民的过程，即在古雅典青年文化军事学校接受种种训练（预备公民培训）。在此，还需要重申吗？我们并不是要通过这些分析去揭露某种神秘的东西。索福克勒斯在写他的剧作时是否想到了陶片放逐制和青年预备公民训练体制？现在无从知晓，将来也永远不会知道，我们甚至都不确定这个问题是否有意义。我们想要展示的是：在悲剧诗人和公众之间所建立的交流中，陶片放逐制和青年

---

① 第一次陶片放逐法的实行是公元前 487 年，最后一次是公元前 417 年或者 416 年。

预备公民训练体制构成了一个共同参照系和背景,这让悲剧的结构变得清晰易懂。

总之,在这种种问题的交锋之外,还可以发现悲剧作品的特性。俄狄浦斯既不是赎罪的牺牲品也不是被放逐者,他是一部悲剧作品的主人公,被诗人放置于抉择的十字路口,面临着一个始终存在且不断重复的选择。该悲剧是如何讲述主人公的这个选择过程的呢?话语之间是通过什么样的方式呼应的呢?悲剧人物又如何融入悲剧情节之中呢?或者换一种说法,每个人物的时间是怎样切入由众神所设定的(机械式的)时序运行之中的呢?这些是我们所提出的一部分问题。读者很容易就能发现,其实还有很多其他的问题有待探讨,而我们针对这些问题所给出的回答都只是一些建议。这本书也仅仅只是一个开始。我们希望之后能继续进行此类的研究——如果这类研究有未来的话,同时,也确信继之而来的会是除了我们以外的诸多他人的研究[1]。

让-皮埃尔·韦尔南　皮埃尔·维达尔-纳凯

---

[1] 在这一卷中有一些重新收入的研究论文,与第一次发表相比,这些论文都有所改动和修正,有的甚至是加入了新的更深入的内容。

一、悲剧在古希腊历史背景下的社会条件和思想条件

在 20 世纪的下半叶,研究古希腊的学者尤其注重研究悲剧的起源问题[1]。即使他们能给予起源问题一个总结性的回答,但悲剧问题也还是没有最终得到解决。需要明白问题的实质是在于:从艺术、社会制度和人类思想角度来说,雅典悲剧(或称阿提卡悲剧)所带来的革新,使悲剧成为一种创新形式。悲剧是具有自身规则和特色的新颖的文学样式,它在城邦的公共节日体系中建立了一种新型表演。此外,作为特殊的表达形式,它还揭示出当时一直未被认识到的人类经验的各个方面,它标志着人类的内在塑造和责任观树立进入一个新阶段。悲剧的形式、悲剧的表征和悲剧人物这三个方面标志着悲剧现象的产生,并具有强大而鲜明的特性。

因此,从某种程度上来说,起源问题其实是一个假象问题,我们更应称之为:在某一现象出现之前必然会存在的先例。也应该注意到的是,我们并不需要为这些先例寻求解释,而是要从另外一个角度来看待它们,而且因为它们已经超越了自身范围,所以也并不能用于解释悲剧本身。举例来看,"面具"强调的是悲剧与宗教仪式中的假

---

[1] 此文发表在《古希腊-罗马与当代》(*Antiquitas graeco-romana ac tempora nostra*),Prague,1968,页 246—250。

面队伍的同源关系。但是，从本质和功能方面来讲，悲剧中的"面具"却是另外一回事，它并不是宗教性的乔装改扮，也不是动物化的装扮，而是一个人类的面具。它的作用是审美意义上的，而不是宗教仪式角度的。另外，"面具"能够强调悲剧舞台上既相互对立又相互依存的两种元素的距离和区别。一方面，起初没有戴面具而只是乔装打扮了的合唱歌队，似乎是象征着一个集合人物，由一群公民组成的团体所代表。另一方面，如果是由专业演员去扮演悲剧人物，那他的面具与匿名合唱队相比就更加个体化了。这种个体化并不是将佩戴面具者变成一个思想主体、一个个体化的"人"，相反地，面具将这一悲剧人物融入一个很具体的宗教和社会阶层：英雄的阶层。面具象征着英雄人物，而英雄的传说，体现了公元前5世纪的希腊人在那段历史的一个层面。这些传说着重体现了诗人们所歌颂的英雄主义传统。那段遥远而动荡的历史与城邦秩序形成对比，但它却始终活跃在公民的信仰中，英雄崇拜在这种公民信仰中占有重要的地位（暂不涉及荷马［Homère］和赫西俄德［Hésiode］）。因此，在悲剧技巧中，存在以下两个极端代表：一个部分是匿名的群体合唱队，它的作用是在合唱队的恐惧、希望和评判中表达出观众的感情，而观众就是公民团体的组成者；另一部分是个体化的人物，他的言行是悲剧的重点，他代表着另一个时代的英雄的形象，而且其存在环境也总是异于普通的公民生活环境。

　　合唱队和悲剧人物的这种双重性与悲剧语言的双重性相呼应：一方面是合唱队的抒情性的表达方式；另一方面则是悲剧主角们的对话式的表现形式，其格律与散文更为接近。英雄人物说着跟常人一样的语言，这使得他们的距离感被弱化，但他们不仅将自己呈现在舞台上和观众的眼前，还与合唱队或其他对立人物之间进行争辩，最终他们就变成了辩论的目标。从某种程度上说，他们是在公众面前自我质询。另外，合唱队在演唱部分较少展示英雄的光辉品格，正如在西莫尼德斯（Simonide）和品达（Pindare）的抒情传统中，合唱队不关注也不质疑主体。在新的悲剧模式中，英雄不再是一个典范，而是成了一个问题聚集点——无论是对于他自身而言,还是对于其他人而言。

这些初步的基本观点,有助于我们更好地限定与悲剧相关的研究主题。古希腊悲剧被看作一个明确限定了范围和年代的历史时期。我们看到它在雅典产生,随之在一个世纪的时空范围中繁荣,继而衰退。为什么呢?我们首先注意到,悲剧传达的是一种悲痛的意识,一种将人分裂为自我对立状态的极度矛盾感;此外,还需要进一步研究:在古希腊时期,悲剧的各种矛盾冲突所处的层面、所涉及的内容及其产生的原因。

这就是路易·热尔内通过对每部悲剧作品的词汇和结构分析[1]所试图要解决的问题。他曾成功阐释了悲剧的真正素材就是城邦的社会观念,尤其是正在广泛兴起的法律观念。在悲剧诗人笔下出现的法律专用名词,突出体现了悲剧的偏好主题与某些法院权能范围的案件有很大的相似性。那些较新设立的法院,能让人充分感受到价值的更新,而且正是新的价值观的出现才要求创立法院,并规定了法院的功能。悲剧诗人在运用法律词汇的同时,也故意利用这种词汇的不确定性、飘忽不定性和未完成性:专用词汇的模糊性、含义的变化性、不连贯性和对立性,这些都会导致法律观念内部的不协调,体现出法律观念与宗教传统的冲突,也体现了还未明确限定范围(与法律相比较而言)的道德思考。需要注意的是,此时的法律已经与道德思考区分开了。

这是因为,法律不是一个逻辑性的构建,而是由起初的习惯性程序随着历史的推进而逐步形成的。它与起初的习惯性程序的关系是:前者源于后者,既相互对立又部分相关。希腊人没有一个"绝对法律"——即建立在规则基础之上、拥有连贯统一的系统——的观念,对于他们而言,有的只是法律的不同层次:一方面,法律依靠的是事件的权威性和约束性;另一方面,将神权也纳入法律体系,包括世

---

[1] 出自他在高等研究实践学院所授课程的内容,并未出版发行。

界的秩序、宙斯的公正。同时，法律也涉及与人的责任相关的种种道德问题。从这方面来看，神圣的"正义"(Dikē)本身也很模糊，晦涩难懂：对于人来说，它包含了原始冲动力量的不理智因素。比如在《乞援人》(Les Suppliantes)中，"力量"(kratos)的概念，就一直在两种相反的意义中摇摆不定：时而，它指的是合法的权威，合法设立的控制权；时而，它又指暴力方面的野蛮力量，与法律和公正完全对立。同样地，在《安提戈涅》(Antigone)中，"法规"(nómos)一词会因戏剧角色的不同而具有完全相反的含义。悲剧所体现的是：一种"正义"与另一种"正义"之间的斗争，一种始终向其对立面转化的、未被确定的法规。当然，悲剧并不是一场法规间的斗争，而是将活着的人本身作为这一斗争的对象，人被迫做出一个决定性的选择，并将自己的言行引向一个标准模糊的价值世界，在这个世界中，任何事物在任何时候都是不稳定的、非单义的。

这就是在悲剧素材中的第一个冲突面。此外，还有第二个冲突面，与前者也有密切的联系。显然，当悲剧依然活跃的时候，它会从英雄的传奇故事中汲取素材。这种扎根于传统神话传说的特点，也解释了为什么从诸多方面来看，一些著名的悲剧作家体现出了比荷马更明显的宗教方面的仿古性。悲剧从某些英雄的传说中受到启发，自由地将其改造成悲剧故事，然而，悲剧本身也与这些英雄传说保持一定的距离，并提出质疑。悲剧将英雄主义的价值观和古代宗教的表征与新的思维方式进行对比，这种新的思维方式标志着在城邦范围内出现了法律。事实上，英雄的传说与王室后裔和贵族谱系密切相关，尽管从价值范畴、社会实践、宗教形式和人类行为的角度来看，城邦本应斥责和反抗这些王室贵族谱系，并应与之不断斗争以建立城邦，但这些王室贵族谱系在英雄传说中都是以支持城邦的姿态出现的，也正是基于此，城邦才得以构建。因此，城邦与王室贵族谱系始终具有深层的关联。

所谓的悲剧时刻，即在社会经验的中心成功开凿出一段距离的那一时刻。这段距离足够远，使以下的两组对立面都得以明确地呈现：一组是法律思想与政治思想，另一组是神话传统与英雄传统；而这段距离也足够近，因此能痛彻心扉地体会到价值的冲突，也足以使冲突能持续不断地产生。关于人的责任问题，大概情况也是这样的，在法律摸索前进的过程中，人的责任问题开始不断显露出来。当人界与神界区分较为明显的时候，他们既相互对立又不可分割，此时，就有一种责任的悲剧意识。当人的言行成为思考和内心冲突的主题时，责任的悲剧意义就产生了，然而，人的言行本身还并未取得足够自主的地位来充分实现自我掌控。悲剧的范畴就确立在这个边缘区，在这一区域内，人的行为与神的力量相伴而行，并揭示出被忽略的人的行为的真正意义，人主动发起了行为，并为其负责，又将其置于超越自身、无法掌控的秩序中。

现在，我们更加明白，悲剧其实就是一个"时期"，可以用两个时点来限定它的兴盛期，这两个时点也定义了对于悲剧表演的两种态度。起初，第一个时点是梭伦（Solon）的愤怒，他极为气愤地离开一场戏剧表演——那是在悲剧竞赛设立之前，最早出现的悲剧表演；轮到泰斯庇斯（Thespis），他为自己的表演辩护说：无论如何那只是一种游戏①，而梭伦这位老立法者为庇西特拉图日渐增长的野心而感到担忧，他反驳道（源自普鲁塔克［Plutarque］的观点）：不久大家就会看到此类的虚构表演对公民间的关系会产生重大影响②。对于智者、道德家和政治家而言，因为他们致力于建立节制和契约为基础的城邦秩序，所以，他们必须要破除贵族的优越感，努力避免这个阶层的僭主变得更加狂妄自傲（hùbris），而英雄的过去与现实离得太近，无法以戏剧的方式搬上舞台。谈到后来的发展，我们就看一下亚里士多德（Aristote）关于阿伽颂（Agathon，与欧里庇得斯同期的悲剧诗人，他自己虚构创造出新情节，著有多部情节新颖的悲剧作品）的

---

① 译注：泰斯庇斯认为自己的戏剧表演只是一种游戏，不会对任何人带来损害。
② 译注：梭伦则认为这种戏剧表演会对民众产生很大影响，以至于这些情节有一天会出现在现实生活中。

评论。自阿伽颂以后,悲剧与英雄传说之间的关系变得很松散了,已经不再需要讨论英雄的过去。剧作家可以按照自己的写作方式——只要不触犯之前伟大的剧作家们的作品——继续创作戏剧作品,也可以自己虚构创造故事结构和情节。在阿伽颂的作品中,在他那个时代的观众中,乃至在整个希腊文化中,悲剧的原推动力就此被打断了。

二、希腊悲剧的张力与模糊性

社会学和心理学会对希腊悲剧的诠释①起到什么作用呢?当然,社会学和心理学无法取代传统的哲学和社会学在分析希腊悲剧方面的地位,不仅如此,它们还需要借助于专家们长久以来在传统学术上的研究成果。然而,从社会学和心理学方面所进行的分析,却为古希腊的研究增加了一种全新的视角。我们试图探讨悲剧现象在希腊社会生活中的准确定位,同时明确它在西方人的心理学历史上的重要地位。总之,我们将从社会学和心理学这两个角度,深入研究那些曾被古希腊研究学者附带提及、一笔带过的问题。

下面,我们举几个类似的例子。比如,悲剧是公元前5世纪末在古希腊出现的。然而,甚至还不到一个世纪,悲剧之泉就枯竭了,这是因为,在公元前4世纪,亚里士多德就在《诗学》(Poétique)一书中开始研究创设悲剧理论,由此可见,他已经不了解什么是"悲剧的人"这一概念了,这对他来说已变得非常遥远而陌生。悲剧是继史诗和抒情诗之后出现的,消失于哲学②兴盛之时,作为一种文学样式,它

---

① 该文的初版是英文版,题目为〈希腊悲剧的张力与模糊性〉(Tensions and Ambiguities in Greek Tragedy),出自《诠释:理论与实践》(Interpretation: Theory and Practice),Baltimore,1969,页105—121。
② 关于柏拉图哲学的彻底"反悲剧"的性质,请参照戈尔德施米特(Victor(转下页注)

被看作是一种人类经验的特殊表达方式,它与当时特有的社会条件和思想条件紧密相关。这一历史阶段有确切的时空定位,这也决定了在研究悲剧作品时,使用的研究方法必须遵循一定的规则。每部作品都传递了一个信息,藏于字里行间和话语的结构之中,需要从哲学、文体学和文学等所有角度进行恰当的分析。并且,只有结合作品的背景,才能够真正地理解它。正是基于这种背景,悲剧诗人才能与当时(公元前5世纪)的观众进行沟通,今天的读者也才能重新体会到作品的可靠性及其含义的分量。

但通过这一背景,我们能领会到什么呢?应该把它置于现实中的哪种层面呢?如何看待背景与作品之间的关系呢?我们认为,这里涉及到的是一种精神层面的背景,一种与作品本身相对应的、被赋予了含义的人类世界:思想和话语体系、思维范畴、推理方式、表征体系、信仰和价值体系、感知形式、行为方式及动因方式。就这些方面,我们需要谈及公元前5世纪的希腊人所固有的"精神世界"——如果可以这么概括的话。事实上,这会让我们想象到:在某处,已存在着一个构建好的精神领域,而悲剧就只需以它自己的方式来反映这一精神领域。然而,人在文化创造和社会生活领域中的不断发展和创

(接上页注)GOLDSCHMIDT)的文章〈柏拉图眼中悲剧的问题〉(Le Problème de la tragédie d'après Platon),出自《柏拉图问题》(*Questions platoniciennes*),Paris,1970,页103—140。作者这样写道(页136):"仅仅是希腊诗人们的'不道德',并不足以解释柏拉图对希腊悲剧的深刻敌意,更是因为悲剧体现了'言行与生活',是与真实性背道而驰的。"当然,这里的"真实性"指的是哲学上的真实。也可能正是基于这种哲学逻辑,才断定在两种相反的命题中,如果其中一个命题是真实的正确的,那么另外一个就必然是虚假的错误。而在这一点上,悲剧人物似乎秉持另外一种逻辑,即真假(或者正确与错误)之间并不存在明确的界限,这是雄辩家的逻辑——诡辩逻辑,也因此就产生了模糊性,也就是在这个时代,悲剧盛行起来,因为这种逻辑在处理问题时,并不是要去揭示一个命题的绝对有效性,而旨在建立"双重论证"(*dissoì lógoi*),相对立的双重推论互相战斗却始终并存。借助诡辩术和言语的力量,两种对立的命题此消彼长、互占上风。参考德蒂安(Marcel DETIENNE)所著的《古希腊的真理大师》(*Les Maîtres de vérité dans la Grèce archaïque*),François Maspero,Paris,1967,页119—124。

新,并非只是依靠自身的精神世界,还需要参与各种实践。任何形式的组织,任何类型的作品,都拥有属于它们自己的精神世界,而这一精神世界都需要它们自己去构想,以便形成与人类经验的某个特殊领域相对应的一个自主的学科、一种特殊的活动。

因此,宗教仪式、神话传说和神的形象化表征都充分体现了宗教的精神世界。当法律在古希腊世界确立起来的时候,它同时具有以下几个属性:社会规范、人的言行、精神范畴,法律的精神范畴就规定并体现了司法精神——较之其他思维形式(尤其是宗教思想)。同样地,随着城邦的发展,一套完整的法律和行为规范体系、一种真正意义上的政治思想也逐步成长起来。较之以前的权利的神秘形式和社会行为的神秘仪式,城邦制度截然不同,它取代了以往的神秘形式,同时也取代了与之相关的风俗习惯和思想观念。悲剧也是因此而产生的,它以一种奇特的方式去反映为它所用的现实。同时,悲剧也在创设着它自己的精神世界。正如只有在画里,或者只有通过绘画,才存在艺术造型的视角和有造型的物件,悲剧意识也是随着悲剧而产生并不断发展的。通过这种新颖的文学形式来表达思想感情,也就形成了悲剧思想、悲剧世界和悲剧人物。

为了利用空间比较的方法,我们可以说这种背景(从我们所理解的那种意义来讲)并不是在作品之外,也不在悲剧本身之外;背景没有完全与文本并列出现,而是隐藏于文本之中。其实,它不仅仅是一个背景,同时,它还构建了一个隐含文本(第二层文本),学术性的阅读应该通过双重阅读的方式,从作品本身的深度层面去解读它,并以一种迂回和返回相交替的方法去研究它。首先,必须把作品置于具体环境之中,将研究的领域扩展到社会和思想的总体环境,因为正是由于这个总体环境,才导致了悲剧意识的出现。接下来,必须将总体环境限定在与悲剧自身相关的领域中:悲剧的形式、目标和特定问题。事实上,除非我们想探讨这个问题,即悲剧如何通过吸收各种借鉴元素,并将其融入自身视角,进而使社会和思想总体环境发生蜕变,那么,我们可以参照其他社会生活领域(如宗教、法律、政治、伦理等),否则,这些领域均不宜被列为参考范围。例如,在悲剧诗人的语言中,法律专用词汇的频繁出现,对家族犯罪主题的偏爱(罪名与该全民法庭的权限有关),以及某些作品中的审判形式,对一个文学历史学家来说,如果他想要确切领会这些专用词的含义和作品中的隐含义,就需要走出自己的专业范围,变成一个古希腊法律历史专家。可是,在法律体系中,根本找不到能直接解答悲剧作品的对应物,因为它本身并不是一个从法律文本中走出来的复制品。要解读悲剧作品,就必须要有一个预设的前提:即必须将作品最终引向悲剧和它所属的世界,以便开拓更多的研究维度。但是,如果没有法律的介入和引导,这些维度将会始终隐匿于作品深处。其实,任何一部悲剧都不是一场法律的争斗,而法律自身也并不具有任何悲剧色彩。诗人们所运用的词汇、概念、思维模式与法官和演说家截然不同,除了技能的背景不同之外,它们的功能也发生了改变。在悲剧诗人的视角下,它们相互融合或相互对立,成为价值对比的重要依据,同时也对社会规范提出了质疑,因为它们的存在主要是为了探寻人类的自身,跟法律无关:悲剧认为人是"可怕的"($deinós$),那人到底是什么?是不可理解、难以应对的怪兽,既是施动者亦是受动者,既是有罪的也是无辜的,既是明智的也是盲目的,他才思敏捷,足以掌控万物,却无法自控。人与行为的关系是什么——我们看到在悲剧的舞台上,人慎重思考自己的行为,开拓进取,并承担自身行为的后果。但行为的真正意义存在于人之外,超越了人本身,因此,不宜用施动者来解释行为,反而是行为会向施动者展示出它的真正含义,揭示行为的本质及其真正完成的使命。那么,最终,人在这个世界中的地位是什么?在这个社会的、自然的、神界的、模棱两可的、被矛盾所分裂的宇宙中,任何规则似乎都不是永恒不变的,众神交战,不同的法规争斗不休,正义也会随着斗争而发生改变,并最终转换成自己的对立面。

  悲剧不仅仅是一种艺术形式,也是一种由城邦通过举办悲剧竞赛而设立的社会组织,独立于其他政治和法律机构之外。它在城邦执政官的批准下设立,其组织规格和地点选择,都与举办公民大会和公民法庭一致。戏剧对所有公民开放，各个部族的代表参与戏剧的指导、表演和评判，如此，整个城市就变成了一个剧场①。从某种程度上说，悲剧成了表演的对象，它自己在大众面前展开了表演。然而，悲剧虽看似比其他文学形式更扎根于社会现实，但这不意味着它是在反映社会现实。相反，它并不反映这种社会现实，而是去质疑这种现实。悲剧体现了割裂的、分散的现实及其与现实本身的对立，对现实进行彻底的审视和质疑。悲剧作品将古老的英雄传说搬上舞台。这个神话世界组建出了城邦的过往——那段遥远而又邻近的过往。这段过往足够遥远，因此能清晰地呈现出它所承载的神话传统与新的法律政治思想形式之间的反差；这段过往也足够邻近，以至于当时的种种价值冲突，我们依然能够深刻地感知，时至今日，这种价值对抗仍在持续。瓦尔特·内斯特尔（Walter Nestle）认为，当人们开始以公民的眼光去审视神话的时候，悲剧就产生了。在这种审视之下，不仅使神话世界会失去其持久性而逐步消散，就连城邦世界也是如此，会在辩论中不断被质疑，甚至质疑它的基本价值体系。即使是最乐观的悲剧诗人，比如埃斯库罗斯，他对公民典范的赞颂，对战胜艰险后的胜利，也都鲜有确信和坚定的态度，而更像是在不安中的一种希望和召唤，即使是在最终的胜利和喜悦的高潮②部分，也始终

---

① 只有男人才有资格被选为城邦代表；女人是不能参与政治生活的。这也是为什么合唱队的成员都只有男性。尽管有时一个合唱队需要代表一群女孩儿或妇女，在任何一部剧里面都会有这种情况，但其实都是男人充当这些角色，他们根据剧情以化妆或面具的方式装扮成女人。

② 在埃斯库罗斯的《俄瑞斯忒亚》的结尾，人类法庭的设立以及复仇女神们（厄里倪厄斯［Erinnyes］）融入城邦新秩序，这一切都没有平息使新生代众神与父辈众神之间的冲突，也并未消除神族谱系骁勇的过往和雅典城民主的当代（公元前5世纪）之间的矛盾。虽然平衡的关系已经确立，但这种平衡是建立在紧绷的张力之上的。各对立势力间的矛盾冲突潜伏在深层。从这方面来看，悲剧的模糊性没有消失，依然存在着双重性。要证明这一点，很简单，我们只需回想一下，当人类审判员大多数都反对俄瑞斯忒斯的时候，是女神雅典娜（Athéna）的支持票维持了整个投票的平衡和公正。赞成票和反对票的这种平等性，使为父报仇而弑母的俄瑞斯忒斯免于被判刑。通过一个诉讼协议，雅典娜合法地赦免了他的杀人罪，（转下页注）

(接上页注)但并不宣判他无罪,也不证明他无罪。她为两派神所代表的相对立的两种"正义"建立起了一种平衡:第一种是复仇女神们的"正义",第二种是截然相反的新生代众神,如阿波罗(Apollon)的"正义"。因此,雅典娜绝对有理由对黑夜之女们说:"你们并没有赢,从投票箱拿出来的是一个唯一的未定的判决。"再观戏剧的开场,众神世界中她们的命运如何?复仇女神们发现她们虽住在不见阳光的黑暗的地下世界,却拥有与众神一样的荣誉和尊严。雅典娜所认同的正是她们所拥有的同等尊严,因此,在法庭裁决之后,她说:"……你们完全没有被羞辱",她极力强调、不断重申这种同等的尊重,并最终以悲剧的形式进一步突显。事实上,我们注意到,在建立雅典刑事法庭(Aréopage)时,也可以说是在建立城邦的支配权时,雅典娜就强调在人类群体中保留黑暗力量(即复仇女神所代表的力量)的必要性。相互间的情谊(philia)和推理性的说服(peithō)并不足以将公民凝聚成一个和谐的团体。城邦必须要借助外一种性质的力量的干预,才能发挥作用,不是依靠温和与理性,而是通过约束和畏惧的力量来维系。正像复仇女神们(厄里倪厄斯)所说的那样:"有很多时候,畏惧的力量是很有用的,畏惧是心灵的警卫,必须要永远驻守在那里。"当雅典娜要在刑事法庭中设立陪审团的时候,也发表了同样的言论:"从此以后,这是尊重与畏惧共同的驻守之地,它们将促使公民们远离罪恶……尤其是,畏惧之力不会被排除在城邦之外;如果没有任何畏惧,那会是多么可怕的事啊。"复仇女神所要求的既不是无秩序,也不是专制,这种既不能无秩序也不能专制的观点,与雅典娜在建立法庭时所说的话完全一致。雅典娜将这一准则定为城邦必须要遵循的原则,并强调在这两个极端之间是最好的状态。城邦是建立在相对立力量间的艰难协议之上的,它们之间必须既要保持平衡,又不能彻底消除某一方。除了拥有话语权的女神、统治一切的宙斯以及温和的劝说之神皮托(peithō,是她引导着雅典娜的话语),还有让人敬畏的复仇女神厄里倪厄斯,代表着尊严、敬畏和恐惧。这种恐惧震慑的力量,来源于复仇女神,而在人类活动方面就代表着刑事法庭,它对城邦公民是有益的,促使人们远离罪恶。刚来到阿提卡(雅典)地区的复仇女神们,她们令人望而生畏,针对这一点,雅典娜这样说:"从她们令人望而生畏的脸上,我看到了她们对于城邦的益处所在。"关于悲剧,是雅典娜在颂扬父辈女神们的力量——这些黑暗世界的神拥有着与众神一样强大的力量,并提醒着城邦的卫士们:强大的神力足以"掌控人类的一切",能够"为一些人带来欢歌笑语,也能给其他人带来苦痛与泪水"。此外,是否有必要指出埃斯库罗斯的作品并不是推陈出新,既然刑事法庭的建立与复仇女神厄里倪厄斯-欧默尼得斯(Erinnyes-Euménides,复仇女神的别称)紧密相关,黑暗和神秘的特性,并不是宗教的力量支配着政治集会,就像劝说(peithō),但这些力量去启迪了尊重(Sébas)与畏惧(Phóbos),就是在这两大支柱的基础上,刑事法庭才得以设立。埃斯库罗斯是顺应秉承了当时所有的雅典人都认同的神话和文化传统,这种观点与第欧根尼·拉尔修(Diogène Laërce)关于欧默尼得斯(Euménides,指复仇女神)净化雅典的注解极为接近:"净化者正是借助刑事法庭,将有罪和无辜者分别处理,这能清除城市的污浊和罪恶。这是一座为欧默尼得斯所建的圣殿。"

充斥着不安和焦虑。这种悲剧意识一旦产生,就会提出这种种疑问,而且无法找到一个能充分予以回应的答案,这样,疑虑将会一直持续下去。

历史始终活跃着,这种与历史的冲突和论战,导致了在每部悲剧作品中都会有一段"距离",这是第一段解读者必须考虑和重视的距离。在悲剧形式中,它通过悲剧舞台上两种重要组成部分间的张力体现出来:一部分是合唱队,是由正式的公民团体所代表的匿名的公众人物组成,表现的是人的恐惧、希望、疑惑和判断,是构成公民集体的观众们的情感;另一部分则是由专业演员所扮演的个性化的人物,他的言行构成了悲剧的主体,代表着另一个时代的英雄的形象,总是与公民的普通的生活环境存在或多或少的差异[1]。在悲剧语言中,合唱队与悲剧英雄的角色分配,对应着悲剧语言的双重性。但这里已经出现了悲剧体裁的重要特点:模糊性。在歌唱部分,合唱队的语言延续了诗歌的抒情传统,赞颂古代英雄的光辉美德。而在悲剧诗人看来,对话部分的格律却与散文更为接近。同时,借助舞台技巧和面具,悲剧人物被伟大化,成为某位为城邦所尊崇的英雄,并且由于使用了普通人的语言,使得他的形象更贴近生活[2]。而在传奇冒险故事中,这种相近性也使他变得更像是大众生活中的当代英雄。因此,我们注意到,在每位悲剧家的内心,都有一种过去和现在之间的冲突张力,以及神话世界和城邦世界之间的冲突。同一个悲剧人物,时而被置于神秘而久远的过去,像是那个遥远时代的英雄人物,拥有震慑一切的神圣力量,展现着古代神话中君王的无常和不羁;时而,他又像是生活在雅典城中,是城邦中的"自由公民",他的思维、言谈

---

[1] 参见亚里士多德的《问题集》(*Problemata*),19,48:"在舞台上,演员们模仿英雄,是因为在古代,只有英雄才能成为首领和国王;而人民被认为是平庸者,所以民众就组成合唱队。"

[2] 参见亚里士多德的《诗学》(*Poétique*),I449 a 24—28:"在所有的格律中,抑扬格三音步是在对话中出现最多的;比如,在对话中往往会运用很多的抑扬格的三音步诗句,但却极少运用六音步,只有在结束对话的时候才会出现六音步。"

和生活方式都跟现在的城邦公民一样。

有些现代解读者，提出并探讨了有关悲剧人物的性格一致性的问题。按照维拉莫威兹（Wilamowitz）的观点来看，《七雄攻忒拜》(*Les Sept contre Thèbes*)中的悲剧人物厄忒俄克勒斯（Etéocle）的性格就被描写得模糊不清：在剧末，他的言行与之前所描述的完全不相符，有很大的冲突。然而，马宗（Mazon）却认为，厄忒俄克勒斯是希腊悲剧中最成功的悲剧人物形象之一，他完美一致地体现出了一个遭诅咒的悲剧英雄形象。

实际上，只有在探讨现代悲剧时，这种争论才有意义，因为只有现代悲剧的主角才具有心理上的统一性。而埃斯库罗斯的这部悲剧作品，目的并不在于挖掘某个戏剧人物内心世界的复杂性。其实，《七雄攻忒拜》中真正的主角就是城邦本身，即城邦所推崇的价值取向、思维模式和基本态度，厄忒俄克勒斯统治忒拜的时间跟他弟弟波吕尼刻斯（Polynice）一样久，但在他面前不能提起他弟弟的名字。因为只要听到有人谈论波吕尼刻斯，就会使他立刻置身于另外一个世界，一个被城邦（*pólis*）所排斥的世界：他又感受到自己是传说中的拉布达科斯家族的子孙（Labdacide），贵族谱系（*génē*）的一员，从前的王室家族后裔，然而，祖先的耻辱和诅咒却重重地压在了这些光鲜亮丽的头衔之上。较之忒拜城中容易感情用事的妇人和阿尔戈斯好斗尚武无视宗教的男人，厄忒俄克勒斯却完全不同，他本代表着谦逊稳重、理智思考和自我节制的美德，这些美德也使他成为一个合格的政治统帅，但他却突然发生了一个巨大的转变，陷于灾难之中：他放纵自己去深深地憎恨波吕尼刻斯，这种兄弟仇恨完全占据了他，使他失去了自我。此后，他的这种杀戮的疯狂特性被称为他的"习惯性格"（*êthos*），这并不仅仅是一种人类情感，更是完全超越厄忒俄克勒斯自身的一种疯狂可怕的力量。这种力量将他围困在灾难（*átē*）的阴云之中，以神力的方式渗透了他的全身心，由内而外地充斥着他整个人，犹如着魔一般，他早已自愿接受这种魔性的控制，迷失其中无法自拔，表现出癫狂、盛怒和狂躁的情绪，并由此引发种种过激和狂傲的犯罪举动。厄忒俄克勒斯身上的这种疯狂，并没有明显体现为外在的怪异行为，而是体现了祖先的罪行污点所具有的破坏性力量，这种罪行污点代代相传，贯穿着整个拉布达科斯家族。

充斥着这位忒拜城首领内心的，是一种极具毁灭性的愤怒，这是一种从未被净化的侵蚀性的情绪，是他所属种族的厄里倪厄斯（Erinnys，即复仇之神）。这种毁灭性的愤怒已经通过诅咒（*ará*）降临到了他身上，侵蚀了他，就这样，俄狄浦斯曾倾力呼喊的对他子孙的诅咒，也在他身上应验了。狂躁（*mania*）、愤怒（*lússa*）、神降灾祸（*átē*）、诅咒（*ará*）、堕落（*miasma*）、复仇女神（Erinús）——所有这些名词都最终指向唯一一个神秘事实，即一种不祥的可怕命运。这种可怕的命运能通过以下各种不同的形式得以显现：在不同的时刻、在人灵魂深处抑或外在于人。这是厄运的可怕力量，它的力量所及之处包括了罪犯以及与罪犯相关的以下所有方面：罪行本身，最遥远的后代子孙，犯罪的心理动机，罪行所导致的各种后果和腐蚀性的罪恶污点，以及为罪人及其后裔而设定的惩罚。这种巨大的神秘力量在所有相关的人身上都应验了，鲜有例外，并以各种不同的形式（极为可怕地）发生在人类生活的关键时刻。在希腊语中，有一个专门的词汇来指代这种神力，即魔性（*daimōn*）。欧里庇得斯也忠实于埃斯库罗斯的这一悲剧精神，为了表达俄狄浦斯后继者们的心理和精神状态，他便使用了"被魔性控制"（*daimonân*）这个动词，意为：他们都被一种恶的力量①、一种魔性所控制。

由此可见，我们要以什么样的方式、从何种角度才能合理探讨厄忒俄克勒斯的性格转变。这并不是当今普通意义上的"人物性格的一致性和非一致性"问题。正如亚里士多德所强调的那样，悲剧的情节和逻辑，并不是根据人物性格的要求去展开的，反而是人物性格要依据悲剧情节来展开，又因为悲剧是对神话（*mûthos*）

---

① 欧里庇得斯（Euripide），《腓尼基妇女》（*Phéniciennes*），888。

和寓言的模仿，所以，也可以说，人物性格要符合神话和寓言的情节①。在这部悲剧的开头，厄忒俄克勒斯的习惯性格(êthos)完全符合一个"政治人"②(homo politicus)的心理典范，正如公元前 5 世纪时希腊人所设想的典范一样。我们所说的厄忒俄克勒斯"性格内部的转变"，也更应称之为"向另外一种心理模式的过渡"、"悲剧内部的从政治心理到神话心理的转变"，拉布达科斯家族的传说故事已经隐含了这种神话心理，具体体现在兄弟相残的部分。我们甚至可以说，《七雄攻忒拜》的悲剧效果也正来源于对这两种相继出现的心理模式的参照；此外，悲剧效果也来源于同一个人物的内心矛盾：包括两种不同行为模式间的矛盾，以及两种不同心理形态间的矛盾（包含着不同层次的行为和动因）。总之，这一切都从本质上共同构成了《七雄攻忒拜》的悲剧效果。在悲剧持续活跃的时代，这种双重性（或称人物心理的冲突张力）也在作品中持续出现，从未消减。悲剧英雄的情感、话语和行为，通过他的性格和"习惯性格"(êthos)得以彰显，诗人们会像雄辩家或历史学家（如修昔底德③）一样，去精细地分析和正面地解读悲剧英雄们的"习惯性格"。但这些情感、话语和行为，同时也像是一种宗教力量的表达，一种魔性的表达。伟大的悲剧艺术致力于将（对两种心理模式的）相继参照变成同时参照——体现在埃斯库罗斯在其悲剧作品中对厄忒俄克勒斯那部分的讲述。在任何时候，英雄的生活似乎总在两个层面上展开，每个层面可能都足以解释该层面内部的剧情发展，然而，悲剧却将这两个层面视为不可分割，并着重展现这种不可分割性：悲剧人物的每个行为都隶属于某种性格和"习惯性格"的体系与逻辑，而该行为同时又会显露一种外来的神秘力量，一种魔性。

---

① 亚里士多德，《诗学》。
② 译注：这种人追求的是社会全体的公共利益。
③ 关于悲剧作品的这个方面以及索福克勒斯作品中人物的英雄主义性格，请参照 B. KNOX,《主人公的性格：索福克勒斯的悲剧研究》(The Heroic Temper: Studies in Sophoclean Tragedy), Berkeley and Los Angeles, 1964.

"习惯性格-魔性"($\hat{E}thos\text{-}daim\bar{o}n$),就是在这一距离之间创造了悲剧人物。只要我们消除其中一方,另外一方也立刻消失。威宁顿-安格拉姆①(R. P. Winnington-Ingram)对此的评论很恰当,我们可以概括为:悲剧建立在对赫拉克利特的著名言论"性格即命运"($\tilde{\eta}\theta o\varsigma$ $\dot{\alpha}\nu\theta\rho\dot{\omega}\pi\omega\,\delta\alpha\iota\mu\omega\nu$)的双重解读的基础之上。如果我们无法进行双重解读、顾此失彼的话,那这一言论就失去了其神秘性和模糊性,而悲剧意识也就不复存在了;对于人自身而言,所谓的魔性,其实就是他的性格——反过来说,对于人自身而言,所谓的性格,其实就是一种魔性。

对于我们今天的思想来讲(其实,对于亚里士多德的思维来说,很大程度上亦是如此),这两种不同的解读互相排斥。但是,悲剧逻辑恰恰就是在这两者之间游移,从一种解读渐渐转向另一种解读,它虽然意识到了这两者的对立,但却从不排斥其中的任何一个。我们可以说这是一种模糊逻辑,然而,它已经不再是神话中的那种简单的模糊性,因为它对其自身也进行了探索,并提出了质疑。在从一个层面到另一层面转换的过程中,悲剧会强烈地突出距离感,强调矛盾的对立。然而,悲剧本身永远找不到能彻底解决矛盾冲突的方法,最后往往是和解或者超越敌对方——即使是在埃斯库罗斯的悲剧作品中,情况亦是如此——,这种张弛状态既无法被完全接受也从未完全消失,因此,永无止境的冲突张力,使悲剧成为一种自身根本没有答案的持续探索。以悲剧角度来看,人及其行动所显示出的并不是能被我们定义和描述的现实情况,而是一系列的问题。这些问题以谜团的形式呈现出来,而谜团的双重含义永远无法被固定,也永远不会枯竭。

在人物之外,涉及到的就是另一个领域了,需要解读者去分析冲突张力和模糊性的各个方面。前面我们已经注意到了,悲剧诗人们

---

① 〈悲剧与希腊古代思想〉(Tragedy and Greek archaic Thought),《古代悲剧及其影响》(Classical Drama and its influence, Essays presented to H. D. F. Kitto),1965,页 31—50。

往往会主动借用一些法律的专业术语。但是,每当他们借用这些法律词汇的时候,基本上都是为了针对词汇的不确切性、飘忽不定性及其未完成性来做文章,比如术语的不准确性,意思的含糊性,不一致性以及对立性等,这都导致了司法精神内部的不协调和内部张力的产生,这种司法精神的形式也并非一个严谨完善的体系,与罗马的情况完全不同;有时,也是为了体现不同司法价值观之间的矛盾冲突、更古老的宗教传统、一种已经与法律区分开的正在成长的道德思考(但尚未完全清晰地界定该领域的范围)。事实上,古希腊人并没有绝对法律的概念,这里所说的绝对法律具有以下特点:建立在某些原则的基础之上,拥有统一的组织和整体。对于他们来说,存在着不同层次和组合的法律,其中,某些法律重组或者重叠在一起。从一方面来看,法律认可当权者,并依靠其约束力来发挥作用,而法律本身也就成为约束力的一种延伸。从另一方面来看,法律也触及到了宗教方面:它对神圣的力量、世界的秩序和宙斯的公正均提出控诉。它也提出了一些道德问题,触及到人类动因的问题,即人类施动者对某些问题的产生负有较大责任。从这一观点出发,神的正义与僭主的暴力一样黑暗和专制,因为它通常都要求父辈的罪行也要由其后代负责偿还。

正如在《乞援人》(*Les Suppliantes*)中,"力量"(*krátos*)的概念就在两种含义之间摇摆不定,而不存在某一种固定含义。在珀拉斯戈斯(Pélasgos)国王口中,"力量"(*krátos*)一词与主人、主宰(*kúrios*)相关联,指的是合法的统治者,监护人完全有理由对其管辖范围内的人行使这种控制力;而同样一个词,在达那伊得斯姐妹(les Danaïdes)眼中,却被引向暴力(*bía*)的语义场,它指的是一种粗暴的力量,是暴力的一种应力,与公正和法律是完全对立的①。完全相反

---

① 在公元前 387 年,国王珀拉斯戈斯问达那伊得斯姐妹,作为她们最亲近的亲人(译注:达那伊得斯姐妹的父亲和埃古普托斯是孪生兄弟),埃古普托斯(Egyptos)的儿子们是否依法对她们拥有控制权。这种暴力的法律价值具体体现在下文中。国王发现,如果是这样的话,那什么都阻挡不了埃古普托斯的儿子们要(转下页注)

的两种含义之间所具有的张力，在诗句 314 中以非常震撼的方式体现出来了，惠特尔(E. W. Whittle)曾就此模糊性①及其张力进行了详细的阐述。释放(*rhúsios*)一词也是属于法律用语，而它在这里却用于指宙斯(Zeus)的触碰这一动作对伊娥(Io)产生了作用，释放了她，使她恢复自由身。因此，这个词的以下两种含义，既同时并存又相互对立：一下子的瞬时暴力，一种解脱时的甜蜜温情。但这种模糊效果不是没有缘由的，而是诗人有意识的预设，因为它会吸引我们深入作品的内部——这正是诗人想要的效果——，而其目的之一就是具体探讨"力量"(*krátos*)的真正本质。权威是什么？具体存在于以下关系中的权威又是什么：男人对女人，丈夫对妻子，国家首领对其公民，雅典城对其他城邦及居住在雅典的外来人，诸神对于人类？"力量"产生的基石是不是法律，即共同的协定、温和的说服、推理性的劝说？还是说正好相反，它是建立在控制的基础之上的，即纯粹的力量、粗鲁的蛮力、暴力(*bia*)？像法律词汇一样具体的词汇通常都适用于文字游戏，这便于用模糊的方式表达和探讨以下问题：对他人所行使的权利，其种种依据都极具争议。

（接上页注）控制他们的堂妹们的狂妄自大。因此，达那伊得斯姐妹应该要反过来辩护，要提出依据她们当地的法律她们的堂兄弟们不享有对她们的监控权。达那伊得斯姐妹对该问题的回答是完全不同的角度，她们只看到了力量的另外一面，她们所理解的这个词的含义与珀拉斯戈斯所赋予它的含义完全相反：它不再意味着堂兄弟们所谓的对她们的合法监控权，而是指纯粹的暴力，男性的野蛮暴力，女性只能忍受的男性的支配："啊，我若能永不再屈从男性的控制该有多好啊！"就男性的支配而言，达那伊得斯姐妹想要树立起女性的支配力。埃古普托斯的儿子们强迫达那伊得斯姐妹嫁给他们，不是用说服的方式，而是用暴力方式，如果说他们的做法是错误的，那么达那伊得斯姐妹也好不到哪儿去：在她们女性的仇恨驱使下，她们最终犯了杀戮的重罪。国王珀拉斯戈可以指责埃古普托斯的儿子们逼婚，既没有合理说服，也未经他们父亲达那俄斯(Danaos)的同意。而达那俄斯的女儿们也犯了同样的错误，她们也不懂得说服：她们拒绝了善于论辩和劝说的阿弗洛狄忒(Aphrodite)。最终，她们既没有听从推理劝说，也没有因此变得温和，仍然走向了杀戮的复仇之路。

① 〈埃斯库罗斯作品中的模糊性〉(An Ambiguity in Aeschylus)，《古希腊与中世纪》(*Classica et Mediaevalia*)，1964，页 1—7。

二、希腊悲剧的张力与模糊性

法律语言所具有的这种模糊性的本质,在神话思维的表达形式中也同样明显。悲剧作品并不仅仅局限于某个神与另一个神的对立,诸如宙斯与普罗米修斯(Prométhée),阿尔忒弥斯与阿弗洛狄忒(Aphrodite),阿波罗(Apollon)、雅典娜(Athéna)与厄里倪厄斯。更深层地来看,整个神界到处充斥着矛盾冲突。构成神界的各种力量似乎都分化组合成极为对立的各种等级,这些力量等级组之间要达成一致是很困难的,或者说是不可能的,因为它们都处于不同的层次和级别:父辈众神就属于另一个世界,是与新一代众神完全不同的神界,比如奥林匹斯神(Olympiens)与克托尼俄斯(Chthoniens,指地神)就完全不相关。这种双重性也存在于同一个神的形象中。与上界的宙斯对立而共存的,还有另外一个宙斯,即下界的宙斯,达那伊得斯姐妹首先祈求上界的宙斯能说服国王珀拉斯戈斯履行他对她们这些乞援人所负有的义务,后来,极度绝望的她们又去求助于下界的宙斯,希望他能迫使国王不要妥协①。同样地,地下众神的"正义"与天上众神的"正义"也是对立的:安提戈涅(Antigone)就严酷地遭遇到了忒拜城第二届统治权威的压迫,但她仍坚持只接受也只忠诚于第一届俄狄浦斯的权威②。

但这些对立面的呈现,主要是从神的人类体验层面展开的。在神话中,从来不会只涉及神的一个层面,而是涉及神的生活的各种形式,它们既相互对立也相互排斥。在《七雄攻忒拜》中,代表忒拜妇女的合唱队,不安地召唤神的降临,迷茫地狂奔,喧闹地呼喊,她们虔诚地崇拜最古老的偶像(*archaîa brétē*),这些偶像并不在供奉神的神殿里,而是在居住的城市中,在公民聚会的广场上——这个合唱队代表的是一种女性的虔诚,但却被厄忒俄克勒斯划定为异类的虔诚,认为它既具有男性阳刚又具有公民性。在厄忒俄克勒斯看来,女人感性的虔诚,并不仅仅意味着混乱无序、

---

① 埃斯库罗斯,《乞援人》,154—61,231。
② 索福克勒斯,《安提戈涅》(*Antigone*),23,451,538—42;853。

懦弱①和未开化②,也意味着对宗教的亵渎和蔑视。真正的虔诚是以睿智和严谨(即 *sōphrosúnè*③ 和 *peitharchia*④)为前提的,会正视神之间的距离,而不像女人的虔诚那样试图去填补这段距离。厄忒俄克勒斯认为,女性因素对大众和政治崇拜的唯一贡献就是:祈求神灵的嚎叫(*ololugé*),一种被圣化(*hierós*)⑤的痛苦的呼喊,因为城邦将这种呼喊声纳入到它自己的系统中,并将其认定为仪式性的呼喊,伴着这种呼喊,被献祭的祭品倒在浴血的祭坛中。

安提戈涅与克瑞翁(Créon)之间的矛盾也包含了这种类型的矛盾。但这种矛盾并不是指前者所代表的纯粹的宗教信仰和克瑞翁代表的完全的无宗教信仰之间的对立,也不是宗教神灵观念与政治观念的对立,而是两种不同的信仰类型之间的对立:一方面是纯粹私人的家庭信仰,它仅局限于家人亲戚间的狭小范围(*philoi*),主要是以家庭为重心和对祖先的崇敬;另一方面是公共信仰,这时,城邦的守护神最终与城邦的最高准则混同在一起。在这两种不同的信仰生活之间,存在着一种持久的张力,这种对立有时(这也是悲剧所追求的时刻)会导致一种无法解决的矛盾冲突。正如合唱队的领唱⑥所说的那样,敬拜死亡是很虔诚的做法,但作为城邦的首领层,最高法院的法官有责任让大家尊重他的权力和他所颁发的法律。总之,《克力同》(*Criton*)中的苏格拉底将坚持认为:虔诚,与公正一样,都需要遵从本国法律,哪怕这法律并不公正,哪怕这法律与你对立甚至要判你死刑。因为城邦(或者说城邦的法规)要比任何一位母亲、一位父亲乃至所有祖先都更可敬、更神圣⑦。《安提戈涅》所突

---

① 《七雄攻忒拜》,191—2,236—8。
② 同上,280。
③ 同上,186。
④ 同上,224。
⑤ 同上,268。
⑥ 《安提戈涅》,872—5。
⑦ 柏拉图,《克力同》,51 a-c。

出表现的这两种虔诚的态度，缺一不可，相互依存，尽管两者相互制约、相互对立。因此，我们足够有理由认为合唱队中所涉及到的神只有狄俄尼索斯(Dionysos)和厄洛斯(Eros)。在人类看来，作为暗夜之神，他们神秘莫测，他们保护妇女，也厌恶政治，首先因政权首领克瑞翁的伪虔诚而惩罚他，评判他的依据就是：他极度不通情理，所以，最终导致他必须承担因个人仇恨和野心所导致的后果。但这两位神也会反过来与安提戈涅相对立，安提戈涅被禁锢于家庭情感之中，自愿投奔冥王哈德斯(Hadès)，直至死亡，狄俄尼索斯和厄洛斯一直展示出的是生命与革新之力。安提戈涅不知道如何倾听召唤从而摆脱家庭情感的禁锢，不懂向其他的情感敞开心扉、迎接小爱神厄洛斯，也无法与家庭之外的某个人在一起从而改变她的生活。

在悲剧作品的语言中存在着层次多样性，而各种层次之间也有一定的距离——同样一个词会分属于不同的语义场，按照它的所属来看，可以是宗教神学词汇、法律词汇、政治词汇、公共词汇或某个行业的词汇——这增加了作品的深度，事实上，也是同时从不同方面展开的多关语游戏。针对一段对话，戏剧角色所交流经历的与合唱队所解读评论的、观众所接收理解的对话之间，存在着一定的差距和落差，这是构成悲剧效果的一个实质性的因素。在舞台上，悲剧的英雄人物都相得益彰，在他们辩论的过程中，同样的词在不同的人口中会具有相反的含义①。比如 *nómos* 一词，在安提戈涅和克瑞翁两人的口中指的就是相反的含义，根据夏尔-保罗·塞加尔(Charles-Paul Ségal)的分析，我们也会发现，在作品的结构中占有重要地位的其他词汇，也体现了同样的模糊不定性，如 *philos*（喜爱）和 *philia*（情

---

① 参见欧里庇得斯，《腓尼基妇女》(*Phéniciennes*),499—502。"如果同样的东西对任何人来说都一样是美的、明智的，那么人类就肯定不会知道什么是争辩与论战了。但对于人类来说，没有任何东西是相似的和一样的，只有词汇除外；而现实存在是完全不同的。"

谊)、*kérdos*(收获)、*timé*(尊荣)、*sébas*(尊敬)、*tólma*(勇敢)、*orgé*(狂怒)、*deinós*(恐怖)①等词。这些在戏剧舞台范围所使用的词,主要是用于强调思想上的禁锢、隔阂和冷漠,指出冲突点之所在,而不是为了在人物之间建立起沟通的桥梁。对于每个封闭在自己世界中的主人公来说,他所使用的词汇都比较晦涩,而且只有唯一的一个含义。这样,词汇的一层含义强烈地碰撞到另一层含义。而悲剧的讽刺就在于:在悲剧进展的过程中,展现出了主人公如何意识到自己"受制于词",而这个词又反过来与之对抗,并为他带来了与该词含义有关的痛苦体验,那是一种他坚持不愿承认的含义。通常,合唱队会犹豫不决、摇摆不定,渐渐地从这个意思转向另外一个意思,或者有时会隐约感觉到仍隐藏在深层的一种含义,合唱队可能通过一个文字游戏或双关语把这个含义已经表达出来了,但却并没有意识到②。

  对于观众来说,从多样性和模糊性方面来看,文本语言是清晰而直接的。本来在舞台上的悲剧人物之间,语言已体现不出它的交流功能,但从作者到观众的过程,让语言又回归了交流的功能。但是,悲剧信息之所以能得以传达并被人理解,具体是因为:在人与人的对话中,存在着一种隐晦的、无法交流的灰色地带。当观众看到盲目的悲剧人物只接受一种含义,进而迷失自我、相互残杀的时候,观众就被引向这样的理解:事实上,存在两种或两种以上的含义。当悲剧信息从先前的确切性和限定性中脱离出来,进而实现了词、词义和人类环境的模糊性的时候,观众就可以领会到悲剧信息了。当它承认宇宙是矛盾冲突的,放弃以往所秉持的确定性,接受世界存在争议性和各种可能性的一面,这时,这种悲剧信息就通过戏剧变成了悲剧意识。

---

① 〈索福克勒斯的人的赞美与《安提戈涅》的冲突〉(Sophocles' praise of Man and the Conflicts of the *Antigone*),发表于期刊 *Arion*, 3, 2, 1964, 页 46—60。
② 关于悲剧作家眼中的模糊性的地位和作用,参见斯坦福(W. B. STANDFORD),《希腊文学中的模糊性——理论与实践研究》(*Ambiguity in Greek Literature. Studies in Theory and Practice*),Oxford, 1939, 第 10—12 章。

神话与城邦思维形式之间的张力、人内在的冲突矛盾、价值观念的世界、众神的世界、语言的模糊性和歧义性——所有这些共同构成了古希腊悲剧最突出的特点。但最能定义古希腊悲剧的本质的是：在舞台上所表演的戏剧，首先涉及发生在连续有限的时间中的人类日常生活，其中，时间和事件总会有隐晦不明之处；同时，也涉及俗世生活之外、无处不在的神界生活，涵盖了每时每刻的所有事件，有时掩盖事件，有时也揭露事件，但无一例外的是，任何事件都毫无疏漏，也不会被遗忘。这样，自始至终，所有的事件既相互结合又相互对抗，而这种结合与对抗贯穿着整个情节进展、人类时间和众神时间，悲剧在体现人类行为活动的同时，更展现出了神的世界的绚丽与辉煌。

亚里士多德曾指出，悲剧是行为活动的模仿（mimēsis práxeōs）。它展示出的是正在行动的人物（práttontes）。"悲剧"一词源于多利安语的 drân，与阿提卡语的 práttein 意思一致，即行为活动。事实上，史诗和抒情诗都不描写行动，也不把人看作是施动者（动因）；与史诗和抒情诗相反，悲剧主要描写正在行动的人，并把人物置于至关重要的选择的十字路口，进而展现他们在选择关头如何思考和抉择，寻求最好的归宿。俄瑞斯忒斯在《奠酒人》（Les Choéphores, 899）中写道："皮拉得斯（Pylade），该怎么办呢？"国王珀拉斯戈斯在《乞援人》（Suppliantes, 379—380）的开头这样说道："我不知道该怎么办；我的内心非常焦虑；到底要不要有所行动呢？"而他又立刻补了一句话，与前一句紧接在一起，来强调悲剧行为的极端性："要不要有所行动呢？还是碰一下运气呢？"这里的"碰一下运气"，在悲剧诗人看来，人类的行动自身并没有足够的力量，往往需要借助神的力量，人也没有足够的自主力，所以无法独立于神之外，也不能完全自主行事。如果没有神的出现和帮助，人类便一事无成，人类的行动会失败，抑或是无法完全达到预期的效果。所以，人类的行动可以说是一场赌博，对他自己、未来和命运的赌博，最终演变成对于站在自己这边的神的赌博。在这场赌博游戏中，人类不是能起决定作用的主宰者，也总是面临被自己的决定带入陷阱的危险。人无法理解众神的想法。面临某些形势的时候，人出于谨慎，在行动之前先去询问神的意见，神会回答，但这个回答是模棱两可的，有歧义的，就如同当时的形势一样模糊不定。

在悲剧视角下，行动包含双重特性。一方面是自我判断，衡量利弊，尽可能地预见以下两点：实现行为所使用的方式的顺序，以及行为的结局；另一方面是在不可理解和未知方面下赌注，在一个你始终难以理解的领域冒险，进入超自然力量相互较量的游戏，此时，你不知道这些力量在与你合作的同时，是否也早已准备好了你的胜利或者失败。对于最有远见的人而言，经过深思熟虑的行动一定具备的特点是：向神发出偶然召唤和询问，只能从神的回复中领悟到神谕的确切含义，通常需要经历严峻的考验。只有在悲剧的范围中，人的行为才具有真正的意义，施动者通过他们真正完成的事情去发掘其行为的真正意义。当整个事件还未完全结束时，那这一事件就始终是个未解之谜，参与的人对自己的行为越是确信无疑，事件就越是扑朔迷离。比如俄狄浦斯，他是解谜者和伸张正义的国王，并确信神给予了他启示，他自称是幸运女神（Túchē）之子，但他经历了多少才明白，原来自己本身就是一个谜，他要不断猜测这个谜的谜底，然而，最终却发现事实都与他所深信不疑的完全相反：他不是幸运女神之子，而是她的牺牲品；他不是伸张正义之人，而是罪人；不是拯救城邦的国王，而是使城邦蒙羞的污点。当他意识到自己亲手制造了这些不幸的同时，是否能指责神早有预谋地策划了这场悲剧，并乐在其中地玩弄他，在这场悲剧中，神的蓄意谋划自始至终都是为了让他彻底地迷失①。

人的魔性（daimōn）与习惯性格（êthos）之间隔着一段距离，而悲

---

① 参见威宁顿-安格拉姆（R. P. WINNINGTON-INGRAM）以及与埃斯库罗斯相关的同一问题的研究，参见莱斯科（A. Lesky），〈埃斯库罗斯悲剧中的决定与责任〉(Decision and Responsability in the Tragedy of Aeschylus), *The Journal of Hellenic Studies*，86，1966，页78—85。莱斯科指出，"自由与强制是以极其悲剧的方式结合在一起的。"因为埃斯库罗斯悲剧的主要特点之一就是"这种结合的必然性是由神和个人行动决心所强制和决定的"。

剧人物就是在这段距离中形成的。悲剧性的罪恶感源于古老的宗教观念和新的观念之间的差距。前者涉及失误与耻辱、偏差与缺陷、精神疾病以及神所散播的发狂症等,这些都必然导致犯罪;而对于后者来说,犯罪者——尤其是不义之徒——被认为是故意选择犯罪①。法律尽量区分属于不同法庭范围的各种犯规级别,如谋杀、合法、非自愿、自愿,尽管区分的方式还有点笨拙和犹豫不定,法律也强调意图和责任的概念;这涉及到施动者对其行为的参与程度问题。另外,从城邦的角度来看,所有的公民以世俗的方式共同讨论处理城邦事务,人类开始以施动者的身份展开活动,与控制万物的神的强制力相比,人变得更加自主了,成为了自己行为的主人,凭借自己的常识和实践的智慧,也一定程度上掌握了自己的政治命运和个人命运。但根据人的意志强弱不同,人的这种经验仍然还是飘忽不定的(这里的"意志"是指此后在西方人类心理学历史上所说的"意志",因为我们知道,在古希腊,不存在真正的"意志"这个词)。而这种经验,在悲剧中以不安的询问表达出来,询问针对的往往是施动者及其行为之间的关系:在什么情况下,人的行为的根源才真正是人本身?尽管人是在自己内心盘算,自己首先发起也自己承担责任,但其行为的真正根源难道不是外在于人吗(而并非人本身)?施动者难道不还是无法彻底理解其行为的意义吗?是什么导致了人的这些行为呢?或许,人的行为并非源自人的意图,而是源自由神所控制的世界总秩序?

为了要区分出悲剧行为,就必须首先区分人的本质这一概念,确定人具有明显的自身特点,相应地,也要进一步将人和神这两个不同层面对立地区分;但他们也必须始终共存,不可分割。当人的行为

---

① 在埃斯库罗斯借合唱队领唱之口所讲的话中(《阿伽门农》,1337—8),两种相反的观念会以重叠或混合的方式出现在同样的单词中。由于具有模糊性,Νῦν δ'εἰ προτέρων αἷμ' ἀποτείσει 这句话会引起两种不同的理解:一种是"现在,如果说他需要为祖先们洒下的鲜血进行偿还",另一种是"现在,如果说他需要为他曾洒下的鲜血进行偿还"。对于第一种理解,阿伽门农是祖辈诅咒的受害者:他要为他没有犯过的错而付出代价。第二种理解是指,他要为自己曾经犯过的罪而付出代价。

中渐渐出现了内心的挣扎、意图和预谋,但还没有获得足够的力量和自主去完全满足这些需求的时候,责任的悲剧意义也就产生了。在悲剧领域,人的行为与神的力量相结合,进而确定了行为的真正方向,但施动者本身却并未觉察,但他其实已经不自觉地融入了一个超越人自身和人的理解力的领域。悲剧领域就处于这个边缘区。修昔底德认为,人的本质与神灵力量(如机运女神)形成鲜明对比。这是两种完全异质的存在秩序和状态。在悲剧里,它们共同构成了悲剧的两大层次,既相互对立又互为补充,是同一模糊现实的两个极端。

因此,任何一部悲剧都必然是在这两个层面上进展的。一方面是对于人的探索,相较于主题来说,人作为应负责任的施动者,只起到配合主题的作用。所以,一味盯着人的心理因素来分析是错误的。著名的"阿伽门农的地毯"那一幕,他致命的决定大概是出于人的可怜的虚荣心,也可能是出于作为丈夫的私心,因为他把自己的情人卡桑德拉(Cassandre)带回家中,这更促使他倾向于听从妻子的祈求。但最本质的问题不在这里。真正的悲剧效果来自于密切的关系(夫妻关系)和巨大的落差,而这里的落差,指的是一个普通的动作(即怀着极其人性的感情走在鲜红的地毯上)与无情开启的神灵力量之间的巨大落差。

阿伽门农的脚一踏上红地毯,这部悲剧就结束了。如果这部剧能接着这一幕继续演下去,那也没有什么意义了,已经完成的就无法超越。过去、现在、将来都在此汇聚成同一个也是唯一的一个涵义,这个亵渎神灵的狂妄自大的(*húbris*)举动,其象征性提升和浓缩了举动本身的涵义。此后,我们知道献祭伊菲革涅亚(Iphigénie)的真正原因:不是屈从阿尔忒弥斯(Artémis)的命令,也不是一个不愿愧对船队盟友①的国王的艰巨任务,而更是一个野心勃勃的人的懦弱——也揭露了他是一个热衷于与机运女神②密谋的人——这使他

---

① 参见《阿伽门农》,213。
② 同上,187;参见 Ed. FRAENKEL 的评论,《埃斯库罗斯,阿伽门农》(*Aeschylus, Agamemnon*)。

最终决定牺牲自己的女儿伊菲革涅亚;我们也知道特洛伊沦陷的原因:不是正义的胜利,也不是对犯罪者的惩罚,而是对渎神者之城及其所有神庙的彻底毁灭;这两种亵渎行为与最古老的阿特柔斯家族(Atrides)的罪行如出一辙,从中能看到重生的古老罪行,因此这些后继者都被划分为同一罪责:被谋杀的阿伽门农的命运最终也落到凶手克吕泰涅斯特拉(Clytemnestre)的身上,又通过他的儿子俄瑞斯忒斯(Oreste)之手,杀了克吕泰涅斯特拉。在悲剧的积聚点,一切都汇集于此,也是在这一刻,众神纷纷登场,同时也展示出人类世界的故事[1]。

---

[1] 关于两种时间秩序的关系,请参照皮埃尔·维达尔-纳凯(P. VIDAL-NAQUET)的研究,〈众神的时间与人类的时间〉(Temps des dieux et temps des hommes),《宗教历史杂志》(*Revue de l'histoire des religions*), 157, 1960, 页 55—80。

三、在希腊神话中,"意志"开始显露

对于西方现代社会的人而言,"意志"是人最本质的一个方面①。我们可以说,"意志"是人以施动者的姿态所呈现出来的样子,被看作是行为根源的"自我",这个自我不仅相对于别人而言是有责任的,而且,在自我内部也深感负有责任。现代人追求个性和独创性,这便相应地滋生了某种情绪,即想在所做的事情中充分发挥自我,在能展现真正人性的作品中充分表达自我。在继续追寻的过程中,人不断探索自己的过去,从回忆中认识自己,是为了去探索自己作为施动者的持久性。所以,今天的人要为之前所做过的事情负责,也因此不断加深了内心的存在感和统一感,长期累积的所有行为都环环相扣、紧密关联在一起,这样,在它们持续进展的时间线中,人就拥有了一个特别的探索使命。

对于今天的人来说,意志,不仅意味着人付诸行动的倾向及其行动的价值,更意味着行动过程中,在施动者(人类主体)身上所体现出的一种优势,这种优势是一切行为的原动力。施动者在自己与他人、自然的关系中,把自己放在中心位置,拥有决定权,具备一种既不属于感性也不属于纯理性的能力:一种"自成一格"(*sui generis*)的能

---

① 该文曾发表于《比较心理学与艺术》(*Psychologie comparative et art*),献给伊尼亚斯·迈耶松(I. Meyerson),Paris,1972,页 277—306。

力,笛卡尔(Descartes)甚至声称这种能力是无限的,"我们所拥有的正如上帝所拥有的一样",由于我们的理解力必然受限于创造者,所以,与这种理解力相一致,意志之力无法增长更多,也不会变得更少,正如笛卡尔所说的心理层面的"自由意志",一旦我们掌握了它,便是完全的掌握。事实上,意志是一种可予以肯定和否定的力量,它不会分裂,呈现出来的永远是:要么接受,要么拒绝。这种力量通常会出现在决定性的行为中。一旦一个人面临选择,一旦他要做决定,无论解决方法如何,他一定是以施动者的姿态在内心策划,也就是说,他作为责任主体和自主主体,通过无可厚非的行为进行自我表达。

这样来看,任何一种行为都有一个个性化的施动者,这也就是行为的中心和来源;任何一个施动者都会把行为与其主体相连,因为主体决定着行为,同时也对行为负责。这种观点在我们看来是理所当然的,因此也不觉得有什么问题。既然人四肢健全,我们也就有理由相信人是能够"自主"决定和自主行为的。同一时期,与古希腊文明类似的其他古代文明,即使在它的语言中并没有我们所说的"意志"这个词,但毫无疑问的是,当时的人已经具备了这种自发性的能力,尽管他们并没有将其称之为"意志"。

不同于这种心理学角度所谓的"毋庸置疑"的观点,迈耶松(Meyerson)的整部作品却提出不同观点,引人深思。在其作品和课程中,他深入研究了人自身的历史,也推翻了普适持久的意志心理机能说。意志,并不是人类本性的基础能力,而是一种复杂的结构,这一结构的形成过程跟自我的构建过程一样,都具有以下特点:复杂性、多样性和未完成性;意志与自我的形成过程是相互关联、基本一致的。因此,要避免将我们今天的意志行为的组织体系、决定的构建形式、自我在行为中的参与方式都投射到古希腊人的身上。我们应该摒弃成见,用另一种眼光去审视古希腊文明中的行为与施动者各自所具有的类别和形式,探讨人类主体与其行为之间的关系是如何通过多种社会实践(包括宗教、政治、法律、美学、技术方面的实践)而形成的。

在近些年研究中,古希腊专家所遇到的问题主要涉及悲剧和悲剧性人物。里维耶(A. Rivier)最近的一篇文章就非常准确地界定了这一争论①。他在文章中指出,自 1928 年起,斯内尔(B. Snell)就从埃斯库罗斯的悲剧中发掘出悲剧人类学的元素,主要涉及行为和施动者。与荷马和抒情诗人不同,埃斯库罗斯将主人公们置于行动的路口,使其面临必须要行动的境况。沿着不断延伸和必须遵守的悲剧路线,作者使主人公们置身于矛盾的悖谬之中,走向一条没有出路的死胡同。在关乎命运的重要决定关头,他们总是陷入艰难但无法逃避的抉择路口。但是,如果必须要从两种解决方式中选择一种的话,那决定本身也就具有偶然性。事实上,这个决定是源于内心挣扎,也是深思熟虑的结果,使最终的抉择深入人物的灵魂。斯内尔认为,这种个人的自由决定,构成了埃斯库罗斯悲剧的核心主题,从该角度来看,构建这一核心主题的过程,实际上就意味着:从该主题几近抽象的纯粹中,抽离出一种人类行动的"原型",体现独立施动者的主动性,正视其责任,从内心发掘其行为的推动力和动机②。巴尔比(Z. Barbu)从这一观点出发进行了心理学总结,他认为:"意志"从初步形成到发展为完全成型的功能,这一过程是随着公元前 5 世纪雅典的悲剧的发展而最终完成的。他在文章中写道:"我们可以把埃斯库罗斯的悲剧看作是'个人'(自由施动者③,*individual as a free a-gent*)在古希腊文明内部出现的鲜明证据。"

里维耶的研究所要反驳的正是以上这种分析的主要观点。斯内

---

① 〈评论埃斯库罗斯作品中的"必然"与"必然性"〉(Remarques sur le "nécessaire" et la "nécessité" chez Eschyle),发表于《古希腊研究杂志》(*Revue des études grecques*),81,1968,页 5—39。

② 参见斯内尔(Bruno Senell),《思想的发现》(*Die Entdeckung des Geistes*),Hambourg,1955,英文第二版(1948 年)的题目为《思想的发现》(*The Discovery of the Mind*),Oxford,1953,页 102—112。

③ 巴尔比,《历史心理学问题》(*Problems of Historical Psychology*),Londres,1960 年,第四章《希腊世界中"个体"的出现》(The Emergence of Personality in the Greek World),页 86。

尔所强调的主体的决定性(暗含了自主、责任和自由等相关事物)所导致的后果是:模糊了悲剧作品中的超人类的力量——而这本是悲剧的根源和悲剧意义之所在——的决定性作用。那些宗教神圣力量不仅出现在主体之外,也参与了主体内在的决定,约束了主体使其做出所谓的"决定"。根据里维耶的观点,具体的文本分析能展现出:施动者的思考斟酌(从主体角度考虑)不仅能确认出矛盾悖谬之所在,也能引发其他的思考,施动者的思考不足以激发形成一种独一无二的选择。而促成最终决定的,始终还是一个定数(可以理解为命运),一个由神所强加的定数,一种打破最初的平衡局势的"必然性"——也正是这一"必然性"在起初促使了平衡局势的产生,而在悲剧的某一时刻,这种"必要性"就会完全倒向一边,导致失衡。悲剧人物就只剩下两种选择,并最终发现面前其实只有一条路可走。这并不是主体的自由选择,而是承认了宗教神圣秩序的必然性,这是主人公所无法逃避的,也最终使他成为一个内在具有"强迫感"的人,这种"强迫感"也存在于"决定"本身。如果存在"意志"的话,那这种"意志"并不是康德(Kant)所谓的"自由意志"的含义,也不仅仅是托马斯主义中这一词的字面含义,而是对神灵敬畏之下的一种意志,或者是一种被神灵力量所制约的意志,正是神灵力量赋予了人内在。

除了斯内尔的论文之外,里维耶也做出了评论性的分析,其观点可以概括为:首先,认识到超自然力量在悲剧人物的行动中所起到的决定性作用;其次,试图保留人类主体的自主性,并认为在决定过程中意志的主动首创功能也占据一席之地。接下来,我们来看持这种观点的莱斯科(A. Lesky)和他所提出的双重动因理论,他的这种理论被当今大部分古希腊研究者所认同,只是每位研究者的借鉴程度略有差别而已[①]。众所周知,荷马史诗里面的人物行动有时会引发两种不同层次的解读,即人物行为可能会被解读为神的启示和驱使,

---

① 莱斯科,《在〈荷马史诗〉中神和人的动因》(*Göttliche und menschliche Motivation im homerischen Epos*),Heidelberg,1961。

也可以被纯粹地解读为人的动机。这两种解读层面,几乎总是紧密相连、相互交错,以至于无法将两者分割开来。莱斯科认为,通过埃斯库罗斯的作品可以看出,双重动机模式已经是悲剧人类学的构成元素。悲剧人物遭遇到了强加于他但高于他的一种"必然",这种"必然"通过人物性格变动来引领着他,而悲剧人物会把这种"必然"融入自身,以至产生意志和欲望,甚至强烈地渴望做被禁忌的事。此处,在"必然"的决定之中,又引入了自由选择的空间,否则,主体行为之责任就不能归咎于主体了。该如何接受这样的事实——悲剧人物要为自己的行为付出惨重的代价?如果这些行为已超出了他们的责任范围,那又怎么能算是他们自己的行为呢?首先,对于行为的发展,并不是他们本人的意愿;其次,如果他们无法自由自主选择的话,那他们又怎么能实现意愿之事?然而,里维耶也在思考一个问题:"从另外一个角度来看,一个人也会想要做他不曾选择的事情,难道这真的是不可理解的吗?他要为自己的行为负责,哪怕这一行为并非源于他自己的意图(古希腊人的情况不正是这样吗?)。"

这样来看,该问题已经超越了探讨埃斯库罗斯悲剧和悲剧行为的意义这一研究范围。在古希腊背景下,遭到质疑的是意愿者身上所体现的整个观念体系。以这种观点来看,对于心理学家来说,里维耶的观点或许并不是无懈可击的。与此同时,我们必须拒绝现代解读者们所设想出来的自主决定模式,或多或少都是他们对古希腊文献有意识地进行的臆想,我们难道真的有权利使用"意志"这一术语吗?甚至更明确地指出这是一种关联意志,一种决定(又因为这种决定排斥选择,所以,这与我们今天所说的"决定"的概念完全不同)?"意志"并不是简单的概念,因为它所涉及的层面和涵义都是多种多样的。除了里维耶所确认的古希腊人的自主选择之外,"意志"还必须以一系列的条件为前提:已经将那些看似纯粹的人类行为与其他事件都明确界定开了。这些行为在时空中相互交错,最终组成一种统一的行为,包含了开始、过程和结束;同时,还必须要有以下条件:个人的出现和领悟到施动功能的个人的出现,个人的功绩和罪恶感等相关概念的形成,替代客观犯罪的主观责任感的产生,以及对各种意图和实际完成情况的分析。所有这些条件都是在以下元素发展的过程中逐步成熟起来的,比如,行动范围的内部组织,施动者的身份地位,个人在行动中的地位和作用,主体及其不同类型的行为之间的关系,主体对事件的投入程度等。

正如里维耶自己所说的,如果他运用"意志"这一词,是为了更加突出埃斯库罗斯作品中的主人公被剥夺了选择权,在决定过程中处于被动地位。人对神的从属和依赖,并不是通过机械的方式产生的,也不是神强迫人屈从的结果。里维耶写道,这是一种具有释放力的从属感,我们无论如何都无法为它下定义,比如说它压制人的意志,抹煞人的决定,因为,事实与之相反,它提升道德的能量,发掘行动的源泉。但非被动性、能量和行动的源泉这些特点都太过笼统,从心理学家的角度来看,这不足以描绘人的"意志"的特点。

未经自由选择的抉择、独立于意识之外的责任,这些都是希腊人所具备的"意志"的表现形式。整个问题的重点在于:希腊人通过选择或不选择、有意识的责任或无意识的责任,最终明确他们对于自身的理解。与"意志"的概念类似,"选择"和"自由选择"、责任与意向等概念都不适合直接应用于古希腊人的思维,在古代,这些概念与社会准则密切相关、同时出现,而且,其结构很可能会打破现代思维的模式。亚里士多德就是这方面的典型例子,众所周知,在他的道德哲学中,他驳斥那种认为"恶人并非真心要作恶,也并非出于本意,只是做了错事"的观点。在亚里士多德看来,悲剧概念的代表人物是欧里庇得斯,其作品中的人物,有时会公开宣称:犯下罪行并非他的本意,而是被自身内部那无法抵抗的强迫力和暴力所支配,被强有力的狂热力量所控制,这些力量都像厄洛斯(Erôs)和阿弗洛狄忒一样,是不可抗拒的神力,因此,他认为自己应该是无罪的[①]。

[①] 亚里士多德,《尼各马可伦理学》(*Ethique à Nicomaque*), 3, 1110 a 28, 以及戈捷和若利夫(R. A. GAUTHIER et J. R. JOLIF)的评论, Louvain-Paris, 1959, 页 177—178。

另外，我们来看一下苏格拉底（Socrate）的观点，他认为任何"恶"都是无知无意识的，根本没有"自愿"想要作恶的人（按照惯用的解释来说）。为了证实作恶之人的罪恶感的起源，也为了给人的责任感提供理论依据，亚里士多德创立了道德行为学说，在古希腊哲学中，这代表着最精深的分析，其目的是：根据不同的内在条件区分出不同类型的行为①，可以是非本意而完成的行为，该行为是出于对所做事情的无意识或外来影响而导致的（比如把毒药误认为是正常的药，最终造成投毒之实）；也可以是完全出于本意而完成的行为，不仅非常了解该行为的动机和目的，也是经过深思熟虑和抉择之后才去践行的。为了显示主体对其行为最高程度的意识和参与度，亚里士多德才创立了新的理论；为此，他运用了 proaíresis（意为"选择"或"选择行为"）这一词，之前它一直是罕见词，且意义不明确，而他在自己的理论范围内赋予了这个词一个具体的专用含义。proaíresis（即"选择"或"选择行为"）这个词，意味着选择形式下的行为，是具有理性的人类所拥有的独一无二的特权，而与之相对的，是不具备这种能力的孩子和动物。proaíresis（"抉择"，指经过仔细思考后而做出的选择）一词的含义比 hekoúsion（"出于自愿的"）一词的含义更为深刻和广泛。在希腊语的常用语和法律词汇中，常见的反义词 hekón、hekoúsios 和 ákōn、akoúsios 与我们所说的"意愿"和"非意愿"的范畴完全不同。关于这两组反义词的翻译方法，我们应该像戈捷（Gauthier）和若利夫（Jolif）在评论《尼各马可伦理学》（Ethique à Nicomaque）时翻译的一样，将其译成"自发"和"非自发"②两种相反的意思。为了证明 hekón 并不是意愿的问题，只需看一下亚里士多德的观点即可：冲动狂热的行为是出于 hekón（"自发"），而不是出于 ákōn

---

① "……这都是我们内心的决定，也可以说是我们的内在意图，这远比我们的外在行动更有助于评断我们的性格。"《尼各马可伦理学》，1111 b 5—6；也可以参阅《欧代米亚伦理学》（Ethique à Eudème），1228 a。
② 戈捷和若利夫，第二卷，页 169—170。

("非自发")①。否则,如果 hekóntes 一词真是"出于意愿"的意思的话,那我们似乎就可以说:动物无法以出于意愿的方式去行动。很明显,在这种说法中,hekóntes 并非"出于意愿②"的意思。因为当动物跟随着不为外力所左右的自己的偏好去行动的时候,它就和人一样,即以自发的方式去行动。因此,如果说任何选择和决定,都是一个出于自发而完成的行为,那么,反过来,"我们完全自发去做的事情却并不总是属于选择"。这样来看的话,当我们出于强烈的欲望(epithumía)(或者说是欲望的诱惑)或不假思索的冲动(thumós)去行动的话,我们也是完全出于自愿去做的(即 hekón),只是没有经过任何思考选择的过程。当然,抉择也依赖于欲望,但那是一种理性的欲望,一种充满智慧的、被引导的意愿(boúlēsis),那已经不是为了欲望去做,而是为了一个实际目的,这种目的已经通过认真思考被设定为有益灵魂的终极目标。抉择隐含了一个预先思考策划(boúleusis)的过程;在理智思考的过程中,正如"思考"一词本身的含义一样,它会确立起一种具有判断力的选择,这一判断可直接付诸行动。这种实用性的选择,不仅将主体纳入了行为的范畴,使其参与了决定产生的那一刻,而且它还区分了抉择(proaíresis)与意愿(boúlēsis)——后者可能不付诸实践,而只停留在纯意愿的状态(因为我们可以渴望不可能实现的事情),也区分了抉择和理论层面的判断——后者只确定了正确的方向,但与实际行动无关③。相反地,只有在我们能力范围内,涉及到我们力所能及的事物时,才会有真正的思考和抉择。此时,这些事物才是行为的目标,达到目标的方法不是唯一的,而

---

① 译注:冲动狂热的行为是自发行为,而不是被强迫的行为,只是这一行为是没有经过理智思考而做出的。
② 《尼各马可伦理学》,111 a 25—27,1111 b 7—8。
③ "抉择(proaíresis)并不涉及不可能完成的事情,有人自称'决定'去做一件不可能完成的事只是思想幼稚。相反地,我们甚至可以渴望不可能完成的事,比如长生不老。"《尼各马可伦理学》,IIII b 20—23。"理论层面完全不考虑实际应用,也不涉及必须避开什么或必须得到什么的问题。"《灵魂论》(De l'âme),430 b 27—28。

是多种多样的。就此,亚里士多德将理性(*metà lógou*)与非理性(*dunámeis álogoi*)对立起来,非理性只会产生一种结果(比如,热量只能通过加热而产生),而理性可能产生完全相反的结果①。

这种学说的很多观点,看起来都如此现代,以至于一些研究者认为抉择学说事实上已经提出了自由选择,而主体在自己的决定过程中,也将具有自由选择的能力。其中某些学者把这种能力归结于理性,认为是理性最终决定了行为的终极目的;而另外一些研究者却持相反的观点,他们将抉择上升为一种真正的意愿,将其认定为一种自主决定的积极能力,一种抵抗各种诱惑(心存欲望时产生的趋欲诱惑、意愿驱使时会有的趋利诱惑)坚持到最后一刻的能力,正是这种能力使主体最终走向行动,完全凭借本身的力量,而摒弃了欲望对其产生的影响。后者的观点是在为亚里士多德的行为分析所代表的反理性主义正名,从某种程度上说,亚里士多德的行为分析理论是对苏格拉底的反驳,甚至有些观点与柏拉图(Platon)也截然不同。

以上任何一种观点都无法独立地自圆其说②。在不涉及亚里士多德行为哲学的细节问题的情况下,我们可以说抉择并非完全独立的一种能力,它离不开另外两种能力,即亚里士多德在道德行为中提及的:一方面是灵魂的欲望;另一方面是具有实用功能的理智(*noûs*)③。意愿(*boúlēsis*),或者说理性的意愿,将一直持续至行为结束,它指引灵魂趋向善的一面,但事实上它却属于欲望(*órexis*)的范畴④,从这方面看,其属性与贪婪和狂怒的属性是一致的。但是,理性意愿的欲望功能是完全被动的。所以,意愿(*boúlēsis*)指引灵魂趋向理智的结局,但这个结局是必然的,而并非它所选择的。与之相反,谨慎思考(*boúleusis*)属于引导范畴,即理智实践范畴;与意愿的

---

① 《形而上学》(*Métaphysique*),1046 b 5—10;《尼各马可伦理学》,1103 a 19—b 22。
② 参见戈捷和若利夫,第二卷,页 217—220。
③ 参见《尼各马可伦理学》,1139 a 17—20。
④ 参见《尼各马可伦理学》,1139 b 2—3:"欲望所追求的目标正是:实现顺利圆满的行为。"

不同之处还在于,它与行为的结果无关,而只涉及方式问题①。所谓的抉择(proairesis),并不是指在善与恶之间进行选择,因为他本来就完全有能力在善恶之间自由选择,因此也无需再抉择。一旦设定好一个目标(如"健康"),那么思考过程就构成了判断环节,通过判断,理性会总结出这些实践方式是否能最终达到健康这一目的②;就思考而言,最后一个判断环节涉及到最终方法问题,最终方法不仅被看作与前面的那些方法一样可行,而且是能立即执行的。一旦产生了意愿,那"健康"就不再停留在普通的抽象的层面上,而是包含了对"健康"这一结果的渴望,也包含了实现这一目标的具体条件;意愿所追求的是:在主体所处的既定环境中,能将"健康"当下就据为己有的最有效的条件。与此同时,意愿强大的欲望也追求即刻实现的方法,行为会按照(也必须按照)这种方法去执行。

意愿、思考策划和抉择的所有阶段的内在必然性,恰好验证了实践三段论的模式,亚里士多德借助这种模式去解释抉择的思维过程。正如《伦理学》的评论家们所说的那样:"三段论是大小前提的结合点,抉择是欲望(即意愿)和思考(即判断)的交叉融合点。"③

因此,"意愿就必然是那样,判断也必然是那样,都是它们必然的固有的样子;在两者交叉融合处便是抉择,行为也就必然依此进行。④"大

---

① 《尼各马可伦理学》,1139 b 3—5:"意愿追求的目标是行为结果,而思考和抉择所追求的则是行为方式。"1111 b26:"意愿涉及的是结果问题,而抉择涉及的是方式问题。"
② 《尼各马可伦理学》,1139 a 31:"抉择的总原则是欲望和策划——通过怎样的方式去达到最终的目标。"参见戈捷和若利夫的评论,第二卷,第二部分,页 144。关于抉择过程中欲望和理智的作用,亚里士多德实践道德理论中的目的和方式,参见米哈拉基斯(EM. M. MICHELAKIS)的《亚里士多德的实践原则理论》(*Aristotle's Theory of Practical Principles*),Athènes,1961 年,第二章,页 22—62。
③ 戈捷和若利夫,页 202,212。参见《尼各马可伦理学》,11347 a 29—31:"比如,我们假设一个普遍前提:必须要品尝所有甜的东西。其中会有特殊情况会出现:这种食物是甜的。考虑到这两个命题,如果条件允许也没有阻碍因素的话,我们就必须同时完成这个品尝的行为。"
④ 戈捷和若利夫,页 219。

卫·福莱(David J. Furley)发现,亚里士多德用机械心理学来描述自发行为;我们试着重现亚里士多德在《论动物的运动》(De motu animalium)中运用的方法,即在刺激和反应之间,如果自由行动和选择能力都没问题的话,一切都必然(ex anánkēs)自动产生,而不是主体去做的结果①。艾伦(D. J. Allan)也惊讶地发现:所有亚里士多德的行为理论,似乎都隐含着心理决定论,那这种心理决定论,与行为理论所倡导的树立道德和法律层面的责任感的设想背道而驰。然而,艾伦也很中肯地指出:是我们自己一厢情愿地认为亚里士多德的心理学是决定论,但事实上,"决定论"这个修饰词并不恰当,因为他也提出了另外一种非决定论的解释观点,尽管后来他又对此予以反驳②。因为亚里士多德认为这种二律背反、自相矛盾是不恰当的。在他的道德行为理论中,他既不想论证也不想反驳精神层面的"自由"的存在,因而他也从未提及。无论是在他的作品中,还是在他那个时代的语言词汇中,都找不到我们今天所说的"自由意志"这个词③。自由选择权这一概念,对他来说还是很陌生的,他在讨论责任行为问题中也并未涉及,而只是认为:深思熟虑后的选择,被看作是完全出于自愿而完成的行为。

这种理解的缺失,体现了古希腊与现代对施动者概念的观念上

---

① 大卫·福莱,《希腊心理要素论者研究》(Two Studies in the Greek Atomists),Ⅱ:"亚里士多德与伊壁鸠鲁的自发行为观点"(Aristotle and Epicurus on Voluntary Action),Princeton,New Jersey,1967,页161—237。
② 艾伦,《实践三段论》(The Practical Syllogism),"关于亚里士多德",赠与Mgr Mansion 的古代及中世纪哲学研究集,Louvain,1955,页325—340。
③ 参见戈捷和若利夫,页217。"自由"(eleuthería)一词,"在那个时代指的并不是精神自由,而是自由人相对于奴隶来说所具有的法律条件;'自由意志'一词是很久以后才在希腊语中出现的,同时'自由'一词才有了精神自由这层含义:即自我掌控、自主。最早出现的例子可以追溯到西西里的狄奥多罗斯(Diodore de Sicile,公元前1世纪)的作品,但那时该词还不具备专业性含义,而这一含义是爱比克泰德(Epictète,公元前1世纪)首先确立的,他曾五次使用'自由'这个词(Entretiens,I,2,3;Ⅳ,1,56;62;68;100);自此以后,该词便可以在希腊哲学里面被引用"。拉丁人后来把希腊语的"自由意志"一词翻译成 liberum arbitrium。

的差异。在古希腊时期,还存在其他道德观念的"缺失",而理解的缺失与其他道德观念的缺失相结合(比如,古希腊没有与现在我们所说的责任义务相对应的词,在当时的价值体系中,责任这个概念并不被重视,责任义务的特点也都模糊不定①),突出了古希腊伦理与现代道德意识之间的不同取向,但它也更深刻地体现出了在精神层面的意愿范畴的缺失,以下这一点就揭露了这个问题:在语言层面,没有一个用于指代自发行为的贴切的术语②。我们说过,在古希腊语中,没有一个词与我们今天所说的"意愿"相对应。希腊语中 *hekón*("自发"、"自愿")一词的词义更为广泛,况且,其心理方面的含义更加模糊不清。之所以说它的词义更广,是因为我们可以把它归类于"自发的"、"自愿的"(*hekoúsion*),正如亚里士多德所言,任何不被外来约束力所强迫的行为:可以是出于欲望或冲动而完成的行为,也可以是经过慎重思考策划后完成的行为——从单纯的倾向,最后到坚定不可动摇的计划;之所以说它在心理方面的含义不确切,是因为:意图的程度和方式有很多,可以是单纯的倾向,也可以是坚定不可动摇的计划,其间千差万别,所以,在使用中容易发生混淆。有意为之与预先计划并未被区分开:*hekón* 一词具有这两种含义③。而根据路易·热尔内的观点,*ákōn* 一词结合了所有以上提及的概念(其实从心理学角度来看,本应从一开始就要将这些概念区分开):如非蓄意杀人(*phónos akoúsios*),可能是完全无恶意的意外,可能是单纯的疏忽,也可能是真正的过失行为,又或许是出于一时的愤怒冲动,甚至根本

---

① 参见亚瑟·阿德金斯(Arthur W. H. Adkins),《功绩与责任——希腊价值观研究》(*Merit and Responsability. A study in Greek Values*),Oxford,1960;布罗沙尔(V. BROCHARD),《古代哲学与现代哲学研究》(*Etudes de philosophie ancienne et philosophie moderne*),Paris,1912,页 489—538;更详细地澄清说明戈捷和若利夫的观点,页 572—578。
② 在之前另一章中引用的斯内尔的作品,他自己观察后发现:意愿"对于希腊人来说是很陌生的概念,他们完全没有一个词去表示它",页 182。
③ 路易·热尔内,《古希腊法律思想与道德思想的发展研究》(*Recherches sur le développement de la pensée juridique et morale en Grèce*),Paris,1917,页 352。

不是出于正当防卫而犯下的杀人罪行①。这是因为自愿-非自愿(hekón-ákōn)的认定,还是要考虑到个人的主观条件(主观条件使个人成为其行为的责任动因)。这涉及古希腊城邦的法律分类,同时也被规定为公共观念的标准。然而,法律制定的依据并不是责任者的心理分析结果,它所遵循的准则,是为了以国家的名义去管理私人恩怨而设立的,以便根据其在群体中所引起的反映强烈程度,去区分不同司法领域的不同类型的杀人罪。在部族法庭的体系组织范围内,比如德拉古(Dracon)在公元前 7 世纪在雅典设立的法律体系,根据公共情感的强弱等级建构了一个下行的体系:蓄意杀人(*phónos hekoúsios*)涵盖了所有此类该受惩罚的杀人罪行,属于亚略巴古(Aréopage)法院的司法权限范围;非蓄意杀人(*phónos akoúsios*)包括可被谅解的杀人罪行,属于帕拉迪翁(Palladion)法院的管辖范围;正当杀人(*phónos díkaios*)是指被证明无罪的出于正义的杀人行为,属于德尔菲涅(Delphinion)法院的管辖范围。与前两类谋杀罪相对比来看,这第三类(正当杀人)行为包括了很多大相径庭——从施动者的心理方面来看——的各种行为:事实上,它涉及所有按惯例来看完全无罪或者被认为是正当合理的(出于等级原因)谋杀行为,包括因通奸而导致的或者在公共游戏活动或战争中发生的谋杀行为。法律通过语义上相反的"自愿-非自愿"(hekón-ákōn)所界定的界线,并不是建立在"意愿"和"非意愿"的基础上,而是建立在社会意识所形成的区分基础之上,在既定历史条件下,社会意识区分出备受指责的行为和可被谅解的行为。除了这两种行为之外,还有正当合理的行为,它们共同构成相互对立的评判标准。

另外还需要指出的是,与行为相关的所有古希腊词汇,都具有理智主义的特点,涉及出于自愿而完成或非出于自愿而完成的行为,应归咎于或不应归咎于主体的行为,应受指责或应被谅解的行为。在古希腊的语言和思维中,认知概念和行为概念似乎总是紧密相关的。

---

① 路易·热尔内,前揭,页 353—354。

一个现代人想要找到那个时代表达"意愿"的词,他找到的会是一个表达"知道"的词。被柏拉图所继承的苏格拉底的观点认为:犯罪是一种无知,一种认知缺陷。这种看法在我们今天看来似乎就是一种悖论了。事实上,这种观点直接把"罪"字最原始的含义加以延伸(最原始的含义出现于法律社会和城邦制度之前)。"罪"(hamártēma)起初表现为精神思想方面的"错误"、宗教亵渎和道德败坏①。"犯罪"(hamartánein)是指最严格意义上的理智上的迷失错乱和盲目,最终导致行为堕落失败。"犯罪(偏执)"(harmartia)是一种精神病症,狂热的偏执会使一个人失去理智,成为罪犯与受害者,沦为魔鬼、罪人。这种犯罪的疯狂——或者用希腊语可称之为神降灾祸(átē)、复仇性的惩罚(Erinús)——将人围困其中,并像邪恶的神力一样渗透人的整个身心。这种犯罪的疯狂,在将人同化的同时,仍然外在于人且超越人本身。罪行污点的侵蚀传染性极强,不只是祸害个人,还会波及他们的子孙后代乃至他们亲属的家族,它能危及整个城市,污染整片领土。在罪犯的自身或外在于他,同一种不幸的力量肆虐开来,它代表着"罪"最古老的根源、后续的恶果和不断殃及后代子孙的惩罚。正如路易·热尔内所言,并不是说某一个人构成了罪行的因素,"罪行存在于人之外,是客观存在的"②。在这种宗教思维的背景下,犯罪行为被认为是宇宙中一种极具侵蚀性的邪恶力量,是人内在的一种精神失常,其行为范畴的构造与我们的已经完全不同。一个看似破坏宗教秩序的错误,隐含着远远超越人类本身的灾难性力量。犯下这个错误的人(或者更精确地说,是这一错误的受害者)会身陷灾难的泥潭,而这一灾难的大门是他自己开启的(或者说,灾难性力量是通过他才得以释放的)。行为并不来源于施动者,而是将施动者囊括其中,一种在时空上都完全超越人自身的力量将施动者包围,并引导着他的走向。施动者被迫陷入行为之中,而并不是行为的创造

---

① 路易·热尔内,前揭,页305。
② 同上,页305。

者,他一直被围困在行为内部。

很明显,这已经不是个人意愿的问题了。在主体的活动中,要区分蓄意和被迫犯罪已经没有什么意义了。我们是如何自愿被错误所迷惑,而走向犯罪的道路的?具有侵蚀性的犯罪污点一旦产生,它又如何能(独立于主体之外地)同时在其内部隐含着惩罚?

随着法律和城邦法庭的建立,"罪"原始的宗教含义消失了,取而代之的是一种新的犯罪概念①。新的概念更加突出体现了个人。此后,个人意图便被认定为违法犯罪行为的构成元素之一,尤其是在谋杀罪中,个人意图非常关键。此后,在人类活动中,对自愿和非自愿两大类的区分成为衡量的标准。但应该注意的是,罪犯的这种心理也是在纯理智主义词汇的范围内形成的。出于自愿完成的行为和非自愿完成的行为,这两种相对立的行为的定义标准就是知道或无知。在自愿(*hekón*)一词中,隐含着单纯的意图这层意思,瞬间出现的完整想法,而毫无分析过程。意图,在希腊语中用的是 *prónoia* 一词。德拉古的立法中提到的出于意图(*ek prónoias*)杀人,现在指自愿(*hekón*)杀人,是与非自愿(*ákōn*)杀人相对而言的。其实,*ek pronoías* 和 *hekón ek pronoías* 都是希腊语中"自愿"的不同表达方式。意图(*pronoia*)是一种意识、事先的思想活动、事先的谋划。导致犯罪行为发生的"犯罪意图",指的不是作恶的"意愿",而是事先对其行为后果的清醒认识。赫加托波顿(Hécatompedon)法令组成了最古老的法律文献,它接受了新的法律要求,通过 *eidós*(观念、想法)一词体现了主体责任;主体要被判定为故意犯罪,必须要符合一个条件,即他行动时是已经知道其行为后果的②。反过来说,如果犯罪的本质原因是无知,但无知又被定义为非自愿的(*ákōn*)犯罪范畴,因此,无知

---

① 路易·热尔内,前揭,页 373。
② 参照:马多利(G. MADDOLI),《赫加托波顿法令中的责任与惩罚》(Responsabilità e sanzione nei "decreta de Hecatompedo"),*Museum helveticum*,1967,p. I-II;J. et L. ROBERT,铭碑录,《希腊研究杂志》(*Revue des études grecques*),1954,第 63 期;1967,第 176 期。

应属于无犯罪意图,并与自愿(hekoúsion)犯罪相对立。色诺芬(Xénophon)写道:"人因无知而犯下的罪行,我统统将其认定为'非自愿'。"① 柏拉图自己也该承认:不知道自己的无知(是犯罪的根本原因)就是双重的无知,它会造成无犯罪意图的犯罪②。无知是一种悖论,它既是犯罪的原因又是判定无罪的理由,无知的悖论体现在"犯罪"(harmartía)词汇的词义演变上。这种演变是双重的③。一方面,词汇中含有"意图"的概念:有过错的犯罪(hamartón),这是唯一一种蓄意犯罪;无过错犯罪(ouk hamartón),即并非出于自愿(ákōn)而犯罪。因此,动词"犯罪"(hamartánein)也可以指"作恶"、"行不义之事"(adikein):有意图的犯罪是城邦追踪惩罚的主要对象。而另一方面,"无意图"概念曾隐含在"犯罪"的原始概念(精神错乱、盲目)中,而公元前5世纪开始,出现了"无意图"犯罪。"犯罪"(hamartánein)也开始适用于可谅解的犯罪(即主体对其行为并没有全面清晰的认识)。自公元前5世纪起,"罪"(hamártēma)基本上是用于定义无意图犯罪(即非自愿犯罪,akoúsion)的专门概念。亚里士多德也这样将其与以下几种概念相对比:"恶行"(adikēma)、蓄意犯罪、出乎意料(也超出主体认知)的意外(atúchēma)④。在几个世纪中,这种意图的理智主义心理,使这类词汇的以下两种相互矛盾的含义同时并存:蓄意犯罪和无意图犯罪,这是因为"无知"这一概念同时具有两种不同的理解方式:一种是,它还保留了侵入人思想的邪恶力量,这种力量将人推向盲目的恶的深渊;另一种是,它已经具有了一层积极的含义,即承认了对于行为的具体条件的认知缺陷。如何给"无知"的概念提供必要的模式,进而去展现其可原谅性,让它能全然证实自己最新的涵义?公众从未停止过对这个核心问题的想象和

---

① 《居鲁士的教育》(Cyropédie),III,1,38;参见路易·热尔内,前揭,页387。
② 柏拉图,《法义》(Lois,旧译《法律篇》),IX,863c。
③ 参照:路易·热尔内,前揭,页305,310,339—348。
④ 《尼各马可伦理学》,1135 b。

探讨。"无知"这一概念,它在犯罪根源和犯罪托辞(有助于减轻罪行)两种范畴之间摇摆,但它在这两种范畴中都不带有"意愿"的涵义。

另外一种模糊性,还体现为以 boul- 为词源的相关词汇,这类词汇表达的也是意图的方式①。动词 boúlomai 有"希望,更想要"的意思,时常被译为"愿"、"想要",在荷马作品中被使用的频率不如 thélō 和 ethélō②。在阿提卡语谚语中,boúlomai 取代了 ethélō,指的是主体本身的喜好和倾向、内心意愿和个人偏好,而 ethélō 则专指"同意"、"赞同",通常是与非主体本身喜好的对象一起使用。有三个行为词汇都是源自 boúlomai:boúlēsis,即意愿;boúlēma,即意图;boulḗ,即决定,策划,建议(指古人的忠告③)。可以看出,这类词的整体含义主要涉及希望,自发的喜好、思考和理智谋划④。动词 bouleúō 和 bouleúomai 都具有更单一的含义,即慎重讨论和思考。我们可以看到,在亚里士多德的作品中,boúlēsis 是一种欲望,仅指偏好和希望,还未达到"真正的意图"之意。但有所不同的是,bouleúō 一词及其衍生词(boúlēma,epiboulḗ 和 proboulḗ)的含义却更倾向于真正的意图。这些词指的是预先谋划,或者决定;后者是为了更加准确地表达亚里士多德所说的选择理论(proaíresis),正如他本人所强调的那样,这种选择或决定必须以下两个观念为前提:第一是通过理性(lógos)和思考(diánoia)去完成的深思熟虑的谋划(bouleúomai);第二是时间上要有前瞻性⑤。"有意图"这一概念也在"欲望的瞬间倾向"和"理智的预先策划"之间徘徊。对于这两个极

---

① 路易·热尔内,前揭,页 351;戈捷和若利夫,页 192—194;尚特赖纳(P. CHANTRAINE),《希腊语词源词典》(*Dictionnaire étymologique de la langue grecque*),第一卷,页 189—190。
② 译注:thélō 是 ethélō 的缩写形式,意为"想要"、"意欲"。
③ 《尼各马可伦理学》,1112 a 17。
④ 在亚里士多德的作品里,proairesis 指的是对实践思考的意图性选择或决定,可以被定义为有意图的理智,或理智思考的意图,《尼各马可伦理学》,1139 b 4—5。
⑤ 《尼各马可伦理学》,1112 a 15—17。

端,哲学家们在分析时会对它们加以区分或对比,而在这两极之间,词汇就起到了过渡和调节的作用。而在《克拉底鲁篇》(Cratyle)中,柏拉图将"决定"(boulé)与"投向目标"(bolé)联系起来。他的理由是:动词"希望"(boúlesthai)含有"趋向某处"(ephiesthai)之意,同样,"谨慎思考"(bouleúesthai)一词也具有这层含义;相反地,"鲁莽"(aboulia)则会导致失败,也无法实现"我们曾希望的、思考策划的和心之所向的目标"[1]。这样来看,无论是希望还是思考策划都隐含着一种趋向目标的运动、张力和灵魂的冲动。这是因为在偏好倾向(boúlomai)和理性思考(bouleúō)过程中,主体的行为在主体自身找不到最具说服力的因果关系(作为行动的原动力)。因此,导致主体行动,并引导其行为的,始终是外在于他的一个"定数":可能是他欲望的本能趋向,也可能是思考让他觉得那个"定数"是好的[2]。一种情况是:主体的意图与欲望有关,且受欲望驱使;另一种情况是:主体的意图受最高尚的理智驱动。但是,在欲望的本能和善性的思维之间的这一范围内,似乎并不是意愿的用武之地,即主体能通过意愿形成自主决定的核心——其行为的真正原动力——的地方。

如果是这样的话,那就要谈到该如何理解亚里士多德以下言论的问题了:亚里士多德认为,我们的行为都在我们能力控制范围内(ἐφ' ἡμῖν),我们都是我们自己行为的责任起因(aitioi),人是其行为的根源,是其行为之"父"——行为就像他自己的孩子[3]。当然,这段言论也体现出以下的考量:使行为牢固扎根于主体的内心,将个人认定为其行为的动因,这也是为了让恶人和纵欲者要为他们的罪行负责,以及预防他们以所谓的外来强制力为借口(自称他们也是外来强制力的受害者)而逃脱责罚。然而,我们应该准确解读亚里士多德的

---

[1] 《克拉底鲁篇》(Cratyle),420 c—d。
[2] 如果说亚里士多德认为人是其行为的起源和动因,那他也说过:"我们行为的起源就是行为被引导要达到的那个终结点"。
[3] 参见如《尼各马可伦理学》,1113 b 17—19。

话,他多次写到:行为"依赖于人自身"。如果我们进一步看这句话中的意思,即活着的人有"自我驱动能力",那么,其中"自身"(autós)一词的确切含义就显而易见了。在这一语境中,"自身"(autós)并不是指自我、本我,也不是指主体所具有的能改变其内在动机的特殊能力①。Autós 指的是一个完整的个人,是一个具有能形成习惯性格(êthos)的所有特质的整体。在谈到苏格拉底的"恶是一种无知"的理论时,亚里士多德认为人对自己的无知是负有责任的,事实上,这种无知依赖于人自身,且"无知"也在人的能力范围之内,因为人是主宰者、支配者(kúrioi),所以要对其无知负责。亚里士多德反对下面的观点:确切来说,作恶的人(依据其当时状态来看)当时无法发挥其能力。他反驳道:作恶的人本身要为他所处的那种无能力状态负有责任(aitios)。"因为在任何行为领域,一种类型的行为都会形成与之相对应的一类人。"②属于一类人的习惯性格(êthos)是建立在一系列特质(héxeis)基础上的,这些特质在实践中逐步发展完善,最终形成习惯③。一旦习惯性格形成以后,主体就会以这些习惯特质为标准去行动,而不再去做其他类型的行为。但在这之前,他是能自我掌控的,可以选用不同的方式去行动④。从这个角度来看,如果说我们每个人都有设想好的行为目标,其实现方式必然依赖于人的性格,然而性格又是通过我们自己的行为而形成的,那就意味着:性格依赖于我们自身。但亚里士多德从未试图用心理学的分析方法去研究:主体在其特质(或习惯)还未确立之时,是否会具备自主决定的能力(以某种特定方式)和为其将来的行为承担责任的能力。同样,我们无法预见一个缺乏选择能力的小孩子是否将会有能力自主决定以铸就自

---

① 参见艾伦(D. J. ALLAN),他强调 autós 并没有以下含义:抗拒欲望、具备独立能力的理性自我。
② 《尼各马可伦理学》,1114 a 7—8。
③ 关于"习惯性格"(êthos)和灵魂的欲望的对应关系,以及习惯性格的特质,参见《尼各马可伦理学》,1103 a 6—10 和 1139 a 34—35。
④ 《尼各马可伦理学》,1114 a 3—8,13—21。

己的习惯性格。亚里士多德并不探讨个人性格形成过程中的各种影响力量,但他并未忽视自然、教育和立法所起到的作用。"我们在年轻时在怎么样的习惯环境中受教育,这并不是一个无关紧要的问题:相反,这个问题极其重要,甚至是决定一切。"①如果这决定了一切,那主体的自主性就在社会制约力面前逐步消失了。但对亚里士多德来说这并不重要:他的观点总体来说是道德化的,对他来说,在习惯性格和个人之间建立起紧密的关联就已经足够了,这一相互关联确立了施动者的主体责任。当人的行为能在人本身找到其根源(*arché*)和动因(*aitia*)的时候,那人是其行为之"父";但这种内在因果关系只能以完全消极的方式出现:每次,当我们无法为某行为找到外部强制性缘由的时候,那就意味着其起因在人本身,是人自愿发起的,这样,该行为也就有理由完全归咎于人本身了。

这样分析的话,在亚里士多德的作品中,主体的因果关系(与责任一样)与任何意图都无关,而是建立在内在相似性、自发性和纯粹自主性的基础之上的。不同种类的行为的混杂体现出:如果这个人已经具备了自己的特性,他对所有自愿完成的行为都负责,那么,个人就太过于封闭在习惯性格的限定之中,也与内在特质联系得也太过紧密——这些特质会促使他去做恶事或者做好事——以至于个人无法以决定核心的身份完全抽离出来,也无法表现出人"自身"(*autós*)才是真正的动因。

如果我们要将悲剧的行为模式置于更加广阔的历史领域去阐释的话,那么亚里士多德的这一番复杂迂回的言论就很有用了。主体责任的出现,自愿和非自愿完成的行为的区别,施动者的个人意图被列入考虑范围:悲剧诗人并未忽视的以上种种新现象,随着法律的进步,这些新现象已经深刻地影响了希腊人的行为动因观念,也改变了个人与其行为间的关系。关于从荷马时代到亚里士多德时期,通过悲剧作品所体现出来的这些变化,我们并未忽视其范围问题,但实际

---

① 《尼各马可伦理学》,1103 b 24—25;参见 1179 b 31, s.

上，这些变化只是在狭小范围内发生的，比如，作为一个哲学家，亚里士多德注重在行为的纯内在条件之上建立个人责任感，即使在他的作品中，这些变化仍然属于心理学范畴的变化，而在这一范围内，并没有"意志"的位置。

里维耶就"悲剧性的人"提出了一些基本问题：对于希腊人而言，难道不存在未经选择的意愿和独立于意图之外的责任吗？对于他的问题，无法简单地进行肯定或否定的回答。首先，因为我们注意到那些已经产生的种种变化；更重要的是，因为这个问题似乎不应该用这种方式来表述。在亚里士多德的作品中，决定被认为是一种选择（hairesis），而意图被看作是责任的构成因素。然而，无论是决定的最终选择，还是经过慎重思考的意图，都并不是指施动者固有的自我决定能力。回过头来看里维耶的问题，我们可以说在一个如亚里士多德一般的希腊人身上，确实存在选择和建立在意图基础上的责任，但缺少的确切来说就是意愿。在亚里士多德的分析中，突出了被迫执行的行为和主体完全自愿完成的行为之间的对立，只有在后者的情况下，主体才需要对其行为负责，因为那是他自发或经过思考谋划后决定实行的行为。但如何理解这种矛盾对立呢？悲剧似乎应该忽略或避开这种对立性，里维耶也赞同这种观点，比如埃斯库罗斯的作品向我们展现的就是："决定"总是主人公服从神的强制力的结果。在亚里士多德的作品中，对这两种行为的区分并未将强制力与自由意志相对立，而是将外来的强制力与内在的决定相对立。为了将这种内在的决定与强制权相区分，它也是具有必然性。当主体听从于习惯性格（êthos）行动时，他自身也必然（ex anánkēs）要有所反应，但无论如何，其行为确实是来源于他本身；他并不是在外来压力下作出决定的，他是其行为之"父"和源头，也要对其行为负责。

那么，关键问题就在于要搞清楚：里维耶所指的必然性（anánkēs），是否总带有神施加于人身上的外来压力的形式——在埃斯库罗斯的作品里这种必然性构成了悲剧性"决定"的原动力；必然性是否也无法被看作是人物的内在性格,或者说是内在性格和外来压力这两个方面的结合体——在悲剧看来,促成行为的力量包含了既相互对立又不可分割的两方面。

当然,从这方面来说,还需要考虑到悲剧自埃斯库罗斯到欧里庇得斯的发展演变过程中,出现了心理化的倾向,更加突出主要人物的个人感情。德·罗米伊女士(Mme de Romilly)认为,在埃斯库罗斯的悲剧作品中,悲剧行为"带有超越人类的力量,而在这些力量面前,个人性格变得模糊了,退居次要地位。相反地,欧里庇得斯却把所有的注意力都放在个人的性格上"①。

我们应该注意到他们不同的侧重点。然而,似乎在整个公元前5世纪,雅典的悲剧体现出人类行为的一个典型模式,是人类所特有的,并被定义为一种特殊的文学形式。当悲剧依然活跃的时候,这种模式从本质上保留着相同的特点。这样来看,悲剧是一种孕育各种行为和动因的特殊状态,它标志着一个重要的阶段,也标志着在研究古希腊人意愿的历史上的一个重要转折。还需要更好地确定主体动因的悲剧地位,从中找出我们正努力研究的心理学涵义。

莱斯科和威宁顿-安格拉姆最近发表的研成果使这一方面的研究变得更加容易了。他们的研究结论大部分是一致的。莱斯科于1966年提出了双重动因的观点,具体来说是关于埃斯库罗斯作品中的决定和责任问题②。他在文中谈到了"自由意志"、"意愿"和"选择自由",尽管他的这些用词遭到里维耶的批判,但他的分析也很清楚地展现了:在决定的最终确立这一问题上,他认为悲剧人物自身也起到重要作用。我们以阿伽门农为例,当他决定将自己的女儿伊菲革涅亚献祭的时候,事实上他是受到双重力量的影响,这双重力量使他

---

① 《从埃斯库罗斯到欧里庇得斯的悲剧演变》(*L'Evolution du pathétique d'Eschyle à Euripide*),Paris,1961,页 27。
② 莱斯科(A. Lesky),〈埃斯库罗斯悲剧中的决定和责任〉(Decision and Responsability in the Tragedy of Aeschylus),发表于《希腊研究杂志》(*Journal of Hellenic Studies*),1966,页 78—85。

觉得这一决定是客观必然的:一是无法反抗阿尔忒弥斯通过预言者卡尔卡斯(Chalcas)所传达的神谕;二是无法背弃攻打特洛伊(Troie)的希腊联盟军,攻下特洛伊也符合宙斯的要求。第218行诗写道:"他的脖子上系着'必然性'这根皮带",这句话总结并体现了那种必须要俯首听命的严峻局势,使得这位迈锡尼国王没有任何自主决定的余地。同时,当代研究者试图用个人动机去解释阿伽门农的行为,而这一企图也因上面那句话而直接破灭。

这种对崇高神力的服从在作品中无处不在。但是,莱斯科认为,这只是悲剧行为的一个方面而已。还有另外一个方面,对于现代人的思想来说这似乎与第一个方面不兼容,但在作品中,这是导致悲剧性决定的本质问题。当时的局势对阿伽门农来说是至关重要的,献祭伊菲革涅亚具有必然性,但同时,这一献祭不仅为阿伽门农所接受,甚至可以说是他所强烈希望的,他对此负有很大责任。在定数女神阿南刻(Anankè)的枷锁之下,这是他被迫要去做的事情,同时也是他所希望做的事情。为了取得特洛伊战争的胜利,他愿意不惜一切代价,哪怕这个代价是牺牲他自己的女儿。神祇所要求的献祭,对于人来说,要做出这一献祭的决定,意味着一种要付出代价的可怕罪行。阿伽门农呼喊道:"愿这一献祭、少女的鲜血带来狂风,强烈的希望,深深的欲望,这为我带来企盼。"①阿伽门农按照宗教仪式的要求所呼喊的,并不是他被迫做自己所不愿做的行为,而是萦绕着他的内在欲望,即想要不惜一切代价为他的联军打通胜利之路。他不断重复同样的话(ὀργᾶ περιοργῶς ἐπιθυμεῖν),这突出了他欲望之狂烈,也强调了这一人物(出于自身的、该受到谴责的动机)正朝着神为他选择的路(出于其他动机)狂奔而去。这位迈锡尼国王的态度和所作所为,由合唱队唱了出来:"船已掉头,这个不洁之人,渎神之人:他已经准备好不惜一切代价了,他已经做出了决定……他居然成为了他女儿的祭司,只是为了帮助联军夺回一个女人(海伦),为了让大海给联

---

① 埃斯库罗斯,《阿伽门农》,214—217。

军船队开路。"①另外一段似乎呼应了我们的解释,但可能评论者们并没有注意到。当时,合唱队讲述着:"这位希腊联军船队的首领自己已经成为莫测命运的帮凶,而无需去责怪那位预言者。"②阿尔忒弥斯通过预言者卡尔卡斯所传达的神谕,对阿伽门农而言并不属于绝对的命令,也并没有说"必须献祭你的女儿",而只是说"如果你想要得到风,就需要用你孩子的血来偿还"。阿伽门农毫无置疑、毫无责难(ps*é*gein)地就听从罪恶性格的驱使,在他率领联军长途跋涉去征战的那一刻,就表明他对于女儿的爱和生命已经毫不在意。有人会说这场战争也是宙斯想要看到的,因为帕里斯(Pâris)违反了热情待客的神圣职责和宾主之礼,所以宙斯要让特洛伊人为此付出代价。但关于这一点,也体现了悲剧事件的模糊性,根据神界和人界的不同角度的转换,价值和意义也都会相应发生改变,悲剧既将这两种层面连在一起,又将两者对立起来。从众神的角度来看,这场战争是完全合理的。但在它变成宙斯正义(díkē)的工具时,希腊人就转而落入罪行和大逆不道的深渊。这主要不是因为对众神的敬重问题,而更是他们自己的狂妄自大(húbris)所导致的。在这场悲剧中,特洛伊的毁灭、伊菲革涅亚的死,都像屠杀怀胎母兔一样,后者是前两者的预兆,而提及特洛伊毁灭的时候,通常是从双重的对立角度来看的:这是为了满足复仇欲望而向众神虔诚献出的牺牲品,反过来说,这是充满屠杀和鲜血欲望的战争发起者们所犯下的可怕的渎神之罪,他们是真正的猛兽,犹如两只雄鹰,凶残地吞食了柔弱的母兔和她羽翼庇护下未出生的小兔仔。③当宙斯正义的矛头指向阿伽门农的时候,就通过这位迈锡尼王的妻子克吕泰涅斯特拉去对付他。除了这两个人物之外,阿伽门农所受的惩罚,究其根源,其实就是那个从提

---

① 埃斯库罗斯,《阿伽门农》,224—227。
② 同上,184—187。
③ 参照:维达尔-纳凯,《埃斯库罗斯的俄瑞斯忒亚的狩猎与献祭》(Chasse et sacrifice dans l'Orestie d'Eschyle), infra,页140 et s.

厄斯忒斯(Thyestes)所赴的罪恶宴会之后一直延续下来的对整个阿特柔斯家族的诅咒。但这位希腊人的国王之死是复仇女神和宙斯之所愿,也是有预谋的必然,之所以由他的妻子来执行谋杀行动,主要是出于她自身的原因和她的性格所致。甚至无需提及宙斯和复仇女神,是她对丈夫的仇恨、对情人埃吉斯托斯(Egisthe)的罪恶而狂热的感情以及她对权力的渴望最终促使她决心弑夫。面对阿伽门农的尸体和长老们,她试图为自己辩护:"看似这是我所为,但不要相信这些,甚至不要相信我是阿伽门农的妻子。我只是以他的妻子的皮囊杀害了他,这仅仅只是表面现象而已,真正杀害他并要为他的死负责的是祖先阿特柔斯(Atrée)的复仇之神(alástōr)。"①她在这里全力辩护的言辞,体现出的都是古代对于犯罪与惩罚的宗教观念。克吕泰涅斯特拉作为一个犯罪之人,她企图以超人类的神灵之力为挡箭牌来为自己脱罪。这样的话,就意味着真正要指责的应是家族的复仇之神,是神为惩罚整个阿特柔斯家族而降下的灾祸(átē),此处又再次展现了它可怕的力量,祖辈的罪行又从内部不断滋生新的罪行。但值得注意的是,合唱队拒绝以上的说法,并通过法律词汇表达了出来:"谁将能证明你在这一谋杀案件中是无罪的?"②克吕泰涅斯特拉并不是无罪的(anaitios),也不能不为此负责。但同时,合唱队也在进一步思考。很明确的是,像克吕泰涅斯特拉和埃吉斯托斯(承认自己蓄意而为,是这一谋杀罪行的教唆者)一样的罪犯肯定负有人性的责任,但此外,其中还夹杂了其他因素,即超自然的力量确实也能参与这些罪行。由于没有对神谕加以评断,阿伽门农也成为其命运的共犯。合唱队对此唱道:"可能复仇之神(alástōr)也是克吕泰涅斯特拉的帮凶吧。"悲剧性决定的产生,往往是由众神的布局和人的策划与狂热共同作用的结果。这种"同谋关系"通过一些法律用语体现出

---

① 埃斯库罗斯,《阿伽门农》,1497—1504。
② 同上,1505—1506。

来;如 metaitios,即有共同责任的;xunaitia,即共同责任关系;para-itia,即部分责任①。在《波斯人》(Les Perses)中,波斯国王大流士(Darius)说道:"当一个人自己(autós)正努力冲向衰亡之际,总会有神再来助他一臂之力,进一步推动他走向衰亡(sunáptetai)。"②也正是"自我"和"神"这两者在决定过程中的共存,并通过两个极端之间的持续张力,为我们定义了悲剧行为的本质。

当然,主体在决定中所发挥的并不是他个人的意愿。就此,里维耶有充分的理由认为:埃斯库罗斯所用的词,如 orgé(狂热),epithumein(渴望)也不能说是属于阿伽门农的个人意愿范畴,除非是承认希腊人已经把"出于自愿的主体"置于情感和欲望的层面去看待了。然而,在文中,他也同样反驳了以下观点:认为单单只是纯粹的外来约束力在起作用。只有对于我们今天的现代人来说,才存在以下的两难选择:要么是自由意志,要么是各种形式的约束力。但如果我们从古希腊的角度来思考的话,可以看出:当阿伽门农顺从于狂热的欲望时,他的行为即使不是出于他的纯意愿,但至少也是他完全自愿(hekón)而为的,因此,他本人就应该为其行为负责(aitios)。另外,对于克吕泰涅斯特拉和埃吉斯托斯两个人物来说,埃斯库罗斯并不仅仅强调他们强烈的感情和欲望——仇恨、不满和野心——这些他们罪恶行为的推动力,他还强调长期以来所策划的谋杀是如此的处心积虑,每一个细节都是精心策划,目的就是让被害者无处可逃,决心将他置于死地③。因此,表达预谋的理性词汇自然就与情感词汇并存。克吕泰涅斯特拉夸耀自己是经过缜密思考编织了种种谎言和诡计,就是为了确保让他的丈夫能陷入她设计的陷阱④。埃吉斯

---

① 参见哈蒙德(N. G. L. HAMMOND)的评注,《俄瑞斯忒亚》中的个人自由与限制》(Personal Freedom and its Limitations in the Oresteia),发表于《希腊研究杂志》(Journal of the Hellenic Studies),1965,页 35。
② 埃斯库罗斯,《波斯人》,742。
③ 埃斯库罗斯,《阿伽门农》,1372, s.
④ 同上,1377;参见 1401, s.

托斯也自信满满地吹嘘自己就是那个在背后策划这场谋杀的操纵者,他将所有计谋步骤组合起来,以便万无一失地实施他的谋杀之举(dusboulia)①。合唱队只需要引用他自己的这些话来指控他蓄意(hekón)谋杀迈锡尼王,指出他的杀人行为是有预谋的(bouleûsai, V. 1614;ebouleusas, V. 1627,1634)。但无论是像阿伽门农一样出于自己的冲动和欲望,还是像克吕泰涅斯特拉和埃吉斯托斯一样出于缜密思考和预谋,悲剧性的决定所具有的模糊性始终没变,也是以上双方行为的共性。以上两种情况中,无论是谁,决定都来源于人物本身,与人物的个人性格保持一致;同样地,决定也体现出超自然的力量对人类生活的干预。此外,合唱队还指出:目空一切的大逆不道,居然能够驱使希腊人的国王阿伽门农杀死自己的女儿(作为献祭品),这也是人的悲剧之源——"致命的发狂,导致人冲动莽撞,目空一切"②。里维耶也指出,这种致命的发狂(parakopá)蒙蔽了国王的自我,这与决定过程中让人精神错乱的神力如出一辙,只是后者是由神发出的,目的也是使人迷失自我。另外,众神推动了阿伽门农的狂乱冲动,也同样参与了克吕泰涅斯特拉残酷的谋杀决定,以及埃吉斯托斯的缜密谋划。当克吕泰涅斯特拉在为自己亲手制造的谋杀杰作而沾沾自喜的同时,她认为真正的"作者"其实是正义女神狄刻($Dik\bar{e}$)、复仇女神厄里倪厄斯和争端女神阿忒($At\bar{e}$),而她自己只是个付诸实施的工具而已③。合唱队将直接杀人的责任归罪于她,也用言语攻击她的轻蔑和仇恨④,但同时也承认阿伽门农之死也有争端女神阿忒和正义女神狄刻的参与,也是一种神力($daim\bar{o}n$)行为:她们为了反击受诅咒的坦塔罗斯⑤(Tantale)的后代,利用了两个灵魂不吉的女人

---

① 埃斯库罗斯,《阿伽门农》,1609。
② 同上,222—223。
③ 同上,《阿伽门农》,1431。
④ 同上,《阿伽门农》,1424—1430。
⑤ 译注:也属于阿特柔斯家族,是阿特柔斯(Atrée)的祖父。

（海伦和克吕泰涅斯特拉）①。至于埃吉斯托斯，也是如此，他也将阴谋的成果归功于自己，因为是他亲自策划了这一阴谋，但他也感谢复仇女神参与编织了陷阱之网，使阿伽门农最终陷于其中②。合唱队在阿伽门农的尸体前痛哭，面对着克吕泰涅斯特拉，在她的帮凶还未上台之前，合唱队意识到了：在这位阿特柔斯家族后裔③身上所发生的不幸背后，体现出的是宙斯所树立的正义的法则——对犯罪者要有所惩罚。在某一刻，阿伽门农必定要为那孩子洒下的鲜血付出代价。合唱队最后总结陈词：如果没有宙斯的支持，人类也无法成事④。但当埃吉斯托斯上台开始讲话的时候，合唱队所援引的唯一一项正义，即出自民众的正义要求：民众在抨击罪犯的同时，也要求对他进行严惩，因为他的重罪已经揭露出他真正的性格——懦弱的引诱者，毫无顾忌的野心家，狂妄自大的厚颜者⑤。

习惯性格（êthos）和神力（daimōn）都是现实存在的两种层面，在埃斯库罗斯的作品中，悲剧性决定总是在这两个层面的共同作用下产生。行为的根源既存在于人本身，也存在于人之外。同样一个人物，有时他是施动者，是其行为的原因和根源；有时他又是被动的受力者，被拉入一种超越于他并驱动他去行动的力量之中。如果说在悲剧作用下，人类的因果关系和神界的因果关系混合在了一起，但这并不意味着它们就此混淆。这两种层面是有区别的，有时甚至是对立的。但这种对比似乎又是诗人有意要突出的，这并不是两个相互排斥的层面，根据人物的主动性程度，他的行为也可能会相应地分布在其中某个层面中。然而，根据我们所处的角度不同，即使是同样的行为，也会同时具有这两个既对立又不可分割的层面。关于这一点，威宁顿-安格拉姆对索福克勒斯的《俄狄浦斯王》（Œdipe-Roi）的评

---

① 埃斯库罗斯，《阿伽门农》，1468，s.
② 同上，1580，1609。
③ 译注：此处指阿伽门农。
④ 埃斯库罗斯，《阿伽门农》，1487—1488。
⑤ 同上，1615，1616。

论值得我们探讨①。当俄狄浦斯在毫不知情的时候,杀了自己的亲生父亲,又娶了自己的亲生母亲,他就成了命运的玩物,众神在他未出生前就赋予他这一必然的命运。这位忒拜的首领在想:"还有谁会比我更加仇恨神(echthrodaímōn)?……在评判我的不幸来源于残酷的神力(daímōn)的同时,难道就没有一种确切公正的说法和解释吗?"②合唱队在后面才对他的话予以回应:"以你的个人命运(daímōn)为例,是的,你的命运,不幸的俄狄浦斯,我认为任何人的命运都是不幸的。"③通过 daímōn 一词,俄狄浦斯的命运就具有了超自然力的性质——与他自身紧密相连,也引领着他走向生命的尽头。这也是为什么合唱队会高呼:"尽管并非你所愿(ákonta),但命运始终会找到你,时间会见证一切。"④尽管并非他所愿(ákōn),但在承受了这种不幸之后,总还有新的不幸等着他——当他刺瞎自己双眼的时候,就有意地自己为自己设下了不幸。将此事公布于众的仆人,同时也指出:这次纯粹是俄狄浦斯自愿而为,尽管也是一件自毁的坏事,但他内心却并未因此而感到痛苦;最后他还补充道:最深刻的痛苦就是自己亲自(authaíretoi)选择了痛苦⑤。在作品中提到两次的"非自愿与自愿"(ákōn-hekón)的对立,似乎非常严格和残酷,而"由神力(daímōn)所导致与自己亲自选择"两者的平行对比,更强化了"非自愿与自愿"的对立。因此,我们可能更倾向于相信这一对立在悲剧结构中划出了一条区分神"所赋予俄狄浦斯的命运和他个人决定"之间的界线。一方面,阿波罗曾经给出的神谕,预言了他的厄运(即弑父娶母),这是神的因果关系;另一方面,主人公自己残害了自

---

① 威宁顿-安格拉姆(R. P. Winnington-Ingram),〈悲剧与希腊古代思想〉(Tragedy and Greek Archaic Thought),《古代悲剧及其影响》(Classical Drama and its influence),献给 H. D. F. Kitto 的短文,London,1965,页 31—50。
② 索福克勒斯,《俄狄浦斯王》,816,828—829。
③ 同上,1193—1196。
④ 同上,1213。
⑤ 同上,1230,1231。

己的身体,这是人的因果关系。可是,当宫殿的门打开后,眼睛已经失明的俄狄浦斯自己走上台,他满脸鲜血,此时,合唱队开始唱起的词句,足以瞬间消除这种表面的二分法:"啊,难以正视的可怕痛苦(deinòn páthos),你是遭受了怎样的疯狂(manía)啊!……又是怎样罪恶的神力(daimōn)安排了你的命运?"①俄狄浦斯已经不再是要对其不幸负责的施动者形象,而是被迫遭受疯狂之苦的受害者。主人公自己也对此持同样的看法:"啊,可恶的神力(daimōn),你到底要将我推向何处才肯罢休呢!"②他盲目完成的行为,具有相反的两个方面,具体体现在他和合唱队的台词中,而这些词句既相连又相对。合唱队问他:"你做了多么可怕的事情(drásas)(……),是怎样的神力(daimōn)怂恿你的?"③他回答:"阿波罗是我一切痛苦(kakà páthea)的罪魁祸首(telôn),但除了不幸的我(egò tlámōn)以外,没有人自己亲手(autócheir)惩罚自己。"④这样,从表面上来看,神的因果关系和人的主动性,刚刚还如此分明地对立起来,此时却组合在一起。通过语言的灵活表达,在俄狄浦斯自己选择的决定内部,实现了行为(drásas, autócheir)和冲动(páthea)之间的相互转化。

  从意图的心理学历史来看,悲剧诗人所始终主张的施动者和承受者、意图与约束、主人公的内在自发性与众神提前设定的命运之间的冲突张力,到底意味着什么呢?为什么这些方面的模糊性具体属于文学范畴呢?这是西方第一次试图表达作为主体的人的想法。悲剧的主人公被置于决定性选择的十字路口,面对着支配整个悲剧进展的选择,他所做的是投入到行为当中,之后,正视其行为的后果。在其他研究中,我们已经强调过,悲剧在持续约一个世纪的时间内,其产生、发展和衰落过程发生在一个特定的历史时期,非常严格地局限于某一时

---

① 索福克勒斯,《俄狄浦斯王》,1297—1302。
② 同上,1311。
③ 同上,1327—1328。
④ 同上,1329—1332。

间段、一个危机重重的时期。当时,变化、断层和持续性都紧密融合在一起,为的是建立以下两种观念之间的对比:一种是在神话传统中依然活跃的古代宗教观念;另一种是随着法律和政治实践的发展而产生的新观念①。神话的过往与城邦的现在之间的争论,在悲剧中尤其体现为对作为施动者的人的质疑,以及对人与其行为之间的关系的思索。在什么情况下,悲剧的主人公因其功绩和考验而成为典范人物,他所具有的英雄气概,促使他完全投入到自己所从事的事业中?在什么情况下,他会真正成为其行为的根源?尽管我们看到他在舞台上慎重思考各种选择,仔细掂量正反面的理由,自主行事,为了在他所选的路上走得更远,他总是率性而为,勇于承担其决定所产生的后果和责任,然而,难道他的行为就没有除了他自身之外的根源和起因了吗?他自始至终都不了解其行为所涉及的真正范畴和意义,因为行为虽然与他的意图和规划有关,但更多的是依赖于众神所统治的世界总秩序,也唯有后者才能赋予人类行为真正的意义。

只有涉及悲剧范畴时,对施动者来说,一切才变得可以理解。他本以为是自己所做的决定,也为此而承受后果,他以为自己理解他所完成的行为(并非他所愿)的真正意义——而事实上,他并不了解。在人类层面来说,施动者并不是其行为的充分起因和根源;相反,他的行为是依据神对他所拥有的绝对支配权而产生的,让他看到真正的自己,揭露他和他的行为的真正本质。也正是这样,俄狄浦斯虽然并没有做过任何——从法律观点来看——应归咎于他的(出于本意的)罪行,况且,他调查自己的身份是出于正义感,也是为了解救城邦,但最终他成为一个罪犯、法律之外的边缘人、被众神摆布而犯下可怕罪行的负罪者。然而,他必须要承担这一罪行的重大责任,尽管这并非他有意犯下罪行;也要为此而承受长久的惩罚,尽管他公正的灵魂本不该承受如此责难。这些责任和惩罚,已超越了人类世界的极限,同时,这也将他从人类社会中消除了。从宗教角度来看,他的不幸是没有缘

---

① 参见上文页 8—35。

由的,也是极为过分的,因此,他的死应该为他带来特殊的尊荣,他的坟墓也会庇佑那些愿意为他提供容身之所的人。但与此相反,关于埃斯库罗斯的悲剧三部曲,俄瑞斯忒斯犯下了大逆不道的可怕罪行,他蓄意杀死了自己的母亲,但他却被雅典最高(人类)法院判定无罪,主要是因为他本身的犯罪意图(听从阿波罗的神谕,为父报仇)是可以理解的,因为他无法不听从伟大的神阿波罗的命令。因此,他的拥护者为其辩解道:他的行为应该被认定为正当谋杀(*dikaios phónos*)。然而,此处仍然存在模糊性;这就导致了诸多难以评断的情况。事实上,人类的评判总是不确切的。免罪只能通过一系列程序去实现,雅典娜(Athéna)通过她关键的一票,确保了对俄瑞斯忒斯的无罪判决——支持和反对俄瑞斯忒斯的票数相同。这样一来,多亏了雅典娜,或者说是多亏了雅典法庭,俄瑞斯忒斯最终被合法地赦免了罪行,但从人类道德角度来说,他并不是完全无辜的。

  悲剧性负罪感是在"古代宗教罪恶观"和"现代的新观念"的持续对立中形成的。前者认为:一个家族的罪,会不可避免地以神降灾祸(*átē*)的形式代代相传;而后者以法律的形式确立,认为犯罪者被定义为某个个人在无强制力的情况下故意选择实施犯罪行为。对于现代人来说,这两种观念似乎完全是相互排斥的。但悲剧却将对立的两者组合在一起,组合成各种平衡的状态,但两者之间的张力从未彻底平息,这一矛盾组合中任何一方也都不曾完全消失。在双重层面上都存在着决定和责任,而在悲剧中,它们具有模糊性和迷惑性,因此,决定和责任问题就成了一个始终开放的问题,我们无法给出确定的唯一的答案。

  面对两种相反的倾向,悲剧性的施动者也显得左右为难:有时候,行为体现出的是人的性格,那么此时,他本身就是行为的起因;而有的时候,他又是众神手中的傀儡和玩物,是命运的牺牲品——这种命运如神力一般不可抗拒,始终伴随着他。事实上,悲剧行为是以"人类本质(具有自己的特性)"这一概念的独立存在为前提的,这样的话,人和神两个层面就被区分开来,对立并存。但是,为了产生悲剧性,这两个层面还必须始终不可分割地出现。悲剧展示的是行动中的人,他见证了作为施动者的人在心理转化过程中的进步,同时,在希腊背景下,悲剧也具有局限性、不确定性和模糊性。施动者不再隐没于行动之中,但也还并未真正成为行为的中心和原动力。因为他的行为发生在一个时间范畴内,在这一过程中,他不具有操控决定权,而是极为被动地去承受,所以,他无法操控自己的行为,行为也就超越了他自身。众所周知,对于希腊人来说,艺术家或者手工艺者在"制作"(*poiēsis*)一件作品时,他们自己并不是真正的创作者,因为他们不创造任何东西,他们的作用仅仅是将已存在的"形式"(*forme*)用物质将其具体化,而已存在的"形式"是独立的,也高于制作"技艺"(*téchnē*)。作品比其制作者①更完美,人比其工作本身更渺小②。同样地,在实践活动(*prâxis*)中,人也低于他所做的事。

在公元前 5 世纪的雅典(Athènes),个人被确认为具有特性的权利主体,主体的意图被认定为责任的基本因素。每位公民开始意识到自我,并把自我看作是对处理事务负有责任的主体,是靠才智(*phrónēsis*)和判断(*gnōmē*)来把握事件进展方向的指挥者。但无论是个人还是他的内心都还没有足够的可靠性和自主性,无法使主体成为决定的中心——行为的来源。如果把个人与其家庭、公民和宗教根源都彻底分离开的话,那人就什么都不是了。此时,他不是变成了一个孤独的人,而是直接不存在了。我们看到,意图的概念始终是模糊不定、模棱两可的——即使是在法律中,也是如此③。决定本身也并未体现出主体所固有的自主决定权。个人和群体对未来的掌

---

① 译注:在希腊人看来,诗是"制作"出来的,而不是创造性地"写"出来的。所以,对他们而言,写作者实际上就是制作者。
② 参见让-皮埃尔·韦尔南,《古希腊神话和思想》(*Mythe et pensée chez les Grecs*),Maspero,1971, II,页 63。
③ 即使是在法律中,"罪恶"的宗教观念依然占有一席之地。我们只需要看一下这个例子就足以证明这一点,*Prutaneîon*(即主议官们用膳的地方,在卫城 Acropolis 南边的旧会场处)这一场所在当时的用处之一就是:审判那些无生命物或动物犯下的杀人罪。

控,具有极大的局限性,在希腊人的行为观念中,很少有对未来的预期安排,他们甚至认为:在实践行动过程中,投入的时间越少,与提前规划的目标联系越不紧密,行动就会越完美。理想的行为,就是消除主体及其行为之间的一切距离,让他们在一个纯现在的时间点上彻底重合①。对于古希腊人来说,行动并不注重对时间的组织规划,而更主张不考虑时间,超越时间。行为被带入人类生活中之后,如果没有众神的帮助,人的行为就显得虚幻、徒劳和无力。人无法获得实现其行为的力量——这是只有神才具备的特有功能。而悲剧表达的正是行动的弱点和主体的内在匮乏,同时,悲剧也使操控人类、贯穿悲剧始终的众神纷纷现身,最终使所有的事物都各得其所,各归各位。即使主人公被一个"选择"决定了命运,他自以为已经完成了使命,但事实上,他几乎总是在做着与使命相反的事。

悲剧的发展演变过程,也体现出了非连贯性的特点,主要是因为主体问题在古希腊并没有内在的组织分类。在欧里庇得斯的悲剧作品中,神界这一背景变得模糊了,或者说是渐渐淡出了人类生活。这最后一位伟大的悲剧诗人,他更倾向于展现主角们的个人性格以及他们之间的关系。虽然此时的主体主要依赖自己,很大程度上摆脱了超自然的神,返回了人的层面,但主体对本身的刻画,仍未达到非常深入的层次。相反地,不像埃斯库罗斯和索福克勒斯那样在悲剧中展现行动,欧里庇得斯的悲剧倾向于表达哀婉动人的悲怆。雅克利娜·德·罗米伊女士指出,"(悲剧)在脱离神的层面的同时,也摆脱了行动,它的重点转向了人类生活的痛苦和欺骗"②。在欧里庇得斯的悲剧中,人类生活脱离了由神统治的世界秩序后,显得如此模糊

---

① 关于这点,参见戈德施密特(V. GOLDSCHMIDT),《斯多葛体系和时间观点》(*Le Système stoïcien et l'idée de temps*),Paris,1969,重点是页154。关于悲剧时间问题,参见雅克利娜·德·罗米伊(J. de ROMILLY),《希腊悲剧中的时间》(*Time in Greek Tragedy*),New Yorks,1968。关于埃斯库罗斯作品中时间的情感方面和感性方面的问题,请重点参照页130和141。

② 参见雅克利娜·德·罗米伊,《希腊悲剧中的时间》,New York,1968,页131。

混乱,"以至于根本没有余力去探讨负有道德责任的行为"①。

---

① 珀斯特(L. A. POST),《从荷马到米南德,希腊剧作中的各种力量》(*From Homer to Menander, Forces in Greek Poetic Fiction*),萨瑟古典学讲座(Sather Classical Lectures),1951,页154;引自雅克利娜·德·罗米伊的著作,前揭,页130。

四、无恋母情结的"俄狄浦斯"

在 1900 年,弗洛伊德(Freud)发表了《梦的解析》(Die Traumdeutung),就是在这部作品中他第一次提到了希腊神话中俄狄浦斯的故事①。他的医生经历给他带来很大的启发:孩子对父母其中一方是爱,而对另一方就是恨,通过这一现象,他认为,这就是心理冲动的症结所在,会引发以后的神经症。另外,孩子对父母的爱意或敌意,不仅体现在神经症患者身上,也体现在正常人身上,只是强度更弱一些。这一发现所适用的范围是非常广泛的,弗洛伊德认为,这可以在一个流传至今的古希腊神话中得到验证:即俄狄浦斯之谜,索福克勒斯以此为主题写出了题为《俄狄浦斯王》(Oidípous Túrannos)的悲剧作品,通常法语会翻译为 Œdipe-Roi。

然而,这部体现公元前 5 世纪雅典文化的文学作品,其本身就是用很自由的方式传达了更古老时代(在城邦制度建立之前)的一个崇拜的神话传说,它究竟能否验证 20 世纪初的这位医生的观点呢?况且,他是从出入诊所的病人身上观察到这一问题的。在弗洛伊德看来,这个问题不需要答案,因为这甚至都还未被作为一个问题而提出来。实际上,在他眼中,对于古希腊神话和悲剧的理解并非问题所在,无需通过各种分析方法去解读这些神话和悲剧。作为精神病专

---

① 该文发表于 Raison Présente 杂志,4,1967,页 3—20。

家的弗洛伊德,一读到这些作品,他就立刻很明了了,它们一下子就泄露了真正的含义,而含义的明显性,为临床医生的心理学理论提供了一个全世界通用的有效保障。但是,弗洛伊德以及在他之后的所有精神分析学家,都能立刻领悟到的这个"含义"到底是什么呢?难道他们犹如新生的提瑞西阿斯(Tirésias),被赐予了双重眼力的本领,为的是让他们不仅能看到神话或文学的表达形式,还能看到常人所看不到的真相?然而,这一"含义",并不是古希腊研究学者和历史学家所研究的那种含义,而是在作品中的现时含义,它隐含于结构之中,研究者需要通过分析所有层面的信息,来努力地重建这一含义——信息是由神话或悲剧故事所传达出来的。

这一含义,存在于观看者的即刻反应当中,也存在于悲剧在他身上所引发的情绪。弗洛伊德在这一问题上的看法,再清楚不过了:这是俄狄浦斯悲剧持久而全面的胜利,这证明了,在儿童心理中,同样都存在一系列的心理倾向——与将主人公引向灭亡的心理倾向类似。如果说《俄狄浦斯王》像感动雅典公民一样,也深深感动了我们,这并不是因为它通过神无所不能的力量与人脆弱的意志之间的对立,进而体现出了命运的悲剧,而是因为从某种程度上来说,俄狄浦斯的命运也是我们的命运,因为我们自身也背负着同样的诅咒,即神谕向他昭示的命运的诅咒。弑父娶母,他完成了我们曾努力忘却的童年时的欲望。因此,从各方面,悲剧与精神分析具有相关的可比性:悲剧揭开了隐藏俄狄浦斯弑父乱伦真相的面纱,这意味着,它同时也揭开了我们自己的面纱。悲剧中的"梦"的内容,是我们每个人都梦想的。当我们的内心充满了恐惧感和负罪感时,梦的含义就会从中鲜明地呈现出来,尤其是随着悲剧不可避免地深入发展,我们曾有过的弑父娶母的欲望又重回脑海——尽管我们曾假装从未有过这种感受。

这一阐述是对一个恶性循环所进行的严密推理。推理过程是怎样的呢?这一理论建立在对临床案例和现代梦境研究的基础上,并通过遥远古代的一部悲剧作品得以印证。但是,也只有当该悲剧以现代观众的梦的世界为参照去自我解析时,它才可能具有印证作用。比如,至少这一理论是对该悲剧作品进行的探讨。为了使此循环不是恶性的,这要求弗洛伊德的假说必须符合以下条件(涉及精确的分析工作):源于该作品本身的要求,悲剧布局具有可理解性,能作为彻底解析该作品的工具;而不能从一开始就呈现为一种显而易见、不言而喻的解读方式。

在此,我们主要来看一下弗洛伊德式的角度与历史心理学角度之间的倾向和方法,有何不同之处。弗洛伊德从大家会有的私密的亲身经历出发,但并没有历史方面的定位;这一亲身经历被赋予的含义,被反射在作品中,独立于社会文化背景。但历史心理学则反其道而行之,它从作品本身的形式给我们所带来的感受出发,对作品进行全面研究;可以选择一种适合这种特殊创作的分析方式,研究范围涉及此类分析所涵盖的所有方面。如果要研究一部像《俄狄浦斯王》一样的悲剧作品,那么,语言学、主题性和戏剧性等方面的分析,会延伸出更加广泛的问题:背景问题——历史背景、社会背景和精神心理背景——赋予了作品更厚重的含义。其实,希腊人的悲剧问题,主要就是在这一参考背景下呈现出来的。在公元前5世纪,悲剧诗人与观众也只能通过这种悲剧问题进行交流,该问题涉及一定的社会状况、特定的观念领域、思维模式、公共感性形式和人类经验的特殊形式。对于今天的解读者来说,都要结合这一背景去研究作品,因为作品所包含的所有准则和特点都是在这一背景下才能体现出来。一旦完成了揭示含义的工作,我们就面临着进一步研究其心理学内容和雅典观众对该剧的反应等问题,以便据此来定义悲剧的效果。经过这种种研究之后,我们才能在所谓的表层含义中,重新建构出个人私密的亲身经验,这也是弗洛伊德的研究基础和解读的关键之处。

悲剧的素材不再是梦,不同于历史的、假定的人类现实,而是公元前5世纪的城邦所特有的社会观念。尤其是法律的出现和政治机构的建立,向以往传统的道德和宗教方面的价值观提出了挑战和质疑,这时就出现了冲突和张力:悲剧从英雄史诗中汲取题材和人物,英雄史诗所体现的传统价值观不再是为了颂扬英雄人物——当时的抒情诗还是歌功颂德——而是以新的公民观念的名义对英雄人物提出质疑,场所通常选在希腊剧场所形成的公民大会或公民法庭。针对这种社会观念内部的矛盾冲突,悲剧通过特别的文学方式将其表达出来,新的文学类型拥有自己独特的规则和主题,悲剧正是据此来表现矛盾和冲突。悲剧这一文学样式是在公元前 6 世纪兴起的,当时,法律开始关注责任的概念,但区分"自愿犯罪"和"可谅解的犯罪"的方式仍然显得笨拙而模糊。但悲剧的兴起,标志着人类历史上极为重要的一个阶段的到来:在城邦的范围内,人开始以主体的姿态去自我体验,此时,神灵宗教力量依然盛行,但作为主体的人已经多少有了一定的独立性,基本能掌控自己的行为,也大致可以掌握自己的政治和个人命运。这种仍模糊不定的意志体验——在之后的西方心理学历史上,我们称之为"意志"——在悲剧中得以体现,显示出了对人及其行为之间关系的忧虑和思考:在什么情况下,人才真正是他的行为的根源?有时,尽管是他主动发起的行为,也对此负责,但难道这些行为就没有除了他自身以外的真正缘由吗?对于人来说,尽管是他所为,但对于该行为的真正涵义,绝大部分他都不了解,因此,我们不能说是主体解释其行为,反而应该说是行为揭示了主体的真正意义:行为显现在主体身上,揭示了主体的性格、本质,也揭露了主体在不知情情况下的所作所为的真相。社会背景和人类实践之间的密切关联说明:悲剧是一个局限于具体有限的时空范围内的历史时刻。在那种社会背景下,主要的矛盾冲突都是无法解决的;人无法在神灵宗教秩序中找到自己的确切定位,因此,人类实践也就变得问题百出,处处遭受质疑。我们见证了悲剧在雅典的产生、繁荣和衰败,整个过程持续了约一个世纪。当亚里士多德写《诗学》(Poétique)时,对于剧作者和大众而言,悲剧已经没有了活力。我们再也感受不到与英雄的过往争辩、新旧之间对抗的必要性。亚里士多德努力区分主体在其行为中的不同参与度,从而建立了行为的理性理论,但即使是他,似乎也搞不清悲剧意识是什么,"悲剧的人"又是什么:在他看来,这些都只属于那个已经过去了的时代。

从弗洛伊德的角度来看,悲剧的历史特性仍然让人难以理解。如果说悲剧从一种具有普遍价值的梦中汲取素材,如果说悲剧效果的动力来源于我们每个人都有的感情情结,那么,为什么悲剧会产生于公元前6世纪和5世纪转折时期的希腊呢?为什么在同样的希腊,悲剧的源泉却那么快就枯竭了,以至于在面对哲学思考时,悲剧很快就消失了——哲学思考在解释悲剧矛盾的同时,也使悲剧赖以存在的这些矛盾冲突彻底消失了?

下面,我们更深入地来看一下评论性的分析。在弗洛伊德看来,悲剧效果与索福克勒斯在《俄狄浦斯王》中运用的题材的特殊性有关,也就是说,最终与弑父娶母的梦想有关,这也是开启悲剧之门的秘钥:"俄狄浦斯的神话传说,是我们对两种典型的'梦'所产生的幻想性反应,因为这些'梦'在成年人身上会伴随着排斥性的厌恶感,所以神话传说必须要在故事内容中带有惊恐和自我惩罚。"我们可能会对这句话里面的"必须"一词提出异议,因为我们注意到,在这个神话传说的最初的其他版本里,故事内容中并没有一点自我惩罚的痕迹,因为俄狄浦斯在忒拜的王位上平静地死去了,而没有成为双目失明的世界上最可怜的人。具体来看,这是因为索福克勒斯为了这种文学形式的需要,就把这个神话写成了悲剧版本——唯一的悲剧版本。非神话专家的弗洛伊德所读的正是这个版本,因而,我们在这里将要讨论的也是这个版本。为了阐明自己的论题,弗洛伊德在书中写道:如果我们想要写一部类似于《俄狄浦斯王》的悲剧作品,从而制造出悲剧效果,但我们选用的是不同于俄狄浦斯情结的其他题材,那结果肯定是彻底的失败。他认为那会是最劣质的现代悲剧的典型例子。这时,我们会很惊讶,弗洛伊德怎么会忘记这个事实:除了《俄狄浦斯王》之外,还有很多其他的古希腊悲剧作品,而且,其中不乏埃斯库罗斯、索福克勒斯和欧里庇得斯的力作,所有这些作品难道与俄狄浦斯式的"梦"都没有关系吗?是否能说这些也都是劣质之作,并不具有悲剧效果呢?可能古希腊人就很喜欢这些作品,可能其中某些作品——就像《俄狄浦斯王》一样——也深深地打动了现代人,这说明悲剧并非与某一种特殊类型的"梦"有关,悲剧效果也并不在于题材,不在于是否与梦相关,而是在于如何将这种题材转化为具体的形式,从而引发足以颠覆宗教、社会和政治体系以及价值领域的矛盾冲突感,让人自己看起来像是怪异的人(*thaùma*),可怕的人(*deinón*),一种令人难以置信、无法接受的魔鬼,他既是施动者又是承受者,既有罪又无辜;他才思非常敏捷,足以掌控大自然,却无法自我掌控;他既明智又盲目——容易被神降的狂热引向盲目。在史诗和抒情诗中,人从未被看作是主体,而悲剧却恰恰相反,它一开始就将个人置于行动的十字路口,面对着一个需要他全身心投入的抉择,但这个不可避免的抉择,发生在到处充斥着模糊不清的力量的世界,一个分裂的世界——在这里,"一种正义对抗另一种正义",一位神对抗另一位神;在这个世界,法则不是固定不变的,而是在行动的过程中不断改变,并转化为它的对立面。人认为自己选择的目标是善,他全身心地投入选择,但其实他选的却是恶,由于他犯下了错误和罪行,最终成为了罪犯。

通过一系列悲剧性的距离和张力,最重要的是要去理解这个充满各种冲突、颠覆性的逆转和模糊性的复杂游戏:首先是词汇中的张力,同样的词从不同的人物嘴中说出来,就会有完全不同的含义,人物会根据宗教神学词汇、法律词汇、政治词汇所具有的不同含义,去使用这些词;其次是悲剧人物的内在张力,时而会反映在被置于神秘而遥远的古代英雄人物身上,展现着古代神话中君王的放荡不羁,而又像是在城邦时代,像一位生活在雅典城中的普通公民;最后是每个悲剧主题的内部张力,整个行为如同被分成两部分,分别在两个层面发展:一方面是人类的日常生活层面,另一方面是宗教神灵力量,后者模棱两可地参与到人类世界中。悲剧意识产生的前提是:必须要将神的世界和人的世界相对立地区分开(也就是说,必须首先区分人的本质这一概念),并且它们必须始终共存,不可分割。责任的悲剧含义,是在人类行为成为思考和内心冲突的对象时产生的,但人类行为当时还未获得足够的自主地位,因此也无法实现完全的自我掌控。悲剧的领域就位于这一边缘区,在该范围内,人的行为与神力相伴而行,并揭示出被忽略的人的行为的真正意义,人主动发起了行为,并为其负责,又将其置于超越自身、无法掌控的秩序中。

必须在考虑和尊重悲剧的所有层面(既相互联系又相互对立)的基础上,再去展开对每部悲剧作品的研究。否则,就像弗洛伊德一样,他的研究方法是逐层简化和缩减法,即将整个希腊神话精简为一个特殊的神话简图,将所有的悲剧作品简化为一部作品,将这部作品缩减成情节的某个特殊要素,再将这个要素简化为"梦"。如果我们像他这样去进行研究的话,比如用埃斯库罗斯的《阿伽门农》来代替索福克勒斯的《俄狄浦斯王》,那我们也能自娱自乐地认为:悲剧效果来源于每个做过弑夫梦的女人,是她自己的负罪感所导致的局促不安,使她在对克吕泰涅斯特拉弑夫罪的恐惧中清醒过来,也最终将她彻底吞噬。

弗洛伊德对悲剧的总括性研究,尤其是对《俄狄浦斯王》的研究,并没有影响古希腊研究者们自己的研究工作。他们继续自己的研究,就像是弗洛伊德什么都没做一样。在具体谈到这些作品的时候,他们可能会觉得弗洛伊德是以"旁观者"的角度在谈论,因为当他们一读到他充满理性和才智的文字时,就发现他其实并没有论及真正的问题,即真正关于作品本身的问题。确实,如果某位精神分析专家不知道或者不同意弗洛伊德的观点,那他很可能会提出完全不同的观点。他可能会通过自己的理解来证明他的不同观点,比如说,他从作品中看到某种心理障碍,也拒绝承认俄狄浦斯式的恋母情结在个人生活和人性发展中的作用。关于这方面的争论又拉开了序幕,主要是因为最近迪迪埃·安齐厄(Didier Anzieu)的一篇文章。在文章中,他试图对1966年的材料重新展开研究——弗洛伊德曾在20世纪初就做过这项研究。借助对作品仅有的精神分析性研究,迪迪埃·安齐厄就敢于在古希腊研究领域披荆斩棘,而且还发现了古希腊研究专家们至今也仍未发现的问题。这难道不就证明了他们其实都是盲目的,或者说他们是自愿选择无视,拒绝承认在俄狄浦斯的身上有他们自己的影子吗?

因此,我们必须验证一下这个普适的俄狄浦斯情结的价值所在,而弗洛伊德掌握了这一价值的秘密,他只凭借这一秘钥就可以解读所有的人文作品。这一秘钥是否真的能够开启希腊人的精神世界之门呢?或者它还需要与之对应的锁吗?

关于安齐厄的论文,我们在这里将只研究其中的两个主要方面,这两点对于本文所要研究的问题来说也足够了。在开始的阶段,大致重读了所有的古希腊神话,他觉得几乎从每一页中都能看到俄狄浦斯的影子。如果他是对的,那么我们之前对弗洛伊德的种种批判就是错的,不应该批判他只强调特殊神话模式——俄狄浦斯的模式——而忽略其他的神话形式。安齐厄认为,几乎所有的希腊神话都是用各种不同的形式在不断复制弑父娶母的主题。因此,俄狄浦斯只是用清楚的语言完整地说出了这个神话传说所要表达的主题,而在此之前,这一主题都只是被部分地、隐蔽地、变相地表达过。

但就像安齐厄所展示的那样,神话在俄狄浦斯式的模子里被修饰、浇铸,古希腊研究者们已经再也认不出那些他们所熟悉的神话传说,因为它们已经面目全非,失去了原有的特点、鲜明的性格和实用的特殊范围。一位最努力去践行的博学者提出了一个规律,即永远不存在两个含义完全相同的神话传说。反之,如果所有的都在不断重复,如果"相同"成为创作的法则,那神话就无法再构建出一个意义体系。神话无法讲出除了俄狄浦斯之外的东西,又是俄狄浦斯,总是俄狄浦斯,已经表达不出任何新意了,这时,神话也没有任何意义了。

但这里,我们要看一下这位心理分析学家是通过什么方式能使神话传说的题材顺从于模式的要求的。甚至是在进行这项研究之前,他就掌握了这一模式,就像是一位魔术师掌握着真相一样。我们跟随安齐厄从头开始看:首先要提到的是赫西俄德在《神谱》(*Théogonie*)中所讲述的源头的神话。古希腊研究学家们认为这位彼俄提亚游吟诗人的作品的渊源来自于东方神谱的悠久传统。但他们也阐述了赫西俄德的新意,以及在他的整体观念、叙述细节和词汇本身等方面,他是如何为以后的哲学问题作铺垫的:他的作品不仅涉及到起源问题——如何从混沌中逐渐形成了这样的谱系——也更加体现了在观念化的形式出现之前,单一和多样、不确定和确定、对立面之间的冲突和结合、可能的融合和平衡、神界秩序的永恒不变和人类生活的转瞬即逝之间的关系。这就是神话所植根的沃土,必须将神话定位其中,才能真正地理解它。像康福德(Cornford)、弗拉斯托斯(Vlastos)和弗兰克尔(Fraenkel)一样,一些作家也致力于多方面地考察神话,他们通过相关评论彼此交流观点,并努力开拓意义的多面性。当然,如果我们将乌拉诺斯(Ouranos)的神话传说与它的背景分开,而只将它缩减为单纯的故事梗概,也就是说,如果我们不去读赫西俄德的《神谱》,而只是读那种针对普通大众的缩减版的神话,那么我们可能只会觉得大地之母盖亚(Gaia)与她的两个儿子发生了乱伦的情况:首先是与乌拉诺斯,后来又间接地与科罗诺斯。第二种情况是科罗诺斯阉割了他的父亲拉诺斯(Ouranos),为的是将他的父亲驱逐出他母亲的领域。这就体现出明显的"原俄狄浦斯情结"。接下来,让我们进一步去探讨这个问题。在宇宙之初,只有卡俄斯(Cháos),他是无边无际、一无所有的空间,是漫无目的漂泊游荡的一片混沌。而与卡俄斯相对立的就是地神盖亚,即"稳固"。自从盖亚出现以后,就开始出现了有形的东西,时空开始有了方向感。盖亚不仅是稳固的大地,她还是宇宙之母,孕育繁衍了宇宙万物和一切有形之物。盖亚起初就只靠自己就能孕育出新生命,而并不需要性爱之神厄洛斯①的帮助,也就是说,她可以通过无性生殖来繁衍后代,而不需要男性,就连天神乌拉诺斯也是盖亚所生。乌拉诺斯与盖亚结合后生出了融合双方之力的第一代神,他们的每个孩子都具有独

---

① 译注:厄洛斯(Érōs)是司"性爱"之原始神。在《神谱》中,他被认为是诞生于混沌(Cháos,卡俄斯),是爱欲和性爱的化身,是他促生了众神的相爱和生育,也是自然界创造力的化身,是宇宙之初诞生新生命的原动力。

特的个性和具体的形貌,但他们仍只是宇宙中的原始形态。事实上,天神和地神是相对立的关系,天神又诞生于地神,因此,他们的结合是乱伦的、无序的,而且将相对立的两性混淆在一起。此后,天神一直躺卧在大地之上,将大地全面包覆住,因此,他们之间根本不存在距离,导致他们的儿女根本无法获得足够的成长空间。儿女们没能展露他们的形体,而只能被"隐藏"在黑暗的地狱。正是因为这样,盖亚很气愤,决定反抗乌拉诺斯,她怂恿他的小儿子科罗诺斯(Kronos)去窥伺他的父亲,在晚上乌拉诺斯躺在她身上的时候,趁机用刀阉割他的父亲。乌拉诺斯听从了母亲的话。被阉割的乌拉诺斯疼痛万分,与盖亚轰然分离,并诅咒他的孩子们。自此,天与地就分离开了,永远毫不动弹地坚守着自己的位置。这样,在他们之间就出现了一个空旷辽阔的空间,白天和黑夜在此相继出现,交替地展现或掩盖这个空间的一切有形之物。从此以后,地神与天神再没有——在持久的混杂中——结合为一,而在盖亚诞生前,当到处还只是一片混沌的时候,持久的混杂就曾充斥整个宇宙。然而,每年一次在秋天伊始之际,天空会挥洒它如雨般的种子,让大地肥沃多产,大地也会孕育植被和生命。此时,人们就要为宇宙间最伟大的两种力量的结合而庆祝,在这个被打开的有秩序的世界中,天地以另外一种方式结合在一起了——远距离地相望的方式。这样,对立的双方虽然结合了,但他们却总是彼此区分和独立。然而,这个能供人生活的天地裂缝,是以犯下重罪的代价而获取的,因此,人将要为此付出代价。从此以后,不经战争就没有和谐;在生存体系中,冲突与联合始终并存,人们再也无法将对立的两方分离开。其实,乌拉诺斯血淋淋的精血一部分落于大地之上,从而诞生了复仇女神厄里倪厄斯、山林女神宁芙(Nymphes)、白橡树三女神墨利埃(Méliennes)和巨人族(Géants),也就是所有的"血腥复仇"和战争之神,他们掌管着战争和冲突;另一部分则落入海洋,孕育出了阿弗洛狄忒,主司两性结合与婚姻、协同一致和美满和谐。天地的分离开启了一个崭新的世界,一个由互补法则(即既对抗又一致的对立双方之间的互补)所支配的世界,在这里,人类通过两性结合来繁衍后代。

这样,只要稍微具体地提及神话的基本意义,就让我们觉得,这与俄狄浦斯的关联似乎更加确切了。有人说,盖亚与他的儿子乌拉诺斯乱伦,但是,严格来说,她与乌拉诺斯的母子关系非常特殊,因为她是通过无性生殖而生下他,他并没有父亲,因为她是从自己的身体里直接生出的一个她的复制品,也是她的对立面。因此,这并不具备俄狄浦斯式的三角关系,即母亲、父亲和儿子,而是由"一"复制衍生出"其他"的一种模式。至于科罗诺斯,他确实是盖亚真正意义上的儿子,但严格来看,盖亚根本就没有与科罗诺斯发生性结合,后者也没有取代其父亲的位置,而是娶了瑞亚(Rhéa)。盖亚并未怂恿科罗诺斯去杀死自己的父亲,而只是阉割他,使他动弹不得,最终将他赶下众神之王的位子,以便让世界在他腾出的广阔空间中得以成长,也使人类多样性——通过两性结合,按照繁衍的正常秩序——得以形成和发展。

关于原始神话的起源和原动力,作为精神分析学家的安齐厄任意地发挥了他的想象力。关于这一点,他这样说道:乌拉诺斯曾被阉割,"似乎这位最原始的神王本来就该被他的儿子杀死、吞食,而这也是弗洛伊德在《图腾与禁忌》(*Totem et Tabou*)中想象出来的关于乌拉诺斯的神话传说"。事实上,在希腊神话中,我们没有发现其他任何一位神(或其他任何一位英雄)被他的儿子阉割,甚至就没有其他任何阉割的例子。但不管怎样,"确实存在着'阉割'的象征性动词:如从高处扔下、切割、使爆裂、夺取权力"。此外,父亲或野兽吞食孩子,形成了一种"阉割的最初的激进形式"。这样,王权的继承和争斗——乔治·杜梅齐尔(G. Dumézil)曾指出其在印欧语系中的意义——,被遗弃的英雄的传说故事,各种关于堕落和鲁莽、吞食和围困的主题,都相互渗透、相互混杂,形成了一种普适的阉割(父亲被儿子阉割,或者相反)。

我们以赫菲斯托斯(Héphaïstos)为例,安齐厄认为他是被赋予了"俄狄浦斯恋母情结"的人物,为什么呢?"他对母亲(赫拉)怀有爱意,体现为想将她占为己有,并排挤他的父亲(宙斯)。他处处维护母亲,最后被父亲惩罚,这种惩罚等同于阉割的象征性意义。"安齐厄进而又补充指出:首先,赫菲斯托斯的欲望倾向于寻求"母亲替代品",即阿弗洛狄忒。那这种欲望的来源究竟是什么呢?在某些版本中,赫菲斯托斯是赫拉独自受孕而生下的,目的是想要报复宙斯,因为他曾背着她与别人有私情才生下了雅典娜,或者说是她想要报复宙斯对她的背叛和越轨。但无论是哪种版本,都没有任何迹象显示出:赫拉有与儿子结合并让他取代宙斯的意愿。赫菲斯托斯的跛脚是不是具有阉割的象征意义呢?其实,应该说他不是跛脚,而是两脚方向不一致,走路的时候两脚的方向相反,一只脚往前一只脚往后,这也与他具备超群的锻造本领有关。事实上,宙斯将赫菲斯托斯从天上扔了下去,难道真的是父亲对儿子(因其爱慕自己的妻子赫拉)的报复吗?但在其他版本中,反而是赫拉把赫菲斯托斯扔下去的。总之,赫菲斯托斯的欲望并未在阿弗洛狄忒身上产生如卡里斯(Cháris)那么强烈的回应,我们可以看到美惠女神①"魅力"的力量与赫菲斯托斯的绝妙技艺之间种种关联,后者的锻造技艺出神入化,甚至能赋予作品生命力,有的版本还认为美惠女神是他的妻子。但我们还是应该认同阿弗洛狄忒才是这位锻造之神的妻子,那她作为"母亲替代品"的作用是怎样的呢?除非他是同性恋,否则,他必须要与一位女神结婚。但无论是哪位女神,"母亲替代品"的观点都无迹可寻,也就是说该观点本身就是错误的。另外,赫菲斯托斯还追求过雅典娜(Athéna),对此,又有人说是乱伦现象。但是,奥林匹斯山上的众神本来就是一大家子,都是同一起源的一家人,所以,对于婚姻,他们只能在以下两种情况下做出选择:要么与地位和等级低于自己的英雄或人结婚,要么就要诸神内部通婚。况且,就他俩的情况来看,雅典娜并不是赫菲斯托斯的姐姐,她是宙斯和智慧女神墨提斯(Métis)

---

① 译注:此处指美惠三女神之一(Cháris,或称为卡里斯),美惠三女神被称为Charites。在赫西俄德的《神谱》中,明确地指出了这位女神是美惠三女神中最年轻的一位,她的名字是阿格莱亚(Aglaé)。

所生的,而赫菲斯托斯是赫拉所生。毫无例外,赫菲斯托斯对雅典娜的追求也失败了,正如我们所知道的那样,雅典娜始终都是处女神。有人认为,正是这样,雅典娜实现了"宙斯对她所抱有的无意识的欲望",即父亲希望女儿始终是他一个人的,将她看作"欲望的幻想目标"。这种看法并不是没有根据的,但是却说明不了任何问题。在古希腊所有的女性神之中,只有三位是处女神,即雅典娜、阿尔忒弥斯和赫斯提亚(Hestia)。为什么是她们三位,而不是其他女神呢?那么,这里就需要解释一下:保有处女之身是一种差别性的特征,这将她们与其他正常结婚的宙斯之女(女神)区分开来。我们以前做过一个相关的研究,主要分析的是赫斯提亚[①]。

雅典娜维持处女的状态与宙斯的无意识的欲望并无关联,而是因为她作为女战神的身份:在成年礼上,婚姻和战争是互补的,婚姻是属于女人的,而战争是属于男人的。婚姻标志着小女孩褪去稚气,成为真正的女人。这也是为什么投身于战争的女人都要始终保持处女之身,比如亚马逊的女战士和女战神雅典娜,这也意味着绝对不能走向另一条岔路,即完整女性之路,而对所有跨越了青春期的少女来说,婚姻就代表着成为完整的女性。

另外一种能将各种神话传说的主题俄狄浦斯化的方法,就是将希腊人认为完全合法的非乱伦性质的婚姻冠上"乱伦"的名号。这样的话,一个少女与她的叔叔舅舅或是堂(表)兄弟姐妹之间的婚姻,就通常被理解为变相地与父亲乱伦。但是,在古希腊文明中,这种理解是绝对不可能的。因为,如果对于希腊人来说,与父亲结合就意味着一种不可饶恕的罪,那么,与叔叔舅舅或是堂(表)兄弟姐妹之间的婚姻就是必须的,或者至少是优先的选择。究竟从哪一点能看出这两种结合是不一样的呢?一种是被正式禁止的,另一种是备受推荐的,而在乱伦角度上,有人试图将两者同化。事实上,两者是完全对

---

① 《希腊人的神话与观念》(*Mythe et pensée chez les Grecs*),1971,第一卷,页124—170。

立的。

将家庭成员间的情谊认定为乱伦的欲望,这种观点也同样具有独断性。对希腊人而言,家庭关系确立了一个人性关系的领域,在这一领域中,个人感情和宗教观念是不可分割的。父母与儿女之间、兄弟姐妹之间的相互感情,代表着一种家庭情谊,希腊人称之为 philia。Philos("喜爱")一词具有占有性,对应拉丁语中的 suus("自己的")一词,首先意味着这是属于自己的,也就是说,这是对父母的喜爱(philos),主要指父母是与自己血缘关系最近的人。亚里士多德曾在多次谈及悲剧的时候指出,这种情感(philia)建立在身份一致性的基础上,局限于所有的家庭成员之间。任何一位亲人对于他的其他亲人来说都是"另一个自己"(alter ego),一个自我的复制。从这个意义上来说,家庭情谊(philia)是与男女情爱(érōs)相对立的,因为后者是对自我之外的"其他人"的爱欲,指的是性别上的"其他人",和家庭归属层面的"其他人"。在这方面,希腊人忠实于赫西俄德的传统观点,他们普遍认为:婚姻过程中,相结合的是两个性质对立的人,而不是性质相似的人。未经分析地就将家庭成员间的情谊和乱伦的欲望(未在作品中找到相应的证明)混为一谈,这是混淆了两种不同类型的情感,而希腊人对这两者的区分非常明显,甚至把它们看作是对立的概念。由此可见,这种曲解绝对不利于对古希腊作品的解读。我们以俄狄浦斯所属的拉布达科斯家族(les Labdacides)为例。按照安齐厄的观点来看,俄狄浦斯的女儿们就像他一样,也都是乱伦的:"她们都梦想成为他的伴侣。"如果我们把"伴侣"这个词理解为:她们出于父女亲情的责任,帮助和支持不幸的父亲,那么,这根本就不能算是"梦想"了,而是现实本身。如果将"伴侣"解读为她们渴望与俄狄浦斯结合,那只能说是安齐厄在"做梦"了。我们重读所有的古希腊悲剧,仔细查阅《俄狄浦斯在科罗诺斯》(Œdipe à Colone),都找不到任何能支持这种说法的词句。而安齐厄还接着说,"纯洁的安提戈涅不顾国王克瑞翁(Créon)的禁令,将自己反叛城邦的兄长波吕尼刻斯安葬。她对父亲的乱伦之爱转化为对兄长的乱伦之爱"。这里，我们在作品原文中就能找到明显的反证，而且都是人物自己非常清楚地表达出来的意思。在俄狄浦斯和他的两个儿子死后，就再也没有能延续拉布达科斯家族血脉的男性子孙了。安提戈涅在抛撒波吕尼刻斯的骨灰时，她并未对这位禁止被埋葬的兄长产生乱伦的情感，而是要求给予她所有已故兄长们都应拥有的（宗教责任上的）平等权——无论他们是生是死，也无论他们的经历如何。对于安提戈涅来说，所有的家人都已经进了哈德斯的地狱，她对家庭情感的忠诚转化为对故人强烈的敬畏之情，这也是唯一能使家族的宗教生命得以延续的情感。尽管这种强烈的感情会将她推向死亡，但这只是更坚定了她视死如归的决心。这让她更加明确了，在她所处的情况下，家庭情感和死亡两个方面正好重合，形成了自我封闭的另外一个世界，它有自己的地狱法则，这不同于克瑞翁、人类和城邦的法则，也可能不同于另一种法则——位于宙斯旁边的正义女神狄刻（*Dikē*）的法则。就像克瑞翁所说的一样，对此时的安提戈涅而言，不背弃家庭情谊意味着只尊奉哈德斯一个神。这也是为什么在悲剧的最后，安提戈涅也落得了悲惨的结局。不仅仅是因为她顽固、执拗和强硬的性格，更多的是由于她被封闭在家庭和死亡的情感之中，无暇顾及除此之外的任何其他领域，尤其是一切与生命和爱相关的感情。合唱队中提及的酒神狄俄尼索斯和爱神厄洛斯，他们不仅惩罚了克瑞翁，也惩罚了安提戈涅。其实，这两位神是与安提戈涅在同一阵营的，他们作为神秘的夜间神灵，亲近女人但远离政治，但最后他们却转而与安提戈涅对立，因为他们所展现的是生命和更新的力量，而安提戈涅并未听从他们的召唤——让她从自己的家庭情感漩涡中脱离出来，向另外一种感情敞开心扉，与陌生人结婚进而重新享受爱情，让自己重生。由此可见，"家庭情谊"和"情欲之爱"（*philia-érōs*）之间的对立，在悲剧结构中占据重要的地位。将这两种情感混为一谈的做法，并没有使悲剧作品变得更清晰明了，而是将其彻底破坏了。

下面，接着来看我们要研究的安齐厄文章的第二个方面，关于俄狄浦斯本身的问题。为了让论述清晰,我们明确地限定了具体要研究的问题。在这里,我们并不是从整体的角度来探讨俄狄浦斯的故事,也就是说,我们的研究并不针对所有来源于宗教历史的故事版本。我们只探讨《俄狄浦斯王》中的俄狄浦斯,即索福克勒斯所描绘的这一悲剧性人物。在这种情况下,精神分析性的解读是否恰当呢?刚刚我们也已经表达过,对于赫菲斯托斯也具有俄狄浦斯情结的观点,我们持强烈的怀疑态度。但关于俄狄浦斯,是否可以理解为:这是他自己的习惯性格(êthos)使然,而其实并没有以他名字命名的那种情结?悲剧行为是否也可以有以下的解释呢:神谕向拉伊俄斯(Laïos)的儿子(即俄狄浦斯)揭示他弑父娶母的命运,但神谕只不过是俄狄浦斯潜意识中的欲望幻影的表达而已,这也决定了他的行为?

我们来看一下,安齐厄如何根据阿里阿德涅之线①(fil d'Ariane)去一步步探索俄狄浦斯的经历。"第一幕剧就是在从德尔菲(Delphes)到忒拜城(Thèbes)的路上,俄狄浦斯刚刚从德尔菲神庙得知了神谕,神谕昭示了他弑父娶母的乱伦命运。因此,他决定不再返回科林斯(Corinthe),以避免这一可怕的命运(如果他知道科林斯的国王和王后只是他的养父母的话,那这就是一种奇怪的误解了;因为他要是回到他们身边的话,反而一切就不会发生了,没什么可害怕的;同样地,如果俄狄浦斯当下决定先娶一个女人为妻的话,那他就能避免之后跟他母亲的乱伦婚姻)。恰恰相反的是,在俄狄浦斯决定不回科林斯而要出发去冒险的那一刻(放任自己随遇而安,自由结合),就注定了他终将实现自己的悲剧命运(即他的欲望幻影)。这样来看,一切都表明:如果俄狄浦斯想要避免预言成真,那就应该返回科林斯,那样没有任何危险。他的"奇怪的误解"是一种象征性行为,预示着他无意识地顺从了自己弑父娶母的乱伦欲望。但这种解读成立的前提就是,必须要接受安齐厄的以下观点:俄狄浦斯一直都知道,把他当亲生儿子养大的科林斯国王波吕波斯(Polybe)和王后墨

---

① 译注:指线索,或解决问题的方法。

洛珀(Mérope)都只是他的养父母,而非亲生父母。然而,在整部剧的始终,一直到真相大白的那一刻,俄狄浦斯似乎一直都深信事实并非如此。而且还不止一次,他曾多次表明自己毫无疑问就是墨洛珀和波吕波斯的儿子①。尽管呆在科林斯能确保平安无事,但俄狄浦斯并不是因此而离开科林斯的,相反地,他是为了要逃脱自己的命运,才逃离了那个他以为住着自己父母的地方:"有一天,莱克西俄斯(Loxias)②说我必定会跟我的母亲结婚,而且会亲手杀害我的父亲。这就是为什么长久以来我一直远离科林斯的原因。我做得很对。然而,能见到生养自己的父母的面,那是一件多么温馨的事情啊。"

安齐厄为什么可以将人物说得如此清楚的话硬绕成相反的意思呢?只靠他论文的文字部分,我们无法回答这个问题。但是,如果我们变成魔鬼代言人的身份,从以下这个片段进行推论,从深度心理学角度去解读这个片段,那么,就可以说,它支持安齐厄的论文观点,而质疑俄狄浦斯就自己出身所说的话的可靠度:在诗的第 774 行到 779 行,俄狄浦斯向伊俄卡斯忒(Jocaste)解释说他的父亲是科林斯的国王波吕波斯,母亲是墨洛珀,她是多利安人。在那里,大家都把他当作是第一公民和王位的继承人。然而,突然有一天,在一个宴会上,一个醉汉骂他是"冒牌货",俄狄浦斯非常愤怒,他发现国王和王后都没有阻止他向这个放肆的酒鬼发火。折磨俄狄浦斯的并不是怒火,而是酒鬼说的"冒牌货"那个词。他背着波吕波斯和墨洛珀去了德尔菲,目的是去向阿波罗祈求关于自己身世的神谕。神谕并没有直接回答他的问题,而是告诉他之后他会弑父娶母。就在那一刻,俄狄浦斯决定要离开科斯林。

有人可能会问,为什么索福克勒斯要加入这一部分呢?这难道

---

① 以下多处均有提及:774—5;824—7;966—7;984—5;990;995;1001;1015;1017;1021。
② 莱克西俄斯(Loxias)是阿波罗(Apollon)的别名,词的本意是"模糊的",用于指他的神谕常常具有模糊性。

不意味着俄狄浦斯的内心深处已经知道他现在的父母并不是他的亲生父母,但他却拒绝承认这一事实,就是为了要顺从并实现自己弑父娶母的欲望幻影?相反,我们认为索福克勒斯的用意似乎与深度心理学没什么关系,而只是出于其他方面的需要。比如,首先就是审美方面的需要,关于俄狄浦斯的身世真相,不会突然地意外地被揭露出来,也不会是出乎意料的形势大转折,而应该是在做好了充分的心理上和悲剧性的铺垫之后,才会大白于天下。俄狄浦斯对他早年这段插曲的影射,就是准备阶段必不可少的组成部分,这一事件成为他(自以为)的家族谱系建构上的第一个裂痕。

其次,就是宗教方面的需要。在悲剧中,神谕总是神秘的,但却不是谎言。它不会出错,同时也给人提供了犹豫徘徊的机会。假如在德尔菲的神庙中,阿波罗向俄狄浦斯揭示预言之后,而让他没有一丝思考自己身世的想法,那就是他故意滥用,并对此负有责任。不然的话,就算是他自己将自己驱赶出科林斯,自愿投奔了忒拜,走向了弑父娶母之路。但是,对于俄狄浦斯的疑问(即"波吕波斯和墨洛珀究竟是不是我的亲生父母呢?"),阿波罗没有给予他答案,而只是告诉他:你将会娶你的母亲,杀你的父亲。这个可怕的预言令他的问题始终悬而未决,他没有得到固定答案。因此,这就是俄狄浦斯的过错了,是他自己没有谨慎思考神的沉默,也没能将神的预言解读为:或许其中隐含了他身世的答案。俄狄浦斯的这一过错与他的两个性格特点有关:首先,太过于自信,自信地以为自己的判断($gn\acute{o}m\bar{e}$)[①]准确无误,丝毫没有怀疑过自己对神谕的理解[②];其次,太过于自傲,他总是想成为支配者,成为首领[③]。这就是索福克勒斯所遵循的最单纯意义上的心理因素。傲慢自信的俄狄浦斯自认为:他是那个破解了斯芬克斯之谜的英雄。从某种程度上来说,整部悲剧就是一个俄

---

① 参见 398。
② 参见 642。
③ 参见 1522。

狄浦斯必须要解决的谜，一个需要侦查的案件之谜，即到底是谁杀了拉伊俄斯？最后，侦查者会发现凶手原来就是自己。其实，他从一开始就怀疑克瑞翁，因为他把克瑞翁当作敌人，一个嫉妒自己权力和名望的敌人。但是，他越是怀疑他的表兄弟克瑞翁，他就越发坚决地想要继续追查下去。

在克瑞翁身上折射出的是俄狄浦斯自己的权力欲望，俄狄浦斯坚信他的表兄弟克瑞翁是受嫉妒（phthónos）驱使，才努力要夺取忒拜城的王位，因此，他之前才教唆他人杀死了前任国王拉伊俄斯。正是作为僭主的狂妄自大（húbris）——合唱队所用的正是这个词①——最终导致了俄狄浦斯的失败，也构成了悲剧的推动力之一。因为这一追查探寻的过程，除了要查清拉伊俄斯之死以外，还针对另一个对象：也就是俄狄浦斯自己，他自己也被质疑。俄狄浦斯是敏锐之人，也是谜题的破解者，但这次，他自身就是这个谜，他作为国王的盲目自大使他无法破解自身这个谜。就像神谕所言，俄狄浦斯具有"双重性"：在悲剧的开头，他是作为拯救者的国王，每个公民都在他面前卑躬屈膝，犹如面对着一位掌握着城邦命运的神；但他也是可憎的罪恶之人，堕落的魔鬼，身上集合了所有的恶，亵渎了整个世界，他应该作为罪人和赎罪的祭品（pharmakós）被驱逐，以便最终净化和挽救城邦。

俄狄浦斯高居国王之位，确信神给予了他启示，坚信幸运女神站在他这边，他怎么能想到自己居然也会成为人人避而远之的耻辱之人。他必须要为自己所谓的"远见"付出代价，那就是刺瞎自己的双眼，通过这种痛苦，他会明白，在众神眼中，爬得最高的人也是跌得最低的人②。在《俄狄浦斯在科罗诺斯》中，俄狄浦斯在经历了各种考验之后变得明智，此时峰回路转了：在不幸和贫乏达到顶点时，物极必反，他成为了被雅典娜所守护的英雄人物。但在《俄狄浦斯王》中，

---

① 872。
② 参见 873—78；1195, s.；1524, s.

所有的路还有待于他去开拓,他不了解自己所具有的阴暗面,那是他荣耀光环下所反射的黯黑之影。这也是为什么他没能"领会"神谕的模棱两可之意,因为他向德尔菲的神阿波罗所提的问题,正是这个他无法解开的谜本身:我是谁？在俄狄浦斯看来,"波吕波斯和墨洛珀的儿子"就意味着为社稷而生的国王之子。如果说"冒牌货"这个词对他伤害很深,让他失去理智,像严重的凌辱一样折磨着他,那是因为他极度害怕出身卑微,害怕令人羞愧的家世。神谕虽然严重威胁到了他,但至少在这一点上是让他放心了。他也因此离开了科林斯,不再去想他被神所禁足的这片"故土"是否就是他父母(即表面上的父母)所统治的这个城市。悲剧进展到后来,当科林斯的信使道破他被收养的身世时,他的反应也是一样的。已经明白这一切的伊俄卡斯忒祈求他不要再继续追查下去。但他不答应,惊愕的王后离开了,最后跟他说:"悲惨的人,要是你永远都不知道你是谁就好了!"谁是俄狄浦斯？他祈求神谕时问的是同样的问题,在这部悲剧的始终,他总是不断地遇到这个身世之谜。但就像在德尔菲一样,俄狄浦斯这次也误解了这句话的真正含义。而他的"误解"与深度心理学没有任何关系。他以为伊俄卡斯忒建议他不要继续追查下去,是因为追查的结果可能是他身世卑微,让王后的婚姻变成了一场与身份低微的奴隶之子的婚姻。"她,就请让她以自己富有的家庭为荣吧,(……)作为一个高傲的女人,她可能会因为我卑微的出身而感到羞愧。"然而,伊俄卡斯忒刚发现了俄狄浦斯的身世真相,这时她不知所措,恐惧不安。其实,他的真实身份并不是奴隶或平民,会拆散他们的也不是巨大的身份差距,反而恰恰是他高贵的出身、王族的血统才将他们拉得太近,他们的婚姻并非门不当户不对,而是乱伦。这也让俄狄浦斯变成了可怕的罪人。

为什么安齐厄会从一开始就趋向于误解该悲剧的意思——不顾原文中很明显的意思——,坚持认为俄狄浦斯其实很清楚抚养他的父母并非他的亲生父母呢？这种"误解"并非偶然,这是用精神分析学来解释的必然后果。事实上,如果悲剧的前提是俄狄浦斯不知道自己的真正身世,那很明显,《俄狄浦斯王》的主人公就完全没有俄狄浦斯式的恋母情结了。在俄狄浦斯出生时,他被交给一个牧人,牧人奉命要将他送到荒凉的喀泰戎山(Cithéron)上,让他自生自灭。最后他被没有子嗣的墨洛珀和波吕波斯收养,他们把他当亲生儿子一样疼爱,并抚养长大。因此,在俄狄浦斯的情感中,母亲的角色只能是墨洛珀,而不是伊俄卡斯忒。在到忒拜之前,他从未见过伊俄卡斯忒,所以对他来说,她完全不代表母亲的概念。后来,他之所以娶了伊俄卡斯忒,并非出于个人偏好和选择,而是因为她必须嫁给他,那并不是他自己所要求的,正如忒拜的王位一样,他在破解斯芬克斯(Sphinx)之谜以后,就顺其自然成了忒拜国王,但他只能跟王后同床共枕才能拥有王位。安齐厄写道:"可以确认的一点是,俄狄浦斯在母亲的床上找到了幸福:重新拥有母亲,使他重新感受到了曾失去的最初的幸福,因为他小时候曾被迫与她分离,被送到了喀泰戎山上。"如果俄狄浦斯在伊俄卡斯忒的身上感觉到了幸福,从精神分析学角度来看,那是因为这一结合对他来说并不意味着睡在"母亲的床上"(他在诗句976处提到过,指的是墨洛珀的床);之后,当他发现伊俄卡斯忒真的是他母亲时,这对他们来说都是不幸的标志。俄狄浦斯的婚姻是忒拜人献给他的,他们将王后也献给了他,这对俄狄浦斯来说并不意味着重新得到母亲,因为对他而言,伊俄卡斯忒是一个陌生人(xénē)。根据预言者提瑞西阿斯所言,俄狄浦斯很确信自己在忒拜城也只是一个外来的陌生人(xénos métoikos)①。对他而言,与"母亲"的分离,并不是指在他出生时被送到喀泰戎山上那一刻,而是在他不得不离开"父母温暖的面容"、离开科林斯的那一天②。有人可能会问:对他而言,伊俄卡斯忒是墨洛珀的"替代品"吗?他与忒拜王后的结合,是以一种跟母亲结合的方式去体验的吗?这种理解都是错误的,事实并非如此。如果索福克勒斯的目的在于此,那他很容

---

① 452。

② 999。

易在悲剧中以暗示的方式提及相关内容。而实际上恰恰相反,在最终揭示真相之前,文中体现他们夫妻私人关系的地方,没有提到任何母子之间的关联。起初,伊俄卡斯忒很长时间一直没有孩子,年龄很大时才生下俄狄浦斯。所以,她肯定比俄狄浦斯要老很多。但悲剧中却只字未提他们夫妇两人之间的年龄差距。如果索福克勒斯丝毫未提及,这不仅是因为提及这点会让当时的希腊人觉得很奇怪(妻子总是比她丈夫年轻很多),更是因为:如果他在夫妻关系中提及了年龄差距,那就等于暗示俄狄浦斯的地位相对低微——至少,从伊俄卡斯忒的角度来看,那也等于暗示了一种母亲的态度,这不符合主人公控制、独断和专横的性格①。本来,这部悲剧自身主要呈现的是俄狄浦斯的绝对权力和狂妄自大,然而,在今天看来,现代意义上的俄狄浦斯和伊俄卡斯忒之间的关系(即"俄狄浦斯型的乱伦关系")却成了重点,这显然与该剧自身的悲剧意图完全大相径庭。

关于悲剧的分析,为了完善他的观点,安齐厄又指出:克瑞翁对他的妹妹伊俄卡斯忒具有乱伦之爱。除了王位之外,舅舅跟侄子之间又要争夺同一个女人。"克瑞翁和伊俄卡斯忒之间的乱伦之爱,使俄狄浦斯对他妻子(兼母亲)的哥哥心怀嫉妒,这是为了能理解俄狄浦斯的悲剧而作的一个必要的推测。"推测是必须的,这毫无疑问,但这种推测不是为了理解悲剧,而是为了将它置于一个已经设定好的解读观点中。文中没有任何影射兄妹之间的乱伦之爱的痕迹,俄狄浦斯也并不是嫉妒他们兄妹之间的相互爱慕。如果真是那样的话,伊俄卡斯忒的介入(偏向克瑞翁)就显得无效了:她只能激起其嫉妒者更大的愤怒。俄狄浦斯只是确信克瑞翁嫉妒他——并

---

① 在《日常生活中的心理病理学》(*Psychopathologie de la vie quotidienne*, Petite Bibliothèque Payot)第 191 页,弗洛伊德写道:"有一个奇怪之处在于,这个古希腊传说丝毫未考虑伊俄卡斯忒的年龄。在我看来,这恰好与我以下结论相契合:儿子对母亲的爱,并不是指对现在的母亲本人的爱,而是针对儿子从童年起所保留的母亲的形象。"但详细来看,俄狄浦斯不可能保留有他童年时对伊俄卡斯忒的任何形象的记忆。

不是肉欲意义上的——而是社会意义上的,希腊语用的是 phthónos(嫉妒)一词,指的是对更富有、更有能力、更谨慎的人心怀嫉妒①。事实上,克瑞翁并不是他的情敌:克瑞翁只渴望得到俄狄浦斯因家庭身份而已经拥有的政权。他们之间的敌意,更应该说是僭主的怀疑思想所催生的敌对心魔,而这种敌对关系完全建立在权力竞争的领域上②。在俄狄浦斯眼中,克瑞翁很不愿意看到他成功破解斯芬克斯之谜③,也嫉妒他的名望和王权。俄狄浦斯从一开始就怀疑克瑞翁密谋反叛他④,也谴责克瑞翁意图谋害他的性命,公然盗取他的王权。他确信,克瑞翁企图害他是因为王权在他手里。同时,从悲剧开场以来,他越来越怀疑克瑞翁是谋杀拉伊俄斯的真正教唆者⑤。这里仍然是以"俄狄浦斯观"在看待剧中的人物及其关系,而这种俄狄浦斯式的分析角度,并不能解释作品,反而会导致对作品的曲解。

弗洛伊德曾指出,在《俄狄浦斯王》中,有一段伊俄卡斯忒的话经常被引用以支持精神分析学的分析。伊俄卡斯忒对正在担忧神谕的俄狄浦斯说:"很多人都有过与母亲同床共枕的梦境。"因此,这神谕也没什么可怕的。他们俩的讨论涉及对神谕的理解方向和信任度。从德尔菲获得的神谕,曾向俄狄浦斯预言他会与母亲同床共枕。这种事值得让人窘迫不安吗?对于古希腊人来说,梦也具有神谕的价值。所以说,俄狄浦斯并不是唯一收到神的"暗示"的人。但伊俄卡斯忒却认为,这种暗示或许只是说明了人能提前得知一些事⑥,因此,不需要把它看得如此重要,更无须大惊小怪;又或者,如果神谕预言了某些事,这应该会是好事。索福克勒斯与古希腊史学家希罗多

---

① 参见380—1。
② 参见382,399,535,541,618,642,659—9,701。
③ 参见495,541。
④ 参见385。
⑤ 参见73,s;125—5;288—9;401—2。
⑥ 参见709。

德(Hérodote)非常熟悉,他在这里想到了希罗多德的希庇亚斯篇(Hippias),正如希罗多德所引证的那样①:前僭主希庇亚斯——曾凭借波斯大军的支持,进军雅典,并试图重新夺回王权——也曾梦到自己与母亲结合。他立刻开心地从中总结认为:"他必须回到雅典,重建他的权力,并要在那里生活到老,落叶归根。"正如安齐厄在玛丽·德尔古(Marie Delcourt)之后所指出的那样,事实上,在古希腊人看来,与母亲的结合——此处的母亲,指的是孕育一切,也是一切归属的大地——有时意味着死亡,有时意味着占有领土,获得权力。在这一象征性含义中,没有严格意义上的俄狄浦斯式的焦虑和负罪感。因此,包含或赋予文化现象含义的,并不是梦。梦的本身只是一种非历史层面的现实。梦作为象征性现象,它的含义本身是属于历史心理学研究范畴的文化现象。就这一点来看,我们可能会建议精神分析学家们更要努力成为历史学家,而且应该通过西方相继出现的各种《梦之秘诀》(Clés des songes),去研究梦的象征意义的稳定性和可能的变化。

---

① VI, 107.

五、模糊性与逆转:论《俄狄浦斯王》的结构之谜

1939年,斯坦福(W. B. Stanford)①在关于希腊文学中的模糊性研究中指出,从意义模糊的角度来看,《俄狄浦斯王》占有特殊的地位:该作品具有典型的范例价值②。古代的任何一种文学样式,都没有像悲剧这样如此广泛地运用双重含义的表述,而《俄狄浦斯王》与索福克勒斯的其他悲剧作品相比,又拥有比其他作品多两倍的模糊性表述。根据胡格(Hug)在1872年编订的索引,其中总共有五十处模糊性表述③。然而,问题重点不在于其数量,而在于其性质和作用。所有的古希腊悲剧都借助于模糊性的表述,将其作为一种表达方式和思维模式。但是悲剧诗人会将其置于不同的悲剧结构和语言层次,因此双重含义也会有不同的作用。

如果是关于在词汇中体现出的模糊性,与此相对应,亚里士多德称之为"词汇模糊性"(*homōnumia*)。这种模糊性可能是由语言的模

---

① 《希腊文学中的模糊性》(*Ambiguity in Greek Literature*),Oxford,1939,页163—173。
② 形式略有变动,该文章延伸的研究发表于《交流与沟通》(*Echanges et Communications*),赠与克洛德·列维-斯特劳斯(Claude Lévi-Strauss)的合集,Paris,1970,第二卷,页1253—1279。
③ 阿尔诺德·胡格(Aronold HUG),《索福克勒斯的〈俄狄浦斯王〉中的双重含义》(*Der Doppelsinn in Sophokles Oedipus König*)。

棱两可或矛盾而引起的①。悲剧诗人玩这种文字游戏,是为了展现出矛盾而分裂的世界之悲剧——这一世界被矛盾所撕扯,朝着与它本身相对立的方向分裂。在各种不同人物的嘴里,同样的词会具有不同甚至相反的含义,因为词语在宗教语言、法律语言、政治语言和公共语言等不同语言范围中的语义都是不同的。这样来看,安提戈涅所说的 nómos("法律")的含义与克瑞翁所说的 nómos② 的含义是相反的,因为他们所处的情形和地位是相反的③。对于年轻的安提戈涅来说,这个词意味着宗教法规;而对克瑞翁而言,这个词意味着由国家首领颁布的法令。事实上,nómos("法律")一词的语义场是很宽泛的,足以涵盖这两种含义④。模糊性体现了某些同音但意义互异的词之间的冲突张力。在舞台上人物所说的话语,并没有在人物之间建立起交流或和谐,相反,这突出了人物之间思想的不可渗透性及其性格间的障碍;人物的话语揭示出人物之间的种种隔阂和障

---

① "名词的数量是有限的,而事物的数量却是无限的。因此,就不可避免地存在这种现象,即一个名词可能有多种含义。"亚里士多德,《谬误论证》(De Sophisticis Elenchis),第一卷,165a II.
② 同样的模糊性还出现在其他词汇中,这些词汇在作品结构中占有很大比重。参见戈欣(R. F. GOHEEN),《索福克勒斯〈安提戈涅〉中的形象化》(The Imagery of Sophocles' Antigone),Princeton,1951;以及西格尔(Ch. P. SEGAL),〈索福克勒斯的人的赞美与《安提戈涅》的冲突〉(Sophocles' praise of Man and the Conflicts of the Antigone),发表于期刊 Arion,3,2,1964,页 46—66。
③ 参见欧里庇得斯(Euripide),《腓尼基妇女》(Phéniciennes),499, s."如果同样的事物对所有人来说都是美的和明智的,那么,人类就没有纷争和论战了。但是,对于人类来说,没有任何东西是相同或平等的,除了在词语中;而现实却是完全不同的。"
④ 邦弗尼斯特(BENVENISTE)(《印欧语系中的施动者名词和动作名词》[Noms d'agent et noms d'action en indo-européen],Paris,1948,页 79—80)指出 nemein 一词具有常规管理、习惯法规权威所规定的分配的意思。这种含义顾及到了词根 nem 的语义史上的两大类别。Nómos,即常规管理、通用的规则、习俗、宗教仪式、神的法规或公民法规,约定俗成的惯例;nomós,即由习俗、放牧和区域所确定的领土分配。Tà nomizómena 这种表述的意思是:神所规定的规则的整体;tà nómima 是指宗教和政治方面的法规;tà nomísmata,指城邦中所通用的风俗习惯及通行的货币。

碍,也划出了冲突的轮廓和界线。每个人物封闭在属于自己的世界中,每个人物也赋予一个词唯一的含义。这一种单义会强烈地遭遇到另外一种单义。悲剧的讽刺性在于:在行动过程中,展示出人物是如何在字面上"受制于词",一个词会反过来与他对立,同时,也给他带来不忍提起的苦难经历①。只有在人物以外的悲剧诗人和观众之间,才形成了另一种形式的对话。在这一对话中,语言重新具备了穿透力,也重新起到了沟通交流的作用。但是,悲剧信息之所以能得以传达,并被人理解,具体是因为:在人与人的对话中,存在着一种隐晦的、无法交流的灰色地带。当观众看到悲剧人物只是盲目地相信其中一种含义,进而迷失自我、相互残杀的时候,观众就被引向这样的理解:事实上,存在两种或两种以上的含义。当悲剧信息从传统的确切性和限定性中脱离出来的时候,它所呈现出的是词语、道德标准和人类世界的双重性和模糊性,此时,观众就可以完全领会到这一悲剧信息的意义。当它承认宇宙是矛盾冲突的,放弃以往所秉持的确定性,接受世界存在争议性和各种可能性的一面时,这种悲剧信息就通过戏剧变成了悲剧意识。

埃斯库罗斯的《阿伽门农》体现了悲剧模糊性的另一种类型,即隐含义。某些悲剧人物完全是有意识地使用这种隐含义,以便在向对方讲话时,他们能以此掩盖这与第一层话语相反的第二层话语。只有舞台上的人物和舞台下的观众,才能够领会这一隐含义②,因为

---

① 在《安提戈涅》(Antigone)中,第481行诗,克瑞翁将违反"既定法律"的年轻的安提戈涅定罪。在剧的最后,第1113行诗句中,克瑞翁担心提瑞西阿斯的威胁,发誓以后会遵守"既定法律"。但是,在前后这句话中,nómos(法律)的意思发生了变化。在第448行中,克瑞翁把"法律"这个词用作 kérugma 的同义词,即由城邦首领所发布的公共法律;而在第1113行中,在克瑞翁的话中,再次出现的"法律"一词,指的是安提戈涅起初所赋予它的意思,即宗教法规,葬礼仪式。
② 正像先知所说的那样:"对于那些知道的人,我会说;对于那些不会到的人,我会特意隐藏。"在第136行,我们能发现一个很好的模糊性的例子:几乎每个词都可能有双重含义。我们可以理解为:"杀死一只浑身颤抖的母兔",也可以理解为:"在希腊联军面前,杀死一个浑身颤抖的可怜的人,即他自己的女儿。"

只有他们才掌握了必要信息的关键部分。克吕泰涅斯特拉在宫殿门口迎接阿伽门农的时候,她运用了具有双重意义的语言:她在丈夫的耳边温柔地说话,此时,语言是作为夫妻间爱和忠诚的担保;但对合唱队来说,这种语言已经具有双重性了,合唱队推进了隐约逼近的威胁,在观众看来,这种语言显得非常险恶,观众通过它发觉了克吕泰涅斯特拉谋杀丈夫的阴谋①。此处的模糊性并不是体现在意义的冲突上,而是体现为人物的双重性——类似于被魔鬼附身的双重性:同样的话、同样的词,掩盖了潜伏的危险,使阿伽门农落入陷阱,同时也透露了将要发生的罪行。对丈夫怀恨在心的王后克吕泰涅斯特拉,在悲剧中成为神的法律的工具,她所说的秘语被隐藏在她的欢迎词中,而这种秘语具有神谕的意义。她就像一个预言家一样,在说出国王阿伽门农之死的同时,也使他的死成为了不可避免的必然。对于克吕泰涅斯特拉的话,阿伽门农没能领悟到话语的实质和真相。克吕泰涅斯特拉大声说出来的话语,获取了一种祈神降祸的强大执行力:这一话语早已将其要表达的内容提前渗入到并会永久保留在说话人身上。她为阿伽门农精心布置的红色地毯(并说服他走了上去)所象征的意义,恰好回应了其话语的模糊性意义。当阿伽门农按照克吕泰涅斯特拉的安排跨入自己的宫殿时,他也同时跨入了另一个

---

① 参见斯坦福,《希腊文学中的模糊性》(*Ambiguity in Greek Literature*),Oxford,1939,页137—162。举以下几个例子:在一开始,克吕泰涅斯特拉提及在丈夫出战时自己的忧虑不安,她表明如果阿伽门农真如传闻所言伤口累累的话,"那他身上的伤口应该要比渔网还要多了"(868)。这种说法是一种不祥的讽刺:阿伽门农正是以这样的方式而死的,因为克吕泰涅斯特拉为他设下如渔网一般毫无出路的陷阱(1382),他就是陷入了这样天罗地网式的死亡陷阱(1115)。——"门"(*pulai*,604),"住所"(*domata*,911),这两个她提到过好几次的词,并不是像很多人所以为的那样,以为它们指的是宫殿之门,事实上,它们指的是地狱之门(1291)。当她表明阿伽门农觉得她是 γυναῖκα πιστήν, δωμάτων κύνα("不忠的女人","母狗的行径"),事实上,她要表达的是与字面意思相反的含义——正如注解所指出的那样——,在这里,κύνα("母狗")指的是拥有不止一个男人的女人。当她为了实现自己的愿望(973—974)而求助于万能的宙斯(Zeus *Téleios*)时,她所指的并非真正的宙斯,而是掌管死亡的地狱之王。

地方,即哈德斯的地狱之门。当他赤脚踏上铺好了的奢华红毯时,这条在他脚下延伸的"红毯之路",其实完全不是他所想象的庆祝其胜利的盛大欢迎仪式,而是一场毫不留情地将他推向地狱、推向死亡的仪式。死亡已随着"奢华的红毯"来到了他的身边,克吕泰涅斯特拉为他铺设红毯,只是为了将他推入陷阱之网①。

然而,《俄狄浦斯王》所体现出的模糊性却有所不同,它并不涉及词义的相反,也不涉及人物的双重性(即实施行为的人物在受害者身上玩弄文字游戏)。在《俄狄浦斯王》中,受害者是俄狄浦斯,也是俄狄浦斯自己在玩这个独角戏。完全是他自己倔强地想要查出凶手,出于他自己的责任、能力、判断和强烈的欲望,这最终导致他不惜一切代价地去追查真相,而其实除了他自己,没有任何人强迫他要将一切查得水落石出。提瑞西阿斯、伊俄卡斯忒和牧人都曾试图阻止他,但一切都是徒劳,他不是那种能满足于一知半解、将就凑合的人,也绝不会妥协退让,而是会一直走到最后。在追查之路的尽头,俄狄浦斯发现,从头到尾,自始至终都是他自己在进行这场游戏,也是他自己被自己所玩弄。当他意识到自己有罪,意识到他亲手铸成了自己的不幸,这时,他也可以责怪神:是神提前布局了这一切,并最终使他一步步走到这布局的终点②。俄狄浦斯的话语所具有的模糊性与悲剧赋予他的模糊性身份是相呼应的,而其模糊性身份正是构建整部悲剧的基础。当俄狄浦斯说话时,可能其中蕴含着其他的意思,或许与他实际想表达的意思截然不同。俄狄浦斯话语的模糊性所体现的

---

① 我们就以下两方面进行比较:一方面是910,921,936,946,949,另一方面是960—961。其中有凶险的文字游戏:"布料的染色"(960)指的是"血染之色"(参照《奠酒人》[*Choéphores*],1010—1013)。我们都知道,在荷马的作品中,"血"和"死亡"都被称为πορφύρεοι("红色")。根据阿尔提米多尔(ARTEMIDORE)的《梦之秘诀》(*Clef des songes*),I,77(页84,2—4 Pack):"红色与死亡有某种相关性和一致性。"参见路易·热尔内,《颜色问题》(*Problèmes de la couleur*),Paris,1957,页321—324。

② 参见威宁顿-安格拉姆(R. P. Winnington-Ingram),〈悲剧与希腊古代思想〉(Tragedy and Greek archaic Thought),《古代悲剧及其影响》(*Classical Drama and its influences*, Essays presented to H. D. F. Kitto),1965,页31—50。

并非他性格的表里不一,而是他整个人的双重性。俄狄浦斯本身是双重的。他自己设立了一个谜,而等他猜出谜底的时候,他才发现一切都与他曾经所深信不疑的完全相反。在俄狄浦斯话语里面所隐含的秘密话语,他自己根本没有领会,除了提瑞西阿斯以外,其他所有在台上见证悲剧的人也都无法领会。众神将他们所认同的俄狄浦斯的话加以变形和转换,之后又传给俄狄浦斯①。这一逆向呼应是对俄狄浦斯(自己)话语的复兴和实践,就像一阵阴森不祥的笑声一样

---

① 这里,还是推荐读者参阅斯坦福的作品、杰布(R. JEBB)的评论作品《僭主俄狄浦斯》(*Œdipus Tyrannus*,1887)以及 J. C. KAMERBEEK 的《索福克勒斯戏剧集》,第四部,《僭主俄狄浦斯》(*The Plays of Sophocles*, IV, *The Œdipus Tyrannus*,1967)。在此,我们只引用几个例子。克瑞翁刚指出强盗们(复数形式)杀死了拉伊俄斯。俄狄浦斯回答道:凶手(单数形式)怎么可能没有同谋就实施了杀人行为呢?(124)评注者指出:"俄狄浦斯以为是克瑞翁指使人杀死了拉伊俄斯。"但是,俄狄浦斯此处运用的单数形式,却恰恰在他毫无意识的情况下就将矛头指向了自己,因为他正是那个"凶手"。在悲剧的后面(842—847),俄狄浦斯将会指出:如果是有多名共犯的话,那么那个执行谋杀的人是无罪的;如果只有唯一一个凶手的话,那谋杀罪行当然就必须由该凶手一人承担。在第 137—141 行中,有三处模糊点:一是在为城邦清洗罪恶污点的同时,他其实也正是在清洗自己的罪恶,而他当时是根本意识不到这一意义的。二是谋杀前国王拉伊俄斯的人,很可能也试图要谋害他,而后来,俄狄浦斯自己戳瞎了自己的双眼。三是追究拉伊俄斯之死的元凶,他本来是为了自己的利益,然而,事实却并非如此,他恰恰导致了自己的毁灭。258—265 这一整段具有双重性和模糊性,它总结如下:"我要为了拉伊俄斯而战,就像他是我的父亲一样。""要是他的后代没有消失就好了",这句话也可以理解为:"要是他的后代并不是注定要遭受悲惨的命运就好了。"在 551—552 这两行,俄狄浦斯威胁克瑞翁说:"如果你以为可以杀害亲人,也不需要为此付出代价的话,那么你就错了",这句话又变成了对他自己的指控;他将为杀害自己的父亲而付出惨重的代价。在 572—573 处,也可以看出双重含义:"他本不该声称是我杀了拉伊俄斯",也可以理解为:"他本不该揭露并追查是我杀了拉伊俄斯这件事。"在第 928 行,伊俄卡斯忒的位置也隐含着:她既是俄狄浦斯的妻子,又是俄狄浦斯的母亲。在 955—956 处:"他告诉你:你的父亲波吕波斯已经去世了",也意味着:"他告诉你:你的父亲并非波吕波斯,而是已经去世了。"在 1183 行,俄狄浦斯只求一死,他呼喊着:"哦,光明,我能否再最后一次看你一眼!"但是"光明"一词在希腊语中有两种含义:一种是指生活之光,另一种是指白天的阳光。正是俄狄浦斯所不愿说的那层意义,最终却得以实现了。

响起。俄狄浦斯所说的他自己既不想说也不明白的话,构成了俄狄浦斯话语唯一的真实性。俄狄浦斯语言的双重性,以逆向形式再现了神的语言的双重性,比如俄狄浦斯也运用了神谕模糊性的表达方式。众神知道真相,并且也把真相说了出来,但神用来描述真相的词,其含义在人的眼中会被理解为其他的意思。俄狄浦斯既不知道真相,也表达不出来,但其实他是在用另有它意的词说话时,却恰好描述出了真相——尽管他自己也没有意识到——,而且他描述的方式也极其明显,有双重理解力的人方可领会,就如同神有双重视线一样。因此,俄狄浦斯的语言就成为一个双重话语相遇、对抗的载体,在同样的话里面,集合了以下两种不同的话语:人类的话语和神的话语。起初,这两种话语区分明确,彼此界限分明;但在悲剧中,当一切都很明显了,人类的话语就逆向转化为它的对立面,两种话语就此相遇;谜就被解开了。在剧院的阶梯上,观众就拥有了一种特别待遇,这使他们可以像神一样能同时听到两种对立的话语,而且能随着剧情从头到尾地看到两种话语针锋相对的较量。

这样的话,我们就明白了为什么从模糊性方面来看,《俄狄浦斯王》具有典型性。亚里士多德认为,悲剧情节进展的两大构成元素(除了"哀婉悲怆"之外)是认知和突变(或称反转),即行动发生颠覆,并向其反面转化。另外,亚里士多德还指出,在《俄狄浦斯王》中认知这一点被体现得淋漓尽致,因为它恰好与情节突变同时发生[1]。事实上,俄狄浦斯的认知涉及的不是别人,恰恰就是他自己,而主人公最终对自己身份的确认,构成了其行为的完全逆转。亚里士多德的看法有两层含义:首先,由于认知而导致的俄狄浦斯的境遇与他之前的境遇完全相反;其次,俄狄浦斯最终得到的结果与他曾经的预期目标完全相反。俄狄浦斯作为一个从科斯林来的外乡人、谜题的破解者和忒拜城的拯救者,成为了忒拜的首领。这里的人民敬仰他,就如同敬仰神灵一般,大家崇拜他的学识和为城邦公共事务所作的贡献,而从悲剧的

---

[1] 《诗学》,1452 a 32—33。

开场,集这些光环于一身的俄狄浦斯就必须面临一个新的谜题,即前任国王之死。杀死拉伊俄斯的凶手是谁?而追查的结果却是:作为审判者的俄狄浦斯发现自己就是杀人凶手。其实,在被侦查的谜题渐渐水落石出的背后,起主导作用的就是俄狄浦斯对自己身份的认知。这一侦查谜题也构成了悲剧行为的情节主线。当悲剧开场时,他第一次出现在台上,并对乞求者宣布了他不惜任何代价也要查出凶手的决心,以及必定完成这一目标的自信。这时,他所用的表达词汇的模糊性,突出体现了:在他信誓旦旦回答的问题(杀死拉伊俄斯的凶手是谁?)背后,隐含了另外一个问题(俄狄浦斯是谁?)。作为国王的俄狄浦斯骄傲地说:"现在轮到我去追查这些不明案件的根源了,最终会由我将一切查得水落石出,将由我带来光明(ἐγὼ φανῶ)。"注解者也注意到了,在最后的 egō phanô("由我带来光明")中,隐藏着俄狄浦斯所不知道的意思,但其实观众都明白,"因为这将在俄狄浦斯自身找到答案"。Egò phanô("由我带来光明"):最后我必定查出杀人凶手,但同样,我也会发现,原来自己就是那个杀人凶手。

谁是俄狄浦斯?正如他自己所言,正如神谕所示,俄狄浦斯是双重的,如谜一般神秘的。从悲剧的开场到结束,他在心理上和道德上都始终如一:一个富于行动和决心的人,具有坚不可摧的勇气和始终不渝的智慧。就这一点来说,我们无法指责他任何道德上的问题和(蓄意的)正义上的过失。但是,这一俄狄浦斯式的人物,在所有社会、宗教和人性领域,都体现出:他与自己城邦之王的外在完全相反。从科林斯来的外乡人,事实上是忒拜本邦人;破解谜题者,实则面临着一个他无法破解的谜;审判者,其实是罪犯;有远见者,其实是一个盲目者;城邦的拯救者,实则为城邦的灾难。俄狄浦斯,本来是受众人尊重的有名望之人[1],人中翘楚[2],最非凡的人[3],拥有权力、智慧、

---

[1] 《俄狄浦斯王》,8。
[2] 同上,33。
[3] 同上,46。

名誉和财富的人,后来却变成了最低等的、最不幸①和遭世人唾弃的人②,甚至成为杀人凶手③、千古罪人④,受众神痛恨和遗弃⑤,最终沦落为乞丐,遭受颠沛流离之苦⑥。

有两个特点突出体现了俄狄浦斯的境况的颠覆性逆转。在一开始,宙斯的祭司对他说的话,将他奉为某种意义上的神⑦。当斯芬克斯之谜被解开后,合唱队在俄狄浦斯身上重新确认了人类生活的典范,通过这种典范榜样,人类生活在他眼中几近虚无⑧。起初,俄狄浦斯是有远见的明智者,他无需任何人的帮助,也无需神的庇护和预兆,只凭借自己的知识和判断,就能成功破解斯芬克斯之谜。他对神的盲目眼光持蔑视的态度,他认为神都紧闭双眼而不见光明,正如他自己所说的那样,"(神)只活在黑暗之中"⑨。然而,当黑暗散去,一切都变得明朗了⑩,阳光照向俄狄浦斯,就在这一时刻,那是他最后一次看到阳光。当俄狄浦斯一旦"被看穿"、被揭露⑪,并将他一切可怕的事展现在众人面前时⑫,他就再也不可能看得见或被看见了。自此,忒拜城居民的目光就从他身上转移开了⑬,他们无法直视这个可憎的人——"可怕到让人无法直视"⑭,也无法直视这种悲痛,甚至无力提起,也无力去看⑮。

---

① 《俄狄浦斯王》,1204—06,1297,s.,1397。
② 同上,1433。
③ 同上,1397。
④ 同上,1306。
⑤ 同上,1345。
⑥ 同上,455—56,1518。
⑦ 同上,31。
⑧ 同上,1187—88。
⑨ 同上,374。
⑩ 同上,1182。
⑪ 同上,1213。
⑫ 同上,1397。
⑬ 同上,1303—05。
⑭ 同上,1297。
⑮ 同上,1312。

俄狄浦斯亲手刺瞎双眼,那是因为——正如他自己所解释的那样①——他已经无法再承受任何人类的目光,无论是活着的人还是死去的人。如果可以的话,他宁愿堵上自己的耳朵,把自己禁闭在与世隔绝的孤独中——与社会和人都彻底隔绝。众神普照在俄狄浦斯身上的光太过耀眼,以至于他(作为人类)的眼睛根本无法去直视这光。这光将俄狄浦斯排斥于这个世界之外——这个充满阳光、人的目光和社会目光的世界,而将他置于暗夜的孤独世界中,那个提瑞西阿斯所生活的世界。提瑞西阿斯也是付出了双眼的代价,换来了双重视力,能看到另一种光,即耀眼而恐怖的神之光。

从人类的角度来看,俄狄浦斯是极有智慧和远见的人,被人尊奉为神;从众神的角度来看,他又是盲目的,什么都不是。正如语言的模糊性一样,行为的突然转变体现了"人类境遇"的双重性。从谜的模式来看,"人类境遇"会有两种相反的理解。比如就"人类语言"来看,当众神通过俄狄浦斯来说话的时候,人类语言就变成相反的、颠倒的含义。而"人类境遇"亦是如此,如果以神的标准来看待的话,人类境遇也是颠倒的——无论人是如何伟大和快乐——在神眼里却恰恰相反。俄狄浦斯"曾将箭扔得比任何人都远,也获得了最大快乐和幸运"②。但在神的眼中,爬的最高的人也会摔得最狠、摔到最低。曾经最幸运的俄狄浦斯却成了最不幸的人,合唱队唱道:"还会有谁会像他一样,想象着要得到无与伦比的幸福,其实只为在一切幸福化为泡影之后,跌落到最不幸的深渊?不幸的俄狄浦斯,是的,这是你的命运,以你的命运为例,我看到没有任何一个人的生活会是幸福的。"③

---

① 《俄狄浦斯王》,1370,s.
② 同上,1196—97.
③ 同上,1189,s. 从这个方面来说,自柏拉图之前,悲剧就与普罗泰戈拉(Protagoras)的观点不同,也与公元前5世纪由诡辩派(或称智者学派)所发展起来的"启蒙哲学"不同。悲剧认为人并不是衡量万物的尺度,而神才是衡量万物的尺度。其他更详细的内容参见诺克斯(B. KNOX),《主人公的性格:索福克勒斯的悲剧研究》(The Heroic Temper: Studies in Sophoclean Tragedy), Berkeley and Los Angeles,1964,页150,s.,184.

如果这正是古希腊学家们所认同的悲剧的意义,那么我们也认为《俄狄浦斯王》不仅仅针对"谜"这一主题,而且在悲剧的开启、发展和结尾的过程中,这部悲剧作品本身就构成了一个谜。模糊性(或双重性)、认知、情节突变和对应关系共同构成了悲剧作品谜一样的结构。悲剧构建的支柱——也被用作悲剧结构和悲剧语言的模板——就是颠覆性的逆转,也正是根据这一模式,当从人类层面转向神的层面时,正面含义就转成了负面含义。悲剧与逆转既相互结合又相互对立,就像"谜"一样,亚里士多德认为,"谜"将互不相容的层面联系到了一起①。

通过这一逆向的逻辑模式——与悲剧的模糊思维方式相对应——观众接收到了一种特殊的教育:人,并不是我们能描述或定义的存在;人,是一个问题,一个谜,我们永远也解不开他的双重意义。悲剧作品的含义既不在于心理也不在于道德,而是在于特殊的悲剧范畴②。弑父娶母既不符合俄狄浦斯的习惯性格(êthos),也不属于道德犯罪(adikia)。如果说他杀了自己的父亲,又娶了自己的母亲,这并不是因为他隐约地恨着他的父亲并爱着自己的母亲。对于他本以为是自己亲生父母的墨洛珀和波吕波斯,他心怀同样温和而深刻的亲情。当他杀死拉伊俄斯的时候,是出于正当防卫才杀死了一个先动手打他的陌生人;当他娶伊俄卡斯忒的时候,那并非出于他的选择,而是忒拜城强加给他的,为的是让他接任忒拜国王之位,用以回报他为忒拜立下的功绩:"忒拜城将我推向了这场致命的受诅咒的婚姻,而我当时什么都不知道……我接受了这个本永远不该接受的忒拜城的'谢礼'。"③正如俄狄浦斯自己所声明的那样:虽然做

---

① 《诗学》,1458a 26。我们后来认为"逆转模式"与赫拉克利特(Héraclite)的思想模式很接近,尤其体现为动词(μεταπίπτειν)。参见克莱芒斯・朗奴(Clémence RAM-NOUX),《赫拉克利特或在事物与词汇之间的人》(Héraclite ou l'homme entre les choses et les mots),1959年,页33,s.,392。
② 关于这里的悲剧信息的特性,参见上文,页23。
③ 《俄狄浦斯在科罗诺斯》,525,539—541。

出了弑父娶母的乱伦行为,但这既不能归咎于他本身(sôma),也不能归咎于他的行为(érga),事实上,他自己什么也没有做(oúk ére ζ α)①。或者说,当发生弑父娶母的乱伦行为时,因为他毫不知情,所以其行为的意义完全颠倒了,即正当防卫变成了杀父,胜利后获得的赐婚也变成了乱伦。从人类法律的角度来看,他是无辜的也是清白的;但从宗教的角度来看,他又是有罪的、耻辱的。在毫不知情、没有任何恶意和犯罪意图的情况下,俄狄浦斯的所作所为,对控制人类生活的神圣秩序而言,可谓是一个不小的打击和触犯。这很像是那种吃鸟肉的鸟——正如埃斯库罗斯所言②——,俄狄浦斯也曾两次啃食自己的肉,第一次是他亲手杀死了自己的父亲,第二次是他与自己的亲生母亲结婚。就这样,俄狄浦斯就像神话传说中的人物一样被无故地选中,受到神的诅咒,最终,他被隔离在社会之外,也被排除在人性之外。从此以后,他就成为了无城邦、无归属之人(ápolis),代表着被排斥于城邦之外的人的形象。在他的孤独中,他既有低于人的一面,即凶猛的野兽和野蛮的怪物,也有高于人的一面,即拥有备受争议的神力(daimōn)一样的资质。他的罪(ágos)只不过是超自然力量的反面,作为正面的超自然力量集中在他身上,只是为了让他迷失:在犯罪的同时,他也是神圣的(hierós et eusebés)③。他为迎接他的城邦、收留他尸体的土地带来了最大的保护和赐福。

这种颠倒游戏与模糊的表达并存,并且通过其他的文体手法和悲剧手法体现出来。尤其是通过在悲剧行为的过程中使用的"逆转"手法——诺克斯(B. KNOX)④称之为"逆转"(reversal)。"逆转"的第一种形式是将词汇的含义从主动逆转为被动,用于显示俄狄浦斯

---

① 《俄狄浦斯在科罗诺斯》,265,s.,539。
② 《乞援人》(Les Suppliantes),226。
③ 《俄狄浦斯在科罗诺斯》,287。
④ 《俄狄浦斯在忒拜——索福克勒斯的悲剧人物及其时间》(Œdipus at Thebes. Sophocles' Tragic Hero and his Time),1957,第二版,1966,页138。

的地位特点和变化。俄狄浦斯原本是一个猎人,他跟踪、追捕、驱逐在山中游荡的野兽①,但他突然由追击变为逃跑②,被驱逐出了人群③。但在这场狩猎中,猎人最后却沦为猎物,即被他父母的恐怖诅咒所猎杀④。在俄狄浦斯自毁双目并逃至喀泰戎山⑤之前,他像野兽般漂泊、咆哮⑥。俄狄浦斯不停地追查,重复使用的动词 zētein("追查"、"探究")就突出了这一点⑦。但其实追查者(zētôn)也就是被追查的对象(zētoúmenon)⑧,就像是检查者、发问者⑨也是问题的答案本身⑩。俄狄浦斯是发现者⑪也是被发现的对象⑫,他是为描述城邦的病痛而使用医学词汇的医生,但也是病人⑬和疾病⑭。

另外一种形式的"逆转"如下:用来描述最辉煌时期的俄狄浦斯的词,都是用来描绘神的词;俄狄浦斯的强大在与神的强大的较量中,后者逐渐变得越来越明显,俄狄浦斯的强大就随之慢慢消失了。在第 14 行诗中,在宙斯的祭司起初对俄狄浦斯所说的话中,他将俄狄浦斯称为"王"(kratúnōn);而在第 903 行诗中,合唱队祈求宙斯时称他为"王"(ô kratúnōn)。在第 48 行诗中,忒拜城众人称俄狄浦斯为"拯救者"(sōtér);而在第 150 行诗中,是阿波罗被称为

---

① 《俄狄浦斯王》,109—110, 221, 475, s.
② 同上,468。
③ 同上,479。
④ 同上,418。
⑤ 同上,1451。
⑥ 同上,1255,1265。
⑦ 同上,278, 362, 450, 658—659, 1112。
⑧ 参见普鲁塔克(PLUTARQUE),《好奇》(De curiositate),522c;《俄狄浦斯王》,278, 362, 450, 658—659, 1112。
⑨ 《俄狄浦斯王》,"查看"(skopeîn):68, 291, 407, 964;"问询"(historeîn):1150。
⑩ 同上,1180—1181。
⑪ 同上,"发现者"(heureîn, heuretés):68, 108, 120, 440, 1050。
⑫ 同上,1026, 1108, 1213。
⑬ 同上,1397。
⑭ 同上,674。

阻止(paustérios)恶行的"拯救者",正如俄狄浦斯也曾阻止了斯芬克斯①。在第237行诗中,俄狄浦斯作为拥有权力和王位的国王发号施令;而在第201行诗中,合唱队称宙斯为"权力和雷电之王"。在第441行诗中,俄狄浦斯提及他的丰功伟绩——这也成就了他的伟大(mégas);而在第871行诗中,合唱队提到:在神界律法中,存在一位伟大的(mégas)不老之神。对于俄狄浦斯自豪地行使过的统治权②,合唱队意识到这一权力在宙斯手中是永远不灭的③。在第42行诗中,祭司向俄狄浦斯请求帮助,而在第189行诗中,合唱队祈求雅典娜给予他帮助。在悲剧的第一行诗句中,俄狄浦斯对乞求者说话的时候就像是父亲在对孩子说话一样;但在第202行诗句中,为了消除城邦的瘟疫,合唱队将"父"的称呼献给宙斯,即"宙斯,我们的父啊"(ô Zeû páter)。

事实上,并不是直到俄狄浦斯出现才引起了逆转的效果。模糊性本身就包含了如谜般神秘的特性,这一特性贯穿着整部悲剧。俄狄浦斯的脚是肿胀(aîdos)的,他的残缺提醒着他是受诅咒的孩子,被父母抛弃,又被遗弃在荒山任其自生自灭。但是,俄狄浦斯也是能够解答(oîda)脚之谜的人,无需逆向思考④,他就成功破解了阴险的女先知的"神谕"⑤,破解了斯芬克斯⑥之谜。俄狄浦斯这位外来英雄也因此登上了忒拜的王位,取代了其他三位合法继承人而成为国王。Oidípous("俄狄浦斯")这个名字的双重词义就在于这个名字本身,它本身就由前后两部分对比构成,即第一、二个音节和第三个音节。Oîda:"我知道",这是作为胜利者俄狄浦斯和作为僭主的俄狄浦斯⑦

---

① 《俄狄浦斯王》,397。
② 同上,259,383。
③ 同上,905。
④ 《欧里庇得斯的〈腓尼基妇女〉之注解》(Scholie à Euripide, Phéniciennes),45。
⑤ 《俄狄浦斯王》,1200。
⑥ 同上,130;《腓尼基妇女》(Phéniciennes),1505—1506。
⑦ 《俄狄浦斯王》,58—59,84,105,397;也请参阅43。

嘴里经常说起的词。Poús："脚"，这是从俄狄浦斯出生起就一直跟随着他的印记（他的命运就是：结束亦如最初），他的"脚"使他得以逃脱野兽之口①，而他自己就像这野兽一样被排斥，他的"脚"也将他与人隔离。他企图逃脱神谕的希望也落空了②，始终被残缺之"脚"③的诅咒紧追不舍，最终还是触犯了高贵之"脚"④的神圣法律。他登上权力顶峰的同时，也骤然陷入罪恶深渊，从此以后，他再也无法摆脱罪恶之"脚"⑤。整个俄狄浦斯的悲剧——就像它所讲述的内容一样——就是借由他的名字之谜而引发的一场悲剧游戏。无论从哪一点来看，那个被诅咒的孩子、被故土抛弃的肿胀之脚，与受幸运女神庇护的、博学的忒拜之王，都显得格格不入。但为了让俄狄浦斯知道自己真正的身份，他的第一个形象必须要等到与第二种形象相遇后，才彻底发生逆转。

当俄狄浦斯在破解斯芬克斯之谜时，他的答案其实已经隐约涉及到了他自己。狮身女首怪物斯芬克斯问他：什么生物，有时2只脚（dípous），有时3只脚（trípous），也有时4只脚（tetrápous）？对于俄狄浦斯来说，这个谜只是表面现象：事实上，这当然是关于他自己的谜，关于人的谜。但这个回答只是表面上的答案，它隐藏了真正的问题：人是什么？俄狄浦斯又是什么？俄狄浦斯的表面答案为他开启了忒拜城的大门。在俄狄浦斯当上忒拜国王之后，尽管他仍不知道

---

① 《俄狄浦斯王》，468。
② 同上，479，s。
③ 同上，418。
④ 同上，866。
⑤ 同上，878。参见克诺斯（Knox），前揭，页182—184。从科林斯来的信使到达之后，就问道："你知道俄狄浦斯在哪里吗？"正如克诺斯所观察的那样，924—926这几行诗都是以"俄狄浦斯"作为结尾或者是以疑问副词"哪里"（hópou）结尾，克诺斯认为这意味着："这些强烈的相关语意在引起一种奇妙的配合，与动词词组'搞清楚在哪里'——由主人公的名字所构成，正如提瑞西阿斯告诉他的那样（413—414），他不知道自己属于哪里——相呼应。"这是众神对俄狄浦斯的讽刺和嘲笑——他自认为是在寻求真相，但其实是自我驱逐。

真正的答案,但最后杀父娶母显现出了他的真实身份和真正的答案。对俄狄浦斯而言,深入他自己的秘密就意味着要发觉:自己作为统治忒拜的异乡人,实际上却是个曾被遗弃的忒拜本地人。这一身份的确认,并没有使俄狄浦斯彻底融入他自己的故乡忒拜,也没有使他从一个外来僭主变成国王的合法继承人,更没能巩固他的王位,而是使他成了一个要被永远驱逐出城邦和人群的怪物。

被众人敬重如神、无比公正的国王,集全城万千祝福于一身,这就是曾经高高在上的明智者俄狄浦斯,但在悲剧的结尾,他却颠覆一切,形象全然相反。在最落魄的时候,他就成了"脚肿胀"的俄狄浦斯:可恶的罪人,似乎集世上所有的不洁于一身。神圣的国王、城邦的净化者和拯救者,也同样是可恶的罪人——必须把他作为赎罪的祭品(pharmakós)赶出城邦,以便净化和拯救城邦。

事实上,这正是实现一系列逆转的基础,而所有的逆转都是沿着这条俄狄浦斯的命运轴线发生的:由顶点的神圣国王到低谷的卑贱罪犯(pharmakós)。这种颠覆性的逆转使俄狄浦斯痛苦不堪,也使他由英雄变成双重性和悲剧性人物的"典型"。

在悲剧的开头,俄狄浦斯以威严的形象走入宫殿,他的这一神圣形象也没有逃脱评论者的评价。早先就已经有古代注解者对第16行诗句进行了评注,指出:乞求者来到国王宫殿的祭台前,就仿佛是到了神的祭坛一样。宙斯的祭司用了这样的表达方式:"你看到我们在你的祭坛旁边汇聚一堂。"况且,俄狄浦斯自己也在想:"为什么你们以对待神灵的祈求方式对待我呢——这样蹲在我面前,还戴着饰有细带的小枝桠?"这更加突出了宙斯的祭司所说的话意义深重。对俄狄浦斯如此崇敬,其实就是将他置于比人更高级的地位,因为他"在神的帮助下"[1]挽救了城邦,因为他借由神的力量显示出城邦是受幸运女神(Túchē)[2]庇护的。对俄狄浦斯的崇敬之情始终贯穿着

---

[1] 《俄狄浦斯王》,38。
[2] 同上,52。

整部悲剧。甚至是在俄狄浦斯的双重罪已经展现在众人面前之后,合唱队仍然将他视为拯救者,并称他为"我的国王",他仍然是一个"屹立不倒的抵御死亡的堡垒"①。合唱队也提及了不幸的俄狄浦斯所犯下的无法弥补的罪行,此时,合唱队总结如下:"然而,说实话,多亏了你,我才得以喘息和休息。"②

然而,在悲剧的关键时刻,即俄狄浦斯的命运岌岌可危之时,这两种天壤之别的地位——神一般的英雄和阶下囚——的极端性就被体现得淋漓尽致。那到底是什么样的情形呢?众人都已经知道俄狄浦斯可能就是杀死拉伊俄斯的凶手;神谕一方面指向俄狄浦斯,另一方面又指向拉伊俄斯和伊俄卡斯忒,神谕的这种对称性让人的焦虑情绪更加沉重,这种焦虑紧紧地揪住主角和忒拜人的心。就在此时,从科林斯来的信使到达了,他告诉俄狄浦斯:其实俄狄浦斯并不是科林斯国王王后的亲生儿子,而是他们的养子;是他自己亲手把俄狄浦斯从来自喀泰戎山的牧人手中接过来的。此时,已经明白一切的伊俄卡斯忒祈求俄狄浦斯不要再继续追查下去了,但俄狄浦斯却坚持要查清楚。王后无奈,对他说了最后的警示:"悲惨的人,要是你永远都不知道你是谁就好了!"但这一次,这位忒拜的僭主还是误解了"俄狄浦斯是谁"的真正含义。他以为王后是担心查出他是出身卑微的"养子",以至于让她的婚姻变成了一场与身份卑微的人、奴隶甚至是奴隶之子的婚姻③。具体说来,也就是在这时,俄狄浦斯重新被激发起斗志,重新振作了起来。在他沮丧的灵魂中,信使的话激发了他疯狂的希望和斗志,合唱队也表示认同,并用欢快的歌声表达了出来。俄狄浦斯自称是幸运女神之子,因为在这些年,幸运女神彻底改变了他的境遇,使他从不起眼的"卑微的人"变成了"伟大的英雄"④,也就

---

① 《俄狄浦斯王》,1200—1201。
② 同上,1219, s.
③ 同上,1062—1063。
④ μικρόυ καὶμέγαν,同上,1083。

是说,将他从一个残缺的弃儿变成了忒拜的国王。这里体现出了话语的讽刺性:俄狄浦斯并非幸运女神之子,正如提瑞西阿斯所言①,他是幸运女神的牺牲品;而且,他地位的转向与他的理解恰恰相反——将伟大的俄狄浦斯变成了卑贱的罪人,将神一般的人变为了一无是处的人。

  但是,俄狄浦斯和合唱队的想象是可以被理解的。被遗弃的孩子可能是一个人人都想摆脱的废人,一头畸形的野兽,或者是一个卑贱的奴隶。但他也可能是一个拥有辉煌命运的英雄。经历了死里逃生,经受了重重考验——这是从他一出生时就强加给他的——被遗弃和排斥的人成长为受人崇敬的国王,拥有着超自然的力量②。以胜利者的姿态重返曾驱逐他的故乡,俄狄浦斯注定不会是这里的一个普通居民,而是绝对的统治者,他在人类世界以神的姿态统治着国民。这也是为什么在几乎所有的古希腊英雄传说里,都会出现遗弃的主题。如果说俄狄浦斯从一出生就被遗弃,他与人类血统的关系也被切断,那么,这可能是因为——正如合唱队所想象的那样——他是某位神的儿子:比如喀泰戎山上的宁芙仙女,牧神潘(Pan)或太阳神阿波罗,众神的使者赫尔墨斯(Hermès)或酒神狄俄尼索斯③。

  被遗弃又被拯救,被排斥又以胜利者回归:诸如此类的英雄人物的神秘形象在公元前 5 世纪很盛行,以颠倒转换的形式出现,在某种程度上来说,这种形象甚至成为僭主(*túrannos*)的象征。比如在合法继承范围之外的主人公——僭主——通过间接的方式获得王权,就像俄狄浦斯一样,凭借自己的作为和建立的功绩获取王权。他之所以掌权,并不是因为血统关系,而是因为自己的德行,因为他是功勋和幸运之子。他能够打破普通秩序而赢得权力,不管是好是坏,这

---

① 《俄狄浦斯王》,442。
② 参见玛丽·德尔古(Marie DELCOURT),《俄狄浦斯或胜利者的传说》(*Œdipe ou la légend du conquérant*),Paris-Liège,1944。该作品深入探讨了这一主题,并重点指出了它在俄狄浦斯之谜中的地位。
③ 《俄狄浦斯王》,1086—1109。

种至高无上的权力将他置于万人之上、法律之下①。诺克斯的评价很恰当，他认为：僭主政治与神的权力之间的比较是公元前5世纪和公元前6世纪的文学中重复出现的主题。在谈及僭主统治——权力堪比神的权力——时，欧里庇得斯②和柏拉图③的意见一致，那是一种为所欲为的绝对权力④。

评论家们并没有对俄狄浦斯的另一面——作为补充和对立的另一面（替罪羊）——进行同样清晰的分析和总结。我们看到，在悲剧的最后，俄狄浦斯被驱逐出忒拜，就像是在驱赶同类来赎罪（*homo piacularis*）一样，为的是"远离罪恶"⑤。但是路易·热尔内很具体地建立起悲剧主题和雅典的献祭（*pharmakós*）仪式之间的联系⑥。

忒拜遭受了可怕的瘟疫（*loimós*），充裕的水源也变得枯竭干涸：田地贫瘠，牛羊不再繁殖，妇女也无法生育，而且瘟疫造成大量的人死亡。贫瘠不育、疾病和死亡也被认为是污浊和罪恶（*míasma*）导致的灾难，这使忒拜人正常的生活被彻底破坏，民不聊生。所以，必须要找到城邦污浊不堪的罪魁祸首，找到罪恶（*ágos*）的源头，通过驱赶这个罪人从而达到清除罪恶和瘟疫的目的。我们知道，在公元前

---

① 包括被城邦规范所承认的婚姻法。在"僭主的婚姻"中，《向吕西安·费弗尔致敬》（*Hommage à Lucien* Febvre），页41—53《古希腊人类学》[*Anthropologie de la Grèce antique*]，Paris，1968，页344—359），热尔内曾指出：这位僭主的威望来自于他过去很多方面的功绩，他的出格不羁在此前的传说中也找得到类似的范例，"就僭主佩里安德（Périandre）而言，与母亲乱伦的神话传说主题在他身上也上演过"。这位母亲叫 *Krateia*，意味着最高权力和王权。

② 《特洛伊妇女》（*Les Troyennes*），1169。

③ 《理想国》（*La République*），568 b。

④ 参见柏拉图，《理想国》，360 bd。

⑤ 关于俄狄浦斯的罪（*ágos*），参见1426；1121，656，921；以及 KAMERBEEK 针对这些段落的评论。

⑥ 在高等学院的一门课程的授课内容（但并未出版）；参见让-皮埃尔·格潘（J. P. Guépin），《悲剧的矛盾》（*The Tragic Paradox*），Amsterdam，1968，页89 及以下各页——玛丽·德尔古，《俄狄浦斯或胜利者的传说》，Paris-Liège，1944，页30—37。作者突出强调了遗弃和替罪羊（或祭品）两种仪式之间的关系。

7世纪就已经发生过类似的事情了,当时为了补赎谋杀库伦(Kylon)之罪,就驱逐了阿尔克迈翁家族(Alcméonides),声称他们犯了渎神罪①。

就像在古希腊的其他城邦一样,在雅典也存在一种年度仪式:定期驱逐过去一整年累积的罪恶。拜占庭(Byzance)的赫拉狄俄斯(Helladios)转述说:"相继献祭一男一女两个人作为祭品、替罪羊(*pharmakoi*),这是雅典的习俗,其目的就是净化罪恶②……"根据传说,这一仪式的起源是因为雅典人对克里特人安德洛革俄斯(Androgée)犯下了渎神的谋杀罪(或者说,前者对后者的死负有重大责任):为了要清除由这一罪行所引发的灾难(*loimós*),雅典人就开始通过献祭(替罪羊)来净化罪恶,从此就形成了一种惯例。仪式在萨吉里节(Thargélies,也称为收获节)的第一天举行,也就是萨吉里(*Thargeliōn*)月的第六天③。这两个作为替罪羊的人,要戴着干无花果项链(黑色或白色的,根据他们所代表的性别来分配),他们会被带着在城邦绕着示众,大家用绵枣的球茎、无花果的树枝和其他野生植物④击打他们的性器官,然后再将他们驱逐出去。可能至少在这种习俗开始的时候,他们会被处以石块击毙的刑罚,然后火烧尸体,最后再将骨灰抛撒各处⑤。那如何来选择替罪羊作为祭品呢?

---

① 希罗多德(Hérodote),5,70—71;修昔底德(Thucydide),第一卷,126—127。
② 君士坦丁堡的福提乌斯(Photius),《书录》(*Bibliothèque*),页534(Bekker);参见赫绪喀乌斯(Hesychius),s. v.,φαρμακοί。
③ 第欧根尼·拉尔修(Diogène Laërce)告诉我们(2, 44):萨吉里月(5月)6日这一天也是苏格拉底的出生之日,也就在这一天,雅典人"净化了整个城市"。
④ 君士坦丁堡的福提乌斯,《书录》;赫绪喀乌斯,s. v.;拜占庭诗人特兹特斯(Tzetzès),《千行卷汇编》(*Chiliades*),第五卷,729;希波纳克斯(Hipponax)fr. 4, 5, Bergk。
⑤ 《阿里斯托芬的〈青蛙〉评注》(*Scholie à Aristophane, Grenouilles*),730;《阿里斯托芬的〈骑士〉评注》(*Cavaliers*),1133;《苏达辞书》(*SOUDA*),s. v. φαρμακούς;希波纳克斯(HIPPONAX),s. v. φαρμακός;拜占庭诗人特兹特斯,《千行卷汇编》,第五卷,736。

一切都证明,这应该是从当时居民里的败类中征集而来的,这些人做过坏事,外表丑陋,社会地位低下,从事卑贱和令人反感的工作,这些都体现出他们是卑微、低贱的社会渣滓。阿里斯托芬(Aristophane)在他的作品《青蛙》(Les Grenouilles)中,将出身好、聪明、公正、善良和诚实的优秀公民与"烂铜币"(指卑贱之人)——它们出身于贫穷的家庭、头发呈红棕色、怪异、贫穷、是最新来的人——相对比,但城邦要从后者中选择恰当的人选也并非易事,也不是盲目随便选择的,哪怕只是用来献祭①。特兹特斯(Tzetzès)引用了诗人希波纳克斯(Hipponax)的篇章,然后指出:当一场瘟疫灾难袭击城邦时,大家会选择所有人中最坏的人(amorphóteron)作为对罪恶之城的一种净化(katharmós)②。在莱夫卡斯(Leucade),大家会选一个死刑犯用来进行净化城邦的仪式;而在马赛(Marseille),大家会选一个穷人用来净化那里所有居民的罪。被选择的这个人可以再活一年的时间,他的生活费算在城邦公共费用中。等这一年结束的时候,大家就带他绕城示众,正式接受所有人对他的唾弃,为的是让所有人的罪恶都汇集于他一个人身上③。人作为赎罪的祭品(pharmakós),其形象也来源于吕西亚斯(Lysias)自然而来的想法——当他向法官揭发安多西德(Andocide)的卑劣行为时,这一形象就自然地产生了:安多西德被视为渎神者、告密者和背信者,从一个城邦又被驱逐到另一个城邦。

---

① 阿里斯托芬,《青蛙》,730—734。
② 拜占庭诗人特兹特斯,《千行卷汇编》,第五卷;阿里斯托芬,《骑士》(*Cavaliers*),1133,阿里斯托芬作品的评注者认为,雅典人会供养一些爬到高层的出身卑微的恶人,将他们用作祭品,即替罪羊;阿里斯托芬,《青蛙》,703,其评注者认为,为了驱除饥饿,这些被作为献祭品的人通常是卑微丑陋之人;请参照玛丽・德尔古,《俄狄浦斯或胜利者的传说》,Paris-Liège,1944,页 31,n. 2。
③ 莱夫卡斯(Leucade):斯特拉波(STRABON),10,9,p. 452;福提乌斯(Photius),s. v.——马西莉亚(Massilia,即今天的马赛):塞尔维乌斯(SERVIUS)援引自佩特罗尼乌斯(Petronius),*ad En* .,3,57;拉克坦提乌斯・普拉西德(LACTANCE PLACIDE),《斯塔提乌斯的〈忒拜隐士的生活〉之评论》(*Comment. Stat. Theb.*),10,793。

他所有的不幸,都正如上帝之手所指示的那样。将安多西德判罪,
"就是净化城邦,使城邦从罪恶中解脱,驱逐被献祭的罪人
(pharmakós)"①。

雅典人的萨吉里节还包括第二部分的活动。被献祭的罪人被驱
逐后,节日就随之进入另一个仪式,并于本月的第七天举行,这一天
是向阿波罗祝圣的日子。众人将这一年初次收获的硕果敬献给太阳
神,将一个饼和一个盛满所有谷物种子的罐子献给神②。但节日的
重头戏是佩戴"艾里逊尼"(eiresiónē),即橄榄树枝或者饰有羊毛的
月桂树,还装有各种水果、点心、小瓶的油和葡萄酒③。小男孩儿们
拿着这些"五月之树"(即艾里逊尼)在城邦中列队游行,之后将它们
放在阿波罗神庙的祭坛上,最后,孩子们会将它们取下来挂在每家
每户的门口,用来避除饥饿和灾荒,祈求丰收④。在阿提卡地区(雅典)、

---

① 《反对安多西德》(Contre Andocide),108,4:《τήν πόλιν καθαίρειν καί ἀποδιοπομπεῖ
σθαι καί φαρμακόν ἀποπέμπειν ... 》。吕西亚斯使用了一个宗教词汇。关于驱逐仪式,
参见欧斯塔修斯(EUSTATHE)的《奥德修斯评论》(ad Odys.),22,481。在《俄狄
浦斯王》中的第 696 行诗,在克瑞翁与俄狄浦斯的争吵之后,合唱队的领唱表达了
希望俄狄浦斯能成为城邦的"幸运的领导者"。后来出现的转折也进一步呼应补
充了这一点:这位领导者将会被驱逐。
② 普鲁塔克(PLUTARQUE),《传记集》(Quaest. Conv.),717 d;赫绪喀乌斯(HESY-
CHIUS),s. v. Θαργήλια(萨吉里节,也称为收获节);《阿里斯托芬的〈财神〉评注》
(Schol. Aristophane, Ploutos),1055;《阿里斯托芬的〈骑士〉评注》,729;阿特纳奥
斯(ATHENEE),114a;欧斯塔修斯(EUSTATHE),ad Il.,9,530。
③ 关于"艾里逊尼",请参照欧斯塔修斯,ad Il.,1283,7;《阿里斯托芬的〈财神〉评注》
1055;《古希腊拜占庭词语词源大字典》(Etymologicon Magnum),s. v. Εἰρεσιώνη;
赫绪喀乌斯,s. v. Κορυθαλία;《苏达辞书》(Souda),s. v. Διακόνιον;普鲁塔克,《忒修
斯传》(Vie de Thésée),22。
④ 《阿里斯托芬的〈财神〉评注》,1055;《阿里斯托芬的〈骑士〉评注》,728:"饥荒和瘟疫
时期"(οἱ μέν γάρ φασιν ότι λιμοῦ, οἱ δέ ὅτι καί λοιμοῦ);欧斯塔修斯,ad Il.,1283,7:
"防止饥荒"(ἀποτροπῇ λιμοῦ)。

在宗教日历中,"艾里逊尼"在十月份的哑剧节中也会出现。十月份标志着夏
天的结束,而五月份(或者是四月份)标志着夏天的开始。十月七日举行的献祭仪
式(阿特纳奥斯,648)与五月份举办的献祭仪式相呼应,是在秋季和春季(转下页注)

萨摩斯（Samos）、德洛斯（Délos）、罗德岛（Rhodes），人们称之为"艾里逊尼"，而在忒拜，它被称为 kōpó，这象征着春天的万物更新。同时，伴随着人们的歌声和寻找礼物的环节，游行队伍庆祝着过去的一年，也开启和迎接新的一年，并期盼新的一年能风调雨顺、硕果累累、平安健康①。孕育力是人类生命所赖以生存的力量，而在过去的一年中已经萎靡不振，因此，对于社会群体来讲，激发孕育力是非常必要的，这种必要性在雅典的仪式中体现得非常明显。"艾里逊尼"会一直挂在家家户户的门上，一直到新的一年到来，再用新的翠绿的"艾里逊尼"将旧的替换掉②。

但是，"艾里逊尼"所象征的更新并不能确认城邦的罪恶是否都

（接上页注）分别举办的两次献祭，在这两次节日仪式中，都要用一个筐子装满土地出产的累累硕果。同样地，在神话中，在春天拿着"艾里逊尼"的仪式寓示着忒修斯的出发（普鲁塔克，《忒修斯传》，18，第一、二卷），而秋天的仪式则代表着忒修斯的回归（Ib，22，5—7）。参见路德维希·多伊布纳（L. DEUBNER），《阿提卡的节日》（Attische Feste），Berlin，1932 年，页 198—201，以及页 224—226；亨利·让-梅尔（H. JEAN-MAIRE），《论斯巴达式的教育和古希腊的青年仪式》（Couroi et Courètes），Paris，1939，页 321—3，347，s；让娜·罗贝尔和路易·罗贝尔（J. et L. ROBERT），《希腊研究杂志》（Revue des études grecques），62，1949，题铭学简报，第 45 期，页 106。

① 这是一种辟邪之物、意指丰收的护符，"艾里逊尼"有时会像五月的丰收节一样被看作是健康和昌盛的象征。《阿里斯托芬的〈骑士〉评注》729a（Koster）指出：人们喜欢将季节与树枝装饰联系在一起。柏拉图的《会饮篇》（Banquet）在 188ab 处指出：当季节秩序（如干湿程度或冷热程度等）恰如其分时，就会为人类带来健康昌盛；相反，当这些相互关系过度和紊乱时，各种波及人类、动物和植物的瘟疫和疾病便会由此而产生。——瘟疫体现出一种季节的失常错乱，这与人类行为的失常错乱极为相似，后者也能导致前者。"艾里逊尼"象征着正常季节秩序的回归。以上两种情况，都是为了排除混乱（anomia）。

② 阿里斯托芬，《骑士》，728—729 及其评注；《财神》（Ploutos），1053—4 页："一点点火花也会让它像一个干枯的'艾里逊尼'一样熊熊燃烧"；《胡蜂》（Gupêpes），399。人们把春季树枝做成的"艾里逊尼"的干枯与土地和人类的枯竭（即饥饿）联系在一起，因为饥饿经常与干旱密不可分。希波纳克斯（Hipponax）就曾咒骂他的敌人布帕罗斯（Boupalos），他希望驱逐这个罪人，甚至希望看到他因饥饿而枯竭，像一个替罪羊一样被游行示众，也让他备受鞭策的酷刑。

已清除,土地和人民是否都已被净化。正如普鲁塔克(Plutarque)①所说的,装饰"艾里逊尼"的累累硕果是为了纪念土地贫瘠灾难的结束——因安德洛革俄斯的死而受到惩罚,曾一度土地贫瘠,寸草不生。具体来说,驱逐被献祭者(pharmakós)就是在为这一谋杀赎罪。"艾里逊尼"在萨吉里节的主要作用说明了赫绪喀乌斯(Hésychius)的注解:因为从外形和功能方面来看,"艾里逊尼"仅仅是一段用来祈福的树枝②。

　　具体地说,在索福克勒斯的悲剧开场,就出现了祈求者饰有羊毛的树枝(hiketeriai),代表着忒拜年轻活力的人,根据其年龄分队,分为孩子和很年轻的人。他们成群结队地游行,一直走到王宫门前,在阿波罗的祭坛前放下这些饰有羊毛的树枝,为的是驱除给整个城邦带来巨大灾难的瘟疫。还有另外一个细节,能更具体地体现第一幕中所提到的节日仪式的特点。此处曾两次提到③:城邦到处都是"混杂着哭声和呻吟声的节日之歌"。节日之歌,通常指的是胜利的凯歌和感恩之歌,而与挽歌是相反的——哀悼之歌,哀怨的旋律。但我们也知道,一位《伊利亚特》(Iliade)注解者曾指出:存在另外一种类型的节日之歌,当人们唱起它的时候,是为了"阻止罪恶或者让罪恶远离他们"④。毕

---

① 普鲁塔克,《忒修斯传》,22,6—7。参见 15,第一卷:安德洛革俄斯(Androgée)死后,"神灵之力摧毁了这个地区,降临各种灾难,如疾病、不育、江河干枯等"。
② 赫绪喀乌斯,s.v. Θαργήλια(萨吉里节,也称为收获节);普鲁塔克,《忒修斯传》,22,6,18,第一卷;欧斯塔塔斯,ad Il., 1283,6。
③ 《俄狄浦斯王》,5,186。
④ 《伊利亚特评注》(Schol. Vicotr. ad Iliad.),10,391;"节日之歌:当唱起这种歌的时候,是为了祛除灾难和罪恶,或者是让这一切恶都远离城邦。原始音乐并不只是与宴会和舞蹈有关,也与挽歌紧密相连。原始音乐当时仍歌颂毕达哥拉斯学说盛行的时代,当时大家将这种音乐称为'净化'"。也可参见埃斯库罗斯,《阿伽门农》,645;《奠酒人》(Choéphores),150—151;《七雄攻忒拜》,868,915,s. 参见德拉特(L. DELATTE)的《合唱诗人斯特西克鲁斯的片段注解》(Note sur un fragment de Stésichore),《古典研究》(L'Antiquité classique),7,第一卷,1938 年,页 23—29。塞弗兰斯(A. SEVERYNS),《普罗克洛斯的古典名著选研究》(Recherches sur la chrestomathie de Proclus),第一卷,1938 年,页 125。

达哥拉斯派的学者们也曾谈及这一点。根据上面这位注解者的观点,这种宣泄的节日之歌也可以表现为挽歌。这就是索福克勒斯的悲剧作品中所指的节日之歌,即哭声连连的挽歌。必须在宗教日历规定的具体时刻才能唱这种具有净化意义的挽歌,春天代表着这一年的转折点,而在春夏之交,正是人类要开始奔走忙碌的时候,忙于收获、航海或战争①。萨吉里节正是在收获来临之前的五月份,也体现了人们喜欢在春季举办庆典这一情结。

这些细节能以很直观的方式拉近观众与俄狄浦斯时期雅典习俗的距离,比如罪恶(ágos)是必须要被驱逐的②。俄狄浦斯在一开场所说的话中就自己提到了替罪羊的角色,尽管他自己都没有意识到。他对祈求的人说:"我知道你们所有的人都深受其害,然而,尽管你们如此痛苦,却都不及我痛苦。因为你们每个人的痛苦我都能感受到,你们每个人体会到的是自己一个人的痛苦,没有人像我一样,承受着所有的痛苦:城邦的,我自己的,以及你的。"③再后面的地方,他又说:"我承担着所有人的不幸,他们的不幸甚至更像是我自己的。"④然而,俄狄浦斯错了,事实上,这种罪恶的确是他自己的,正如克瑞翁当时立刻说出了罪恶的真正名字,即 *mias-*

---

① 德拉特(L. DELATTE),前揭;斯特西克鲁斯(STESICHORE),法语版,37,Bergk=14 Diehl;杨布里科斯(JAMBLIQUE),《毕达哥拉斯传记》(*Vie Pythagoricienne*),110,多伊布纳(Deubner);亚里士多赛诺斯(ARISTOXENE DE TARENTE),法语版,117,Wehrli:"对于洛克里(Locres)和利基翁(Rhegium)两地的居民来说,他们曾经去询问神谕,为的是要找到治愈当地妇女疯癫之症的方法,神灵指示他们要在春天的时候唱起节日之歌,而且要坚持唱 60 天。"关于春天的意义,与其他季节相比,它不只是一个季节,而更代表着时间的划分节点,既标志着大地万物的更新,也标志着在过去的一年与新的一年交接之时人类储备的匮乏。参见阿尔克曼(ALCMAN),法语版,56 D=137 Ed.:"(宙斯)将季节首先划分为三个阶段——夏天、冬天和秋天——以及第四个季节,即春天。在这个季节,万物生长,开花发芽,但我们却吃不饱。"
② 《俄狄浦斯王》,第 1426 行;请参照上文,n.85,页 117。
③ 同上,59—64。
④ 同上,93—94。

ma("罪"、"污点")①。虽然俄狄浦斯的想法是错误的,但他却不知不觉地就说出了真相:因为他就是他自己,而作为罪恶(míasma)和城邦的污点(ágos),他确实承担了压在他同胞身上的不幸的重量。

神圣的国王与献祭的罪人,这就是俄狄浦斯的两面。这完全相反的两面共存于俄狄浦斯一个人身上,也赋予他神秘的特性,正如一句话具有双重含义一样。针对俄狄浦斯本性中的内在冲突,索福克勒斯赋予了一个普遍的意义:这一人物是人类状态的典型范例。但是,国王与替罪羊之间的极端冲突(这种极端冲突也存在于俄狄浦斯自身)并不是索福克勒斯创造出来的,而是在宗教实践和希腊人的社会观念中早已经有了的。诗人只是赋予它一种新的意义,以此来象征人及其模糊性(双重性)。如果说索福克勒斯选择"僭主-赎罪祭品"(túrannos-pharmakós)这一对对立面,是为了阐述我们所说的逆转主题,那是因为这两种对立的形象也是对称的,从某种角度上来说,它们是可以相互转化的。此外,两者都是作为群体共同得救的责任个体(individus)而存在。荷马和赫西俄德认为,大地的丰产、牛羊的繁殖和妇女的生育,都要依仗国王本人——宙斯的后代。他执行王权的正义(amúmōn),表现得无可指责,一切都在城邦中繁荣昌盛②;如果他犯了错的话,那就需要整个城邦为他一个人的错误付出代价。神降下了各种灾难,如饥荒(limós)和瘟疫(loimós)纷纷降临:人类面临着死亡,濒临灭绝,女人不再生育,大地不再出产,牛羊不再繁衍③。当神降灾祸于人民身上的时候,正常的解决方法就是牺牲国王。如果说国王是丰产的掌控者,而现在却丰产不再、民不聊生,那就说明他的王权变成了它的反面——罪,而他的正义也成为他

---

① 《俄狄浦斯王》,97。
② 荷马(Homère),《奥德赛》(Od.),第 19 行,109 行,s.;赫西俄德,《工作与时日》(Travaux),第 225 行,s.
③ 赫西俄德,《工作与时日》,第 238 行,s.

的罪过和德行污点,最好的(áristos)也就成了最坏的(kákistos)。吕枯耳戈斯(Lycurgue)、阿塔马斯(Athamas)和俄伊诺克罗斯(Oinoclos)的传说也包含了类似事件:为了祛除瘟疫,对国王处以投石之刑,这是仪式性的死刑,不然的话,也可以牺牲他的儿子。但是,有时候也会从城邦中选一个人来承担不称职的国王这一角色,让他来接受刑罚。国王就将自己的责任推卸给这个人,后者就像是国王的替身,国王的所有罪责全都转移到了他身上。这也正是替罪羊(pharmakós):身为国王的替身,但他本人的地位又与国王相反,就像是狂欢节中的王族人物一样,只是在节日当下才被冠以王族的头衔,但这实际上与他们真实的社会等级是相反的,人物的社会地位都是颠倒过来的:婚配禁忌被取消,偷盗成为合法行为,奴隶变成了主人,女人也与男人互换了衣服;这样一来,国王也就应该由最低贱、最丑陋、最微不足道、最罪恶的人来担当。然而,节日庆典一旦结束,假国王就被驱逐出城邦或者被处死,这样就能清除他所代表的所有混乱和罪恶,同时,也能使城邦的居民得到净化。

在古雅典,萨吉里节的仪式还是在替罪羊的角色中隐约保留着某些特点,让人会由此想到主掌王权和丰产的国王①。这个代表罪恶污点的人,由国家负责他的一切费用,他吃的饭都是特别纯的水果、奶酪和祝圣的披萨饼(mâza)②。在仪式队伍游行时,他戴着各种——如"艾里逊尼"——无花果项链和树枝的装饰物,被绵枣的球茎击打下体,这些都象征着他拥有丰产的善德。他的罪也是一种宗教意义上的资质,因为他的罪可以被用于有益的方面。就像俄狄浦斯一样,他的罪(ágos)令他成为"净化剂",能够净化整个城邦的罪

---

① 关于献祭品(pharmakos)的双重性,参见法内尔(R. L. FARNELL),《希腊城邦的祭祀仪式》(Cults of the Greek States),Oxford,1907,4,页280—281。
② 《苏达辞书》(SOUDA),s.v. ;希波纳克斯(HIPPONAX),法语版,7(Bergk);塞尔维乌斯(SERVIUS),ad Aen., 3, 57;拉克坦提乌斯·普拉西德(LACTANCE PLACIDE),《斯塔提乌斯的〈武拜隐士的生活〉之评论》(Comment. Stat. Theb.),10,793:"(……)用部分公共资金供应纯净的食物……"

恶。另外,人物的模糊性(双重性)甚至体现在解释性的叙述中,此类叙述是用于解释仪式设立的缘由。我们所引用过的拜占庭学者赫拉狄俄斯(Helladios)的版本,与第欧根尼·拉尔修(Diogène Laërce)和阿特纳奥斯(Athénée)的版本①相反:谋杀库伦之罪致使雅典遭受瘟疫之灾,当欧默尼得斯(Euménide,指复仇女神)净化瘟疫(*loimós*)肆虐的雅典时,两个年轻人——其中一个人叫克拉提努斯(Cratinos)——自愿将他们自己作为祭品来净化养育他们的故土。这两个人并不是社会的败类,而是雅典的年轻与活力之花。我们前面已经谈到过特兹特斯(Tzetzès)的观点,他认为大家会选择一个很丑陋的人(ἀμορφότερος)作为赎罪的祭品(*pharmakós*);而阿特纳奥斯却认为:相反地(μειράκιον εὔμορφον),克拉提努斯是一个非常俊美的少年。

赎罪的祭品和传奇的国王,这两者是对称的:从下层人中选出一个人充当前者,而前者再扮成与后者(国王)相似的样子。而这种对称性似乎也体现出类似于像陶片放逐制的一种机制,卡耳科庇诺(J. Carcopino)曾从多方面指出这陶片放逐制的奇特性②。我们知道,在古希腊城邦时期,国王已经不再扮演掌管多产昌盛的角色了。而在公元前6世纪,当雅典的陶片放逐制创立时,僭主的形象继承了古代统治的某些宗教观念,虽也有一定的变化。当时设立陶片放逐制,目的是为了杜绝城邦公民中有人因地位升得过高而发展成为僭主统治。但是,这只看到了这种形式的积极意义,而没有意识到它所具有的古旧特性。陶片放逐制的投票每年举办一次,大概是在每年的第六到第八个执政月之间举行,其规则与政治和法律生活的普通程序相反。陶片放逐制是一种放逐形式的判罚,针对的是城邦中具有威

---

① 第欧根尼·拉尔修,1,110;阿特纳奥斯,602cd。
② 卡耳科庇诺,《雅典的陶片放逐制度》(*L'Ostracisme athénien*),Paris,1935。在以下作品中,我们将会集中找到与此相关的主要文章:卡尔代里尼(A. Calderini),《陶片放逐制度》(*L'Ostracismo*),科莫(Côme),1945年。将陶片放逐制度与献祭习俗联系在一起,这是由路易·热尔内首先提出来的观点。

胁性的公民,放逐期为10年①。这一判罚是在法院之外执行的,通过公民大会宣布结果,无需经过公众揭发,甚至都不需要正式控诉某个人。在第一场准备大会上,以举手表决的方式,确定是否对过去这一年执行陶片放逐制的投票。投票实行不记名制,因此也就不会引起任何争论和冲突。如果表决者都同意举办,那公民大会将在不久后再举办一次特别会议。公民大会位于阿格拉集会广场(Agora),而不是像平常集会一样在普尼克斯(Pnyx)。为了开始真正的投票,每位参与者都在一块陶片上写下他想投的人的名字。而这一过程,既没有控诉,也没有辩护;无论从政治还是法律角度,这种投票都不存在任何理性规则。这一切都让人感受到:希腊人将"嫉妒"(phthónos,同时也是对地位升得太高、太过成功的人所怀有的羡慕嫉妒感以及宗教层面的怀疑)②以一种最自发、最一致的方式发泄出来(但投票人数至少要有6000人),而且完全没有任何法律规则和理性验证。被选出的即将被放逐的人,人们到底责怪他什么呢?因为他的优越性以及借此达到了高高在上的地位,所以大家嫉妒他;因为他的过于幸运容易招致神的不满,从而给该城邦带来灾难。对僭主政治的恐惧与宗教层面更深层的畏惧——这会使整个城邦的居民陷于危难——交错在一起。正如梭伦所言:"过于伟大的人会为其所居住的城邦带来灭顶之灾。"③

亚里士多德对陶片放逐制的进一步研究也涉及到该方面的问题④。他说,如果一个人在美德和政治能力方面都超出常人,大家就不知道该如何将他与其他人平等对待、一视同仁:"事实上,这样的一

---

① μεθίστασθαι τῆς πόλεως;参见《古希腊拜占庭词语词源大字典》(*Etymologicon Magnum*), s. v. ἐξοστρακισμός;福提乌斯(Photius), s. v. ὀστρακισμός.
② 在《俄狄浦斯王》中,我们会注意到:"嫉妒"(phthnos)主题通常会发生在城邦首领的身上,参见380, s.
③ "雪和冰雹总是从大块乌云中倾泻而下;霹雳总是出自最亮的闪电;城邦的毁灭也正是源于那些太伟大的人",梭伦(Solon),法语版,9—10(Edmonds).
④ 《政治学》(*Politique*),3,1284 a3—b 13.

个人自然就像是众人之中的一个神。"这也是为什么民主的国家都设立了陶片放逐制度。这是因为他们都遵循了一个神话范例:阿尔戈英雄们(Argonautes)之所以放弃了赫拉克勒斯(Héraclès),也是出于类似的原因。阿尔戈船(Argo)当时拒绝载他,就像拒载其他人一样,主要因为他是一个太过伟大也太过耀眼的英雄。亚里士多德还总结说,这一问题在艺术和科学领域也是一样的道理:"合唱队的队长绝不会接受这样一位成员,对于一个合唱队而言,如果一个人的声音在力量和优美方面都远远超越其他成员,那么,合唱队的队长绝不会允许这样的人存在于队伍中。"

那么,城邦如何能接受像俄狄浦斯这样一个人呢——他"投掷投得比任何人都远",而且成为了神一般高傲的人(isótheos)? 当城邦建立了陶片放逐制度,就意味着创造了一种与萨吉里节的仪式既对称又颠倒的机制。对于由陶片放逐法选出来的人而言,城邦驱逐的是能力最强的人,他代表的是因为地位太高而可能导致的罪恶。而对于替罪羊本身而言,城邦驱逐的是最邪恶的人,他代表着源自最底层的威胁城邦安全之人①。通过这种双重的互补清理,城邦就自我划定了以上及以下的范围,并有效地促使人自我节制,避免走向两个极端:一方面,人不能太过神圣和英勇;另一方面,人也不能太过卑劣和邪恶。

城邦就是这样通过其机制自发地实现其目标——亚里士多德意识到了这一点,并对此进行了深刻的思考,最后在他的政治学理论中也表述了此类观点。他写道:人,从本质上来看是一种政治动物;因

---

① 1958年2月,路易·热尔内在社会学研究中心所做的一个讲座(并未发表)中指出:在被献祭者与被驱逐者两个极端之间,有时会因制度原因而产生一种短路现象。雅典人最后一次实行的陶片放逐制度就是个典型的例子。在公元前417年,有两位首当其冲的人最有可能在投票后被放逐,即 Nicias 和 Alcibiade。但他们两人密谋,最后成功陷害了平民领袖海柏波拉斯(Hyperbolos)——被他们仇视和蔑视的人。这样,海柏波拉斯最终被放逐了,但是正如路易·热尔内所研究的那样,也正是因此陶片放逐制度自此结束,此后不再援用:雅典人震惊于这种"导向性错误",它突出了被献祭者与被驱逐者之间的两极性和对称性,因此他们很憎恶这一制度。

此,出于无城邦、无归属(ápolis)或恶的本质,一个卑微、低下之人或超越了人性的人,往往要比正常的人更加强大。亚里士多德还指出:这样的人"就像是跳棋游戏中一颗被孤立的棋子"。后来,亚里士多德又进一步探讨了这个问题,他认为:无法在群体中生活的人"就完全不属于城邦,因此,他要么是粗鲁的野兽,要么就是神"①。

俄狄浦斯就正是这种情况,他具有双重性和矛盾性,总是处于高于人或低于人的境地。他是比人更强大、堪与神相比的英雄,同时也是被遗弃在荒山与孤独中的粗鲁的野兽。

但亚里士多德的评论更加深入精辟,让我们能够明白弑父娶母在"逆转"——在俄狄浦斯身上集合了伟大如神和卑贱至极同种类型的身份——过程中所起的作用。事实上,这两种罪(指弑父和娶母)都触犯了"跳棋游戏"的基本规则,因为每个棋子在城邦这个棋盘上都有属于自己的确定的位置②。在犯罪的同时,俄狄浦斯也重新洗牌,打乱了棋子及其位置的顺序:从此以后,他就成为局外人,从游戏中被驱逐了出去。通过弑父娶母,俄狄浦斯取代了他父亲的位置;在

---

① 《政治学》,第一卷,1253 a 2—29。亚里士多德用来指低微卑贱之人的词 φαῦλος,也正是注释者用来指被献祭者的词(pharmakós)。关于粗暴的野兽与英雄或神之间的对立,参见《尼各马可伦理学》,7,1145 a 15,s.:"谈到兽性的对立面,我们最多只能说那是超人类的、英雄式的、神的美德。(……)如果很难找到一个神圣的人,那可见,兽性在人类中也并非比比皆是。"

② 在亚里士多德的话中,我们引用了最常见的翻译版本:"就像是跳棋游戏中一个被孤立的棋子一样",不仅存在着不成对的筹码和正常的棋子之间的对立,事实上,在希腊人用动词 pesseúein 所指的游戏范畴中,"城邦"(pólis)也是其中之一。根据苏埃托尼乌斯(Suétone)《罗马十二帝王传》,I,16)的观点,他认为"城邦(pólis)也是一种游戏骰子,对手们被看作是棋子,就像跳棋一样被置于规定的方格——由交错的线条组成——之中。我们将被界定好的方格称为城邦(póleis),将相互对阵的棋子称为 kúnes(狗)。"按照波吕克斯(Pollux,9,98)的观点来看:"我们放了很多棋子的地方就是一个配有格子的围裙,格子由线条交错而成,我们称这个围裙为城邦,把棋子称为狗。"参见 J. TAILLARDAT,《苏埃托尼乌斯:不当用语,古希腊游戏》(Suétone:Des termes injurieux. Des jeux grecs),Paris,1957,页 154—155。如果说亚里士多德也参照跳棋游戏来定义"个人"(ápolis),那是因为在希腊的游戏中,决定各个棋子的位置和行动的"棋盘",正如其名字一样,可以被看作是城邦的秩序。

伊俄卡斯忒身上,他将母亲和妻子两种角色混同在一起。无论是对于拉伊俄斯(作为伊俄卡斯忒的丈夫)而言,还是对于俄狄浦斯自己的孩子(俄狄浦斯既是父亲,也是兄长)而言,俄狄浦斯的身份都使其家族三代人的身份变得极其混乱。索福克勒斯强调了这种身份均等和身份认证,并坚持要将其区别和分隔开来。有时,他强调的程度会让今天的人感觉有些突兀,但这其实也是今天的解读者需要重视和注意的一个问题。索福克勒斯对于身份问题的强调是通过词形游戏来实现的,主要涉及 *homós* 和 *isos* 两个词根及其组合词,以上两个词根的意思分别为"相似的"和"相同的"。俄狄浦斯在得知自己的真实身份之前,当他谈到自己与拉伊俄斯的关系时,就自认为是与他共同分享了一张床,也先后娶了同一个女人为妻(*homósporon*)①。他嘴里说出的 *homósporon* 这个词意味着:拉伊俄斯与他是先后跟同一个女人孕育后代;但在第 460 行诗中,提瑞西阿斯重新提到了这个词,并赋予它真正的含义。他对俄狄浦斯坦言:俄狄浦斯将会发现自己既是杀死父亲的凶手,同时也与他父亲是共同孕育者(*homósporos*)②。通常来说,*homósporos* 一词的意思并非如此,而是指同胞兄弟姐妹,共同祖先的亲人。实际上,尽管俄狄浦斯并不知情,但他与拉伊俄斯以及伊俄卡斯忒都来源于同一祖先。以下一系列直接而形象的比喻体现了俄狄浦斯及其子女的身份均等:父亲"种下"了儿子,儿子又在同样的地方"播种";伊俄卡斯忒身兼妻子和母亲双重身份,她作为"田"孕育出了父亲和儿子——双重收获;俄狄浦斯在孕育他的"田"中播种,而他自己本身就是从这"田"中被"种下"的,又是在这同样的"田"里,他收获了自己的孩子③。但是,在提瑞西阿斯对俄狄浦斯说接下来这段话的时候,他赋予这个表达等同含义的词以非常沉重的悲剧意义:所有的罪恶都会降临在你身上,"让

---

① 《俄狄浦斯王》,260。
② 参见《俄狄浦斯王》,1209—1212。
③ 参见《俄狄浦斯王》,1256—7,1485,1498—9。

你等同于你的孩子(即你跟你的孩子是兄弟关系),同时,也将让你等同于你自己"①。俄狄浦斯对于他的孩子和他的父亲所处的身份,伊俄卡斯忒身上母亲与妻子两种身份的同化,这一切都使俄狄浦斯等同于他自己,也就是使他成为了一个罪人(ágos),一个无城邦、无归属的人(ápolis),一个与其他人毫无对等性的人,他曾自以为等同于神,最终却落得一无是处②。因为如神灵般伟大的僭主(tyran isótheos),其实比野兽好不了多少,他并不了解人类城邦运行的游戏规则③。对整个都是一个大家族的众神而言,乱伦并非禁忌。科罗诺斯和宙斯都打败了他们的父亲并夺取了王位;跟他们一样,僭主也自以为这不是禁忌,可以为所欲为。柏拉图称之为"弑父"④,他将"弑父"比喻为一个以为可以随意违反最神圣的法规而不会遭受惩罚的异想天开的人:杀死任何他想杀的人,与任何他喜欢的人结合,"犹如存在于人类中的神一样,主宰一切,为所欲为"⑤。粗鲁的野兽也

---

① 参见《俄狄浦斯王》,425。
② 关于俄狄浦斯所遭受的这种"不公平"(这种"不公平"是与其他忒拜人相比而言的,如提瑞西阿斯和克瑞翁,他们在俄狄浦斯面前要求得到平等的权利),参见《俄狄浦斯王》,61,408—409,544;579和581;603。当被拉伊俄斯用鞭子抽打的时候,俄狄浦斯也说"这是不公平的"(810)。而沦落后俄狄浦斯对孩子们所表达的最后期望就是:希望克瑞翁"不会为他们带来像自己一样的不幸"(1507)。
③ "我们无法用言语表达出神的美德,那么我们也无法表达野兽的恶:神的完美远胜过美德,同样地,野兽的恶与邪恶也远不是同一层面的意义。"亚里士多德,《尼各马可伦理学》,7,1145 a 25。
④ 《理想国》,569 b.
⑤ 《理想国》,360 c. 我们就是应该在这种背景下来理解第二段合唱歌(stásimon,863—911),这一段被赋予了太多不同的解读。这是唯一一次合唱队对僭主俄狄浦斯采取了否定态度;但是,对僭主狂妄自傲所进行的批判在俄狄浦斯身上似乎完全不合适,比如,他可能会是最后一个利用形势之便而"获取不当利益"的僭主(889)。事实上,合唱队的话并不是针对俄狄浦斯本身,而是针对他在城邦中的特别身份。俄狄浦斯被揭露出自己也会犯下罪行,也不再是神谕般的象征,就在这时,对这位人中翘楚的几近崇拜的感情转化成了憎恶。在这种情况下,如神一般伟大的人(isótheos)不再是能被信赖和依靠的领导者,而是成为了没有节制没有礼法的野兽,一个无所不惧、为所欲为的放纵者。

不会遵守任何人类社会的规则。其实,他们并不像神一样可以凌驾于法律力量之上,他们都必须要遵守法律,否则,也至少要遵循理性(或称逻各斯,*lógos*)①。迪翁·克里索斯托(Dion Chrysostome)将第欧根尼的讽刺评论与俄狄浦斯的主题联系在一起:"俄狄浦斯悲叹自己既是他孩子的父亲也是他们的兄长,既是他妻子的丈夫也是她的儿子。但是,公鸡不会因此而感到气愤,狗和鸟也都不会。"②因为对这些动物来说,它们根本没有兄弟、父亲、丈夫、儿子和妻子。就像是被隔离在游戏之外的棋子,它们生活在没有法规、没有区分也没有平等③的混乱(*anomía*)之中④。

俄狄浦斯因弑父娶母而被排除在游戏之外,被城邦驱逐,更遭众人唾弃。在悲剧结尾的时候,俄狄浦斯被揭露出自己就是斯芬克斯

---

① 逻各斯(lógos)将人类区分为唯一的"政治性"动物,拥有语言和理性。野兽是只有声音的,然而只有人才能"用言语表达有用和有害,进而能区分公正和不公:因为在众多生物中,这是只有人类才具有的特性,人类也是唯一拥有公正与不公正这类情感以及其他道德观念的生物。正是这些情感的综合才衍生出了家庭和城邦。"亚里士多德,《政治学》,第一卷,1253 a 10—18。
② D. CHRYSOST., 10, 29;参阅诺克斯(B. KNOX),《主人公的性格:索福克勒斯的悲剧研究》(*The Heroic Temper*: *Studies in Sophoclean Tragedy*), Berkeley and Los Angeles, 1964, 页 206;也可参阅奥维德(OVIDE),《变形记》(*Métamorphoses*), 7, 386—7:"墨涅弗朗(Ménéphron)必须要与自己的母亲结合,就如同野兽那样!"也可阅 10, 324—331。
③ 在悲剧的开始,俄狄浦斯要努力地融入拉布达科斯家族(les Labdacides),作为外来人,他觉得很遥远(参照 137—141;258—268);正如诺克斯所写的那样:"当俄狄浦斯羡慕地说述拉伊俄斯的王室谱系时,其中蕴含了他因出生问题而产生的深深的缺陷之感(……)。而且,他试图在他的讲述中将自己也插入到弑拜王族的谱系中。"(同上,第 56 页)然而,他的不幸并不在于他与这个显赫家族之间的巨大差距,而恰恰正是因为他隶属于这一家族,才最终导致了他的不幸。俄狄浦斯也担心自己的卑微出身会配不上伊俄卡斯忒。然而,同样地,他的不幸并非因为距离太远,反而是因为距离太近,因为他们之间的家族关系太近,距离缺失。其实,比门不当户不对更严重的是,他们的婚姻就是一场乱伦。
④ 兽性并不仅仅指缺少逻辑和法制,而更是指一种"混乱"的状态,在这种状态下,一切都盲目地混淆交错在一起;参见埃斯库罗斯的《被缚的普罗米修斯》(*Prométhée enchaîné*), 450;欧里庇得斯的《乞援人》(*Suppliantes*), 201。

之谜所指的"怪物"——他高傲地自以为凭借自己的聪明才智早已经破解了这个谜。斯芬克斯曾问他:什么生物有的时候两只脚,有的时候三只脚,而有的时候又四只脚?这个谜将人一生依次经历的三个阶段混杂融合在一起:当人还是孩子的时候,需要手脚并用爬行,所以是四只脚;当人长大之后,就有足够的力量两只脚走路;而等人变老时,就需要借助拐杖的力量行走,可谓是三只脚。当俄狄浦斯最后发现自己的真正身份——与他的父亲和子女之间的混同关系——时,他其实是消除了父亲与孩子或祖辈之间的分界线,而分界线是用于确保每一代人在时间秩序和城邦秩序中都有专属于自己的位置。最后一个悲剧性"逆转"是指:经历了成功破解斯芬克斯之谜的胜利之后,俄狄浦斯最终成为一个与众不同之人、一个纠结混乱之人,也是大千世界所有生物中唯一需要改变自己本性(而不能保留其本性)的人[1]。然而,真正使俄狄浦斯发生这种颠覆性改变的,并不是他所猜出的谜底,而是谜题本身。

我们可以从对《俄狄浦斯王》的分析中得出以下几个结论。

首先,存在一种悲剧的模式,而悲剧所展开的所有情节都围绕这一模式,该模式存在于以下各个方面:语言和多种文体手法,持续探寻与情节突变重合式的戏剧写作结构,俄狄浦斯的命运主题以及主人公本身。这种模式并非体现在某个形象、概念或情结上,而完全是一种逆转性的操作模式,一种模糊性的逻辑规则。但是,这种模式在悲剧中具有一定的意义。为了充分体现俄狄浦斯这一具有双重性和逆转性的人物典型的真正面目,这一模式体现为:从神圣国王变成替罪羊的巨大反差。

其次是第二点,如果索福克勒斯所安排的僭主($túrannos$)与献祭品($pharmakós$)之间的对立完全符合当时古希腊人的体制法规和政治理念,那么悲剧除了反映在当时社会和公共观念中已存在的结构和状态,是否还具有其他的价值?事实上,我们认为恰恰相反,悲

---

[1] 参见欧里庇得斯的《腓尼基妇女》。

剧并非是当时社会状况的缩影,反而是与当时的社会相对立的,并对其提出了质疑。因为在社会实践和社会理论中,人类和神灵的两级结构的区分,目的在于更好地从特点方面界定人类生活的范围,而这一范围的特点就是:以一系列法律(*nómoi*)为约束,并通过法律得以确立。而这以内和以外的两个范围,其实只是内外相呼应的两条线,它们共同清晰地勾画出了人类所限其中的这个范围。相反,在索福克勒斯的作品(即《俄狄浦斯王》)中,人类和神灵却相遇了,而且交融体现在同一个人身上。因为这个人物是人类的典范,所以,所有的界线——本来是可以帮助他界定自己作为人的生活,并能明确立他的身份地位——在他身上都消失了。当一个人以俄狄浦斯的方式想要彻底追查自己究竟是谁时,他就会发现:其实人自身就是一个谜,他没有完全属于自己的领域和确定性,没有固定的归属也没有明确的意义,而是在神和虚无之间摇摆。而人真正的伟大之处也正在于此:自我思考和探索。这体现出了人的本质的模糊性和神秘性。

最后一点,最难的可能并不是要确认悲剧对于公元前5世纪的古希腊人的真正意义到底是什么——我们曾一直试图要去搞清楚这个问题——,而是去理解悲剧所提出来的质疑,或者说悲剧是如何提出了如此之多的质疑。究竟是什么使得悲剧这一艺术作品拥有永恒的延展性和可塑性,使它自身的魅力长盛不衰、永葆青春?如果正如最后的分析所言,悲剧真正的原动力是颠覆性"逆转"——悲剧的逻辑模式——,那么我们可以理解为:悲剧作品可以有各种解读方式,而且始终不存在某种定论。随着时代的发展,《俄狄浦斯王》也会具有新的解读方式。随着西方思想发展的历史,人类的双重性和模糊性问题已经逐渐改变,不再只是对于古希腊悲剧而言的"谜",而是转换成了其他形式的人类存在问题。

六、埃斯库罗斯的悲剧《俄瑞斯忒亚》中的狩猎与献祭[①]

《俄瑞斯忒亚》开幕即出现了火把,它从灭亡的特洛伊到了迈锡尼(Mycènes),为"暗夜带来了白昼","将冬天变成了夏天[②]",然而,这个火把实际上预示着与其表面现象相反的另一个阶段的到来;它在"闪耀的火把之光下[③]",步入了被黑暗所包围的时代,此时,火把之光并不是骗人的,而是照亮了一个妥协的世界——当然,这并不意味着这是一个没有冲突张力的世界。无论是新一代的神还是老一代的神,他们之间的混战在《阿伽门农》(Agamemnon)的开篇就已初显端倪,主要体现为以乌拉诺斯为首的第一代众神之间的争斗[④],并对峙于雅典法庭之上。在神的世界中,以悲剧行为为代价,最终将混乱的世界转变成了有序的世界。而对于人类的世界而言,情况亦是如此。在埃斯库罗斯的悲剧三部曲中,自始至终都贯穿着两个主题,即献祭与驱逐。在《复仇女神》(Euménides)的结尾部分,当献祭的动

[①] 首次发表于《古代之言》(Parola del Passato),129,1966,页 401—425。这一论文重新探讨并进一步研究了让-皮埃尔·韦尔南在高等研究实践学院的课程中和在比耶夫雷(Bièvres)举办的"埃斯库罗斯时代"研讨会上(1969 年 6 月,由 Gilbert Kahn 组织举办)所提到的问题。在此,我感谢参与者们提出的各种意见和建议。
[②] 《阿伽门农》,22,522,969。
[③] 《复仇女神》,1022,马宗(Mazon)的翻译版本。
[④] 《阿伽门农》,169—175。

物被宰杀时,游行队伍被号召发出像女人一样的仪式性的哭喊声①:"现在请你们发出哭喊声,来回应我们的颂词。"但是,最早的献祭场面出现在《阿伽门农》的第 65 行诗之后,争斗的开始与婚礼开头的献祭相对照,此后,立刻出现了献祭的主题,即众神不满意的献祭,或者正像我们所说的"变质的献祭":"燃烧你的怒火吧,底部加柴,上面浇油,这样,没有任何东西能熄灭这祭品的不屈的怒火,因为这祭品之火不愿停息。"②

另外一个经常出现的场景就是狩猎:在《阿伽门农》的整部作品中都隐含着猎杀的预兆。而通过整部悲剧展示出了阿特柔斯家族的过去、现在和将来,这一驱逐的预兆就是那场动物间的猎杀,即两只鹰吞食了一只怀胎的母兔。《复仇女神》中指出,在这场对人类的猎杀中,俄瑞斯忒斯是猎物,而复仇女神则是猎犬。这些猎杀驱逐的场景都被收集在一本很优秀的著作中,但其中的分析却没能超越普通的文学范围③。当谈及献祭的主题时,献祭的重要性被像弗伦克尔(E. Fraenkel)一样的研究者完全忽略,他只是简单地认为献祭是"一种仪式语言的改扮,为的是引起阴森恐怖的效果"④,在近几年,他又进行了更为深入的研究,并与弗洛玛·塞特林(Froma I. Zeitlin)合作,主要致力于从埃斯库罗斯的悲剧三部曲⑤中探寻献祭的意义;或者以更具野心也更具争议性的研究方式,将献祭的研究与整个古希腊悲剧的研究联系在一起,比如伯克特(W. Burkert)和让-皮

---

① 《复仇女神》,1043,1047。
② 《阿伽门农》,68—71。
③ 迪莫捷(J. DUMORTIER),《埃斯库罗斯作品中的形象》(*Les Images dans la poésie d'Eschyle*),Paris,1935;参见页 71—87,页 88—100,页 134—155 等。反之,献祭的主题被完全忽略;参见页 217—220。
④ 弗伦克尔,《埃斯库罗斯的〈阿伽门农〉(附点评)》(*Aeschylus, Agamemnon edited with a commentary*),Oxford,1950,III,页 653。
⑤ 弗洛玛·塞特林,〈在埃斯库罗斯的作品《俄瑞斯忒亚》中的变质献祭主题〉(The Motif of the Corrupted Sacrifice in Aechylus' Oresteia),《美国语文学协会翻译与校对》,第 96 期,1965,页 463—508。〈在《俄瑞斯忒亚》中的献祭形象之后记〉(Postscript to Sacrifical Imagery in the Oresteia(Ag. 1253—37)),同上,第 97 期,页 645—653。

埃尔·格潘(J.-P. Guépin)所从事的研究正是如此①。

这就意味着,在狩猎和献祭之间存在着一种关联。在《俄瑞斯忒亚》中,这两个主题不再是简单的交错关系,而是直接的重叠关系。如此看来,这值得我们将两者联系在一起进行研究,而直到现在,大家似乎也并未发现这一点②。然而,这两个主题所涉及的其实都是同样的人物:阿伽门农和俄瑞斯忒斯都相继是狩猎者和被猎杀者,献祭者和被献祭者(或者说是险些成为被献祭者)。在怀胎母兔被鹰吞食的预兆中,可以看到:猎杀体现出的是一种极其残酷的献祭,比如伊菲革涅亚。

古希腊的狩猎主题是一个相对来说比较少被研究的领域,而狩猎却具备一系列非常完整的表征意义。首先,这是一种社会活动,它以生活的阶段为依据来进行区分;我也可以这样将狩猎分为相互对立的几组:对青年进行的以公民培训为目的的狩猎和以强化军事为目的的狩猎,诡诈狩猎和英勇狩猎③。然而,狩猎的意义不止这些,

---

① 伯克特,〈古希腊悲剧与献祭仪式〉(Greek Tragedy and Sacrificial Ritual),《希腊、罗马和拜占庭研究》(Greek, Roman and Byzantine Studies),第 7 期,1966,页 87—122;让-皮埃尔·格潘,《悲剧的悖论:古希腊悲剧中的神话与仪式》(The Tragic paradox: Myth and Ritual in Greek Tragedy),Amsterdam,1968。最后这一作品非常充实丰富,但是如果作者能不那么着力于不可能的研究,即悲剧的仪式起源(尤其是涉及到狄俄尼索斯式的仪式)的话,那该作品会具有更大价值。结果,作者将悲剧描述成"收获粮食和葡萄的庆典"(页 195—200),而疏于描写悲剧是什么,从而试着去解释悲剧的起源,而不是去过度谈论很久之前哈里森(J. E. Harrison)和康福德(F. M. Cornford)的种种猜想和假设。

② 让-皮埃尔·格潘已经预先感觉到了这种研究的价值;参见《悲剧的悖论:古希腊悲剧中的神话与仪式》(The Tragic paradox: Myth and Ritual in Greek Tragedy),Amsterdam,1968,页 24—32;他甚至指出(页 26):"当然,在古希腊时期,狩猎的隐喻义是完全统一的,尤其是在战争和爱两方面。仅仅去列举狩猎的隐喻义,这其实没有太大意义。但有时也有人认为,可能还隐含更多其他的含义,一种对仪式的暗指。"他还引用了很多文本,用来阐明这一仪式性狩猎的含义。

③ 参见皮埃尔·维达尔-纳凯,〈黑色猎杀者和雅典的预备公民制度的起源〉(Le Chasseur noir et l'origine de l'éphébie aténienne),《经济·社会·文明年鉴》(Annales E. S. C.),1968,页 947—964;其英文版发表在《剑桥语文学学会会刊》(Proceedings of the Cambridge Philological Society),第 194 期,1968,页 49—64。

在很多的悲剧、哲学或神话研究作品中,狩猎是从自然到耕作过渡的表现之一。从这个方面来看,狩猎与战争相重合了。在此,我们只举一个例子,在柏拉图的《普罗塔哥拉斯篇》①(*Protagoras*)中,当诡辩派描绘政治出现之前的人类世界时,他们这样说:"人类首先是分散而居的,不存在任何城邦。因此,人类总是被更强大的动物所消灭,而他们的技艺虽然能够养活自己,但在与野兽的抗争中就显得很弱势。因为他们还不具备策略技巧,而战斗技巧就是策略技巧的一部分。"②

对于狩猎和献祭,也就是希腊人所使用的获得肉类食物的两种方式而言,它们两者之间的关系还是相当紧密的。是否正如卡尔·墨利(K. Meuli)所论证的那样,这涉及的是一种血脉相连的关系,献祭仪式衍生出了史前的狩猎仪式,尤其是在今天的西伯利亚,这种仪式仍然被沿袭?为了从历史角度证实这一观点,卡尔·墨利必须要接受以下观点:在演变成献祭仪式之前,狩猎仪式就已经穿越了双重的历史进程,即牧业文明,以及继牧业文明之后的古希腊农业文明,而牧业文明正是来源于驱逐文明。假定这些都已经被证明,但这仍然无法让我们清晰地看到在古希腊时期狩猎和献祭之间的关系,也就是说,古希腊人本质上并非猎杀者,但他们却一直不断地进行狩猎③。对于他们来说,狩猎还提供了丰富的神话故事和社会象征意义。在这种情况下,哪怕是对于历史学家而言,尤其是对于一个不热衷于古代研究的历史学家而言,这也是不得不做的一项综合研究。

天上的诸神和地上的人类分列在举办对奥林匹斯神献祭的祭坛

---

① 参见 322 b。
② 同样,亚里士多德的《政治学》,第一卷,1256 b 23;在文明起源的古希腊文学中,关于该主题参见科尔(TH. COLE),《德谟克利特和古希腊人类学的起源》(*Democritus and the Sources of Greek Anthropology*),Ann Arbor,1967,页 34—36,页 64—65,页 83—84,页 92—93 页,页 115,页 123—126。
③ 作者卡尔·墨利只是简略地提到了这个问题。

两侧,而根据赫西俄德的《神谱》,当时,"神灵和人类在墨科涅(Mécioné)发生争执"①。在普罗米修斯将献祭的公牛切成碎块、分成两堆后,结果神选择了骨头,人则选择了熟的肉。普罗米修斯的神话与潘多拉的神话故事紧密相关:在献祭之餐中必须要用到火,这就意味着在神话层面上,宙斯用来报复普罗米修斯盗火种的方法就是创造出"被赋予一切的女人",即潘多拉,也因"女人,非常可恶的一类人"而为人类带来了灾难和贪婪的性欲。这也造就了黑铁时代人类的悲惨命运,人变成了耕作者,而只有在田地的辛苦劳作才能拯救自己。

狩猎与献祭两者的功能既相互补充又相互对立。我们可以借用修饰人类与大自然关系的词来解释这一点。狩猎者既是捕食性动物(如狮子和鹰),也是机灵狡猾的动物(如蛇和狼),在荷马的作品中,大多数狩猎情景都是动物间的猎杀场景②;此外,狩猎者也是掌握技艺者,狮子和狼却不具备技艺。这就是在百余篇作品中,普罗米修斯的神话所要表达的意义所在,正如柏拉图的《普罗塔哥拉斯篇》中所评论的一样。

献祭行为是一种食肉的行为,被献祭的动物主要是耕牛。极端的献祭算是一种罪行,另外,某些文章还宣称要加以禁止。这种献祭在雅典的布弗尼亚(Bouphonies,即"杀牛")节上被戏剧化,这是为了向宙斯表达敬意。当耕牛被献祭的时候,要在它体内填充干草,再套上一个犁。此时所有在场参与的"谋杀者"——从祭司到杀牛用的刀——都被称为"审判者"③(或见证者),但是献祭与农耕之间的关

---

① 《神谱》(Théogonie),535—36。
② 参见下文中的几个例子,页141;涉及汇编以及与现代技艺的对比,参见 R. HAMPE 的《荷马的寓意与荷马时代的形象艺术》(Die Gleichnisse Homers und die Bildkunst seiner Zeit),Tübingen,1952。重点参阅页 30 e s.
③ 参见 Schol. ARAT. Phaen.,132,埃利安(ELIEN),N. A.,12,34;《〈奥德赛〉评注》(Schol. Odyssée),12,353;尼古拉·德·达马斯(NICOLAS DE DAMAS),法语版,103,i Jacoby;埃利安(ELIEN),《历史变革》(Var. Hist.) 5,14;马库斯·特伦提乌斯·瓦罗(VARRON),《论农业》(De re rustica),2,5,4;COLUMELLE,6,Praef.;PLINE,N.H.,8,180。这些文章的探讨已经远远超出了古希腊的范围。

系,比这一边缘化的节日所展示出的关系更具基础性。以下就是一个援引自古代的例证:在粮食匮乏之时,奥德修斯(Ulysse)①的同伴们决定宰杀并献祭太阳神的神,因为他们当时没有田地出产的粮食,所以他们用的不是大麦粒,而是橡树叶;他们也没有用酒来进行浇祭,而是用水来代替。结果这种献祭带来了一场灾难:"生的和熟的牛肉都在烤肉杆上哞哞叫。"②然而,奥德修斯也指出应对的方法:这是一种亵渎神灵的献祭,本来正统献祭的方式应该是狩猎和捕鱼③。

总体来看,狩猎与奥林匹斯诸神的传统献祭实际上是相反的。我们知道,被猎获的动物用于献祭是极为罕见的现象(更容易的解释是:被献祭的动物必须是活的)。通常来说,这与城邦的反叛之神和大自然之神密切相关,如阿尔忒弥斯和狄俄尼索斯④。就像伊菲革涅亚的神话一样,经常会出现以下情形:在献祭中,被猎杀的动物用作祭品,这看起来像是一种代替人类祭品的方式。献祭品的野蛮性从某种意义上来说替换和转移了该行为本身的野蛮性。

然而,在这些对立领域之间,存在着一种相交领域,这也正是悲剧所针对的领域。欧里庇得斯的《酒神的伴侣》(*Bacchantes*)就生动地描绘出了一个吃生肉祭(与酒神狄俄尼索斯相关)的场景,在这一活动中,猎杀和献祭相互融合在一起了。彭透斯(Penthée)后来就成为这样一场猎杀献祭的牺牲品。

---

① 译注:奥德修斯的罗马名为尤利西斯。
② 保萨尼亚斯(PAUSANIAS),第一卷,28,10;埃利安(ELIEN),《历史变革》(*Var. Hist.*)8,3;波尔菲里(PORPHYRE),《论节制》(*De Abstinentia*),2,28;关于传统的总体状况,参见路德维希·多伊布纳(L. DEUBNER),《阿提卡的节日》(*Attische Feste*),Berlin,1932,页 1958。
③ 《奥德赛》(*Odyssée*),12,356—396。
④ 《奥德赛》,12,329—333;关于这一点,请参见我的文章〈在《奥德赛》中土地与献祭的宗教意义和神话意义〉(*Valeurs religieuses et mythiques de la terre et du sacrifice dans l'Odyssée*),《经济·社会·文明年鉴》(*Annales E. S. C.*),1970,页 1288—1289。

在这里所建议的做法,并不是将《俄瑞斯忒亚》中所有与献祭、猎杀和捕鱼有关的章节都标记出来,而只是强调这三部曲作品的着力点,我们也会看到,它们之间有时也会有相互矛盾的地方。

紧接着《阿伽门农》的合唱队的登场(párodos)①和对伯罗奔尼撒半岛的居民的预言(在奥利斯,Aulis),让我们与合唱队一起——响应着预言——共同揭开序幕。另外,从卡桑德拉宏大梦境的那一幕中可以看出,诗人"将最遥远的过去和紧随而至的未来组合成一个整体(……)"②,但具体是因为我们处于悲剧的边缘,这使得一切都变得更加模糊了③。

"两只鹰像鸟中之王一样出现了,其中一只是全黑的,另外一只背部的羽毛是白色的。它们出现在殿堂附近,落在挥舞着长矛的雕像的胳膊旁,居高临下,它们正在轻而易举地吞食一只怀胎的母兔,而母兔非常绝望地挣扎着。"卡尔卡斯立刻从中得出结论:鹰代表的就是阿特柔斯家族,也就是最终攻陷特洛伊城的家族,而阿尔忒弥斯因为母兔被食而受到侮辱,她将采取更沉重的报复(伊菲革涅亚),她的这种报复又会招致其他的灾难:"因为一个阴险的女管家(指阿伽门农的妻子,伊菲革涅亚的母亲)已经准备好让更可怕的一天降临,她异常愤怒,要为自己的女儿报仇。"④就这样,几近抽象地宣告了克吕泰涅斯特拉复仇阴谋的开始。

这里,猎杀词汇和献祭词汇都融合在了一起。母兔"非常绝望地挣扎着",(奄奄一息之路,λοισθίων δρόμων⑤)这种表达方式我们在其

---

① 参见《阿伽门农》,105—159。
② 雅克利娜·德·罗米伊(J. de Romilly),《古希腊研究期刊》(*Revue des études grecques*),1967,页 95;也参见《希腊悲剧中的时间》(*Le Temps dans la tragédie grecque*),Paris,1971,页 73—74。
③ 在写完这篇文章之后,我才发现了这篇出色的研究论文:J. J. PERADOTTO,《〈阿伽门农〉中鹰的预兆和社会思想》(The *Omen of the Eagles and the* ἦθος of Agamemnon),*Phoenix* 23, 1969,页 237—263。
④ 《阿伽门农》,151—55。
⑤ 《阿伽门农》,120。

他地方也能找到①。古希腊史学家希罗多德认为,必须强调是雌野兔,这是被猎杀的物种,当雌兔变肥的时候就是怀孕了,而大自然非常需要这些受害者②,它们同样也需要狮子和鹰这样的天敌,进而去维持平衡;荷马提到阿喀琉斯(Achille)时说:"他拥有黑鹰般的冲劲,黑鹰是最勇猛的猎杀者,在所有动物中,它最强悍,而在鸟类中,它的速度最快";另外,他还指出:"高飞的鹰会穿越暗沉的云霄飞向草原,去劫掠温顺的羊或藏在洞中的雌野兔","它是鸟类中最有效率的可怕的猎杀者,我们称之为黑鹰"③。但是,这并不是指任何猎杀都是如此,我们也注意到了④,由色诺芬所定的猎杀法则要求"强健者"将小的猎物留给女神⑤。鹰所进行的猎杀既是王族的猎杀,也是不合规则的猎杀,因为这侵犯了女神阿尔忒弥斯所管辖的猎物领域。

但是,这种猎杀也是一种献祭,卡尔卡斯也是这么说的,他因为害怕女神阿尔忒弥斯苛求"另外一种可怕的献祭,而献祭的祭品就完全属于女神自己了"⑥,尤其是,这一点可以在极为出色的第136行诗中得到印证。这也体现了埃斯库罗斯式的模糊性特点,此处表现了阿尔忒弥斯对"她父亲的飞鹰"的愤怒,这一愤怒既意味着"在分娩之前就残忍地猎杀了这可怜的母兔",也意味着"在猎杀母兔的同时,也猎杀了母兔的孩子,那可怜的躲藏起来的小生命"⑦。

---

① 色诺芬(Xénophon),《狩猎术》(Cynégétique),5,14;9,10;阿德里安(ARRIEN),《狩猎术》(Cynégétique),17,其中提到被追捕的动物的挣扎。
② 希罗多德(Hérodote),3,108。关于雌野兔在阿尔忒弥斯崇拜中的意义,尤其是在阿提卡地区的布劳隆(Brauron),请参照上文提到的 J. J. PERADOTTO 的文章,页 244。
③ 《伊利亚特》(Iliade),21,252—53;22,310;24,415—316,马宗(P. MAZON)翻译版本,Budé 版。
④ 马宗,页15,Budé 版。
⑤ 《狩猎术》,5,14。
⑥ 《阿伽门农》,150,"另外一种献祭",而不是"轮到她要求一次献祭"(MAZON)。此处的献祭是一种毁灭性的献祭。
⑦ 关于详细的阐述,请大家参照斯坦福(W. B. STANFORD)的《希腊悲剧中的模糊性》(Ambiguity in Greek Tragedy),Oxford,1939,页 143。

六、埃斯库罗斯的悲剧《俄瑞斯忒亚》中的狩猎与献祭

我们还能比卡尔卡斯更好地更具体地指出预言的含义吗？预言者卡尔卡斯也强调了双重性的特点。这种特点在很多地方都体现得相当明显。鹰是落在"挥舞长矛的胳膊旁边"①的，这就意味着落在右边，其中一只鹰的背部羽毛是白色的，从宗教意义上来看，这是一种吉祥的颜色②。鹰的狩猎行动获得了成功。从某种意义上说，怀胎的母兔指的是特洛伊③，最终特洛伊城的男女老少都逃脱不了毁灭的命运④，那将是一场对特洛伊的猎捕之战⑤。但我们也看到，母兔同样也是指被父亲所献祭的伊菲革涅亚。美丽仁慈的阿尔忒弥斯"既保护弱小的动物，使它们逃脱凶猛的狮子，也保护温和的人兔遭野外猛兽的毒手"⑥。阿伽门农也是一头狮子⑦；而伊菲革涅亚作为母兔的形象，是遭受鹰啄食的受害者；作为狮子之女，她成为阿尔忒弥斯愤怒之下的牺牲品，但她始终也是她父亲的牺牲品。卡尔卡斯受大自然的女神阿尔忒弥斯所托，向阿伽门农提出了献祭伊菲革涅亚的要求，阿尔忒弥斯之所以参与进来，只是因为阿伽门农以鹰的形象侵犯了她所管辖的自然领域⑧。在奥利斯(Aulis)那一幕之前，

---

① 《阿伽门农》，116。
② 参见拉德克(G. RADKE)，《白色和黑色在希腊和罗马的献祭风俗的意义》(*Die Bedeutung der Weissen und der Schwarzen Farbe im Kult und Brauch der Griechen und Römern*)，Berlin,1936,主要是页 27。
③ 尽管其象征意义各不相同，但看过埃斯库罗斯悲剧的观众一定会提到那著名的一幕：卡尔卡斯解读出了由一条吞食了一只母燕雀和八只小燕雀的蛇所揭示的预言，最终这条蛇变成了石头，这预示着特洛伊在经过九年的战争后最终被攻陷(《伊利亚特》，2,301—329)。但是，在荷马的作品中，预言一旦被解读出来就完全变成显而易见的事情了，这与埃斯库罗斯的作品不同。
④ 《阿伽门农》，357—360。
⑤ 参见下文，页 142。
⑥ 《阿伽门农》，140—143。
⑦ 请首先参阅《阿伽门农》，1259，或者 827—28。请参阅诺克斯(B. M. W. KNOX)很详尽的阐述，〈房间里的狮子〉(The Lion in the House)，《古典语文学研究》(*Classical Philology*)，47，1957,页 17—25。他论证了这个长大的幼狮形象应该不仅代表着帕里斯(Pâris)，也代表着阿特柔斯的儿子。
⑧ 参见沃伦(W. WHALLON)的论文〈阿尔忒弥斯为何愤怒〉(Why is (转下页注)

卡桑德拉那一幕就已经提到过:在亵渎神灵的宴会中,就已经有很多像兔仔一样的小动物被宰杀和吞食;后来,克吕泰涅斯特拉说:"这是阿特柔斯激烈的复仇之神杀死了这个成年祭品来为无辜的孩子们报仇。"①母兔也可以看作是被屠杀的孩子们。

鹰指的就是阿特柔斯家族,但是其中第一位被命名为黑鹰,并注定成为不幸的黑色狩猎者②,这个人只能是悲剧的主角阿伽门农。而阿伽门农难道不也是后文出现的那头"黑角公牛"③吗?

其中暗含的意思是:墨涅拉俄斯(Ménélas)被赋予了白色,这可能是指——对于他而言——事件会完美地结束。墨涅拉俄斯是接下来的森林之神④(普罗透斯,Proteus)那段悲剧的主角,出现在悲剧

(接上页注)Artemis angry?),《美国语文学杂志》(American Journal of Philology),第 82 期,1961,页 78—88。弗伦克尔,《埃斯库罗斯的〈阿伽门农〉(附点评)》,Oxford,1950,第二卷,页 97—98。在该文中,作者指出了另外一方面,即埃斯库罗斯不着重于体现:阿特柔斯家族侵犯了本属于阿尔忒弥斯的领地或者是杀掉了原本属于阿尔忒弥斯的动物。事实上,这一方面的问题无需多谈,因为在悲剧视角下,作为阿特柔斯家族一员的阿伽门农已经注定是有罪的,而且必然要受到牵连。首先,我们可以在第 141 行诗中看到对伊菲革涅亚得救的影射:阿尔忒弥斯你难道不是心怀怜悯吗(134)?但是,埃斯库罗斯没有在任何文章中对此加以确认。

① 《阿伽门农》,1502—1503。
② 关于黑色狩猎者,在前文中已经提到过一次,但前文的"黑色"只是暂时的,仅限于训练休整期间。而这里的"黑色"涉及的则是另外一回事:阿伽门农是一个被诅咒的狩猎者。
③ "在一件遮身长袍的掩护下,她抓住了黑角公牛并击打它。"(1126—28)这是我个人的翻译,与其他研究者的解读不尽相同。另外,让-皮埃尔·格潘(J.-P. GUEPIN)的《悲剧的悖论:古希腊悲剧中的神话与仪式》(The Tragic paradox: Myth and Ritual in Greek Tragedy),Amsterdam,1968 年,页 24—25,其中,作者认为这块遮挡长袍就是"一种黑角阴谋"。与计谋和长袍相比较而言,"角"还是更适合公牛。
④ 在评论中,弗伦克尔引用了(第二卷,页 67)好几篇文章。在这些文章中,"背部的白色羽毛"都被认为是鹰的懦弱的一面。这种解读与我们这里所说的观点并不冲突;与此相呼应,我们可以看一下墨涅拉俄斯的命运,他在翻土的风暴中消失了,在第 674—679 行中,信使隐约地暗示了这一事实。

六、埃斯库罗斯的悲剧《俄瑞斯忒亚》中的狩猎与献祭　　141

的结尾。但是,使解读者的任务变得更加复杂的是:我们也看到在悲剧的开头,合唱队领唱展示出了"鹰"——也是秃鹫——在空旷的上空盘旋,为它们被偷走的孩子要求(并取得了)公正,其实就是指被掳走的海伦(Hélène)①。此处对鸟的两个不同用词,是否值得注意呢?埃斯库罗斯是使用了两个词来指同一种鸟吗?这是普遍认同的观点②,这两种鸟确实经常被混淆③。然而,以下看法还是有点奇怪的:高翔的鹰是一种高贵、庄严的鸟,但它却代表着恐怖行为的执行;而秃鹫是一种卑鄙的动物,但它却代表对公正的诉求④。秃鹫难道不是与鹰相反的鸟类吗,它不是喜欢腐朽和行尸走肉的味道,遇到香气就会受不了的吗⑤?反之,这种"矛盾"不也正是这部悲剧的原动力之一吗?况且,不管怎样,腐朽之气在该剧中随处可见。在卡桑德拉那一幕中,这位女预言家喊道:"这个宫殿中有杀戮和血腥的气味。——他(歌队长)闻到了祭品被焚烧的味道。——那很像是一种

---

① 《阿伽门农》,49—54。
② 黑德勒姆(W. G. HEADLAM)和汤姆森(G. THOMSON),《埃斯库罗斯的〈俄瑞斯忒亚〉》(*The Oresteia of Aeschylus*),Cambridge,1938,页 16;沃尔伦(W. WHALLON)很清楚地看到动物寓意对于解读埃斯库罗斯作品的重要性:"《俄瑞斯忒亚》中重复出现的动物象征是埃斯库罗斯悲剧与索福克勒斯悲剧的对应,也是对后者进行的讽喻。(同前,页 81)同样,"在这里,秃鹫和鹰之间的物种差异并不重要;鹰可能就是复仇之鸟,而秃鹫可能也是捕食之鸟。"(同上,页 80)弗洛玛·塞特林(F. I. ZEITLIN)更好地将这一问题提了出来:《主题……》(*The Motif...*),页 482—483。
③ 参见达西·W·汤姆森(G. D'ARCY W. THOMASON),《古希腊鸟类词汇表》(*A Glossary of Greek Birds*),Oxford,1936,页 5—6,页 26。
④ 关于秃鹫和鹰之间的对立或混淆,请参照由欧尔贡(J. HEURGON)所收集的文章〈秃鹫〉(Vultur),发表于《拉丁研究期刊》(*Revue des études latines*),第 14 期,1936,页 109—118。在其中,我们能找到所有在达西·W·汤姆森的《古希腊鸟类词汇表》中想要的参考资料。
⑤ 关于此处的相反性,请对比:埃索普(ESOPE),寓言 6;埃利安(ELIEN),*N. A*,3,7;18,4;安托尼诺斯·利柏拉利(ANTONINUS LIBERALIS),12,5—6;狄俄尼西俄斯(DIONYSIOS),《关于鸟》(*De Aucupio*),第一卷,5(Garzya)。也请参阅达西·W·汤姆森,《古希腊鸟类词汇表》,Oxford,1936,页 84。

从坟墓中出来的气味。——你借给他一种没有香的香料。"①

　　从某种意义上来看,整部剧向我们展示了以牺牲伊菲革涅亚为代价的这种腐败的献祭是如何产生的,又是如何前仆后继、承前启后地导致了更多类似的献祭。同样,鹰所享用的盛宴,这种可怕的猎杀,也同样引出了此后无数的猎杀。这种献祭和猎杀从未停息过。

　　特洛伊战争本身就是一场猎杀,合唱队也唱道:"无数手持盾牌、全副武装的猎杀者蜂拥而至,他们沿着抢掠海伦的舰船的痕迹一路追赶而来。"②这些猎杀者并不"陌生"③,他们就是阿提卡的陶瓶上所画的全副武装、手持盾牌的猎杀者们,他们与全裸的从事猎杀训练的雅典青年完全不一样④。但很快就可以看到,就像幼狮与真正的狮子之间的差别一样,这些全副武装的猎杀者与全副武装的战士也是不一样的。战争($mách\bar{e}$)的场景将会转换成野蛮的亵渎神灵的动物猎杀场景。信使最后通报道:"普里阿摩斯家族(Les Priamides)已经为他们的罪过付出了双倍的代价。"⑤

　　克吕泰涅斯特拉曾厚颜无耻地指出:一场不尊重胜利之神的战争,对于胜者来说必将会是一场危险的战争⑥。阿伽门农之后在讲到攻陷特洛伊的时候,把这层意思说得更加清楚了:我们已经报仇了⑦,

---

① 《阿伽门农》,1309—1312。
② 《阿伽门农》,694—695。
③ 正如翻译者马宗所做的那样,在翻译时他加上了一个词。
④ 在他的硕士论文中也谈到了(在公元前6世纪和公元前5世纪时期)阿提卡地区的瓦罐上的狩猎主题(1968年),阿兰·施纳普(Alain Schnapp)搜集了一些关于该主题的重要资料,希望他会尽快出版。
⑤ 《阿伽门农》,537。
⑥ 《阿伽门农》,338—344。
⑦ 不过,$ὑπρχότως$(822)一词是凯瑟(Kayser)所做的纠正,马宗也参照了他的改动,而并没有使用某些手稿中的$ὑπερχότους$一词,因为后者在此处是完全不相符的。如果我们使用后者的话——正如弗伦克尔(Fraenkel)、汤姆森(Thomson)和丹尼斯顿-帕杰(Denniston-PAGE)一样,他们正是使用了希斯(Heath)所用的$ὑπερχότους$一词——那第822—823行就要翻译为:"我们已经获得绑架海伦的报偿了",另外,"绑架"一词也是做过改动的。

但这与诱拐海伦是完全不同的。因为征服特洛伊的是全副武装的士兵和拥有"灵活盾牌的军队"①,而军队是在夜间作战的②,这与古希腊的战斗道义相左。这支军队出于马腹,是"阿尔戈斯(Argos)凶残的野兽"③,狂冲乱撞,"就如同一头残酷的狮子心满意足地舔舐着高贵的鲜血"④。战争不断重复着吞食母兔的场景,而这里的狮子是另一种威严的动物,它代替了鹰。卡桑德拉预见的一幕和阿伽门农之死将会不断重复,而伊菲革涅亚的牺牲、战争和提埃斯特(Thyeste)的孩子之死,也是如此重复不断。这里也还是顺便提一下,不断出现的词汇总是与献祭和狩猎相关的词汇⑤。卡桑德拉是一只猎犬⑥。阿伽门农将是在献祭中被宰杀的人,当伴随着誓词和家族复仇女神仪式性的哭喊声时⑦,一切显得更加可怕;阿伽门农也是被禁锢在网中的野兽,在被宰杀之前还被不停地

---

① 《阿伽门农》,825。
② 在将近昴星团西落时;11月14日昴星团落下之时,标志着恶劣季节的开始;诗句650中使者所讲述的暴风雨正好印证了这一指示意义;从象征性的角度来看,实际发生的惊险情节——实际发生的特洛伊城的陷落和阿伽门农的返乡——也印证了这个指示意义。也有学者甚至认为这种指示意义是没有根据的,例如汤姆森和丹尼斯顿-帕杰(第141页)。其他的学者认为,δυσις一词指的仅仅是这个星座的夜晚降落而已,弗伦克尔提醒说:在三月末的时候,昴星团在晚上10点左右西落。甚至不需要弗伦克尔的提醒——狮子的饮食习惯,荷马也知道的习惯(《伊利亚特》,17,657—60)——我们也必须承认:与想象"一头狮子在初冬跳起"相比,我们更容易想象"一头狮子在夜间跳起"(甚至还能想象其隐喻的含义)。所有的传统都表明特洛伊城的陷落发生在夜间。维拉莫威兹(Wilamowitz)为这一论文提供了一个有力的论证:"月亮和昴星团落下之时,就是夜晚了。"
③ 埃斯库罗斯也将其另外用于描绘斯芬克斯:斯芬克斯的形象出现在七雄之一的帕耳忒诺派俄斯(Parthénopée)的盾牌上(《七雄攻忒拜》,558),或者也用来描述各种海怪(《普罗米修斯》,583)。
④ 《阿伽门农》,827—828。
⑤ 关于细节,我建议参阅上文已经引用过的弗洛玛·塞特林(F. I. ZEITLIN)的文章。
⑥ 《阿伽门农》,1093—1094,—1184—1185。
⑦ 参见1056,1117—18(仪式性的哭喊),1431(誓词)。

追捕①。他既是母狮子克吕泰涅斯特拉的受害者,又是懦弱的雄狮(同时也是狼——在希腊人看来,这是一种既残酷又狡猾的动物)埃吉斯托斯②的牺牲品。阿伽门农是被献祭的祭司③,这种猎杀-献祭不断重复着原始的杀戮;并采取了一种可怕的形式,即伴着誓词的人类献祭,而比人类献祭更可怕的事情是:家族内部互相残相食,而他成了家族的食物④,这是家族内部互相残杀的后果⑤。无论是相互残

---

① 指的是追捕网和猎杀陷阱。关于卡桑德拉,请参照 1048,关于阿伽门农,请参照 1115,1375,1382(捕鱼网),1611。关于网和"背叛之袍"的主题,是否在埃斯库罗斯之前就存在呢? 没有任何文学作品能回答这个问题。至于绘画文献就具有很大的争议性了。韦尔默勒(E. Vermeule)最近展示了波士顿博物馆保存相当完好的一个双耳爵,上面显示的是克吕泰涅斯特拉用一件长袍将她的丈夫阿伽门农裹了起来,与此同时,埃吉斯托斯趁机杀死了阿伽门农(《波士顿的《俄瑞斯忒亚》双耳爵》,发表于期刊《美国考古记录》,第 70 期,1966 年,第 1—22 页;参见梅斯热(H. METZGER),"考古与陶器",发表于《古希腊研究期刊》,第 81 期,1968 年,第 165—166 页),以文学资料为依据,进而确认这一文献作品完成于《俄瑞斯忒亚》(458)上演之后。依据此类解读方式,当克吕泰涅斯特拉在击打阿伽门农的时候,埃吉斯托斯也同时将一张网罩在了他头上,但是网本身是否存在也是不确定的。至于波士顿的双耳爵,M. I. Davies确认它的年代为公元前 470 年左右,其判断依据为:与埃斯库罗斯的悲剧所描述的有所不同,在这里,埃吉斯托斯是行使谋杀行动的主要人物(页 258)。

② 埃吉斯托斯(Egisthe)-懦弱的狮子;1224;埃吉斯托斯-女狮子的同伴,1258—1259。希腊人眼中的狼既奸诈又凶狠,然而,在我们的文化中,诡计当然不是狼最主要的特点。参见例如亚里士多德,H. A.,1,1,488,作者认为狼是一种既勇敢凶猛又狡诈的动物。而阿里斯托芬则认为:"既狡诈又胆大妄为的动物就是狼。"关于在某些习俗中对狼的诡计的使用,参见路易·热尔内,"多隆-狼"(Dolon le loup),《弗朗茨·屈蒙杂集》(*Mélanges F. Cumont*),布鲁塞尔,1936 年,页 154—172。

③ 著名的表达方式:"对罪人必施以惩罚"(《阿伽门农》,1564),《奠酒人》(*Choéphores*,313)后来又重新借用了这句话。在埃斯库罗斯的作品中,这可能是在玩双重含义的手法:执行献祭和自我献祭(之前执行献祭的人,如今沦落为被献祭者,即自我献祭。)。

④ 父亲将孩子们的内脏吃了下去(1221);关于被切成块的人肉和内脏(σπλάγνα)在宣誓中所起到的作用,参见鲁德哈特(J. RUDHARDT)作品,页 203。

⑤ 参见尚特赖纳(P. CHANTRAINE),《词源大辞典》(*Dictionnaire étymologique*,s. v.);"吞食"一词的本意是指动物的食物。通常来说,当这个词被用于(转下页注)

杀还是相食①,猎杀和献祭之所以能重合,其真正条件就是:人只是动物而已,此时的人只保留了动物性的一面。总的来看,家族内部的相互残食是与乱伦相对应而滋生的现象。

在《阿伽门农》中,还有一个我们应该注意的事件,我认为它进一步印证了前面的分析。在该作品中,描述将被用来献祭的人的时候,会用猎杀场景作为比喻,而在提到献祭仪式的执行时,被献祭者则经常用家养牲畜来喻指。比如伊菲革涅亚就依次被称作是

(接上页注)煮熟而指人类的食物时,此时的人是被看作回到了野蛮的动物状态,或者是把人等同于动物看待了;请参照西格尔(CH. P. SEGAL)在其研究中所总结的例子,〈欧里庇得斯,希波吕托斯 108—112:悲剧的讽刺性和公正性〉(Euripides, Hippolytus 108—112: Tragic Irony and Tragic Justice),发表于期刊 Hermes,第 97 期,1969,页 297—299。

我也不清楚为什么西格尔在此处并未做出更多说明,他只是写道(第 297 页):"'食物'(βορά)一词可以被用于指普通的人类食物。"而以下所引用的这些例子显然都并非这个意思。在埃斯库罗斯的《波斯人》(Perses)的第 490 行中:指的是如动物般饥饿的波斯士兵的食物;在索福克勒斯的《菲罗克忒忒斯》(Philoctète)的第 274 行和第 308 行,就是两个很好的例子,这两处指的是一个被野蛮化了的人的食物;根据希罗多德的记载,如 1, 119, 15;这几处涉及的是阿斯提阿格斯(Astyage)为哈尔帕格(Harpage)准备的人肉盛宴,在宴会中让他吃了自己儿子的肉,这与《俄瑞斯忒亚》(Orestie)中的场景如出一辙;ID., 2, 65, 15:指的是埃及人给动物吃的食物;ID., 3, 16, 15:火被看作是吞食食物的野兽;欧里庇得斯的《俄瑞斯忒亚》的第 189 行:发了疯(或者说是变成了疯癫的野蛮人)的主人公俄瑞斯忒斯甚至都失去了满足自己兽性食欲的想法。另外,还有一个与之类似的例子:即索福克勒斯的《俄狄浦斯王》的第 1463—1464 行,一些研究者认为该部分非常难以解读,存在很多各不相同的解读方式(请参照:J. C. KAMERBEEK 的《索福克勒斯戏剧集第四部—评注》[The Plays of Sophocles, IV, Commentary], Leyde, 1967,页 262)。俄狄浦斯对克瑞翁说过,他的儿子们(作为人而言)的生活必需品非常充足,毫不匮乏。此后,俄狄浦斯又提到了他的女儿,"(而)对于她们来说,只要我在场,我的饭桌上永远都有食物"。在这里,俄狄浦斯言下之意难道不是将他的女儿们比作是跟他自己吃着同样食物的家养动物吗?而在《希波吕托斯》(Hippolyte)的第 952 行中,忒修斯明确指出:在他儿子(希波吕托斯)素食者的外表下,隐藏的却是残食同类和乱伦的本性。

① 需要提醒的是:提埃斯特(Thyeste)的孩子都是被烤熟而食的;参见《阿伽门农》,1097。

山羊和母羊①；克吕泰涅斯特拉在描述阿伽门农时，就曾称他为牛棚中的狗（而她自己就是母狗②），被捕到了网中，但却像公牛一样被宰杀③。这是对犯了渎神罪者的另外一种指称方式，因为家养牲畜是普通献祭的祭品，因此它们一定会用某种方式表现出它们是心甘情愿的④，这与设下陷阱的谋杀完全相反。欧里庇得斯的《酒神的伴侣》(Bacchantes)就提供了一种很有意思的比较点。当阿高厄(Agavé)从杀戮中恢复神智、清醒过来的时候，她手中已经提着他儿子彭透斯的头颅了⑤，她首先以为是从山上带来了狄俄尼索斯的常春藤，象征着"快乐的猎杀"，然后，她以为那是一只没用网就抓到的小狮子，那是真正的狩猎技术的成果，最终，在她发现真相之前，她以为那是一头小牛，是完全没有开化的野兽⑥；阿高厄称赞巴克斯(Bakkhios，狄俄尼索斯的别称)的狩猎技巧，称他是伟大的带猎犬的狩猎者。事实上，狄俄尼索斯的技巧主要在于，他能让阿高厄迷失心智，进而拧下自己儿子的头颅，像对待家畜一样对待自己的儿子，而全然没有意识到那是她多么亲近的人。阿高厄在无意识的情况下的所作所为，正是《阿伽门农》中的猎杀者们蓄意而为的。他们像宰杀家畜一样所宰杀的动物，正是他们最亲近的人，即他们的女儿和他们

---

① 参见《阿伽门农》，232，1415。
② 《阿伽门农》，896。
③ 《阿伽门农》，607。守夜者也被比作狗(3)。
④ 阿里斯托芬(ARISTOPHANE)，《和平》(Paix)，960，以及《评注》(Scholies)；波尔菲里(PORPHYRE)，《论节制》(De Abstinentia)，2，9 (Théophraste)；普鲁塔克(PLUTARQUE)，《传记集》(Quaest. Conv.)，8，279 a, s.；De Defect. Orac.，435 b；《逻辑》(Sylloge)，1025，20；参见卡尔·墨利(K. Meuli)作品，第267页。当然，阿伽门农完全没有心甘情愿的赞同之意，他被打了三次(1384—1386)，而对于动物只是很用力地打一次，即可毫无疼痛地死去。让-皮埃尔·格潘(J. P. Guépin)，《悲剧的矛盾》(The Tragic Paradox)，阿姆斯特丹，1968，页39，作者将阿伽门农的死与布弗尼亚(Bouphonies，即"杀牛"节上的献祭相对比。这种相似性在我看来是站不住脚的。在屠杀家畜的过程中，并不存在事先的阴谋宰杀行为。
⑤ 《酒神的伴侣》，1188。
⑥ 《酒神的伴侣》，1192。

的丈夫。

这样,《阿伽门农》达到了一种完全的颠覆,一种价值的逆转:雌性杀死了雄性①,城邦中充斥着混乱的乌烟瘴气,这种献祭是一种反献祭,一种恶劣败坏的屠杀。当然,作品的最后一行,是这位迈锡尼的王后(阿伽门农的妻子)所说的话,她提到了城邦秩序的重建,但这是一种欺骗性的、逆反的秩序,终将在《奠酒人》(Choéphores)中被摧毁。

在针对《奠酒人》第一段合唱颂歌部分的最新研究中,勒贝克女士(A. Lebeck)指出悲剧三部曲中的第二部不仅与《阿伽门农》②的基本结构一致,而且还算是与《阿伽门农》相对应的续写③。其中,受害者被其谋杀者所欺骗,谋杀者也被他的受害者所欺骗。第一种情况是,接待归来丈夫的妻子欺骗了她的丈夫;而在第二种情况中,归来的丈夫欺骗了接待他的妻子。的确如此,只是再看一下细节部分,就会发现:相对于《阿伽门农》来说,《奠酒人》是一部真正的影射副本。然而,我们已经注意到了④,在这两部作品之间,"腐败的献祭"这一主题已趋于消失,这也是它们基本的不同之处。俄瑞斯忒斯并没有丧心病狂地直接杀死他的母亲,而是按照神谕的要求去执行的。然而,"腐败的献祭"这一主题也并没有完全消失,合唱队喊叫道:"我终于可以为被杀害的男人和被宰杀的女人高声地发出神圣的呐喊了。"⑤在俄瑞斯忒斯的口中,埃吉斯托斯的血——而不是克吕泰涅斯特拉的血——是对复仇女神的一种浇祭,而并不是亵渎神灵的行为。如果我们反过来看的话,事情也会变得不一样。阿伽门农就不再是被设计陷害而最终死于剑下的勇士,而是为他所犯下的两个罪行所必然付出的代价:攻

---

① 《阿伽门农》,1231。
② 参见 A. LESKY,〈埃斯库罗斯的《俄瑞斯忒亚》三部曲〉,*Hermes*,第 66 期,1931,页 190—214,尤其是页 207—208。
③ 勒贝克女士(A. LEBECK),〈埃斯库罗斯的《奠酒人》中的第一段合唱颂歌:神话与影射〉,(The first stasimon of Aeschylus' Choephori: Myth and Mirror image)《古典语文学研究》,第 57 期,1967,页 182—185。
④ 弗洛玛·塞特林,《主题……》,页 484—485。
⑤ 《奠酒人》,385—388。

打特洛伊和献祭自己的女儿伊菲革涅亚。其中,阿伽门农的第一个罪名被完全确认了:"正义女神终于来了;她最终通过严厉的惩罚打击了普里阿摩斯家族"①;然而,他的第二个罪名却没有被任何人提起过,甚至是作为凶手的王后本人也从未提及②。阿伽门农最终成了纯粹的祭司,他的坟墓就是一个祭坛,就像为乌拉诺斯众神所设的祭坛一样③;对宙斯而言,阿伽门农曾是向他献祭的人④,如果阿伽门农没有被报复的话,宙斯也就不会拥有百牛大祭了⑤。可以预见的是,俄瑞斯忒斯的统治会与盛宴和献祭共存。而对阿伽门农的谋杀却仅是一种可恶的陷阱。俄瑞斯忒斯发现他的父亲阿伽门农并不是像一个战士一样在战场上被杀⑥。当厄勒克特拉(Electre)和她的弟弟俄瑞斯忒斯谈起他们父亲的死,他们是这样说的:

厄勒克特拉:"记住他们的阴谋诡计和他们的陷阱之网吧。"

俄瑞斯忒斯:"我的父亲,那虽不是青铜铸成的锁链(无青铜的锁链),却已将你囚禁⑦。"

关于"无青铜的锁链"这种表达方式,诗人用过好几次。当俄瑞斯忒斯提到陷害阴谋(mechánēma⑧)的时候,当他将阴谋之网说成是捕捉野兽的陷阱时,诗人都用了同样的表达方式。他提到埃吉斯托斯的剑,这是很合理的,埃吉斯托斯用阿伽门农的血染红了宽大的长袍,而就是这长袍使这位迈锡尼王落入陷阱之中,是宽大的长袍本

---

① 《奠酒人》,935—936。
② 当合唱队在悲剧结尾对阿特柔斯家族的诅咒悲剧进行总结的时候(1065—76),主要提到了三次"风暴":提埃斯特的孩子之死、阿伽门农之死以及模棱两可的克吕泰涅斯特拉之死。
③ 《奠酒人》,106。
④ 《奠酒人》,255。
⑤ 《奠酒人》,261。
⑥ 《奠酒人》,345—354。
⑦ 492—493;马宗翻译为:"你被它囚禁",这体现不出猎杀的形象;请参照《欧默尼得斯》(Euménides),460;627—28;在此,阿波罗解释说:克吕泰涅斯特拉甚至都没有使用"阿玛宗战士的长弓"。
⑧ 《奠酒人》,981。

身成了杀人凶手①。

这些观点促使我进一步去研究《奠酒人》的主要人物俄瑞斯忒斯,如果说他不是完整意义上的献祭者,那他也是一个猎杀者和战士。在俄瑞斯忒斯身上,真正能瞬间打动人的是他的双重性格:这里,我所指的并不只是他既有罪又无辜,这预先揭露了他在《欧默尼得斯》(Euménides)中被宣告无罪(具模糊性和争议性)。在《奠酒人》的结尾,合唱队并不知道俄瑞斯忒斯到底是拯救者还是灾祸②;但更加深层次的是:从悲剧的一开始,俄瑞斯忒斯就具有这种双重性(我会试着在别处进一步阐述这一点③);双重性是指预备战士和预备公民的显著特点,而在他学习如何成为"人"和一名武装战士的这一过程中,他在掌握战争的道德准则之前,会首先使用计谋。

俄瑞斯忒斯来到父亲墓前的第一个动作就是在坟墓上放了一绺自己的头发,这是为了寄予哀悼④;俄瑞斯忒斯自己也说过,这头发——表达哀悼的祭品⑤——是在重复感谢着养育之恩,年少的俄瑞斯忒斯重新将这祭品送归伊纳科斯(Inachos)河⑥。厄勒克特拉也来到父亲的墓前,她和女奴们发现了这一绺头发,这一发现让合唱队长开始疑虑:这是谁的头发呢? 是一个男孩还是女孩的头发呢? 事实上,俄瑞斯忒斯和厄勒克特拉长得极为相似,就像一个模子刻出来的⑦。他们姐弟相认的关键是一件厄勒克特拉曾亲自为弟弟俄瑞斯忒斯编织的衣服,上面

---

① 《奠酒人》,1015。
② 《奠酒人》,1073—1074。
③ 参见我的文章〈黑色狩猎者〉(Le Chasseur noir),《经济·社会·文明年鉴》(Annales E. S. C.),1968。
④ 《奠酒人》,7。
⑤ 《奠酒人》,6。
⑥ 关于通常的头发祭品,请参照卡尔·墨利(K. Meuli)所整合的参考文献和索引,页205,n. I;关于青年预备公民的剃发礼,参见拉巴布(J. LABARBE)的文章。
⑦ 169,s. ;关于青年的公民训练中的女性问题,参见让-皮埃尔·韦尔南的作品,页959—960。

编织的是一群动物的场景①。具体来说,这是一场对青年预备公民进行的猎杀训练,其中也体现出了计谋,但这次是合法地运用计谋。

俄瑞斯忒斯的勇猛之举具有双重性,这在悲剧中有很多生动的表达。俄瑞斯忒斯提前描绘了埃吉斯托斯之死,后者被他用网包围,又用锋利的青铜剑刺死②。从某种意义上说,这次搏斗可谓一场战争(máchē):这是战神阿瑞斯(Arès)对阿瑞斯,正义女神狄刻对狄刻,即战士之战、正义之战③。但是,这场搏斗的狡诈之处也非常明显。俄瑞斯忒斯说:"他们(指克吕泰涅斯特拉和埃吉斯托斯)用诡计谋害了一位受人尊敬的英雄,现在必须要抓住他们,然后让他们死在同样的阴谋之网中。"④克吕泰涅斯特拉也回应他说:"我们最终会被设计谋害,就如同我们当年谋害阿伽门农一样。"⑤俄瑞斯忒斯必须使用这种狡猾的游说⑥,最终,这场复仇成功了,合唱队胜利了:"他到来了,在黑暗中战斗,他最终通过计谋完成了复仇。"⑦但是,"战争"一词的使用提醒了我们,这里所运用的计谋不是随随便便的计谋。合唱队继续唱道:"她在战斗中触碰到了宙斯的女儿——人类称之为正义女神——的胳膊,她最终要因'公正'而受到惩罚。"⑧在悲剧开场时,合唱队提到了理想的复仇者将会是什么样子,描绘出的是一位全副武装的战士,一手握有斯基泰人的弓箭(弓箭要向后弯曲⑨),一手持有

---

① 《奠酒人》,232。
② 《奠酒人》,576。
③ 《奠酒人》,461。
④ 《奠酒人》,556—557。
⑤ 《奠酒人》,888。
⑥ 《奠酒人》,726。
⑦ 《奠酒人》,946—947。
⑧ 《奠酒人》,948—951。
⑨ 斯基泰人的弓箭所弯曲的方向是反过来的,请参照普拉萨尔(A. PLASSART),《古希腊研究期刊》,1913,页 157—158;以及斯诺德格拉斯(A. SNODGRASS),《古希腊的武器和盔甲》,伦敦,1967,页 82,以及由沃斯(M. F. Vos)所收集的图片文献资料,《古希腊阿提卡地区的绘画陶瓶上的斯基泰弓箭手》,Groningue,1963。

利剑,而"剑的利刃和剑柄几乎是一体的,为的是方便攻击最近的敌人"①。俄瑞斯忒斯既是全副武装的战士,又是弓箭手②。合唱队将会总结这一切,然后以自己的立场说道:俄瑞斯忒斯的胜利,或者说是阿波罗神谕的胜利,可以说"最终是计谋的胜利"③。

然而,这一问题的阐明主要是得益于对《奠酒人》中的动物寓意的研究。

关于厄勒克特拉,剧中只说她有一颗狼的心④,也就是说她擅长计谋和隐藏。而关于俄瑞斯忒斯,他是一条蛇,不仅在他母亲的梦中是这样(梦到他出生在她胸前,形状像蛇⑤),就是他也这样定义自己:"我会变成蛇杀了她。"⑥但他与母亲克吕泰涅斯特拉的关系是可逆转的,他母亲本身也是一条蛇⑦。她是一条蝰蛇,夺取了老鹰的孩子⑧,她是"海鳝或蝰蛇"⑨;真正的蛇是她,而如果说俄瑞斯忒斯也是蛇的话,那他也是一条被遗弃的饥饿不堪的小蛇,"因为他们年龄

---

① 《奠酒人》,158—161。
② 关于弓箭手和全副武装的战士之间的对立,参见欧里庇得斯,《赫拉克勒斯》(Héraclès),153—164。得益于沃斯(M. F. Vos)所收集的资料文献,我们可以继续更新这一研究主题,作者将某些陶瓶解读为:斯基泰弓箭手在向青年预备公民传授狩猎的技术(请参照第 30 页)。我觉得这种观点非常合理,我个人极为赞同;也请查看图片 1。
③ 《奠酒人》,955。
④ 《奠酒人》,421。
⑤ 《奠酒人》,527—534。
⑥ 《奠酒人》,549—550。
⑦ 在《阿伽门农》中,她曾是一头母狮、母牛,只有一次是能通灵的蛇(1233),并与吞吃水手的女海妖斯库拉(Skylla)相提并论。在沃尔伦(W. F. WHALLON)的论文中,〈胸前的蛇〉(The Serpent at the Breast),《美国语文学协会翻译与校对》,第 89 期,1958,页 271—275,作者看到了这种逆向性:"克吕泰涅斯特拉与俄瑞斯忒斯相对于对方来说,都扮演了蛇的角色"(页 273),但他并没有总结出这一点所带来的所有可能的后果。
⑧ 《奠酒人》,246—249。
⑨ 《奠酒人》,994。

还太小,还不能获取猎物带回巢穴"①。他和厄勒克特拉都是如此。因此,在《阿伽门农》中所展示的景象又再次出现了,但只是相反了,也就是说,他们不再是叫喊着要为被夺走的孩子报仇的秃鹫,而是被夺去父母的小鹰②。然而,俄瑞斯忒斯也是威严的成年动物;为回应把儿子看作蛇③的克吕泰涅斯特拉,合唱队宣告:"他来到了阿伽门农的家中,他是双重狮子,双重阿瑞斯"④,他会"一下子就能把两条蛇的头砍断"⑤,这里的"两条蛇"指的就是克吕泰涅斯特拉和埃吉斯托斯。确实,蛇在复仇女神欧默尼得斯的头上又再次出现了⑥。俄瑞斯忒斯的命运并非被杀;他是一个双重人物,是猎杀者也是战士,是蛇也是狮子。在《欧默尼得斯》(Euménides)中,他将会再次陷入被献祭的危险之中。

在《欧默尼得斯》中,就自然和文明之间的矛盾,我试着进行以下阐述:在这三部曲的前两部悲剧中,自然和文明之间的矛盾一直以或明显或隐晦的形式不断展现出来;而它们的矛盾将会完全显现出来,并最终通向政治世界。我们只是从表面上将目光从人类世界转移开,为的是观察神灵之间的争斗,而争斗最终的原动力必定是来自人类和城邦。

在悲剧的序幕中,女祭司皮提亚(Pythie)的讲述指出了德尔菲起源的一种说法,这是埃斯库罗斯自己的观点:那是一种延续,"没有

---

① 《奠酒人》,249—251。
② 参见弗洛玛·塞特林,《主题……》,页483。鹰和蛇的搏斗,其中需要勉强提到一点:这场搏斗将威严的动物和"不自由的狡猾的人"相对立起来(亚里士多德,《动物的历史》[Histoire des animaux],第一卷,1,488 b),这是一个古希腊艺术和文学的传统主题(topos);参见《伊利亚特》,12,200—209,亚里士多德,同上,9,1,609 a.。
③ 《奠酒人》,928。
④ 《奠酒人》,937—938。
⑤ 《奠酒人》,1047。
⑥ 《奠酒人》,150。

暴力"①,在那里,连杀死巨蟒皮托(Python)这种事也不会发生。当地的女神们分成相互交错的两组:大地之母盖亚和她的女儿菲碧(Phoibé)一组,忒弥斯(Thémis,即"法律")和福珀斯(Phoibos,即太阳神阿波罗)属于另一组。延续的法则使自然和文明得以交替。而最后提到的福珀斯拥有宙斯的支持,而从提洛岛(Délos)到帕尔纳索斯山(Parnasse),雅典人一直陪伴着他:"赫菲斯托斯的子孙们为他开路,帮他驯服了非常艰险崎岖的土地。"②后来,皮提亚向诸神发出祈求,最终这一祈求顺理成章地传达到宙斯,并使诸神分成两组。一边是雅典的庇护女神雅典娜,另一边是"科吕喀亚山洞之神女,鸟类的庇护所"③,这远离了闹腾的狄俄尼索斯④(Dionysos,别称 Bromios)、普雷斯托斯河(Pleistos)和大地的震撼者海神波塞冬(Poséidon)。

这里所提到的狄俄尼索斯当然不是无足轻重的,这是作为猎杀者的狄俄尼索斯⑤。他唆使女祭司们去斗殴闹事,去杀死彭透斯⑥,复仇女神为俄瑞斯忒斯准备的也是同样的下场。从悲剧的一开始,我们就不断被提醒着:自然界是可以被宙斯整合并控制的,而这一过程的完成可以不用任何暴力——雅典诉讼就是这样实现的——,类似的情况屡见不鲜。如果否认这种情况的存在,那就等于否认现实的一个重要组成部分。

因此,在《奠酒人》中的猎杀者俄瑞斯忒斯就变成了猎物。他是一只逃脱了猎捕之网的幼鹿⑦(一只活蹦乱跳的幼鹿⑧),也是一

---

① 《欧默尼得斯》,5。
② 《欧默尼得斯》,13—14。
③ 《欧默尼得斯》,22—23。
④ 《欧默尼得斯》,24。
⑤ 让-皮埃尔·格潘在他的研究(前揭,页24)中提出来的看法。
⑥ 《欧默尼得斯》,25—26。
⑦ 《欧默尼得斯》,111—112。
⑧ 《欧默尼得斯》,252。

只野兔,将它献祭是为克吕泰涅斯特拉的死而付出的代价①。埃斯库罗斯再一次用了"猎杀"②这一专用词语。复仇女神厄里倪厄斯是狩猎者③,但她们是单纯的动物狩猎者。以下这些人物身上都具有一部分的兽性:阿伽门农、克吕泰涅斯特拉和俄瑞斯忒斯,但复仇女神们身上是纯的兽性。她们是蛇④,也是猎犬⑤。她们这种纯的动物特性在第 193 行诗中表现很突出(借由阿波罗之口):"(厄里倪厄斯)适合在嗜血的狮子的洞穴中生活,而不是来到这个雅典的预言神庙,让他人遭受你们的迫害。"而阿伽门农攻打特洛伊时所统帅的希腊军队⑥,也可谓是嗜血的狮子。复仇女神厄里倪厄斯甚至超越了兽性和动物性,她们是"被蔑视的女神,是经历了悠久历史的顽童,她们不被认同,既不算是正统的神,也不是人,甚至也不算是野兽"⑦。

很自然地,与她们相关的颜色及其象征意义进一步说明了这一事实。这些"黑夜之子"⑧只认识黑色⑨,以至于她们的仇恨也是黑色的⑩,并受到飞蛇和阿波罗的白色之箭的威胁⑪。复仇女神们也会收到专属于她们的献祭,克吕泰涅斯特拉让她们想起了她的献祭:"你们难道不是经常舔舐⑫我给你们的祭品吗——那不是酒的浇祭,而是血的浇祭?难道我不是在晚上,在众神都不注意的一点

---

① 《欧默尼得斯》,327—328。
② 这样,在第 424 行诗中,"猎杀"一词的具体意思是:发出叫声,把猎犬放出去进行猎杀。
③ 《欧默尼得斯》,231。
④ 《欧默尼得斯》,128。
⑤ 《欧默尼得斯》,132。
⑥ 参见弗洛玛·塞特林,《主题……》,页 486。
⑦ 《欧默尼得斯》,68—70。
⑧ 《欧默尼得斯》,416。
⑨ 《欧默尼得斯》,351—370。
⑩ 《欧默尼得斯》,832。
⑪ 《欧默尼得斯》,181—183。
⑫ "舔舐"比"啜饮"(马宗)与《阿伽门农》中的第 828 行一样。

钟的时候,在祭坛为你们献祭了数个祭品,成为了你们丰盛的晚餐吗?"①至于祭品的构成,那全都是"大自然"的产物,但完全不是农业产物,这些祭品都在毁灭性的献祭中被吞食无余②。复仇女神所吃的祭品有两种极端:"纯"的和"自然"的东西,但都是生的东西。她们不喝酒,但她们吃人。同样,欧里庇得斯笔下的酒神的信徒和女祭司们在撕碎彭透斯之前,都喝产自大地的奶和蜂蜜③,吞食生的山羊肉。复仇女神也将魔掌伸向俄瑞斯忒斯:"你是要被献祭给我们的被养肥的祭品,你是鲜活的肥羊,在祭坛上也不会杀死你,你将会活活地成为我们的大餐。"④这里,反献祭指的是真正的原意,而并非在阿伽门农之死时所提到的那种模仿意。但这种反献祭在第264—265行诗中表达得最为震撼:"相反,是你,活生生的你,应该要满足我的饥渴欲,为我们提供一份从你身体中汲取的鲜红的祭品。"这里,"一份鲜红的祭品"指的是 pelanós,而 pelanós 是一种纯植物的祭品、面饼或者液体。厄勒克特拉在阿伽门农的坟墓上所放的祭品就是 pelanós⑤。而鲜红的祭品是一种异常残忍可怕的形象。

  对复仇女神的称呼从厄里倪厄斯转变成欧默尼得斯,但称呼的转变并没有改变她们的本性。她们是暗夜女神,悲剧三部曲在她们的黑夜庆典中结束。她们通常会收到被宰杀的祭品:属于她们的动物祭品⑥(σφάγια)和牺牲品⑦(θυσίαι)。但是,从此以后,她们就成为生长保护神,有权要求初次的收获和幼畜等祭品作为"出生献祭和结

---

① 《欧默尼得斯》,106—109。
② 关于这种说法,请参照卡尔·墨利(K. Meuli)的作品,页 201—210。
③ 在欧里庇得斯的《酒神的伴侣》(Bacchantes)的第 142 页:酒从地里流出来,信使的大段描述主要突出了在喀泰戎山上相遇的三个随从的节制(不喝酒):"真如你所说的,不要醉酒。"(686—687)
④ 《欧默尼得斯》,304—305。
⑤ 《奠酒人》,92。
⑥ 《欧默尼得斯》,1006。
⑦ 《欧默尼得斯》,1037。

婚献祭"①。

　　血腥残酷的复仇女神,她们变成了植物、农作物和养育活动(包括动物饲养和人的喂养)的保护神:"但愿土地丰产,牛羊繁殖,物产丰富,让我的城邦变得繁荣昌盛! 但愿人类也生生不息,繁衍不止!"②很让人吃惊的是,我们从猎杀的词汇转变成了农业和养育成长的词。女猎手们占有了一席之地③,雅典娜要求欧默尼得斯(即复仇女神)从此要成为作物的保护者④、翻耕土地的园丁以避免田地杂草丛生⑤。但她们残暴的一面仍然还是存在的,在城邦内部,因为雅典娜重新启动了厄里倪厄斯"计划",对她们"既不是无秩序地放任也不是独断专制"⑥,这样,恐惧被尊敬所代替⑦,而且这也在城邦内部划出了界线:"毁灭作物幼芽的火焰将不会跨过你们的界线。"⑧对于这些"能掏空内脏的沾染鲜血的利齿"⑨而言,其阴暗兽性的一面必须保留,但只能在对外敌的战斗中才能展现:"同一鸟笼的鸟之间的敌对,我不称之为战斗。"⑩这样,每位神在不同类型的献祭中的身份问题已经得到解决。

---

① 《欧默尼得斯》,835。
② 《欧默尼得斯》,907—909,也请参照 737—948 行。
③ 《欧默尼得斯》,855。
④ 《欧默尼得斯》,911。
⑤ 《欧默尼得斯》,910。
⑥ 参见第 525—526 和 696 行诗。
⑦ 《欧默尼得斯》,691。
⑧ 《欧默尼得斯》,940—941。
⑨ 《欧默尼得斯》,859—860。
⑩ 《欧默尼得斯》,866;马宗的翻译:"同一鸟笼中的鸟之间的搏斗。"我认为这种翻译不妥。这样的话,这种形象就与《乞援人》(226)中的形象很类似了,而达那俄斯(Danaos)通过这种形象表达的是乱伦的禁忌:"吃鸟肉的鸟还是纯正的鸟吗?"

七、索福克勒斯作品中的"菲罗克忒忒斯"和预备公民培训制

我们将要读到的这篇研究论文①,是在之前的研究基础之上所进行的更为深入的阐述和补充。我试图想要阐明的是雅典预备公民培训制的矛盾之处②。作为预备公民,当他在立下誓言的时候,就发誓其言行要符合武装战士共同的道德标准以及军队方阵之间、正义之战和团结之战的作战要求:"我将不会抛弃我的战友。"至于阿帕托利亚庆典(fête des Apatouries),它是在大的氏族内部举办的,在庆典过程中,要成为预备公民的青年会割下他们的长发献祭,这会使我们进入一个完全不同的世界,即计谋的世界和欺骗(apate)的世界。边境的领土之争致使"黑色的"密兰托斯(Mélanthos)和"金黄色的"克珊托斯(Xanthos)成为对手,而前者因为使用诡计,所以才战胜了后者,并最终成为了雅典的国王。这种矛盾实际上是整个预备公民培训制的矛盾,而在这种雅典体制之外,还有各种仪式和程序,也正

---

① 第一版发表于《经济·社会·文明年鉴》(*Annales E. S. C.*),1971,页623—638。
② 〈黑色猎杀者和雅典的预备公民制度的起源〉(Le Chasseur noir et l'origine de l'éphébie aténienne),《经济·社会·文明年鉴》,1968,页947—964,其英文版发表在《剑桥语文学会会刊》(*Proceedings of the Cambridge Philological Society*),第194期,1968,页49—64。关于阐述的详细过程,我推荐大家参考该文章,在此,我只总结了文章的主要结论。

是通过这些仪式和程序,希腊的青年才最终完成了从孩子到成人的身份变化,也可以说,他们最终变成了战士①。预备公民与武装战士完全不同,因为他们进行军事活动的空间位置不同,而且所参与的战争性质也不同。预备公民主要负责城邦的边境地区,属于边境军,他们围绕着城邦巡查,但却并不进入城邦内部,柏拉图在《法律篇》中就谈到了预备公民的真正作用,即管理领土(agronómos)。体制上来说,预备公民是边境防御的主要负责者,其通常的战斗方式并不是全副武装的正面交锋,也不是传奇般的激战,而是一种埋伏(可以是暗地里的埋伏,也可以是明朗化的埋伏),也是一种计谋。所有这些特点都显示出它比较传统的组织模式,有点类似于"在荆棘丛林中的野战考验",很多比较"原始的"社会(尤其是非洲)都很精通于此。此外,古希腊神话研究通常会揭示出:这种考验因猎杀而变得惨烈,而且猎杀是由大家一起或者一小群人共同执行的,而这些青年人都有权使用阴谋诡计(apátē)②。但是,这种运用计谋的权利是严格规定了时间和空间条件的。除非是在丛林中迷路——就像利西翠姐(Lysistrata)之歌中的墨拉尼翁(Melaniôn)一样③,即"黑色狩猎者"(在上一篇文章中用过这个名字)——否则,参与考验的青年必须要返回原地才行。关于雅典预备公民的誓言,参与训练者可能很想知道的是:在训练过程中,什么时候才要立下誓言④?在"军事训练"那两年的初期还是末期?因为,公元前4世纪时,预备公民培训制总共归为两年。而预备公民所立下的誓词中,既没有谈到计谋,也没有谈

---

① 长久以来,亨利·让-梅尔(H. JEAN-MAIRE)的作品《论斯巴达式的教育和古希腊的青年仪式》(Couroi et Courètes)对这一主题在文学领域的研究享有盛名,Lille et Paris,1939。
② 关于在古希腊时期的狩猎,参见 A. BRELICH 的文章,页 175,页 198—199。
③ 《利西翠姐》(Lysistrata),783—792。
④ 古代的传统是完全相反的:吕枯耳戈斯(LYCURGUE)所见证的当然是最直接的,但也只适用他那个时代,当他提到誓言时说:"所有的公民在登记到某个区的登记簿上的时候,他们都要发誓,因为他们成为了预备公民。"(Contre Léocrate,页 76)

到边境区，而是恰恰相反。事实上，这是一种武装战士的誓言。誓言最后的结束语就是下面这句名言："国家的边界、小麦、大麦、葡萄树、橄榄树和无花果树"是任何东西中最有价值的。未来的武装战士的战场将会是没有确切界限的空间，是一切耕地所及之处。这里提到的"国家的边界"并不算是错误，因为它指的不是引起争端的边界（eschatiá）——如密兰托斯和克珊托斯（或者古希腊故事或历史上的其他人或群体）之间的边境领土之争——，而是指真正确定国家位置的实际界线，即耕种的土地。当然，这种理想版图已经被历史完全打乱了。长久以来，战斗的形式一直局限于青年人、预备武装战士和夜间士兵的特定范围内，但在伯罗奔尼撒（Péloponnèse）战争时，已经逐渐扩展到了所有人，甚至到公元前 4 世纪时，雇佣兵已经逐渐被公民兵所取代①。

正如我刚才所总结的那样，《菲罗克忒忒斯》（Philoctète）中的某些问题还有待于进一步阐述。《菲罗克忒忒斯》是现存的索福克勒斯的七部悲剧中的倒数第二部，于公元前 409 年上演，当时正值伯罗奔尼撒战争，而对雅典人来说这场战争具有悲剧意义。在这里，我们并不是要揭开《菲罗克忒忒斯》中的什么"秘密"，即悲剧评论者们还未发现的东西。事实上，是否有这样的"秘密"存在？这本身就是更加值得怀疑的一个问题。但是，将一部如希腊悲剧一样深深铭刻在公民礼仪进程中的文学作品与一种体制规划进行对比，这是已经被证实的有效方法，而且有助于在阅读中激发新意，即关于作品历史和结构方面的新见解。

关于菲罗克忒忒斯的传说，在《伊利亚特》中简单提到过（2，

---

① 关于这一发展的大致情况，请参考我的研究论文〈雅典武装战士的传统〉（La Tradition de l'hoplite athénien），让-皮埃尔·韦尔南《古希腊的战争问题》（Problèmes de la guerre en Grèce ancienne），Paris et La Haye，1968，页 161—181，重点是页 174—179。色诺芬（Xénophon）的作品是这一发展的见证，关于这一点，参见阿兰·施纳普（A. SCHNAPP）的研究，发表于 M. I. Fineley 编的《古希腊的土地问题》（Problèmes de la terre en Grèce ancienne），1972。

718—725),在《小伊利亚特》(*Petite Iliade*)和《塞浦路斯之歌》(*Chants cypriens*)①中也讨论过,在索福克勒斯之前就已经成为埃斯库罗斯和欧里庇得斯的悲剧(已遗失)的主题②。索福克勒斯对这一传说的叙述结构非常简单:菲罗克忒忒斯被蛇咬伤后就留在了利姆诺斯岛(Lemnos)上。他跛着脚,而且浑身散发着难闻的气味,但他拥有赫拉克勒斯百发百中的弓箭。菲罗克忒忒斯就是这样在岛上艰难度日,辛苦地熬了十年,直到有一天他被长途跋涉来接他的希腊军队带到了特洛伊,之后他的创伤也在那里被治愈了。因为预言家赫勒诺斯(Hélénos)被奥德修斯俘虏以后,说出了攻陷特洛伊的条件:只有把菲罗克忒忒斯和他手中的毒箭一起带到特洛伊,才能成功攻城③。与欧里庇得斯在公元前431年所著的《美狄亚》(*Médée*)一样,在埃斯库罗斯的悲剧中,促使菲罗克忒忒斯最终回归希腊军队的主要人物就是奥德修斯;但是埃斯库罗斯剧中的奥德修斯,首先是使用计谋夺走菲罗克忒忒斯手中的弓箭,而欧里庇得斯剧中的奥德修斯则是用游说(*peithō*)的方式成功劝服了菲罗克忒忒斯,而且是发生在奥德修斯与特洛伊使节展开辩论的过程中——这里所涉及的是直接的政治策略主题④。

关于悲剧情节的简单结构,较之前两位悲剧作家,索福克勒斯的创新性是双重的:与欧里庇得斯一样,埃斯库罗斯在剧中也让菲罗克

---

① 参见塞弗兰斯(A. SEVERYNS)对《小伊利亚特》的概括,《普罗克鲁斯的古文集研究》(*Recherches sur la Chrestomathie de Proclos*),第四卷,Paris,1963,页83,1,217—218;关于《塞浦路斯之歌》,同上,页89,1,144—146。
② 迪翁·克里索斯托(Dion Chrysostome)对这三部作品进行了概括和比较,52,59。相对于前两位悲剧诗人而言,索福克勒斯对神话传统的创新性问题,参见 E. SCHLESINGER,〈索福克勒斯剧中的菲罗克忒忒斯的结构策划〉(Die Intrige im Aufbau von Sophokles' Philoktet),《莱茵州立博物馆》(*Rheinisches Museum*),N. F.,第三卷,1968,页97—156(尤其是页97—109)。
③ 《小伊利亚特》中是这样描述的。
④ "最有策略最雄辩的一场辩论",这就是迪翁·克里索斯托对此的评价,52,第二卷。

忒斯与利姆诺斯岛上的居民——他们构成了合唱队——进行对话。在欧里庇得斯的剧中,有一个人物叫阿克托耳(Actor),他是菲罗克忒忒斯的心腹,也是利姆诺斯岛上的居民。而在索福克勒斯的作品中,主人公的孤独是完全意义上的孤独:他生活在"一片没有居民的干涸的土地上"①,利姆诺斯岛上的居民没有扮演任何角色,甚至都没有提及他们的存在②。合唱队是由战舰上的希腊军队构成的。另外,当品达在他的第一本《皮西亚颂歌》(Pythique)中谈到:在寻找菲罗克忒忒斯时,提到的不是他的名字,而是"长得很像神灵的一位英雄"③;但在欧里庇得斯的作品中,奥德修斯(埃斯库罗斯在剧中用到的也是这个人物)是由狄俄墨得斯(Diomède)④陪同一起来到岛上的,这是唯一出现在《小伊利亚特》中的人物。此外,索福克勒斯的创新之处在于,他把阿喀琉斯的儿子涅俄普托勒摩斯(Néoptolème)塑造成一个重要的角色:奥德修斯派涅俄普托勒摩斯去用计谋欺骗菲罗克忒忒斯,并夺取他的弓箭。悲剧中最重要的部分就是年老的菲罗克忒忒斯和年轻的涅俄普托勒摩斯之间的对话,前者拖着受伤的身体在荒岛上流浪了十年之久,而后者,剧中不断强调的就是他的青春洋溢。

这样,索福克勒斯的这部悲剧激起了众多剧评家浓厚的研究兴趣。在研究中,他们所突出强调的是种种"不正常"(确实存在的抑或是猜想的)——我们经常会谈到"索福克勒斯式的巴洛克"风格——,这对该作品的"正统性"提出了质疑,抑或是对其"正统性"进行的印证。此处的"正统性"是较索福克勒斯的其他作品而言的。这种研究

---

① 《菲罗克忒忒斯》,221。也请参照第300—304行诗:整个岛被描述成一个非常排外的地方;692:"没有任何土著居民靠近他的生活。"
② 可以说,索福克勒斯并没有借助利姆诺斯岛丰富的神话传说,主人公菲罗克忒忒斯甚至是生活在这之外。
③ 《皮西亚颂歌》,1,53。
④ 索福克勒斯在第591—592行诗中通过"商人"之口提到了这一传统,也就是奥德修斯乔装打扮成的希腊军的一个巡视兵。我们在这里就忽略奥德修斯(在埃斯库罗斯的作品中)是一个人,还是有人陪他一起,似乎前一种猜想更可靠一些。

热情来源于多种动力:《菲罗克忒忒斯》是唯一一部保存完整的、不涉及任何女性角色的古希腊悲剧,也是唯一一部其剧中问题是靠神灵才得以解决的悲剧①;其中,神灵与人类之间的关系非常特别,以至于我们会想:这是否也是在强调——就像索福克勒斯的其他两部悲剧一样——与人类的无知和盲目相对的神界的协调性,或者是相反地,索福克勒斯并无意像欧里庇得斯一样将人类世界的混乱影射到神界②。

在此,我只从这一争论中提出一点,也是最重要的一点:《菲罗克忒忒斯》为我们提供了在索福克勒斯作品中唯一的一个悲剧英雄转变的典型。尽管年轻的涅俄普托勒摩斯忠实于自己的本性,但他起初还是接受了奥德修斯用计谋欺骗菲罗克忒忒斯的做法,他对菲罗克忒忒斯说了奥德修斯教他说的谎话,目的是为了夺取他手中的弓箭;然而,涅俄普托勒摩斯后来改变主意了③,他决定对菲罗克忒忒斯实话实说④,还把弓箭还给了他⑤,并最终愿意离开利姆诺斯岛和特洛伊战场,想与菲罗克忒忒斯一起重返家乡⑥。这与索福克勒斯笔下的人物行为并没有巨大的差异,这些人物全都与城邦世界相对抗,也与神界相抗争,神的机制最终被打破⑦。试图用"心理学"——

---

① A. SPIRA 则认为(《探讨索福克勒斯和欧里庇得斯笔下的"解围之神"》,Francfort,1960,页 12—32):这一结尾与悲剧的结构完全契合。
② 请参阅 C. M. BOWRA 的相反论证,《索福克勒斯的悲剧》,Oxford,1944,页 261—306。作者算是有理有据地支持 H. D. KITTO 的观点:《悲剧中的形式和含义》(Form and Meaning in Drama),London,1956,页 87—138。
③ 这种转变在第 1270 行可以看出来(动词 $\mu\varepsilon\tau\alpha\gamma\nu\tilde{\omega}\nu\alpha\iota$)。
④ 《菲罗克忒忒斯》,895。
⑤ 《菲罗克忒忒斯》,1286。
⑥ 《菲罗克忒忒斯》,1402。
⑦ 进行总体研究的最好作品是诺克斯(B. KNOX)的《主人公的性格:索福克勒斯的悲剧研究》(The Heroic Temper: Studies in Sophoclean Tragedy),Cambridge,1964(《菲罗克忒忒斯》,参见页 117—142)。也请参照同一作者的作品:《古希腊悲剧的第二思考》(Second Thoughts in Greek Tragedy),《希腊、罗马和拜占庭研究》(Greek, Roman and Byzantine Studies),第 7 期,1966,页 213—232。

至少悲剧评论家是这么称呼的——来解释这种转变,这很明显是有点太过头了,必然会有失误。但这种"心理解释派"的研究者们也引起了很大轰动,其中反响最大的是维拉莫威兹(Tycho von Wilamowitz)。他仅通过"悲剧技巧"和戏剧透视法来解释《菲罗克忒忒斯》的难题和人物的转变,这无法提供一种全面的解释,而且在这一解读过程中,很可能导致以下后果:索福克勒斯剧中的人物,作为悲剧性英雄,最终却只沦为了戏剧中的人物而已①。

因为读者也存在这种疑虑,所以这一研究的目的是:通过重新对比涅俄普托勒摩斯的"转变"和开篇提到的预备公民训练制,从而推进与之相关的讨论。

索福克勒斯最后的那几部悲剧作品《菲罗克忒忒斯》和《俄狄浦斯在科罗诺斯》(Œdipe à Colone)最显著的特点之一就是:地点问题变得越来越重要了,琼斯(J. Jones)称之为"人与地点之间的相互依赖"②。行为地点被描述③为边界(eschatiá),即领域的界限。在整个古希腊文学中,很少这么明显地谈到粗犷的自然和被抛弃的或野蛮化的人。菲罗克忒忒斯的孤独是通过"不毛之地"(érēmos)一词体现出来的,这个词重复出现了至少六次④。在用词方面可见,菲罗克忒忒斯曾被遗弃在荒岛上,当奥德修斯提起此事时说:"是我遗弃了波阿斯(Péas)的儿子(菲罗克忒忒斯)。"⑤"遗弃"一词,在这里的意思是指被置于一个"异域空间":"通常,有遮风避雨的房子,有耕地,离耕地不远的地方有广阔的自然的空间。但在某些情况下,江河或海洋可以被看作是另一领域的标志。但主要是远离房

---

① 参见诺克斯的《主人公的性格:索福克勒斯的悲剧研究》,页36—38。
② 琼斯,《亚里士多德与古希腊悲剧》(Aristotle and Greek Tragedy),Oxford,1962,页219。
③ 《菲罗克忒忒斯》,144。
④ 《菲罗克忒忒斯》,228,265,269,471,487,1018。
⑤ 《菲罗克忒忒斯》,5。正如菲利普·卢梭(Ph. Rousseau)所言:只有父亲才有权"遗弃"一个新生儿。

子、花园和耕地的荒芜之地,动物成群地生活在那里,是一种异域空间,一种与居住地相对立的领域(*agrós*)。"①正如琼斯所说的那样,这种孤独并不是鲁滨逊(Robinson Crusoé)式的孤独②。这也不是合唱队明确描绘出的田园世界:"他就像田地里的牧羊人,也无法吹响牧神潘的长笛。"③这种粗犷的领域通过以下布景非常鲜明地呈现了出来:这一幕的场景大概是在宫殿的门口,这是通往岩洞的入口④。

与这个粗犷的领域鲜明相对的是另外两个领域,它们共同构成了《菲罗克忒忒斯》的"空间三角"⑤:第一个是特洛伊战场,也就是由全副武装的公民所代表的城邦领域;第二个是家庭(*oîkos*)领域,菲罗克忒忒斯和涅俄普托勒摩斯的家庭领域。主人公将要在这两个领域之间作出抉择。

菲罗克忒忒斯似乎与耕地领域完全不相容:"他当时没有谷物作为食物,没有神圣土地里出产的种子,也没有任何其他果实,而我们人类是需要吃粮食来养活自己的……啊!多么可怜的人啊,他已经十年没有感受到看着酒流出来的喜悦了!"⑥被遗弃的主人公,没有

---

① 让-皮埃尔·韦尔南,《神话与思想》(*Mythe et Pensée*),第一卷,页 161—162。第 702—703 行重新谈到了遗弃的问题:菲罗克忒忒斯被描述为"就像一个被奶妈遗弃的孩子"。
② 相反地,莎德瓦尔德(W. SCHADEWALDT),前揭,第 217 页,写于 1941 年:"菲罗克忒忒斯在利姆诺斯荒岛上过着古代世界的鲁滨逊式的生活。"(*Hellas und Hesperien*,副标题为"古代和现代文学论集",页 238)
③ 《菲罗克忒忒斯》,213—214。
④ 文章强调的是舞台布局和背景:"这时,那个可怕的流浪汉走了出来。"(146—147)
⑤ 参见库克(A. COOK),〈索福克勒斯的《菲罗克忒忒斯》的作用模式〉(The Patterning of effect in Sophocles' Philoctetes),发表于期刊 *Arethusa*,1968,页 82—93,然而,我在这里并不是以他的精神分析法来考虑问题的。
⑥ 《菲罗克忒忒斯》,708—715。在第 709 行诗,索福克勒斯使用 ἀλφησταί 一词,在荷马的作品中,这个词指的是吃面包的人,即矮人。关于这个词的意义,参见我的研究论文〈《奥德赛》中的土地和献祭的宗教意义〉,《经济·社会·文明年鉴》,1970,页 1280,见注释。

家庭,也没有同伴,"没有得到任何兄弟般的关怀"①,他甚至还以为自己的父亲已经去世了②。奥德修斯使他处于社会性死亡的状态:"一个人如果没有朋友,也不归属于人和城邦,那他就只是活人中间的行尸走肉。"③奥德修斯在解释遗弃菲罗克忒忒斯的理由时说:由于他的痛苦叫喊,希腊联军"无法安心地进行浇祭和献祭"④,换句话说,他的存在导致公共祭献活动无法进行。菲罗克忒忒斯在考虑要登船的时候,他自己也说起过这一点:"自从有我陪同一起启程的那天起,怎么可能还为神灵献祭或者浇祭呢?"⑤"野蛮"一词最适合用来定义菲罗克忒忒斯的处境,准确说来,他是被"野蛮化"⑥了。这个用来修饰他的词,原本是用来定义动物的野蛮性的⑦。正如我们所说的,他"可以说是与动物的世界有了很亲近的关系。"⑧不断地折磨着他的痛苦(他自己将其定义为"野蛮"),正是他自身的野蛮部分⑨。

因此,菲罗克忒忒斯很明显地感觉到自己处于人性和动物兽性的交界处。在他所居住的洞穴中,几个迹象显示出他还具有人的特性:"一个笨重的木制盆,看似出于技艺拙劣的木匠之手。那儿还有

---

① 《菲罗克忒忒斯》,171。
② 《菲罗克忒忒斯》,497。赫拉克勒斯告诉他(1430)他的父亲实际上还活着。
③ 《菲罗克忒忒斯》,1018。
④ 《菲罗克忒忒斯》,8—9。
⑤ 《菲罗克忒忒斯》,1032—1033。
⑥ 《菲罗克忒忒斯》,226。参见第1321行:"你变成了一个野蛮人。"
⑦ 他的居所是一个动物的住处(αὔλιον,954,1087,1149);他吃的是跟动物一样的食物(βορά,274);关于后面这个词,请参照我在上文中的注释,页144,注释5。
⑧ 艾弗里(H. C. AVERY),〈赫拉克勒斯,菲罗克忒忒斯,涅俄普托勒摩斯〉(Heracles, Philoctetes, Neoptolemus),发表于期刊 *Hermes*,第93期,1965,页279—297;引用的这句话是在页284。主人公自己也证实了这种"密切关系":"啊,山中的野兽,我的同伴们"(936—937);也请参照第183—185行诗。
⑨ 请参照以下诗句:173,265—266;以及第758行,正如评注者所说的,他的疼痛被比作是一只野兽疼得来回转,菲罗克忒忒斯的脚被"兽化"了;参见比格斯(P. BIGGS),〈在索福克勒斯悲剧中的疾病主题〉(The Disease theme in Sophocles),《古典语文学研究》,1966,页223—235。

人可以用来维系他生命的东西(指他的弓箭)。"①长期以来,就是这用于做饭的火,才最终保住了主人公的生命②。这种极限的情形下,完全要以猎杀为主才能存活,这是菲罗克忒忒斯——在远离城邦和耕地的条件下——唯一能活下去的保障:"这样的话,悲惨的他必然要如此生活,在身体痛苦的折磨之余,还要忍痛射杀飞禽。"③但菲罗克忒忒斯与动物之间、他的同伴们以及他的牺牲品之间的关系是可以逆转的;由于奥德修斯设下诡计夺取他的弓箭,所以当他手中没有弓箭的时候,狩猎者也有被猎杀的危险:"我的弓箭将不能再射杀飞禽或山中的野兽了,而我,可怜的我,将会因此而丧命,最终,我也会成为那些曾经是我的食物的野兽的盘中餐④。我曾猎杀的野兽也会来猎杀我。"⑤用来猎杀的工具就是赫拉克勒斯留给菲罗克忒忒斯的那把弓箭,在悲剧一开场的时候,奥德修斯就跟涅俄普托勒摩斯说起过这把箭:"它箭不虚发,百发百中,而且中箭者必死无疑。"⑥我们经常指出,这把箭是伤口的恶化剂:百发百中且无药可救,而且这两个特点始终共存⑦。但是,需要明确地补充说明一下:弓箭是菲罗克忒

---

① 《菲罗克忒忒斯》,35—36。
② 《菲罗克忒忒斯》,297。
③ 《菲罗克忒忒斯》,164—166。参见第 286—289,710—711,1092—1094 行。狩猎的画面和主题,已经在前面引用过的 C. J. FUQUA 的论文中提到过了。
④ 这里的用词很有特点:δαίς 一词通常指的是人的食物,与动物吃的食物(βορά)相反;他这样指的是动物的食物,这种用词非常特别(《伊利亚特》,24,43);相反,动词φέρβω 通常被用于指动物。所以,索福克勒斯把这两个词的意义正好颠倒过来了。
⑤ 《菲罗克忒忒斯》,955—958。也参见 1146—1157。
⑥ 《菲罗克忒忒斯》,105。
⑦ 关于在神话传统中这两种特点互为补充、同时并存的补充事实,参见《Les Monosandales》,发表于期刊:*La Nouvelle Clio*,7—9(1955—1957),页 469—489;关于《菲罗克忒忒斯》,参见威尔逊(E. WILSON),《创伤与弓箭》(*The Wound and the Bow*),页 244—264;哈什(W. HARSH),〈索福克勒斯的《菲罗克忒忒斯》中弓箭的作用〉(The role of the Bow in the Philoctetes of Sophokles),《美国语文学杂志》,第 81 期,1960,页 408—414;比格斯,〈在索福克勒斯悲剧中的疾病主题〉,《古典语文学研究》,1966,页 231—235;H. MUSURILLO 作品的页 121。

忒斯"生命"的保障。在讲到赫拉克利特(Héraclite)时,索福克勒斯做了一个关于"弓箭"(βιός)和"生命"(βίος)的文字游戏①:"你夺走了我的弓箭,也就夺走了我的生命。"②然而,这把箭也将菲罗克忒忒斯与人类世界隔离开了。有一种深化版本,讲的是菲罗克忒忒斯自己被赫拉克勒斯的箭射中③。索福克勒斯所用的并非这一版本,他剧中的"菲罗克忒忒斯"是犯了更加直接的过错,因为他侵犯了克律塞岛(Chrysé)的女神圣殿④。但是,一个弓箭手不能成为一个武装战士,我们将会看到,伤势痊愈的菲罗克忒忒斯就不再是真正的弓箭手了。在欧里庇得斯的《赫拉克勒斯》中有一段著名的对话,涉及到弓箭手和武装战士以及他们分别的德行标准⑤,武装战士的代言者只体现了那个时代的德行标准,他宣称:"弓箭并不是一个人英勇的证据。"⑥这里的"英勇",主要是指"忠于职守,目光毫不逃避地看着在面前飞驰而过的、耸立于战场上的满地长矛,始终坚定地守卫自己的岗位"⑦。弓箭维系了菲罗克忒忒斯的生命,但也令他成为被诅咒的狩猎者,总是处于生与死的边缘,正如他始终处于人性和兽性的边缘一样;他曾经被"一条能致命的毒蛇咬伤"⑧,但是蛇并没有要他的命。"他看起来注定要成为地狱之神的

---

① "弓箭的名字就是'生命',而它原本构架的名字已经不存在了。"其他关于菲罗克忒忒斯和赫拉克勒斯的弓箭之间的密切关联,参见莱因哈特(K. REINHARDT)的《索福克勒斯》(*Sophokles*),Francfort,1947,页212。
② 《菲罗克忒忒斯》,931。
③ 比较知名的版本是 *Servius*,Ad Aeneid.,3,402。
④ 《菲罗克忒忒斯》,1327—1328。因此,认为他绝对无罪的观点是完全错误的:比如 H. D. KITTO 的《悲剧中的形式和含义》(*Form and Meaning*),伦敦,1956,页135;况且,合唱队也强调了菲罗克忒忒斯的罪责,并将他的命运与伊克西翁(Ixion)的命运进行比较,后者是因爱慕赫拉并意图侵犯赫拉而受到宙斯的惩罚(将他绑在永远旋转的地狱的车轮上,676—685)。
⑤ 《赫拉克勒斯》(*Héraclès*),153—164。
⑥ 《赫拉克勒斯》,162。
⑦ 《赫拉克勒斯》,162—164。
⑧ 《菲罗克忒忒斯》,266—267。在我看来,如果现在还绞尽脑汁要找到究竟是哪种动物咬了菲罗克忒忒斯的话,那就实在太荒谬了!

祭品"①;他也要求过死,但却无法达成愿望②;我们再重复一遍前面讲过的:他只是"活人中间的行尸走肉"③、"一副空壳、一缕青烟的影子、一个虚幻的幽灵"④;从政治和社会的角度来看,他的状态就是一种社会死亡⑤。

奥德修斯就是将这样一个年老粗犷的人遗弃在一个如此荒凉的地方,而涅俄普托勒摩斯正处于青少年时期,基本上还只算个孩子。菲罗克忒忒斯甚至把他看作自己的儿子。艾弗里(H. C. Avery)曾就此做过计算⑥:涅俄普托勒摩斯曾被叫过 68 次"孩子"或"我的儿子",而其中 52 次"我的儿子"是菲罗克忒忒斯叫的。然而,这个孩子有两次被称作"男人"。第一次出现在第 910 行诗句中,当他开始承认用诡计欺骗菲罗克忒忒斯的时候;第二次也是最后一次出现这种称呼,这次出自赫拉克勒斯之口,是在悲剧的最末尾处。当赫拉克勒斯邀请菲罗克忒忒斯重回特洛伊战场的时候,他说"与这个男人"⑦一起并肩作战。在我看来,这种简单的关系拉近,会让人产生这样的一种印象:涅俄普托勒摩斯很好地转变了自己的地位,在悲剧进展的过程中,他已逐步通过了预备公民训练的考验⑧。

亨利·让-梅尔(H. JEAN-MAIRE)在他的论文《论斯巴达式的教育和古希腊的青年仪式》(*Couroi et Courètes*)中阐述了以下现象:王室子孙的传说故事曾被当作范例,用于激励从事公民和军事训练

---

① 《菲罗克忒忒斯》,860。
② 《菲罗克忒忒斯》,797—98,1030,1024—1217。
③ 《菲罗克忒忒斯》,1018。
④ 《菲罗克忒忒斯》,946—947。
⑤ 莎德瓦尔德(W. SCHADEWALDT)在一篇著名的研究论文中指出了这一点:〈索福克勒斯与苦难〉(Sophokles und das Leid),1941。索福克勒斯作品中所有的人物都是一些边缘人物,我们可以将"苦难"的含义进一步拓展。
⑥ 在上述引文中,第 285 页。
⑦ 《菲罗克忒忒斯》,1423。
⑧ 我认为这一点之前并无相关的评论,但某些评论者也已研究了涅俄普托勒摩斯的转变过程,但是并未援引预备公民培训制来说明这一转变。

七、索福克勒斯作品中的"菲罗克忒忒斯"和预备公民培训制

的年轻人。在《菲罗克忒忒斯》中所讲述的就是一个国王的儿子的经历。自悲剧的开场,奥德修斯就提到他:"他是阿喀琉斯的儿子,是全希腊最骁勇善战的孩子。"①合唱队的第一段是为了提醒涅俄普托勒摩斯:他是王权的继承者,"我的儿子,在几年后,最高权力将会由你掌握"②。现在我们再重读一下奥德修斯和涅俄普托勒摩斯之间的第一次对话,它鲜明地展现出了一个足智多谋的军官和一个初涉战事的年轻军人的形象。奥德修斯谈起此前接受的命令,并以此为理由去解释说明菲罗克忒忒斯被"遗弃"在利姆诺斯岛上的经过③。奥德修斯提醒涅俄普托勒摩斯:自己是为他服务的,并听从他的命令④。正如诺克斯所认为的那样,这是涅俄普托勒摩斯第一次建功立业⑤。毫无疑问,没有任何迹象表明涅俄普托勒摩斯曾使用过武器。奥德修斯请这位年轻人去告诉菲罗克忒忒斯:阿喀琉斯的武器被他的儿子拒绝了,并把武器交给了奥德修斯⑥。此时,奥德修斯正是在教唆他堂而皇之地说谎,但这是一个很特别的谎言;菲罗克忒忒斯在结尾又重新说起这个谎言,此时,涅俄普托勒摩斯揭穿了整个骗局⑦,并把事情的真相和盘托出,而菲罗克忒忒斯当时却没有表现出任何的失望之意。此外,《埃阿斯》(Ajax)的作者非常清楚地知道:奥德修斯可能真的一度继承过阿喀琉斯的武器。所有这一切能说得通的前提就是,我们要承认涅俄普托勒摩在他的士兵生涯中才刚刚起步。

有一个细节甚至说明索福克勒斯所指的可能是誓言,即标志着从预备公民到武装战士这一转变的誓言。奥德修斯对涅俄普托勒摩

---

① 《菲罗克忒忒斯》,3—4。
② 《菲罗克忒忒斯》,141—142。
③ 《菲罗克忒忒斯》,6。
④ 参见在诗句 15 和 53 中的动词和名词:"为……服务"、"服从"。
⑤ 《主人公的性格:索福克勒斯的悲剧研究》(The Heroic Temper: Studies in Sophoclean Tragedy),页 122。
⑥ 《菲罗克忒忒斯》,62,64。
⑦ 《菲罗克忒忒斯》,1364。

斯说:"你没有立过誓。"①字面上来看,奥德修斯指的是那些向海伦求婚的人所立下的誓言,但这也有可能指的是青年预备公民的立誓,因为涅俄普托勒摩斯也在现场,所以这种所指意就更加明确了②。正如我们所看到的,涅俄普托勒摩斯的第一次建功立业实质上就是一场计谋③,正如阿帕托利亚庆典(Apatouries)的起源传说所讲到的那样,它发生在预备公民培训的正常地点,也在城邦公民范围之外。在这一幕的开始,奥德修斯使用的是探测性的语言、军事间谍语言④。这种圈套也是一种狩猎。当奥德修斯成功说服涅俄普托勒摩斯用计谋去夺取菲罗克忒忒斯的弓箭的时候,这个年轻人这样回答他:"如果是这样的话,必须要通过狩猎来抓住他。"⑤当菲罗克忒忒斯昏倒的时候,涅俄普托勒摩斯以神示的方式说道:"我看到的是,我们抢到了弓箭也没用,如果没有菲罗克忒忒斯的话,一切都是徒劳"⑥;而菲罗克忒忒斯提到自己的双手时指出:我的双手已经变成抓捕我的那个人的追逐目标⑦。

当然,这种猎杀和战争词汇都是一种隐喻:"菲罗克忒忒斯"并不是"红色的勇气勋章"(即他不是"勇气的象征");涅俄普托勒摩斯的猎杀将会发生在语言层面:"你要通过你自己的语言来欺骗菲罗克忒忒斯"⑧;欺骗的语言——奥德修斯回避了使用武力和说服的方式⑨——是一种双重含义的语言,就像他的"商人"这一别称一样,都具有双重含义⑩。

---

① 《菲罗克忒忒斯》,72。
② 《菲罗克忒忒斯》,813。
③ 这里的用词依然体现了其特性。
④ 奥德修斯派去了一个人作为这一圈套的载体,通过这个人来施展他的计谋。
⑤ 《菲罗克忒忒斯》,116。
⑥ 《菲罗克忒忒斯》,839—840。
⑦ 《菲罗克忒忒斯》,1005—1007。
⑧ 《菲罗克忒忒斯》,54—55。
⑨ 《菲罗克忒忒斯》,54—59。
⑩ 《菲罗克忒忒斯》,130。在这一悲剧中的语言的角色问题值得我们重点(转下页注)

如果要谈军事方面的隐喻,那么理解下面这一点就显得尤为重要:从定义来看,预备公民的身份是一种过渡身份,涅俄普托勒摩斯完全无法认证自己的行为,而只能服从于既定权利①。预备公民学习的是如何使用计谋,而完全不是道德准则。作为"新生的老师"②,奥德修斯以自己的方式进行总结教导,他对涅俄普托勒摩斯说:"我们以后再展示诚实的一面,这一次,把你自己短暂地借给我——最多一天——做一件厚颜无耻的事情。此后,在你的整个余生,你将会成为所有人当中最一丝不苟的人。"③预备公民建功立业所要遵循的道德准则,会随着训练的完成而逐渐消失,不可能有任何的延续。在涅俄普托勒摩斯欺骗菲罗克忒忒斯的时候,涅俄普托勒摩斯甚至还表达了他们对武装战士的楷模(指赫拉克勒斯)的共同向往和崇敬,这是很明显的。涅俄普托勒摩斯难道不是战士舞之父吗④?这代表着他最终会转变想法,并成功完成预备公民的训练。然而,奥德修斯却尝试以宙斯之名去说服菲罗克忒忒斯跟随他去特洛伊战场,并推荐他加入夺取特洛伊的战斗精英组⑤。而事实上,奥德修斯可能很难

(接上页注)进行深入研究;参见 A. PODLECKI,〈索福克勒斯的悲剧《菲罗克忒忒斯》中的词语力量〉(The Power of the Word in Sophocles' Philoctetes),《希腊、罗马和拜占庭研究》(Greek, Roman and Byzantine Studies),第 7 期,1966,页 233—250。

① 《菲罗克忒忒斯》,925。
② 这一表述要归功于茹昂(F. Jouan)。
③ 《菲罗克忒忒斯》,82—85。
④ 让·普尤(J. POUILLOUX)指出在欧里庇得斯的《安德洛玛刻》(Andromaque, 1135)中就已经暗示了这一传统——让·普尤和乔治·鲁(G. ROUX),《德尔菲之谜》(Enigmes à Delphes),Paris,1963,页 117。译注:吕西安(LUCIEN)的《舞剧和舞蹈》(De Saltatione)(第二卷)也已非常明确地证实了这一传统。跳这种舞的主要是青年预备公民,标志着他们成功融入社会整体,也标志着从少年时的野性过渡到了手持武器的公民。有时也会在某些仪式上跳,标志着城邦的更新和繁荣。之所以说是战士舞之父,是因为后来的青年预备公民会跳这种战士舞去纪念阿喀琉斯(Achille)和涅俄普托勒摩斯(Néoptolème-Pyrrhos),也会边跳边模仿涅俄普托勒摩斯和奥德修斯所设的圈套,目的是为了纪念青年预备公民战胜少年野蛮本性、成为手持武器的真正公民的那一刻。
⑤ 《菲罗克忒忒斯》,997。

提出这种建议,因为纵观他所扮演的角色,很明显就看出,他都没有选择德行(ἀρετή),而是选择了计谋(τέχνη)。尽管预言家赫勒诺斯(Hélénos)所传达的神谕证实菲罗克忒忒斯带着他的弓箭自愿现身战场,这是攻下特洛伊的必要条件①,但奥德修斯只想着弓箭或者考虑要强制性地将菲罗克忒忒斯带到特洛伊②。他的言行都似乎说明弓箭和他的主人是可以分离的。他说:除了菲罗克忒忒斯之外,我们可以让其他的弓箭手,如透克洛斯(Teucros)使用这把箭③。如果我们查看奥德修斯出现的那三场,就会发现军事词汇集中用于描述诡辩家们。他是纯的政治家吗? 可能是吧,如果从这一意义上来看,那么修昔底德笔下的克里昂(Cléon)、与白橡树神(Méliens)对话的雅典人,他们也都是纯的政治家。索福克勒斯甚至有意使他成为一个雅典政治家④。奥德修斯结束了对涅俄普托勒摩斯的训诫,同时呼唤众神的使者赫尔墨斯、胜利女神尼刻和城市保护女神雅典娜⑤。曾假扮商人的奥德修斯解释他的命令说:忒修斯(Thésée)的后代们,雅典的国王,他们已经出发去追涅俄普托勒摩斯了⑥。奥德修斯最后一次的介入说明:他将向"整个军队"进行汇报⑦,用政治术语来说

---

① 这段也出现在奥德修斯的陈述中(603—621)和涅俄普托勒摩斯最后一次试图说服菲罗克忒忒斯跟他一起走的那部分(1332)。
② 诺克斯(B. KNOX)注意到了这一点:"事实上,奥德修斯不断重复的只是在强调一件事情,唯一的一件事情——那把弓箭。"《主人公的性格:索福克勒斯的悲剧研究》(*The Heroic Temper: Studies in Sophoclean Tragedy*),页126。请参照诗句68,113—115,975—983,1055—1062。
③ 《菲罗克忒忒斯》,1055—1062。
④ 然而,在我看来,研究索福克勒斯剧中人物的"关键"是没有用的,这是从18世纪以来我们用来消遣的小把戏,比如被流放的阿尔西比亚德斯(Alcibiade)与菲罗克忒忒斯有些相似;最后参见詹姆士(M. H. JAMESON),〈策略与菲罗克忒忒斯〉(Politics and the Philoctetes),发表于《古典语文学研究》,第51期,1956,页217—227。
⑤ 《菲罗克忒忒斯》,133—134。
⑥ 《菲罗克忒忒斯》,562。
⑦ 《菲罗克忒忒斯》,1257。

的话,那就是:他将会召集公民大会。这样就说明我们是处于悲剧领域,而不是历史或政治哲学等领域。作为纯粹的政治家,奥德修斯因政治上的过犹不及而离开了城邦,他是菲罗克忒忒斯的完全的对立面,一个是极度开化之人,另一个则是被野蛮化的人。同时,他也是另一个版本的克瑞翁,是丧失城邦者(ápolis)——该词是借用《安提戈涅》(Antigone)中的合唱队所使用的术语,用于指称只有一种技艺(téchnē)的人——,而远非建设城邦者(hupsípolis),他跟菲罗克忒忒斯一样(只是出于相反的原因),也是一个丧失城邦者(ápolis)①。这样,尽管从某种意义上说他完成了自己的使命,但他在《菲罗克忒忒斯》所描写的历险中失去了一切。在这一幕的开场中②,涅俄普托勒摩斯是被他称作"儿子"的,但其实涅俄普托勒摩斯最终是成为了菲罗克忒忒斯的"儿子"和伙伴③。在奥德修斯和菲罗克忒忒斯之间,涅俄普托勒摩斯是必不可少的调解者。奥德修斯和受伤的菲罗克忒忒斯都站在他们各自的极端,无法进行交流。阿喀琉斯的儿子作为预备公民(或称"青丁"),与粗犷的大自然紧密相连,这使得他能够很好地与菲罗克忒忒斯进行交流;作为士兵以及未来的公民,他必须服从奥德修斯的权威。但一旦菲罗克忒忒斯和涅俄普托勒摩斯重新融入"正常"的城邦生活中,奥德修斯就成了没必要再出现的人物。因此,当赫拉克勒斯来到这里帮忙解围的时候,奥德修斯就消失了,他没有参与最后一幕。在这一幕中,是赫拉克勒斯最终解决了问题,并确保了菲罗克忒忒斯和涅俄普托勒摩斯重返城邦。

事实上,还有一个真正的悲剧问题有待解决。为了要使涅俄普托

---

① 《安提戈涅》,370;参见 H. FUNKE,〈丧失城邦者克瑞翁〉(Kreon Apolis),《古希腊与西方》(Antike und Abendland),第 12 期,1966,页 29—50。
② 《菲罗克忒忒斯》,93—130。
③ 莱因哈特(K. REINHARDT)在《索福克勒斯》(Sophocles,Francfort,1947,上文页 176)中,理由充分地对以下两种关系进行了比较:奥德修斯和涅俄普托勒摩斯之间的关系,以及在《安提戈涅》中克瑞翁与他的儿子海蒙(Hémon)之间的关系。

勒摩斯跨越从预备公民到武装士兵之间的那个阶段,像菲罗克忒忒斯鼓励他的那样,即他做回原来的自己①,而这还是不够的。他返回了最初的本质(phúsis)②,但他们两人所共同要求的武装战士的道德准则是以参加战争为前提的。当菲罗克忒忒斯提出一个问题(我们在所有古希腊悲剧中都会遇到这个问题):"我要怎么办呢?"③在涅俄普托勒摩斯最后一次请求他一起参战之后,像安提戈涅一样,他选择了家庭价值:"带领我们回家吧,然后住到斯基罗斯岛(Skyros)上。"④菲罗克忒忒斯向涅俄普托勒摩斯表达了对他父亲的感激之情,他做出了选择,而痛苦和弓箭仍伴随着他。而涅俄普托勒摩斯则担忧:如果伯罗奔尼撒半岛的人来破坏他的领土,他该怎么办?菲罗克忒忒斯的回复是:他会用赫拉克勒斯的箭助其一臂之力。事实上,涅俄普托勒摩斯也做了同样的选择。用军事术语来说,这被称为一种潜逃,而维拉莫威兹在第一次世界大战期间所写的并没有错⑤!

　　家庭价值与公民价值是相对立的,而他最终选择了家庭价值,这就显得更加引人注目了。索福克勒斯很清楚⑥,菲罗克忒忒斯是莫里斯人(Malide)的首领,被认为是欧埃达(Oeta)山之人⑦。这是他居住地附近的一座山,而更重要的是,赫拉克勒斯曾被送到这座山上火葬,他在这里将自己的弓箭交给了菲罗克忒忒斯。但是,这里所说的赫拉克勒斯,指的并不是弓箭手赫拉克勒斯,而是作为菲罗克忒忒斯的"再生之父"⑧、猎杀者、野兽屠杀者和"手持青铜盾牌的战士"⑨

---

① 《菲罗克忒忒斯》,950。
② 《菲罗克忒忒斯》,902。
③ 《菲罗克忒忒斯》,1063,1350。
④ 《菲罗克忒忒斯》,1368;这句话在诗句1399中又被重复了一遍。
⑤ 前揭书,页280。
⑥ 《菲罗克忒忒斯》,725。
⑦ 《菲罗克忒忒斯》,453,479,490,664,728,1430。
⑧ 艾弗里(H.C. AVERY)已经在他的文章中提到过这些问题了:〈赫拉克勒斯,菲罗克忒忒斯,涅俄普托勒摩斯〉,发表于期刊 *Hermes*,第93期,1965。
⑨ 《菲罗克忒忒斯》,726。

的赫拉克勒斯,是武装战士赫拉克勒斯。正如索福克勒斯所有的悲剧作品一样,在人类还没来得及反应过来的时候,诸神的计划已经完成①。菲罗克忒忒斯重新融入人类社会,这也是涅俄普托勒摩斯在预备公民训练期间所建立的重大功绩。事实上,菲罗克忒忒斯在经历十年磨难后第一次听到希腊语的时候②,就意味着他重新与语言产生关联,这也是他重新融入人类社会的开端。只要他带着弓箭去特洛伊,赫拉克勒斯承诺会让人细心照料他,并找人治好他身上的伤,事实上,这些确实都实现了。但最值得注意的是,这个过程也见证了赫拉克勒斯——一直贯穿着整部悲剧的始末——是如何成为武装战士的典范的。所有的古希腊人都知道,菲罗克忒忒斯在一次对战③中用赫拉克勒斯的弓箭射杀了帕里斯,但很难将这次功绩说成是武装战士的功绩。然而,赫拉克勒斯在这一幕的最后是怎么说的呢?"跟这个男人(涅俄普托勒摩斯)一起出发去特洛伊城吧(……),你将会用我的箭射杀帕里斯——那个让你遭受苦难的元凶"④,而且,赫拉克勒斯也立刻用"个人战斗价值"与"在其他希腊人旁边作战而取得的功绩",来区分"弓箭的胜利"之处和"菲罗克忒忒斯的胜利"之处。他说道:"你将攻陷特洛伊城,也将获得你的那份战利品,那是为你在所有希腊战士当中所表现出的骁勇而赐予的奖赏⑤,你会通过欧埃达的船把它送到你父亲波阿斯的宫殿。作为回报,你将会获得军队,为了纪念我的箭⑥,请带着军队到我火葬的地方去。"⑦所以,源自弓箭的回报,也将回归赫拉克勒斯的火葬之地。总之,这是弓箭手菲罗克忒忒斯和武装战士菲罗克忒忒斯的分离。至于涅俄普

---

① 关于这一点,BOWRA 反对 KITTO 的观点,前者的观点毫无疑问是对的:参见上文页 162,见注释 2。
② 《菲罗克忒忒斯》,220—231。
③ 《菲罗克忒忒斯》,919—920,1376—1379。
④ 《小伊利亚特》的梗概:上文已引用过,页 160,见注释 1。
⑤ 《菲罗克忒忒斯》,1423—1426。
⑥ 《菲罗克忒忒斯》,1429。
⑦ 《菲罗克忒忒斯》,1432。

托勒摩斯,他的情况也会改变。他成功转变成身经百战的战士。他自认为是能攻陷特洛伊的人,但却担心弓箭在攻陷特洛伊的过程中会起到的作用。奥德修斯这样回答他:"没有弓箭的话,你无法攻陷特洛伊;只有弓箭而没有你,也无法攻陷特洛伊。"① 这一次,赫拉克勒斯对阿喀琉斯的儿子也说了类似的话,只是话的内容不是关于武器,而是关于菲罗克忒忒斯:"没有他(菲罗克忒忒斯)的话,你无法攻克特洛伊城;而他也一样,没有你,他也无法攻克特洛伊城。"② 从人与弓箭的联合,到人与人的联合,最终到战士与战士的联合。赫拉克勒斯还说:"犹如分享共同命运的两头雄狮③,相互团结,相互依靠。"④ 这正体现了预备公民宣读的誓言:绝不抛弃同伴。

野蛮之人终于重新融入城邦,预备公民也终于成为了武装战士。这样,只剩下一种转变还有待实现,那就是大自然本身的转变。直到这一幕的末尾,利姆诺斯岛仍是一个了无人烟的荒岛,一片粗犷蛮荒之地,那里只有凶残的野兽。菲罗克忒忒斯所居住过的山洞被定义为"不止一处的居所"⑤,然而菲罗克忒忒斯所告别的是一片荒野,尽管他在那里所遭受的苦难仍历历在目;这片土地不会被"文明化",但可以说,其荒蛮的迹象有所改变。这有点像莎士比亚(Shakespeare)戏剧《暴风雨》(*Tempête*)中的岛屿,时而是卡利班⑥(Caliban)的怪兽之岛,时而是阿里尔⑦(Ariel)的精灵之岛。林泽仙女(Nymphes)代替了野兽,一个湿润的世界出现了⑧:"我们走吧! 到我离开的这一

---

① 《菲罗克忒忒斯》,1428—1433。
② 《菲罗克忒忒斯》,115。
③ 这里指的是他们是军事上的战友,参见埃斯库罗斯(Eschyle),《七雄攻忒拜》,354。也请注意决斗在战斗中的运用强化了团结一致的主题。
④ 《菲罗克忒忒斯》,1436—1437。
⑤ 《菲罗克忒忒斯》,534。
⑥ 译注:莎士比亚的戏剧《暴风雨》中半人半兽的怪物。
⑦ 译注:莎士比亚的戏剧《暴风雨》中的一个淘气的精灵。
⑧ 西格尔(CH. SEGAL)并没有完全领会其细微的区别,他在另外一篇很好的文章(〈希腊文学中的自然和人类世界〉,发表于期刊 *Arion*,2,1,1963,(转下页注)

刻,我至少要向这片土地致敬。永别了,收留我这么久的居所①;润泽林木的林泽仙女们,以及喧闹有力的波浪(……)我这就要离开了,阿波罗(Apollon Lycien)的泉和水。"②至于海,也不再被阻隔,而是汇集于此:"永别了,涵盖着海浪的利姆诺斯岛,欢快地远航漂流吧,毫无阻碍地将我送走。"③这表达了一种"顺利的安全远航"(eúploia)的心愿,该剧就在这样一种祝愿之下,在宙斯和海洋女神的指引之下,最终落下帷幕④。依靠神的旨意,人类才重新成为大自然的主人。这就是《菲罗克忒忒斯》中最后的逆转。

(接上页注)页 19—57)中写道:"他最后的话并不是在欢迎人类世界,而是对这片蛮荒之地进行最后的告别,尽管他在这里受尽苦难,但在它和他之间总是存在一种关联。"

① 更确切地说,这里用的是"宫殿"一词,但是在这里"宫殿"的意义却完全不同它在诗句 147 中的意思,在这里,它既具有讽刺意味,又是美丽假象的标志。请参照上文,页 164,注释 4。
② 《菲罗克忒忒斯》,1452—1461。
③ 《菲罗克忒忒斯》,1464—1465。
④ 这一"心愿"是重复了涅俄普托勒摩斯在谎言和计谋奏效后所说的话(具有双重含义):779—781。

图 1 身体一部分被盾牌遮挡的武装战士正要出发去狩猎,盾牌上有凯尔特人的三腿装饰画,他旁边带了一条猎犬,他的两侧各站有一个斯基泰人弓箭手。黑色绘图的双耳尖底瓮(公元前 6 世纪末),卢浮宫博物馆,F(260)《古代陶瓶文集》(*Corpus Vasorum Antiquorum*, *C. V. A.*),卢浮宫,第五分册,法国,第八分册,111 He. 54, 4;沃斯(M. F. Vos),《斯基泰人弓箭手》(*Scythian Archers*), n. 166.
图片来源:许泽维尔(Chuzeville)的照片(卢浮宫)

附录　关于叙拉古博物馆的一个陶瓶

自从1915年在叙拉古博物馆附近的福斯科(Fusco)大墓地出土以来(我们在这里看到的是它的主要画面,另外一面画的是酒神狄俄尼索斯的一个女祭司坐在两个森林之神的中间),这个陶瓶(图2)经常被拿来探讨和评论。各种方式的评论都为该研究作出了贡献。特伦德尔(A. D. Trendall)以严谨的方法最终确认了该组作品的作者,是最古老的"帕埃斯图姆(Paestum)画家"之一,是"狄耳刻(Dircé)的画师"。整个作品似乎都涉及悲剧的场景(主要集中在森林之神的悲剧,其中最常见的是年轻的森林之神的悲剧,正如本文所涉及这个作品一样),其创作时期大约在公元前380至前360年[1]。

我们能立刻确认出主要人物[2],即菲罗克忒忒斯。他留着胡子,头发如荆棘般错杂浓密,坐在山洞中央的一张豹皮上,岩洞的边缘以红色的拱形结构为界,用不规则的黑色线条勾画而成。与此同时,大

---

[1] 参见特伦德尔(A. D. TRENDALL),《帕埃斯图姆陶器——关于帕埃斯图姆的红图陶瓶研究》(*Paestan Pottery. A Study of the Red-figured Vases of Paestum*),Rome,1963,页7—18,no 7。

[2] 参见帕切(B. PACE),〈菲罗克忒忒斯在利姆诺斯岛上——巴赫西斯的陶瓶绘画艺术〉(Filottete a Lemno. Pittura vascolare con riflessi dell'arte di Parrasio),发表于期刊 *Ausonia*,第10期,1921,页150—159。

图 2 叙拉古博物馆的红色画面的钟形双耳爵(36319);《古代陶瓶文集》(*Corpus Vasorum Antiquorum*, C. V. A.),意大利,(《叙拉古考古博物馆》),17 世纪,第一分册,公元前 4 世纪,8;《卢卡尼亚的红图陶瓶研究》(*The Red-figured Vases of Lucania*),坎帕尼亚和西西里岛(Campania and Sicily),牛津,1967 年,Campanian,第一卷,n° 32,第 204 页。

图片来源:博物馆的照片

块的白色斑点刻画出了岩石表面的凹凸不平①。他把受伤的左脚靠在岩壁上,右手拿着一根羽毛,可能是为了缓解疼痛,左手握着他的弓箭。在他头的上方有一些鸟,那是他最后的狩猎成果;这里我说的是"他最后的狩猎成果",因为他挂在左边的箭筒是"空的"。在他的左胳膊下方,有一个被插进土里的双耳尖底瓮。出现在岩洞上方的两个人也是顺理成章的。在左边,站在一块岩石上的是雅典娜:她戴着头盔,手持战士的圆形盾牌;在右边的是奥德修斯,从他头上的水手帽(pilos)和胡子就能辨认出来,他手中拿着一个"封好的"箭筒(里面可能装有菲罗克忒忒斯的箭?)。在左边,还有一个人倚靠着一棵树,那是一位脱了衣服的青年预备公民,他把一件编织的短披风扔在了身后,而他解开的肩带看起来像是将他的身体和树连为一体,我们可以把他看作是狄俄墨得斯(Diomède),因为在欧里庇得斯的作品中,是他陪着奥德修斯一起来到利姆诺斯岛的;或者他也可能是索福克勒斯作品中的涅俄普托勒摩斯②。这个问题就是次要问题了,因

---

① 此处,我受到了阿里亚斯(P. E. ARIAS)所发表的评论的启发:《古代陶瓶文集》(*Corpus Vasorum Antiquorum*),(缩写为 C. V. A.),Rome,1941。
② 第一个假设是帕切提出来的;塞尚(L. SECHAN)(《古希腊悲剧与陶瓷艺术的关系研究》[*Études sur la tragédie grecque dans ses rapports avec la céramique*],Paris,1926,页491)阐述了"画面通过青春的一面让人想到了索福克勒斯剧中的涅俄普托勒摩斯"。争论仍然悬而未决,因为我们知道,从同一个墓地中还发掘出了另一个钟形的双耳爵,而且上面的绘画都是出自同一个画师之手(特伦德尔,《帕埃斯图姆陶器——关于帕埃斯图姆的红图陶瓶研究》,Campanian I,n° 31,页204,版图插图 80—82)。毫无疑问,画面展现的是奥德修斯和狄俄墨得斯(Diomède)抓捕多隆(Dolon)的场景,然而狄俄墨得斯被画成一个没有胡须的赤裸的青年预备公民。在这个问题上,我算是半个门外汉,如果以这种状态强加定论的话,就只能导致冒失,然而某些专家正因为太冒失而急于解决这些棘手的问题,结果却导致了很多问题,比如从戏剧转移到了绘画艺术。比如,当我们读到比伯(Marg. BIEBER)的《希腊和罗马戏剧史》(*The History of the Greek and Roman Theater*,Princeton,1961 年,页 34 和图片 119)时,就不得不感到惊愕诧异了:"陶瓶绘画是以舞台设置为基础的,而对于索福克勒斯的《菲罗克忒忒斯》而言,其舞台设置就只有一块大的岩石和一棵树,然而欧里庇得斯的《菲罗克忒忒斯》的舞台上还有一个围绕着主角的洞穴。陶瓶也验证了欧里庇得斯的悲剧中(转下页注)

为很确定的一点是:这是一位青年预备公民,他似乎受到了女战神雅典娜的引导①。而真正的谜是来自于右边那个锦衣华服的年轻女人,也就是她的身份问题,她的右手放在岩石上,看起来像是在跟奥德修斯交谈。正如维耶米埃(P. Wuilleumier)所言,她"与该场景的所有这些文学和艺术形象都格格不入……"②。所有对此的解读都不太有说服力③,而且目前来看,文学方面没有与此相对应的任何资

(接上页注)有一个女性合唱队,并用雅典娜作为前来解围的神灵(deus ex machina),从而取代了索福克勒斯剧中的赫拉克勒斯。"事实上,作者忘记了以下几点:1. 索福克勒斯与欧里庇得斯一样,都将主人公的居所设置在洞穴中;2. 艺术家们还拥有除了古代戏剧之外的素材来源;3. 叙拉古博物馆的陶瓶上的那位年轻女性人物,根本不能代表一个合唱队;4. 在欧里庇得斯的戏剧中,雅典娜没有任何理由成为最终前来解决问题的神灵,更具体地来说,除非这个陶瓶体现了这一点,而这个可能性不大。韦伯斯特(T. B. L. WEBSTER)并未考虑过这种可能性,我比较赞同他的观点;可惜他运用的论据却并没有意义(《欧里庇得斯的悲剧》,页58):"我们可能需要做一个大胆的假设:那个年轻男性人物是被雅典娜变年轻的奥德修斯。"之所以说这种假设没有意义,是因为奥德修斯当时是与狄俄墨得斯一起在场的,无需再做这种假设。

① 《古代陶瓶文集》(*Corpus Vasorum Antiquorum*)(缩写为 C. V. A.)中的评论,非常合理地强调:雅典娜的动作具有雄辩的刚强的气概。
② 〈古意大利地区的陶瓷艺术的问题〉(Questions de céramique italiote),《考古杂志》(*Revue archéologique*),第 33 期,1931,页 248。
③ 帕切曾猜测那可能是一位林泽仙女,是岛屿的拟人化形象,也可能是战争和狩猎女神本狄斯(Bendis),但是我们很难想出这位女神在这里出现的原因。塞尚(L. SECHAN)(前揭,页 491)排除了这些猜测,也不认为这位女性人物是劝诱女神珀托(peithō,阿弗洛狄忒的伴友)。他认为这是一个体现诱惑力的女性人物,是从我们不知名的一部悲剧中借用的人物。另外,S. SETTI 在最近关于这一陶瓶的评论中重新提到了帕切的猜测,并认为那个年轻女性人物是一位林泽仙女,并赋予这一神话故事、年轻女人和这个陶瓶一种与葬礼有关的含义。而他所用的论据都不太有说服力。尤其是,如果真如作者所言,在墓穴中挖掘出来的所有陶瓶上的所有绘画,都要被赋予地下墓葬和葬礼的含义,那么我们就必须得认真回顾古希腊神话的知识了。作者也倾向于将该叙拉古陶瓶的画与欧里庇得斯的悲剧相联系,而与葬礼的有关含义就更加让人质疑了;无论如何,文学传统和绘画传统偶然的完全契合是不现实的。同样,在卡斯特罗地区(Castro,即古代的伊特鲁里亚地区:Etrurie)的挖掘工作中发现的文献资料,就与利姆诺斯岛的菲罗克忒忒斯、帕拉墨得斯和赫尔墨斯相关,这也是大家没有料想到的(参见兰布雷希茨(转下页注)

料。无论如何,我们都无法确信她是某位女神。没有任何明显迹象能体现出她是神,而且她也没有跟雅典娜一样因站在岩石上而增高。不管怎样,还是要提一下,在菲罗克忒斯的传说的所有版本中,都没有任何女人形象。因此,目前不可能确认这个女性人物的身份。

后来的评论试图从另外一个角度去阐释这一问题,但因为新的资料随时都可能出现,所以这些评论都是暂时、不确定的。事实上,一旦要研究这个问题,就很难不去涉及对称和颠倒的关系,因为岩洞和菲罗克忒斯之间的关系,无论从哪个方面看都存在着对称和颠倒关系。让我们试着将这些相反和对称的关系加以分类。

这两位男性人物与两位女性人物之间的对立是非常明显的。两位女性人物都戴着手镯和项链,都穿着衣服,而两位男性人物都是全

(接上页注)[R. LAMBRECHTS],〈新发现的伊特鲁里亚人的镜子与菲罗克忒斯的传说〉[Un miroir étrusque inédit et le mythe de Philoctète],《罗马历史研究院期刊》[Bulletin de l'Institut historique de Rome],第 39 期,1968,页 1—25)。关于新发现的这个镜子,艺术家本人在上面写着帕拉墨得斯的名字,也是想通过这种方式告诉我们:如果没有这一标记,我们原本是没办法确认其中的人物的。对于我个人而言,我不敢冒失地提议那位年轻女性人物的名字,但在此我要指出的是,F. H. PAIRAULT 女士(罗马法国学院成员,她本人从事叙拉古陶瓶的研究)曾读到过这份文献资料的手稿。她在给我写的信中写道:她个人完全同意我的看法,而且她也为那位不明身份的人起了一个名字,即阿帕忒(Apaté)。事实上,她指出:"古希腊陶瓶中出现过大量女性形象,从妖魔到胜利女神,但都是神秘的形象,通常是拟人化的抽象。"阿帕忒这一人物曾经出现在一个著名的带名称的陶瓶上,大约是跟我们所说的这个叙拉古陶瓶为同一时期的作品,在意大利的卡萨诺(Canusium)(阿普利亚,Apulie)发掘的带画卷的双耳爵,它就被命名为"大流士陶瓶"(vase de Darius,那不勒斯博物馆,3252;参见博尔达[M. BORDA],《阿普利亚陶器》,贝加莫,1966 年,页 49,版画插图 14)。这位阿帕忒的奇装异服(身着豹皮,每只手中都握着一个火把)与我们前面所说的年轻女性人物大相径庭,而且,绘画(历史-悲剧方面的)风格也截然不同;请查看大流士陶瓶,安蒂(C, ANTI),〈大流士陶瓶和普律尼科司作品中的波斯人〉(Il vaso di Dario ed i Persiani di Frinico),《考古学》,4,1,1952,页 23—45(关于阿帕忒,请见页 27)。《古代艺术百科全书》中的"阿帕忒"一文(第一卷,页 456,图片 625),作者是贝尔蒙德·蒙塔纳里(G. BERMOND MONTANARI),仅仅是提供了另一个关于阿提卡地区的绘画的例子,只是时间上来看,这是更早之前的作品。

裸或脱去了衣服,而且这是符合古代传统风俗习惯的。然而,同一性别的两个人物之间也存在着少年和成年之间的对立。青年预备公民自然是没有胡须的,身体纤细优美,头发被头巾遮盖住了;而与之相反,奥德修斯的水手帽被系到了后面,所以大量的头发露在外面。而且,奥德修斯的胡子被很仔细地修剪整理过,这与菲罗克忒忒斯杂乱修长的胡子也是截然不同的。另外,高处的神与低处的人通过是否佩戴武器体现出他们的对立(在这里,青年预备公民解开的肩带就具有这方面的意义)。但是左边的女性人物雅典娜,她全身配备武器,这显示出了英姿飒爽的男性气概和战士的勇猛之势。她的胳膊很强壮,而胸部却不明显。反之,奥德修斯手持箭筒,那是计谋的象征。如果这个箭筒里面装的确实是菲罗克忒忒斯的箭,那么他的诡计甚至就是双重性的,即武器上的和行动上的。两位年轻的人物不仅存在性别上的对立(右边的女性人物很突出的特点是:衣着华丽精致,身着宽大的带褶皱的长裙;而且胸部明显隆起),青年预备公民与岩洞保持一定的距离,也就是与粗犷的自然保持距离,相反地,右边那位年轻女人则用右手去触摸岩洞的外壁。此外,这种对立还能通过衣着的细节体现出来:青年预备公民的短披风上装饰的图案与菲罗克忒忒斯的长袍上的图案是一样的,这可能就透露出一种(如同索福克勒斯所描述的)精神层面的相似关系;而右边年轻女性腰带上的装饰,则与奥德修斯手中箭筒的装饰极为相似。由这种审慎的对位法,我们总结出了最明显的对称关系:男性的赤裸和女性的精致装扮①。因此,我们可以说,左边的场景似乎是集中体现战士的英姿和道德准则,以及传统的战士的价值;而右边着重体现的则是谋略的技巧和女性的诱惑。其中,菲罗克忒忒斯则处于这两种冲突面的中间。但是,兼具男女两种特性的人物,部分地推翻了这种对立,比如左边这位全副武装成战士样子的女性人物(即雅典娜),以及右边代表计谋的成年人形象(即奥德修斯)。通过这种画面,青年预备公民——通过野

---

① 这一观点归功于 Maud Sissung。

蛮世界和"女性"诡计①的迂回锻炼后,最终成长为勇猛的战士——的悲剧得到了进一步的体现和深化。

---

① 关于预备公民的"女性"方面的问题,请参照前面页149,注释7。

卷 二

杨淑岚 译

序　言

1972年我们把七篇研究文章整理成册,在弗朗索瓦·马斯佩罗出版社(François Maspero)的支持下,出版了《神话与悲剧》(*Mythe et tragédie*)第一卷。当时,我们写道:"将尽快附上第二卷。"虽没有明言,我们甚至还想着第三卷的问世也不是不可能的。现在想来,未免言之过早。

如今,《神话与悲剧》第二卷终于问世,在速度上,我们用了近十四年才实现诺言。那么,第三卷再要时隔十三年吗?常言道:无关乎时间也。是第二卷的问世,而不是当初对其的种种设想,成就了海内外对第一卷的出乎意料的关注。

十四年间,我们两个或独立或与别的朋友合作,从事研究和出版。我们各自有各自的研究领域,未必与同行或者朋友的领域相合。但是古希腊悲剧一直是我们共同的领域,而且即使我们分头行事,依然一直心存默契,出版第二卷的念头不曾远离。同第一卷一样,这一卷乍一看由零散的文章组成:收集了曾在海内外出版的①十篇研究文章(第一册为七篇),其中一些发表在学术期刊中,另一些则收录在面向人称"有文化的大众"的书籍中。就像我们在第一卷里所提到

---

① 这些文章不同程度地仔细重读过,一些地方略作修改和增补,但再版时并没有必要指出这些改动和补充。

的,所有这些文章的灵感有一个共同的源泉,那就是得益于路易·热尔内(Louis Gernet)的教学,热尔内尝试理解悲剧性的时刻:间于法律成形时和成形后。

和《神话与悲剧》第一卷相比,这一卷有若干创新;第一卷完全致力于公元前5世纪时悲剧的总体研究,及对若干剧本的系统研究:埃斯库罗斯的《俄瑞斯忒亚》,索福克勒斯的《俄狄浦斯王》和《菲罗克忒忒斯》。我们试图理解两位作家作品的内部结构和这些作品与那个时代的政治、社会制度之间的关联和对话。我们借往返于文本内外的方法以探其意,但把研究领域严格限制在公元前5世纪的悲剧时代。第二卷探索的领域无疑是相同的,只是采用的手法稍加细致:对埃斯库罗斯的悲剧《七雄攻忒拜》、索福克勒斯的作品《俄狄浦斯在科罗诺斯》和欧里庇得斯的最后一部作品《酒神的伴侣》三部作品的解读,除了采用最传统的语文学手法,还借用可以称之为结构分析的手法。此外还加了一些涉及面更广的研究:对于悲剧主体和对于悲剧中戴面具的神的思考,对于埃斯库罗斯和索福克勒斯的整体介绍。

以狄俄尼索斯和他的面具——更确切地说是他的那些面具——为中心的研究就是一大创新。我们探寻的并不是作为悲剧源头的狄俄尼索斯,而是他作为表象之神,是如何体现了悲剧的多样性,又是如何借悲剧的多样性展现自我。再者,即使狄俄尼索斯位于悲剧之中,他从各个方面都超越了悲剧本身,因此我们的思考也没有限于戏剧的范围。

在我们的第一卷《神话与悲剧》中,神话有着重要的意义。我们明确反对将悲剧视作神话叙述的一种普通形式,我们强调过在我们看来神话既是在悲剧之中,又为悲剧所排斥:索福克勒斯把俄狄浦斯描绘成来自于最遥远的年代,早于民主城邦,并且又像埃斯库罗斯摧毁阿特柔斯的后代那样,摧毁了俄狄浦斯。在毫不否认这个模式的情况下,我们又作了新的尝试:比如说,能否撇开悲剧的形式,研究暴政、弑父和乱伦三者之间是否有联系?这本新书的第一篇文章围绕着这个问题展开探索,希望这个问题的答案能为理解《俄狄浦斯王》

带来启示。除了作为经典,悲剧还在历史的打磨下发生了变化,并非一味延续,反而富有各种突变,构成我们文化的一部分。我们在第一卷中就把公元前5世纪的悲剧和古代或近代注解进行对比,我们不同程度地质疑了亚里士多德在《诗学》和弗洛伊德在《梦的解析》中对古希腊悲剧的阐释。这里我们主要针对索福克勒斯的《俄狄浦斯王》所作的尝试却稍有不同。在16世纪末的维琴察,人们是如何理解这部悲剧的?当时的戏剧注重仿古,是继古希腊、古罗马时代之后,第一次在剧院上演。从路易十四到法国大革命期间的这段时间里,同样一部悲剧在巴黎又经历哪些变化和拆分?毫无疑问,所有这些探索有助于理解16世纪或18世纪的思想史,更能使我们明白我们自己对于古代悲剧的解读是如何通过不同的阶段演变而来的。

以上就是全部了吗?1972年至1986年。与第一卷出版时相比,无论是作者还是对希腊悲剧的思考都不复当初的样子。1972年时,我们写道:"这本书只是一个开始。我们希望能够把它继续写下去,而且我们相信,假如这类研究有未来,其他人会根据他们的需要重拾起来。"就在1972年以后,我们不是、也绝不指望是一个极具影响力的阐释学派的唯一发起人。仅需列举几个名字就能证明这一点:美国的查尔斯·西格尔(Charles Segal)和弗罗马·蔡特林(Froma Zeitlin),英国的理查德·巴克斯顿(Richard Buxton)和赛门·古希尔(Simon Goldhill),意大利的玛利亚·格拉齐娅·齐亚尼(Maria Grazia Ciani)以及众多其他学者,罗马尼亚的莉亚娜·卢帕什(Liana Lupaș)和佐埃·佩特雷(Zoe Petre),法国的弗洛朗斯·杜邦(Florence Dupont)、苏珊·萨义德(Suzanne Saïd)和尤其是妮科尔·洛罗(Nicole Loraux)。这份名单细看非常多样,但却不是一个排行榜,而且我们不把自己定义为相对于(正统)教会或是其他什么教派的一种教派。如果说我们用一种模式来理解希腊悲剧,并且试图一天天完善它,我们仍然尽力采百花以酿蜜,既吸取经典文献学的养料,又从人类学处获得灵感。

话已至此,但仍不能不提到某些争议,也是对于第一本书所引发的论战作出最起码的回应,这些争论或出于误会,或源于牵强附会。

近些年来,以人类学家为主,研究史实及制度的历史学家为辅①,主持的关于希腊城邦的众多研究中,血腥的祭祀场面显然是中心话题。正是它在与神明们和与周遭野蛮世界的关系中定义了公民这个团体。② 祭祀场面在悲剧中肯定不少见,但是相对于希腊城邦的社会习俗而言,它被双重再塑,是再现的祭祀,并且就像非动物的人祭那样,是祈愿性的祭祀(sacrifice corrompu)。③

勒内·吉拉尔(René Girard)曾进行过一项研究,这项研究在我们看来广义上属于诺斯替主义的一种。他将祭祀,特别是驱逐替罪羊一举归结到经济上来,鉴于没有其他的术语可用,暂且叫作救赎经济。④ 从悲剧的替罪羊的牺牲,如俄狄浦斯,又如安提戈涅,到基督的牺牲,这其中有进步,从蒙昧到明知,既是进步又是颠覆:"一切都白纸黑字地同时记载于四篇文章中。暴力的基础要有效,它就必须隐蔽起来;这里它完全显露在外。"⑤我们可以就这个历史编排的神话展开讨论,到《希伯来书》和神父文学⑥中追根溯源,或者离我们更近的约瑟夫·德·梅斯特尔(Joseph de Maistre)也有著述,但这不是我们今天

---

① 这一区分可参见洛罗(Nicole LORAUX)的《城邦:筵宴与分享》(La cité comme cuisine et comme partage),见 *Annales E. S. C.*,1981,页 614—622。
② 在我们直接或间接参与的研究中,请参见韦尔南和德蒂耶纳(J.-P. VERNANT et M. DETIENNE),《希腊地区的祭祀筵宴》(*La Cuisine du sacrifice en pays grec*),Paris,1979;《古代祭祀》(*Le Sacrifice dans l'Antiquité*),Entretiens sur l'Antiquité classique XXVII, Fondation Hardt, Vandœvre-Genève,1981。维达尔-纳凯,《黑猎手》(*Le Chasseur Noir*²),Paris,1983;J.-L. DURAND,《古希腊祭祀与农耕》(*Sacrifice et labour en Grèce ancienne*),Rome et Paris,1986。
③ 参见本书页 131—156 和其中引用的蔡特林的作品,以及本书页 278 和页 281。
④ 特别参考《暴力与神圣》(*La Violence et le sacré*),Paris,1972,和近来出版的《替罪羊》(*Le Bouc émissaire*),Paris,1982;此外我们还参考了吉拉尔在"圆桌讨论"时鲜明的立场,见 *Esprit*,1973 年 11 月。
⑤ 勒内·吉拉尔(René GIRARD),见 *Esprit*,前揭,页 551。
⑥ 参见弗朗西丝·扬(Frances M. YOUNG),《希腊基督教作家笔下祭祀的作用:从〈新约〉到约翰·屈梭多模》(*The Use of Sacrificial Ideas in Greek Christian Writers from the New Testament to John Chrysostom*),Cambridge(Mass.),1979。

要讨论的话题。吉拉尔充分地阐明了是希腊悲剧为他命名的"祭祀危机"(crise sacrificielle)提供了原型。然而,在公元前 5 世纪的希腊城邦,悲剧性的祭祀根本不是成型的社会习俗,反而是受到惩罚的表现。在这种情况下,怎么能像许多吉拉尔的弟子们那样,在悲剧中发现"祭祀危机"? 或者更确切地说,如何才能不在其中发现"祭祀危机",要知道该概念虽借用自希腊悲剧,却大大失真。为什么又指责我们称俄狄浦斯为"代人受过者"(pharmakos)而不是"替罪羊"(bouc émissaire)?难道真的是为了"避免和我们中的某些学者一样,犯下对神话中受害者的遭遇置若罔闻的错误"?① 难道是因为我们没有意识到俄狄浦斯隐约预告了基督的到来,就像在《基督受难》(Christus patiens)②的基督徒作者看来,欧里庇得斯所作《酒神的伴侣》中的英雄们也有类似的意味?但是,俄狄浦斯恰恰不是雅典城邦每逢沙尔伊利奥恩节(Thargélies)按惯例驱逐的"代人受过者"。Pharmakos 一词是理解悲剧人物的临界词语之一,但两者并不完全等同。③ 俄狄浦斯并不是基督救赎的前奏故事中的一个受害者。如果悲剧真的是"祭祀危机"的直接表现,那要怎样才能解释俄狄浦斯的故事在历史上极大的局限性,甚至都不是发生在希腊城邦,而是公元前 5 世纪的雅典?

　　两卷中多篇分析文章的中心是双重性概念。一位意大利批评家指出,使用这个词、在研究希腊悲剧时强调这个词反映的不是科学探索,而是"今天的某些学者"的困惑,"他们处于持续的危机之中,或者更确切地说是不断在寻找现代的新模型或新模式"。④ 这一社会学上精炼的说法通过分析得出,并拉开了其他研究的序幕,贝内代托

---

① 勒内·吉拉尔,《替罪羊》,前揭,页 177—179。
② 公元前 5 世纪的一部希腊剧作的拉丁语名字,其故事结构和众多台词都借自于欧里庇得斯,用来演绎福音所述。
③ 参见本书页 113—122 和页 367—368。
④ V. Di Benedetto,载 V. DI BENEDETTO et A. LAMI,《语文学和马克思主义——破除迷信》(Filologia e marxismo - Contra le mistificazioni),Naples,1980,页 114。除了《神话与悲剧》的两位作者,这本书针对的学者还有布里森(L. Brisson)、德蒂耶纳(M. Detienne)和芬利(M. I. Finley)。

(V. Di Benedetto)借此证明我们的研究和马克思主义的正统水火不容。说实话,如此正统不比其他正统给我们带来更多启示,就我们来说,则很容易反讽这一批评亦水亦火、模棱两可。这种说法来自于一个本身就非常矛盾的作者,他只在论战时是"马克思主义者",在著作中论述希腊悲剧时,则属于19世纪语文学传统中最不偏不倚的一派。① 贝内代托自愿地接受了二元论,甚至是善恶二元论。由此,他区分出一个"好"韦尔南,热尔内的学生,懂得在希腊悲剧里识别出两种思维模式的遭遇,一种早于城邦(Polis),另一种和胜出的城邦同时代,以及一个"坏"韦尔南,伊尼亚斯·迈耶松(Ignace Meyerson)的学生,受到迈耶松和其他人的毒害。② 但是怎样的奇迹使得两个世纪、两个司法模式、两个政治模式、两个宗教模式,"反动"与"进步"能在同一种文学中,在三位伟大的诗人那里共存,就像厄忒俄克勒斯要与波吕尼刻斯"共存"? 难道不是如洛罗所言,存在"悲剧的互相渗透"?③ 在我们看来,悲剧的二重性并不是什么雅论之题,它位于悲剧语言的最隐秘处,在长久以来人们称作埃阿斯的"双关语"(le《discours ambigu》d'Ajax)中,在可以给出多种阐释的词语中,在诗人们笔下的英雄与合唱队、演员和观众、神明和人类之间的互动中。在人的悲剧之旅和天定之命之间、在人物所言和观众所悟之间存在着模棱两可,二重性还根植在英雄内心,比如在厄忒俄克勒斯那里,摇摆于城邦(polis)的价值观和家庭(oikos)的归属感之间。对于那些无法领会的人,我们只能抛砖引玉,重复卢梭给威尼斯交际花的建议:"放下希腊悲剧去学数学吧。"(lascia le tragedie greche e studia la matematica)

我们和让·博拉克(Jean Bollack)、和他的追随者们之间展开的

---

① 最后请参见他的《索福克勒斯》(Sofocle),Florence,1983,其中最后一章〈善终〉(La buona morte),写的就是《俄狄浦斯在科罗诺斯》一剧,深受基督教影响。
② V. Di Benedetto,载 V. DI BENEDETTO et A. LAMI,《语文学和马克思主义——破除迷信》,前揭,页107—114。
③ Critique,317,1973,页908—926。

讨论则属于另一种性质,有着另一层意义。和那些回归马克思或弗洛伊德的人类似,博拉克回归文本,并提出理论,以期把语文学建设成十足的文本科学。① 但是设定的规则是否适用于所有的文本?"用两种互补的方法重新构建意义。第一种方法基于对通用的、典型的表达方式的认识,引向某种对概率的计算。可用于吕西阿斯的演说词和米南德的喜剧中,在他们的作品中,话语不支配语言。利用词汇和语法的静止特征,假设外部统一。另一种方法通往解读特殊的、特定的表达。那些明显自主的结构不能被忽视,这个方法适用的作品中,话语大大吸收了来自语言和其他话语的先入因素,比如品达(Pindare)的颂歌和索福克勒斯的悲剧[……]。一篇由通俗语言写成的文章,我们大可以探寻其中最大的共同点,归结到科学的明鉴上;而品达的一首颂歌却置阐释者于另一番境地,就像品达本人面对他那个时代的'明鉴'时一样。"②

但是,假如诗篇真的和演说家缺乏诗意的说辞相反,总是游走于多个层面的意义,那么这些诗篇比其他作品更易受到缮写人"明鉴"的威胁,而系统回归手稿文本的做法,虽对深入研究有益,却不可避免地伴随着幻觉。文本回归无论如何都无法实现"穷尽其意"③的效果,因为这种效果本身就与诗一般的语言背道而驰。博拉克最出色的翻译成果也驳斥了这一点。更有甚者,假如"最上乘的力作唤起了读者的共鸣,竟至于排斥起外在的科学评判",④那么阐释学家几乎要置身于孤立的两极之间,一边是文本,一边是自己,带着几分幻觉希望借助共鸣使两极相会,揭示出含义来。这样一来,本要刻意避免的先入之见,现代阐释家和古代文本之间的鸿沟,则有了被重新植入的风险。

---

① 这一努力和抱负在维斯曼(H. WISMANN),〈语文学家的职业〉(Le métier de philologue),*Critique*,1970,页462—479 和页774—781 中得到了出色的阐述。在本书的后文第361 页,我们也幸蒙博拉克一番指点,一席惠言教益真。
② 维斯曼,〈语文学家的职业〉,前揭,页780。
③ 同上。
④ 同上。

谈及我们的第一卷,①博拉克固然承认我们没有忽视悲剧作家的独创性,但是"这种独创性最终被降格成对既定法则的或多或少的遵循",而且,"作品的根本,用来描绘冲突的词语以及冲突的起因,则恰恰取自于外部。作者虽然热衷于悖论,但也不过是一介咬文嚼字之辈,至多是高级技工"。② 其实,我们这样写过:"然而,悲剧虽看似比其他文学形式更扎根于社会现实,但这不意味着它是在反映社会现实。相反,它并不反映这种社会现实,而是去质疑这种现实。悲剧体现了割裂的、分散的现实及其与现实本身的对立,对现实进行彻底的审视和质疑。"③

我们还是撇下"理解的原则"引发的争论,某种程度上这就像和先有鸡还是先有蛋一样,不会有结果。博拉克提出的真正的问题在于历史、社会的解说的合理性,并非是作为近景的社会环境,而是作为远景的展望,这一点于悲剧意义的传达必不可少。为了解释索福克勒斯的《俄狄浦斯在科罗诺斯》一剧中俄狄浦斯入住雅典后的变化,我们恰恰指出了④司法界定无法确切描述俄狄浦斯的地位;但倘若没有对司法界定的准确了解,我们连问题都无法提出,不论我们是否有共鸣,都无法同古代诗人对话。一个例子就能证明时代错乱会引发混乱。在索福克勒斯的《俄狄浦斯王》一剧中,拉伊俄斯的侍从发现自己面前的这位弑拜君主不是别人,正是当年那个双脚被穿透的孩子,他被自己送给了科林斯国王的牧羊人。根据让·博拉克、马约特·博拉克的译文,侍从对俄狄浦斯说:"如果你就是他(科林斯牧羊人)所说的那一位,要知道你生下来就注定要下地狱。"⑤希腊语原

---

① 亦见于前文提到的洛罗文章中的引用。
② J. Bollack,载 J. BOLLACK et P. JUDET DE LA COMBE,《阿伽门农》第一卷(*Agamemnon I*),1, Lille, 1981,页 LXXV-LXXVIII。奇怪的是,页 LXXVI, n. 1,博拉克把我们的"历史眼光"和贝内代托联系起来,这让人惊讶。
③ 见本书页 18。
④ 参见后文第七章。
⑤ 《俄狄浦斯王》(*Œdipe-Roi*),1180—1181,J. et M. Bollack 译,Paris, 1985,页 72。

文为：ἴσθι δύσποτμος γεγώς"要知道你为厄运而生"。"下地狱"一词（damné）①分明带着基督教神义论的观点，用在此处何意呢？这种提法不但一无是处，还混淆视听，不仅无益于理解悲剧的困境，还用奥古斯丁或加尔文的预定论取而代之。如此就中断了对话。为了作出回应，让我们听听如今的诗人的建议：

> 幸福从我的呼喊中喷涌而出，
> 奔向着那至上的召唤，
> 我的呼喊是那召唤的回声。

最后，我们满怀欣喜地感谢所有对本书作出贡献的人：感谢海内外的读者和与我们交换意见的人，感谢发现出版社（Éditions de la Découverte）的员工，他们实现了马斯佩罗计划，使得第二卷得以出版成系，感谢弗朗索瓦·利萨拉格（François Lissarrague）给我们提供了封面插图，②我们非常珍惜他的友谊与才干，感谢弗朗索瓦丝·弗龙蒂西-迪克鲁（Françoise Frontisi-Ducroux），她善意地允许我们在这本书里再版一篇她参与写作的文章。在阿加特·索瓦若（Agathe Sauvageot）的协助下，埃莱娜·蒙萨克雷（Hélène Monsacré）承担了重读所有作品的重任，剔除了多处瑕疵，统一排版。愿所有我们提到的和没提到的人都知道这本书也是他们的。

让-皮埃尔·韦尔南　皮埃尔·维达尔-纳凯

---

① 在同一本译作的第 52 页，行 823，又出现了同样的翻译：Ἆρ' ἔφυν κακός；"我是为恶而生的吗？"，成了"那么，我生来就是要下地狱的"；其实，诗人在这里呼应行 248，俄狄浦斯对杀死拉伊俄斯的凶手发出诅咒。此外，行 828 的希腊文 ômos daimôn，"野蛮的神灵"也被译成"地狱之劫"（damnation）。

② 我们还要感谢伯劳斯基（E. Borowski），他大方地允许我们使用这一资源，参见 J. R. Guy，《美妙瞬间》展览（Glimpses of excellence），Toronto, 1984。

一、悲剧传奇之神[*]

  关于悲剧,希腊民间流传着这样一句俗语:"这关狄俄尼索斯什么事?"或者,以一种断然的口吻道:"这与狄俄尼索斯毫不相干。"按照普鲁塔克(Plutarque)的说法,① 公元前5世纪初的那几十年间,普律尼科司(Phrynichos)和埃斯库罗斯在舞台上使得悲剧表演形成特色,普鲁塔克将其总结为传奇(*muthos*)——即描绘赫拉克勒斯(Héraclès)、阿特柔斯的后代(Atrides)或者俄狄浦斯的传奇故事时用到的情节——和悲怆(*pathétique*),充满着严肃与庄严;这两点首次构成了悲剧的样式,其中凝聚了公众的诧异,并最终被收入在谚语里。

  可以理解古代希腊人的窘境,狄俄尼索斯和悲剧之间的联系在希腊人看来显而易见。悲剧演出——我们知道它们于大约公元前534年诞生,在庇西特拉图(Pisistrate)在位的时候——在酒神祭(Grandes Dionysies)期间举行,那是一个非常重要的祭神节,在五月底春天伊始的时候举行,地点在城里,雅典卫城的一侧。人们称之为城市酒神祭,以便和冬日举行的乡间酒神祭区分开来,后者在十二月举行,其时有欢乐的游行队伍、合唱队、舞蹈和唱歌比赛贯穿阿提卡

---

* 本文第一次刊登于 *Comédie française*,98,1981年4月,页23—28。
① 普鲁塔克,《把酒畅谈》(*Propos de table*),I,1,5(615a)。

地区的村镇,热闹非凡。

作为酒神祭的压轴好戏,戏剧表演要持续三天,并且和其他仪式紧密结合:酒神赞歌比赛(dithyrambes)、青年游行、血腥祭祀和神像游行;由此构成了宗教仪式的一环,是整个宗教仪式的重要组成部分。此外,献给狄俄尼索斯的剧院还在其中辟出一处作酒神庙,安放神像;在 orchestra(合唱队区)中央,竖起一个石祭坛,叫 thymelê;最后在看台上,设有一个雕刻精美的尊座,为狄俄尼索斯的祭司所专用。

寻求神一般的癫狂

既然戏剧表演是酒神祭的一部分,那怎能不就悲剧和酒神崇拜之间的关联提出疑问呢?然而公元前5世纪时雅典的悲剧,如果它还算地道,不论从主题或从情节结构上,都与酒神没有任何关联,这难道不令人疑惑吗?酒神在希腊的众神中,有那么点"不法之徒"的意味:狄俄尼索斯象征的不是自我克制,不是意识到自己的局限,而是追求神一般的癫狂、神灵附身时的恍惚、感受来自天上的圆满;不是稳定与秩序,而是追求某种法力的幻象、彼岸的超度;这是一个外形变幻不定的神祇,当他靠近的时候,会把他的信徒们引上另一条路,为他们打开通往宗教体验的大门,让他们感到与本来的自己完全脱离,这种体验在多神教中堪称独此一家。然而,诗人创作悲剧的灵感并不来自于对这位特殊神祇的崇拜,不取自于狄俄尼索斯的激情、漂泊、神秘和胜利。除了仅有的几个例外(如欧里庇得斯《酒神的伴侣》一剧),所有的悲剧都取材于希腊人耳熟能详的英雄传奇,与狄俄尼索斯毫不相干。

在这一点上,现代学者的探究陷入了与古人同样的困惑之中。他们曾试图把希腊悲剧与宗教渊源联系起来理解,试图从狄俄尼索斯的古代崇拜那里寻找悲剧最纯粹的形式,去解读悲剧精神的秘密。这种做法在考据上很不可靠,在原则上也是徒劳和空想。首先为了考证悲剧的根源在于过去的宗教仪式而参考的材料有着不确定、模糊的特点,还常常互相矛盾。以演员佩戴的面具为例,把它们和酒神祭时的动物装扮联系在一起,这种打扮见于护送酒神的森林之神和西勒诺斯(silènes)那里,他们跳着略显粗俗的舞蹈,欢快地簇拥着狄俄尼索斯。但是悲剧中用到的面具——悲剧之父泰斯庇斯(Thespis)率先采用过铅白之后,才选择了面具——是人形的,而不是兽类的变异。其功能主要出于审美,为了符合演出的特别要求而设置,而不是什么宗教仪式规定的借助假面展现神灵附体或者兽性。

亚里士多德就悲剧的既往史指出两点,但是我们仍需忠于原文,切不可肆意发挥。悲剧"来自于那些引领酒神赞歌的人",[1]即那些引导圆形合唱队的人,这种合唱队常为狄俄尼索斯载歌载舞,但也不总是为他。很好。但是亚里士多德提起这种关联的时候,旨在强调在各个层面一系列的变化之后,悲剧虽然不至于同酒神赞歌背道而驰,但也切断了联系,另立门户,并且,如亚里士多德所说的,发展出"它的全部特性"[2]来。亚里士多德的第二条意见关于"森林之神的语言",其四音步诗的形态为"森林之神和舞蹈"所特有,悲剧逐渐远离这类语言,转而采用抑扬格。[3] 在哲人眼中,抑扬格是唯一一种适合对话的文体,于是,在文学史上剧作家首次把主角间的直接对话展现在公众面前,看起来这些有血有肉的人物仿佛在台上真的互相对话。难道从以上两点意见中,可以得出结论说:悲剧中合唱队围绕着 *thymelê* 变换队形的做法,来自于酒神赞歌的环形歌舞中参与者化装成森林之神、模仿公山羊或者身披母山羊皮的记忆?没有什么比这更不确定的了。在酒神祭中,与悲剧比赛关系密切的酒神赞歌的参与者并不佩戴面具。把略显粗俗的男性生殖崇拜传统延续到了公元前5世纪的是森林之神的剧本,而不是悲剧。悲剧恰恰和这种演

---

[1] 亚里士多德,《诗学》(*Poétique*),1499 a 11。
[2] 同上,1499 a 15。
[3] 同上,1499 a 20—25。

出相距甚远。

此路不通,学究们于是又去别处寻找能把悲剧演出和它的宗教母体联系起来的脐带。他们推敲"悲剧"一词:*trag-oidia*,公羊之歌,进而联想到悲剧演员,*tragoidos*,不是为获得一只公羊的报酬而歌唱的人,就是在公羊祭时的歌唱者。从这个假设到推测在 *orchestra* 中央,合唱队围绕着的祭坛本是用于公羊祭,即在一年一度的宗教净化仪式中用这头公羊抵罪,让城邦洗净罪孽——只有一步之遥。跨过这一步的人得出的阐释同吉拉尔①所主张的类似,这种主张把悲剧演出和替罪羊宰杀仪式联系起来,悲剧在公众心灵上起到"净化"情感的作用,其原理类似一个群体把所有的冲突都聚焦到同一个受害者身上,集体处死这个恶的象征,以图摆脱危机。

不幸的是,这只公羊,*tragos* 的存在,一直无法被证明。不论是在剧院里,还是在酒神祭中,既不祭公羊,也不祭母羊。而且当在其他情况下,狄俄尼索斯祭祀中用到和羊有关的形容语的时候,用的是 *aix* 这个词,从不用 *tragos* 一词。

悲剧:一项创新

但实话说这些困难虽然确实存在,却是次要的。至关重要的是,史料能让我们理清在公元前 6 世纪至公元前 5 世纪交接时,悲剧形成的各个阶段,比如对流传至今的埃斯库罗斯、索福克勒斯和欧里庇得斯的作品加以分析,我们可以很清楚地看到悲剧是名副其实的创造。如果我们要理解悲剧,那么在谈及它的起源时,除了必要的谨慎,还需探究其创新之处,估量它相对于宗教活动或者更早期的诗歌形式发生的突变和转折。悲剧的"真义"不包含在其鲜为人知的过去里,这样的过去或多或少带着"原始"、"神秘"的意味,在舞台周围萦绕不散;悲剧的"真义"可从它的创意中解读出来,它从三个层面影响

---

① 勒内·吉拉尔,《暴力与神圣》(*La Violence et le sacré*),Paris, 1972。

希腊文化。首先,在社会构架上,在僭主(tyrans)的推动下——僭主是最早代表民意的人——设立了悲剧比赛,由大法官(archonte)管辖,遵循同公民大会、民主法庭相同的条例,包括组织结构的细节也都有法可依。从这个角度来看,我们可以认为悲剧是以城邦为舞台,是城邦在公民面前的自我演绎。其次,在文学形式上,采用了一种适合舞台演出的诗歌形式,剧本创作时就考虑到观众边看边听的效果,这和过往的形式截然不同。最后,在人性体验方面,随着悲剧意识的诞生,人物和他的行为在悲剧环境中不是固定的,可让人描述、定义、评判的现实,而是成问题的,是没有答案的疑问,是有着双重含义的谜,需要不断解读。为戏剧提供素材、人物和情节的史诗,曾把英雄人物描绘成典范,渲染他们的价值观、品格和伟大事迹。但是通过对话、主角同合唱队之间形成的对比和戏剧的情节推进时发生的逆转,传奇英雄就不再是史诗中歌功颂德的人物,而是成了剧院舞台上争论的对象。当英雄在舞台上受到公众质疑,反映的其实是在公元前5世纪的雅典,希腊人通过悲剧的形式,发现自身矛盾重重。

继其他希腊学者之后,和现今的希腊学者一样,我们就以上诸点已经作了充分的解释,不想再赘述。

但是,本文开头我们和希腊人一样生发的疑问,在一番分析后读者不会忘记还给我们。他会问:究竟在你们看来这和狄俄尼索斯有什么联系呢?答案分两个层面。首先,在希腊戏剧中,有宗教的成分,这太明显了。但是古人与我们对宗教的意义和地位的理解不同。在古人那里,宗教并不完全和社会、政治脱离。所有的重大集体活动,城邦的或者家庭的,公共的或者私人的,都包含宗教节日的意味。法官宣誓就职、公民大会召开、签署和平协议,甚至婴儿出生、朋友聚餐、出发旅行之际都会有宗教元素体现。对于戏剧也是一样。

然而读者不会轻易放弃:在这些宗教因素中,为什么独独选中狄俄尼索斯呢?如果除了难以理清的历史原因,要给出同悲剧渊源本身并不相干,但是却能让当今的读者满意的解读,那我很乐意这么解释:比起那些我们难以掌握的渊源,悲剧的创新之处,在于公元前5

世纪时的现代性——哪怕在今天看来依然如此——同狄俄尼索斯之间存在共鸣。悲剧舞台上的人物和事件看起来非常真实,就像即刻发生一般。观众观看的同时,也知道英雄不再,旧时代俱往矣,这些人物属于一个不复存在的世界,在不可企及的别处。因此,演员在剧院里演绎的"存在",是在公众的日常现实生活中所"缺失"(absence)的,这种"存在"是"缺失"的象征或者面具。观众虽然被卷入剧情的发展和转折,但却清晰地意识到这些都是幻象,用一个词来形容,就是"模仿"(mimétique)。如此,悲剧就在希腊文化中开辟了一个新空间,想象的空间,观者感同身受,但也意识到它纯粹是人为营造的。我曾经写过:"对虚构的觉悟(La conscience de la fiction)是戏剧演出的一个构成部分,它既是条件又是产物。"① 虚构、假饰、想象;但是,如果相信亚里士多德所言,在这场影子戏中,诗人的幻象艺术让肃穆与真相在舞台上复活了,这比历史叙述来得更为真实,因为戏剧演绎出当时那一切是如何发生的。假如正如我们所言,狄俄尼索斯的特征之一就是不断地使虚幻和现实之间的边界模糊,使得别处(ailleurs)突然再现,让我们脱离自我,那么悲剧在希腊舞台上第一次展现的幻象,正是这个朝我们微笑的神的面孔,带着谜一般的模棱两可。

---

① 见后文,《悲剧的主题:历史性和跨历史性》(Le Sujet tragique: historicité et transhistoricité),页 260。

二、古希腊面具的形象*

除了演员在舞台上佩戴的喜剧或者悲剧的面具,希腊的面具还有大理石雕刻的、烧土塑形的和木刻的,它们或象征神祇,或在仪式期间为祝祀者佩戴。

那么祭祀的面具同戏剧面具是不一样的了。这样的区分乍一看是要令人惊讶的,因为在雅典,同其他古代城邦一样,戏剧比赛和狄俄尼索斯的宗教仪式密不可分。比赛在城市酒神祭时举行,并且其神圣的特征一直保持到古希腊时代末。此外,剧院建筑还在内部辟出一块地方,用作酒神庙;在 orchestra(合唱队区)中央,竖起一座献给酒神的石祭坛,叫做 thymelē,在看台上,最好的座位留给狄俄尼索斯的祭司。

然而,在舞台面具和祭司面具、神面面具之间还是有分别的。舞台面具同其他的服饰一起,是悲剧表现的一种手法,而仪式面具是信徒乔装的手段,用于宗教目的,至于神面面具,他那奇特的眼睛是狄俄尼索斯特有的象征,而酒神的到场总是不可避免地和他的缺席(absence)相联系。

---

* 本文为同弗龙蒂西-迪克鲁(F. FRONTISI-DUCROUX)合作写成,第一次刊登于 *Journal de psychologie* 1/2, 1983,页 53—69。我们感谢利萨拉格(F. Lissarrague)为本文提供插图。

古希腊某些神祇的祭祀面具要从更为广泛的角度来看待:形式多样的神灵表现。希腊人几乎采用了所有象征表达手段:未经雕琢的石头、梁、柱、动物形象、怪兽形象、人形和面具。我们知道在古典时代,宗教雕像采用人形已经成为典范。然而,有些神祇则属例外,对于这些特殊的神,面具具有特别的含义和象征效果。面具尤其象征哪些神灵呢?他们之间有什么共同点,使得面具比其他的形式更具有超自然的象征意义呢?

在这个类别下,我们主要考察三位神灵。

首先,一位同面具合为一体的神灵:蛇发女妖戈耳工(Gorgô),她完全通过面具活动。其次,一位从不用面具来表现的女神,但是在她的崇拜中面具和乔装占有重要地位:阿耳忒弥斯(Artémis)。最后,一位同面具联系紧密、希腊众神中的面具之神:狄俄尼索斯。区分、对比这三位,体会他们之间的相通之处,有助于理解希腊人的宗教世界中面具的意义。

1. 戈耳工

蛇发女妖有着双重特征:女性的身体和怪兽的脸,美杜莎是三个蛇发女妖中唯一一个具有凡身的。帕修斯(Persée)小心翼翼避开她有石化作用的目光,割下了她的首级;他把首级献给雅典娜,雅典娜把它按在盾牌中央,就成了蛇发女妖图饰(*Gorgonéion*)。但是戈耳工首先是一面具,有多种用途:在神庙的三角楣、浅浮雕、饰座或者瓦檐饰都可以见到,她似乎同时具有驱邪的作用和装饰的功能。她也被挂在手艺人的作坊里,帮助陶工照看窑炉,为铁匠驱除恶魔的骚扰。在私人住宅里,戈耳工面具是家庭的一部分,常见于高脚玻璃杯和双耳尖底瓮。我们还可以在战士的盾牌装饰上找到她。

不论是全身像,还是单个的面具,戈耳工的形象自公元前 7 世纪出现以来,在科林斯、阿提卡和拉科尼亚地区的形象各有不同,但是有一个基本的共同特征:对脸部的强调(facialité)。

图 3　戈耳工面具,戈耳工两旁为驱魔眼(那不勒斯博物馆)。

图 4　狄俄尼索斯面具,狄俄尼索斯两旁为驱魔眼(马德里博物馆)。

戈耳工的全身像依照标准展现身体和手脚侧面像，但是她总是扭头正面朝向观众，她的脸涨得圆圆的，瞪大了眼睛。

我们之后也要提到，狄俄尼索斯是唯一一个奥林匹亚诸神中以正面示人的。同酒神类似，戈耳工也是一位人类一靠近就要接触到其目光的神灵。目光在这里占据了主要地位，在某些陶瓷器皿上，戈耳工的面具两旁有两个大大的驱魔眼。① 同样的形态还见于狄俄尼索斯面具或森林之神面具。这种图案的变体之一是每个驱魔眼的瞳孔里都有一张戈耳工的脸，希腊人管瞳孔叫 Koré，即"年轻的女孩子"。②

在文字记载中，尤其是在史诗里，戈耳工的眼神有时会出现在暴怒的战士眼中，能制造恐慌：无缘无故的惊恐、失去理智、纯粹的惊骇，这种恐惧属于超自然的一面。戈耳工的眼睛是不可抵御的战士，她龇牙咧嘴，做出雅典娜盾牌上的丑陋面容，她意味着不可避免的死亡，让人在等待中心脏冻结，使人瘫痪、石化。③ 因此蛇发女妖盾牌饰是陶罐上最常见的英雄的盾牌的装饰。④ 她的视觉冲击效果还伴随着听觉冲击。戈耳工张大的嘴让人想起雅典娜突然出现在特洛伊军营中大声喊叫，和回到战斗中来的阿喀琉斯的可怖嚎叫，还有雅典娜为了模仿蛇发女妖们尖锐的嗓音而发明的笛子的声音。⑤ 女神在泉边吹着笛子，突然她看见自己在水中的倒影：鼓着腮帮子，丑得像蛇发女妖面具。雅典娜于是恼怒地扔掉了这个新玩意儿；随后笛子被森林之神马西亚斯（Marsyas）得到。⑥ 战笛、宗教附体秘仪中用到

---

① 参见 E. E. BELL,〈圣西门的两个克罗科托斯面具杯〉(Two Krokotos Mask Cups at San Simeon),见 *California Studies in Classical Antiquity*,10,1977,页 1—15。
② Coupe FN, Cambridge GB, Fitzwilliam Museum, 61；J. BEAZLEY, ABV 202, 2。
③ 《伊利亚特》(*Iliade*), V, 738；VIII, 349。
④ 《伊利亚特》, V, 738 及以下；参见 G. H. CHASE,《希腊盾牌图案》(*The Shield Devices of the Greek*),Cambridge(Mass),1902。
⑤ 品达,《皮提亚颂歌》(XIIe *Pythique*),12—42。
⑥ 亚里士多德,《政治学》(*Politique*),1342 b 及以下；APOLLODORE, I, 4, 2；ATHÉNÉE, XIV, 616 e-f;普鲁塔克,《道德论集》(*Moralia*),456 b 及以下。

的笛子都是引发妄想的工具,这种精神失常的状态可以置人于死地。①

暴露在戈耳工眼神之下的人,要面对的完全是另一种彼岸神灵,是死亡,是夜,是虚无。久战不竭的英雄奥德修斯(Ulysse)去地狱绕了一圈,他说:"强烈的恐惧笼罩着我,愿高尚的珀耳塞福涅(Perséphone)不要从冥王府底给我送来蛇发女妖的可怖头颅。"②戈耳工是冥界的界标。闯入冥界,就是在戈耳工的眼光下,变成头脑空空、四肢无力的死人,就像戈耳工那样,头颅披着夜。③

这种和人间截然不同的特性,被希腊艺术家用怪兽的特征展现出来,使人一看便知。这张脸的兽性在于:人间的一切秩序、分类都被打乱了。戈耳工脸上人的特征和野兽的特征相结合:头大而圆,像是狮子面具;头发用的是动物毛发,或者更常见的是竖起的蛇。巨大的耳朵让人联想到牛。嘴巴咧开,与面颊同宽,露出一排野兽的牙齿或是野猪的獠牙。巨大的舌头伸出在外,一直垂过下颚。她喃喃地诅咒着,像是一匹来自彼岸的桀骜不驯的马,这种令人恐惧的马有时被画在戈耳工的手臂上,她可以借助马的身体变成马人。④

戈耳工既是人类和动物的混合体,又是男女双性混合体:下巴长着胡子。有的戈耳工全身像长着男性生殖器,另一些则是女性身体,同波塞冬交合后正在生产。但是一般来说,她是从割掉头颅的脖颈处产下她的两个儿子:飞马珀伽索斯(Pégase)和巨人克律萨俄耳(Chrysaor)。⑤

---

① 柏拉图,《法律篇》(*Lois*),VII,790 c—791 b;JAMBILIQUE,《论神秘》(*Des Mystères* 3),9。参见韦尔南的分析,J.-P. VERNANT,《眼睛里的死亡》(*La Mort dans les yeux*),Paris,1985,页 55—63。
② 《奥德赛》(*Odysée*),XI,633—635。
③ 《奥德赛》,X,521,536;XI,29,49。
④ 叙拉古雅典娜神庙,烧制而成的排挡间饰(620—610);卢浮宫内彼俄提亚(boétienne)饰有浅浮雕的双耳尖底瓮(公元前 7 世纪初);参见 K. SCHEFOLD,《希腊早期艺术中的神话与传说》(*Frühgriechische Sagenbilder*),Munich,1964,pl. II et 156。
⑤ 赫西俄德,《神谱》(*Théogonie*),280—281。

格赖埃(Grées)是戈耳工的姊妹,格赖埃生下来头发、皮肤就是乳白色的,她们是衰老的年轻姑娘,戈耳工和格赖埃的脸颊和额头都有深深的皱纹,戈耳工也是同时具有衰老和年轻的双重特征。

虽然丑得令人生厌,戈耳工却很有诱惑力,波塞冬对她的欲望足以证明。有种传说讲她是一个美丽的年轻女子,与某位女神比美,并且为她的傲慢而受到惩罚。① 到了晚期,美杜莎(Méduse)的形象是一个极其美丽的女子,其妖艳程度和她眼中的死亡相媲美。

年轻—衰老、美丽—丑陋、男性—女性、人类的和野兽的,除了这些特征以外,戈耳工还混合了凡身和永生。她的两个姊妹是永生的。只有她死了,但是她割下的头颅继续活下去,并且能置人于死地。三个戈耳工出生在夜的王国,她们长着翅膀,能魔幻般地在地面和地下穿行,就像在天空中飞行般自如。美杜莎的儿子珀伽索斯,生于母亲的断颈,能电闪雷鸣,穿梭于天地之间。

这张混乱的脸结合了所有的矛盾,混淆了所有平常互相区分的范畴,让人惊骇,让人想到死亡,但它也可表现为灵魂附体。被附体的人暴躁地呓语,希腊人称之为 Lussa,发疯的人,这样的人好比戴上了戈耳工面具。他两眼翻白、面容扭曲,舌头伸出,紧咬着牙:悲剧文本如此来描述精神错乱后狂怒的赫拉克勒斯(Héraclès),他亲手杀死了自己的孩子:这时的赫拉克勒斯是戈耳工的化身。②

如果说文字记载强调的是这张混乱的脸令人不安的奇特之处,展现其兽性的一面,那么戈耳工的视觉图像则更常表现她怪诞的一面。大部分情况下戈耳工虽然仍具有明显的恫吓效果,但是她变得滑稽可笑、幽默诙谐。和那些用来吓唬小孩的凶神恶煞、打扮滑稽的假人非常接近。这是一种消除不安的方法,把威胁逆转成保护自己不受对手伤害,成了防卫手段。

在某些情况下,荒诞的效果来自于脸部和性别特征之间的对比。

---

① APOLLODORE, II, 3, 4;奥维德,《变形记》(*Métamorphoses*),IV, 795 及以下。
② 欧里庇德斯,《赫拉克勒斯》(*Héraclès*),931 及以下。

比如森林之神这种多重性的生物,他竖起的生殖器是用来引人发笑的,与此类似的是戈耳工的女性特征。最典型的例子是鲍博(Baubô)这个人物,在有些文字记载中,她类似于乳母讲的童话故事里的吃人女妖,或者是夜间出没的鬼魂,在厄琉西斯(éleusiniens)的宗教仪式中扮演关键角色:是她通过充满欢乐的戏谑玩笑,使得德墨忒尔(Déméter)发笑,终止了服丧期。根据教父的记载,鲍博使尽浑身解数,最终想到翻起裙子,露出下腹。① 然而,她露出的性器官也是一个孩童的脸。鲍博的滑稽动作惹得德墨忒尔大笑起来。在其他的情况下,尤其是在宗教秘仪中,展露性器官起到神圣的震慑作用,在这里引发哄笑,并结束服丧所带来的不安。这个脸型的性器官遂成为面具以后,具有解脱的作用,我们可以在普利尼(Priène)的奇特小雕像上看到,它的肚子和脸相互重叠,融为一体。②

2. 阿耳忒弥斯

阿耳忒弥斯并不以面具的形象示人。她在雕像和陶器上的模样众所周知:贞洁的女猎手,美丽而擅长运动,身着短袍,手持一把弓,经常有猎狗和动物伴随左右。在希腊世界里,这位女神带有某种前希腊时期一位神祇的特征,她叫 *Potnia therôn*,"野兽女王",从这种意义上来说,可以从阿耳忒弥斯的形象和最古老的戈耳工形象中找到相通之处。③ 但这不是我们所采用的方式。如果说阿耳忒弥斯是一位面具之神,那是因为她的祭仪,更确切地说是由月神主持的年轻人的入门秘仪中,面具和乔装占有重要的地位。要体会阿波罗的孪生妹妹同面具象征的超自然领域的关系,就必须先描绘出阿耳忒弥斯

---

① CLÉMENT d'Alexandrie,《劝诫录》(*Protreptique*),II, 21;ARNOBE, Adv. Nat., V, 25, 页 196,3 Reiff(Kern fr. 52 et 53)。
② 参见雷德(J. RAEDER),《普利尼:一座希腊城市的遗迹》(*Priene. Funde aus einer griechischen Stadt*),Berlin, 1983,图 23 a-b-c。
③ 参见 Th. G. KARAGIORGA,《戈耳工之头》(*Gorgeiê Kephalê*),Athènes, 1970。

二、古希腊面具的形象 211

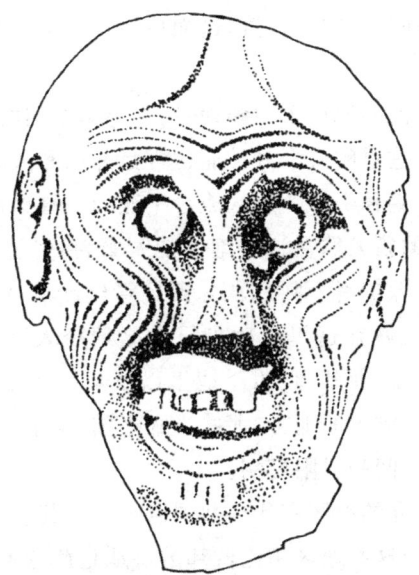

图 5 阿耳忒弥斯·奥昔夏(Orthia)圣所内
发现的老妇人面具(斯巴达博物馆)。

图 6 狄俄尼索斯祭祀面具(罗马朱拉博物馆,
musée de la Villa Giula)。

的形象,弄清她在诸神中的位置,进而更清晰地掌握女神在超自然力范畴中的地位。①

阿耳忒弥斯的领地属于边疆地带:国与国之间的分隔山脉,远离城市的地方——这里的大型月神庙常常是邻国和敌对民族之间的争夺对象——以及森林密布的地区或者干燥的山脊地带这样的边缘之地,女神带着她的猎犬们在这些地方捕杀野兽,月神是野兽的主人,同时也是它们的保护者。阿耳忒弥斯还管辖沙滩、滨海地区这样的海陆交接处,传说她在这里会碰见野蛮之地令人不安的奇怪雕像。月神还在内陆出没,在湖边、沼泽地里以及某些河流边上,那些静止的水边,可能发生洪灾的地方,那些半水半陆、半干半湿的地方,在那里,液体与固体之间的界限模糊。

这些种类各异的地区有什么共同点吗?与其说这些都是绝对野蛮的地区,不如说这些地区相比城邦的耕地是截然不同的;阿耳忒弥斯的世界是边缘地带,野蛮和文明在这样的交界处互相接触,形成对比,互相渗透。

阿耳忒弥斯还经常同婴儿一同出现,她负责孕妇生产、婴儿出生、抚养孩童。在野蛮和驯服之间,她的角色是照料人类的孩子,这些孩子和动物(或家养或野生)的后代同样属于女神管辖。月神引领着这些孩子从出生走向成熟,她驯服他们,让他们变得温顺,帮助他们越过那道坎,对女孩来说就是婚姻,对男孩而言就是获得公民的身份。在城邦周围的郊外,年轻人必须通过一系列考验,切断自出生以来他和另一个不同的世界的联系。必须越过男孩、女孩性别特征不

---

① 关于本文中所提到的阿耳忒弥斯的各个方面,请参见韦尔南,《法兰西学院年鉴》(*Annuaire du Collège de France*),1980—1981,页 391—405;1981—1982,页 408—419,1982—1983,页 443—457;《眼睛里的死亡》(*La Mort dans les yeux*),页 15—24;F. FRONTISI-DUCROUX,〈阿耳忒弥斯牧歌〉(*Artémis Bucolique*),见 *Revue de l'Histoire des Religions*, CXCVIII, 1, Paris, 1981,页 29—56;以及合集:《希腊宗教和西方研究》(*Recherches sur les cultes grecs et l'Occident*),2,Cahiers du Centre Jean Bérard, Naples, 1984。

确定的阶段,让男女有别,不可逆转。

阿耳忒弥斯帮助女孩子们走向成熟、适婚的年龄,她让她们做好婚姻的准备,婚后的性生活应当遵循文明的礼仪。新婚的妻子害怕性行为时的暴力,阿耳忒弥斯则通过拒绝婚姻来排斥它。在那些侍奉阿耳忒弥斯的处女祭司(*parthenoi*)所留下的神话记载中,可以看到对强奸和抢婚的恐惧萦绕不去,这类行为不但不让女性融入文化生活中,反而使得男女双方都滑向野蛮的状态。当然,暴力来自男方,但是威胁也可以来自女方,年轻的女孩子如果想完全模仿月神的话,她们会拒绝婚姻,倒向十足的兽性,成为凶狠的女猎手,追捕、猎杀她本应嫁给的男性。

位于阿提卡地区的布饶戎(Brauron)祭祀活动,是典型的阿耳忒弥斯帮助性生活融入文化生活的准备活动。雅典的年轻女孩子们必须在五岁至十岁之间模仿母熊,然后方能结婚,同丈夫共处。模仿母熊并不代表回到原始野蛮状态,并不是像卡利斯忒(Callistô)那样,因为没有对月神代表的贞洁世界保持忠诚,因为被迫发生了性关系并生育,而受到惩罚,被变成母熊。雅典的年轻女孩们模仿的是一头曾经被驯服的母熊,它来到阿耳忒弥斯圣所,同人类共处,一起长大。有这么一个小女孩,蛮不讲理,不知廉耻,同这个动物玩得过了头,结果她的脸被熊抓破了,她的哥哥看见了,一怒之下杀死了母熊。从此以后,为了补救谢罪,雅典公民的女儿们模仿母熊,以显示她们慢慢驯服自己,消灭自己身上潜在的野蛮本质,以便能够同丈夫共处,彼此相安无事,互不构成威胁。

在宗教仪式中有没有用到面具呢?没有比这更不确定的了,尽管在一块陶器碎片上绘着的一个成年妇女——一位祭司?——戴着一个母熊面具。[①] 但是模仿动物起到的作用相当于面具的象征效果。

---

① 参见 L. KAHIL,〈布饶戎的阿耳忒弥斯:宗教仪式和秘密祭礼〉(*L'Artémis de Brauron : rites et mystères*),见 *Antike Kunst*, 20, 1977,页 86—98。

至于男孩子们,他们在取得公民身份之前,必须先拥有战斗所需的强壮体格和必要的公民品德。这一训练过程在斯巴达尤为制度化,斯巴达的男性自幼儿期一直到老年期,被分成组织严格的年龄段。自七岁起,男孩要接受集体教育,这是一种极其严格的训练,包括必须完成的任务和接连而至的考验,使得从儿童期到青少年期的分别鲜明,这样的训练是为这些男孩子们有一天成为"平等者"(Égaux)而做准备。

在青年教育(paideia)中,模仿(mimesis)占有重要地位,要模仿的不仅是偶尔举行的假面游行,还有日常生活中所必需的行为方式。

例如,年轻的男孩子们实践一种名为 sophrosunê 的美德:在马路上不出声地走路,双手收在外套下面,不得王顾左右,眼睛必须盯着地面。绝不回答别人,也不开口说话。他们应当展现的是:即使是比谦虚,男性都胜过女性。对此,色诺芬(Xénophon)记载:还以为是看见了真正的女孩子们。① 男孩子们要保持纯洁和矜持,这可以说是非常女性化的,与此同时,他们应当作一件一般而言禁止的事:为了获取食物,他们要去成年人的饭桌上窃取,要花招、自己设法对付,然后溜走,并且不能被抓住。他们应当在残酷的格斗中——咬、抓、后踢,无所不行——表现出最最暴力的一面,显示出绝对的野蛮,将男性专有的品质 andreia,发挥到极限。andreia 意为疯狂的战士,面对令人不寒而栗的戈耳工面具,不惜一切代价想要获胜,随时准备吞噬敌人的心脏和脑髓。强烈的男子气概,近乎动物的兽性。

在另一些时候,年轻的学徒们除了学习保持纯洁与矜持,还放任自己做出令人发笑的行为,争相出言不逊,满口谩骂、下流之词。

位于斯巴达的阿耳忒弥斯·奥昔夏圣所的考古发掘所得的面具想必就属于这种情况。② 这种烧土制成的还愿物,大部分比孩子的

---

① 色诺芬,《拉西第梦人的共和国》(République des Lacédémoniens),III, 5。
② 道金斯(R. M. DAWKINS),《斯巴达的阿耳忒弥斯·奥昔夏圣所》(The Sanctuary of Artemis Orthia at Sparta),Londres, 1929,尤见第五章和 pl. XLVI—LXII。

脸还小，被解读成是阿耳忒弥斯祭祀活动时用的木质面具的翻版。

有些面具是老妇人的模样，脸上遍布皱纹，牙齿脱落，让人联想到戈耳工的远房姊妹格赖埃。一同发现的还有扮着怪相的森林之神面具、大量的戈耳工面具，这些面具脸部奇形怪状，多少有点野兽的特征，有的还很丑陋。里面还有戴着头盔的年轻战士，一脸镇定的样子。

我们还知道，斯巴达的有些入教秘仪中，就包含了带有模仿性质的舞蹈比如狮子舞，或者完全不合礼仪的舞姿。

这一切让人猜测，斯巴达年轻人在宗教仪式和假面游行中，通过乔装和面具，模仿各种各样的态度：女性的矜持和动物的凶残，知廉耻和猥琐下流，年老力衰和年轻力壮的战士，先后体验各种边缘的、怪异的做法，探索各种他性（altérité）的可能，他们学习违反规则是为了更好地遵守从此他们必须坚守的规范。

同理，在很多社会中，为了巩固秩序，会阶段性地颠倒一番，嘉年华的那几天就是秩序颠倒的时候：女人们穿成男人的样子，男人们穿上女人的衣服或者兽皮，奴隶们当一回主人，嘉年华的国王象征性地驱逐城邦首领。在这几天内，猥琐下流、兽性、粗鲁、可怖和可笑代替了所有既定的价值观念，充斥着文明的世界。

同样地，在阿耳忒弥斯——边缘和过渡之神——周到的监护下，希腊的孩子们学习掌握人的社会身份，小女孩们模仿从野蛮的本质中慢慢脱离出来走向文明、成为合格的妻子的过程，男孩们学习辨识所有的不当举止，以便最终回归并认可公民的标准，并且不再动摇、反复。

3. 狄俄尼索斯

与狄俄尼索斯相关的宗教仪式则截然相反。他起到了补充的作用。酒神施展法力的对象是完全社会化的成年人，是融入城邦的公民，是已经成家的母亲们。酒神在日常生活中引入来自他处

(ailleurs)的意外之举。

关于面具之神的崇拜,我们掌握的文献资料非常有限。关于酒神节庆的记载中没有任何详细说明,究竟献给酒神的宗教仪式是不是仅用面具的形式,还是像其他奥林匹斯神一样——狄俄尼索斯也属于他们中的一员——使用人形雕塑。这是一个体现酒神模糊性的方面。尽管他是地道的希腊神祇,同其他的神一样有正宗的出生和久远的历史——他在迈锡尼(Mycènes)早就出现——,但是他却是"异乡人"、"他者",总是从海的另一边来,有时和阿耳忒弥斯一样,是海浪带来的不同寻常的崇拜对象,有时他突然亲自出现,来自野蛮的亚洲,让希腊人措手不及,随行的有酒神的伴侣(Bacchantes),狄俄尼索斯将她们分配到希腊各地。

然而,我们掌握两种资料,能够帮助解读面具之神的个性特点。

首先是考古资料:一方面是大理石质地的面具,它们大小不一,有开孔但没有被凿穿,面具上的悬挂孔说明这些面具不用于佩戴,供悬挂;[1] 另一方面是陶器图案,表现为固定在石柱上的偶像面具(idole-masque)。

其次是文献记载:欧里庇得斯的剧本《酒神的伴侣》,以尤为模棱两可的方式,在剧院的舞台上展现了狄俄尼索斯式疯癫(mania)的强大威力。一位头戴悲剧面具的演员饰演剧本的中心人物酒神;但是酒神自己又乔装成凡人,亦具两重性。时男时女,乔装打扮,长长的辫子从脸颊两边垂下,眼神异样,身穿一袭亚洲长袍,狄俄尼索斯装成是自己的祭司,来到众生面前,向他们显形,其形变化多端,象征伪装与面具。[2]

悲剧剧本和象形展示突出了这位神祇的根本特征:对脸部的强

---

[1] 费雷德(W. WREDE),〈神灵的面具〉(Der Maskengott),见 *Athenische Mitteilugen*,Berlin,1928,页 67—98,Pl. XXI-XXVII。

[2] 参见韦尔南,〈欧里庇得斯《酒神的伴侣》中戴面具的狄俄尼索斯〉(Le Dionysos masqué des *Bacchantes* d'Euripide),见后文,页 405—435。

调(facialité)。和戈耳工类似,狄俄尼索斯是一个人类只能通过面对面来与之沟通的神祇:人一看到他就置身于他那充满震慑力的眼光之下,进而迷失自我。

根据《酒神的伴侣》中的描述,狄俄尼索斯来到大逆不道的彭透斯(Penthée)面前,乔装成加入酒神秘仪的信徒,对他讲述自己和酒神面对面的情形:"我看到他正看着我。"①

这也正是陶器图案上所展示的。在弗朗索瓦双耳陶爵(vase François)上,②所有的神祇都排成一列,侧着身。狄俄尼索斯的脸突然转过来,破坏了列队的规则性。他用瞪大的眼睛注视着观众,使得观众犹如新近加入秘仪一般。在饮酒樽上的图案里,酒神侧着身,站着或者躺在床上,一只手举着双耳酒樽或者饮酒角,或者醉醺醺地踉跄,眼睛仍然看着他的人。

但是,把酒神无法避开的眼神震慑演绎得最好的还数他的偶像崇拜。一张胡子拉碴、头发浓密的酒神面具挂在柱上,头戴常青藤环。在面具下方是一块打着褶皱的布,随风飘荡。酒神崇拜围绕着柱子展开,刚从精神恍惚的附身状态中出来的妇女们神情严肃,把弄着酒器。酒神注视着她们,她们的眼神也聚焦在酒神身上,观众的眼神也被吸引过去。这些妇女把这危险的饮料发给众人,假如饮用者不谨记、遵循相应的仪式,就会受到伤害。狄俄尼索斯教会人类葡萄酒的饮用方法,如何分酒,以便能驯服这种原始的、令人疯狂、出神的液体。在酒神面具面前,妇女们不饮酒,她们抱着虔诚、端庄的态度,汲取、分配这种供男人们和神祇们饮用的液体。③

在其他情况下,激动的女祭司们和手舞足蹈的森林之神围绕着

---

① EURIPIDE,《酒神的伴侣》(*Bacchantes*),470。
② 佛罗伦萨,考古博物馆,4209;参见 K. SCHEFOLD,《希腊早期艺术中的神话与传说》,前揭,pl. 46。
③ 参见 J.-L. DURAND et F. FRONTISI-DUCROUX,〈偶像崇拜、雕像、图像:关于狄俄尼索斯〉(Idoles, Figures, Images: autour de Dionysos),见 *Revue Archéologique*,1/1982,页 81—108。

巨大的酒神面具。森林之神是借助面具扮演的,他们是混合的生物,半人半兽,长着马的耳朵和尾巴,焦躁不安,又像驴子或公羊一般粗俗、淫乱。他们的跳跃展现了狄俄尼索斯崇拜的另一面,充满喜悦的狂热和解脱,对于那些不排斥酒神的人,那些同狄俄尼索斯一起质疑既定范畴的人,这样的活动帮助他们消除人类和动物、人类和神祇之间的分别,忘却社会角色、性别和年龄,毫无顾忌地跳起滑稽的舞蹈,就像在《酒神的伴侣》一剧中两位白发苍苍的睿智老人忒瑞西阿斯(Tirésias)和卡德摩斯(Kadmos),承认并接受神一般的疯狂,遂而起舞那样。

当酒神面具被做成侧身像,单个的或者重叠的,柱子周围跳舞的女祭司似乎体现了仪式的另一个侧面:酒神的人类崇拜者努力围成圆圈,把神明的现身限制在地上的一处,在广外而不是在神庙的神圣空间里,而酒神空心面具的双眼空洞,旨在强调狄俄尼索斯无处不在、捕捉不定和他无可奈何的他性(altérité)。[1]

这些中空的饰品、胡子拉碴的面具、常春藤环、飘逸的长袍刻画了这样一位神祇:在面对他受到他震慑的时候,信徒可以和他融为一体,人可以穿上它,带上酒神的面具,将这些穿戴视为己出,以便更好地体会酒神附身的状态。在酒神的注视下,或者通过模仿来接近酒神,以便成为他者(autre),这就是狄俄尼索斯崇拜的目的,让人密切接触酒神的他性。

希腊人于公元前5世纪时设立了这样一个舞台空间,观众可以看到的人物和行为并不是在现实中发生的,而是来自于另一个虚构的、不同的世界。当观众们看到带着面具的阿伽门农、赫拉克勒斯或俄狄浦斯,他们知道这些英雄已经不在了,英雄们不在他们所看到的地方,而是属于一个一去不返的传奇与神话的时代。狄俄尼索斯和他的面具所实现的,就是当演员戴上面具后,通过表演,使得本与日

---

[1] 参见〈面具的镜面效果〉(Au miroir du masque),载 *La Cité des Images*, ouvr. coll., Paris-Lausanne, 1984,页 147 及以下。

常生活格格不入的存在状态突然出现在公众生活的中心。

戏剧这种文学体裁的发明——把虚构搬上舞台,让人身临其境感受其真实性——,只能在狄俄尼索斯的崇拜活动中发生,因为他是幻觉、混淆之神,代表了现实与表象、真实与虚构之间发生了模糊。

本文对希腊世界里面具的宗教作用做了速写,我们可以从中提炼出三位神明的一些共性,他们与面具的超自然作用相关,此外,我们还能理清除了共性以外,三位神明互相之间的差异。

通过面具演出,希腊人面对的是他性的多种形式。戈耳工代表的绝对他性为死亡,蛇发女妖的眼神具有石化作用,她置人于恐惧和混乱之下。被狄俄尼索斯附身的人体会到的也是绝对的他性,但是截然相反:狄俄尼索斯式的附体,至少对接受酒神的人而言,为他们打开了通往欢乐世界的门,在那里,人类生活环境中的种种拘束被抛诸脑后。这两种他性一个引人向下,朝着混乱,一个引人向上,朝着与神合一的境界,这可以说是垂直层面上的;阿耳忒弥斯所代表的他性则是水平层面的,包含了时间与空间两个维度:人类存在的时间顺序,分成阶段和过渡;以文明社会为中心,城邦和遥远的山地和大海之间、从耕地到野蛮之地之间的区域。这种野蛮的特性看似与戈耳工相近,但在阿耳忒弥斯那里,识别野蛮性是为了更好地排斥野蛮,远离它,将它远远地限制在边缘。通过漫长的学习,少年能识别各种差异,他们在阿耳忒弥斯的引导下融入文明生活。至于违规的仪式,阿耳忒弥斯谨慎待之,狄俄尼索斯的作用看起来则恰恰是让它爆发出来。酒神废除禁忌、混淆范畴、打乱社会秩序,在人类生活中引进了完完全全的他性,就像戈耳工所为,酒神的他性也能击退它的敌人,把他的信徒提升到出神的恍惚境界,在欢乐中完全与神合一。

狄俄尼索斯和戈耳工分享眼神的震慑力。但是同阿耳忒弥斯一样,酒神崇拜中的假面游行非常放纵。在以上三种情况下,面具用来表达相反的概念之间的紧张局势,恐惧与滑稽、野蛮与文明、现实与虚幻。在这三种情况下面具的使用都伴随着嬉笑,笑声缓解了紧张的态势;笑具有解脱的作用,使人从恐惧和死亡、服丧的不安和善恶规范中摆脱出来,笑使得人类超越了社会的沉重束缚。

　　笑,希腊语中叫 *Gelôs*,拉西第梦人为之献上一座圣所。笑的圣所就在恐惧(*Phobos*)和死亡(*Thanatos*)这两位阴暗之徒的神庙边上。立法者莱库古(Lycurgue)在简朴严肃的斯巴达中心,造起了一座雕像。[①]

---

① 普鲁塔克,《莱库古》(*Lycurgue*),24,4。

三、跛脚僭主：从俄狄浦斯到佩里安德*

在《结构人类学》一书中，列维-斯特劳斯将俄狄浦斯神话作为他的方法的范本，提出的分析成为了经典。① 他的阐释有两个特点。首先，在希腊学者看来，他的分析引发的争议最少。其次，该分析如此彻底地改变了神话研究领域，使得自此以后，列维-斯特劳斯和其他学者对俄狄浦斯传说的思考走上了新的道路，而且以我之见，变得更为丰富了。

在这项革新中我只采用一点。据我所知，列维-斯特劳斯第一个总结出三代拉布达科斯后裔（Labdacides）的共同点：走路不稳，身体两侧不对称，双脚中有一只脚有瑕疵。拉布达科斯（Labdacos），瘸腿者，两腿不一者，两腿尺寸和力量不一；拉伊俄斯（Laïos），不对称者，左撇子；俄狄浦斯（Oidipous），脚部肿胀的人。列维-斯特劳斯先是认为可以参照美洲印第安人的神话，从希腊人物的名字中解读出行走时的缺陷或者脚部畸形。美洲印第安人认为，从土地中生出来的人——土著人，他们刚从土地中冒出来，一直和土地保持联系，因此行动时有瑕疵，他们在土地上行走时有缺陷。这种说法难以令人信服，把美洲的模型套用到希腊的案例的

---

* 本文第一次刊登于 Le Temps de la réflexion，II，1981，页235—255。
① 《结构人类学》（第一卷）（Anthropologie structurale，I），Paris，1958，页227—255。

做法太过主观、不够理性。①

但是,列维-斯特劳斯对俄狄浦斯的神话念念不忘——他不断地或直接或集体地回归到这个神话上来——,并且自己放弃了第一个假设,在关键问题上扩大和改变了自己的解读。就此,我指出两点。首先,在法兰西学院就职演讲(Leçon inaugurale du Collège)②中,列维-斯特劳斯将难解之谜——令人匪夷所思的是,在初次研究时,他丝毫没有提及这个话题——和研究方法联系起来:难解之谜应当被理解成一个与其答案分离的问题,也就是说该问题的构成让答案不可企及。因此,难解之谜体现了两个对话者之间的话语沟通障碍或者无法沟通:对于第一个人所问的问题,第二个人只能以沉默相答。之后,在更近的一篇分析中,③列维-斯特劳斯站在一个高度抽象的层面,试图解析出如下的神话结构:跛行,当一个人走路不正,口吃,当一个人的舌头结结巴巴而不是脚部一瘸一拐,说话时拖拖拉拉不把语流连贯、直接地讲给对方听,还有遗忘,当一个人内心的记忆理不出头绪——这些都是神话所用到的,与冒失、误会相联系,表现了在社会生活各个层面的沟通中所出现的瑕疵、失衡和不畅通:两性之间的交流、延续生命(正常的繁衍后代与不孕不育或者畸形相对立),上一代与下一代之间的沟通(父亲们把自己的地位和职业传给他们的儿子们),语言沟通,自言自语(头脑清晰、看清自我与俄狄浦斯式的④遗忘、自我矛盾、人

---

① 在希腊神话中关于土著人的描述里,"从土地出生"的人脚部没有任何畸形,行走时没有任何缺陷。在忒拜(Thèbes)的传说中,斯帕托斯(Spartoi)意为直接"播种"下去的人,从土地中出来。根据忒拜城的皇家传说,斯帕托斯的后代与拉布达科斯的后裔通婚,他们身上的确有表明身份的标记,但是和脚部没有任何关系。土著标记是在土地之子的肩膀上有长矛图案,这个图案认定了他们的族裔身份,并让他们牢记自己作为战士的使命。
② 《结构人类学》(第二卷),Paris, 1973,页31—35。
③ 〈神话与遗忘〉(Mythe et oubli),载 Langue, discours, société. Pour Émile Benveniste, Paris, 1975,页294—300。
④ 参见《高等研究实践学院年鉴》(Annuaire de l'École pratique des hautes études),第五章,Sciences religieuses, 1973年—1974年,韦尔南就这些问题的发言总结,页161—162,和《宗教、历史、理性》(Religions, histoires, raisons),Paris, 1979,页30—31。

格分裂相对立)。

这个新的研究方向接近于特伦斯·特纳(Terence Turner)对神话的解读,我自己也在一篇分析索福克勒斯悲剧的文章中发表了相近的观点。这里我想就跛脚这个话题做一番尝试。我暂且将口吃的问题搁置一旁,也就是说,在古希腊学者眼中,关于库列涅(Cyrène)起源的记载里说,库列涅的建立因为阿尔戈英雄们的"遗忘"而被推迟,最后是由巴托斯(Battos)实现了。尽管同德尔菲神谕的沟通不畅,巴托斯还是在几经周折之后,建立了库列涅。Battos 意为口吃者(Bègue),这也是一个王朝的名号。根据希罗多德的记载,①最后一位巴托斯王"跛脚、站不稳"(χωλός τε ἐὼν καὶ οὐκ ἀρτίπους)。

我将会解释为何这样的阐释方法能从两种文体不同的记载中找到共同之处,一方面是一个神话,拉布达科斯氏族的传奇,另一方面是一篇希罗多德的"历史"记载,写的是科林斯的僭主制,王朝掌握在库普塞罗氏族(Cypsélides)手中,他们是瘸女拉布达(Labda)的后人。

这种尝试假设了一个前提,即在希腊人那里,"跛脚"这一范畴不局限在脚部、腿部和行走上的缺陷,而是能够从单单的空间上发生的位移象征性地扩大到其他的领域,用来隐喻各种不协调的、偏离正道的、放慢的或是受阻的行为。关于跛脚的观念,马塞尔·德蒂耶纳(Marcel Detienne)和我已经在《足智多谋》(Les Ruses de l'intelligence)一书中做了长篇解释,在此就不赘述了。② 仅允许我重提一下跛脚的模糊性和二重性。③ 同正常的步态相比,跛脚一般

---

① HÉRODOTE, IV, 161, 2;应当阅读第四章从 147 到 162 行的整个段落,和 PINDARE,《皮提亚》(Pythiques)IV, 57—123 及 452—466。
② 犹见〈赫淮斯托斯之脚〉(Les pieds d'Héphaïstos)一章,第二版,页 257—260,Paris, 1978。
③ 参见 Elena CASSIN,〈直与曲〉(Le droit et le tordu),见 Ancient Near Eastern Studies in Memory of J. J. Finkelstein, Connectitut Academy of Arts and Sciences, 19, 1977,页 29—37,和 A. BRELICH,〈穿一只凉鞋的人〉(Les monosandales),见 La Nouvelle Clio, 7—9, 1955—1957,页 469—489。

是缺陷；跛脚的人缺点什么；他的一条腿少了点什么（大小、力量、笔直的形态）。但是这种同规范之间的差距给了跛脚的人一个非同寻常的地位，一种出众的才华；再也不是缺陷，而是特殊的命运的征兆或者允诺。因此，双腿不对称有了另一层含义，积极的而不是消极的：它带来一种新气象，让行路人摆脱总是朝着同一个方向直走的大众规范。跛子的两脚不在一个平面上，一瘸一拐导致步态摇摆、不平衡、成之字形，走出蜿蜒的路线。同正常的走路时两脚交替前行、保持平衡并且在同一条道上相比，这当然是一种缺陷。但是如果将它发挥到极致，跛脚的人走路时腰部扭动的动作同另一种移动方式相近，这种方式高人一等，要知道在希腊人眼中，极度摇摆、绕圈的走路方式象征了各种不同寻常的生物：他们的腿不是往前推进，而是一脚跟着一脚、互相分开，他们的共同点是绕着圈往前走，就像一个轮子，朝着各个方向，不像正常人那样分出前后，并且有诸多限制。跛脚的火神赫淮斯托斯（Héphaïstos）在他作坊里的风箱周围"滚"起来的时候，他的步态就是画圈的；①原始人的步态也是如此，相比如今人一分为二（分成前后），原始人是完整的，就像《会饮篇》②中提及阿里斯托芬（Aristophane）所记：因为他们的四条腿中的每一条同其他三条都有差别（更不用说除了下肢以外还有四条手臂为之助力），这些极度瘸拐的生物——堪称全方位瘸拐——前进和后退时都滚成轮状，③这种滚动式移动的方式同赫淮斯托斯所造的三角滑轮装置类似，这些以神的形象为蓝本造出的机器人能前后移动自如④——和伊昂布洛斯（Iamboulos）所记的太阳神岛的动物类似，这些动物步态打圈，加之有其他

---

① 《伊利亚特》(Iliade)，XVIII, 372：ἐλισσόμενον περὶ φύσας.
② 柏拉图，《会饮篇》(Banquet)，189 e。宙斯把这些原始人一分为二，使他们"能用双腿笔直走路"。(190 d)
③ "因为在那时，他们有八肢可以做支撑点，滚成轮状，圈形迅速前进"（κυβιστῶσι κυκλῷ, [...] ταχύ ἐφέροντο κυκλῷ）(190 a)。
④ 《伊利亚特》，XVIII, 375—8。

种种奇异之处,展现了岛民比普通凡人高人一等。①

但是,一瘸一拐的不仅仅是脚部,希腊人认为头脑也会发生瘸拐,这同那些双腿灵敏、迅速、有力的人(bebaioi)相对,也同那些走路笔直的人(euthus、orthôs)相对——这种对比,犹见于柏拉图《理想国》的第七章,②人的灵魂分两类,一类生得好,为哲学而生,另一类灵魂则"缺腿或者瘸腿";这么做,柏拉图把智力上的缺陷自然而然地和灵魂的私生状态对应起来,跛子(chôlos)是私生的(nothos),而不是像直系婚生的(gnêsios)③那样,儿子"同父亲相像",父亲不偏不倚地给予儿子生命,儿子没有任何畸形,因为父子之间的亲属关系堂堂正正,不瘸不拐。关于瘸拐和亲属关系之间的联系,有两篇文章至关重要:色诺芬《希腊史》中的第三章(Xénophon, Helléniques, III, 3, 1—3)和普鲁塔克《阿格西劳斯》的第三章(Plutarque, Agésilas, III, 1—9)。斯巴达国王阿吉斯(Agis)死后需要指定继承人。阿吉斯有一个儿子列乌杜奇戴斯(Léotychidas)和一个兄弟阿格西劳斯。王位一般由儿子继承,而不是已故国王的兄弟。更有甚者,阿格西劳斯跛足,生理上的跛足。然而大家怀疑列乌杜奇戴斯其实是阿尔西比亚德斯(Alcibiade)的儿子,阿尔西比亚德斯在斯巴达期间,是阿吉斯的妻子泰玛亚(Timaia)众所周知的情人。在此期间,预言家狄奥拜底斯(Diopeithès)为了支持列乌杜奇戴斯,从他的抽屉里拿出一份"古代神谕",这份神谕大致如此警告斯巴达:"双腿坚定的(artipous)斯巴达,你要当心了,不要有一天让你的王国变成瘸拐的国度(chôlê basileia)。若是那样,你会遭受种种厄运。"④因此,阿吉斯王位继承之争分成两派,一方是阿吉斯的跛足兄弟,另一方是他受到质疑的"儿子"。跛子(chôlos)和私生子(nothos)两者之间,哪一个更瘸

---

① DIODORE DE SICILE, II, 18.
② 柏拉图,《理想国》(République), VII, 535 d 及以下。
③ 柏拉图,《理想国》,前揭,536 a: χωλοῖς τε καὶ νόθοις.
④ "双腿坚定的"王国或者"跛足":这种说法非常适合斯巴达,该邦依靠两个王家世系立足,每一系的血统都应保持相同的正统。

拐？莱山德(Lysandre)和拉西第梦人毫不犹豫作了回答。依照色诺芬所记:"神命令我们提防的不是一个因为跌落而致瘸拐的人,而是血统不纯的人当王($μὴ\ οὐκ\ ὢν\ τοῦ\ γένους$)。若是那样的人当上了国王,我们的国度才会变得瘸拐。"普鲁塔克也写道:"一个变得瘸拐的人可以当国王,但是一个国王如果既不正统,又不出自于赫拉克勒斯的后代($μὴ\ γνήσιος\ ὢν\ μηδ'\ Ἡρακλείδης$),这将会使王国瘸拐。"①

在这个背景下,我们考察一下这个序列:拉布达科斯、拉伊俄斯、俄狄浦斯和他的两个儿子,厄忒俄克勒斯和波吕尼刻斯。

拉布达科斯,跛足者,他死的时候他的儿子还是一个一岁的婴儿。正常的子继父位的传承被打断,王位旁落至外乡人吕科斯(Lucos)。年少的拉伊俄斯不仅被排斥在王权之外,还被驱出忒拜,去佩洛普斯(Pélops)那里避难。

拉伊俄斯,左撇子,长大以后他在同异性和他的收留人的关系中,表现出不平衡、偏向一方的一面。他在行为上左偏,极度同性恋,让佩洛普斯的儿子、年少的克律西波斯(Chrysippe)遭受了暴力的对待,这种做法打破了情人之间及宾主之间应当遵守的平衡、互惠法则。克律西波斯自杀了。佩洛普斯向拉伊俄斯发出绝后的诅咒:拉布达科斯一族(*genos*)不当继续繁衍。

拉伊俄斯回到忒拜,重掌王位,娶了伊俄卡斯忒(Jocaste 或写做Épicaste)为妻。拉伊俄斯受到神谕的警告,他不应当生孩子。他的那一支血脉注定要绝后,他的氏族注定要消失。假设他违反神谕,生了儿子,这个"正统"的儿子不但不会像他父亲一样直行,反而会弑父娶母。如此这般,生得好的人(*gnêsios*)反而比私生子(*nothos*)更糟,超越私生范畴的是怪物。

---

① 参见普鲁塔克,《莱山德传》(*Vie de Lysandre*),22,12:"国家将会瘸拐,如果私生子和出生不好的人代替赫拉克勒斯的后代统治这个国度";保萨尼亚斯(PAUSANIAS),III,8—10。

拉伊俄斯为了不生孩子,同他的妻子保持同性恋式的不正当关系。但是一天夜里他喝醉了,没有注意:在他妻子的腹中种下了一个孩子。这个儿子,既正统又受到诅咒,一生下来就被驱逐出忒拜,丢弃在喀泰戎山(Cithéron)里,任其死去。其实,这孩子没有走远,但也走得更远。他躲过一死;他尚在人间;但是他离开了故土,偏离了常道,只剩下脚上的伤痕作为他的出身和被弃的证据;① 他到了科林斯,身在异邦,却自以为是异乡人的儿子,冠着他人的姓,既隐藏却又让人想起他本属于的氏族姓氏,却在出生时遭到排斥。

俄狄浦斯的故事,是一个正统的儿子同时又是被禁的孩子回到故土的故事。这种回飞镖式的归来,不在正当的条件下,不在恰当的时候,不按照代代相传的常规,而是通过身份过度认同的暴力:俄狄浦斯不是来登上父亲留给他的空位,而是弑父娶母,取代父亲的位置;他回来了,但是走过了头:他成了生育他的人的丈夫,当初他就没有出生权。

有两段叙述清晰地展现了这个神话的这些方面。长大成人的俄狄浦斯途经德尔菲离开科林斯,逃避他自认的亲生父母,朝着故乡忒拜而去的同时,拉伊俄斯离开忒拜,朝着和俄狄浦斯相反的方向,向着德尔菲出发,拉伊俄斯为了城邦所遭受的灾难——狮身人面的女怪(Sphinge),去请教神谕。两个人在一个三岔路口相遇了,但是这

---

① 在《蛙》(Grenouilles)(1189—1195)一剧中,阿里斯托芬借助喜剧的形式,描绘了俄狄浦斯的不幸:"出生伊始,深冬季节,他被放在土罐中弃于野外,只怕是,长大成人,他要做那弑父的凶手;之后他步履艰难、来到波吕波斯(Polybe)那里,双脚肿胀!然后,年轻的他娶了一位老妇为妻,更有甚者,她还是他的亲生母亲;随后他自戳双眼。"阿里斯托芬在写到俄狄浦斯双脚肿胀、步履艰难地来到波吕波斯那里时,用到的动词是 errô(缓慢、艰难地行走,可引申为走向灭亡),这同《伊利亚特》第十八章描述跛子(chôleuôn)赫淮斯托斯走到铁匠铺门口见来访的阿喀琉斯之母忒提丝(Thétis)时的步态用到的是同一个词(行411,417,421)。

是否还有必要补充说明,把这两者联系起来并不意味着在希腊人看来,俄狄浦斯是跛脚的,而是意味着同他的出生遭到诅咒和被家族抛弃相关的脚部肿胀,其实是瘸拐的隐喻,影射他的出身、婚姻、王权和命运?

个地方如此狭窄,以至于无法两人同时擦肩而过。父亲和儿子,不是沿着同一条路、先后登上同样的位置——既不冲突也不混淆——,而是在一处必然发生碰撞的地方相遇。两代跛足不是前仆后继,而是互相冲撞。俄狄浦斯杀死了自己的父亲,后者从高高的马车上跌落,摔到和儿子一个层面上。

第二幕。狮身人面女怪之谜。首先要读一下保萨尼亚斯(Pausanias)从忒拜采集来的一个版本,这对我们的解读非常珍贵,因为狮身女怪是拉伊俄斯的私生女,她的角色是考验君王所有的儿子,以便从中区分哪些是私生的(nothoi),哪些是正统的(gnêsioi)。①

"根据一些人的说法,狮身女怪是拉伊俄斯的私生女(nothê thugater);拉伊俄斯出于对她的善意,把卡德莫斯得到的德尔菲神谕告诉了她。除了各代国王,没有人知道这个神谕的内容。所以,当狮身女怪的一个兄弟(拉伊俄斯同嫔妃们生下儿子,但是德尔菲神谕只同伊俄卡斯忒和拉伊俄斯同她生下的儿子有关)同她就自己的王位继承权争辩起来,狮身女怪对她的兄弟们使出了诡计,她说如果他们是拉伊俄斯所生,那么他们应该知道颁给卡德莫斯的神谕。当兄弟们无法作答时,狮身女怪便处死他们作为惩罚,把他们当作是王族以外的人,没有王位继承权。但是俄狄浦斯出现了,他知道神谕的内容,因为他在梦境中梦见过。"

再来看谜团本身。在谜团和步态之间的确有联系,但是在俄狄浦斯的故事中,这种联系比列维-斯特劳斯所想的要更为深远。狮身女怪的谜语根据运动的方式、步态来定义人类。而且,她所下的定义是相对所有其他生物的,相对所有在陆地上、天空中、海里移动的动物,也就是说,所有步行、飞行、水中游的动物(有四只脚、两只脚、没有脚)。② 实际上,所有这些生物出生、成长、生活、死亡都用了同一

---

① 保萨尼亚斯,IX, 26, 3—5。
② 回顾一下谜语的内容,欧里庇得斯在《腓尼基妇女》(Phéniciennes)中这样写道:"在陆地上有一种生物,它有两只脚、四只脚、三只脚,一个声音。所有在海(转下页注)

个运动模式。人类是唯一一个改变其运动性质的,人采用了三种不同的步行方式:四只脚、两只脚、三只脚。人类是同时保持一样(他只有一个声音,phônê,一个本质)和成为其他的生物:同所有种类的动物相反,人类有三种不同的存在状态,三个"年纪":孩童,成人,老人。人必须一一经历这三个阶段,每个阶段各有其时,因为每个阶段都有特定的社会地位,他在群体中的处境和角色会发生改变。人类的境遇意味着时间顺序,因为在每个个体的生命过程中,年纪的老少交替应当按照一代一代的顺序进行,应当尊重这种顺序,与之协调,不然,则会陷入混乱。

俄狄浦斯,Oidipous(脚部肿胀的人),猜出了谜底;他自己是dipous,两只脚的人。但是他的过错或者不如说笼罩在瘸拐的家族人身上的诅咒使得他一旦猜出谜底,一旦他把谜底和谜面结合起来,他就重归故土,回到了他父亲的王位上,他母亲的床榻里。他解谜成功,不但没有让他成为像正常人那样在一个家族的道路上笔直前进,反而让他成为了狮身女怪口中的怪物:同时有两只、三只、四只脚的生物,一个在生命进程中非但不遵守,反而打乱、混淆社会和宇宙、代与代之间的秩序的人。俄狄浦斯,一个两只脚的成年人,其实同他的父亲一样,走路需要拐杖的"三只脚"老人,他代替了父亲的位置,登

(接上页注)陆空移动的生物中,只有它改变自己的本性。但是,当它走路用到的脚最多时,它肢体的力量则最弱。"这一段文字还见于阿瑟那伊俄斯的作品中,参见 ATHÉNÉE, X, 456 b;《希腊诗选》(Anthologie Palatine), XIV, 64;《里可弗朗注释》(Scholie à Lycophron), Alexandra, 7, 1. 22 Scheer, II, 页 11。另须指出这个谜语的几个不同版本;第一句"一个声音(phônê)",其他的说法有:"一个体形(morphê)";第二句"它改变自己的本性",有时作身材(phuên),有时作本性(phusin),有一处作 boên,它的叫喊(这就可以假设,第一句句尾 hoû 写得潦草,读起来就是"它的声音并非一个",而不是"它有一个声音")。西西里的狄奥多罗斯(Diodore DE SICILE)如此总结:"总是保持一样,有两只脚、三只脚、四只脚的是谁?"(IV, 64)我们注意到,在所有的版本中,谜面打乱了正常的时间顺序,从成年人开始(两只脚),然后时而老年人(三只脚),时而儿童(四只脚)。在阿瑟那伊俄斯的叙述中,我们还能找到一个色情版本的谜语,狮身女怪被一位妓女代替,参见 ATHÉNÉE, XIII, 558 d。

上了忒拜的王位,乃至分享了伊俄卡斯忒的床榻——俄狄浦斯又同他的孩子们一样,四只脚爬行,他们既是他的孩子,又是他的兄弟。①

俄狄浦斯生的两个儿子,厄忒俄克勒斯(Étéocle)和波吕尼刻斯(Polynice),父子之间和两个儿子之间的沟通不正常。就像佩洛普斯诅咒俄狄浦斯那样,俄狄浦斯也诅咒自己的儿子们。就像俄狄浦斯和拉伊俄斯互相冲突那样,他的两个儿子也彼此对抗,他们只在互相杀害以后,才在死亡之中互相一致起来。如此,在漫长的轮回之后,以瘸拐为标志,拉布达科斯的后代们不笔直前行,而是又回到起点,自我毁灭。跛足者的儿子,左撇子拉伊俄斯无法生出健全的后代。

如果可以的话——在谈及希罗多德,对比"历史"和传说之前——,我想在继众人之后,整理出神话记载中借用瘸拐而行的不幸,提出的诸多潜在的问题,我会这样说:

同一个人怎么能在他的生命过程中三次变得不同?一种秩序如何在每个年龄阶段都发生彻底变化的造物那里维持下去?国王、父亲、丈夫、祖先、儿子的头衔和职能在别人那里是先后担任的,当同一个人同时担当了儿子、父亲、丈夫、祖父、年轻的王子和年老的国王,这些头衔和职能还能是完整不变的吗?

抑或:在什么样的条件下,儿子沿着他父亲的轨迹,笔直前行,来占据父亲的位置,一方面生子如父,使得这个位置能一直无限地传下去,并且保持不变,另一方面子是子,父是父,使得父子交替不至于产生混淆与混乱?

现在我们来考察一下这种阐释方案能否帮助理解希罗多德的两段叙述(V, 92 和 III, 50—54)之间的连接关系,以及公元前 5 世纪

---

① 关于俄狄浦斯在身份上同时等于自己的父亲和孩子们,参见 J.-P. VERNANT et Pierre VIDAL-NAQUET,《神话与悲剧》(第一卷),页 125—129。就像莱奥尼达斯(LÉONIDAS D'ALEXANDRE)所说的那样(《希腊诗选》,前揭,VI, 323),俄狄浦斯是"他孩子们的兄弟,他母亲的丈夫"。

时希腊人眼中僭主(tyran)的形象。

根据希罗多德的叙述,科林斯的索克列斯(Soclès de Corinthe)为了警告拉西第梦人和其盟友僭主制度的危害,"世上不公正与血腥之最",给他们讲了库普塞罗后人(Cypsélides)的故事,索克列斯对此最清楚,因为库普塞罗一族正是他自己城邦的僭主。在希罗多德笔下,这个"历史故事"的来源有三:坊间传说、精妙的叙述和悲剧。历经沧桑、变迁之后,一个无法避免的定数出现了。希罗多德写道:"厄厄提翁(Éétion)的后代对科林斯而言应当是不幸的根源。"①——就好比按照诸神的意思,不幸安身于城邦之内,成为城邦的主人,而且这种不幸要投胎到一个权力边缘的家庭中,这个家庭既被诅咒又被选中,这个家族不纯正的身世让后人出生以前就注定要扮演僭主的形象。

一直以来,科林斯城首领的位置由寡头担当。巴齐斯族人(Bacchiades)——这就是垄断王权的一小部分人的姓氏——共同执掌王国大业,为了独占王权带来的特权,这一族的人实行内部通婚制,他们的女儿只在族内互相婚配。巴齐斯族人不仅共同执掌王朝;还是城邦之首的王族共同的父亲。然而,他们中的一个生出了一个瘸腿的女儿,她叫拉布达(Labda)。巴齐斯族人中,谁也不愿意娶她为妻。拉布达的残疾使得她成为了她所属的族裔中的边缘人。她被排斥在正统后裔之外,她本应当延续这种正统。或者,就像热尔内(Louis Gernet)所推测的那样,应当把婚姻和瘸拐的关系倒过来看:"在同外族人结婚后,她被称为跛子。"②无论如何,她因为瘸拐而没能按照规则婚配,或是她因为没有根据规则婚配而被冠以跛子的称号,拉布达都没有资格生下一个正统的巴齐斯族传人,生子当如父,儿子应当不偏不倚地是父亲的翻版。相对王-父这个群体,拉布达的

---

① V,92,δ1—2.
② 路易·热尔内(Louis GERNET),〈僭主的婚姻〉(Mariages de tyrans),载 *Anthropologie de la Grèce antique*,Paris,1968,页 350。

儿子从他母亲那里继承了瘸拐的出身。

拉布达遭到符合条件的求婚者所弃,就嫁给了一个科林斯人,他原籍拉披塔依(Lapithe),是凯涅乌司(Kaineus)的后代。这位凯涅乌司同忒瑞西阿斯(Tirésias)一样,是个双性人,既是男人,又是女人。这种异常、独特、模棱两可(双性人既可以是一个女性化的男子,又可以是一个超人)的特点让人联想到雌雄同体是个体性征瘸拐的一种形式(双性人并不两边都是男性;他有一半是男性,另一半是女性),这种猜测见于赫西俄德(Hésiode)在提到另一个人的时候曾把两性同体和瘸拐完全等同起来;根据他的描述,普勒斯特涅斯(Plisthène)——赫西俄德认为他是阿伽门农(Agamemnon)和墨涅拉奥斯(Ménélas)之父——"是两性同体的或跛足"。①

和拉伊俄斯一样,拉布达的丈夫也有某种性行为上的瘸拐,他来到德尔菲请求神谕,询问关于他的后代之事(*peri gonou*)。因为他同拉布达和另一个女子都没有孩子。和拉伊俄斯一样,他也想从神明口中获知他能否有子嗣。阿波罗用禁令和威胁回答了拉伊俄斯:你不当生子;你若生子,他将弑父娶母。面对拉布达的丈夫厄厄提翁的提问,神直截了当地说:"拉布达已有身孕;她将会生下一块圆石,这块圆石会落到摄政者们的头上,并惩罚科林斯。"②

---

① 参见《古代作者的新残篇》(*Nouveaux fragments d'auteurs anciens*),由帕帕索莫布洛斯(Manolis Papathomopoulos)出版、注释,Jannina, 1980,残篇收录于 *Schol. ad Exeg. in Iliadem*, A122,注解相当妥当,页11—26。

② 希罗多德(HÉRODOTE), V, 92 β7—13,比较颁给拉伊俄斯的神谕,见 EURIPIDE,《腓尼基妇女》(*Phéniciennes*), 13—20。至于神谕的译本,我们采用的是:Édouard WILL,《科林斯》(*Korinthiaka*), Ed. de Ph.-E. Legrand, Paris, 1955,页450—451;威尔理解成"这块圆石会落到君主们的头上,并在科林斯恢复正义"。希罗多德在这里采用的是一个对库普塞罗后人(Cypsélides)更为有利的民间传说版本,希罗多德记述说,神谕很可能是库普塞罗(Cypsélos)本人杜撰的。希罗多德做出了明确的区分,一方是垄断王权的巴齐斯族人,遭到正义的惩罚,另一方是清白无罪的科林斯城。然而,希罗多德提到的神谕之一,直接警告科林斯人说,"一头强大而凶猛的狮子(ômêstês:食生肉者)"(指库普塞罗)马上要到来,"它会打断很多人的膝盖"。对于科林斯人而言,前景并不乐观,而且正是对于科(转下页注)

瘸拐的女子被排斥在正统之外,她生下的孩子滚起来就像是一块石头从山上滚下,这个孩子最终回到了因他母亲而被疏远的地方。① 他就像是滚球游戏中的一个球,被排斥者的回归给科林斯带来了厄运,使得那些两只脚的成年人(*andres mounarchoi*)(即共同的父亲)应声倒下,这些人也是王位的合法主人(王族)。

这和我们从俄狄浦斯的故事中所解读出来的框架惊人地类似,两个故事中主人公的不同处境让这种巧合愈演愈烈。一个是正统的儿子,出生以后被亲生父母抛弃,被排斥在他所属于的拉布达科斯王族(瘸拐的)血脉之外。当他回到忒拜的时候,心里希望的是逃离科林斯,拯救他的养父母,他们把他当作亲生儿子看待,他也自以为是他们的正统子嗣,但是其实他不是。他归来的路上毁灭的,正是他的亲生父母,他没有认出他们,他把他们当作外乡人,他取代了父亲的位置。在第二个故事中,一切都在孩子出生以前决定了;儿子是因为母亲而被排斥,相对于他本应该拥有的出身,他被归到一个瘸拐的、低人一等的、不纯的世系中。因此,他是在与他的瘸拐亲生父母意见一致的情况下,像一块石头一般,冲向这些在科林斯象征了正统世系的父亲们,他们曾在他出生以前,就让他成不了他们的真正后代,让他成为巴齐斯族的外人,而他的回归,也将毁灭巴齐斯族。

在家族地位上,两个主人公的起点不同,因此,在历史叙述和神话中占有中心地位的主题:"示众"(exposition)的内容就不同。俄狄浦斯被他的父母交给牧羊人,让牧羊人将他曝尸野外(exposition)。牧羊人不忍心了结新生儿,就把他给了另一个牧羊人,这个牧羊人把

(接上页注)林斯城邦本身,"厄厄提翁的后代应当是不幸的根源(*kaka anablastein*)"。如果我们要就神谕的形式做比较,那就应当去看看——这个类比来自洛罗(Nicole Loraux)——忒奥尼格斯(Théognis)在行 39 及以下表达了他对一位僭主即将要自墨伽拉(Mégare)恢复统治的担忧。与"拉布达已有身孕,她将会生下一块圆石"相对应的,忒奥尼格斯写道:"我们的城市怀孕待产,我怕她恐怕要诞下犯下令人惋惜的过分之举的人。"

① 关于"滚石"(*olooitrochos*)滚下斜坡的记载,参见《伊利亚特》,XIII, 136 及以下;HÉRODOTE, VIII, 52, 10;XÉNOPHON,《远征记》(*Anabase*),IV, 2, 3。

婴儿亲手交给了自己的主人——科林斯国王与王后。俄狄浦斯意外地躲过了曝尸而死的结局,他由此而得名,这个名字是他命运的象征,因为它让人想起他的残疾,我们也可以说这种残疾是俄狄浦斯被弃的经历在他身上留下的痕迹,同时也是他完全属于拉布达科斯瘸拐一族的明证。①

拉布达诞下的那个新生儿也从刚出世起就经历了考验,这和小俄狄浦斯被弃置野外(exposition)有类似之处,但是相比之下像是仿冒品,因为价值观念正相反。瘸女在必要的时段里,让她的孩子消失不见,她把孩子放了一个当蜂箱用的烧土制容器里;②同俄狄浦斯遭遇的不同(他本要被荒山中的野兽吃掉),这看似是排斥婴儿的举动——孩子因此从家里"消失"——救下了孩子,因为把他藏起来,让他在家里消失不见是为了救他一命。那些不想让孩子活命的人,是"两只脚的成年人"(andres mounarchoi),是巴齐斯一族的人,他们是正统世系,是王位的主人。当他们明白了颁给厄厄提翁的神谕的意思,他们作出杀害新生儿的决定,并丝毫不走漏风声。拉布达一生下孩子,"共父"就派出十个人去灭掉他。在去瘸女家里的路上,十个

---

① 俄狄浦斯的名字、他受伤的脚、他个人的命运和被他杀害的亲生父亲所代表的拉布达科斯瘸拐一族之间存在的多重、模棱两可的关联在欧里庇得斯的作品里得到了充分体现。在《腓尼基妇女》一剧中,欧里庇得斯不仅仅满足于回顾新生儿遭弃野外时双脚脚踝被铁钉从中间穿刺。在致命的重逢那一幕,处处可见"脚"的记号。1)父亲与儿子分别来到同一地点,父子重逢的那一刻用这样的话来写:ξυνάπτετον πόδα ἐς ταὐτόν [...] σχιστῆς ὁδοῦ,他们两个在一个分岔路口的同一个立足点相遇了(行 37)。Xunaptein poda,相遇,两脚相逢,就像 sunaptein cheira,互相伸手、握手(以示友好),又或是 sunaptein stoma,嘴巴相逢、互相贴面一样。poda(脚)一词置于行末,起到了突出强调其意义的作用。2)当车夫命令俄狄浦斯离远点,让他主人的马车通过,他喊道:"你走开,不要待在国王的足迹里(turannois ekpodôn)"(行 40)。3)最后,当俄狄浦斯毫不理会,继续前行,马车猛冲时,"飞驰的马蹄(chêlais)把鲜血溅到他的双脚的跟腱上(tenontas podôn)"(行 42)。

② 关于这一段,参见乔治·鲁(Georges ROUX),〈蜂箱——库普塞罗被藏到哪里去了?〉(Kypselê. Où avait-on caché le petit Kypsélos?),见 Revue des Études Anciennes,LXV, 1963,页 279—289。

人决定,第一个从毫不知情的母亲手里接过婴儿的那个人,负责把孩子在门口摔死。但是,科林斯"应当"为瘸拐一族遭受的痛苦付出代价。一桩天意的偶然发生了,希罗多德称之为"神一般的运气",① 婴儿刚刚交到一个巴齐斯族人手里,就开始微笑,那个人生出怜悯之心,赶紧把孩子传给他旁边的人,这个人也同样做,十个"杀手"一个传一个,孩子最终又回到了瘸拐母亲的怀里。巴齐斯族人出了门;他们在门口吵起来,互相指责。于是他们决定再进拉布达家里去,所有人一齐实施谋杀。但是在门的另外一边,瘸女听见了他们的话。她趁这段时间把孩子藏到一个谁也想不到的地方,一个空的蜂箱(kupselê)里。② 巴齐斯族人在屋内白白搜索了一番,孩子就是找不到,仿佛是从家里消失了。

瘸女的儿子因此同俄狄浦斯一样,躲过一死,他本来是无法存活的。和俄狄浦斯一样,他的名字也来自于这一事件,让人想起他

---

① V. 92, γ14—5.
② 希罗多德没有告诉我们蜂箱所在的位置,这个乡间物品是乡下的空间的一部分(假设不算作野蛮的话),是怎么到了家里。乔治·鲁(Georges Roux)不无理由地假设,蜂箱应当是在厄厄提翁家的院子里,十个巴齐斯族人先是在那里,见到了拉布达。

在乔治·鲁的研究尚未发表前,人们根据保萨尼亚斯(PAUSANIAS, V, 17, 5)的说法去理解 kupselê 一词的意思,他在奥林匹亚(Olympie)的赫拉神庙内,见到一个木柜(larnax),他被告知这个木柜就是库普塞罗当年藏身的那个。但是木柜(larnax)不等于蜂箱(kypselê);保萨尼亚斯非常清楚这一点,于是他声称在库普塞罗的时代,仅仅科林斯人把木柜叫做 kypselê,希腊语中叫 larnax。kypselê,烧土制成的容器,除了用作蜂箱,还可以用作储藏奶酪的罐子(参见阿里斯托芬,《和平》(La Paix),631)。木柜(larnax)和土罐(chutra, ostrakon)是两种类型的容器,根据英雄传说,父母们把孩子放在里面,丢弃(exposition)在外。拉布达为了把孩子藏起来,把他放进了烧土制的蜂箱,从某种程度上来说,拉布达把她的孩子在家里"丢弃":当然这是模拟的丢弃,反过来展示,普鲁塔克(PLUTARQUE, 164 a)的文章中明确提到,他总结了希罗多德的记载:巴齐斯族人四处搜寻,没有找到被母亲"储存"(apotethenta)在蜂箱(kypselê)里的孩子。动词 apotithêmi(储藏),名词 apothesis(储藏),和 ektithêmi(动词,丢弃孩子)与 ekthesis(名词,丢弃孩子)一起,都是用来描述弃婴的术语(参见 J.-P. VERNANT,《希腊人的神话和思想》(Mythe et pensée chez les Grecs),nouvelle éd., Paris, 1985,页 193,n. 153)。

出生后即濒临死亡，又意外绝处逢生：大家叫他库普塞罗(Cypsélos)，蜂箱(*kupselê*)的孩子。① 俄狄浦斯和库普塞罗所经历的，有种种相似之处；新生儿逃过一死，他被从一个人的手上传到另一个人手上，从一个牧羊人传到另一个牧羊人，然后传给了科林斯国王，或者从一个巴齐斯族人传给他身旁的人。两件事中执行谋杀的人都坚持不说出实情；那十个巴齐斯族人，和拉伊俄斯的牧羊人一样，决定守口如瓶，谎称任务已经完成，让人以为这个不吉利的孩子已经被除掉了。

俄狄浦斯一旦告别少年时期，成为两只脚的成年人，就前往德尔菲就自己的身世询问神谕。神谕的回答令他恐惧，所以他没有回到科林斯，而是踏上去忒拜的路，到那里去做了僭主。

拉布达的儿子在同样的年龄段，一旦成年的时候，也去了德尔菲询问神谕。神谕用"科林斯国王"的头衔称呼他，明确鼓励他攻取科林斯。如此这般，库普塞罗登上了科林斯僭主的宝座，将众多两只脚的成年人(*andres mounarchoi*)置于死地。

但是，充分阐释僭主形象的是他的儿子佩里安德(Périandre)。可以说，佩里安德继承了库普塞罗的王位，他完成了父亲的未尽之业：他充分实现了父亲的僭主生涯。希罗多德写道："所有库普塞罗尚未处死、尚未驱逐的人，佩里安德做到了。"②先是男人们。所有个子稍稍高于其他人的，佩里安德刀一挥，将他们打倒在地，就像俄狄浦斯一棒打在拉伊俄斯身上，让他从高高的马车上跌下，落在地上，落在他脚下。再是女人们。希腊传统把僭主的典型佩里安德，当作又一个俄狄浦斯：他可能暗地里同他的母亲克拉忒娅(Crateia)乱伦。③ 王族共同的父亲们已经被害，还有什么能阻挡瘸女的后代玷污他母亲的床榻，他的头像不正说明了一切：僭主拥有主权，城邦里

---

① V, 92, ε2—3.
② V, 92, η4—5.
③ DIOGÈNE LAËRCE, I, 96.

的一切皆属于他?

在希罗多德的叙述中,与母亲乱伦的情节并没有出现,另有一个特别的情节,相对于弑父,大约相当于娶母。"所有库普塞罗尚未处死、尚未驱逐的人,佩里安德做到了",如此描述了"共父"群体中所有男人们的下场以后,希罗多德接着讲到妇女:"为了祭奠自己的妻子梅里莎(Mélissa),佩里安德在一天之内,下令扒下所有科林斯人妻子的衣服。"① 当他让城里所有的妇女,自由的或是奴隶,都聚集到赫拉神庙中,以剥下她们身上的节日盛装和首饰时,僭主为了自己已故的妻子,一下脱光的是整个科林斯城的女性人口,仿佛科林斯的女性们在他的妻子故去以后,必须在僭主身边填补这个空位。

但是,僭主制度这种瘸拐的国王制,无法成功前行很久。为库普塞罗开绿灯、把他送上权力之路的神谕在一开始就决定了拉布达的后代,同拉伊俄斯的后代一样,没有权利繁衍下去。"库普塞罗,厄厄提翁之子,伟大的科林斯的王",神这样宣布;但是他马上补充说:"他和他的儿子们,但不包括他儿子们的儿子们。"② 到了第三代人,从拉布达腹中出来的"圆石"所产生的冲击效果感觉不到了。对于登上科林斯王位的瘸拐一族而言,是时候命运发生逆转,在不幸和死亡中自我毁灭了。

这种逆转,正是希罗多德在他的第三卷中用了大段篇幅,描绘科林斯和其属地柯尔库拉(Corcyre)敌对的原因。③ 我刚才已经简要地提到拉布达科斯一族的消失,最初向拉伊俄斯这么预言,在俄狄浦斯昙花一现的登基之后,预言实现了,俄狄浦斯的两个儿子一齐反对父亲,他们之间也反目成仇,直到他们互相残杀,在死亡那里又重新走到了一起。再来跟着希罗多德仔细看看库普塞罗后人的结局,他

---

① 希罗多德, V, 92, η6—7.
② V, 92, ε8—9.
③ III, 50—54.

们是拉布达的后代。佩里安德的妻子给他生下了两个差不多一样年纪的儿子。这两个年轻人毫无共同之处。① 佩里安德的不幸可以这样总结：他的长子同他亲近，对他忠诚不二，但是和他毫不相像，他头脑迟钝、漫不经心、粗心大意、思路混乱；什么都不记得。他的幼子，佩里安德的完美翻版，头脑敏捷、性格固执、记忆过人，拒绝和他的父亲交流：他不同父亲说话；他不回答父亲的话。一边是健忘，另一边是沉默；在拉布达的两位后代中，沟通的渠道都阻塞了。

悲剧始于梅里莎的死，佩里安德一怒之下对她大打出手，梅里莎因此一命呜呼。两个男孩的外祖父，厄庇道洛斯（Épidaure）的僭主普罗克列斯（Proclès），把两个孩子接到他身边，并且十分疼爱他们。在让他们返回科林斯之前，他对他们说："我的孩子们，你们知道，是谁杀害了你们的母亲？"长子完全没有注意到这句话；他没有听出祖父话里有话，他没有记住这句话。② 幼子里可弗朗（Lycophron）听说了真相以后，深感震惊，他回家以后，看到父亲就觉得是杀害母亲的凶手，他再也不和他说一句话，"一句也不反驳他父亲的话，一句也不回答他父亲的问话"。③ 佩里安德怒不可遏，把他赶出了王宫。

当父亲反复询问那个既无法"明白"也记不住的孩子，他终于自己"明白"了他的幼子心里想的是什么，④他禁止所有人在家里接待这个儿子。所有人都接到命令要赶走他。由于拒绝和父亲沟通，里可弗朗在城邦内部成了被驱逐的人，他到处被人赶出来，既没有家也没有屋子住，像是一个被家人遗弃的孩子。但是里可弗朗的地位有着两重性。如果说佩里安德的禁令让他处于被驱逐的状态（apolis），被孤独所包围，断绝了一切社会关系，他正统的出生却依然让人

---

① 关于这两个儿子的对比，参见 DIOGÈNE LAËRCE, I, 94："他有了两个儿子，库普塞罗和里可弗朗（Lycophron），幼子聪颖过人（sunetos），长子头脑简单（aphrôn）。"
② III, 51, 4.
③ III, 50, 13—14.
④ 从重复中可以看到这种对比，前后相距三行，出现了同一个句式；长子不明白（ou noôi labôn），而佩里安德明白（noôi labôn）；III, 51, 4 和 III, 51, 7。

认可他将继他父亲之后,成为僭主;这样的出身提前将他置于城邦之首,地位之高,堪比受到驱逐的地位之低。"人们见他是佩里安德的儿子,虽然恐惧,但还是接待他。"①

为了把里可弗朗从最后的安身之所里赶出来,佩里安德让传令官宣布,任何接待他,甚至和他说话的人要处以巨额罚款。这样一来,没有人再想和这个年轻人说话了。里可弗朗非常倔强地接受了这种完全孤立、零沟通的处境。因为不愿意跟着父亲走王位继承的正统道路,最终获得在王宫里属于自己的位置,他流浪街头,从一边转到另一边,"在廊柱下绕来绕去,蜷缩度日"。② 库普塞罗,滚动的石头,他的冲击把王族的父亲们撞翻在地,现在他的孙子,也像他一样,和滚石类似,但是这一次情况不同,就像法语谚语里说到不能留在位子上的不幸:"滚石不生苔。"

里可弗朗什么吃的都没有了,他一天天消瘦、衰落下去。佩里安德遇见了他,看到他又脏又精神不振。他的怒气消了;他问里可弗朗哪一样更好:当僭主还是流浪一生(alêtēs bios)?"你是我的儿子,"他对里可弗朗说,"富饶的科林斯王……回到王宫里来吧。"③里可弗朗一句别的回答也没有,宣称说他父亲应当为同他说话而支付罚款。

就像驱逐一位代人受过者(pharmakos)那样,佩里安德于是把他儿子发配到柯尔库拉,远离他的视线(ἐξ ὀφθαλμῶν μιν ἀποπέμπεται)。④ 为了眼不见为净,僭主并不像俄狄浦斯那样自戳双眼;

---

① III, 51, 14—52.

② III, 52, 6: ἐν τῇσι στοιῇσι ἐκαλινδέετο. 动词 kalindeomai,打滚,很可能是(CHANTRAINE,《古希腊语词源词典》(Dictionnaire étymologique de la langue grecque),II,页 485)由 alindeomai 和 kulindeomai,打滚,两个词组合而成。关于 kulindō 一词的主动用法,它的意思是让一块圆石滚下去,参见 XÉNOPHON,《远征记》,前揭,IV, 2—3: ἐκυλίνδουν ὀλοιτρόχους 和 THÉOCRITE, XXII, 49—50: πέτροι ὀλοίτροχοι, οὕστε κυλίνδων [...] ποταμός [...] περιέξεσε.

③ III, 52, 9—20.

④ III, 52, 24—25.

他排斥他的儿子,不再见他。

但是时间也在行走;它前进的方式和人一样。随着时间的推移(ἐπεί δὲ τοῦ χρόνου προβαίνοντος①),佩里安德变老了。两只脚的人现在有了三只脚:他觉得自己无力承担权力的责任了。让位于儿子的时候到了。然而,长子不争气;他的头脑拖着脚,转得不够快:他太迟钝了(nôthesteros),②无法沿着父亲的足迹走下去。佩里安德因此先派了一个使者去他的幼子那里,后来又派去了他的姊妹,让他们说服他回到科林斯,登上属于他的位置:"僭主制度,"他的姊妹向里可弗朗解释,"是不稳固的、摇摇欲坠的(chrêma sphaleron);很多人都觊觎它。你的父亲现在已经年迈,他过了壮年;不要把属于你的财产拱手让人。"③但是里可弗朗毫不动摇,重申了他的决定:只要他知道他的父亲还活着,他就不回科林斯。这个决定和俄狄浦斯在德尔菲做出的一样,俄狄浦斯发誓说他的父亲一天活在科林斯,他就一天不涉足科林斯。相似,但是也有不同之处,俄狄浦斯回避父亲是出于对他的感情,而并非出于怨恨,而且他所回避的父亲其实对他是个陌生人,为了躲避这个虚假的父亲,他在路上遇见了一位陌生人,与之激烈碰撞,但是这个人却是他真实的父亲。

为了战胜儿子的抵抗,佩里安德安排了一个解决办法,这个办法本应当能化解两个亲属关系上最近、但是感情和居住地最疏远的父子继承难题,避免拉布达科斯后人那样的不幸结局。僭主派出了第三个使者,向他的儿子提议,他们两个交换位置,交换途中两人不会相遇,也不会在同一处,里可弗朗到科林斯去继承僭主地位,而他自己到柯尔库拉度过余生,他再也不去别的地方了。里可弗朗接受了;

---

① III, 53.
② III, 53, 6.
③ III, 53, 16—18. 关于"摇晃"和"瘸拐"之间的相似性,请参考那些出发打猎时没有像应该做的那样,向潘神(Pan)和阿耳忒弥斯祈求保佑的人,会受到的古老诅咒:"马瘸(chôleuontai)人跌(sphallontai)"。ARRIEN,《狩猎的艺术》(Cynégétique),35, 3。

有了这种互相错过的做法,一切问题看起来都解决了,在适当的时候,正统的儿子回到他的故土,登上父亲的宝座,至此为止彻底决裂的老年人和年轻人,不需要正面交锋就能完成王位交接,不需要互相碰撞,就像俄狄浦斯那样,为了回到出生的地方,在路上冲撞朝着另一个方向而来的拉伊俄斯。①

一切似乎都解决了——"逻辑上"解决了。但是,神谕就是神谕:"科林斯王,你,你的儿子,但不包括你儿子们的儿子们",皮提亚(Pythie)是这么颁布的。临到最后的时刻,柯尔库拉人听说了这个计划,不接受父亲前来继位,就杀害了儿子。拉布达的后代,也像拉布达科斯的后人一样,消失不见,而不是代代相传,延续正统。

从传说中忒拜城里拉布达科斯后人和历史记载中科林斯城里的库普塞罗后代之间如此奇特的相似性中,能得出什么样的结论呢?在《僭主的婚姻》一书中,热尔内做了新颖的观察,僭主"自然而然地"按照过去行事:"他的出格,"他写道,"传说中能找到样本。"②正是这些样本自始至终引导了希罗多德的叙述。当历史之父把科林斯僭主家族中发生的事件当作事实来叙述时,他"自然而然地"给其披上了神话的外衣,所以他的叙述可以用分析俄狄浦斯传说同样的方法加以对待。"在传说的背景下,"热尔内具体关于科林斯如是说,"僭主制度的产生只可能出自于有违正统的婚姻。"③如果说希罗多德的文

---

① 俄狄浦斯的儿子们,波吕尼刻斯和厄忒俄克勒斯,为了解决两人之间深刻的分歧,也想出了同佩里安德相仿的办法。俄狄浦斯被他的儿子们锁起来,为了让他"忘记"自己的命运,他诅咒了自己的儿子们,说他们将要为了分享王权而兵戎相见。两个男孩"生怕他们继续共处下去,神明们会实现父亲的愿望,于是达成协议,弟弟波吕尼刻斯自愿流放异乡,哥哥厄忒俄克勒斯留下执掌王权,一年以后轮换,以此类推",EURIPIDE,《腓尼基妇女》,前揭,69—74。但是这个互相错过的方案没有执行下去。一旦登基,厄忒俄克勒斯拒绝交出王位,迫使波吕尼刻斯继续流亡。待到兄弟俩再相逢,则是手持兵器的正面冲突,互相大开杀戒。
② 《古希腊人类学》(*Anthropologie de la Grèce antique*),Paris, 1968,页 344。
③ 同上,页 350。

字里面包含明确互相联系的主题,就像我们在拉布达科斯后人的传奇中自以为能找出的——瘸拐、僭主制度、先得后失的王权、代代相传或者无以延续、延续或偏离正统、性生活规范与否、父子或者儿子们之间的沟通一致或者误解、头脑敏锐或健忘——,那是因为在希腊人的想象之中,公元前5世纪到公元前4世纪时僭主的形象,符合传说中英雄的特征,在被选中的同时又遭到诅咒。僭主拒绝遵守希腊人眼中公共生活的规则,他在社会属性上置身局外。公民之间、夫妇之间、父子之间的关系有明确的规则可循,僭主不在这张关系网中。无论好坏,他偏离了一切个体之间互相沟通以便形成文明群体的渠道。僭主不选择前人走过的路,按部就班,而是独自往另一条路走去,他远离人类的城邦,远离那里的循规蹈矩和互相接触,他与世隔绝,仿佛一个高高在上的神,人类的法则不适用于他,又好像一头猛兽,太为自己的欲望所困,无法遵守任何禁忌。① 社会关系的网络按照一定的法则编制而成,纵横交错的经纬线规则排列,给每个个体相对其他个体一个定位,唯独僭主无视规则,柏拉图就此直截了当地说,僭主随时会弑父、娶母、吞子。② 僭主既像神灵③又像猛兽,他具有两重性,是神话中瘸拐者的化身,同时具有相反的特征:既超越了人类行走的方式,因为打滚更快更敏捷,同时朝向所有的方向,超越

---

① 参见韦尔南,〈模糊性与逆转——论《俄狄浦斯王》的结构之谜〉(*Ambiguité et renversement. Sur la structure énigmatique d'Œdipe-Roi*),《神话与悲剧》(第一卷),页120—128。在〈僭主的历史或希腊城邦如何构建它们的边缘〉(Histoire de tyran ou comment la cité grecque construit ses marges)一文中,施密特-潘黛儿(Pauline SCHMITT-PANTEL)写道:"僭主身上同时具备女性化和超男性化的特征,或者有时轮流切换,使得他无法同性欲保持适当的距离,进而无法成为一位公民"(《历史上位处边缘和被排斥的人》(*Les marginaux et les exclus dans l'Histoire*),Cahiers Jussieu 15,页299)。"女性化和超男性化":这就是性生活瘸拐者的情况,两性人凯涅乌司的一个后代瘸女拉布达成婚,建立了库普塞罗僭主王朝。
② 柏拉图,《理想国》,571 c-d 和 619 b-c。
③ 关于等同于神明的(*isotheos*)僭主制度,参见欧里庇德斯,《特洛伊妇女》(*Troyennes*),1168;柏拉图,《理想国》,前揭,360 c 和 568 b。

了直行者所遵守的种种限制；但是也不及正常的行动世界，因为他残疾、不平衡、摇摇晃晃，前进时用的是自己特别的一瘸一拐的方式，并且到最后还是摔倒了。

附录

1 罗马尼亚的俄狄浦斯

为了理清古希腊神话中瘸拐、弑父和乱伦之间的关系,我们把阿提卡悲剧中的僭主俄狄浦斯和科林斯历史上的僭主佩里安德作了对比。在这份"经典"材料之余,我们还想补充一个新的剧本,这个剧本完全是另一码事,它来自于罗马尼亚的民间传说。这个剧本的获得要归功于保罗·伽尔米什博士(Paul Galmiche)的友谊,他是足病学方面的资深专家,他的兴趣和能力都大大超越了医学领域。他乐于为我们提供一篇叙事抒情歌曲的文本,该篇曾于 1967 年在布加勒斯特出版,收录在由克里斯泰亚·桑德拉·蒂莫克(Cristea Sandra Timoc)整理、编写的《往昔之歌》(*Chants d'autrefois*)一书中。在本篇研究之末,我们给出该篇的法语译文,并且感谢它的译者勒迈尔夫人(Cl. Lemaire)。

在罗马尼亚的叙述中,一切都和希腊传说看似不同:基调、布景、参与者、剧本的形势和剧情突变、幸福的结局。但是无需多深奥的学问就能从中看到俄狄浦斯神话的影子。奇遇的主要情节——所谓传说的核心,以及贯穿全文的情节线索——保持不变,完整地保存了下来。我们不在忒拜,也不在科林斯,而是在一个乡间村落,它是那么的小,没有名字,隐没在一片绿色之中。没有王室血统,也没有皇家宫殿,有的是农民的一间茅屋,他还是葡萄地的主人。没有阿波罗,也没有德尔菲神谕,但是有三位仙女,在接生婆走后,夜间看护婴儿。

在第三天，这三位仙女出现在母亲的梦中，提前告诉她新生儿的命运：在不知道的情况下，也并非故意，这个儿子将要弑父娶母，成为一家之主，"雷霆万丈"。

父母受到了仙女的警告，知道不幸在他们周围伺机而动，他们没有杀死自己的孩子，而是把他关在一个酒桶里，父亲对着酒桶就是一脚，酒桶一个跟头"翻滚"下去，朝着多瑙河奔去。和很多希腊英雄一样——一出生就被放在木盒（larnax）做的船里，放到波浪中，任其漂荡——，这个孩子被丢弃在漂浮的圆形木制"监狱"里，顺河漂下。船员看见了，把酒桶打捞起来，收下了孩子，抚养他长大。到了成年的时候，他上路了。当他经过自己出生的村庄时，他在路上遇见了一个陌生人——他的父亲，这个人问他为什么这样走路。他回答说自己想找个地方安身。这个人于是雇佣他，让他做自己葡萄地的看守。他让他每天夜里拿着枪守夜，看到所有向他走来、不带灯的人都朝其开枪，这样一直守到天明鸡啼。在一个月的时间里，一切都很顺利。但是有一个晴朗的夜晚，主人来的时候一时粗心，没有晃动作为信号的光源。这个儿子，一板一眼地遵守指令，瞄准、射击，一枪命中，来者应声倒地。大家安葬了受害者。两个星期的时间里，屋里没有男主人，夫妻床上没有丈夫。两周以后，寡妇邀请这个年轻人担当起她已故丈夫的位置。他立即接受了，高兴至极，他是个流浪的人，这下终于找到根，有安身之所了。婚礼的夜晚，母亲和儿子睡下来，边靠边，准备在身体上结合为夫妇。万幸的是，在行动之前，他们先说起话来，一下从沟通中得知彼此的身份：母亲和儿子。如果说弑父已经实现，那么同母亲的乱伦则幸免了。尽管他们结婚了，但是夫妇之间并没有发生被禁止的关系。两代人重逢、相聚、共处一个屋檐下，没有犯下任何罪孽。即使儿子又是丈夫，他得以正当地好好照顾母亲的余生，并且名正言顺地"统治"家里的财产。

在这个"乐观的"版本里，对同母亲乱伦一事表现出强烈的压制，希腊的神话对此则没有多少禁忌。但是这个版本的叙述中的委婉手法丝毫不改变传说的基本框架。整个故事的线索，从出生时被抛弃到成年后回到家人身边,都紧密围绕在弑父、娶母、夺权而展开——在农民那里,不是王族的政治权力,而是家庭内部的权力。

　　罗马尼亚的故事中还保留了最后一个特征。在比较了俄狄浦斯和佩里安德的故事以后,我们就知道这样一个特征不是人为的、毫无道理地添加的,相反,在新的版本里,它富含意义。在故事的第一幕就出现了酒桶。当然,葡萄种植者的家里自然有这东西。但是,酒桶滚下斜坡,一直到了多瑙河里,带着孩子远离了出生的屋子,他本应该在那里正常长大,一步一步跟在父亲后面,这个酒桶预示了有一天它会突然回归,带来危险,这不能不让人联想到瘸女拉布达生下的那块"滚石",在没有任何预警的情况下,突然像回飞镖一样回归,重重地撞击了科林斯的王族父亲们。这种相似之处还在故事的结尾得到了明确的验证。当他们两个睡到一张床上聊天的时候,母亲认出了儿子弯曲变形的拱状脚踝。然而,年轻人用来走路的畸形的肢体,不是笔直的,而是弯曲的,这是怎么来的呢?答案就在文中,非常明确。那是因为这孩子没有在襁褓里——也就是说在家庭环境中完全依赖自己的父母,并且在一定的时候继承他们的位置——,而是一开始就被装进了一个圆形的酒桶里。他最初的运动方式就是在酒桶里面"滚动",接近于旋转,从开始就远离了他的家,他本应该在那里扎根,睡在摇篮的襁褓里。酒桶滚动着,拉他离开了自己的家和亲生父母,为了从岔开的路上回到那里,他一瘸一拐地上了路,为了同他们重逢,他必须取道弑父娶母这样禁止通行的路。

2　仙女之歌[*]

墨绿如菠菜,
环绕着塔利格拉德(Taligrad)
有一座小小的村庄
它这么小,深藏绿野。
但在这个村庄里
住着一位年轻的妻子。
她于冬天结婚
幸福的时刻降临了
她生了一个孩子。
她叮嘱接生婆
让她们照顾孩子
一切依照习俗来办。
孩子出生三天后
她看见了仙女①
但是夜里发生了什么事?

---

* Cristea Sandra TIMOC,《往昔之歌和叙事抒情曲》(*Chants d'autrefois et cantilènes*),原文为罗马尼亚语,Bucarest, EPL, 1967。
① 三个负责分娩的仙女,不论善恶。

哦,她做梦了,
就像真的一样
三位女子向她走来,
年纪最大的说:
"这个孩子如果他长大了
会死于枪下
上吊而亡。"
但是最年轻的那个对她说:
"当这个孩子长大以后,
他把她的母亲
当作他的妻子,
在家里雷霆万丈。"
但是妻子听了以后,
天亮时
把梦境告诉了她的丈夫
把谜团原原本本都说了。
丈夫一听
拿起枪,架在脸颊上
天哪!他准备开枪,
我的兄弟哪,他要杀死那孩子。
但是妻子听见他的动静,
也对他说:
——嗨,我的丈夫,别这样。
你知道我们要怎么做,
我们把他放在一个酒桶里
我们让它一个跟头摔到多瑙河里去
这样我们就不用因为他而担惊受怕了。
丈夫听见了
爬上顶楼

在里面选了一个酒桶
有两个小桶这么大。
他掀开桶底
把孩子
连襁褓都没裹
放入桶中。
然后把底盖上
一个跟头让它滚向多瑙河。
酒桶往下滚,往下滚,
三天三夜的时间,
到了一个小村庄附近
在那里恰好
停着几条驳船。
但是船员们看见了它
马上跳到一条小船上
截住了酒桶
然后把它放在一条驳船上
当他们掀开桶底
他们看见,仁慈的上帝啊
孩子还活着。
船员们把他救下来
喂他牛奶,把他养大。
今天他在长大,明天他在长大,
就这样他长到了十七岁。
于是船员们对他说:
——我的孩子啊,你
听我们说。
你要知道我们找到了你
你看,是这样发生的

在一个遗弃的酒桶里
丢在多瑙河里。
我们养你到现在
尽我们所能,
但是现在你该启程了
走新的路,去吧
去找个雇佣你的地方。
你要一个人去寻找雇主
在这个世界上,为了谋生。
但是男孩听了他们说的
开始哭泣。
他在这个世上无依无靠,
他从一个村子走到另一个
一直走到了他的村子
并遇见了他的父亲。
但是父亲认不出他
而且男孩也不认得父亲。
他的父亲问他:
——我的孩子,我的朋友
你为什么这么走路?
男孩回答他说:
——嗨,您,我的叔叔,
我要找个地方安身
找个地方干活
在这个世上谋生
挣钱穿衣。
父亲听到他说的话:
——如果这就是你的忧虑
那么到我家来

我们做一桩好买卖
公平交易。
你要的,我会付给你
但是你要帮我看葡萄园。
如果有人来了
在鸡啼以前
在我的葡萄园里突然出现
你马上朝他开枪,
不需要负任何责任。
他把枪交给他,
把他领到葡萄园里;
他今天看守,明天看守
他看守了一个月
当主人来给他送晚饭时
他总是带着灯来。
但是有一天他来晚了
他有很多活干
给他送饭来
在鸡啼以前。
男孩看见他
知道给他的命令
端起枪
只开了一枪
就把他击中倒地。
天亮的时候,
他看见是他的主人。
他走到山谷里,走到村庄里
对他的母亲说:
——我的女主人啊

他晚上来
我对主人开了枪。
他不让人看见他
当他走进葡萄园的时候!
妻子听见了
接下丈夫的尸体
厚葬了他。
两周过去了
妇人于是对他说:
——你,我的男孩,
直到如今你是我农场的雇工
现在你将要成为我的丈夫!
男孩听见了她的话
非常高兴
因为他实在太穷
在世上无依无靠
这样他就能留在这里。
当夜晚来临
他急急地要睡觉
连仁慈的上帝都催促他们。
但是他的妻子对他说:
——你,我的男孩
停下,我们互相问问
看看彼此都是谁
因为我们实在太相像了!
男孩说:
——妻子啊,我的妻子
我,我是谁!
船员们救起了我

当我沿着多瑙河漂流而下
在一个废弃的酒桶里,
丢在多瑙河里。
他们找到了我
像样地把我养大。
然而母亲听见了
对他说:
——哦,我可怜的孩子,造孽啊!
你娶了自己的母亲!
你的双腿弯曲
因为你妈妈没有把你裹在襁褓里
而是把你放在了一个酒桶里。
——很好,母亲,我们重逢了
仁慈的上帝保护了我们
我们没有造孽!
就这样他留下
照顾他的母亲
负责管理所有的财产
没有任何有违天国的不轨之举。
仁慈的上帝啊,让人们传诵这件事
只要太阳还在闪耀。

四、悲剧的主题:历史性和跨历史性*

在所有古希腊传下来的文学体裁中,悲剧无疑最能体现马克思在《〈政治经济学批判〉导言》①中关于希腊艺术整体和史诗这一特定文学体裁所指出的悖论。如果说艺术作品和其他社会产品一样,同一个特定的历史环境有关联,如果说它们的创作、结构和意义必须放在这个环境中才能理解,那如何才能解释这些作品仍有生命力,仍然对我们有价值,尽管社会生活的形态在各个层面上都发生了变化,作品延续所必需的条件已经消失了?换句话说,怎么可能既肯定作品和悲剧体裁的历史特性,又承认它们穿越了多少世纪,久经不衰,具有跨历史性?

回顾一下马克思所言,他的这段话经常被引用:"但是难点不在于理解希腊艺术和史诗同某些社会发展的形态相关联。难就难在:它们仍然给我们带来艺术的愉悦,而且从某种程度上说,它们于我们是一种标准,是一直不可企及的典范。"②

马克思没有在这个问题上多做停留。艺术不是他的专攻,不在

---

* 本文第一次刊登于 *Belfagor*, 6, 1979, 页 636—642。
① 马克思,《〈政治经济学批判〉导言》(Introduction générale à la *Critique de l'économie politique*),载 *Œuvres*, tome I, Paris, 1963, 页 235—266;由吕贝尔(M. Rubel)重新出版。
② 同上,页 266。

他思考的中心。马克思没有试图建立马克思主义的审美学。在这个段落中,他只是想强调,在社会总体发展、物质生产力发生飞跃和艺术之间,存在着"不平等的关系"。① 艺术中最高等的模范形式可以产生在最不发达或者欠发达的社会中。

马克思对这个问题的回答,相对于他那个时代的意识形态,并不新颖,也没有什么特别马克思主义的地方。对马克思而言,就像对他那一代德国文化底蕴最深厚的人而言,希腊是人类的童年。马克思很清楚,在希腊以外的地方,甚至在希腊人之前,存在其他文明,也就是说其他的童年。但是,在他看来,所有的这些开端,这些第一步,都不像希腊那样是最典型的人类童年,人类在一个正常的生命过程中,先后度过了各个年龄阶段。马克思说,有些孩子养得不好,有些孩子则早熟。他又补充说,很多民族属于这样的情况。但是希腊人,他们是"正常的"孩子。② 因此,他们的艺术对我们的吸引力来自于他们的天真和纯净,健全的孩子的本性,在平衡发展的孩子身上有一种魅力,这种魅力吸引着成年人,给他们带去愉悦的体验,因为成年人在其中找到一种天然的、自发的形式,在成年以前的状态,是成年人曾经经历过、但一去不返的阶段,由此显得尤为珍贵。

如今没有人会接受马克思的回答。为什么希腊人就是人类的童年?为什么这种童年比中国人、埃及人、巴比伦人或是非洲人更为健全,更加"正常"?在一出希腊悲剧中,比如说在欧里庇得斯的《酒神的伴侣》中,吸引我们的难道是童年的天真和自然?我们是否也要认为在柏拉图的《会饮篇》(*Banquet*)、《蒂迈欧篇》(*Timée*)、《巴门尼德篇*》(*Parménide*)或者《理想国》(*République*)里,吸引我们的是正常的童年?那我们得承认,这种童年异常机灵和尖端。

然而,马克思的有些意见能让我们在面对艺术的历史性和跨历

---

① 马克思,《〈政治经济学批判〉导言》,页 264。
② 同上,页 266。

史性问题时,拿出更好的办法来。事实上,马克思在另一本书中①写道,在所有的动物中,唯有人类的感官体验(看、听、闻,等等)不完全是物种生物演化的结果,也是社会文化历史的产物,尤其是各种艺术的历史产物,这些艺术富有个性,各自有各自的专属领域;绘画创造的是形体艺术,是探索视觉领域的作品:形状、大小、颜色、价值、表现光和运动的世界;音乐创造的世界由声音、和弦、不协和音程、节奏组成;语言的艺术也是各自在自己的领域通过某种文学形式表达某种人性现实。

马克思写道:"五官体验的修养是整个世界历史的杰作。"②"眼睛成了人性的,它观察到的物体也同样成了社会的、人性的,既来自于人又通向人。"③换言之,当眼睛创造出的产品能让社会同伴看得见、是视觉物体的时候,眼睛就成了人性的,这就意味着这些物体除了包含实际价值以外,还有审美的一面,或者,如马克思所言,看起来觉得美。马克思还说:"这样,感官在发挥作用的同时,就成了'理论家'。"④这种观点所表现出的现代性令人惊讶。如果我们将它应用于绘画领域,那么我们可以说,画家的眼睛,同他的手一起,打造出形体的建筑,色彩斑斓、形象化的几何语言,这种语言同数学的语言虽然完全不同,但却以自己的方式和语调,自成一家,是对视觉场的可能性、兼容与不兼容的规则的一次探索,一言以蔽之,是视觉秩序的一种体验和感知。按照马克思的说法,人对音乐的感悟只能被音乐唤醒,由此及彼,人对形体的感悟也只能在图像实践中发展、变化。在一个文明中,视觉的丰富性及其丰富性的各种表现形式是同形象艺术的发展联系在一起的,并且取决于形象艺术所选择的发展道路。

---

① 《政治经济学批判草稿》,(*Ébauche d'une critique de l'économie politique*),载 K. MARX, *Œuvres*, tome II, Paris, 1968,页 44—141。
② 同上,页 85。
③ 同上,页 83。
④ 同上。

"只有在人的财富枝繁叶茂之际,"马克思又写道,"人丰富的主观感觉才会形成并发展:一个能欣赏音乐的耳朵,一只看得见形体美的眼睛,总之是能够让人获得愉悦体验的感官。"①并且他加上了这几句关键的话:"因为不仅是五官,还有所谓的精神的感觉,实际的感觉(意愿、爱,等等),一言以蔽之,即人对感觉的感觉,感觉的人性,其形成要依赖它们对象的存在(马克思的意思是人类为人类生产的产品),依赖于人类的本性。"②当自然披上了人性的色彩以后,这个作品的世界,尤其是艺术作品的世界,构成了各种人类活动所处环境的历史的每一瞬间。

所有马克思对于劳动力和劳动之间关系的观点,劳动力创造了劳动,但是劳动也创造了劳动力,劳动力既是劳动的工具,又是劳动的产物,他对艺术和其作品也发表了类似的观点:"艺术之对象——就像所有其他产物一样——创造了一个对艺术敏感的受众,这个受众懂得从美中获得愉悦。"③艺术领域的生产,产出的不仅仅是"给主体的客体",也是"给客体的主体"④——这个新的客体是刚刚被创造出来的。

在公元前5世纪的雅典,希腊悲剧的发明不仅仅是产出文学作品,为公民创作适合他们精神消费的客体,而是通过演出、阅读、模仿和构建一项文学传统,创造了一个"主体",一种悲剧意识,促进了"悲剧的人"的到来。雅典戏剧作家的作品,通过同样的方式,表达并构建了悲剧的视野,这是一种的新方法,让人类自我理解,在同这个世界、神灵、他人、自己和自己的行为的关系中自我定位。没有音乐及其历史发展,就没有音乐的耳朵,同样,没有悲剧和悲剧所奠定的文学体裁的传统,就没有悲剧的视野。

从这个角度来看,希腊悲剧的地位看上去相当于一门科学,就像

---

① 《政治经济学批判草稿》,页85。
② 同上。
③ 《〈政治经济学批判〉导言》,前揭,页245。
④ 同上。

欧几里得的几何学,或是一门思想的学科,就像柏拉图和亚里士多德所创立的哲学流派。欧几里得的作品是一些标有日期的文章;但也是一个开放和有界定的研究领域,构成了一个新的客体:理想中抽象的空间——同时伴有一种演示和推理的模式,一种数学的语言:宗旨,一个真实的领域,一种新的脑力活动、智力工具,这在以前是没有的。柏拉图和亚里士多德,学园(Académie)和吕克昂(Lycée),开创了一种哲学实践,提出了一系列新问题:什么是存在,认识存在,他们之间的关系?这也是创建了一系列词汇、一种推理、一种论证的模式、一种哲学思想。直到如今,哲学思考意味着融入这种传统,在哲学运动所构建的思想面中活动,当然是为了扩大、改变和质疑它,但总是身处其中,研究问题时要考虑所有在你之前的哲学家对此的观点。就像画家看的不是"自然",而是大师的杰作和他们同时代人的作品,哲学家对他们的先人作出回应,他们的思考是相对于先人的,或者与之相反,或者竭力解决先人的思考在哲学研究领域中留下的难题。

同样地,在谈及莎士比亚、拉辛或者近代的某些作品时,如果要说起悲剧,那是因为在历经了和历史环境相关的转移、变化之后,这些作品根植于古代戏剧传统之中,它们在这种传统中找到了前人已经构建好的戏剧特有的人文、审美环境,这种环境的表达形式丰富,并且创立了悲剧意识。

如何评价这个"悲剧的人"在公元前 5 世纪时诞生于雅典的剧院舞台上?在他的历史性和跨历史性中有哪些特征,使得在他崛起的短短时间内,在阿提卡地区的戏剧作家笔下一锤定音,这样短的时间竟足够长到能使他在西方文化中,为每个人内心的悲剧体验、理解和活在其中奠基?

在漫长的导言之后,我强调两点。第一点我仅仅提一下:我在其他地方已经论证过。[1] 悲剧以英雄传说为题材。它既不自创任务,

---

[1] 参见〈悲剧在古希腊历史背景下的社会条件和思想条件〉,载韦尔南和维达尔-纳凯,《神话与悲剧》(第一卷),前揭,页 8—13,其中多处提到。

也不自编剧情。这些人物和剧情,是从希腊人对过去的共识中提取的,属于人类遥远的过去。但是,在舞台这个空间里,在悲剧演出这个范围里,英雄不再是像史诗和抒情是个中表现的典范:他成了问题。曾经被视作价值理想、优秀典范而歌颂的,如今通过还原其行为、对话过程,使其在公众面前接受质疑;围绕着英雄所展开的辩论和质疑,通过英雄人物本身触及公元前5世纪时的观众,民主制度下雅典的公民。在悲剧的背景下,人和人的行为并不作为现实出现,就像一个世纪以后的哲学家们定义的实质那样,而是作为没有回答的问题出现,是有着双重含义的谜团,难以捉摸。

第二点,悲剧对于人们意识到字面意义上的"虚构"起了至关重要的作用;是悲剧使得公元前5世纪和公元前4世纪交接时候的希腊人,在诗歌活动中意识到自我,发现自己是一个纯粹的模仿者,用反射、乔装、模拟和传说来创造了一个世界,这个世界相比于真实世界,是一个虚拟的世界。如今我们称之为艺术或者想象的,柏拉图和亚里士多德通过构建模仿(*mimesis*)理论,①给它一个地位、位置和功能,这种模仿同悲剧演出带来的新体验息息相关。事实上,在史诗的传统中,诗人受到缪斯的灵感启发,他是缪斯的先知、代言人,他并不模仿现实:他揭示现实。如同一位预言家,诗人揭示"现在、过去、未来的事情"。诗人的语言并不是别的什么的代表,这种语言本身就令事物存在。悲剧又是怎么样的一个情况呢?它让公众的眼睛看到,它让英雄时代的传说人物在观众面前说话、行动。我们说过,对于希腊人而言,这些人物不是虚构的,他们的命运也不是杜撰的。他们真实存在过,但是属于另一个年代,一个一去不返的时代。他们是往昔之人,属于一个和我们不同的存在空间。他们在舞台上现形,代表的是另一个世界中的人,人物在舞台上既真实显现,但同时又不可能在那里,他们属于彼岸(ailleurs),属于看不见的另一边(au-delà)。

---

① 参见韦尔南,《宗教、历史、理性》(*Religions, histoires, raisons*),Paris,1979,页106及以下。

在剧院里，公众眼前的不是一个诗人，通过叙述来描绘过去的年代中那些消失的人所经历的考验，不是以叙述的形式来反映这些人的空缺；这些考验的场景在观众眼前发生，在演出的当下，它们具有真实存在的形式。悲剧诗人完全隐匿在人物背后，人物在舞台上行动、说话，各得其所，仿佛他们还活着。正是这种对话的直接性，构成了柏拉图的分析中模仿的属性：作者并不以自己的名义用简洁的文风转述事件，而是藏身于主要角色之中，披上他们的外表、形态、感情和言语，以模仿他们。模仿（mimeisthai）的确切意思是，模仿一个缺席的人的确实到场。在这种表现面前，只可能有两种态度。第一种类似第七艺术刚诞生时，电影院里观众的反应。因为不习惯，因为他们没有可以称之为虚构的意识或者想象的做法，他们痛斥荧幕上的恶人，鼓励、赞赏其中的好人，就好像在荧幕上滑过的影子真是有血有肉的人；他们把演出当作真实现实。第二种态度则加入其中，持这种态度的人明白在舞台上让我们看到的一切属于一个和现实不同的层面，应当作为戏剧的虚幻来对待。对虚构的觉悟是戏剧演出的一个构成部分，它既是条件又是产物。

　　从这个角度来看，可以更好地理解希腊悲剧所特有的现象的内涵和意义。在整个公元前 5 世纪时，它一直停留在自己选为己用的范围内：英雄传说。它本来可以不这样的。证据在于：公元前 494 年的时候，悲剧宝库中的早期剧本之一，诗人普律尼科司（Phrynichos）的一部作品《米利都的陷落》(La prise de Milet)，把不到两年之前，波斯人大败希腊人、攻占爱奥尼亚的城邦米利都一事搬上舞台。所以这不是传说的悲剧，而是历史的；或者要说这是时事的悲剧。然而，让我们读一下希罗多德是如何记载此事的："观众们泪如泉涌；诗人被处以一千德拉克马的罚款，理由是他回顾了国家的不幸（oikeia kaka，自家的不幸），并且将来都不允许再演出这个剧本。"[①]在公元前 5 世纪即将到来之际，悲剧蹒跚学步，当时的重大事件、公众生活

---

① 希罗多德，VI, 21。

的悲惨事件、关系到每一个公民的不幸事件不得被搬上剧院的舞台。它们离得太近了;缺乏距离感,这种距离感能帮助把恐惧和怜悯的感受迁移至另一个范畴,不让人觉得属于现实生活,但是视作一种虚构,并从这个角度去理解它。

说到这里,兴许人家要问我:那您对《波斯人》(Perses)一剧,又怎么办呢? 的确,在公元前472年的时候,埃斯库罗斯写了一部悲剧,其中展现了八年前野蛮人在萨拉米(Salamine)海战中遭到的惨败。埃斯库罗斯本人亲自参与了战斗,他的读者中有一部分人也同样参与了,而且,为演出出资赞助的不是别人,正是伯里克利(Périclès)。但是具体来说,在《波斯人》一剧中,值得注意的是,首先,作为戏剧核心的不幸,相对于希腊人而言,并不是他们自己人的,而是别人的,是不可理解的、异邦人的不幸;其次并尤为值得注意的是,站在波斯人的角度和他们的背景下,诗人这样的做法代替了一般将传说放在以前所产生的距离感,而是用到空间上的距离感,这种文化上的差异使得波斯的君主们和他们的宫廷的表达效果类似往昔的英雄。舞台上合唱队所唱的、信使所说的、大流士(Darius)的影子所揭示出的是在传说的氛围中的"历史"事件;悲剧对这些事件的阐释并不属于政治现实;在雅典剧院里反映出的是一个遥远的别处,在舞台上反射出的是仿佛显形的缺席。

希腊人是这样定义历史的:城邦之间、城邦内部、希腊人和野蛮人之间的冲突调查,这是希罗多德和修昔底德(Thucydide)的领域。悲剧取材于别处:在古老的传说中。悲剧拒绝采纳当代的、现实政治生活中的事件,这么做,在亚里士多德看来,不是降低了价值,反倒是比历史更具有价值和真实性。① 把事件发生的真实始末搬上舞台,就是忠实地叙述发生的一切,不做任何添加。写一出悲剧剧本完全是另一回事。不是要创造出想象中的人物,也不是根据需要编织剧情。而是用人尽皆知的典范人物的名字和命运,来安排一个剧情,分

---

① 《诗学》(Poétique),1451 a 36-b 32.

成几幕,使得观众能看到如何、为什么某个人物上场后,很可能或者必然他会做出某种行为,导致这样或那样的后果。悲剧和历史相反,它讲的不是在所有可能发生的事件中,实际发生的那些;它根据自己的标准,重新组织传说的题材内容,根据可能性和必然性的逻辑,安排剧情发展,进而展示人类的事件是怎样一步一步能发展到或者应该发展到的地步。因此,在哲学家的心里,悲剧和历史相比,是更为严肃、更为哲学的创造。多亏了言语(muthos)的虚构所带来的自由,悲剧达到了它的广度;历史则因为叙述对象的缘故,困于单个事件中。广度,指的是某一种人,在一开始被诗人选中,承担一种特别的命运,接受悲剧性发展的考验,在行动的逻辑方面看来,他的所作所为,是"很可能的或者必然的"。

因为悲剧把虚构搬上舞台,它所展示的痛苦的、可怕的事件产生的效果和真实事件完全不同。这些事件触动我们,涉及到我们,但是它们在远处,在别处。它们的所在不同于现实生活。它们的存在模式是想象的,它们在显形的同时被置于某个距离以外。公众并不参与其中,这些事件"净化"[1]了它们自己在日常生活中所产生的恐惧与怜悯的感受。如果它们起到了净化的作用,那是因为它们没有单单让观众有所感受,而是通过戏剧结构——开场、结局、场景切换、情节连贯成一体,构成剧本的形式统一性,带给观众一种亲身经历所不具备的可理解性。远离个体和偶发事件,剧情的逻辑具有净化作用,把一般情况下人遭受的令人怜悯的痛苦简化、浓缩、系统化,在悲剧的虚构之境中成为可以理解的对象。在涉及到与相应的历史、社会背景相关的特定的人物和事件的同时,它们还获得了更为宽泛的意义和广度。

---

[1] 亚里士多德,《诗学》,前揭,6,1449 b 28。关于亚里士多德的净化(katharsis)问题及净化的意义,或者通过悲剧表现来"净化"诸如怜悯和恐惧之类的情感,参见 Roselyne DUPONT-ROC et JEAN LALLOT,《亚里士多德,诗学》(Aristote, La Poétique),原文、译文、笔记,Paris,1980,页 188—193。

古代戏剧探索的是个人，无论他多么优秀，这个人通过怎样的机制走向了毁灭，这并不是受到强迫的缘故，也不是由于他变态或者邪恶，而是因为他犯了错误，这种失误是每个人都会犯下的。这样，戏剧就揭示了人受制于各种互相矛盾的力量，整个社会，整个文化，都同希腊社会一样，包含了紧张态势和冲突。通过这样的方式，希腊悲剧为观众提供了广义上对人类境遇的思考，其受到的限制，其必然的限度（finitude）。在它所及之处，悲剧本身带有一种知识，一种理论，这涉及到一种非逻辑的逻辑，它决定了人的行为。悲剧是把想象中的体验组合成剧情，随着戏剧化的剧情演变，通过亚里士多德所说的"模仿实践"（*mimesis praxeôs*），[1]模仿由一系列走向毁灭的行动而构成的一致的系统，人的存在通往意识，既狂热又清晰，既有不可替代的价值，又极富虚荣心。

---

[1] 亚里士多德，《诗学》，前揭，1449 b 24。

五、埃斯库罗斯,过去和现在[*]

1. 各种组合

公元前 405 年,欧里庇得斯和索福克勒斯刚过世不久,阿里斯托芬描写狄俄尼索斯在蛙叫的陪伴中,去冥府带回悲剧诗人中的第一名。辩论(agôn)在埃斯库罗斯和欧里庇得斯之间展开,索福克勒斯站在远景处,但是他获得了第二名的位置。辩论其实比表面的结果更复杂:阿里斯托芬让埃斯库罗斯胜出,大大惹怒了欧里庇得斯,但是,欧里庇得斯几乎存在于阿里斯托芬的每行诗里,而且阿里斯托芬的文学品味也是公元前 4 世纪和希腊罗马时代的品味。

埃斯库罗斯,索福克勒斯,欧里庇得斯。这是一个标准的顺序,年龄的顺序:古人们喜欢说,如果在日期上做做文章,就可以发现在萨拉米海战的时候(公元前 480 年),埃斯库罗斯(生于约公元前 525 年)在打仗,索福克勒斯(生于公元前 496 年或公元前 495 年)在唱战歌,欧里庇得斯(生于约公元前 485 年)正出生,因此这个标准顺序并不是现代人的创造,阿里斯托芬的排名是被认可的。到了下一个世

---

[*] 本文为保罗·马宗(Paul Mazon)所翻译的埃斯库罗斯《悲剧》(*Tragédies*)的前言,Paris, Gallimard, coll. Folio, 1982,页 7—39。

纪的时候,莱库古(Lycurgue)推动通过了一项法律,"下令用青铜锻造诗人埃斯库罗斯、索福克勒斯和欧里庇得斯的头像,并且刻上他们悲剧作品的全文,以便作为复制本保存在档案里,城邦的书记官应当将原文授予演员,并禁止他们在演出时改动词句"①。这种荣誉相当于古典时期和希腊化时代的时候城邦授予它的恩人②的荣耀。但并不是说这三人的组合到处可见。比如,我们可以惊讶地发现,在亚里士多德影响了几个世纪的《诗学》一书中,严格来说,就不存在这种组合。唯一一次同时提到三位悲剧作家的章节也提到了阿伽松(Agathon,公元前5世纪末),他在柏拉图的《会饮篇》中扮演的角色有相当的知名度。欧里庇得斯远远不是引用最多的作家,埃斯库罗斯的引用次数也不比阿伽松多,而且亚里士多德还提到了诸多作品已经失传的悲剧作家。

公元前264年,在基克拉迪群岛(Cyclades)中的帕罗斯(Paros)城邦内,人们在大理石上刻下希腊编年史,主要记载雅典,从凯克洛普斯(Cécrops)登位,算在公元前1581年,到雅典执政官丢格那妥(Diognète)(公元前264年)。这其中有很多我们称之为"文化的"年份。如果不算悲剧的创始人泰斯庇斯(Thespis),唯一被提到的悲剧作家就是三位主要的诗人。在埃斯库罗斯和索福克勒斯相继去世以后(公元前456年和公元前405年),立即记载了欧里庇得斯在悲剧大赛中获胜一事(公元前406年),这并不怎么令人惊讶。在文化传播方面,根据纸莎草文献记载的数据显示,如果说欧里庇得斯遥遥领先,这是因为作品真正得到传播的只有这三位悲剧大师。

这么说,这三人的组合是强加于我们的。它在多大程度上是自然的呢?索福克勒斯同埃斯库罗斯较量过,欧里庇得斯又同索福克勒斯较量过,但是他们并不是唯一的。诗人之间的模仿(*mimesis*)是

---

① PSEUDO-PLUTARQUE,《莱库古传》(*Vie de Lycurgue*),15,参见后文,页383—384。

② 译注:évergète,古希腊捐助公共事业的显贵。

希腊文学的规律之一。在读欧里庇得斯的《厄勒克特拉》(*Électre*)和索福克勒斯的《厄勒克特拉》时,不能不想到将它们互相参照以及把它们同埃斯库罗斯的《奠酒人》(*Choéphores*)联系起来。有些人说,看欧里庇得斯的《腓尼基妇女》就相当于第一遍"阅读"《七雄攻忒拜》。但是埃斯库罗斯并不是一个绝对的开始,这里我想到的不仅仅是一个多少有点传奇的人物——泰斯庇斯。《波斯人》(*Perses*)(公元前472年)的第一行诗让人联想到普律尼科司(Phrynichos)的《腓尼基妇女》(公元前476年),我们对普律尼科司的这一作品只了解这个开头,但是,作品中"西顿(sidonien)的老调子,香滑如蜂蜜",①在整个公元前5世纪非常知名——这又是阿里斯托芬告诉我们的。或许四个人而不是三个人的组合,也曾经是可能的。

无论如何,通过不同的渠道,这三位悲剧作家成了经典作家,如果经典真是重复的可能性与必要性的话。三个诗人的这种转变到了他们所属的那个世纪末尾已经完成。这个过程在埃斯库罗斯那里开始得很早。《埃斯库罗斯传》(行11)的匿名作者——这是一部相当蹩脚的作品,流传至今还带有一部分的手抄本——告诉我们,雅典人"如此厚爱埃斯库罗斯,在他死后,他们决定无论谁想要演出埃斯库罗斯的作品都能从城邦那里得到合唱队"。这样做简直是让已逝者参加比赛,并且颁给他一个无可争议的一等奖。我们还知道,《波斯人》在雅典上演(公元前472年)的一年后,在西西里岛重演。

这三人的组合常常受到了哪怕是最遥远的后代的尊重,虽然每个时代都有自己的偏好,②并且需要承认的是,这个组合能够同

---

① 阿里斯托芬,《马蜂》(*Guêpes*),219—220。
② 请参阅罗森梅耶(Thomas G. ROSENMEYER)最近的研究,收录在芬利(Moses I. FINLEY)编写的《希腊的遗产》(*The Legacy of Greece*),Oxford,1981,页120—154。如果翻阅一下瓦泰勒(André WARTELLE)编著的《埃斯库罗斯和希腊悲剧的历史传记及批评》(*Bibliographie historique et critique d'Eschyle et de la tragédie grecque,1518—1974*),Paris,1978,就能对埃斯库罗斯遗产的浩瀚和复杂度有个概念。

各种理论构建完美契合,比如说黑格尔的辩证法就认为,从"内容大于形式"的"象征型艺术"发展到"形式大于内容"的"浪漫型艺术",其间经过了古典的平衡。难道还有比埃斯库罗斯、索福克勒斯和欧里庇得斯更能阐释这种图景的作家?黑格尔没有注意到这一点。

但是我们,我们是否应当在看待悲剧作家时,把他们局限在自己的圈子里呢?在不超出戏剧范围的情况下,我们不妨引入喜剧。阿里斯托芬不仅仅是三位诗人的读者和讽刺评论家,他还让我们注意到他们的"三部曲"——只有一部留存下来,埃斯库罗斯的《俄瑞斯忒亚》(Orestie)——以"林神剧"结尾,这种体裁同喜剧颇为相近,埃斯库罗斯对这种体裁的运用同阿里斯托芬一样好——我们从仅剩的残篇中可以知晓——包含对生殖崇拜的嘲弄。

但是也可以拒绝接受这个组合,转而组成其他的组合,可以停留在古希腊的时代,也可以超出这个范围。埃斯库罗斯可以同荷马及赫西俄德一起读,这很可能也是埃斯库罗斯自己的意愿。他可以和同时代的抒情诗人品达(Pindare)和巴库利得斯(Bacchylide),同公元前5世纪的哲学家赫拉克利特(Héraclite)、恩培多克勒(Empédocle)、巴门尼德(Parménide)对照起来读。也可以把悲剧作家同历史学家联系起来读:在读《波斯人》的时候,埃斯库罗斯和希罗多德之间的对照是相当必要的,有时我们也试图借助埃斯库罗斯来解释修昔底德。

是否想要一个交叉式阅读的例子呢?在《蛙》一剧中,狄俄尼索斯询问埃斯库罗斯和欧里庇得斯把阿尔西比亚德斯召回雅典的时机,阿尔西比亚德斯是个名士,有时还是个受民众欢迎的冒险家。欧里庇得斯表示反对。"那你呢,你是怎么想的?"神问埃斯库罗斯,后者回答说:"尤其不要在城邦里豢养狮子,否则,一旦长大,要听之任之!"(行 1430—1432)这里明显影射的是《阿伽门农》一剧中一段著名的合唱队唱词:"如此这般,一个人在他家里喂养了一只小狮子,它尚年幼就失去了母乳的喂养,起初人们看到这只小狮子性格非常温顺,爱抚孩子们,逗乐老人们,甚至还不止一次地躺在他怀里,就像一个新生儿,为了填饱肚子欢乐地取悦他。但是,随着时间的推移,它渐渐显露出自己的本性……"(行717—728)本世纪初时,在一本著名的书中,①康福德(F. M. Cornford)想要证明修昔底德写的历史受制于悲剧的图景,他强调阿尔西比亚德斯的例子,并把一个相关章节命名为"狮子的幼崽"。有些人认为,这样的分析,假设它是正确的,对理解埃斯库罗斯仍然毫无启示。可以对此完全肯定吗?阿里斯托芬比当代的很多批评家更能读懂埃斯库罗斯。狮崽之喻是何义呢?谁是这个"秉着天命的阿忒(Atè,复仇之神)祭司,受到本邦的喂养"(行735—736)?第一段合唱曲夹在两句之间,一句提到"心怀哀丧的爱情的帕里斯",他在斯巴达受到款待,并对墨涅拉奥斯的礼遇恩将仇报,另一句说到海伦,"令人倾心的欲望之花"。这两个人都导致了特洛伊的不幸。但是狮子究竟是谁,其证明过程相当强势,②他也是这个在城邦内长大,成为的并不是它的王,而是僭主的那个人,也就是说,是阿伽门农自己。这里提出的是悲剧英雄的地位问题,他既为城邦所鼓励又为其排斥。难道阿里斯托芬和修昔底德真的没有帮助我们理解这一点吗?

假如我们离开言语和写作艺术的领域呢?这样做相当于在一个颇为困难的层面冒险。例如,有些陶器上的绘画可能受到了演出《俄瑞斯忒亚》的影响,但这并不意味着我们可以把悲剧语言转移到绘画上来。两者各自的演变节奏不同。我们会下意识地把悲剧作家之首,与黑色人像陶画家艾克塞克亚斯(Exékias)联系起来,但是画家比诗人早了整整半个世纪。于是,有时我们得留心能构成意义的同

---

① 参见 F. M. CORNFORD,《富有神话色彩的修昔底德》(*Thucydides Mythistoricus*),Londres,1907,重印:New York,1969。
② 参见 Bernard M. W. KNOX,〈屋里的狮子〉(The Lion in the House),见 *Classical Philology*,47,1957,页17—25,再次发表于《言语和行动——古代戏剧随笔》(*Word and Action. Essays on the Ancient Theater*),Baltimore-Londres,1979,页27—38。

时代性。把《七雄攻忒拜》的核心场景同饰有雕刻的三角楣联系起来，这就必然是荒唐的吗？① 埃斯库罗斯自己在这一幕中，以及其他地方，就参照了手工艺人、雕刻家和青铜艺人的语汇。

但是，我们非得局限于希腊世界吗？

1864年，雨果用了整整一本书，介绍莎士比亚的新译本，那是他的儿子，弗朗索瓦-维克多（François-Victor）的作品。雨果在书中给出了一份短短的名单，其中列出了预告莎翁到来的文人先驱，言下之意是莎士比亚预告了雨果的到来。他们是：荷马、约伯（Job）、埃斯库罗斯、以撒（Isaïe）、以西结（Ézéchiel）、卢克莱修（Lucrèce）、尤维纳利斯（Juvénal）、塔西佗（Tacite）、圣约翰、圣保罗、但丁、拉伯雷（Rabelais）和塞万提斯：这些人来自希伯来世界（不算被当作阿拉伯人的约伯）和希腊世界，其中不少来自拉丁人、基督教伊始的时候、中世纪和文艺复兴时期的西方。在世界范围内，这份名单的代表性有限。雨果对此作了解释。有些"浩瀚的集体作品"不是个人的天才遗产，比如在远东地区和日耳曼地区："尤其是印度的诗歌，或借助精神错乱时的梦呓或借助梦境来描述恶的可能。"埃斯库罗斯既同约伯并列，又同他对照："埃斯库罗斯，无意识地认为天才是一种神性，而没有质疑过，在他身后的东方，有约伯的忍耐的例子，埃斯库罗斯无意识地用普罗米修斯的反叛对此做了补充；这样，教导就完整了，人类在约伯那里学习义务，在普罗米修斯那里看到了权利的萌芽。"② 这样的观点颇为荒谬，因为在那时东方主义学者们自己都确实不知道《约伯记》，《约伯记》的年份晚于《出埃及记》，大致和埃斯库罗斯属于同一个时代。然而，一位当代的大历史家是这么写的："孔子、佛祖、琐罗亚斯德（Zoroastre）、以撒、赫拉克利特或埃斯库罗斯。这份名单很可能曾让我祖父和他那一辈人兴致勃勃。如今，这份名单有其意义，

---

① 参见后文，页288—320。
② 维克多·雨果（Victor HUGO），〈威廉·莎士比亚〉（William Shakespeare），载 Œuvres, éd. Jean Massin, XII, Paris, 1969, 页189和174。

并象征了我们看待历史的眼光的变化……这些人之间并不互相认识……然而我们认为,我们现在发现了他们的共同点,使得他们所有人都和我们有关……"① 这同我们相关的东西,正是关于人类的司法和神的司法之间的关系。把埃斯库罗斯插入这个组合中超越了本文的意图,但是仍然需要指出这的确存在。

2. 悲剧的民主

埃斯库罗斯生于大约公元前 525 年,他十八岁时,克里斯提尼(Clisthène)实施重大改革,最后走向民主。他参与了马拉松战役(公元前 490 年)和萨拉米海战(公元前 480 年),经历了希波战争以后先由厄菲阿尔特(Éphialte,公元前 461 年被暗杀)后由伯里克利率领的民主人士和他们的对手之间的冲突,对方阵营中最有代表性的要数客蒙(Cimon),米太亚得(Miltiade)的儿子。公元前 456 年埃斯库罗斯在西西里的杰拉(Géla)去世的时候,于公元前 461 年被放逐的客蒙可能刚被准许,在对抗拉西第梦的战争中,回到雅典,但是这就需要首先解决根本上的冲突。厄菲阿尔特的改革是一个重要的阶段,它剥夺了雅典最高法院(Aréopage)的顾问职能:"法律卫士",将它限制在司法职能之内。自此以后,抽签产生的议会(Boulè),同公民大会一起,成为公共职能的唯一决议机构。

埃斯库罗斯是如何看待这一转变的?他在公民大会如何投票,属于哪个阵营?这些我们都不知道。更确切地说,除了他的剧本,我们对此只有两条线索。公元前 472 年的时候,他的"资助人",也就是说资助他四联剧的雅典富人——该四联剧的第二部就是《波斯人》,第二部是四部中唯一留存至今的——是当时二十岁的伯里克利。同样在公元前 476 年,地米斯托克利(Thémistocle)是普律尼科

---

① 莫米里亚诺(Arnaldo MOMIGLIANO),《古代与现代历史编撰学随笔》(*Essays in Ancient and Modern Historiography*),Oxford,1977,页 9。

司的资助人。这个选择可以表明诗人当时属于民主阵营。但是,相反的是,根据保萨尼亚斯(I,14,5)的说法,"埃斯库罗斯自觉将不久于人世的时候,虽然他的诗歌为他博得了如此多的荣耀,而且他也参加了阿尔泰米西翁(Artémision)和萨拉米海战,但是他忘记了这一切,只是简单地写下他自己的名字、姓氏和他的城邦的名字,并补充道,在马拉松海湾,在米底人(Mèdes)登陆的那个地方,他见证了自己的价值"。的确,我们掌握了一段可能是由埃斯库罗斯授意、西西里的杰拉人在他的墓碑上刻下的墓志铭:"这个纪念碑下安葬的是埃斯库罗斯,欧福里翁(Euphorion)之子,雅典人,在盛产小麦的杰拉逝世。长发的米底人和马拉松著名的海湾知道他的价值。"①只提马拉松,不提萨拉米可以被看作是一个意识形态的选择,是步兵之国同为数众多的海员之国的对立。但是,承认这是埃斯库罗斯临终前的个人选择,不能为他在作品中所写的带来多少信息,他的作品同日常生活有一定距离。《俄瑞斯忒亚》剧末歌颂了雅典最高法院的司法角色,这既可以理解为是对厄菲阿尔特的赞扬,又可以视作是对他的批评。

我们几乎可以一年接着一年掌握欧里庇得斯的政治选择。索福克勒斯曾担任伯里克利的将军,并在晚年在准备策划公元前411年政变的委员会里占有一席之地,但是他笔下的城邦既不是民主人士的,也不是寡头集团的。他留存下来的作品分散在几十年间。埃斯库罗斯则不同:我们曾经以为《乞援人》几乎和民主制度的到来同属一个时代,如今我们知道,纸莎草文献的发现把这部剧本的创作年份定在公元前464年。② 其实,在浩瀚的全集(九十部悲剧、二十多部林神剧)中留存下来的七部悲剧集中在很短的时间段里:公元前472年《波斯人》、公元前467年《七雄攻忒拜》、公元前458年《俄瑞斯忒亚》三部曲。只有《普罗米修斯》没有年份,但是被认为晚于《七雄攻

---

① 《埃斯库罗斯传》(*Vie d'Eschyle*),10。
② *Pap. Ox.*, XX, 2256, fr. 3.

忒拜》,有些人甚至说晚于《俄瑞斯忒亚》,有些人则误以为《普罗米修斯》是伪作。

因而无法忘记,在远景处,有一个基本被埋没的人物在活动:改革者厄菲阿尔特,他肯定是雅典民主制度的创立者之一。但是没有任何证据可以证明埃斯库罗斯是否属于他的阵营。说实话,问题不在于此。

悲剧是城市民主新身份的形式之一;它把主角和合唱队对立起来——是埃斯库罗斯引入了第二主角——,它到遥远的神话中去寻找成为僭主的君主,把他搬上舞台,质疑他,演出将他引向灾难的失误和错误的抉择。在《波斯人》一剧中,主角并不是一个消失已久的希腊君主,而是一个尚在人世的波斯国王。但是三部曲中的其他几部也在舞台上展现了国王的盲目。拉辛在给《巴雅泽》(*Bajazet*)作序时,就记得这一点。

我说,形式之一;还有其他的形式,差异很大:比如葬礼祷告,所展现的恰好相反,是一个模范般团结统一的城邦。①

但是,的确君主不是僭主,而是僭主的亲戚,②合唱队不是人民,尤其不是武装的人民。合唱队的成员是由女神(《普罗米修斯》)、复仇女神(*Euménides*,《善好者》)、妇女,甚至是女奴(《七雄攻忒拜》、《乞援人》、《奠酒人》)和老人(《波斯人》、《阿伽门农》)组成,这时的合唱队就不是战斗中或者和平的城邦的化身。厄忒俄克勒斯作为唯一的首领和君主,他和忒拜城的妇女之间的政治对话是不可能的。"去,不论对你有多难,听妇女们的话",妇女们对选择了第七道门,即兄弟相残之路的英雄这样说(行712)。在一个民主城邦里,顾问委员会提议,公民大会通过投票决议,法官们执行决定。法官和顾问也

---

① 参见妮科尔·洛罗,《雅典的发明》(*L'Invention d'Athènes*),La Haye, Berlin, Paris, 1981。

② 参见迭戈·兰扎(Diego LANZA),《僭主和他的民众》(*Il Tiranno e il suo pubblico*),Turin, 1977。

是公民大会的成员。悲剧的决定是由英雄作出的,是之前的决定的重复,而之前的决定又属于一个长链之中:阿特柔斯及他的后代或者拉布达科斯及他的后代。阿伽门农的过失是从他决定踏上地毯开始的,这种地毯为神明所专用,克吕泰涅斯特拉(Clytemnestre)为他准备了这样的地毯,他的过失从伊菲革涅亚(Iphigénie)的牺牲开始,从阿特柔斯的罪恶开始,亦或是血腥地毁灭了特洛伊开始? 厄忒俄克勒斯的过失重复了俄狄浦斯的过失,重复了拉伊俄斯的过失。[1] 因此,他们的选择在时间上不属于当时的城邦。但是合唱队并不作决定。只有《乞援人》的合唱队某种程度上参与其中。它在一开始就作出了拒绝婚姻的集体决定。这里,合唱队的女子们在悲剧里面。在《阿伽门农》一剧中,由老人组成的合唱队的确行使着顾问的职能,但是在谋杀的时刻,合唱队的表现异常无能为力。每个合唱者轮流发表意见,当轮到领唱总结时,说的是:"我的发言起码给出了持有这一观点的人数(更确切地说是大多数):明确知道阿特柔斯后代的命运"(行 1370—1371)。至于《七雄攻忒拜》的结局(或许并不完全出自于埃斯库罗斯之手),城邦分裂成对立的两派,是两个女子,安提戈涅和伊斯墨涅(Ismène),分居两派之首。

民众没有出现在舞台上。其位置是在剧院的阶梯座位上。剧中是否有民众呢? 有,在《七雄攻忒拜》开场时,厄忒俄克勒斯朝一些人发出呵斥(行 1—2):"卡德莫斯的人民啊(更确切地说是:卡德莫斯城邦的公民们),应当来说说时代的要求,一个首领,一边忙于事务,为城邦掌舵,一边手持警戒杆……"达那俄斯的女儿们(Danaïdes)组成了《乞援人》的合唱队,要求阿尔戈斯(Argos)的国王独自决定收留她们。作为民主派的佩拉斯戈斯(Pélasgos)拒绝了,他要参考公

---

[1] 这一系列的罪行可以同马林特拉斯(Richard MARIENTRAS)对莎士比亚的世界所作的评论作一番比较:"社会暴力自动延续着它毁灭的进程:第一桩谋杀(第一次违法)引发了随后的第二桩,为了给第一桩复仇,给第二桩复仇的第三桩。漩涡越卷越大……",《近与远》(*Le Proche et le Lointain*),Paris, 1981,页 15。

民大会的决定(行 365—375)。公民大会投票决定授予这些年轻女子侨民身份(métèque)。在我们所掌握的文本中,就是在这次投票中,第一次出现了 démos(人民)这个词同动词 kratein(指挥)联系起来的情况。但是在剧中,公民大会的事情是口述的,并没有在舞台上或者在合唱队区(orchestra)演出来。

在《善好者》一剧中,决定俄瑞斯忒斯(Oreste)命运的审判官,那些有投票权利的人,实际上也是一些不说话的形象。只有雅典娜既说话,又投票。她的一票使得俄瑞斯忒斯得到赦免(行 734—753)。在这里,城邦由它的同名主神代表。这就是悲剧的民主制度中偏移的痕迹。

3. 神与人

在一部像欧里庇得斯的《酒神的伴侣》(公元前 406 年)这样的悲剧中,狄俄尼索斯乔装打扮、来到人类的世界中,他那令人担忧的近在咫尺是悲剧的动力。在索福克勒斯的剧本中,神的时间和人的时间是分离的,前者是衡量后者的最后尺度。神谕的意思会逐渐改变,直到剧终才真相大白。神很少出面:雅典娜出现在《埃阿斯》(Ajax)一剧的伊始,赫拉克勒斯出现在《菲罗克忒忒斯》(Philoctète)一剧的末尾。

在埃斯库罗斯的作品中,神的世界和人的世界的交织是持续的。两个世界互为参照。没有哪次人类间的纷争不伴随着神明间的冲突。没有哪一部人的悲剧不也是神的悲剧。

问题不在于"尚未"。不要以为埃斯库罗斯生活在某个无法把人和神、人和自然的关系概念化的原始世界里。宙斯的主宰、超越一切、最终胜利,一直是埃斯库罗斯作品的远景,同样也是索福克勒斯作品的远景。但是索福克勒斯笔下的宙斯在历史之外,而埃斯库罗斯的宙斯是有历史的,就像赫西俄德的历史,有所终结。

"有一个曾经很伟大、勇猛异常并准备参加所有战斗的神:某天人们不再说他仅仅存在过。之后他被另一个神打败，走向终结。但是，那个诚心诚意庆祝宙斯胜利的名字的人将是最最智慧的。"这就是《阿伽门农》一剧中（行167—175）记载的乌拉诺斯一族的家谱：乌拉诺斯（Ouranos）、科罗诺斯（Cronos）、宙斯。但是历史也可能是另一个样子的。《普罗米修斯》是一部关于神的世界的悲剧。宙斯是僭主，普罗米修斯是奴隶，但是这个奴隶是时间的主人，他把阿特柔斯一族和拉布达科斯一族重复犯下的罪行强加给宙斯：昨日科罗诺斯反戈乌拉诺斯，之后宙斯反戈科罗诺斯；明日宙斯的儿子反戈自己的父亲。在这部令人惊讶的悲剧中，象征主宰和权力的克拉托斯（Kratos）在舞台上出现在象征暴力、武力的比亚（Bia）身旁。

在《俄瑞斯忒亚》一剧中，年轻的神祇同有血缘关系的年老的神祇之间的政治冲突同阿伽门农一系和克吕泰涅斯特拉一系的冲突一样，为三部曲标出节奏。在这个层面上，很多现代人困于历史的幻觉中，埃斯库罗斯并无此意。那些学者真的相信，这样的对比表达的是一种变动，认为埃斯库罗斯把从源于地球的、自然主义的宗教转向公民的宗教，母系社会转向父系社会，从宗族转向城邦的过程戏剧化了。① 问题不在于历史，而在于当下的戏剧化。

人们寻找象征性的符号。他们的世界是相对的，是劝导、说服（Peithô）的世界。② 但是，究竟是"神圣的说服"，就像雅典娜在《善好者》一剧中提到的，"给自己的言辞一种富有魔力的温和感"（行886），并且把厄里倪厄斯（Érinyes）变成善好者（Euménides），亦或是《奠酒人》一剧中领唱所提到的"背叛的说服"，将克吕泰涅斯特拉引向死亡，就像她帮助杀死了阿伽门农一样？厄忒俄克勒斯力图解读和逆转的也是这些象征符号，在《七雄攻忒拜》一剧中他听取信使一

---

① 参见乔治·汤姆森（George THOMSON），《埃斯库罗斯和雅典》（Aeschylus and Athens），Londres，1941，多次再版。
② 参见巴克斯顿（R. G. A. BUXTON），《希腊悲剧中的劝导——佩托研究》（Persuasion in Greek Tragedy. A Study of Peitho），Cambridge，1982。

一描述盾牌,这些象征符号逐渐为我们形成了一个我们能够解读的整体,我们比厄忒俄克勒斯解读得更彻底,它们的含义是,最后宙斯将胜利,城邦获得拯救,两位王兄将死去。

同样是象征符号的还有梦境,梦境从来不是完全清晰的。此外,预兆也是象征符号。比如,《阿伽门农》一剧开头,回顾了出发去特洛阿德(Troade)时的情形:

"两只众鸟之王出现在舰队之王的面前,一只全黑,一只背部呈白色。它们在王宫附近出现,在执矛的手那边,在显著的位置栖息,吞噬一只怀胎的兔子,连它的幼崽也不放过,不让它跑完最后一程。"(行114—120)预言家卡尔卡斯(Calchas)作出了最初的解释:两只鹰代表阿特柔斯的后代,他们夺取了特洛伊,但是他们违反了狩猎的法则,他们杀死了阿耳忒弥斯——野性自然的主人所规定的不得猎杀的无辜动物。这怀胎的兔子是指谁呢?既是特洛伊又是伊菲革涅亚,后者被她的父亲当作牺牲品,也是泰斯特斯(Thyeste)在宴会上献给阿特柔斯烹饪的无辜孩子们。这种多义性,这种预兆的超级决定性是埃斯库罗斯的惯用手法。但是除了预兆以外,还有图像、隐喻。阿特柔斯的后代用鹰作为象征,鹰是下界的动物,凶猛的食尸者:"骇人啊,他们心怀怒火地叫战,就像失去一窝幼崽的秃鹫,在巢穴上方盘旋,振翅猛扇,喂养幼崽的一番努力付诸东流。"(行47—54)不要在埃斯库罗斯的作品中把诗歌和悲剧意义区分开来。这两者是他的文本的同一个,也是唯一一个方面。在隐喻和预兆之间、来自诸神的形象和象征符号之间有着连续性,这就好比狮子和鹰的出现或是对比一下子跳到了舞台上。这种连续性或许是埃斯库罗斯的艺术中最令人惊讶的一面。

在蒙昧的人类世界和不清晰的神的世界之间,有的不仅仅是梦境、预兆和形象,还有中间人,即预言家和先知。在此,解梦人和拥有预言家地位的人之间没有连续性。在《奠酒人》一剧的开头,被称为"先知的"(更确切地说是解梦人)是关于克吕泰涅斯特拉罪行的记忆,或者说,对此的忏悔:"用一种再明晰不过的语言,听得人头发都要竖起来,在这个家里的先知,借梦发言,将复仇的气息吹入梦的深处,在夜深之时,在王宫深处,发出恐怖的叫唤,宣布了神谕,重重地掷向女士们的寝宫。为了解释这个梦,得到神灵庇护的人们宣称,在地底下,惨死的人们怨声载道,迁怒于他们的凶手。"(行32—42)在埃斯库罗斯的悲剧中,有很多预言家的形象和他们的占卜术。比如,卡尔卡斯这个人物,在解释了怀胎的兔子的征兆以后,就穷尽其才了。安菲阿剌俄斯(Amphiaraos),也就是说"受到双重诅咒的人",就像波吕尼刻斯是"千重争吵的人"——这样的文字游戏在埃斯库罗斯的作品中很常见,在文本中有决定性作用——,安菲阿剌俄斯是一个指名道姓的人,而不是在舞台上一晃而过的人物。他是攻打忒拜的七雄之一,因此他是注定要丧命的,但是他是个预言家,他知道自己的命运。在《七雄攻忒拜》的核心一幕中,他同时诅咒堤丢斯(Tydée),七雄中的第一位,和波吕尼刻斯,七雄中的最后一位。在所有描述详尽的盾牌中,他的盾牌是唯一一个不带有任何徽章的,"因为他不想只是看起来是英雄,他想要成为英雄"(行592)。这下,预言家,也就是说赋予意义的人,把他的同伴的盾牌从存在的世界划到了看似存在的世界,并让我们以为他们都是些伪英雄。

索福克勒斯笔下的预言家们:例如忒瑞西阿斯,在《安提戈涅》和《俄狄浦斯》中,只是预言家。他们预料到悲剧,但是处在悲剧的边缘,就像索福克勒斯和埃斯库罗斯自己笔下的信使、传令官或者侍者。

在《善好者》一剧伊始,德尔菲的皮提亚出现了,但是如果说她说出了圣地的过去,这个过去预兆了三部曲末尾雅典的状况:一个神力联合而不是互相为敌的地方,她却没有说到未来,并且她向阿波罗求助,阿波罗是医生、治愈者、奇人异事的解释者。

唯一一个在过去、现在和未来之间的中间人,其命运不在悲剧中上演的人是大流士(Darius)的灵魂,他是已经过世的明智老王模范,也就是说是不可能的王,他在舞台上出现只是为了谴责疯狂的年轻国王(《波斯人》,行 719 及以下)。

阿波罗同时是颁布神谕的神和解释神谕的神。他的神谕引导俄瑞斯忒斯杀害了他的母亲。但是,在雅典审判中,在司法尚未成形的情况下,他同厄里倪厄斯一样,既是见证人,又是审判者。埃斯库罗斯的作品中有两个人属于这样的情况,他们彻底混合了预言家的资质和悲剧人物的身份,一位是女子——卡珊德拉,一位是神——普罗米修斯。

预言家-神,医生-神(但无法自我治愈),普罗米修斯是永生者和人类之间的中间人,他教授人类各种技艺和社会生活,在悲剧中他只和一个凡人——伊娥(Io)——说过他的命运,他既是关于宙斯命运的秘密的受害者,又是其主人。他的过去是人,他的未来是宙斯的获救,正是他当下的痛苦让他撕扯于过去和当下,使得他成为了一个悲剧人物。卡珊德拉,一个阿波罗的受害者,也是从阿波罗那里获得她的天赋,她进入王宫,同时还掌握着过去(泰斯特斯的孩子们的死)和未来——阿伽门农的死和她自己的死:"今天,让我成为先知的先知,亲手将我引向死亡"(行 1275—1276),更不用说更远一些的未来,俄瑞斯忒斯的复仇。她的话"没有疑云";这一次言语中没有昏暗,昏暗在人物中。

在神和人之间,正常的沟通模式是祭祀,这是普罗米修斯的发明。但是,更确切地说,在埃斯库罗斯的悲剧世界里,并没有常规的祭祀,所有的祭祀都是"祈愿性质的"①,在《俄瑞斯忒亚》一剧中是这样,在《七雄攻忒拜》中也是这样,所有的祭祀都像波斯女王献给神明们的祭祀那样被打断。相反地,所有的谋杀,针对兄弟、女儿、丈夫、

---

① 参见蔡特林(Froma ZEITLIN),〈埃斯库罗斯的《俄瑞斯忒亚》中祈愿性祭祀的原因〉(The Motif of the Corrupted Sacrifice in Aeschylus' *Orestia*),见 *Transactions and Proceedings of the American Philological Association*,96,1965,页 463—508;从广义上而言,请参阅佩特雷(Zoe PETRE),〈希腊悲剧中的死亡表现〉(La représentation de la mort dans la tragédie grecque),见 *Stud Clas*,XXIII,1985,页 21—35。

父亲,所有的谋杀都被描绘成某种祭祀。《乞援人》所表现的自杀也具有某种向阿尔戈斯的神祇们献祭的形式。在希腊悲剧中,之所以设定标准,就是为了有人违反它,或者是因为它已经被违反;正是在这种意义上,希腊悲剧来自狄俄尼索斯,混乱、违规之神。

4. 人与城邦

希腊的城邦在空间上是一个耕地,围绕在它边界的是山或者"荒漠",在那里游荡着酒神的伴侣和放牧的牧羊人,还有预备公民(éphèbe)在训练;在时间上表现为法官制度的持续,法官更新交替;在性别秩序上,表现为男性的政治统治,年轻人暂时被排除在外;家庭秩序或多或少融于政治秩序;这是希腊人的秩序,野蛮人被排除在外,异乡人哪怕是希腊人也要受到限制;在军事秩序上,重装步兵的地位高于弓箭手、轻装部队,甚至骑兵;在社会秩序上,剥削奴隶,时不时把手工业边缘化。这样的包容和排斥,其组合与互相作用,构成了公民秩序。

在悲剧中,城邦必须同时自我认同,又自我质疑。换言之,悲剧既是秩序,又是混乱。悲剧作家使得政治秩序发生偏移、颠倒,有时甚至消灭它。正是这种偏离造就了显而易见的效果,或者从词源上来说:搬上了舞台。只有在《普罗米修斯》一剧中,普罗米修斯的行动地点是在一个遥远的荒漠,权力和暴力在那里毫不妥协地施展威力;舞台上行动的地点通常都在王宫或者神庙之前:在《善好者》一剧的开头,地点是德尔菲。然而,《乞援人》的行动地点在一个神圣的地方之前,但是在城邦的边界处,靠近海滩;所有的问题在于知道这些自称是阿尔戈斯人的异乡女子是否能被接入城中,这个主题在其他地方也被用到,比如在索福克勒斯的《俄狄浦斯在科罗诺斯》里,就包含有我们的第一个例子。野性的自然被用作是不变的参照,还有被追捕的野兽:狮子、狼,食肉动物的狩猎或者追捕食肉动物,这些都同时和祭祀、战争互相交织:不应该把狩猎而得的动物祭献给神明,而是要献上家养的动物,人类在主宰耕地时的伴侣。① 在野性的世界和野蛮的世界之间可能有交错:这就是《乞援人》一剧中埃及的状况,并不一定要有身份。薛西斯(Xerxès)在他僭妄(*hybris*)的疯狂之中,渡海到了希腊,他代表的是野蛮,大流士的遗孀,虽然是妇女,却同老年人组成的合唱队一起代表忠诚和文明世界。

只在一部悲剧中,在《善好者》的第二部分,场景转换到城邦内部,在"雅典娜的家",在卫城上,在一群受召代代更新的公民面前,在他们不远处,在战神山上,是最高法庭。这些不说话的演员代表的是公民时代的开始。在雅典娜和审判官面前,厄里倪厄斯和俄瑞斯忒斯都是异邦人,他们同城邦的关系有待定义。俄瑞斯忒斯将被赦免,但是不会成为公民。善好者将会向阿尔戈斯的乞援人一样,获得侨民的资格,但是他们是侨居的神祇。是她们决定了雅典年轻的民主制度的政治纲领:"既不是无政府制度,又不是专制制度",这个纲领被雅典娜采用:"你们所有人一起,将向世界展示,把你们的国家、你们的人民领到公正的司法道路上去。"(行 992—994)

阿伽门农害怕"他的人民的愤怒",但是他置之不理并就此成为僭主。埃斯库罗斯作品中唯一一个明显是民主人士的是《乞援人》一剧中的佩拉斯戈斯。达那俄斯的女儿们以家庭关系的名义祈求他。他回答她们说,这涉及的是整个城邦的命运。

厄忒俄克勒斯是一个政治首领,看起来他充满明智地面对压在希腊城邦忒拜之上的几乎野蛮的威胁,与此同时他还是一个被诅咒的世系的代表人,属于拉布达科斯一族。悲剧性的行为使得看似无法拆开、联系着的东西分开。在政治上,波吕尼刻斯是忒拜的敌人,忒拜的叛徒,在家谱上他是厄忒俄克勒斯的一个翻版。兄弟俩的死是否将城邦从世系之争中解救出来?是也不是:合唱队分成两部分,

---

① 参见维达尔-纳凯,〈埃斯库罗斯的悲剧《俄瑞斯忒亚》中的狩猎和献祭〉(Chasse et sacrifice dans l'*Orestie* d'Eschyle),载 Jean-Pierre VERNANT et Pierre VIDAL-NAQUET,《悲剧与神话》(第一卷),前揭,页 131—156。

两位姊妹,安提戈涅和伊斯墨涅,如果我们相信手稿的话,她们成了两个派系之首,互相撕扯。悲剧在继续:一种法律对抗另一种法律。

这种女性掌管城邦的悖论能让我们做这样的思考:希腊的城邦肯定不是唯一一个将女性排斥在政治生活以外的文明,但是它的特殊之处在于,它把这种排斥戏剧化了,使之成为悲剧性行为的动力。又一次,是偏差使得标准的定义成为可能。克吕泰涅斯特拉,这个说话时"理智得如一个智慧的男子"的女子,篡夺了政治权力和一家之主的地位。她的罪行是谋杀了丈夫,但是,在《奠酒人》一剧中,合唱队描述一个女子能犯下的罪行时,列出了能想到罪行的等级:弑父、弑子、弑夫,不包括谋杀自己的女儿。此外,克吕泰涅斯特拉和她的女儿厄勒克特拉(有些人从 Électre 的名字中读出 alektra,也就是说不结婚的)成了奇怪的一对,母亲多夫,女儿则处子,女儿同母亲一样有男子气概,但是坚持要为她的父亲阿伽门农复仇,就像她母亲坚持要毁灭他那样。①

如果说"纯粹男性继承不断萦绕在希腊人的想象之中",一个没有女性的世界也是同样。第一种说法由阿波罗在俄瑞斯忒斯受审时所作的证词中提到,第二种说法是厄忒俄克勒斯在《七雄攻忒拜》一剧伊始说的。于此作为补充的是,由埃斯库罗斯创造,或者更确切地说由他重新创造的人物,达那俄斯的女儿们梦想的是一个没有男人的世界。② 后一种梦想显然没有前一种那样,在政治和社会现实中有文章可做。然而这还是有限度的:阿波罗不是悲剧,像厄忒俄克勒斯这样一个悲剧人物所言证实了他的僭妄(hybris),他滑向极限。在《俄瑞斯忒亚》一剧中,雅典娜——也就是说城邦——通过赦免俄

---

① 参见韦尔南,《希腊人的神话和思想》(Mythe et pensée chez les Grecs),nouvelle éd., Paris, 1985,页 163—166,下文中引号内是我借用此书的。
② 关于这个问题,请参阅洛罗的著作,尤其是《雅典娜的孩子们》(Les Enfants d'Athéna),Paris, 1981,和蔡特林(Froma ZEITLIN)的作品,尤其是〈厌女癖的动力:《俄瑞斯忒亚》中的神话和神话制造〉(The Dynamics of Misogyny: Myth and Mythmaking in the Oresteia),见 Arethusa, 11, 1—2, 1978,页 149—189。

瑞斯忒斯宣布道:"我的心永远——至少直到结婚——站在男子一边:我无条件支持父亲。"(行 737—738)此外,她努力说服了厄里倪厄斯,这些为所流之血复仇的女性之神,让她们在雅典居住,并在某种程度上把她们所捍卫的价值政治化了:"你们没有被征服:在投票箱中出来一份不确定的决议,为的是满足真相,而不是使你们蒙羞。"(行 795—796)女性的价值观也是从公民的荣誉(timè)而来。①

男人-女人,成人-年轻人,这其中的联系不是人为的。在入仪的考验使一个年轻男子成为一个成年人之前,他是女子气的。《奠酒人》一剧伊始,俄瑞斯忒斯和他的姐姐之间有一种双胞胎一般的酷似。希腊悲剧中的年龄段,不幸还是一个没有被发掘的主题。埃斯库罗斯笔下的俄瑞斯忒斯或许是唯一一个大家可以跟随其从孩童时期,经历了虚拟的死亡,发展到成年期的希腊悲剧人物:他在《奠酒人》一剧中乳母口中是个婴儿,被人以为死了,在雅典审判的时候他经历了正面的转变,成了成人:"很早以前,在我同其他的家庭和海陆之路的接触中,我的污点就洗清了。"(行 451—452)在这两个年龄阶段之间,是《奠酒人》中的人物:他是双重的,既男又女,既英勇又足智多谋,白天和夜间的战士,重装步兵和弓箭手;②他是一个悲剧性的预备公民。厄忒俄克勒斯,他以重装步兵自居,但是他是一个孤立的重装步兵,这在词义上南辕北辙——重装步兵只在战线中才存在——这种矛盾恰恰是人物内心挫断的一面。

在埃斯库罗斯的悲剧中,重装步兵的价值观和集体方阵的命运很奇特。它们一直被宣扬,甚至在《善好者》的后记中胜利了,但也在叙述中一直被否定,被英雄,甚至被集体否定。在《阿伽门农》一剧中,是克吕泰涅斯特拉解释什么是一支英勇并受到敌人的神祇尊重的军队应有的行为。然而,夺取特洛伊并不是重装步兵的杰作,而是

---

① 参见妮科尔·洛罗,〈床、战争〉(Le lit, la guerre),见 *L'Homme*,XXI,1,1981,页 37—67。
② 参见维达尔-纳凯,《悲剧与神话》(第一卷),前揭,页 148—151。

"一只阿尔戈斯的吞噬的怪兽"(行824),它跳起来,"就像一只残忍的狮子,灵魂上沾满了皇家的鲜血"(行827—828)。重装步兵厄忒俄克勒斯将死于一对一的战斗。但是,最令人好奇的问题是悲剧《波斯人》所提出的。在这部悲剧中,悲剧性的人物是波斯人,更确切地说是国王薛西斯,而且剧本明显是一个雅典人为了彰显自己人和希腊人的荣耀而写的。但是叙述所采用的手法令人惊讶。在剧本一开始所描绘的波斯军队,其主力是骑兵、弓箭手、战车上的战士。当领唱思量战争的结果时,他提出了这样的难题:"要胜出的是投射的武器,是弓箭吗?是包铁的长矛要胜利吗?"(行146—148)长矛是重装步兵的武器,它同面对面搏击的价值观念相关,方阵对阵方阵,弓箭是诡计的武器,是夜的武器。但是希腊人和波斯人也象征性地对仗,以鸢和鹰的形象,依旧是在剧本伊始。这两者都是掠食性鸟类,但是两者之中鹰同王权和天空相联系。是波斯鹰"向着太阳神的下祭坛 [eschara] 逃去"(行205—206),是鸢从天上向它猛扑下来。至于战争本身,主要用萨拉米海战来表现,这多亏了地米斯托克利的诡计,以围网为结局:希腊人就像渔民对待金枪鱼那样,在"死亡之室"中围剿波斯人(行424)。在第二次希波战争的第一个重装步兵的片段,在温泉关,这是不可能的。大流士的魂魄至多宣告了大打一仗,以拉西第梦的重装步兵为主,在公元前479年:"多利安的长矛在普拉蒂亚(Platée)的土地上让鲜血如祭酒般流淌。"(行816—817)是否需要指出其特殊之处在于,让(重装步兵的)价值观念同观众们已知的事实(战争中的诡计,海战)相碰撞,也同雅典的爱国主义相冲突,这种爱国主义让埃斯库罗斯低估了斯巴达重装步兵的战绩?

实际上,有一个片段显示,这里还有一个难点要解决。根据希罗多德的记载,他的写作时间比埃斯库罗斯晚了四十年,但是他不是一个悲剧作家,阿里斯蒂德(Aristide)——在雅典的历史记载中,他是个温和派——在萨拉米海战中,他率一部分重装步兵,在普斯塔利亚(Psyttalie)小岛登陆,屠杀了在那里的波斯人(VIII,95)。然而埃斯库罗斯在信使叙述的末尾,把这一片段的发生时间另作安排,将它置于胜利之后。此外,即使他引入了装甲兵,拉开屠杀序幕的还是投掷武器:"首先,上千块石头从他们手中发出,落在波斯人的头上,同时,弓箭齐发,所射到之处,造成敌军队伍中伤亡一片。"(行 459—461)投入这些武器之后,希腊人才消灭了手持白刃兵器的敌人。是埃斯库罗斯说出了真相,而希罗多德在撒谎吗?这种说法有它的支持者,①相反的说法也有其拥护者。或者是受制于悲剧叙述,到最后让帝国的军人被最瘦弱的战士所败,当然这些战士们是英勇的,但是他们受到了神祇的庇护和引导?在地米斯托克利派出的狡猾的信使之上,有"一个复仇的神灵,一个恶毒的神祇,从不知什么地方窜出来"(行 353—354)。米太亚得,根据希罗多德所记(VI, 109),在马拉松战役前夕,对司令卡利马克斯(Callimachos)说的话正好相反:"假如我们不等到某些雅典人犯下错误,而投入战争,只要诸神保持天秤的平衡,我们有能力在战斗中取得优势。"历史叙述同悲剧叙述相反?

提起弓箭手,这些古典城邦"可怜的魔鬼",就使我们离开城邦的中心,到那边缘和第一等级的划分去。在埃斯库罗斯的作品中,奴隶和手工艺人是如何出现的?他们的现身意义何在?

在埃斯库罗斯的悲剧中有一些侍者和奴隶之所以出现,是为了说台词,他们本人是透明的,他们的境遇无论如何都不参与到剧情中。《波斯人》和《七雄攻忒拜》中的信使,他们是奴隶吗?他们代表了戏剧中的一个功能,就像《乞援人》和《阿伽门农》中的传令官一样。在后一部剧中的守夜人开场词中,用动物作隐喻,影射奴隶的境遇:守夜人躺在地上,等待夺取特洛伊的信号,他把自己比作一条狗,"学会了识别夜间的众星聚集"。他说出了自己的双重依附,在法律上他

---

① Charles W. FORNARA,〈普斯塔利亚岛重装步兵的成就〉(The Hoplite Achievement at Psyttaleia),见 *Journal of Hellenic Studies*,86, 1966,页 51—54;Georges ROUX,〈埃斯库罗斯、希罗多德、狄奥多罗斯、普鲁塔克讲述萨拉米海战〉(Eschyle, Hérodote, Diodore, Plutarque racontent la bataille de Salamine),见 *Bulletin de Correspondance Hellénique*,98, 1974,页 51—94,对文本作了完全相反的阐释:波斯人是弓箭手(见页 91)。

属于阿伽门农,在事实上他属于女僭主克吕泰涅斯特拉。在《奠酒人》一剧中,埃吉斯托斯(Égisthe)的侍者在他的主人被杀害以后,发出了绝望的叫喊。

在埃斯库罗斯的作品中其实有两种奴隶:生来为奴者,俘获为奴者,后一类是希腊人或者是神和王的后代,他们是战争权利的受害者。第一类是匿名的,只有一个例外:《奠酒人》一剧中俄瑞斯忒斯的乳母。就像许多希腊的奴隶一样,她冠有家乡的名字:基里莎(Kilissa),奇里乞亚人(Cilicienne)。她上演了令人惊讶和著名的一幕。俄瑞斯忒斯的死讯刚被宣布,但是,同《奥德赛》中的欧律克勒亚(Euryclée)相反,基里莎没有认出她的乳儿。这一幕有喜剧意味,的确,不仅在埃斯库罗斯的作品里,在整个希腊悲剧中,喜剧的场面让奴隶、微不足道的人上场,谈论活人的身体或是死者的尸体。让我们想一想《安提戈涅》一剧中的卫兵和他"现实的"话语吧。喜剧是悲剧同当下直接接触的方式之一。

基里莎养大了俄瑞斯忒斯,不是为了他的母亲,而是"为了他的父亲"①,这就使得她的大段台词得以融入悲剧性的行为。这是因为在这里,文本代表了这类奴隶的特征。基里莎只认得她的乳儿的身体,只提到他的身体,而且是当作动物的身体:"他没有知识,应当当他是一条狗养大,不是吗?要去适应他的习惯。孩子在襁褓中不会说话,他饿了、渴了或想要排泄,他小小的肚子会自己解决。要猜透他的心思好比要做预言家,我的天哪! 我常常搞错,我成了洗襁褓的;兼任着洗衣妇和乳母的活。"(行753—760)

卡珊德拉是由征服权所获得的奴隶的典型:她既是阿伽门农的侍妾,又是阿波罗的女祭司,也是一名奴隶。面对她,克吕泰涅斯特拉说出希腊的规矩,但是她赋予自己僭主对奴隶的权力。所有克吕泰涅斯特对卡珊德拉的呵斥都需要分析,包括她将新贵和"致富已

---

① 参见 Nathalie DALADIER,〈盲目的母亲们〉(Les mères aveugles),见 *Nouvelle Revue de psychanalyse*,XIX,1979,页 229—244。

久"的主人的奴隶的命运对立起来。"在我们这里,"她说,"你可以指望得到习惯上的待遇。"(行 1046)但是文字游戏是可怕的:"仁慈的宙斯想要在这个王宫里,要你同我们一起洒祭水……"(行 1036—1037)这就是宣布要牺牲卡珊德拉,让她在阿伽门农身旁,进行人祭。

巧合的是,僭主和奴隶之间的这种关系,我们在《普罗米修斯》一剧中也能找到,但是更加丰富和变得更为复杂。宙斯-僭主、普罗米修斯-奴隶,他是一个受到折磨的奴隶,这种折磨只针对奴隶,这一对僭主和奴隶的关系发生在神祇中。但是还有奴隶和奴隶的关系,普罗米修斯同僭主的侍者、赫尔墨斯(Hermès)自愿效劳的境遇形成对比:"说白了,我不愿意用我的不幸去同你的奴役交换。"(行 966—967)但是赫尔墨斯并不自认为奴隶,他不认为宙斯是他的主人,而认他为父。①

在《普罗米修斯》一剧中还出现了另一种社会阶层——手工艺人。这个情况很特殊:其他地方可以提到手工艺人的作品,比如在《七雄攻忒拜》中对盾牌的描述,而且,在埃斯库罗斯的时代,诗人的境遇本身就是手工艺人的境遇,②这就使得诗人以某种方式同制造及交换的世界发生联系,但是,一般情况下,手工艺人在城邦中得不到认可,他不会出现在悲剧的舞台上。我们在《普罗米修斯》一剧中看到一位手工艺人,借助权力和力量把一个奴隶绑在岩石上,的确,这个手工艺人是神,是赫淮斯托斯,他工作时总是用脑思考。③ 权力与力量……政治价值高于制造价值。普罗米修斯是技艺之神,赫尔墨斯是商业(交换)之神。《普罗米修斯》或许是埃斯库罗斯留存作品

---

① 参见 Katerina SYNODINOU,《论欧里庇得斯的奴隶制度概念》(*On the Concept of Slavery in Euripides*),Jannina,1977,页 92。
② 参见 Jesper SVENBRO,《言辞与大理石:希腊诗歌探源》(*La Parole et le marbre. Aux origines de la poétique grecque*),Lund,1976。
③ 现在可以参阅 Suzanne SAÏD,《智者与僭主,或"被缚的普罗米修斯"问题》(*Sophiste et tyran ou le problème du 《Prométhée enchaînée》*),Paris,1985,尤其是页 131—154。

中的最后一部,而且,可以肯定的是,我们对此的见解必然有偏差,因为它所属的三部曲中,我们看不到中间那部和讲述被缚之神获得释放的最后那部。可以想象一下,假如我们只能看到《阿伽门农》,却要把握《俄瑞斯忒亚》的情形。但这并不妨碍:这出剧中所提及的问题——权力和知识之间的关系,这样的问题或许还没有停止困扰我们。

六、英雄们的盾牌*:论《七雄攻忒拜》的核心一幕

> 在算好的日子来临的时候,
> 写下的言语记录于
> 偶然之板岩上。
> 勒内·夏尔(René CHAR)
> 《斗篷之歌》(Chants de la Balandrane)

本文①置身于三个问题的交汇之处,这三个问题从不同程度上

---

* 本文第一次刊登于 Annali del seminario di studi del mondo classico,Naples,1979,页96—118。
① 本文第一个版本于1976年末在卑尔根(挪威)、布里斯托尔、剑桥、利物浦、牛津和伦敦多次用英语演讲过。此外,这里涉及的主题在法国和意大利出席学术会议时谈论过,之后又写入1978年1月9日的"促进希腊学协会"的公报中。我感谢与会者的评论,我同洛罗(Nicole Loraux)的讨论是最富有成果的,若干年来,我们就埃斯库罗斯的文本多次交换意见。此外,本文已经完全写完的时候,我了解到两部非常重要的手稿:D. PRALON,〈埃斯库罗斯:《七雄攻忒拜》〉(Eschyle: les Sept contre Thèbes),和 P. JUDET DE LA COMBE,〈埃斯库罗斯的《七雄攻忒拜》阐释历史(18世纪末至19世纪)〉(Hisoitre des interprétations des Sept contre Thèbes d'Eschyle(fin XVIIIᵉ-XIXᵉ siècle),在后一篇文章中,我只读到维拉莫威兹(Wilamowitz)的辩论,这对我来说正是一个起点。我会在注解中标明我从普拉龙(Pralon)的研究中所借用的。不幸的是,这两篇论文一直没有机会出版。

(转下页注)

对埃斯库罗斯的阐释家产生过困扰,我的意思恰恰是认为这三个问题终究是一个问题。

第一个问题,如果我能这么概括的话,是厄忒俄克勒斯的"心理"。每个人都注意到了:一切就好像这个人物,这个埃斯库罗斯剧本的中心人物,从行 653 开始,发生了我们可以称之为"突变"的变化。默里(Gilbert Murray)以他稍显做作的方式处理问题,但是他很好地表达了众人在这个问题上的一致意见。直到行 652,厄忒俄克勒斯是一个"冷静沉着的人,他思维敏捷,心系于民众的感受";简而言之,他是城邦(polis)理想的领袖。之后,发生了转折:"厄忒俄克勒斯闪电般成了另一个人。他的冷静和自制消失了。这是一个绝望的人,他受到诅咒的控制,翻不了身。"① 到底发生了什么? 在前一幕中,厄忒俄克勒斯将六位忒拜英雄分配到忒拜的头六道门去面对敌人的将领,并决定自己去第七道门:

282 Ἐγὼ δέ γ' ἄνδρας ἓξ ἐμοὶ σὺν ἑβδόμῳ
ἀντηρέτας ἐχθροῖσι τὸν μέγαν τρόπον
ἐς ἑπτατειχεῖς ἐξόδους τάξω μολών,

("我去城墙的七个出口,安排六位战士,我自己去第七个出口,

(接上页注)

本文写成于 1978 年 8 月,之后我有机会参加普林斯顿大学组织的关于《七雄攻忒拜》的讨论,并了解到蔡特林(F. I. Zeitlin)没有出版的研究和塞尔曼(W. G. THALMANN)的论文,《埃斯库罗斯〈七雄攻忒拜〉中的戏剧艺术》(*Dramatic Art in Æschylus《Seven against Thebes》*), New Haven, Conn., 1978。我非常欣喜地看到这些文章和我的研究存在一致性。自从本文发表在学术杂志以后,文中的问题主要由卢帕什(Liana Lupaş)和佩特雷(Zoe Petre)讨论,《埃斯库罗斯〈七雄攻忒拜〉评论》(*Commentaire aux 《Sept contre Thèbes》d'Eschyle*), Bucarest et Paris, 1981,蔡特林,《在盾牌记号之下》(*Under the Sign of the Shield*), Rome, 1982;此外,朱代·德拉孔布(P. JUDET DE LA COMBE)尝试写了一篇综述文章,题为〈阐释者厄忒俄克勒斯〉(Étéocle interprète),我们希望这篇文章能出版。

① G. Murray,《埃斯库罗斯:悲剧的创造者》(*Æschylus;the Creator of Tragedy*), Oxford, 1940,页 140;我在原则上是把他的文字翻译成了外文。

同敌人庄严对阵。"①)他做出的是一个理智的行为,目的是掌控不可控的事件,这也正是行 285—286 所说的:

285　πρὶν ἀγγέλους σπερχνούς τε καὶ ταχυρρόθους
　　 λόγους ἱκέσθαι καὶ φλέγειν χρείας ὕπο.

("在那些慌乱的信使和急躁的话语还没有让我们惊讶、使得一切处于迫不得已而惊慌起来之前。")

惊慌失措的信使们……厄忒俄克勒斯恰恰是在听了一个他之前就贬低过的信使的话以后,突然改变了行为方式。他派了一个奸细(angelos)混入敌军阵营,镇定地听他描述令人恐惧的阿尔戈斯六位军队首领。为了面对他们中的每一个,他安排了一位忒拜英雄,但是,第七个是他的兄弟波吕尼刻斯,他发出了著名的呼喊:

653　Ὢ θεομανές τε καὶ θεῶν μέγα στύγος,
　　 ὦ πανδάκρυτον ἁμὸν Οἰδίπου γένος·
　　 ὤμοι, πατρὸς δὴ νῦν ἀραὶ τελεσφόροι...

("啊!怒火中烧的氏族,如此为诸神所痛恨,俄狄浦斯的氏族,我的氏族,所有氏族中可怜的一族。哎,今天,一个父亲的诅咒就要到头了。")

转变的事实已经被接受,问题在于如何解释它,对此,不需要是一个历史逻辑学专家,就可以猜到解决的方法是有限的。当然,最简单的解释就是厄忒俄克勒斯的双重性格来自诗人埃斯库罗斯的双重灵感源泉。难道我们不能承认,他或多或少巧妙地混合了两种无法和解的传统?维拉莫威兹就是这么想的,他在 1903 年给出了这种假设的一种直率的形式:"他的整个戏剧有两个根本动力(Grundmotive),两者彻底对立。其一是《俄狄浦斯》(Œdipodie),这个典型的故事讲述了德尔菲的神谕、拉伊俄斯不遵从神谕、俄狄浦斯的诅咒、粗野的罪人必死的命运。这个故事以兄弟俩互相残杀致死为结局。

---

① 在使用过程中,我有时按自己的意志改动格罗让(J. Grosjean)的译文(Pléiade)和马宗(P. Mazon)的译文(C. U. F.);有多处是我自己翻译的。

另一个动力是忒拜城成功抵御了阿尔戈斯人的进攻,七位来犯的英雄面临必死的命运。"①换言之,在埃斯库罗斯的剧本中先后有两位人物:厄忒俄克勒斯第二,忒拜城的英雄,忒拜的救星,是作为一号人物在舞台上出现的人。但是从行 653 起他让位于厄忒俄克勒斯第一,《俄狄浦斯》中的人物,是伊俄卡斯忒的丈夫那受到诅咒的儿子。自相矛盾的是,维拉莫威兹在 1914 年这样写,前后相差两页,说厄忒俄克勒斯是唯一一个埃斯库罗斯戏剧中个人化的人物,唯一一个个人,他的创作者"没有自问:我怎样描绘我的厄忒俄克勒斯?他采用了他所获得的(*Er nahm was ihm gegeben war*),但是这是双重的(*Das war aber Zweierlei*)……肩负世袭诅咒的人是另一个厄忒俄克勒斯"。②

如果我这样引用维拉莫威兹,并不是因为我乐于显示他那个时代最伟大的语文学家提出的阐释图景是今天任何一个当代人都无法接受的,而是为了表明阐释学有其历史,在它身后既有可持续的成果,又有被遗忘的问题。我们自己也属于这种历史,这样就足以表明,这里涉及的不是什么黑格尔辩证法的问题,不是要导向某种思想的胜利的问题。维拉莫威兹的解释曾经是一个这样的思想,但是今天它不过是保存了一种传统。

可以认为,现代的辩论——这种辩论还在继续,本文要作出贡献的也是这种辩论——是于 1937 年由索尔姆森(F. Solmsen)开启的,他写了一篇关于埃斯库罗斯剧中的厄里倪厄斯的文章。③ 这里不是

---

① 〈三部希腊戏剧的最后一幕〉(Drei Schlusszenen griechischer Drama),见 *Sitzungsberichte der Deutschen Akademie der Wissenschaften zu Berlin*,1903,页 436 及以下;我引用的是第 438 页。
② WILAMOWITZ,《埃斯库罗斯阐释》(*Aischylos Interpretationen*),Berlin, 1914,页 641—643;另请参阅《希腊作诗法》(*Griechische Verskunst*),Berlin, 1921,页 199。
③ F. SOLMSEN,〈埃斯库罗斯《七雄攻忒拜》中的厄里倪厄斯〉(*The Erinys in Æschylus Septem*),见 *Transactions and Proceedings of the American Philological Association*,69,1937,页 197—211。

要历数其中的倾向和各种观点,①但是很容易就能提炼出这种讨论的逻辑。

第一种态度认为我们应当同埃斯库罗斯和他的人物的矛盾共存。甚至可以认为这种矛盾是刻意而为的,它们是诗人"戏剧手法"的一种元素,这里我们借用了维拉莫威兹(Tycho von Wilamowitz)关于索福克勒斯的书中所用到的著名的表达。这样,罗杰·道(Roger Dawe)认为:"在埃斯库罗斯的作品中,存在一些矛盾,即使是极端前卫的阐释也无法将其归纳为一个逻辑系统。"②另一些批评则认为,有义务证明埃斯库罗斯和厄忒俄克勒斯分别是完美一致的作者和人物。至多只有两种方式证明,或者证明在行 653 以前,厄忒俄克勒斯就已经被诅咒,并且他自己知道这一点;或者努力证明在这行决定命运的诗句以前和以后,厄忒俄克勒斯一直是一个政治家和谋略家。

第一个解决办法——索尔姆森自己的办法——可以构建在例如厄忒俄克勒斯在一开始发出的祈求:

69　Ὦ Ζεῦ τε καὶ Γῆ καὶ πολισσοῦχοι θεοί,
　　Ἀρά τ' Ἐρινὺς πατρὸς ἡ μεγασθενής,

("哦!宙斯!盖亚!城邦的主神啊!还有你!诅咒,一位父亲的强大的厄里倪厄斯。")

但是,相反地,认为厄忒俄克勒斯直到剧终都一直是开场时出现的军事领袖,这也没有什么不对的。行 653 起开始的一大篇演说以

---

① 可以在这篇综述文章中找到最近的主要参考书目:R. P. WINNINGTON-INGRAM,〈七雄攻忒拜〉(Septem contra Thebas),见 *Yale Classical Studies*,XXV,1977,页 1—45。
② R. D. DAWE,〈埃斯库罗斯作品中的阴谋与性格的不一致〉(Inconsistency of Plot and Character in Æschylus),见 *Proceedings of the Cambridge Philological Society*,189,1963,页 21—62,参见页 32;与其阐释相近的还有:A. J. PODLECKI,〈埃斯库罗斯《七雄攻忒拜》中厄忒俄克勒斯的性格〉(The Character of Eteocles in Æschylus *Septem*),见 *Transactions and Proceedings of the American Philological Association*,95,1964,页 283—299。

一个军事方面的决定收尾:

675   Φέρ' ὡς τάχος
κνημῖδας, αἰχμῆς καὶ πετρῶν προβλήματα

("冲啊,给我把护胫拿来,抵御长矛和石头,快!")莎德瓦尔德(Schadewaldt)难道没有曾经指出,厄忒俄克勒斯与合唱队之间的对话,强调的是厄忒俄克勒斯穿上重装步兵的盔甲一事?① 厄忒俄克勒斯失去了性命但是赢得了战争。自始至终他都是行62中提到的出色的舵手(oiakostrophos),是懂得在风暴中为城邦这艘被困的船只导航的航行者。② 有一条中间道路就是在厄忒俄克勒斯和诸神的决定之间的关系上做微妙的文章,探寻希腊悲剧中不可穷尽的中间状况。是厄忒俄克勒斯任命了抵御阿尔戈斯首领的忒拜首领,还是这个决定是在他之上作出的?在这个话题上,就像在其他话题上一样,可以无穷尽地探究下去。③ 如果说讨论有时如此微妙,我们也并不是不

---

① 参见 W. SCHADEWALDT,〈厄忒俄克勒斯的武器〉(Die Waffnung des Eteokles),见 *Mélanges H. Hommel*,Tübingen, 961,页 105—116;但也要参阅反对意见:O. TAPLIN,见下文 296 页注解 1,页 158—161。

② 参见 G. KIRKWOOD,〈舵手厄忒俄克勒斯〉(Eteokles Oiakostrophos),见 *Phoenix*, 23, 1969,页 9—25;关于政治和海洋的形象,也可以参阅 Z. PETRE,〈埃斯库罗斯《七雄攻忒拜》中的主题和政治态度〉(Thèmes dominants et attitudes politiques dans *les Sept contre Thèbes* d'Eschyle),见 *Stud Clas*,XIII, 1971,页 15—28。后一篇文章让我对《七雄攻忒拜》发生了兴趣。

③ 在这里,我满足于列出几篇互相作答的文章:E. WOLFF,〈厄忒俄克勒斯在《七雄攻忒拜》中作出的决定〉(Die Entscheidung des Eteokles in den *Sieben gegen Theben*),见 *Havard Studies in Classical Philology*, 62, 1958,页 89—95;H. PATZER,〈《七雄攻忒拜》的戏剧化故事〉(Die dramatische Handlung den *Sieben gegen Theben*),同前,页 97—119;B. OTIS,〈《七雄攻忒拜》中的统一性〉(The Unity of the *Seven Against Thebes*),见 *Greek, Roman and Byzantine Studies*,3, 1963,页 153—174;K. VON FRITZ,〈埃斯库罗斯《七雄攻忒拜》中厄忒俄克勒斯的形象〉(Die Gestalt des Eteokles in Æschylus *Sieben gegen Theben*),载 *Antike und modern Tragödie*,Berlin, 1962,页 193—222;A. LESKY,〈《七雄攻忒拜》中的厄忒俄克勒斯〉(Eteokles in den *Sieben gegen Theben*),见 *Wiener Studien. Zeitschrift für klassische Philologie und Patristik*,74, 1961,页 5—17。

倾向于认为,罗杰·道说得有理。他就此写道:"我们这是在私人俱乐部讨论,对埃斯库罗斯的了解则所获不多。"①或许最严重的是,不少参与讨论的人关心的不那么是阐释埃斯库罗斯的文本,而是赋予厄忒俄克勒斯一种似是而非的、同"我们"自己的思维习惯相符合的心理学深度。大家想知道木屋(skênê)背后在发生什么,就好像那里真的有什么一样,②并且,至少和戈尔登(L. Golden)一起,力图使得厄忒俄克勒斯"至少是个可信的人"。③

然而,我们永远都不嫌重复,厄忒俄克勒斯不是一个理智与否的"人";他不属于精神分析学,后者作为阐释模式只能研究活人或者离我们较近的虚构人物,他也不属于19世纪的小说里的人物。他是一个希腊悲剧中的人物,他应当以这样的身份作为研究对象。关于行653(暂且保留这个象征性界线)前后互相冲突的价值观念,同城邦(polis)或家庭世界联系在一起的价值观念,这些价值观念不等同于人的心态。④ 我们要做的不是堵上文本的漏洞,从文本里的厄忒俄克勒斯滑向活生生的厄忒俄克勒斯,而是要还原文本的意义,使得它有意义。如果厄忒俄克勒斯被撕裂了,这不是他的性格特征。撕裂存在于悲剧编织本身。

第二个问题:厄忒俄克勒斯和妇女们。这个问题本身很少被研究,⑤

---

① 参见 R. DAWE,前揭,n. 8,页 21:"与其说在加深对埃斯库罗斯的知识,不如说是在见证私人俱乐部的讨论。"
② 除了之前引用过的:E. WOLFF,前揭,n. 11,请阅,如 F. FERRARI,〈埃斯库罗斯《七雄攻忒拜》中的守卫将领的选择〉(La Scelta dei difensori nei Sette contra Tebe di Eschilo),见 Studi Classicie Orientali,19—20,1970—1971,页 140—155。
③ 参见 GOLDEN,〈厄忒俄克勒斯的性格和《七雄攻忒拜》的意义〉(The Character of Eteocles and the Meaning of the Septem),见 Classical Philology,59,1964,页 78—89(我引用的是第 80 页)。戈尔登的厄忒俄克勒斯是一个深思熟虑的政治家,他不相信命中注定。
④ 参见韦尔南,〈希腊悲剧的张力与模糊性〉(Tensions et ambiguïtés dans la tragédie grecque),见《神话与悲剧》(第一卷),前揭,页 21—24。
⑤ 然而,请参阅 R. S. CALDWELL,〈厄忒俄克勒斯的厌女癖〉(The Misogyny of Eteocles),见 Aretbusa,6,1973,页 197—231;R. P. WINNINGTON-(转下页注)

研究这个问题不是仅仅满足于阿尔比尼(U. Albini)的感叹:"女子合唱队的想法是一场战争,非常美。"① 厄忒俄克勒斯是一个政治和军事领导人,一位男性。他最初的话是对忒拜的公民所说的,更确切地说,是厄忒俄克勒斯口中不无矛盾地称为卡德摩斯的公民们(同胞们):

1   Κάδμου πολῖται, χρὴ λέγειν τὰκαίρια
    ὅτις φυλάσσει πρᾶγος ἐν πρύμνῃ πόλεως
    οἴακα νωμῶν βλέφαρα μὴ κοιμῶν ὕπνῳ...

("卡德摩斯的公民们,应当说这个时候需要首领一边处理事务,一边在城邦的船尾,把握住航向,一刻也不合眼。")但是,这些公民们是谁?有两种对立的说法:一些人认为饰演厄忒俄克勒斯的人的说话对象仅仅是雅典的公民,公元前467年春,他们坐在狄俄尼索斯剧院的合唱队所在地,② 他们还认为忒拜城在悲剧里自始至终都是战胜

(接上页注) INGRAM,〈埃斯库罗斯,《七雄攻忒拜》187—190,750—771〉 (Æschylus, *Septem* 187—190, 750—771),见 *Bulletin of the Institute of Classical Studies of the University of London*,13,1966,页83—93;H. BACON,〈厄忒俄克勒斯之盾〉(The Shield of Eteocles),见 *Arion*,III,3,1964,页27—38(主要文章);EADEM,〈女性的两面:索福克勒斯关于俄狄浦斯和他家庭的悲剧的观点〉(Woman's two Faces : Sophocle's view of the Tragedy of Œdipus and his Family),见 *Science and Psychoanalysis*,X,1966,页13—23;S. BENARDETE,〈两则埃斯库罗斯《七雄攻忒拜》注解〉(Two Notes on Æschylus *Septem*),见 *Wiener Studien. Zeitschrift für klassische Philologie und Patristik*,n. f.,1,1967,页22—30 和 n. f.,2,1968,页15—17,尤其是页26—30(有出众的见解);U. ALBINI,《《七雄攻忒拜》的各个方面〉(Aspetti dei Sette a Tebe),见 *Parola del Passato*,27,1972,页289—300;关于《俄瑞斯忒亚》一剧中的女性问题,研究多很多,参照 F. I. ZEITLIN,〈厌女癖的动力:《俄瑞斯忒亚》中的神话和神话制造〉(The Dynamics of Misogyny : Myth and Mythmaking in the *Oresteia*),见 *Arethusa*,11,1—2,1978,页148—189,这篇文章非常重要,附有齐全的参考书目。

① 参见 U. ALBINI,同上,页290。
② 在这种意义上,比如,H. J. ROSE,《埃斯库罗斯留存剧本评注》(*A Commentary on the Surviving Plays of Æschylus*),1,Amsterdam,1957,同正文引用;C. DAWSON 在翻译、评注《七雄攻忒拜》的时候也采用了罗斯的观点,Prentice-Hall, Englewood Cliffs, N. J.,页29;另请参阅 D. LANZA,〈舞台上的观众〉(Lo spettatore sulla scena),载 D. LANZA, M. VEGETTI, G. CAIANI, F. (转下页注)

了波斯敌人的雅典的化身。实际上,塔普林(O. Taplin)貌似证明了相反的说法:厄忒俄克勒斯实际上就是在对群众角色说话,尤其是那些佩戴武器的群众,在行30—35,他命令他们去城墙那边。① 但是这并不改变问题的本质。群众演员在剧中只是群众演员,厄忒俄克勒斯没有公民的说话对象,除非把信使算在内,信使不是一个悲剧人物。他的角色纯粹是功能性的。在《七雄攻忒拜》一剧中,厄忒俄克勒斯的说话对象在行78出现,随着合唱队进场(parodos)而出现,这里的合唱队同其他许多剧本一样,是由女性组成的。厄忒俄克勒斯是同忒拜城的妇女对话。还可以说得更清楚:他试图同她们建立起不可能的公民对话。在厄忒俄克勒斯著名的长段中,他表达了对女性的恐惧(行181—202),他担心她们要进行颠覆活动,他说:

193 τὰ τῶν θύραθεν δ' ὡς ἄριστ' ὀφέλλεται

αὐτοὶ δ' ὑπ' αὐτῶν ἔνδοθεν προθούμθα

("在门外的那些人[来自阿尔戈斯的敌人]获得了最好的援助,(因为)我们自己在里面互相毁灭。")这里,城邦的"我们"(nous)是厄忒俄克勒斯和妇女们。城邦在第一阶段被置于两种危险之间,一个是来自外部的祸害,一个是妇女们的颠覆活动。而且,可以肯定的是,实际情况要复杂得多,培根(H. Bacon)所说的"不能让这个来自外部的危险进入城内,也不能让这个来自内部的威胁出城"②,这其实是同一个祸害,但是,在悲剧的第一阶段,厄忒俄克勒斯作为军事领袖,也有责任阻止妇女涉足政治领域:

(接上页注)SIRCANA,《城邦的意识形态》(L'Ideologia della città),Naples,1977,页61。在最近的剧本翻译中(Londres et New York, 1974),培根(H. Bacon)和赫克特(A. Hecht)注意到"忒拜城的男性公民"出现在舞台上,但是没有给出证明。

① 参见 O. TAPLIN,《埃斯库罗斯的编剧才能》(The Stagecraft of Æschylus),Oxford,1977,页129—136;塔普林的证明在我看来是决定性的;他证明了悲剧同喜剧相反,其中不包含面向观众的讲话,舞台表演必须用到群众演员。

② 同前文,参见第294页注解5,页29。

200   μέλει γὰρ ἀνδρί, μὴ γυνὴ βουλευέτω,
      τἄξωθεν· ἔνδον δ' οὖσα μὴ βλάβην τίθει.

("在家以外的事情是男性的事务。女性不得就此发表意见。呆在家里，别再祸害我们。")人们可以，也应该把厄忒俄克勒斯的这番言论放在由赫西俄德(《神谱》，行 591)①开启的反对女性的(genos gunaikôn)争议中，这种争议多次被提及，尤其是在悲剧中。我们可以认为，呵斥女性(μὴ γυνὴ βουλευέτω)和请她们不要参与商议(合唱队在定义上就是这么做的)，②厄忒俄克勒斯的这种做法是符合希腊标准的，至少在他还是城邦明智的首领的时候，也就是说，如果我们要暂时维持行 653 处的这种断裂的话。

但是，如果他没有走得比标准还远，厄忒俄克勒斯就不是一个悲剧性人物了，也就是说他越过了公民和僭主之间的划分界限。③ 厄忒俄克勒斯甚至还质疑女性的存在：

256   Ὦ Ζεῦ, γυναικῶν οἷον ὤπασας γένος.

("哦！宙斯！你所创造的女性一族都是些什么啊。")在一段引人入胜的悲剧轮流对白中，女子合唱队求助于城邦的诸神，厄忒俄克勒斯则控诉妇女们，说这些本应当不干预政治的人将城邦贬至奴隶状态：

253   θεοὶ πολῖται, μή με δουλείας τυχεῖν.
      Αὐτὴ σὺ δουλοῖς κἀμὲ καὶ πᾶσαν πόλιν

---

① 参见妮科尔·洛罗，〈关于女性和其个别氏族〉(Sur la race des femmes et quelques-unes de ses tribus)，见《雅典娜的孩子们》(Les Enfants d'Athéna)，Paris，1981，页 75—117；文章围绕西蒙尼特斯(Sémonide d'Armogos)的一首反对多个女性氏族的诗展开，但是范围更宽泛。
② 麦克·肖(M. SHAW)就希腊悲剧中女性人物非常恰当地指出："实际上，通过在戏剧中演出，而戏剧通常在屋子以外上演，她们做的就是女性所不应该做的"(〈女性闯入者：公元前 5 世纪戏剧中的女性〉(The Female Intruder : Women in Fifth-Century Drama)，见 Classical Philology，70，1975，页 255—266(参见页 256))但是，这一说法不也适用于悲剧人物吗？至少这可以继续探究。
③ 参见兰扎，《僭主和他的民众》(Il tiranno e il suo pubblico)，Turin，1977，我们可以为书中只留给埃斯库罗斯的厄忒俄克勒斯极少篇幅而感到遗憾。

("城邦的诸神哪,但愿我不要遇上奴隶制。是你将我们贬至奴隶,我和整个城邦。")

这样的片段还能找出很多。让我们就看这两点。在行69—77,就是向诸神求助的那个著名段落,谁是在宙斯和城邦诸神之旁,厄忒俄克勒斯祈求的女性神祇?是诅咒(Ara),是父亲的厄里倪厄斯,也是祖国的土地(Gè)。我将来还会提到,在厄忒俄克勒斯、其他斯巴达后人和忒拜城的土地之间有一种特殊的联系,希腊神话中总是牵涉到这种直接联系,用列维-斯特劳斯的话来说就是,过分的男子气概。① 男性从大地母亲那里来,唯有他们才捍卫大地母亲。②

对于妇女们,厄忒俄克勒斯只有一个正面要求:

267　καμῶν ἀκούσασ᾽ εὐγμάτων ἔπειτα σύ

ὀλολυγμὸν ἱερὸν εὐμενῆ παιώνισον,

Ἑλληνικὸν νόμισμα θυστάδος βοῆς,

θάρσος φίλοις, λύουσα πολέμιον φόβον.

("然后请听我的愿望,用凯歌伴随它,依照希腊的习俗,用神圣的叫喊向受害者致敬。它[叫喊]给我们的士兵以力量,驱散他们身上对敌人的恐惧")。③ 这个要求意味着什么?首先,同德伯纳(L. Deubner)一起观察,厄忒俄克勒斯希望从妇女们那里得到的凯歌是一种男性专有的叫喊。④ 这是一种战嚎,正常情况下妇女没有习惯发出这样的喊叫。

---

① 参见 Cl. LÉVI-STRAUSS,《结构人类学》(第一卷)(*Anthropologie structurale*, I), Paris, 1958,页236—241,以及更为宽泛地,F. VIAN,《忒拜的起源:卡德摩斯和斯巴达人》(*Les Origines de Thèbes. Cadmos et les Spartes*), Paris, 1963;关于本土性,现在尤其要参阅 N. LORAUX,〈本土性:雅典的地方性〉(L'autochtonie : une topique athénienne),见《雅典娜的孩子们》,前揭,页35—73。

② 与之相反的是,在进场曲(*parodos*)中,行110—165,合唱队祈求四位女性神祇(雅典娜、阿佛洛狄忒、阿耳忒弥斯、赫拉),也祈求四位男性神祇(宙斯、波塞冬、阿瑞斯和阿波罗);参见 S. BENARDETE,第294页注解5,页27。

③ 这个段落的详细研究:L. DEUBNER,〈呼唤与亲属关系〉(Ololyge und Verwandtes),见 *Abhandl-Preuss Ak*, 1947, 1,页22—23。

④ 参见 L. DEUBNER,同上,和页4,Pollux, I, 28。

不可能马上进行祭祀。厄忒俄克勒斯很可能准备给诸神敬献一次大祭祀(行 271—278),但是尖叫(*ololugmos*)必须马上执行,按照厄忒俄克勒斯的意愿执行。如果真如此,尖叫伴随的不应当是祭祀,也不是拯救国土,①而是战争,不是动物的死亡,而是人的死亡。诗人和观众们知道,厄忒俄克勒斯准备杀死一个人,这个人是他所有亲近的人中最亲近的。在行 230—232,已经出现战争和人祭②之间的模棱两可:

230　Ἀνδρῶν τάδ᾽ἐστί σφάγια καὶ χρηστήρια
　　　θεοῖσιν ἔρδειν πολεμίων πειρωμένους·
　　　σὸν δ᾽ αὖ τὸ σιγᾶν καὶ μένειν εἴσω δόμων.

("男性的职责是在对付③敌人的同时,献上牺牲,从神谕那里获得回答。你的责任是住嘴,留在家里。")我想,这里已经有一个可以称之为"悲剧的交叉性"④的很好的例子。

然而,在行 653 以后,厄忒俄克勒斯同妇女们的这种关系发生了转变。在兄弟俩死了以后,行 792,信使说 παῖδες μητέρων τεθραμμέναι,"孩子们,你们母亲们的过于女孩子气的妇女们",马宗(P. Mazon)对此作了漂亮的解释,妇女们直接干预政治,她们给厄忒俄克勒斯

---

① 就像在行 825。马上进行,就像 S. BENARDETE,见第 294 页注解 5,页 23,合唱队不响应厄忒俄克勒斯的召唤。
② 此外,我已经提到过类似的关于祭祀词汇的误用:参见〈埃斯库罗斯的悲剧《俄瑞斯忒亚》中的狩猎和献祭〉(Chasse et sacrifice dans l'*Orestie* d'Eschyle),见《神话与悲剧》(第一卷),前揭,页 131—156。
③ πειρωμένους 是韦尔(H. Weil)在试图更好地作出判断时纠正的,手稿中有两个版本,一个是 πειρωμένοις,另一个是 πειρωμένων。
④ 参见妮科尔·洛罗,〈悲剧的交叉性〉(L'interférence tragique),见 *Critique*,317,1979,页 908—925。我在这里强调厄忒俄克勒斯的请求中"超越规则"的一面,这么做,我比韦尔南的阐释走得更远,他写道:"厄忒俄克勒斯唯一接受的女性在公共和政治崇拜(这种崇拜尊重诸神遥远的特征,并不把人类和神明混淆)中的贡献就是尖叫(*ololygê*),这种"iou-iou"的声音被认为是庄严的,因为城邦把它融入了自己的宗教,并且承认它是伴随着受害者在血腥大祭中沉沦的仪式的叫喊"(见《神话与悲剧》(第一卷),前揭,页 27—28)。

提建议,在行 712,这样总结道:πιθοῦ γυναιξὶ καίπερ οὐ στέργων ὅμως.("听从妇女们,即便你不喜欢这样。")颠覆持续下去,从此妇女们代表秩序和公民的价值观念,即使厄忒俄克勒斯深深陷于战士的僭妄(hybris)之中,他是一位男性重装步兵(anêr hoplitês)(行 717),他拒绝服从于妇女。如此的颠覆非常剧烈,因为厄忒俄克勒斯想要强加于妇女的,正是这种服从,甚至是一种军事纪律:

224 πειθαρχία γάρ ἐστι τῆς εὐπραξίας
     μήτηρ, γύναι, σωτῆρος·

"纪律,哦妇女们!是拯救的胜利的母亲",这里把两个词令人惊讶地联系在一起:母亲(mêtêr)、妇女(gunai)。厄忒俄克勒斯宣布了自己对于妇女群体的君权,他有权将任何一个人,"男人、女人,或一切其他的",ἀνὴρ γυνή τε χὤ τι τῶν μεταίχμιον,①将挑战他权威的人执行死刑。

我们甚至可以寻思,这个在一行诗的工夫发生的颠倒,使得超级男性化的统治为女权政治②所替代,是否能以此来理解《七雄攻忒拜》富有争议的结尾。③ 因为,在读手稿的时候能发现,将合唱队一

---

① 行 197 的 *Metaichmion* 一词意为"中间的那个"。厄忒俄克勒斯是不是"太愤怒,以至于说话不一致"(R. Dawson,前揭,页 50)或者,相反地,他出于僭妄(*hybris*),超越了男性／女性的分隔?我们注意到(同道森一起,R. Dawson,前揭),政治词汇的重要性。在行 199,*psêphos* 一词指的是用来执行石块击毙刑罚的石块,这个词也指用来投票的工具。这是悲剧双重性的很好的例子。

② 关于这个现象在希腊思想中的意义,参看 P. VIDAL-NAQUET,〈传统、神话、乌托邦中女权政治下的奴隶制〉(Esclavage en gynécocratie dans la tradition, le mythe, l'utopie),见《黑猎手²》(*Le Chasseur noir* ²),Paris,1983,页 267—288;关于《俄瑞斯忒亚》一剧中的女权政治,参看 F. I. ZEITLIN,前揭,页 294,注解 5,页 153—156,文中谈到了之前的文学,尤其是关于古典世界中的妇女和阐释理论,参见 M. B. ARTHUR,〈评论文章〉(Review Essay),见 *Signs. Journal of Women in Culture and Society*,2,1976,页 382—403。我感谢蔡特林给我提供了后一篇文章。我还从洛罗的文章中获益良多,Nicole LORAUX,《雅典娜的孩子们》,前揭,页 119—153;〈雅典人名:雅典亲属关系的想象结构〉(Le nom athénien. Structures imaginaires de la parenté à Athènes)。

③ 我不准备在此直接研究这个问题,因此,我不给出详尽的参考书目。

分为二、互相对立的是政治辩论,不管她们是否由安提戈涅或者伊斯墨涅统领,该辩论把城邦的变化中的法律同氏族的不变的法律对立起来。① 无论是否完全出自埃斯库罗斯之笔,《七雄攻忒拜》的后记完全和剧本的逻辑一致。

第三个问题当然是,七个相似对话所组成的著名系列(德语批评界称为 *Redenpaare*)表达了怎样的意义,这些对话是由信使和厄忒俄克勒斯所说,前者描述敌军将领,后者根据描述指定忒拜一方迎战的将领。正是在这其中出现了本文要讨论的七位阿尔戈斯将领和一位忒拜将领的盾牌。

当然,这个领域也不是没有人研究过。自从1858年,弗里德里希·里奇尔(Friedrich Ritschl)发表了一篇关于七个反命题对话的相似性的著名文章以后,②就很难估量这个话题的涉及面,那篇文章试图证明信使和厄忒俄克勒斯持有的话语是严格对仗的,具有同样数目的诗句,这就意味着需要修剪、琢磨、删减文本,直到实现抒情诗歌的完全对称为止。如果说我在此提到了里奇尔的名字——他最喜爱的学生叫尼采(F. Nietzsche)——,这并不是因为我认同维拉莫威兹所称的"僭主的辩证法",③而是因为里奇尔对绝对对称的分析,以及他那说实话有点恐怖式的研究,以他的方式,在结构主义学说兴起之前就呈现了结构主义的思维。回顾他的极端之处对我而言的意义在于,用拉森(J. Larsen)的话来说——尽管语境不同——"企图达到心智健康的卑微祈求者"。④

---

① 请参阅行1065—1075;这里我同贝内代托(S. BENARDETE)的看法一致,前揭,页29:"安提戈涅比厄忒俄克勒斯活得长,她引发了分裂,就在厄忒俄克勒斯大胆统治的层面,她也想将其统一。"
② 参见 F. RITSCHL,〈埃斯库罗斯《七雄攻忒拜》中七个对话的相似性〉(Der Parallelismus der Sieben Redenpaare in den *Sieben gegen Theben* des Aischylos),见 *JahrbClassPhil* 77,1858,页761—784,重新收录于《语文学小品》(第一卷)(*Kleine Philologische Schriften*, I),Leipzig, 1866,页300—361(附录,页362—364)。
③ 参见《埃斯库罗斯阐释》,前揭,注释5,页74。
④ 参见 J. LARSEN,〈古希腊和平联盟〉(Federation for Peace in ancient (转下页注)

自里奇尔以来,这个"话题",就像大家所称呼的那样,不断被重新提起。但是还需要知道在这样的文学中寻找什么。是不是和本文的研究对象一样:通过剧本中的主要场景,研究厄忒俄克勒斯和女子合唱队之间互为对仗的"突变"? 那么就需要注意到,比如说,维拉莫威兹的学生中最有成就的一位,弗伦克尔(E. Fraenkel)的主要现代研究,严格来说没有给我们带来任何教益,因为弗伦克尔根本就没有提出过这一幕的意义问题。① 现代文学中的大部分所欠缺的,②是借助场景编织的图像网络,试图直接证明悲剧性行为是如何进展的,或者换言之,俄狄浦斯的厄里倪厄斯是如何活动的。③ 理想状态下,阐释家的任务是什么? 这同实证主义的传统不同,阐释家应当阐释,哪怕是因为埃斯库罗斯的文本本身就是对阐释的不断召唤。信使——描述了七位攻打忒拜城的将领,并且他还特别描绘了装饰他们盾牌的图案。④ 提到的盾牌

（接上页注）Greece）,见 *Classical Philology*,39,1944,页145—162;我引用的是页145,这个参考得益于 A. AYMARD,〈第九次世界历史科学大会报告〉（《Rapport》au 《IXe Congrès international des sciences historiques）,I, Paris,1950,页516。

① 参见 E. FRAENKEL,〈埃斯库罗斯的忒拜一剧中的七篇对话〉(Die Sieben Redenpaare in Thebaner Drama des Aischylos）,见 *Sitzungsberichte der Bayerischen Akademie der Wissenschaften "zu Berlin"*,1957,Heft 5。弗伦克尔的研究中自然包含了大量的对细节有益的指示。

② 对我而言最有用的研究,除了第294页注解5中提到的培根（H. BACON）,还有该注解中引用的贝内代托（S. BENARDETE）的文章；A. MOREAU,《《七雄攻忒拜》中安菲阿剌俄斯的功能:嵌套的徽章》（Fonction du personnage d'Amphiaraos dans les *Sept contre Thèbes* : Le "Blason en abyme"）,见 *Bulletin de l'Association G. Budé*,1976,页158—181(该文从普拉龙（D. PRALON）未发表的文章里获益良多）；H. D. CAMERON,《埃斯库罗斯《七雄攻忒拜》研究》（*Studies on the Seven Against Thebes of Æschylus*）,La Haye et Paris,1971。

③ 卡梅伦（H. D. CAMERON）恰好也谈及"两个互相紧密联系的系统,一个是情节和主题,另一个是意象",前揭,页15。

④ 考古学为我们了解这些图案提供了很多信息,或是通过直接研究这些盾牌,或者尤其是通过陶器上的形象。Anne JACQUEMIN,雅典学院（École d'Athènes）的前任成员,在德旺贝（P. Devambez）和罗贝尔（F. Robert）的指导下,就这个问题写了一篇有深度的硕士论文(1973年)。她在里面很好地证明了对埃斯库罗斯的盾牌图案的解读不是来自于考古学。

有七个,第八个是忒拜人许佩耳比俄斯(Hyperbios)的盾牌,但是一共就是七个盾牌,因为安菲阿剌俄斯的盾牌上没有装饰。当然,每个图案都明显含有侵略忒拜的意义。但是这种意义在厄忒俄克勒斯同信使的对话中,被厄忒俄克勒斯逆转了,合唱队就他们之间的对话作了评论。① 厄忒俄克勒斯所不知道的——在行 653 以前——但是宙斯和他的阐释者诗人知道的,就是这一系列自诩宣布忒拜城即将覆灭的徽章,其实预示的是忒拜城的获救,也预示了拉布达科斯一族的毁灭,厄忒俄克勒斯和波吕尼刻斯的死亡。

理想状况下,阐释者的任务是非常巨大的:其实需要在多个层面探究。首先是三个主角在舞台上直接说的:信使、厄忒俄克勒斯、妇女们。其次是舞台上在第一层面表现的人物:攻打忒拜的七位勇士和他们的忒拜对手,接着是舞台第二层面表现的人物,他们出现在盾牌的图案上,堤丢斯的月亮和波吕尼刻斯号称的"法律"(Dikè);然后是空间范围,这也得到了演绎,忒拜城的七道门和守护它们的神祇。最后,在埃斯库罗斯的文本以及从欧里庇得斯到如今对其的解读以外,还有被埃斯库罗斯参考的文本,荷马的诗歌和关于忒拜的遗失的史诗。如此就总结了需要研究的总体要件。工程难度很大,② 或许是不可能的。这不是我的雄心壮志。我试图定义一个意义网络,一个盾牌图案的意义网络,并且把它同剧本的戏剧化进程联系起来。之后,我自然也免不了环顾一番,引入文本的其他层面,但是我认为我已经非常清晰地定义了我的第一目标。

现在我提议,仅作为纯粹实际的假设,借助埃斯库罗斯那个时代的艺术,即饰有浮雕的三角楣,③ 来读一下所有的盾牌图案。我的意

---

① 除了上文引用的贝内代托(S. BENARDETE)的文章,请参阅 H. D. CAMERON,《七雄攻忒拜》中文字的力量》(The Power of Words in the *Seven against Thebes*),见 *Transactions and Proceedings of the American Philological Association*,101,1970,页 95—108。

② 只有普拉龙(Didier Pralon)曾有这样的勇气,这就是为什么我如此遗憾他没有出版他的研究。

③ 尽管我们的方法很不一样,我不能不请各位参阅迈尔斯(J. MYRES)的 (转下页注)

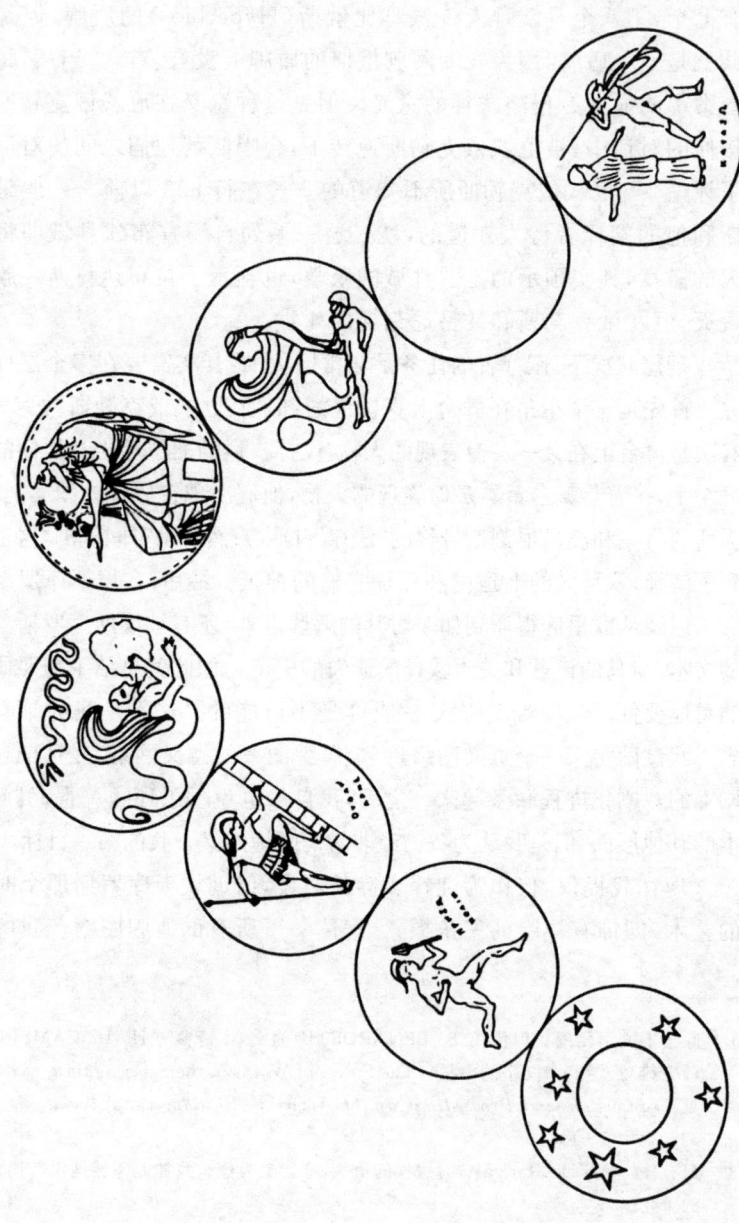

图 7

思绝不是说埃斯库罗斯在写这个悲剧场景的时候,头脑里有这么一幅景象;我只是认为,这个图景能适当地把一些材料整合起来,在读过埃斯库罗斯和看过奥林匹亚的三角楣之后,让它们在我们眼中变得能说会道。我觉得,大家要承认,这两种艺术形式有时仍然是可以交叉的。此外,埃斯库罗斯自己也邀请我们把这两种艺术形式互相对比。难道他没有用他的文本描绘一个由制造物、会说话的物品、有意义的物品所构成的想象世界,既作为预兆,又作为艺术作品?至于这里用来描绘这些物品而采用的方法,我的意思是说盾牌图案,这种方法没有自诩任何特别创意的地方。只是应用了古老的学究的法则,用种加属差(*per genus proximum et differentiam specificam*)的方法来定义每件物品。

从头开始:第一块盾牌是堤丢斯的,带着ὑπέρφρον σῆμα,一个"骄傲的徽章"(行387):

388　φλέγονθ' ὑπ' ἄστροις οὐρανὸν τετυγμένον·

　　λαμπρὰ δὲ πανσέληνος ἐν μέσῳ σάκει,

　　πρέσβιστον ἄστρων, νυκτὸς ὀφθαλμός, πρέπει.

("锻造的天空,群星闪耀,并且,在盾牌中央可以看到,一轮满月闪闪发光,它是众星中最古老的,是夜的眼睛。")厄忒俄克勒斯的反驳是拒绝徽章的普遍象征意义:

398　οὐδ' ἑλκοποιὰ γίγνεται τὰ σήματα·

("它们不会造成伤害,那些徽章。")但这只是第一阶段,因为厄忒俄克勒斯玩起了文字游戏,"夜"这个词有两层意思,"自然的"意义和"隐喻的"意义,①后者意指死亡,他宣布说这个象征将反作用于他的

(接上页注)做法去阅读希罗多德:参见他的《历史之父希罗多德》(*Herodotus Father of History*),Oxford, 1948。为了解说我的假设,施纳普-古尔贝雍(Annie Schnapp-Gourbeillon)为此作了图示(见图7),我表示感谢,这个图示没有——还需要明说吗?——任何考古方面的意图。

① 参见 S. BENARDETE,同上文,页294,注解5,页5。

持有者:

403　εἰ γὰρ θανόντι νὺξ ἐπ᾽ ὀφθαλμοῖς πέσοι

("假如夜真的落在垂死的人的眼睛上。")在这个系列的开始,无论如何,我们都在宇宙中,但是是夜间的宇宙,月亮在其中占有中心地位,用作反太阳,[1]借用雨果的意境就是"一个可怕的黑太阳,释放出夜的光"。

卡帕纽斯(Capanée)的盾牌让我们离开了宇宙的领域,进入战争和战士的领域:

432　Ἔχει δὲ σῆμα γυμνὸν ἄνδρα πυρφόρον,

φλέγει δὲ λαμπὰς διὰ χεροῖν ὡπλισμένη·

χρυσοῖς δὲ φωνεῖ γράμμασιν· Πρήσω πόλιν.

("他的盾牌上有一个举着火把的赤裸男子,他手上的武器是熊熊燃烧的火炬,他的宣言烫成金字:'我要放火烧城。'")的确,我们从宇宙转换到了人类世界,说话、写字的人类。盾牌不仅仅使用图案表义,也用到文字,文字也是会说谎的。战士是赤裸的(*gumnos*)。这个词在这里有古典的技术含义。"赤裸的"战士是没有盔甲的战士。[2] 是轻装战士,精通夜间战斗,使用狩猎技术和伏击战术,是古典希腊的两种士兵之一,[3]文字为了强调这种价值观念,使用了动词"装备"(*hoplizô*):火炬是夜间战士的武器。[4] 同这种战士相对应的是重装步兵(*hoplite*),不用走远就能找到他的形象,因为他就在下一个战士厄忒俄克洛斯(Etéoclos)的盾牌之上:

---

[1] 一般参考 Claire PRÉAUX,《希腊思想中的月亮》(*La Lune dans la pensée grecque*),Bruxelles,1973,书中多处提及。

[2] 史密斯(H. Weir Smyth)在洛布古典丛书中将它翻译为"不戴盔甲的"(*Armourless*)。

[3] 参见我的文章,〈黑猎手² 和雅典预备公民的起源〉(Le Chasseur noir² et l'origine de l'éphébie athénienne)和〈生、希腊孩子和熟〉(Le cru, l'enfant grec et le cuit),见《黑猎手²》,前揭,页 151—175 和 177—207;蔡特林(F. I. ZEITLIN)详细证明了在《俄瑞斯忒亚》一剧中的对立情况有助于定义俄瑞斯忒斯这个人物,同前文,页 294,注解 5,页 160—162。

[4] 是否有必要提示一下,在希腊文学中,放火烧城是在夜间进行的?

> 465　Ἐσχημάτισται δ' ἀσπὶς οὐ σμικρὸν τρόπον,
> 　　　ἀνὴρ δ' ὁπλίτης κλίμακος προσαμβάσεις
> 　　　στείχει πρὸς ἐχθρῶν πύργον ἐκπέρσαι θέλων·
> 　　　βοᾷ δὲ χοὖτος γραμμάτων ἐν ξυλλαβαῖς
> 　　　ὡς οὐδ' ἂν Ἄρης σφ' ἐκβάλοι πυργωμάτων.

("他的盾牌上装饰着一个不同凡响的徽章；一个重装步兵登上梯子，梯子靠在敌人的城墙上，他想要摧毁敌人的堡垒。他的叫喊也写成文字，说阿瑞斯自己都无法把他扔下城墙。") 事实上，这是一个古怪的重装步兵，他独自战斗，而不是按照规定，同其他步兵编成一排。除了从"赤裸的"战士转换到重装的战士，我们还注意到另外两个渐变，或者说，同前一个盾牌相比，另有两处进步。在卡帕纽斯的盾牌上，城邦只是简单地被提到：Πρήσω πόλιν（"我要夺取城邦"）；在这里，城邦用最有代表性的象征来表现：城墙。"赤裸的"战士向城邦发出挑战，重装步兵挑战的是野蛮战争之神：阿瑞斯。

这种转换为下一个英雄盾牌带来的突变提供了便利，如果我能这么说的话。第四个英雄是希波墨冬（Hippomédon），他的盾牌从人的世界转入了神的原始世界，在那里神需要通过战斗来树立自己的君权：

> 491　ὁ σηματουργὸς δ' οὔ τις εὐτελὴς ἄρ' ἦν
> 　　　ὅστις τόδ' ἔργον ὤπασεν πρὸς ἀσπίδι,
> 　　　Τυφῶν' ἱέντα πυρπνόον διὰ στόμα
> 　　　λιγνὺν μέλαιναν, αἰόλην πυρὸς κάσιν·

("徽章制造者一定不是一个普通的工匠，不是只把自己的作品添在盾牌上那么简单：只见一条堤丰[Typhon]口喷着火，散发出的蒸汽泛黑，蒸汽是火的杂色姊妹。") 文字消失了，只在最后一个带有人形的盾牌上再次出现。[①] 如果一个人在人类之上，同宇宙间的力量、同

[①] 我没有将行543中在狮神女怪下面出现的一个卡德摩斯城里的人算入在内。至少他不是这一幕的核心人物。因为他既不说话，也不写字。

宙斯和堤丰相提并论,又或者在人类之下的怪兽世界,同狮神女怪一个层面,他是不需要文字的。文字明显是人的专属。埃斯库罗斯文中出现堤丰,可以说是回归了赫西俄德。堤丰并不独自存在,它只作为宙斯的对手出现在和宙斯的对决中,这在《神谱》中有记载。① 堤丰在盾牌上出现,必然是召唤宙斯的到来。但是阿尔戈斯的盾牌上不能出现宙斯:那样就相当于预示敌人将获胜。至少在第一阶段中,宙斯应当是出现在忒拜的阵营里,从军事上说,忒拜城将会胜出:

519 Ὑπερβίῳ τε πρὸς λόγον τοῦ σήματος
   σωτὴρ γένοιτ᾽ ἂν Ζεὺς ἐπ᾽ ἀσπίδος τυχών.

("根据徽章的语言,但愿盾牌上宙斯对许佩耳比俄斯而言是拯救者。")②许佩耳比俄斯(Hyperbios)就是唯一一个盾牌得到描述并且在我们的研究范围内的忒拜人。③

在此插入一则双重的题外话,首先,宙斯和堤丰之间的交战同三角楣的样板一样。如果说古风和古典时代的三角楣有一种门楣中心的经典装饰方式,那就是"反命题组合",④更确切地说,是秩序与宇宙君权的神祇和元初混乱的神祇(怪兽或巨人)之间的交战。但是,此外,我们可以确定,宙斯不是,也不能是同其他图案一样的盾牌饰。

---

① 参见 HÉSIODE,《神谱》(*Théogonie*),行 820 及以下:关于此文,请参阅 M. DETIENNE et J.-P. VERNANT,《智慧之狡邪,希腊人的诡计²》(*Les Ruses de l'intelligence, la Mètis des Grecs²*),Paris, 1978,页 115—119。关于埃斯库罗斯笔下的堤丰,请参阅 A. MOREAU,《埃斯库罗斯:暴力与混乱》(*Eschyle: la violence et le chaos*),Paris, 1985,页 147—150。

② 行 515—520 先后被丁多尔夫(Dindorf)和马宗(Mazon)解释得同神脱离了关系,这是完全错误的。

③ 维罗尔(A. VERRALL)在他的《七雄攻忒拜》的版本(Londres, 1887)里的注解中,曾经完全徒劳地试图证明,在行 473 和行 622,墨伽柔斯(Mégareus)臂力过人(行 473),他的盾牌上有一条手臂,拉斯特内斯(Lasthénès)提着饰有一条腿的盾牌。我也认为培根(Helen BACON)的假设(前揭,页 294,注解 5,页 35)没有任何依据:厄忒俄克勒斯的盾牌上有厄里倪厄斯的象征。

④ 我仅请诸位参阅:E. LAPALUS,《希腊饰雕三角楣》(*Le Fronton sculpté en Grèce*),Paris, 1947,页 284 及以下。

不是因为他暂时在厄忒俄克勒斯一方的阵营中，宙斯就有足够的新颖之处。整个剧中都在准备宙斯的到来。卡帕纽斯声称"即使是宙斯的挑战落在他面前，也不能使他停步"，厄忒俄克勒斯立即对此作出反驳(行 443)。击中了进攻者的是宙斯的武器，是雷霆，事实上，带来火的(*purphoros*)是雷霆而不是盾牌饰中的火把(行 444)。之前与之后都有宙斯。

第五位将领帕耳忒诺珀亚(Parthénopée)，也宣称要毁坏城池，"和宙斯暴力对抗"，宙斯的力量，βια Διός(行 531—532)，问题在于要知道在行 662，宙斯的女儿狄刻(Diké)是否站在波吕尼刻斯一边。宙斯在舞台各处出现，全权掌控着我们的三角楣。

现在我们可以看三角楣的右半部分，从帕耳忒诺珀亚的盾牌开始：①

539   τὸ γὰρ πόλεως ὄνειδος ἐν χαλκηλάτῳ
       σάκει, κυκλωτῷ σώματος προβλήματι,
       Σφίγγ᾽ ὠμόσιτον προσμεμηχανημένην
       γόμφοις ἐνώμα, λαμπρὸν ἔκκρουστον δέμας·
       φέρει δ᾽ ὑφ᾽ αὑτῇ φῶτα Καδμείων ἕνα,
       ὡς πλεῖστ᾽ ἐπ᾽ ἀνδρὶ τῷδ᾽ ἰάπτεσθαι βέλη.

("因为在青铜盾牌上，在他的身体的圆形护墙②上，他要彰显城邦所遭受的灾难，闪闪发光的浅浮雕上画着一只吞噬生肉的狮身女怪，把卡德摩斯人中的一个抓在身下，使得这位战士能挨到尽量多的投射器。")在这里，我只对马宗(Paul Mazon)的翻译做出了很少的改动。无论如何，每次文章中提到城邦，他讲的都是"忒拜"。不过，徽章的确从

---

① 在手稿的文字中，盾牌持有者的名字在行 547 给出，在描写了人物和他的盾牌之后，我认为应当保持这个顺序。
② 同培根(H. Bacon)和赫克特(A. Hecht)一样，我不认为应当把 *problēmati* 翻译成谜语(*riddle*)，并且我认为这么做是在影射狮身女怪的谜语，当然文字游戏也不是完全没有可能。

总体意义上的城邦转入了命运在剧中演变的城邦。狮身女怪抓在身下的是一个"卡德摩斯人"。① 至于怪兽的出现,她把我们第一次再次引入了忒拜和拉布达科斯一家的传奇之中。"城邦所遭受的灾难",这也是俄狄浦斯作为忒拜之王和伊俄卡斯忒的丈夫的荣耀和不幸。

第七个盾牌属于预言家安菲阿剌俄斯,我们将会看到,这个人物在某种意义上说是群雄之首,② 他只是在这里让我们看到他引入的对比好戏:

591 σῆμα δ᾽ οὐκ ἐπῆν κύκλῳ·

οὐ γὰρ δοκεῖν ἄριστος, ἀλλ᾽ εἶναι θέλει,

("但是,轨道上一个徽章都不见。因为他不愿意看起来是英雄,而要就是英雄。")这样一来,其他所有盾牌都被归为看似的类别,置于模糊象征的王国。

最后一个徽章来自波吕尼刻斯的盾牌,这是所有盾牌中最复杂的一个。和第二、第三个盾牌一样,它刻有文字;同它们一样,它饰有人形,一个"用金子精雕细刻的战士",不仅仅是像厄忒俄克洛斯盾牌上那样的重装步兵,而是有一位自称是神的女子站在他身旁:

642 Ἔχει δὲ καινοπηγὲς εὔκυκλον σάκος

διπλοῦν τε σῆμα προμεμηχανημένον·

χρυσήλατον γὰρ ἄνδρα τευχηστὴν ἰδεῖν

ἄγει γυνή τις σωφρόνως ἡγουμένη·

Δίκη δ᾽ ἄρ᾽ εἶναί φησιν, ὡς τὰ γράμματα

λέγει· Κατάξω δ᾽ ἄνδρα τόνδε καὶ πόλιν

ἕξει πατρῴων δωμάτων τ᾽ ἐπιστρόφας.

("他戴的盾牌呈完美的圆形,是新铸造的:人为地安排了一个双重徽

---

① S. BENARDETE,前揭,页12,这里用到的正是间接肯定说法:"帕耳忒诺珀亚佩戴的图案虽然对忒拜人是不友好的,但是并不像堤丰一样,对他们而言是陌生的。"

② 莫罗(A. MOREAU,前揭,页302,注解2)说得非常有道理,安菲阿剌俄斯是"作者的代言人"(页164)。这是悲剧中预言家的正常角色;参见前文,页276—279。

章。一位用金子精雕细刻的战士被一位女子有节制地引导着。她说她是狄刻,刻在上面的字证实了她的说法:'我将这个男子带回,他将重新执掌他的城邦,他将得以回到他的父亲们的家。")同帕耳忒诺珀亚一样,在波吕尼刻斯这里,我们已经从同外邦人的战争,野蛮人攻击一个说希腊语的城邦,就像行 72—73 那样,转为把忒拜城一撕为二的冲突。狮身女怪爪下的忒拜人成了忒拜守卫者们的目标。从定义上说,是波吕尼刻斯的私人法律(dikè)将引导他进入城邦内部,到他的家(oikos)里面去。

再在徽章的层面停留片刻。徽章的整体排列是怎样的?以上分析能否得出一些暂时的结论?随着分析的推进,我们试图展示从一个徽章到另一个之间的渐变,就像在色谱上那样,[1]但是现在我们可以进行超越。在宙斯和堤丰的交战中,胜已经事先知道,交战表明了毋庸置疑的割裂,"左边"是宇宙的一边,是外邦人战争和战争活动的两种基本形式的一边。唯一的女性元素是月亮;并且需要强调的是这种女性特征没有得到世人多大的关注。人类都是男性,是暴力状态中的战士。"右边"是帕耳忒诺珀亚盾牌上的俄狄浦斯传说的一边。这一边由女性掌控。在此,的确可以用女权政治来形容。狮身女怪这种既是女子又低于人类的人物——她吃生肉——,在帕耳忒诺珀亚的盾牌上,狮身女怪掌控着一位忒拜公民。引导战士波吕尼刻斯的是一位女子。左边是面对敌人的城邦(polis)的一边,野蛮的进攻者想要毁灭城池,它总结了剧本的第一部分。右边提醒我们拉布达科斯一族骇人听闻的问题。如果需要回到我开始提到的厄忒俄克勒斯这个"分裂的"人物来,那我会说,左边涉及的是作为战士和公民的厄忒俄克勒斯,右边涉及的是作为俄狄浦斯和伊俄卡斯忒的儿子的厄忒俄克勒斯,波吕尼刻斯的兄弟。至少可以说的是,行 653 的"断裂"是精心准备的,就像在行 519 中所说的那样,的确存在一套徽章的语言。

---

[1] 关于这点,参看 S. BENARDETE,前揭,页 16—17。

现在如果我的分析并不是完全错误的,那么它应当在上下文中,我的意思是说首先在这些盾牌的持有者和厄忒俄克勒斯的同伴中,获得某种确认。事实也的确如此。

从盾牌图案滑向盾牌持有者是十分正当的,尤其是当埃斯库罗斯自己也这么做的时候。因此,当厄忒俄克勒斯"逆转"厄忒俄克洛斯的盾牌图案时,他提到的是两个,"在盾牌上出现的两位战士和那个城邦":καὶ δύ' ἄνδρε καὶ πόλισμ' ἐπ' ἀσπίδος(行 478)。① 其中一个战士是厄忒俄克洛斯,另一个是他盾牌上的那个重装步兵。在行 544,ἐπ' ἀνδρί指的是被狮身女怪抓住的那个卡德摩斯人,他象征性的伤口具有实际伤口的价值。当厄忒俄克勒斯在行 398 宣布说,徽章并不能造成伤害,不应当忘记这是一个受到阿忒(Atè)控制的悲剧英雄的话。徽章不会造成它们所宣示的那些伤害,但是,通过它们活动的正是厄里倪厄斯。至于这种活动通过面具和诡计(mètis)——在这里持续出现——进行,或者哪怕只是借助工匠具有欺骗性的灵巧来表现——,这都是该体裁的规则之一。

但是,让我们在三角楣的顺序中,回到被表现的人物本身上来。左边可以一直延伸到希波墨冬,是男性僭妄(hybris)、野性的一边。因此,堤丢斯:

    392 βοᾷ παρ' ὄχθαις ποταμίαις, μάχης ἐρῶν,

("他在河边叫喊,热切地想要参战。")卡帕纽斯超越了人类傲慢的界限,οὐ κατ' ἄνθρωπον φρονεῖ(行 425),但是就像厄忒俄克勒斯所注意到的,他的特点是"具有对男性而言的疯狂想法",τῶν τοι ματαίων ἀνδράσιν φρονημάτων(行 438)。盾牌挑战阿瑞斯的厄忒俄克洛斯拥有一组动物的、野蛮的装备,βάρβαρον τρόπον(行 463)。提着堤丰的希波墨冬与其说是个人,不如说是个巨人(行 488)。② 右边的情况毫

---

① 贝内代托(S. BENARDETE)很有道理地谈及"厄忒俄克洛斯被他的形象吞没",前揭,页 8。
② 卡帕纽斯也是同样的情况,他本人就是一个巨人(gigas)(行 424)。

不相同。帕耳忒诺珀亚是一个"人-孩子-人",ἀνδρόπαις ἀνήρ(行533),这重复了他的名字已经透露的信息,信使在这上面做文章(行536)。他是一个侨民,而不是公民,他相对于阿尔戈斯城邦而言是个边缘人(行548)。他的名字和他的野性形成了对比,名字里女性成分居多,帕耳忒诺珀亚并不是按照希腊的规则,根据他父亲的名字命名的,而是提到他的母亲:他"出自一位山区的母亲",μητρὸς ἐξ ὀρεσκόου(行532),即没有提名的阿塔兰忒(Atalante)。① 不过埃斯库罗斯能否再将这个"母系氏族的"主题同盾牌上"女权政治"的图案更好地结合呢?

安菲阿剌俄斯的情况当然是截然不同的。他为了"是"英雄,而不采用徽章,他是赋予整个一幕意义的人。我们注意到两点。安菲阿剌俄斯,也就是说,根据埃斯库罗斯所惯用的文字游戏,意为"双重诅咒的人",②他的确诅咒了两个人物,堤丢斯和波吕尼刻斯,分别是英雄中的第一个和最后一个,这就使得这一幕充满意义。他说堤丢斯是厄里倪厄斯的传令官,差不多是执达员,Ἐρινύος κλητήρ(行574)。③ 这样形容堤丢斯是埃斯库罗斯启示我们的一种方式,借助预言家之口,对舞台上所上演的加以暗示。在安菲阿剌俄斯的话语

---

① 索福克勒斯这样注解了埃斯库罗斯:"他的名字来自于母亲,她在生育他以前,这么长时间保持处子之身,阿塔兰忒忠实的儿子帕耳忒诺珀亚"(ἐπώνυμος τῆς πρόσθεν ἀδμῆτης χρόνῳ/ μητρὸς λοχευθείς, πιστὸς Ἀταλάντης γόνος),《俄狄浦斯在科罗诺斯》(Œdipe à Colone),行1321—1322,马宗译。
② 就像普拉龙(D. Pralon)所指出的那样——在这里我略去了,因为没法证明埃斯库罗斯真的这么想——,在安菲阿剌俄斯和他的妻子厄里费勒(Ériphyle)的传说中,很容易证明在"女权政治"的那一半画面上预言家的地位。然而,不能不想到荷马的诗句:"但是他因为妇女的缘故,死在忒拜"(ἀλλ' ὅλετ' ἐν Θήβῃσι γυναίων εἵνεκα δώρων),《奥德赛》(Odyssée),XV, 247? 关于这点请参阅 A. MOREAU,前揭,页302,注解2,页169。在行578,安菲阿剌俄斯自己在波吕尼刻斯的名字上做文章,千重争吵的人。
③ Κλητήρ一词接近荷马使用的καλήτωρ,这个词来自迈锡尼文 ko-re-te,指的是一位公务员;关于此,参看 J. TAILLARDAT,〈迈锡尼简注(一)〉(Notules mycéniennes, I),见 Revue des Études Grecques,LXXIII, 1960,页1—5。

中引入堤丢斯的,由波吕尼刻斯达成。当然,波吕尼刻斯在政治上受到诅咒,他攻打他父亲们的城邦,πόλιν πατρῷαν(行 582),他祖国的土地(行 585)。① 这不仅仅是一场同异邦的战争。波吕尼刻斯是一个忒拜人。但是,安菲阿剌俄斯也说了:

584　　Μητρός τε πηγὴν τίς κατασβέσει δίκη;

("什么样的要求能使母亲的源泉枯竭?")马宗这样翻译:"有哪种哀伤能使母亲的源泉枯竭吗?"但是这里的源泉指的是什么呢? 是狄耳刻(Dirkè)泉,忒拜的象征?② 或许在第一阶段如此。但是也很难不去想,把 μητρός 一词看作本来是属格,于是就成了合唱队口中的"母亲的神圣耕地",ματρὸς ἁγνὰν ἄρουραν(行 752—753),弑父者俄狄浦斯胆敢在此播种。③ 波吕尼刻斯完成了相反的道路,他杀死了自己的兄弟,自己也快死了,他确实使母亲的源泉枯竭。如果真是这样,难道这不是伊俄卡斯忒的出现吗?

在这个系列的末尾,波吕尼刻斯不再为预言家所视,而是为信使所见。与其说他是一个纯粹的战士,不如说他是厄忒俄克勒斯的兄弟,他用司法复仇的方式来对付自己的城邦。由此他有一套混合了司法和政治的词汇。就像厄忒俄克洛斯盾牌上的人物那样,波吕尼刻斯想要登上城墙(πύργοις ἐπεμβάς,行 634)。但是他想要通过传令官(kêrux)宣布自己是这个地方的主人,κἀπικηρυχθεὶς χθόνι(行 634)。厄忒俄克勒斯对他而言是破坏他荣誉的人(atimastêr)(行 637),是那个损害他价值(timê)的人。波吕尼刻斯想成为俘获他兄弟的人(andrêlatês,行 637),他同厄忒俄克勒斯要么交换死亡,要么交换流亡(行 636—638)。在波吕尼刻斯那里,外部的战争和私人的法律是一个整体,但是安菲阿剌俄斯通过诅咒他,已经证明了他的

---

① 准确的逐字翻译为:祖国-土地。
② 合唱队在行 307 给出了泉水的名字。
③ 这种对照来自道森(Ch. DAWSON)为他的译本所作的介绍(Introduction),注解 19,页 21。

"私法"(*dikê*)不是盾牌所宣告的、"司法"(Dikè)之神狄刻本人。

现在必须走得更远，观察某些奇怪的现象。剧本引向的正是——不能继续忽略它了——两位受到父亲的厄里倪厄斯控制的兄弟互相决斗，走向灾难，在行 655，厄忒俄克勒斯证实，诅咒从此应验(*telesphoroi*)。从第一个英雄堤丢斯到波吕尼刻斯，这期间所实现的，我们所见证的正是这个。一切都为第七道门的"意外"做了铺垫。

但是让我们重新读一下这一幕。如果愿意的话，一切都可以用这些诗句总结：

404 τῷ τοι φέροντι σῆμ' ὑπέρκομπον τόδε
    γένοιτ' ἂν ὀρθῶς ἐνδίκως τ' ἐπώνυμον.

("他戴着这个高傲的徽章，自己同自己对着干，应当恰好是他命运的写照。")当然这里说的是垂死的堤丢斯，他吞噬了对手墨拉尼波斯(Mélanippe)的脑子。① 但是在另一个层面上，这里不断宣示的是厄忒俄克勒斯的命运。迎战堤丢斯、守卫第一道门、普罗伊提德门(Proïtide)的是忒拜首领、斯巴达的墨拉尼波斯，并且补充：

414 Ἔργον δ' ἐν κύβοις Ἄρης κρινεῖ·
    Δίκη δ' Ὁμαίμων κάρτα νιν προστέλλεται
    εἴργειν τεκούσῃ μητρὶ πολέμιον δόρυ.

马宗翻译道："战斗结果是阿瑞斯的筛子决定的；但其实是血亲的律法派他来让敌人的矛远离自己出生的土地（更简单地说就是远离生育他的母亲）。"假设的确如此，但是这血亲的律法(*Dikê Homaimôn*)②

---

① APOLLODORE, III, 6, 8.
② 这个表达的译文十分多样：英语译成"狄刻，他的亲姊妹"(*Dike, his blood sister*)(H. BACON et A. HECHT)；"司法，他有血亲关系的亲属"(*Justice, his true kin in blood*)(H. WEIR SMYTH)；"司法，同宗义务的女神"(*Justice Goddess of Kindred's duty*)(Ph. VELLACOTT, collection Penguin)；"他对血亲亲属的真实义务"(*True Duty to his Kin*)(Ch. DAWSON)。威尔肯斯(K. WILKENS)的阐释富有新意：〈血亲的律法？埃斯库罗斯《七雄攻忒拜》行 415〉(ΔΙΚΗ ΟΜΑΙΜΩΝ? Zu Aischylos *Sieben* 415)，见 *Hermes*, 1969，页 117—121。她把ὁμαιμῶν（转下页注）

又是什么呢？在一个人和土地、斯巴达人的母亲之间的亲属关系以外，剧中的确有两位人物有血缘关系，狄刻(Dikè)让他们互斗。他们的死写在行681，"两位（身体里淌着）同样的血的人的死"(ἀνδροῖν δ' ὁμαίμοιν θάνατος)。

在厄忒俄克勒斯的第三段话中，我已经引用过这句诗，国王希望第三块盾牌的持有者厄忒俄克洛斯和盾牌徽章上的重装步兵，以及盾牌上的城市都将在斯巴达人墨伽柔斯的攻击下消亡：

478   ἢ καὶ δυ' ἄνδρε καὶ πόλισμ' ἐπ' ἀσπίδος.

这让人想到两点。第一，这并不新鲜，通过他自己的名字，厄忒俄克洛斯(Étéoclos)看起来是厄忒俄克勒斯(Étéoclès)的复本。厄忒俄克洛斯——不少人这么说过——是"城墙外的厄忒俄克勒斯"。① 如此，厄忒俄克勒斯守卫的城邦被另一个厄忒俄克勒斯攻击，厄忒俄克勒斯同时在城内和城外。厄忒俄克洛斯难道不是七雄中唯一一个盾牌上有男性重装步兵(anêr hoplitês)（行717）的人？但是厄忒俄克勒斯在城墙外还有一个比这个几乎同名的人更为明显的复本：他的兄弟。当他借助决斗宣布两个人的死的时候，他告诉我们的是他的死和波吕尼刻斯的死。作为阿忒的受害者，他把城邦和两位战士的命运相连，然而悲剧的结局恰恰分开了悲剧的行动所连接的。在行

（接上页注）一词认作是复数属格，取决于 prostelletai 一词中的 pros。狄刻把墨拉尼波斯置于他的亲兄弟之前。但是，与这种阐释相矛盾是，埃斯库罗斯也用到 Zeus Homaimôn 的表达（《乞援人》，行402），并且在附注中写道："亲属权利"(τὸ τῆς συγγενείας δίκαιον)。

① H. BACON et A. HECHT,〈城墙外的厄忒俄克勒斯〉(Eteokles beyond the Walls)，前揭，译本的序言，注解18，页11。同样的意见普拉龙(D. Pralon)也独立提出过。这个人物在埃斯库罗斯之前不为人知，在其他悲剧作家以后的名单里（例如索福克勒斯，《俄狄浦斯在科罗诺斯》，行1316）仅在阿德剌斯托斯(Adraste)不出现的时候出现。然而他的雕像在德尔菲的七雄纪念碑上可以见到(PAUSANIAS X, 10, 3)；无论我对厄忒俄克洛斯这个人物赋予多少大的重要性，我都同意莫罗(A. MOREAU)的说法："厄忒俄克勒斯指定厄忒俄克洛斯的对手的那一刻，是我们明白他陷入了阿忒的陷阱之时"（前揭，页302，注解2，页181，注解1）。

71—72，厄忒俄克勒斯已经神志清醒地预见了他的命运："至少……不要将我的城邦连根拔起。"(μή μοι πόλιν γέ... ἐκθαμνίσητε)①

但是在明示以前，行478不是最后一个两兄弟结局的暗示。面对阿尔戈斯的敌人，在这里指希波墨冬和帕耳忒诺珀亚，厄忒俄克勒斯指派了两兄弟，许佩耳比俄斯和阿克托耳(Aktor)(行555)。当信使终于说到唯一一个重要的兄弟波吕尼刻斯，我们发现他的徽章是双重的，διπλοῦν τε σῆμα(行643)。或许这种一分为二就是整一幕隐藏的法则。培根(H. Bacon)非常好地注意到了这一点："每个兄弟都受制于他用来对付另一人的律法。这就是徽章表达的无法逃脱的知识"，②埃斯库罗斯笔下的厄忒俄克勒斯以他的方式理解：

674　　ἄρχοντι τ᾽ ἄρχων καὶ κασιγνήτῳ κάσις,
　　　　ἐχθρὸς σὺν ἐχθρῷ στήσομαι.

("君主对抗君主，兄弟对抗兄弟，敌人对抗敌人，我就是这样面对。")直到后记中的政治冲突，这些话一直是厄忒俄克勒斯和波吕尼刻斯特有的。同异邦的战争和内战融合在一起，三角楣的两边融合在一起。忒拜得救了，但是它的两位将军，δισσὼ στρατηγὼ(行816)，阵亡了。③ 两位都是"寻找争吵的人"，都是波吕尼刻斯：

830　　καὶ πολυνεικεῖς
　　　　ὤλοντ᾽ ἀσεβεῖ διανοίᾳ;

("寻找争吵的人，他们难道没有在渎圣的想法中灭亡吗？")可以肯定的是，同厄忒俄克勒斯所言相反(行508)，不是赫尔墨斯，而是宙斯把两人凑在一块儿，最终形成这样的一对。

---

① γέ一词的价值在这里不能被减弱，参见R. DAWE,〈埃斯库罗斯作品中的阴谋与性格的不一致〉，前揭，注解8,页27。
② 同前文,页302,注解2,页35。
③ 另请参阅 βασιλέες ὁμόσποραι,"两位同根的国王"(行804)，该短语在行820又重复了一遍。

但是,在这一分为二之前和之后,有一个神话——卡梅伦(H. D. Cameron)理解得相当好①——始终贯穿这一幕和整个剧本;这个神话是斯巴达人的,卡德摩斯用龙牙播种并收获的战士。② 这些战士是本土人,本土性是一个神话性的过程,它把女性角色排除在人类起源之外,让男子们互相形成战士的友谊。对女性而言并没有本土性。③ 但是,在埃斯库罗斯提到的忒拜传说的特定情况下,本土战士互相残杀:他们中只有五个活了下来,卡德摩斯授予这五个人公民的身份。④

最后一次看看我们的图像,例外地用传统素材补充它。明确出现的斯巴达人有:对抗堤丢斯的墨拉尼波斯(行 413),对抗厄忒俄克洛斯的墨伽柔斯(行 474)。维安(F. Vian)注意到,波吕丰忒斯(Polyphonte),卡帕纽斯的对手,很可能也是一个斯巴达人,因为他是奥托弗诺斯(Autophonos)之子,这个名字的确是斯巴达人典型的。⑤ 他是"杀人众多者","杀害自己者"之子。我不认为其他忒拜战士有充分理由被认作是斯巴达人。⑥

看起来我们可以这样认为:图案的"左边",不论看起来是在城内还是城外,我们在一个完全男性的世界里,在这里,不存在母亲。唯一的母亲是土地,厄忒俄克勒斯在行 16 召集公民拯救城邦的时候提

---

① 同前文,页 302,注解 2,页 89:"忒拜的故事像个完整的圆,因为两位兄弟总结了地生人的故事。"
② 参见 F. VIAN,《忒拜的起源:卡德摩斯和斯巴达人》(*Les Origines de Thèbes. Cadmos et les Spartes*),Paris, 1963。
③ 参见第 298 页注解 1 中洛罗(Nicole LORAUX)的文章。
④ Phérécyde, *FGrHist*, 3, F 22 ab;参看 F. VIAN,《忒拜的起源:卡德摩斯和斯巴达人》,前揭,页 23。"互相残杀地"(*autoktonôs*),这就是用来形容厄忒俄克勒斯和波吕尼刻斯的副词(行 734)。
⑤ 参看 F. VIAN,《忒拜的起源:卡德摩斯和斯巴达人》,前揭,页 169 和页 185;参看《伊利亚特》,IV, 行 395 及以下。
⑥ 参看 F. VIAN,《忒拜的起源:卡德摩斯和斯巴达人》,前揭,页 169;认为许佩耳比俄斯和他的兄弟阿克托耳或许是斯巴达人:"第一个人的名字为巨人所用,并且让人想起一个斯巴达人许佩雷诺尔(Hyperénor)。"

道:"大地母亲,乳母中最最亲近的"(Γῇ τε μητρί, φιλτάτῃ τροφῷ)(行 17),①喂养了斯巴达人墨伽柔斯(行 474)。严格意义上的母性,取其生物意义,而不是隐喻意义,首先出现在帕耳忒诺珀亚身上,他被定义为"出自一位山区的母亲"(行 532),然后出现在波吕尼刻斯准备犯下的罪行上——如果我对文本的解释恰当的话。② 然而,就在下一句诗(行 584),大地改变了性别,成了父亲的(patris),而不是母亲(mêtêr)。

在波吕尼刻斯的盾牌上,引导英雄走向其父亲的家的是一位女子,这是对婚姻仪式的颠倒(Κατάξω δ' ἄνδρα τόνδε)(行 647);而厄忒俄克勒斯则更进一步,提到他兄弟的童年,"他逃避母亲昏暗的胸怀"(φυγὼν μητρόθεν σκότον)(行 664)。③ 谈到母性,就使得罪孽再次显现。厄忒俄克勒斯和波吕尼刻斯不能是斯巴达人,或者如果要说他们是,他们也是最末等的。

最后再说说埃斯库罗斯。公元前 5 世纪时,至少有一个人仔细读了埃斯库罗斯,这个人就是欧里庇得斯。④ 在《腓尼基妇女》一剧中,欧里庇得斯嘲弄了埃斯库罗斯的长段描写:
　　　　751　Ὄνομα δ' ἑκάστου διατριβὴν πολλὴν ἔχει
("——给出每个人的名字等于浪费自己的时间。")他笔下的厄忒俄克勒斯,非但没有为波吕尼刻斯的出现而惊讶,反倒是希望在城墙下同他相遇(行 754—760)。当然,战斗的第一部分结束以后,信使描绘战士们。顺序同埃斯库罗斯不一样,波吕尼刻斯不再是第七个。

---

① 另请参见行 69。
② 参见前文,页 313。
③ 洛罗(N. Loraux)恰到好处地作了联系,《善好者》,行 665,说到雅典娜:"并未养育在子宫中"(οὐδ' ἐν σκότοισι νηδύος τεθραμμένη)。因此雅典娜能够主持自主生育。说波吕尼刻斯从母亲的昏暗中逃离,就等于是驳斥了他——同样也剥夺了他的兄弟——本土人的身份。
④ 在此我只是简短地对一个研究主题提要一下。要把这个主题研究透彻,需要系统地研究欧里庇得斯的《腓尼基妇女》(Les Phéniciennes)和《乞援人》(Les Suppliantes),还有索福克勒斯《俄狄浦斯在科罗诺斯》的行 1309—1330。

同样,徽章也不一样,除了那个沉默的安菲阿剌俄斯的盾牌(行1110—1112)。① 第一个人,帕耳忒诺珀亚没有用斯芬克斯装饰盾牌,而仅仅是用了家族徽章:阿塔兰忒在捕杀卡吕冬(Calydon)野猪(行 1108—1109)。希波墨冬的盾牌上饰有百眼巨人阿尔戈斯(Argos Panoptos)(行 1115)。堤丢斯用一张狮皮保护他的盾牌,在他的右边②持有"举着火把的提坦普罗米修斯,就像是要烧城"(行 1122),这里明显参照了卡帕纽斯的盾牌。波吕尼刻斯享有一个电影装置:波特尼亚(Potniai)的食人骏马群,用一个转轴装置能看到它们动起来(行 1123—1129)。卡帕纽斯的盾牌上有一个巨人,他把一座城池连根拔起(行 1129—1133),这又是一个参照埃斯库罗斯的例子。阿德剌斯托斯的盾牌上有一些蛇,把卡德摩斯的一个儿子咬在嘴里(行 1138),这明显是采自于帕耳忒诺珀亚的盾牌。我没有构建过这一组。是不是除了系统化的拆解以外,还有其他的意义呢? 一切都证明,无论如何,《七雄攻忒拜》的场景构成一个足够协调的整体,欧里庇得斯要摧毁它,是要大费功夫的。

---

① 安菲阿剌俄斯在欧里庇得斯的顺序中是第二个。
② 原文非常晦涩,我在此不冒险阐释。

七、俄狄浦斯在雅典*

1. 诗人与城邦

"幸福的索福克勒斯！他寿命甚长,是个好运气、有才华的人；他写了多部优秀的悲剧,他得以善终,从未遭受任何不幸。"公元前405年,喜剧诗人普律尼科司(Phrynichos)在他的喜剧《缪斯》(Les Muses)中向新近逝世(公元前406年)的索福克勒斯致敬,索福克勒斯当时九十岁。很明显,普律尼科司暗示的是《特拉基斯少女》(Les Trachiniennes)的开头(行1—3):"这是一件人类长久以来承认的事:对于任何一位凡人而言,在他未死之前,我们无法知道人生对他而言是温和的还是残忍的",以及《俄狄浦斯王》的结尾:"我们不要管一个人叫幸福的,在他走完全部人生、没有遭受任何悲伤之前。"(行1529—1530)因此,索福克勒斯的一生是悲剧的完全对立面。这也是高度公众化和政治化的一生,在这一点上索福克勒斯既与埃斯库罗斯不同,又和欧里庇得斯相异。埃斯库罗斯仅仅是一个公民,他参与了马拉松战役,但是从来没有任何供职；欧里庇得斯略早于年长于他的索福

---

* 索福克勒斯,《悲剧》序言(*Tragédies*),trad. Paul Mazon, Paris, 1975, Gallimard, coll. Folio,页9—37。

克勒斯,以私人的身份卒于马其顿国王的宫廷。索福克勒斯的一生伴随着雅典的伟大时期,结束于公元前 404 年衰败前的两年。他出生于公元前 496 年或公元前 495 年,也就是在克里斯提尼(Clisthène)改革(公元前 508 年)十二年多之后,这项改革为未来的雅典民主制度建立了框架;他是一位富有的雅典人索菲洛斯(Sophilos)的儿子,其父拥有的奴隶由铁匠和木匠组成。他所属的区是科罗诺斯(Colone),在城市和乡村交界的地方;在他的最后一部作品中,他描绘了这个地方。作为悲剧作家,由于他嗓音较弱,他放弃了演出自己的作品。作为一个雅典女子的丈夫,一位西库翁女子(Sicyonienne)的情人,他有过某些家庭问题,他的婚生子伊俄丰(Iophon),其本人也是悲剧作家,指责他偏袒私生的小儿子、诗人小索福克勒斯,但是,一位匿名传记作者称他受到孩子们对他年迈的指责则不那么可信。他在比赛中的成功是史无前例的。据说他获奖二十四次,而且从来不排到第三名去。埃斯库罗斯只获奖十三次,而欧里庇得斯才获五次奖,其中有一次还是在他过世以后。公元前 443 年时,他成了雅典财务官(hellénotame),负责管理雅典"盟友们"缴纳的财富;公元前 440 年的时候他成了他的朋友伯里克利(Périclès)的十将军会成员,参与远征萨摩斯(Samos);几年以后,在"温和派"尼西阿斯(Nicias)身边又当了十将军会成员。在西西里惨败(公元前 413 年)之后,发生了政变,并于公元前 411 年建立了昙花一现的寡头制度,当时他是十位"顾问委员会委员"之一(*probouloi*)。如此漫长的政治生涯很可能是沾了他作为成功的悲剧作家的光,他供职于一些选拔而非抽签的职位,但是这并没有使他成为一位公共事务专家。在这个领域,和他同时代的希俄斯的伊翁(Ion de Chios)宣称:"他既不精明,也不主动,他是一位雅典的绅士。"[①]绅士,换言之即富有,再补充一句,追随大流。他是一个虔诚的人,加入了一个信仰英雄医师、拯救者阿米诺斯(Amynos)的团体;在公元前 421 年,他收容了雅典人从厄庇道洛

---

① 参见 ATHÉNÉE, XIII, 604 d.

斯(Épidaure)请来的阿斯克勒庇俄斯(Asclépios)雕像。过世以后,他得到了升格为英雄的最高荣誉。他被称为"好客者"(Dexion)。据说围攻雅典的士兵让出路来,让他的仪葬队得以通过。

埃斯库罗斯的《俄瑞斯忒亚》(公元前458年)可以被视作是厄菲阿尔特(Éphialte)民主改革的见证,伯里克利曾是他的副手,后来成了继承人。勉强有必要提醒各位,《波斯人》(公元前472年)是我们了解萨拉米海战胜利(公元前480年)最直接的"来源"。通过欧里庇得斯的作品(其中十七部流传至今),可以有依据地重新构建公元前5世纪时雅典的历史。① 悖论就在于,然而这也是事实,三位悲剧大师中唯一一个参与雅典政治生活层面最高的人的作品无法同时政联系起来阐释。影射"时事"的片段非常罕见,而且很难阐释,颇有争议。这样的影射既不能帮助理解作品,也不能增进对时事本身的理解。至于索福克勒斯是一位爱国者,他喜爱他的小镇科罗诺斯,知道这些对我们帮助却不大。在《埃阿斯》(Ajax)一剧中,忒克墨萨(Tecmesse)同情私生子的命运。是否应当认为这是在影射公元前451年的一项法律,把公民定义为父母双方都是雅典人的人?② 索福克勒斯经历了这项法律在他自己家里造成的后果,但是伯里克利也同样有此经历,他还是法案的起草者。这样的对比既不能帮助理解《埃阿斯》,也不能确定其年份。《俄狄浦斯王》一剧伊始描绘的传染病指的可以是公元前430年雅典发生的瘟疫,但是也可能是受到《伊利亚特》第一章的启发。公元前5世纪雅典的所有重大事件,希波战争、帝国称霸、伯罗奔尼撒战争,丝毫或者几乎没有直接在这部作品中有所反映。然而,索福克勒斯悲剧和雅典政治之间的关系的确存在,不过完全是在另一个层面上。试图将索福克勒斯其人和其作品分开也是相当无用的。不

---

① 参见 R. GOOSSENS,《欧里庇得斯和雅典》(*Euripide et Athènes*),Bruxelles,1960。
② 这是罗贝尔的观点,参见 F. ROBERT,〈索福克勒斯、伯里克利、希罗多德和《埃阿斯》一剧的年份〉(Sophocle, Périclès, Hérodote et la date d'*Ajax*),见 *Revue de Philologie*,XXXVIII,1964,页213—227。

存在《俄狄浦斯王》"创作日记"。的确可以把悲剧中的这个、那个时刻和赫拉克利特或者毕达哥拉斯的片段联系起来,但是索福克勒斯不像欧里庇得斯那样,有时仿佛有代言人,除了悲剧以外,他没有其他的政治和哲学,而这已经是很多了。

在如此浩瀚的作品中——根据拜占庭的一位字典编纂家的说法,有一百二十三部之多——留予我们的有七部,这种选择乃拜早期罗马帝国的某位学者所赐。在埃及发现的纸莎草文献显示这七部剧本的确是最广为流传的。同样的消息来源还给我们还原了一部"林神剧"①的长篇残段:《狩猎者》(*Limiers*)。其他的残篇或者通过古代作家的引用,或者借助纸莎草文献得以流传。将来有一天在埃及发现一部完整的剧本也不无可能。但是索福克勒斯在希腊罗马时代的受欢迎程度不如米南德(Ménandre),甚至不如欧里庇得斯。他的剧本中,只有两部有明确的年份:《俄狄浦斯在科罗诺斯》(*Œdipe à Colone*),他的最后一部作品,在他去世(公元前 406 年)后的公元前 401 年在他小儿子小索福克勒斯的关照下上演,以及写于公元前 409 年的《菲罗克忒忒斯》(*Philoctète*)。我们知道《安提戈涅》(*Antigone*)一剧的上演在索福克勒斯当选十将军会成员(公元前 441 年)之前。一般认定——所用的标准颇有争议——《特拉基斯少女》和《埃阿斯》的创作年代为公元前 450 年至公元前 440 年之间,《俄狄浦斯王》和《厄勒克特拉》(*Électre*)大约在公元前 430 年至公元 420 年之间。换言之,我们对索福克勒斯早年的情况一无所知,他第一次获奖是在公元前 468 年。根据普鲁塔克转述,②他亲口说他有三种不同的"手法",就像贝多芬一样,但这一点无从求证。

2. 神话、英雄、城邦

根据内斯特莱(Walter Nestle)惊人的提法,悲剧的诞生,在于人

---

① 悲剧由一组三部曲加一部林神剧组成,林神剧的合唱队成员装扮成森林之神。索福克勒斯的三部曲一组也没有保存下来。一组三部曲和一部林神剧构成一组四部曲。
② 普鲁塔克,《道德论集——论道德的进步》(*Moralia* [Du progrès dans la vertu]),79 b.

们开始用公民的眼睛审视神话之时。事实上,悲剧诗人取材于英雄传说的巨大宝库,荷马及其他史诗作者让它们成形,雅典的绘图工艺师把它们展现在陶器上。所有的悲剧英雄都借自这个宝库,当阿伽松(Agathon),欧里庇得斯的同时代人,在柏拉图的《会饮篇》里象征悲剧,当他第一次写出一部自创人物的悲剧时,可以认为,经典的悲剧已逝,但这并不妨碍它作为文学体裁继续存在。悲剧的起源除了悲剧本身再无其他。主角从唱着酒神赞歌的合唱队中脱离出来,第二个角色(从埃斯库罗斯起),然后第三个角色(从索福克勒斯起)出现并加入到主角一边,即加入到英雄同合唱队的对峙当中,这些都不能用"起源"一说来解释。至于"悲剧"一词可能指的是公羊(*tragos*)祭时所唱的歌,这并不能解释其他的东西。在悲剧中死去的不是公羊,而是人,即使有祭祀,也是转义的祭祀。

希罗多德转述的一桩轶事却是给人启示的(V, 67)。公元前 6 世纪时,西库翁(Sicyone)的克里斯提尼,雅典革命家的祖父,可能取消了对阿尔戈斯英雄阿德剌斯托斯(Adraste)的崇拜,把赞颂他的悲剧合唱队转拨为狄俄尼索斯的民间崇拜之用。阿德剌斯托斯是七雄攻忒拜的英雄之一,埃斯库罗斯曾把这个传说写成悲剧。英雄作为一个宗教范畴,是城邦创造的,看起来不会比公元前 8 世纪早很多。考古学让我们发现,公元前 8 世纪末 7 世纪初的时候,在优卑亚(Eubée)的埃雷特里亚(Érétrie),皇家陵墓被更为谦卑的墓群所包围,并且成为崇拜之地的时候,英雄诞生了。英雄受聘于——如果可以这么说的话——各处,东拼西凑地,有降格的神,也有升格的王。重要的是指出他们的崇拜和他们的陵墓联系在一起,这些陵墓位于城邦的标志地段:政治集会广场(agora),城门处,再比如边界之地。同与"土地"(chthonien)相连的英雄对立的是与"天"(ouranien)相连的神;但是,产生了第二种距离,根据希罗多德讲述的逸事,公元前 6 世纪的时候城邦正在民主化进程中,公元前 5 世纪的时候已经是民主城邦。英雄和传说同贵族家庭的世界相连,这些家庭在各个角度看来,无论是社会行为还是宗教形式、政治行为,都恰恰代表了新的城邦在深刻的历史变化中所抛弃的;这种变化始于雅典,由德拉古(Dracon)和梭伦(Solon)开启(公元前7世纪末6世纪初),后继者为克里斯提尼、厄菲阿尔特和伯里克利。在英雄的神话和城邦之间拉开了距离,然而这种距离并不足以使得英雄不作为现时存在的或者甚至是威胁性的。雅典废除僭主制度也不过是公元前510年的事,俄狄浦斯不是唯一一个成了僭主(tyrannos)的悲剧人物。法律(dikè)对贵族和僭主的传统提出质疑,但是这时的法律尚未定形。悲剧总是把一种法律和另一种对立起来,我们可以看到法律发生偏移,并转变成对立面,安提戈涅和克瑞翁(Créon)、克瑞翁和海蒙(Hémon)之间的对话是如此,在《俄狄浦斯王》中的英雄既是受到城邦委托、行动中的调查人又是调查的对象本身。

英雄神话本身并不具有悲剧性质,是悲剧诗人使其如此。当然,神话包含有这种滋养了悲剧的违规行为,其数目之多要多少有多少:乱伦、弑父、弑母、吞噬自己的孩子们,但是它们本身并不带有任何审判这些行为的机制,不像那些建立城邦的机制或是合唱队以自己的方式表达的机制。凡是有机会接触到神话表达的传统之处,都会发现是悲剧诗人为其成为悲剧自圆其说。在索福克勒斯那里就是这样。荷马笔下的俄狄浦斯在忒拜城的王位上过世,[①]是埃斯库罗斯和索福克勒斯让他自瞎其眼、流亡他乡。在《特拉基斯少女》一剧中,让赫拉克勒斯死去的毒药不是半人半马的涅索斯(Nessos)的精液,而是勒拿九头蛇(l'hydre de Lerne)的血。索福克勒斯之所以引入这种改动,为的不是"弱化原始版本中的粗暴特质"(Paul Mazon),他把得伊阿尼拉(Déjanire)出于爱情、"无意中"杀害了自己的丈夫赫拉克勒斯一事,同赫拉克勒斯最有用、最不可置疑的一件功绩联系起来:消灭怪兽。又是索福克勒斯创造了安提戈涅和克瑞翁、安提戈涅和伊斯墨涅之间的对立。以前,安提戈涅和伊斯墨涅并不是受到僭主克瑞翁的惩罚,而是受到厄忒俄克勒斯的儿子和嫡系继承人拉俄

---

① 《奥德赛》(Odyssée), XI, 275—276.

达玛斯(Laodamas)的惩罚。菲罗克忒忒斯的传说,一个受伤后流亡的战士,他的弓对于夺取特洛伊而言不可或缺,因而被召回特洛伊、接受治疗而且得以痊愈,这个传说丝毫不带有在被城邦排斥在外的老人和尚未进入城邦的年轻人之间、围绕着诡计和忠诚战斗而展开的悲剧对抗的内涵。传说中埃阿斯仿佛是在狂怒中自杀,是索福克勒斯让他在临死前恢复理智。把阿喀琉斯的武器授予奥德修斯的决定不再是特洛伊妇女做出的,而是由英雄们的同僚投票产生。① 和安提戈涅同伊斯墨涅对立一样,厄勒克特拉同克律索忒弥斯(Chrysothémis)对立,埃斯库罗斯自己都不知道克律索忒弥斯这个人物,她就这样成为阿伽门农不妥协的卫士。再一次回到《俄狄浦斯王》,俄狄浦斯传说在悲剧作家以前是个什么样子? 那是一个被弃的孩子重新征服王位,弑父娶母对他而言或许除了登基王位这一神话以外没有别的意义,更何况这样的例子多得是。

因此,英雄同审判他们的城邦是分离的,到了最后,审判者正是那些为悲剧比赛优胜者颁发奖励的人,是聚集在剧院的人民。索福克勒斯运用巧妙的转变,在《菲罗克忒忒斯》和《俄狄浦斯在科罗诺斯》中描绘的不是分离而是回归,《俄狄浦斯在科罗诺斯》中离开忒拜流亡的老人,在雅典升格成为英雄,在这其中,必然有分离。"因此,当我什么也不是的时候,我才真的成为了人。"(行 393)

3. 悲剧与历史

希罗多德是索福克勒斯同一时代的人,他甚至还是索福克勒斯的朋友。他是历史语言的创始人之一,就像埃斯库罗斯和索福克勒斯是悲剧语言的创始人。在希罗多德的作品中当然没有严格意义上的悲剧,因为悲剧是不能同其表现分离的,悲剧具有双重性,

---

① 这次投票见于公元前 5 世纪的红色人像陶之上,在索福克勒斯以前就有。在古代的陶器上没有这样的图案。

一方面是英雄和合唱队之间的对立,另一方面是合唱队和演员以及坐在看台上的城邦之间建立的关系,希罗多德的作品中有的是悲剧的简要示意图。因此,克罗伊斯(Crésus)的故事,阿契美尼德(Achéménides)、居鲁士(Cyrus)、冈比西斯(Cambyse)、薛西斯(Xerxès)的故事根据某种悲剧读者熟知的秩序——展现:被错误理解的模棱两可的神谕,无一例外的糟糕选择,导致了一系列个人的和政治上的灾难。因为没有能够正确地阐释神谕——这神谕的意思只有在我们看来才是清晰的,克罗伊斯既失去了他的儿子,又失去了他的帝国。不过,这些近乎是悲剧性的英雄,被僭妄(hybris)所附、被神圣的复仇(atê)所驱赶着的英雄究竟是谁呢?在几乎所有的情况下,这些英雄是东方的专制君主或者希腊的僭主(萨摩斯的波利克拉特斯[Polycrate]和其他几位就是如此),也就是说那些将城邦占为己用的人。在希罗多德笔下,城邦和其商议、执行机制运行起来像是一部"反悲剧"的机器;不论这个城邦是像斯巴达那般"古老陈旧",还是像雅典这般新近采纳了民主制度。莱奥尼达斯(Léonidas),斯巴达王,于公元前480年在温泉关同他的三百名战士一起战死。斯巴达人参战前询问了德尔菲神谕。① 神谕毫不含糊,完全没有悲剧神谕和希罗多德作品中许多其他神谕的模棱两可。它以一种非常简单的政治选择出现:或者斯巴达得以幸存,但是其中一个国王必须受死,或者斯巴达战败,但是它的国王将幸存下来。莱奥尼达斯作出的选择是政治选择,他的死不是悲剧性的。

希罗多德笔下的米太亚得(Miltiade)有两个不同的侧面,甚至是对立的。他在马拉松(公元前490年)是雅典的十将军会成员之一,所以是完全融入民主城邦的。但是他也曾经是赫尔松涅斯(Chersonèse)的僭主、波斯国王的附庸,而且,他在雅典,在马拉松战役之后,他的角色与其说是一位公民,不如说是一个僭主制度的候选人;他用谎言作借口,让雅典人卷入远征帕罗斯(Paros)的战争中去。在马拉松战役前夕,政治

---

① 希罗多德,VII,220。

及其他的情况是势均力敌的。在十将军会成员中,五位赞成攻击,五位主张等待。仲裁者是军队的名义主帅,司令官卡利马科斯(Callimaque)。米太亚得找到他,并对他说:"如果诸神不偏不倚,我们能够在此次遭遇中胜出。雅典的自由就取决于你了……"(VI,109)如果诸神不偏不倚……悲剧中的诸神从来都不中立,即使完成所有决定性行为的是人类。在马拉松作出的决定是一个政治决定,由大多数人自由决定。但是同样一个米太亚得,几周以后,要求雅典人向他提供七十条军舰、人和钱,"却不说要攻打哪个地方"。远征失败了:米太亚得在一位帕罗斯女祭司的指引下,闯入了女性专用的农耕女神德墨忒尔(Déméter Thesmophore)的圣所,这是一桩过分之举。帕罗斯人请示皮提亚,皮提亚说女祭司是神圣的复仇的工具:"米太亚得不得善终,女祭司堤莫(Timô)的出现就是为了将他引向不幸。"(VI,132—136)神谕在行动后,而不是行动前介入其中,但是米太亚得仍然为神的记号所误导:他自己用僭主的方式行事,他以悲剧性的受害者的方式死去。

4. 英雄与合唱队

在圆形的合唱队区(*orchestra*)中,*thymelê* 是狄俄尼索斯的圆形祭坛。在合唱队进场(*parodos*)时,合唱者跟着节奏走向这个祭坛,这是悲剧中庄严的时刻。合唱者们围着祭坛转圈,一会儿朝这个方向,一会儿朝那个方向,一会儿又不动了。与合唱队区相切的是 *skênê*(舞台一词由此而来),这是供演员们作出场准备用的木屋。索福克勒斯是第一个让人把它画上画的,这并不是说装饰,而很可能是为了获取一个简单的布景效果。在中间:有一扇门,可以用来代表宫殿或者神庙的门,又或者是一个洞穴的入口处,就像在《菲罗克忒忒斯》一剧中那样。在两端:两个出口可以用来表现进出城市和郊野。对于演员的确切位置,有过争论,并且还要继续争论很长时间。考古发现没能作出回答,因为公元前5世纪时的剧院是木制的,我们的剧院在希腊和罗马时期都发生过变动,其年份至多可以追溯到公元前

4世纪,比如厄庇道洛斯(Épidaure)的那个剧院。然而,根据文字记载和陶器见证可以得出,毫无疑问在木屋前有一个狭窄的平台把演员同合唱队分隔开。有一些台阶能够使两者相遇、对话。所以,在《俄狄浦斯在科罗诺斯》一剧伊始,合唱队请俄狄浦斯站在岩石所形成的"高度"。希腊语用到的词是 bêma,这个词既可以指梯子的台阶,也可以指演说家对聚集的公民发表讲话时所站的讲台。木屋上方有一个简易的机器,能够制造神明显现的效果,比如在《菲罗克忒忒斯》一剧末尾,赫拉克勒斯的出现。中间的那道门能弹出一个活动的平台,比如在《厄勒克特拉》一剧末尾,克吕泰涅斯特拉(Clytemnestre)的尸体就在那上面躺着。

根本的两重性在于,三位扮演英雄角色的演员——三位都是男性,在《特拉基斯少女》一剧中,同一个演员先后扮演得伊阿尼拉和赫拉克勒斯——和十五名合唱者之间互相对立、交锋。合唱队是集体,而英雄,不论是克瑞翁还是安提戈涅,是个人。合唱队和英雄都穿着戏服,带着面具,但是合唱者就像是城邦的重装步兵,穿着统一的服装:合唱队的领唱本人,英雄和合唱者之间不可或缺的中间人,在服饰上没有任何特别之处。相反,演员的面具和戏服是个性化的。所以,合唱队以自己的方式,面对言行出格的英雄,他们表达的是集体的真相,是恰到好处的、中庸的真相,是城邦的真相。英雄终将逝去,或者就像菲罗克忒忒斯或克瑞翁那样,会遭遇决定性的转变,合唱队则一直持续下去。英雄并不是第一个说话的,他总是通过领唱之口,讲出结束语,就像在《俄狄浦斯在科罗诺斯》中:"到这里故事最终结束了。"

但是至此为止所说的一切现在都可以逆转,首先请注意一个技术上的细节,但是却非常有意义:在悲剧比赛这项同建造战船相当的公共活动中,负责建造三层桨战船大型工程的城邦会提供演员,并且和战船船主仪式化地提供帆缆索具和全体船员的薪水一样,一个富有的雅典人,甚至一位侨民也可能在执政官监督下,招募、管理或者委托管理合唱队,这一切将接受公民的评估。是合唱队,作为城邦的代言人,通过变换队形向狄俄尼索斯的祭坛致敬,也就是说向一个奥林匹亚诸神中对城邦而言最为陌生的神致敬。在英雄所言和合唱队所唱之间,有不少交流,哪怕是互相对话的时候,或者是歌曲变调的时候,但是,一般而言,当合唱队集体表达的时候,使用的是一种异乎寻常复杂的语言和格律,而英雄所采用的则是一种简单的语言,有时近乎平庸(在《安提戈涅》一剧中,克瑞翁和守卫之间的对话就是如此)。更有甚者,如果说合唱队是集体的、公民的发声器官,却极少见到其由普通公民组成的时候,也就是说由参战年龄的男性成年人组成。在埃斯库罗斯、索福克勒斯和欧里庇得斯名下三十二部留存至今的悲剧中(其中欧里庇得斯的《雷索斯》(Rhésos)很可能是公元前4世纪的作品),只有三部(《埃阿斯》、《菲罗克忒忒斯》和《雷索斯》)的合唱队由成年战士(或者海员)组成。在九部剧本中(其中包括《厄勒克特拉》和《特拉基斯少女》),合唱队由女性组成,有时是女奴;在其他的二十部中(包括《安提戈涅》、《俄狄浦斯王》和《俄狄浦斯在科罗诺斯》),合唱队由老年人组成。《埃阿斯》和《菲罗克忒忒斯》的例外几乎是一回事,前一部剧的合唱队用到的是战士,后一部剧用到的是海员,这两者都受到他们的英雄主人埃阿斯和涅俄普托勒摩斯(Néoptolème)的掌控。妇女、奴隶或是自由人,在希腊城邦里都不是公民;他们在城邦以外。至于老年人,反而更倾向于被认为是超级公民,因为他们享有优先权,在公民大会里(他们在那里有优先发言的权利)或者在顾问委员会里(未超过一定年龄的人不得参加,在雅典,这个界限是三十岁)。但是,次公民也好,超级公民也罢,无论是特拉基斯的女子还是科罗诺斯的区民,其边缘性都是实实在在的。在雅典,顾问委员会提议,公民大会决定,在悲剧中,合唱队从不作出决定,或者它们的决定微不足道;一般的规律是,英雄——或者主宰他的力量——作出不可挽回的决定,这是所有悲剧的背景。

5. 家庭(oikos)和城邦

城邦由家庭组成,家庭应当延续下去,以便能维持家庭崇拜,进行这种崇拜的地点正是家中的壁炉(*hestia*)所在;在政治集会广场(*agora*)上,有一栋公共建筑,供城邦招待它尊敬的客人,这里是希腊城邦(*polis*)的共同家庭,是最有象征意义的地点之一。城邦由这些家庭组成。要想在雅典成为十将军会成员,就必须在阿提卡地区拥有一处财产,并且有合法的婚生子,这样此人就有遗产要保护。但是城邦也不完全是由这些家庭组成,城邦包含家庭,也否认家庭,有时其粗暴程度就像在斯巴达的家庭与城邦之间的对立,剑拔弩张到纯粹的地步,有时则更为微妙,就像在雅典那样。在公元前5世纪的时候,大家族(*genê*)当然继续扮演主要角色,很多领导人都是出自这些家族。伯里克利是一个"布兹格"(Bouzyge),通过他的母亲,他同"阿尔克墨翁"(Alcméonides)家族(*genos*)有关联,这个家族曾在公元前6世纪末在取消僭主制度中扮演了决定性的角色。但是民主的城邦也是建立在这些大家族的对立面,而且公元前5世纪的葬礼艺术生动描绘了对家庭感情表达的压抑,哪怕是在死亡之时。*oikos*一词我们有时翻译成家庭,这个词本身非常难以翻译。它有时指狭义的家庭,有时指屋子和所有围绕着家的东西,父母、孩子和奴隶。

悲剧表现了*oikos*和城邦之间的紧张态势。《菲罗克忒忒斯》一剧发生在一个荒岛,两个英雄有选择余地,这是真正的悲剧性的选择,或者选择在特洛伊城前作战的军队,也就是说城邦,或者回到家里,也就是说当逃兵。他们选择的是后者,假如他们没有被赫拉克勒斯所阻止的话。得伊阿尼拉想要把伊俄勒(Iole)这个沉默的俘虏当作奴隶融入家中,面对整个希腊公认的英雄赫拉克勒斯,她不能接受第二个妻子,以至于分裂了她的家(*oikos*)。在《厄勒克特拉》一剧中,悲剧让两位女子对立直至谋杀,一位是克吕泰涅斯特拉,一个加入了男子阵营的女性,另一位是她的女儿,她试图延续父亲的家,然而她"正常的"命运是离开父亲的家。借助文字游戏,她们两位都是"alektroi",也就是说在夫妇床笫之外。

《安提戈涅》是这种紧张态势最有名的例子,这也是最常被误读的一个例子,尽管黑格尔在《美学演讲录》(*Esthétique*)中就此写过几行出色的评论。安提戈涅代表的"野性的年轻女孩"和克瑞翁代表的冷酷的国家大义之间的冲突？不是索福克勒斯，而是阿努伊(Jean Anouilh)重现了这部剧本。是在阿努伊的《安提戈涅》中，克瑞翁(或赖伐尔[Pierre Laval]?)在亲人全部死后召集了部长会议。索福克勒斯的克瑞翁是被灾难压垮的，就像安提戈涅她自己一样；他是"一具行尸走肉"。安提戈涅的爱(*philia*)在开头的诗句中就表达了："你是我的血，我的妹妹，伊斯墨涅……"这是一种对家(*oikos*)的感情，她拒绝把她的家分裂成忠于城邦的那一位兄弟和攻城而死(在杀害他兄弟的时候被他的兄弟所杀)的那一位，但是她过度捍卫的家是乱伦的、禽兽般的俄狄浦斯和拉布达科斯一族的家。

"它们可以追溯到很久以前，合唱队唱道，我看到的罪恶，在拉布达科斯一族的屋檐(*oikos*)底下，在亡者已逝之后，总是惩罚生者，任何一代人都没有解放下一代。"(行 594—596)公民的婚姻位于两个极端之间，作为极近的乱伦，用埃斯库罗斯的意象来说就是当"鸟儿吃起鸟儿的肉"，作为极远的同外邦通婚。俄狄浦斯犯下了乱伦的罪行，波吕尼刻斯娶了一位阿尔戈斯的公主："啊！母亲致命的婚姻！我不幸的母亲同父亲乱伦的怀抱结合。我来自怎样的罪人啊，不幸的人！今天轮到我去同那些受了诅咒的、没有婚姻的人重逢。啊！兄弟你遇上的是不幸的婚姻，因为即便是死了，你又失去了活得比你长的姊妹。"(行 862—871)合唱队能反驳安提戈涅："你的激情只把自己当作了顾问，如此它就让你失足。"(行 875)但是克瑞翁在他那一方面，不是合法的城邦法官。当然在行 8 处，他被定义为忒拜的"十将军会成员"(马宗的翻译是"首领")，而且伊斯墨涅打算服从"既有的政权"(准确地说是"在职的人们"，这个技术表达指的是城邦里在职的法官们——复数是其特点)。克瑞翁他自己尽一切努力，证明自己的合法性。但是这种合法性根据城邦的法规，恰恰为那些最没有地位的人所质疑，年轻的女孩安提戈涅宣布："忒拜人和我想的一样，但是他们缄默不言"，而且克瑞翁自己的儿子海蒙，儿子同父亲对峙，年轻人同成年人对抗，但也是公民反对僭主。克瑞翁可以说"这个温顺的公民……某一天要执掌大权,就像今天他任由指挥"(行 668—669),这就是古代民主的定义。然而海蒙在他驳斥克瑞翁的说辞时回答说:"你的脸让一个普通的公民战栗"(行 690)。当父子之间展开一句对一句的对话,雅典的观众听到的是——克瑞翁:忒拜难道要对我的命令指指点点?——海蒙:你看,你的答复就像是一个孩子。——那我应当为另一个人来统治这个国度?——没有哪个城邦是一个人的财产。——那么一个城邦就不再是它首领之物了?——啊!你很适合独自指挥一座空城!——在我看来,这个男孩子把自己当成女人们的冠军。——如果你是一位女子,是,因为只有你让我感兴趣(行 734—741)。

合法的首领,一位男性,一位成人是一个僭主,一个女子,一个孩子。他在城邦之上(*hupsipolis*),他在城邦之外(*apolis*)。在对立的双方中,合唱队没能马上作出裁决:"这里两个方面都说得很好"(行 725),悲剧的逻辑,这个模糊之逻辑,将他们引到最后,在两项律法,也是两个极端之间作出抉择。

6. 诸神的时间与人类的时间

关于人类律法的不稳定性的思考在悲剧作家那里和他们的同时代人希罗多德那里,或者早于他们的抒情诗人那里非常多且普遍。因此,奥德修斯在《埃阿斯》一剧中如是说:"我看我们这些活在这里的人,不过是些幽灵或者轻飘飘的影子罢了。"(行 125—126)雅典娜回答说:"一天的时间足够让所有这些人类的不幸发展起来或是消退下去。"(行 131—132)但是当俄狄浦斯发现了他的不幸,合唱队这样唱道:"洞察一切的时间,还是发现了你!"(行 1213)就这样,人类活动的不稳定的时间同诸神的君主时间相对立起来,后者把每个人都置于神的规划中他们应当处于的位置。当真相揭开的时候,诸神的时间与人类的时间互相对接。俄狄浦斯在自瞽其眼之后可以说:"阿波罗,我的朋友们!是的,是阿波罗让我遭受这个时刻,这些残酷的事,这些残忍的羞耻就是我的命,从此是我的了。但是除了我自己的手,没有任何其他的手干预此事,不幸的人们啊。"(行 1329—1333)两个时间范畴的对立本身比悲剧大师们要古老许多,但是悲剧的舞台恰恰是一个两种时间先是分离又互相连接的地方。

在希腊社会中,在诸神和人类之间,沟通的正常模式之一就是神谕。在悲剧中,神谕的最高权力即使是合唱队也从不质疑。然而,伊俄卡斯忒提出了唯一一条质疑神谕真实性的方法,因为她理解了真相:"尽可能随遇而安地活着,这在各种可能中已经是最好的了……"(行 979)随遇而安地活着,这正是悲剧英雄所不为的。但是在真实的神谕——我们通过德尔菲和多多纳(Dodone)的铭文可以知道——和悲剧的神谕之间的差别是显而易见的。祈求神谕的人,无论是个人还是集体,问出的问题都有两重性:我结婚还是不结婚呢?我们应当打仗还是不应当呢?答复是肯定的或是否定的。在悲剧性神谕的情况下,发生了颠倒。简单的是问题。在悲剧中大部分英雄的疑问都可以归结为:我将怎么做?俄狄浦斯受到德尔菲的警告,他将弑父娶母,但是神谕没有告诉他科林斯国王和王后不是他的父母。克瑞翁从德尔菲回来,他从那里得知一个人玷污了忒拜的土地,但是神谕没有说谁是这个污迹。悲剧的手法能围绕着根本的模糊性,提供所有想象得到的解决办法。因此在《菲罗克忒忒斯》一剧中,特洛伊预言家赫勒诺斯(Hélénos)的预言只是以残缺的方式被知晓。夺取特洛伊的是涅俄普托勒摩斯(Néoptolème)吗?还是涅俄普托勒摩斯和菲罗克忒忒斯的弓?亦或是涅俄普托勒摩斯、菲罗克忒忒斯和他的弓?我们只能逐渐了解,如果没有揭示过程中的层层相扣,就无法理解奥德修斯安排的、涅俄普托勒摩斯完成的掠夺流亡英雄之弓的这一行为。在极限的情况下,人的行为和神的规划顺序颠倒了。和埃斯库罗斯的《俄瑞斯忒亚》相似,索福克勒斯的《厄勒克特拉》始于拂晓,终于夜晚。拂晓的时候出现在舞台上的是俄瑞斯忒斯和厄勒克特拉的绝望,夜幕降临在谋杀之上,在埃吉斯托斯(Égisthe)昏暗的宫殿里。在这期间,在真实的悲剧中包含了一个假时间、假悲剧,声称俄瑞斯忒斯在德尔菲战车比赛中身亡。

但是,明显是在《俄狄浦斯王》一剧中,把人类的时间包含在诸神的时间里表现得最为突出。当悲剧开演的时候,一切都已经完成,但是谁也不知道。俄狄浦斯先后询问神谕、离开科林斯的"父母"、杀死了一位挡住他去路的旅者、把忒拜从狮身女怪那里解救出来、迎娶了城邦的女王、占据了王位,在王位继承的问题上,他除了看到继承,没有看到任何其他。在瘟疫带来的谜团面前,他主持进行调查,用的是雅典的经典手段和程序:询问神谕、预言家、证人,调查的结果是揭露他自己:"从此,一切都清楚了。"狮身女怪提出的谜语的答案是"人类"。俄狄浦斯提出的谜语的答案是他自己。就像亚里士多德(《诗学》,52 a 29 及以下)所注,希腊悲剧中的两个关键因素,一个是突变,也就是说人物的情况发生逆转,另一个是承认,也就是发现身份,这两个因素在俄狄浦斯这个人物中结合了。然而在最终的发现之前,还构建了最后一个假设。俄狄浦斯不是科林斯的波吕波斯(Polybe)和墨洛柏(Mérope)的儿子。他难道不是命运($tuch\hat{e}$)之子,或者甚至是一个野人?"我把自己当作命运之子,慷慨的命运,并且对此没有任何羞耻。命运是我的母亲,人生中伴随我的那些年华让我时而渺小、时而伟大"(行 1080—1083),合唱队把喀泰戎(Cithéron)这个分隔忒拜和雅典的野性分界地带定义为"俄狄浦斯的同胞"。但是,到了最后,在希腊悲剧中既没有命运也没有野人。俄狄浦斯,"僭主",也就是说随机的王,在悲剧伊始得到忒拜老少的尊敬,将他当作神一般,我们可以把一同出现的祭坛视作献给他的。在他发现自己是忒拜的公民,甚至是合法国王的时候,他被驱逐出城邦。一切随机而动的行为从此有了意义,这份意义让他眼盲。

7. 双重话语

公元前 5 世纪的一位智者撰写了一些"双重话语"(*dissoi logoi*),用来证明可以先后证明命题和反命题有理。在公元前 5 世纪的希腊,矛盾的逻辑闪亮登场。悲剧大师们——尤其是索福克勒斯——不会不知道这个词,不知道这样的事,但是双重话语在他们那里不是区分赞同和反对的话语,而是模糊的、双重的。模糊性到处存在,在我们称之为文字游戏的层面,因此《安提戈涅》在克瑞翁的儿子海蒙的名字上做文章(希腊语写作 Haimon),诗人把这个名字和"血"($haima$)这个词联系起来。合唱队把埃阿斯著名的模糊话语(行 646—692)理解为英雄屈服于诸神的秩序,并且接受阿特柔斯后人的指挥。"我终于找到了拯救",但是观众理解其含义:埃阿斯决定自杀。最终,模棱两可、谜一般的是剧本的结构本身。关于《俄狄浦斯王》和《厄勒克特拉》中的这个方面,我们已经指出过。现在要试图理解为什么。

城邦在政治、社会、宗教上的做法目的是把每个人都置于他的领域里,起到分离的效果,人相对于人,人相对于神。如此,城邦的土地就分为对立的两处:公民所居住的耕地世界和留给狄俄尼索斯及猎人的野性边界地带。在让人类与诸神得以沟通的祭祀活动中,人类和诸神的地位彼此不同(肉归人,烟归神),这个活动同耕地世界有着深层的联系,由德墨忒尔主宰。用作牺牲的动物是家养的,是人在劳作中的同伴。野性的世界是适宜耕种的土地,狩猎和祭祀不应该交错。

在战争这种社会习俗中,出于同样秩序的两极分化出现了。战争是重装步兵整体的集体活动,他们在编制中互为同伴,可以互换。一般他们的训练场地是耕种平原,适合方阵面对面对抗,这个平原也是城邦必须捍卫的。一切其他战事活动,伏击、夜间战、边界交火都属于野性世界,这就交给城邦中的野性部分,也就是说青年人。

通过悲剧演出,城邦质疑自身。英雄和合唱队先后象征公民的和反公民的价值观念。此外,悲剧还让城邦分离开的东西互相交错,这种交叉性是悲剧违规的根本形式的一种。《菲罗克忒忒斯》一剧中已经成为神的赫拉克勒斯代表着重装步兵的品德,是他让剧中的两位英雄去特洛伊城前并肩作战。《特拉基斯少女》中重作为人的赫拉克勒斯就大不相同了。面对"牛一般"(行 509)的阿刻罗俄斯河(Achélôos),他被描绘成"来自巴克斯(Bacchos)的国度,来自忒拜。他挥舞着战斗中用到的弓[字面意思是:斯基泰人(Scythes)的反曲弓]、标枪、一根狼牙棒"(行 510—512),这些是诡计的武器,是古典战争的武器,是粗暴的武器。在《厄勒克特拉》一剧中,当俄瑞斯忒斯上台的时候,他已经受到神谕警告,他应当"一个人,没有盾牌,没有武器,借助计谋,在隐藏的同时,为留给他的祭祀提供牺牲"。在被俄瑞斯忒斯杀害之前,埃吉斯托斯得以提出问题:"如果行动漂亮,为什么需要阴影?"(行 1493—1494),并且他对阿伽门农的儿子宣告:"然而,你在那里炫耀的技能却不是从你父亲那里来的。"(行 1500)借助一种极度的模糊性,《俄狄浦斯王》的英雄是猎人,但是他追捕的猎物不是别的,正是他自己。他是耕地者,但是他播种的土地不是别的,正是母亲的田野。埃阿斯以为追捕、祭祀的是人,是战士,实际上他完成的是屠宰羊羔。他的最后一个动作,不是在军队面前完成的,而是在大海前,在野性世界的边缘之处,他完成的是人祭,是他自己的祭祀。"祭祀用刀就在那儿,竖立着,以便能够最好地切割……"(行 815—816)他的最后告别正是对他城邦的土地、对军队作战的平原发出的:"我故乡的神圣土地呀,萨拉米(Salamine),我祖先的家园……还有你们,我眼下的泉眼和河流,整个特洛阿德平原,我在这里向你们致敬:永别了,养育过我的你们!"(行 859—863)

8. 知识、艺术、权力

雅典曾想要通过掌握一门工艺、一门手艺,一门同希腊传统战斗不同的技艺(technè)——航海技艺,用来确保自己相对于斯巴达的优越地位。"同波浪的世界有关的是工艺之事",在修昔底德作品中(I, 142)伯里克利如是说。这也是智者们毛遂自荐,当起民主制度的教育家时自诩传授的一门工艺、一门手艺。《安提戈涅》一剧中,一个著名的合唱队颂扬人性中普罗米修斯的一面,如果说合唱队把航海术列为人类征服的第一类,这绝不是偶然的:"这个世界上奇妙的事物很多,没有比人类更伟大的了。人类能在南风吹起、狂风暴雨的时候穿越灰色的海洋,能在波涛汹涌的险境中行路。"(行 332—337)对于耕地的农业技术掌握则要排在其后。在《俄狄浦斯在科罗诺斯》一剧的合唱队对雅典的赞美中,顺序颠倒了,诗人从"酒神狄俄尼索斯出没"的野蛮世界转到土地和橄榄树,到波塞冬的骏马,最后才到了海洋。事实上,在《安提戈涅》一剧的合唱队中已经有模糊性,法语翻译成"美妙的"一词 deina 在希腊语中既可解释为"美妙的"又可以指"可怕的"。索福克勒斯的作品展现了一系列人物,他们代表了人类的理性;这种理性基于技艺(technê),它是公元前 5 世纪的希腊的一个方面,但仅仅是一个方面而已。因此,在最简单的层面,伊俄卡斯忒说:"人类从不掌握预言术。"(行 708—709,用的词又是 technê)阿波罗神谕不是出自于神,"而是出自于他的侍者们"。她又说:"别害怕一位母亲的婚姻,很多凡人都已经在他们的梦中与母亲同床共枕"(行 980—982);而事实上,希罗多德证实,预言可以对同母亲结合给出一个积极的阐释。《特拉基斯少女》一剧中得伊阿尼拉为了重新获得赫拉克勒斯的爱情,使用的是不同的手法;她准备了一种魔力药膏(实际上是一种毒药),配方是半人半马的涅索斯告诉她的。

俄狄浦斯他完全在另一个层面上。通过多次在他的名字(Oidipous)和动词"我知道"(oida)上做文章,索福克勒斯让俄狄浦斯成为那个知道的人。他是通过知识和技能把忒拜城从可怕的音乐家狮身女怪那里解救出来的。在剧本伊始,人民的代言人——祭司求助于俄狄浦斯的知识:"无论是一位神祇或是一个凡人的声音将它传授于你,这都无所谓。"(行 42—43)当轮到忒瑞西阿斯(Tirésias)说话时,他用谜一般的语言确认"他身上有'真'的力量",俄狄浦斯把预言术置于他的知识之下,反驳道:"那又是谁告诉你什么是'真'?肯定不是你的预言术。"(行 357)

相对于从德尔菲回来的克瑞翁,俄狄浦斯用公共事务专家的眼光来思考。他自以为发现在预言家和他的妻兄之间有个阴谋,想要把他赶下台。因为对于俄狄浦斯而言,知识和权力是并驾齐驱的。

然而只有一种知识是确实可靠的:占卜所得的知识,而且俄狄浦斯非常清楚,面对忒瑞西阿斯这位掌握了预言术的人,他自己就是见证,但是真正的预言家的明鉴伴随着相当程度的无能为力。

在悲剧过去以后的那个世纪里,柏拉图针对毕达哥拉斯的定义:"人是一切事物的尺度",提出了相反的定义,神是一切事物的尺度。的确,在悲剧大师们那里,神明也是尺度,但是神明这个尺度是在悲剧末尾衡量的。只有在那时,世界,或者说诸神的规划才变得"可读"。柏拉图并不把感官世界和理性世界对立起来,前者只是反映,后者是哲学家有可能发现的。但是在悲剧的世界里,并没有善于将各种生灵按照它们真正的类别分类的哲学家,这也是为什么柏拉图排斥悲剧的原因之一。在《会饮篇》里,悲剧诗人阿伽松(Agathon)应当同阿里斯托芬一样,在苏格拉底面前低头。悲剧的世界把知识的分级和知识与权力的结合排除在外,而这正是哲学家意图实现的。权力和知识在这分隔了诸神的世界和人类的世界的隐晦不明之处交锋,每时每刻都需要作出抉择。《安提戈涅》一剧的合唱队赞扬人类道:"作为知识的主人,其灵巧的源泉超乎期待,之后他可以像选择善的道路那样选择恶的道路。"(行 364—366)《俄狄浦斯在科罗诺斯》一剧表现忒拜英雄受到诸神召唤,进入永生,在雅典虚构的民主制度创始人忒修斯(Thésée)的指引下展示后一种假设也不是无法想象的。

9. 戏剧与读者

《俄狄浦斯王》所属的三部曲在酒神祭(Grandes Dionysies)的悲剧比赛中没有获得一等奖。这个奖项被颁给了埃斯库罗斯的侄子菲罗克勒斯(Philoclès),菲罗克勒斯的作品没有流传下来(但是他可能给出了一部他舅舅的作品)。悲剧比赛的特点之一就是失败的风险。阿里斯托芬的《蛙》写于公元前 406 年,即索福克勒斯故去的那一年,剧中显示从这个时候开始,埃斯库罗斯、索福克勒斯和欧里庇得斯享有无人再疑的至上地位,虽然说他们之间的排名仍然是有争议的。公元前4世纪时,在莱库古(Lycurgue)统治下的雅典(莱库古与阿里斯托芬同属一个时代),三位伟大悲剧作家的头像被用青铜铸成,人民捐资重演他们的剧本。我们是这第一次古典风的继承人,这期间经历了罗马倡导者们的删减。

索福克勒斯剧本的现代史开始于1585年3月3日和5日,那个时候《僭主俄狄浦斯》(*Edipo-Tiranno*)在一片王公式的奢华中上演于维琴察(Vicence),地点是帕拉第奥(Palladio)"奥林匹亚剧院"。① 不过,就像阿尔伯蒂(L. B. Alberti)的教堂不是希腊的神庙,帕拉第奥的剧院也不是古代剧院;甚至在某种意义上是截然相反的。笼罩舞台的彩色天空不是希腊剧院的露天环境。舞台和观众席的分离将担当着演员和公众之间调停人角色的合唱队区(orchestra)排除了。奥林匹亚学院(*Accademia Olimpica*)的资助人不是公众审判的眼光,上演大师作品也不等同于悲剧比赛中作者、演员和三个四部曲合唱队的交锋。

当然,如今我们可以在厄庇道洛斯的剧院上演《俄狄浦斯王》,但是这种考古式的解读仍旧是现代的解读,而且没有什么能够不使它这样,尽管每一代人都试图通过一番除锈,发现真的索福克勒斯和真的俄狄浦斯。我们能瞄准的高度或许就是对这些先后积累起来的解读持有清醒的意识。

因此,已经提出的解读互相矛盾(最近的解读是精神分析学的),这一点既不应当让我们感到惊讶,也不应当让我们感到气愤。当如今我们为了理解希腊悲剧,把作品和公元前5世纪时雅典特有的行政机构、词汇、选择的形式加以系统地比较,我们并不指望获得绝对

---

① 参见 Léo SCHRADE,《奥林匹亚剧院上演的〈僭主俄狄浦斯〉》(*La Représentation d'Edipo-Tiranno au Teatro Olimpico*),Paris,CNRS,1960,以及本书后文页386—394。

的知识(不存在《俄狄浦斯王》的秘密,在这一点上弗洛伊德为"杰出的解谜人"所心醉,但是他错了),更加不指望一次性就找出悲剧在公元前 5 世纪上演时,对于其作者和其观众的意义。我们只有作品,不存在绝对意义。

至少,"作品"这个词应当作为我们的界限,因为作品恰恰是不能打破的东西,在此以外我们不能寻找意义。有一点或许是真的,为了理解俄狄浦斯的神话,就像克劳德·列维-斯特劳斯毫不含糊地说过,应当把所有的神话版本集合起来,那些早于索福克勒斯的,悲剧诗人的,他的后继者们的,以及在他们当中,"俄狄浦斯情结"的发明者;但是一部作品不是一个神话,不能被肢解成原初元素。神话只是以一种差异的方式为解读一部作品提供方便,并在我们所了解的范围内——虽然我们也并不总是掌握情况——让人看到诗人作了哪些添加和删减。因此俄狄浦斯王的狮身女怪不是像有些其他的材料所说的,是一个从大地中出来的、玷污年轻人清白的女兽,也不是根据保萨尼亚斯(Pausanias)所转述的传统那样,是拉伊俄斯的女儿。她是一个"可怕的歌手",提出谜语,而且就这些。

这并不意味着不需要通过悲剧以外的其他东西来揭示悲剧。作为既有政治性又有宗教性的演出,悲剧可以与其他形式的政治、宗教模式进行有用的对比。因此我们曾经提示过,① 在剧院里出现俄狄浦斯——这个净化的预言家和他的城邦的拯救者,之后成了可憎的祸害并且被城邦排斥和流放——的时候,雅典和希腊其他地方存在两种机制,其中第二种是第一种的政治化版本。"代人受过者"(pharmakos)是一个"替罪羊"(然而却是在人类中选择),城邦每年驱逐他一次,他是一年中所积累的罪孽的象征,之后城邦需要在一年的时间里面负担他的费用,就像是一个微不足道的国王,用的是公共财政的拨款,"俄狄浦斯的确携带了让所有公民受苦的不幸",这些人

---

① 参见韦尔南,〈模糊性与逆转:论《俄狄浦斯王》的结构之谜〉,见《神话与悲剧》(第一卷),前揭,页 113—130。

在剧本一开始还祈求他帮他们摆脱这种不幸。贝壳放逐，看似在雅典由克里斯提尼设立，于公元前487年至公元前416年间实行，其目的是通过政治手段达到类似的效果：暂时从城邦里驱逐那个公民，其享有优势地位可能招来神明的打击，这种报复的形式是僭主制度。"僭妄"，《俄狄浦斯王》一剧的合唱队说道，"孕育的是僭主制度"（行873）。亚里士多德说，① 那个不能生活在社群中的人"根本不是城邦的一部分，因此或者是一只粗野的兽，或者是一位神"。这正是索福克勒斯笔下人物的命运。

同样，在神话中，而且在很大程度上在古风时代和古典时代的机制里，年轻的公民在加入重装步兵的行列中以前，要在城邦的边界驻扎，进行军事训练，参与伏击演练，甚至在斯巴达要参与狩猎和夜间计谋考验，这其实同正常的公民恰恰相反。当我们想到这些的时候，很难不将其与《菲罗克忒忒斯》一剧中阿喀琉斯之子、未来的特洛伊战胜者、涅俄普托勒摩斯的一系列处境联系起来。但是，他现在还是一个处在雅典预备公民的年纪的青少年，迫于他的首领奥德修斯的命令，在一个荒岛登陆，要去完成偷盗菲罗克忒忒斯之弓的任务，他父亲的过去和他的未来都抗拒这样的"功绩"。到了悲剧末尾，菲罗克忒忒斯这个野性化的人和暂时做出背叛之举的年轻人都重新融入城邦的世界。②

以上是一些假设，可以再提出其他的假设应用于索福克勒斯的其他剧本。简单地总结一下，这些假设无论如何都不能替代每个人自己最终对希腊诗人作品的解读。

---

① 《政治学》(*Politique*)，I, 1253 a.
② 参见维达尔-纳凯，〈索福克勒斯作品中的"菲罗克忒忒斯"和预备公民培训制〉(Le Philoctète de Sophocle et l'Éphébie)，见《神话与悲剧》（第一卷），前揭，页157—185。

八、俄狄浦斯在两城之间：
论《俄狄浦斯在科罗诺斯》*

俄狄浦斯，在《俄狄浦斯王》一剧伊始他被当作神明，到剧本结尾时他成了压在忒拜城之上的污迹。在《俄狄浦斯在科罗诺斯》一剧开篇，他还是不幸的盲人流浪者，他祈求善好者（Euménides）和雅典国王忒修斯（Thésée），之后他成了索福克勒斯所在城邦的座上宾和恩人，成为能通向他自己作为英雄的陵墓的领路人（hêgemôn，行1542）。这一切都在先后战胜了想让他回到忒拜城的克瑞翁和恳求他回去的波吕尼刻斯之后，因此是在斩断了他同忒拜城邦（polis）之间的联系——克瑞翁在忒拜当上了僭主，也斩断了同拉布达科斯一族的家（oikos）的联系以后。

关于这个极富代表意义并且复杂的逆转，已经有很多解析，我并不指望带来革命性的视角，①至多是提供几处新的详解。这里将提

---

* 　将发表于 *Mètis*, 1, 1986。

① 　这里我提供的文章一直可以追溯到从十五多年前开始的讲座。埃兰热（Pierre Ellinger）当时是一位尤为高效的听众。自那时起，这篇文章于 1984 年 4 月 9 日在德尔菲演讲过，在那里，多亏了安德雷阿迪斯（Yangos Andréadis），我得到了欧洲文化中心（Centre européen de Culture）的接待，同年 5 月，在帕多瓦（Padoue）演讲，在那里的希腊语学院（Institut de grec），我受到隆戈（O. Longo）和塞拉（G. Serra）的邀请。自那以来，我有机会得以在布鲁塞尔、荷兰（在多所高校）、那不（转下页注）

出三个问题,我自然会努力证明它们是相关联的。忒拜和雅典,流浪者在其间行路,离开第一个城邦,在第二个城邦中找到了庇护并走向死亡,这两个城邦之间的对立是如何表现的,又有什么意义?另一方面,俄狄浦斯在雅典的有生之年和故去之后有什么样的宗教、司法和政治地位?

最后,英雄的转变是如何在剧院的舞台空间以及在直接地或间接地表现的空间中展现的?

(接上页注)勒斯、卡塔尼亚(Catane)、特拉维夫和里尔开展的研讨会上讨论这些问题。这里要衷心感谢所有我的听众,同意我观点的和持批评意见的,尤其是要感谢博拉克(J. Bollack)、布雷默(J. Bremmer)、科恩(B. Cohen)和德拉孔布(P. Judet de La Combe)。除了这些人,我还要加上我的老朋友布拉沃(B. Bravo),他对我的文章进行了深入的批评。我甚至都不试图给出一份《俄狄浦斯在科罗诺斯》的浩瀚书单。我非常欣喜地在西格尔(Ch. SEGAL)的《悲剧与文明:索福克勒斯阐释》(*Tragedy and Civilization : An Interpretation of Sophocles*),Cambridge(Mass.),1981,页362—408)中的相关章节发现我很熟悉的领域。我从琼斯(J. JONES)那里得益良多:《论亚里士多德与希腊悲剧》(*On Aristotle and Greek Tragedy*),Londres, 1962,页214—235。从诺克斯(B. KNOX)那里也获益匪浅:《英雄的性情;索福克勒斯悲剧研究》(*The Heroic Temper ; Studies in Sophoclean Tragedy*),Cambridge, 1964;〈索福克勒斯与城邦〉(Sophocles and the Polis),见《哈尔特基金会访谈录》(*Entretiens de la Fondation Hardt*),Vandœuvres-Genève, 1983, *Sophocle*, 页1—32;《俄狄浦斯在科罗诺斯》前言〉(Introduction à *Œdipe à Colone*),见《索福克勒斯,三部忒拜剧本》(*Sophocle, the Three Theban Plays*),1984,页255—277。最后,我参考了 J. KAMERBEEK,《索福克勒斯的剧本》(*The Plays of Sophocles*),VII, Leyde, 1984,但是并没有给我多少启示。我参考的关于索福克勒斯的最近综述中,我尤其要提一提 R. P. WINNINGTON-INGRAM,《索福克勒斯;一种阐释》(*Sophocles ; An Interpretation*),Cambridge, 1980,页248—279 和 335—340;A. MACHIN,《索福克勒斯戏剧的一致性和延续性》(*Cohérence et continuité dans le théâtre de Sophocle*),Québec, 1981,页105—149 和 405—435;V. DI BENEDETTO,《索福克勒斯》(*Sofocle*),Florence, 1983,页217—247,以及最后但同样重要的,一些有启示的提法,一本小册子的第30页,R. G. A. BUXTON,《索福克勒斯》(*Sphocles*),作为 *Greece and Rome* 第十六期 *New Surveys in the Classics* 出版,Oxford, 1984。除了特别警示之处和个别的拼写,希腊语原文采用的是 R. D. DAWE 的译本(Teubner, Leipzig, 1979);有时被我改动过的译文来自马宗。我感谢 Denise Fourgous 帮助本文进行排版和 Maud Sissung 又一次表现的友谊。

发明政治活动的是希腊人,这是件公认的事。让我们非常准确地来理解一下这句话的含义:①人类的世界一般是冲突的,政治活动就是在不希望消灭冲突的前提下将这些冲突客观化。政治选择并不是由一个掌握君权的首领以神的名义作出,甚至一般也不是通过达成或多或少的共识而作出(虽然仍有这样的例子),而是由大部分人作出的。然而,值得注意的是,如果说雅典自梭伦(Solon)和克里斯提尼(Clisthène)以来,是政治活动兴起的地方,那么阿提卡地区的文学却看似几乎费了相当的功夫,把城邦费尽心机孕育的现实隐藏起来。例如考量一下此事:历史记载和文字材料都告诉我们——两者离互相交叉还差得远——政治领袖之间的个人冲突,可以通过贝壳放逐来解决或重新建立公民之间的和平。我们还可以知道在人民议会(Ecclèsia)里进行的重大辩论和决定性的选项:是否要杀掉米蒂利尼人(Mytiléniens),是否要去西西里,这些问题之重大,就像对于现代民主制度,要知道是否应当送一个人去月球或者在欧洲部署博星(Pershing)火箭。但是我们不知道,除了贝壳放逐的特殊情况,选举战中的关键所在。

而且,陶器发掘出土的贝壳放逐记载同城邦的历史学者们所记的不同。想想这两个人,墨诺科勒戴斯(Ménocleidès)的儿子美诺(Ménon)和阿里斯多尼莫斯(Aristonymos)的儿子卡利赫诺斯(Callixénos),后者可能是一位阿尔克墨翁的后人(Alcméonide),美国考古学家发现了相当多的写有他们的名字的碎陶片,但是在历史的传统中,却不知有他们。②

再说一遍:我们对选战一无所知,这一点同罗马构成强烈对比。我们甚至不知道是否真的有选战。

---

① 参见芬利,《古代世界的政治》(*Politics in Ancient World*),Cambridge, 1983;卡利耶(J. Carlier)法译本,《政治的发明》(*L'Invention de la politique*),Paris, 1985,和 C. AMPOLO,《希腊的政治》(*La politica in Grecia*),Bari, 1981。
② 参见芬利,《政治学》(*Politics*),页 64—65。

伯里克利(Périclès)在伯罗奔尼撒战争遇到的最初的败仗只是一个明显的例外。实际上修昔底德是怎么说的?"在政治秩序上,雅典人被他说服了"(δημοσίᾳ μὲν τοῖς λόγοις ἀνεπείθοντο);但是富人和德莫(dêmos)成员,出于经济层面上不同的原因,联合起来反对他,"并且他们共同的怒火直到对他征收罚款以后才熄灭。一段时间以后,发生了民众习以为常的转折,他们选他做将军,将所有事物的执掌大权全都托付于他[……]。整个城邦(ἡ ξύμπασα πόλις)[即富人阶层和民众阶层]认为他是最适合这个职位的"①。

出于惯有的简练,修昔底德并没有详细说明伯里克利的将军生涯是否因为诉讼和随后的定罪而中断。从广义上来说,人民并没有在政治上分裂。人民先反对伯里克利,之后又赞同他的政治和战略抉择。普鲁塔克②认为可以描述得更为详细,但是就这一点,我以为恐怕是修辞扩展多于真实信息。③ 在提到修昔底德自称给出内容的最后的对话(II, 60—64)之后,普鲁塔克添加道:"成为了他命运的主人的雅典人,在选举时翻转了筹码,用作反对他的武器(τὰς ψήφους λαβόντας ἐπ' αὐτὸν εἰς τὰς χεῖρας),他们剥夺了他的将军职务,将他处以罚款。然而,城邦经历了其他的将军和演说家指挥战争以后,发现他们中没有一个具备足够的资格[……]。于是他们便怀念起伯里克利。大家把他召唤到讲坛上,请他出任将军(stratégeion)[……]人民道歉了,他同意重新执掌事务,被提名为将军以后,他要求废除关于私生子的法律……"叙述肯定是比修昔底德更为详细,这是唯一一个关于伯里克利失去将军职务的消息来源。但是人民向伯里克利道歉一事尤为可疑,这样的做法可能更接近于罗马人而不是希腊人,不过无论如何,这里面没有任何可以反映存在选举大战的痕迹。

---

① 修昔底德,II, 65, 2—4;我多处改动了德·罗米伊(J. de Romilly)的翻译。
② 《伯里克利》,35, 4—6, 37。
③ 我并不把这一条作为普遍规则,但是关于此类质疑请参看 FINLEY,《政治学》,前揭,页 50—51。

我们也不知道是否曾经有过政治色彩一致的候选人名单。根本无法证明和伯里克利在同一时期、在萨摩斯远征（公元前 440 年）的时候担当将军的索福克勒斯——哪怕是我们掌握的唯一一份完整的将军名单——曾经和伯里克利同属一个政治团体。再比如，列举一个时间上晚很多的例子，每个人都知道埃斯基涅斯（Eschine）和德摩斯梯尼（Démosthène）在腓力（Philippe）身边担任过同一个大使的职位。

在雅典，政治辩论和政治斗争最为常见的表现方式不是作为民主城邦的正常实践，而是作为 stasis，这个词的含义范围从"简单的警戒所"到"内战"，还可以表示"政治分裂"，①并且明确带有贬义。洛罗（Nicole Loraux）理解得相当好："分裂成了绝对的威胁，在患病的城邦中驻扎，公民们互相对峙，撕裂了城邦[……]。从意见分歧到血腥对抗，当然离得很远。然而就算跨出这一步，满足于——至少是一个假设——模仿希腊人。"②所有的希腊人吗？不，洛罗比谁都清楚。不是所有的文学体裁都在这个问题上位于同一个层面，我刻意这么说，为的是终于要回到我的主题来，历史在某种程度上有限地③承认、勾勒出政治上的冲突，葬礼上的演说消解了政治冲突，④喜剧则将其从本质上化解，悲剧将其驱逐出去。

那要怎么说呢？仅仅是这样：当表现的城邦是雅典或者相当于雅典，因此在埃斯库罗斯的《乞援人》一剧中阿尔戈斯、欧里庇得斯的《乞援人》和《赫拉克勒斯》或者最后《俄狄浦斯在科罗诺斯》中的雅典，辩论在某种意义上被取消了，城邦被表现为柏拉图想要的那个样

---

① "希腊语中美妙的混成词 stasis 涵盖了各个层面的意义"，见 FINLEY，《政治学》，前揭，页 105。
② 妮科尔·洛罗，〈城邦中的遗忘〉（L'oubli dans la cité），见《思考的时刻》（Le Temps de la réflexion），1，1980，页 213—242。
③ 参见芬利，《政治学》，前揭，页 54—55。
④ 在我看来，这一点在洛罗那里得到了决定性的证明，见洛罗，《雅典的发明》（L'Invention d'Athènes），Berlin et La Haye-Paris，1981，尤其是页 268—291。安波罗（C. AMPOLO）在前文引用的（页 346，注解 1）书中写了一章研究政治否决（页 40—55），但是应当走得更远得多。否认政治不仅仅涉及哲学家。

子：(统)一。

这是一个选择,我们在埃斯库罗斯的《乞援人》一剧中有一段极好的证明。就是否给予达那俄斯(Danaos)的女儿们庇护一事,必须要大部分人作出这个决定,领唱问道:

  603 Ἔνισπε δ'ἡμῖν, ποῖ κεκύρωται τέλος,
     δήμου κρατοῦσα χεὶρ ὅπῃ πληθύνεται;

"告诉我们决定是什么,享有主权的人民手中大部分选票的结果是什么。"①

回答是:

  605 Ἔδοξεν Ἀργείοισιν οὐ διχορρόπως,

"阿尔戈斯人决定了,没有一个人持不同意见……"在用到劝导(peithô)以后,用上说服以后,通过"灵巧的演说,专用来说服民众"(δημηγόρους [...] εὐπιθεῖς στροφάς)(行632),②授予达那俄斯的女儿们侨民身份的决议得到一致通过(pandêmiai,行607),连传令官都无需介入(aneu klêtêros,行622)。只是考虑到将来阿尔戈斯的公民可能会不帮助受害者的可能性(行613—614)。

的确,表面上存在一个同我设定的规则不同的例外。在《善好者》一剧末尾(行752),投票结果各占一半。战神山上不发声的人们③作为法官,大部分人支持俄瑞斯忒斯的敌人,是雅典娜宣布了赦免,她通过一票使得公民的一致性加倍。公开的辩论仅在神祇阿波罗和厄里倪厄斯之间展开。

但是假如说悲剧大师们笔下的雅典不同雅典争论,争执(sta

---

① 我仅在行603采纳了马宗的翻译。
② 参见巴克斯顿,《希腊悲剧中的说服:佩托研究》(*Persuasion in Greek Tragedy. A Study of Peitho*),Cambridge,1982,尤其参考页79:"在目前,政治劝导是至高无上的。"
③ 关于他们的数目和角色,请参阅 O. TAPLIN,《埃斯库罗斯的编剧才能:希腊悲剧中进场和出场的戏剧运用》(*The Stagecraft of Æschylus. The Dramatic Use of Exits and Entrances in Greek Tragedy*),Oxford,1977,页392—395。

sis)的高地是忒拜城,可以说忒拜是一个"反城邦"。① 在埃斯库罗斯的《七雄攻忒拜》一剧中就是这样,开头就展现了厄忒俄克勒斯和妇女们的争执(stasis),结尾不论真伪地展现了合唱队分裂为安提戈涅和伊斯墨涅各自的支持者,表现了从同异邦的战争转为内战。在欧里庇得斯那里也是如此,他的剧本《乞援人》、《腓尼基妇女》、《赫拉克勒斯》,自然还有《酒神的伴侣》:可以证明,在这个剧本中,争执(stasis)转到中心人物、国王彭透斯(Penthée)的内心,分裂成重装步兵和妇女。当然在索福克勒斯那里则够多了,他有三部忒拜剧本。

为了理解忒拜的例外之处,它被定格在坏的城邦角色中,比如看看阿尔戈斯-迈锡尼的悲剧命运便一目了然。我已经说过,它在埃斯库罗斯的《乞援人》一剧中是统一的城邦,就像雅典在欧里庇得斯的同名剧本中一样。反过来,它在《阿伽门农》和《奠酒人》中,就像是在索福克勒斯和欧里庇得斯的《厄勒克特拉》中一样,是一座管理糟糕的城邦,国王缺失,由一位妇女执政。在糟糕的统治终了,没有任何好的希望。欧里庇得斯的《俄瑞斯忒斯》是所有剧本中最惊人的。这是半个多个世纪以后对埃斯库罗斯的《乞援人》的真正反驳,②这个剧本展现给我们的是同《善好者》不同的对俄瑞斯忒斯的审判。俄瑞斯忒斯和他的姐姐不是在战神山上诸神和公民混合而成的审判团面前受审,而是在阿尔戈斯的一个议会面前,这个议会同雅典的那个分毫不差,受到民主制度的批评者的审判——我们这是在公元前 408 年春。③

---

① 这个观点借自蔡特林(Froma I. ZEITLIN)的口头传授,当我写完这些的时候,我得知她的这一观点即将发表;期待《盾牌标识之下》(*Under the Sign of the Shield*),Rome,1982,页 199,注释 5。
② 其中描绘了一个议会,集会地点"在高处,第一个人,达那俄斯(Danaos)为了补偿埃古普托斯(Ægyptos),召集人民开会"(行 871—873),换言之是在民主制度的发源地。
③ "那时在雅典,大家对民主生活和公民大会(ekklèsia)的职能深有怀疑",让贝内代托(V. DI BENEDETTO)的版本具有价值,Florence,1964,页 171。

八、俄狄浦斯在两城之间:论《俄狄浦斯在科罗诺斯》

演说家一个个上场,各自立场不同。传令官塔耳梯比俄斯(Talthybios)一语双关。狄俄墨得斯(Diomède)为流放辩护,"一些人鼓掌,喊道他说得有理,但是另一些人不同意他的说法"(行901—902)。一个"不是阿尔戈斯人的阿尔戈斯人",一个评注家视作克里奥丰(Cléophon)这样哗众取宠的人,提议采取石块击毙的惩罚(行902—906),而一个匿名的农民,公元前5世纪末政治温和思想所推崇的[1]一位亲力亲为的贫农(autourgoi)则相反,他要求给俄瑞斯忒斯一顶王冠;而那些可敬的人(chrêstoi),也就是说那些上层阶级的成员,"认为俄瑞斯忒斯是对的"(行917—930)。哗众取宠的人和民众的一方胜利了。这里没有雅典的名字,然而,毫无疑问的是,这里就是雅典。

但是,需要理解的是,忒拜和雅典的关系不是这样的。忒拜可不仅仅是一本记录簿,可以写上理想化的雅典或是其野性的一面。是不是邻邦之间长久以来的敌意分隔了两个城邦,而彼俄提亚同盟的机制看起来是对克里斯提尼所想要的机制的驳斥?[2] 无论如何,悲剧中的忒拜是分裂的城邦的典型。这是本质的问题,不是存在的问题。[3]

现在来看一下这条规则如何应用于《俄狄浦斯在科罗诺斯》一剧。首先我们问一个简单的问题:在俄狄浦斯到达雅典的时候,是谁

---

[1] 参见 R. GOOSSENS,《欧里庇得斯和雅典》(*Euripide et Athènes*),Bruxelles,1962,页556—559,和 Cl. MOSSÉ,《雅典民主的终结》(*La Fin de la démocratie athénienne*),Paris,1962,页251—253。

[2] 参见 P. LÉVÊQUE et P. VIDAL-NAQUET,《雅典人克里斯提尼》(*Clisthène l'Athénien*),Besançon et Paris,1964,页112—113。

[3] 这就是为什么我不同意诺克斯(B. KNOX)在他有名的著作中的观点,《俄狄浦斯在忒拜》(*Œdipus at Thebes*),New Haven,1957,他认为俄狄浦斯(在《俄狄浦斯王》一剧中)是雅典称霸意图的象征,至少是刻意而为的。我也反对达尔丰(J. DALFON)的说法,见〈菲罗克忒忒斯和俄狄浦斯在科罗诺斯〉(*Philoktet und Œdipus auf Kolonos*),见 *Festschrift E. Grassi*,Munich,1973,页43—62,他认为(页56—57)忒拜的两兄弟之间的冲突是雅典的争执(*stasis*)发生了迁移的结果。

在统治忒拜？这个问题由伊斯墨涅作为历史叙述提出。起先，出于健康的竞争（*eris*）的考虑，他的兄弟们热切地争相"把王位留给克瑞翁[……]这样就能避免忒拜蒙上污迹"（行 367—369）。之后是不健康的竞争（*eris kakê*）（行 372）①——自赫西俄德以来就同变态地夺取第一密不可分——占了上风，让兄弟俩先是共同反对克瑞翁，之后互相为敌，因为幼子厄忒俄克勒斯意图胜过长子波吕尼刻斯——这个细节是索福克勒斯的发明②——，波吕尼刻斯被驱逐出城，到阿尔戈斯避难，从那里发起针对他自己城邦的战争（行 375—380）。他也在两个城邦，两个交战的城邦之间：只是如果说一个的确是忒拜，另一个是阿尔戈斯。但是忒拜王是厄忒俄克勒斯吗？俄狄浦斯质疑他的两个儿子，他们俩都被指爱王位、权杖和僭主一职胜过爱父亲（行 448—451，行 1354—1357），总之，城邦（*polis*）同家（*oikos*）对立起来。但是波吕尼刻斯对俄狄浦斯说，厄忒俄克勒斯是"我们家里的僭主"，ⒸὉ δ᾽ἐν δόμοις τύραννος——家里的僭主，在某种意义上，就是家（*oikos*）的主人。相反，政治僭主制度由克瑞翁实施，他自称拥有君权，同时又佯装依赖城邦：καὶ τύραννος ὤν，"尽管我是僭主"（行 851）。除了俄狄浦斯以外——如果他在忒拜过世，就能保证他的故乡获得拯救——，忒拜君权的觊觎者有三位：克瑞翁、厄忒俄克勒斯

---

① *eris kakê* 在行 372 的出现意味着需要保留行 367 的 *eris* 一词，被蒂里特（Tyrwhitt）和之后采用此观点的杰布（Jebb）改成了 *erôs*。认为赫西俄德的文字（《作品》（*Travaux*），11 及以下）在此有影响，但是其文被篡改了；参见他的注释本中的注释（Cambridge, 1899，重印于 Hakkert, Amsterdam, 1965），页 65—66。

② 参见杰布（JEBB）的注解，前揭，页 67。在欧里庇得斯的《腓尼基妇女》一剧中（行 71），厄忒俄克勒斯提醒他作为长子的权力。波吕尼刻斯在《俄狄浦斯在科罗诺斯》一剧中的行 1294 和行 1422，提到他的权力。马宗关于《俄狄浦斯在科罗诺斯》的行 1354 写道："实际上，波吕尼刻斯从来没有统治过忒拜。"那么在悲剧性行为的过去，事情又是怎样的呢？在里尔新发现的残段（*P. Lille*, 73）中，兄弟俩被他们的母亲置于互相平等的地位，没有提到作为长子的权力，政治权力归厄忒俄克勒斯，财富归波吕尼刻斯。

③ 僭主而不是国王，就像马宗在翻译行 1338 那样；需要再一次批评可恶的法语翻译习惯：把僭主（*tyrannos*）翻译成"国王"。

和统领阿尔戈斯军队的波吕尼刻斯。忒修斯把波吕尼刻斯当作阿尔戈斯人,同时又将其视作是俄狄浦斯的亲戚(engenês)。

"既不要无政府也不要专制",这是《善好者》(行525—526和行696)中厄里倪厄斯的命令,这个命令被雅典娜采用。我们刚看到,忒拜既没有受到指挥,又臣服于僭主制度。这个僭主的城邦也是一个不公正的城邦。忒拜被俄狄浦斯指控让他同伊俄卡斯忒结合,因此忒拜对自己的不幸负有责任(行525—526)。是忒拜城集体地将俄狄浦斯赶出忒拜的土地:

440　πόλις βία
　　ἤλαυνέ μ᾽ ἐκ γῆς χρόνιον

"忒拜用武力把我赶出它的领土——过了那么久以后。"根据克瑞翁的说法,又是忒拜决定让俄狄浦斯回来(行736)。①

但是,在克瑞翁口中,这个自作自受的城邦又是一个撒谎的城邦,用的是假的劝导(peithô),②这种"劝导"模式接近现代语境中所说的具有意识形态的话语。克瑞翁的讲话中讲到忒拜就好像忒拜是雅典价值观念的象征,仿佛两个城邦是在同一层面的。他不是以国王的身份来到雅典,而是以老年人的身份前来(行733),以资历的原则的名义前来。"我并不以一个人的名义前来,是我的同胞们集体(ἀλλ᾽ ἀστῶν ὑπὸ πάντων κελευσθείς)委托我前来。"(行737—738)③他以劝导(peithô)的名义邀请俄狄浦斯(行756)回到他自己的城里去,到他祖先的屋子里去,到养育他的城邦里去。但是俄狄浦斯受到伊斯墨涅的警告(行399—405):他不得越过边境;那样的话他就到了外边,到了边缘处(paraulos,行785),即评注家所说的:到了外面的空间。然而,并不仅仅涉及到过去和将来:在观众们的眼皮底下,忒拜

---

① 另请参阅行540—541,俄狄浦斯说起城邦"为他的服务而授予他的奖励"。
② 参见巴克斯顿,《劝导》(Persuasion),页140—141。
③ 同杰布(Jebb)和道(Dawe)一起,我考虑到一组手稿中的城邦的民众(astôn)给出的教诲,其他手稿(如 Laurentianus)则写作人的(andrôn),看似是从行735的 andra 一词而来。

的代表克瑞翁做出了违法的举动,他触犯了雅典的法律,劫走了安提戈涅和伊斯墨涅,并且威胁要劫持俄狄浦斯,以增加他城邦的战利品(rhusion)。除了词汇的层面,涉及的不是根据已有的法律进行报复,而是纯粹而简单的暴力。①

这份指控得到补偿了吗？忒拜是否可以同它的实际领导人(厄忒俄克勒斯、克瑞翁)或者潜在的领导人(波吕尼刻斯)分离开来？俄狄浦斯对波吕尼刻斯说,他将不能夺取忒拜(行1372)。七雄的远征将要以失败告终。这里,神话很难被忽视。最惊人的是忒修斯对克瑞翁说的一番话:

> 919 Καίτοι σε Θῆβαι γ'οὐκ ἐπαίδευσαν κακόν
> οὐ γὰρ φιλοῦσιν ἄνδρας ἐκδίκους τρέφειν.

"然而忒拜劫持你并不是要作恶;它没有习惯养育不正义之士。"这一小段激起了激烈的争论。在维拉莫威兹(Wilamowitz)看来,这是在影射忒拜的伊斯墨涅派,其反对城邦中反雅典的一支。② 与其这样理解,不如同波伦茨(M. Pohlenz)③一起,假设影射的是忒拜人,在三十僭主革命以后,给予来彼俄提亚(Béotie)避难的雅典民主人士庇护。④ 有争议的诗句可能是在索福克勒斯死后(公元前406年)和剧本上演(公元前401年)之间被加上去的,那段时期颇为动荡,因此

---

① 参见 B. BRAVO,〈Sulân: 希腊城邦中对异邦人的报复行为和私法〉(Sulân. Représailles et justice privée contre des étrangers dans les cités grecques),见 Annali della Scuola Normale Superiore di Pisa, sér. III, 10, 1980,页675—987;对于《俄狄浦斯在科罗诺斯》一剧中行858的 rhusion 一词的解读,我的意见同布拉沃不同,页775—555,他认为 rhusion 是无辜的。克瑞翁特别把它用作报复的意思,雅典观众将它理解为纯粹的暴力。
② 参见 Tycho von WILAMOWITZ-MÖLLENDORF,〈索福克勒斯的戏剧艺术〉(Die dramatische Technik des Sophokles), Berlin, 1917,页368—369。他的阐释引发了另一个人的愤怒:K. REINHARDT,《索福克勒斯》(Sophocle)(1933), trad. E. Martineau, Paris, 1971,页274。
③ M. POHLENZ,《希腊悲剧》(Die Griechische Tragödie), Leizpig, 1939, II,页245, note ad I, 页368,引自 Karl REINHARDT,前揭,页274,注释18。
④ 色诺芬,《希腊史》(Helléniques), III, 5, 8; DIODORE, XII, 6, 3.

是改写的多发时期。

但是，我们并不需要走到这样的极端去。模范城邦的模范君主忒修斯分开了——俄狄浦斯不这么做——忒拜这个城邦和它的领导人，比起悲剧的整体逻辑，这终究更加符合人物的逻辑。

的确，为了在反城邦的对面，在纯暴力和纷争（stasis）的城邦的对面，描绘作为模范城邦的雅典，①需要的就是逆转对忒拜的描述。因此需要引用的是整部剧本，而不仅仅是出色的合唱队（行 668—719），从白色的科罗诺斯（Colone）出发，用橄榄枝、马匹和海员来赞颂雅典。我仅作几点评论。雅典是一个城邦首领从来没有被称为僭主（turannos）的地方。忒修斯是国王（basileus，行 67），他是一个向导（hêgemôn，行 289），他是一位君主（anax，行 1130、1499、1759），他甚至也是——这个词来自印欧语系——军队首领（koiranos，行 1287）②，他甚至也仅仅是这个人（anêr，行 1486）；或者，以一种稍稍更为隐喻的方式，他是这个国家的负责人（krainôn，行 862、926），他从来都不是一位僭主。克瑞翁自己非常自然地指出，在国王身边，有战神山智慧的顾问委员会（行 947）。雅典当然是一个自由人的城邦，而不是奴隶的城邦（行 917），一个言论权利（行 1287）受到尊重的城邦：波吕尼刻斯自己也因此受益。③

最后，雅典是——我们将会看到这一点有其重要性——一个地方元素，即德莫（dème，区）具有重要性的城邦，在这里说的是提供合唱队的科罗诺斯区，这是一个具有自豪感的社群，索福克勒斯就曾属

---

① 参见 SEGAL，同前文，页 344，注释 1，页 362："两个城邦之间的对比和社会的两幅图景是理解剧本的关键。"
② 霍伊贝克（A. HEUBECK）主张其希腊词源，该词用在军事领域，〈军队首领、首领与亲属关系〉（κοίρανος, κόρραγος und Verwandtes），见 *Würzburger Jahrbücher für die Altertumswissenschaft*，N F 4，1970，页 91—98。
③ 关于公元前 5 世纪末雅典的公民自由的讨论，请参阅 K. A. RAAFLAUB，〈雅典公元前 5 世纪晚期的民主政治、寡头政治和自由公民的概念〉（Democracy, Oligarchy, and the Concept of the *Free Citizen* in late fifth-century Athens），见 *Political Theory*，11，4（nov. 1983），页 517—544。

于科罗诺斯区。① 这位科罗诺斯人写到俄狄浦斯的时候,没有让他"未经城邦许可"(*poleôs dicha*,行 47—48)被驱逐出城。行政区是雅典的缩小版,合唱队区(*orchestra*)所表现的就是行政区的政治集会广场(*agora*),合唱队就像是政治议会的一个派别,但更确切地说,它不过是一个派别,而忒修斯这位公民大会之王(roi-Ecclêsia),这个人民主权的化身,表现出了他的卓越。② 因此,雅典是理想的城邦,能够为了一件正义的事业,动员所有的公民、重装士兵和骑兵(行898);她是一座在没有法令(ἄνευ νόμου κραίνουσα οὐδέν)的情况下,绝不让步的城邦(行 913)。是否应该——能否——说得再多?

俄狄浦斯在这两个城邦之间的地位是怎样的?要说悲剧大师们把英雄的地位纯粹地、简单地归结为司法术语,这样做是危险的。说到底,所有的悲剧大师的确如此。不仅仅因为,就像热尔内(Gernet)所感到的那样,悲剧表达的是正在形成的法律,它还没有定形,③但是更因为悲剧探索的是极端的情况,而走到极限,这明显是法律所不为的。

以埃斯库罗斯的剧本《乞援人》为例,那是第一部"异邦人的悲剧"。④ 达那俄斯的女儿们在阿尔戈斯登陆,自称是阿尔戈斯人,并且据此要求获得城邦的权利,尽管她们一袭埃及风度,还是以"乞援人"的姿态坐在了圣所里。阿尔戈斯国王定义了她们的地位,或者不

---

① 参见行 58—61:"周边邻里以创世者是你在科罗诺斯那边看见的一个骑士为荣,所有人都一起冠上借自他的名字。"埃斯库罗斯来自厄琉西斯区(Éleusis),他曾有一部悲剧以《厄琉西斯人》(*Éleusiniens*)冠名,这部剧本如今已经失传。我在乌得勒支(Utrecht)的观众之一泰特勒(H. Teitler),让我注意到科罗诺斯也是公元前 411 年宪法诞生前人民特别集会的地方(THUCYDIDE, VIII, 67, 3)。
② 参见行 638—640;忒修斯把选择留给俄狄浦斯:留在科罗诺斯或是同他一起到市中心。
③ 参见韦尔南,〈路易·热尔内眼中的希腊悲剧〉(La Tragédie grecque selon Louis Gernet),见《向路易·热尔内致敬》(*Hommage à Louis Gernet*),Paris, 1966,页 31—35。
④ Ph. GAUTHIER,《Symbola:希腊城邦中的异邦人和司法》(*Symbola. Les étrangers et la Justice dans les Cités grecques*),Nancy, 1972,页 53。

如说,她们缺失的地位。难道她们没有胆敢来到阿尔戈斯:

238 οὔτε κηρύκων ὕπο
ἀπρόξενοίτε, νόσφιν ἡγητῶν

没有一般情况下应当先于她们而到的外国传令官,没有应当陪同她们的导游(当地的?),没有应当接待她们的阿尔戈斯①中间人?一个接待人,在这个词的经典意义上,在这里指的是一个阿尔戈斯公民,承担了达那俄斯的女儿们来自的那个城邦的利益;这就有双重的困难:这些自称来自阿尔戈斯的年轻女孩子们(行16、274)来自的城邦同阿尔戈斯没有正常邦交。至于传令官,的确存在,但是他会以埃古普托斯的儿子们、达那俄斯的女儿们的堂兄弟的名义说话。由于没有中间人,达那俄斯的女儿们请国王扮演这个角色:

418 Φρόντισον καὶ γενοῦ πανδίκως
εὐσεβὴς πρόξενος

"考虑一下,合法地成为一位虔诚的中间人。"佩拉斯戈斯(Pélasgos)确实成为了中间人,在更远的地方(行491),他被形容为为其客人们所"尊敬的中间人"(aidoios proxenos),并且更确切的是,他成了提供向导的人,招募自当地(行491—492)。因此,佩拉斯戈斯保护达那俄斯的女儿们,并且给了她们第一个地位:安全(asphaleia)。第二个中间人的指派则是在更为司法的条件下,通过公民大会投票决议(行605—624)。公民大会(Ecclêsia)通过这项决议,让达那俄斯的女儿们成为人们不可扣押的侨民②:

610 ἡμᾶς μετοικεῖν τῆσδε γῆς ἐλευθέρους
κἀρρυσιάστους ξύν τ'ἀσυλίᾳ βροτῶν.

"我们能够在这片土地上作为自由的和不可扣押的个人居住,享有受到承认的避难权。"自此她们同所有侨民一样,都有一个担保人、一个

---

① 戈蒂耶认为是传统的中间角色,参见 GAUTHIER,前揭,页53—54,其中引用了(页54,注释126)维拉莫威兹的不同观点。
② 关于扣押权利的详细研究,参看布拉沃(B. BRAVO),前揭,页354,注释1。

响应者、一个中间人(prostatês)。但是在这里,悲剧诗人走向极限,让国王说：

　　963　Προστάτης δ'ἐγώ
　　　　ἀστοί τε πάντες, ὧνπερ ἥδε κραίνεται ψῆφος,

"作为担保人,你们有我本人和所有投了票的我们的同胞们。"我们也承认不是所有的城邦都拥有"众多的住房"(dômata [...] polla,行957),用来接待共同的客人,但是无论如何,超越现实在这里是一个榜样。

《乞援人》于公元前465年上演。欧里庇得斯的剧本《大力士的女儿》(Les Héraclides)(约写于公元前430—前427年),是另一部异邦人的悲剧,这部悲剧有双重意义。

伊俄拉俄斯(Iolaos)和赫拉克勒斯的孩子们是一些流浪者(alômenoi,行15),他们越过一道又一道边界(ἄλλην ἀπ'ἄλλης ἐξορίζοντες πόλιν,行16)。在剧本开始时,他们刚刚穿过的是雅典的边界(行37),和斯巴达一样,雅典由两位国王统治,但国王是通过抽签产生的,就像雅典的执政官是从潘狄翁(Pandion)的孩子们中抽签产生的。和达那俄斯的女儿们一样,赫拉克勒斯的后代们既向他们的对话者祈求帮助,又向他们所代表的城邦求援。阿尔戈斯国王欧律斯透斯(Eurysthée)和他的传令官试图以一项判决了他们死刑的阿尔戈斯法令的名义,逮捕他们,这种态度和克瑞翁因为俄狄浦斯的女儿们是忒拜人就逮捕她们如出一辙。伊俄拉俄斯回答说赫拉克勒斯的后代们不再是阿尔戈斯人了。在欧律斯透斯的代表和他们之间,再也没有任何共同之处(en mesôi,行184)。在阿尔戈斯议会投票之后(行186),赫拉克勒斯的后代们在法律上相对于他们源自的城邦就是异乡人了。就像达那俄斯的女儿们一样,赫拉克勒斯的后代们提到了作为堂兄弟的身份。忒修斯的母亲埃特拉(Aethra)、得摩丰(Démophon)的祖母,同赫拉克勒斯的母亲阿尔克墨涅(Alcmène)一样,是佩洛普斯(Pélops)的孙女。这样的亲属关系不能在雅典给他们任何权利,但是从一个城邦到另外一个城邦,亲属关系(sungeneia)的说辞具有一定的外交价值。① 雅典的得摩丰做法同阿尔戈斯的佩拉斯戈斯相同。他先把赫拉克勒斯的后代们当作异乡客人(xenoi)对待,让他们离开他们正在祈求的祭坛,到屋子里去(行 340—343),哪怕是要召集公民召开政治和军事议会(行 335)。②

赫拉克勒斯的后代们不需要以侨民的身份在雅典暂居。相反,宣布他们的离开,并且欧里庇得斯让这些人物说起来好像离开、回到伯罗奔尼撒是紧接着欧律斯透斯逝世之后的事。然而,一位出乎意料的侨民、一位已故的侨民、一位英雄侨民、一位拯救者侨民将要在雅典暂住,就像那些帮助雅典人驱赶僭主的侨民们一样,不过他们是活人:这位侨民就是欧律斯透斯,他在帕莱尼(Pallène)的陵墓保护雅典人不受赫拉克勒斯的后代们的入侵,就像俄狄浦斯的陵墓保护同样的这些雅典人不受忒拜人入侵一样:③

1032　Καὶ σοὶ μὲν εὔνους καὶ πόλει σωτήριος
　　　μέτοικος αἰεὶ κείσομαι κατὰ χθονός,
　　　τοῖς τῶνδε δ'ἐκγόνοισι πολεμιώτατος.

"并且,在我休息的地底下,作为侨民,我对于你和你的城邦将是一位拯救者,但是,对于这些人的后裔而言,我是最公开的敌人。"一位敌人国王,被打败并且受到处决,死后成为一位侨民和一位保护英雄。欧里庇得斯正是聚集了这些可能性,走向了极限。

那么索福克勒斯笔下的俄狄浦斯呢?他是否比活着的达那俄

---

① 参见经典分析,D. MUSTI,〈希腊铭文中的亲属关系概念〉(Sull'idea di συγγένεια in iscrizioni greche),见 *Annali della Scuola Normale Superiore di Pisa* 32,1963,页 225—239。
② 在这里,我将人祭的附属问题搁置一边,那是神谕说为了拯救赫拉克勒斯的后代们所必须付出的代价。
③ 参见 A.-J. FESTUGIÈRE,〈悲剧与神圣的陵墓〉(Tragédie et tombes sacrées),见 *Revue de l'Histoire des Religions*,1973,页 3—24,重新刊载于 *Études d'histoire et de philologie*,Paris,1975,页 47—68,尤其是页 67—68。

斯的女儿们和故去的欧律斯透斯获得的更多？他会成为一位雅典的公民吗？很明显，毫无疑问他不再是一个忒拜人。当被合唱队勒令说出他的祖国时（行 206—206①），俄狄浦斯回答说他"在家乡以外"（apoptolis，行 208），并且他指控波吕尼刻斯让他成为一位没有故土的人（apolis，行 1357）。诺克斯（B. Knox）是这样解决了我提的问题的，他把俄狄浦斯的命运同菲罗克忒忒斯的命运进行对比，写道："但是在这个剧本中，没有一位神祇现身，要让俄狄浦斯重新融入城邦（polis）。他的确成为了一位公民（empolis，行 637），但是是一位雅典的公民，而不是忒拜的，而且他的公民身份随着他神秘的死亡开始并终止。"②因此我们面临的是索福克勒斯众所周知的关于英雄重新融入的图景变换：故去的埃阿斯，活着的菲罗克忒忒斯重新融入了代表城邦（polis）的军队。俄狄浦斯重新融入的不是他的城邦，而是在雅典，是在他过世的时候，并且通过他的死亡。

　　这需要仔细勘察。诺克斯理解的那些诗句，明显是行 636—637：

　　　　636　Ἀγὼ σεβισθεὶς οὔποτ' ἐκβαλῶ χάριν
　　　　　　　τὴν τοῦδε, χώρᾳ δ' ἔμπολιν κατοικιῶ.

"在服从于这些事实的同时，我并不排斥他想要给予我们的恩惠[将他的遗体捐赠给雅典]，我将要把他作为公民安置在这个地方。"③

　　这样的阐释本身并不新奇，但是它的价值在于，它解释了许多其他学者从一个并不想当然的文本出发，想当然地接受了的东西

　　因为手稿中写的不是 ἔμπολιν，而是 ἔμπαλιν；ἔμπολιν 是马斯格雷夫（S. Musgrave）之后纠正的，于 1800 年出版，被不少出版人接受，

---

① 译注：原文如此。
② 参见 B. KNOX,〈索福克勒斯和城邦〉，前揭，页 344，注释 1，页 21。
③ 这里，我同诺克斯一样，把 empolis 一词翻译成了公民，但这是暂时的。大部分的译者同诺克斯理解的一样。

但不是所有人都接受。① 除了诺克斯以外,在马斯格雷夫和追随他的人那里,并不存在什么"积极的"更正,其引入是出于考虑到要理解俄狄浦斯在雅典的司法上的命运。对于不少阐释家而言,难就难在如何理解ἔμπαλιν这个词。② 当然,如果要模仿一条著名与罕用相当的司法原则,那么所有的手稿在没有证据证明有误之前,都应当是清白无辜的。在这里,ἔμπαλιν一词在评注者眼中看来有如下的意思:ἐκ τοῦ ἐναντίου,"相反地"。这样,字面上就理解为:"我顺从的同时,也从不排斥③这个人的恩典,但是相反地我将其(这种恩典)安置在这个地方。"俄狄浦斯想要授予雅典的恩泽(charis),也就是说他自己的身体,通过借喻的方式,等同于俄狄浦斯自己,事实上,等同于他的遗体,因为忒修斯未必清楚,索福克勒斯可是明白得很,俄狄浦斯活着留在雅典的时日不多了。我可以很严谨地到此为止,在没有文章能证明他的推理的情况下,宣称诺克斯提出的问题已经解决。但是我们并不在精确的科学领域,尽管马斯格雷夫的纠正极有可能符合索福克勒斯的原稿,探究一下我们从这个文本中解读出了什么意义也是不无用处的。Empolis一词,就是语法学家称之为"通过介词来组合实体"的情况。换言之,ho empolis等于ho en polei,那个在城里的人。同样地,在埃斯库罗斯那里,有amphiptolis一词,那个在城邦周围的,anchiptolis一词,那个与城邦为邻的。④ Empolis一词的本意,比起司法上而言,无疑更加是地方上的。可能第一个例子

---

① 它最后被道(Dawe)接受,但是没有被戴恩(Dain)接受(1960),也没有被吉冈特(M. Gigante)的译文(叙拉古,1976)接受,亦没有被科洛纳(Colonna)接受(1983),甚至也没有被卡莫比克(Kamerbeek)接受,在第101页的注解中,卡莫比克犹豫不决,承认说ἔμπαλιν也不是不可能的。后文我提到的那些评论,得益于布拉沃(B. Bravo)、博拉克(J. Bollack)和卡瑟维茨(M. Casevitz),他们三位都向我提供了非常细致的评论,我受益良多,乃至于彻底改变了我最初的假设。
② 他们愈发期待的是τοῦ μπαλιν,就像在欧里庇得斯的《希波吕托斯》(Hippolyte)一剧中390那样,但是参见《特拉基斯少女》,行358。
③ 这就是动词ekballô准确的意思。
④ 埃斯库罗斯,《奠酒人》,前揭,行76;《七雄攻忒拜》,前揭,行501。

出现在喜剧作家欧波利斯(Eupolis)那里。① 根据亚历山大语法学家波吕克斯(Pollux)的说法,欧波利斯的确将这个词用作 astos 的意思,换言之就是本地人(enchôrios),波吕克斯还补充道:"我认为,也能说成 entopios。"换言之,这个词被理解成同地方有关:城市、地区、地方。城邦(polis)的法律地位并没有提及,只是仅仅提到,在索福克勒斯他自己那里,asty 和 polis 两个词是相等的。② 欧波利斯的《狄亚德》(Diade)一剧的创作年份是公元前 412 年。据我所知唯一一个第一个在语境中使用这个词的,正是在《俄狄浦斯在科罗诺斯》一剧中(行 156),这个细节明显让马斯格雷夫感兴趣。忒修斯对俄狄浦斯说起波吕尼刻斯,并且强调了他同俄狄浦斯的矛盾关系:

1156 ἄνδρα σοὶ μὲν ἔμπολιν
οὐκ ὄντα, συγγενῆ δέ,

……"一个同你不是一个城邦的人,但是是你的亲戚。"③的确,忒拜城首领的候选人波吕尼刻斯统领着一支阿尔戈斯军队,而且他属于阿尔戈斯这层关系很可能通过某些布景的细节来强调。这个词的意思明显偏向公民(politès)。这就是赫希基乌斯(Hésychius)给出的定义:"有故乡的人"(σ πατρί δα ἔχων),但是我们对这个词所知道的,即使采纳了马斯格雷夫的纠正,并不非要我们理解成俄狄浦斯成为了司法意义上的公民。除此之外,另一种思考这个词的意思的方法是考察由此衍生出的动词 empoliteuô,这个词在不同场合以及在文学段落中和铭文中有若干例子。④

在我们看来,这个动词明显地出现在修昔底德的对安菲波里斯

---

① Fr. 137 Kock,引自 POLLUX,《词类汇编》(Onomasticon),行 27(éd. Bethe, II, 页 153)。
② 参看《俄狄浦斯在科罗诺斯》,行 1372 和马宗的注释,页 134。
③ 马宗翻译为"将不是你的同乡"。我翻译得更为中立。评注者这样阐释:ἐν τῇ αὐτῇ πόλει οἰκοῦντα,"住在同一个城邦里"。
④ 卡瑟维茨(M. Casevitz)用最最肯定的语气向我证实这种衍生关系:empoliteuô 用起来就是 empolis 的衍生词,而不是 empolitēs 的,那样很荒唐。

(Amphipolis)被布拉西达斯(Brasidas)攻打并陷落的记载中(公元前424年),这份记载同欧波利斯的《狄亚德》一剧几乎同一个时代,而且很可能早于《俄狄浦斯在科罗诺斯》一剧。① 安菲波里斯,雅典帝国建于公元前437年的城邦,城中人口混杂。布拉西达斯在攻城过程中,指望阿耳戈利斯(Argilos)人的协助,阿耳戈利斯是安德罗斯(Andros)邻邦,也是安德罗斯的殖民地。在安菲波里斯的居民(*oikêtores*,IV,103,3)中,有一些是阿耳戈利斯人。阿耳戈利斯的阿耳戈利斯人指望安菲波里斯的阿耳戈利斯人一起举事,动摇雅典的桎梏,加盟斯巴达联盟。安菲波里斯的阿耳戈利斯人被定义为*empoliteuontes*(IV,103,4),即侨民。

再远一点的地方,涉及到(IV,106,1)雅典人,人数不多,安身于安菲波里斯(βραχνὺ μὲν Ἀθηναίων ἐμπολιτεύον)。这些雅典人明显没有放弃他们的公民资格,但是他们在安菲波里斯绝对不是侨民。这就需要假设他们和其他人具有双重公民资格,但是我们不知道或者根本不了解在安菲波里斯公民资格意味着什么。② 蹊跷的是,这个动词又出现在和安菲波里斯有关的地方,在伊索克拉底(Isocrate)那里(《致腓力书》[*Phillipe*],行5)。伊索克拉底建议雅典人不要重复上一个世纪的帝国冒险,他要求他们避免殖民活动(*apoikiai*),这

---

① 参见德·罗米伊(J. DE ROMILLY)给出的解释,她的版本中第四章和第五章的页 XX-XXI(Belles-Lettres,1967)。
② 问题本该由施尼策尔(F. GSCHNITZER)提出,参见《隶属古代希腊的地区》(*Abhängige Orte im Griechischen Altertum*),Munich,1958,页91—92,但是他没有提出来;更深入的研究要参考 D. ASHERI,〈安菲波里斯被马其顿征服以前的殖民史研究〉(Studio sulla storia della colonizzazione di Anfipoli sino alla conquista macedone),见 *Rivista di Filologia e di Istruzione Classica*,系列三,95,1967,页5—30;他总结说 *empoliteuontes* 相关的所有组的词都是公民的意思;而 A. J. GRAHAM,《古代希腊殖民地与母邦》(*Colony and Mother-City in Ancient Greece*),Manchester,1964,页245—249,此书的优点在于明确提出了双重公民身份的问题。如果说他排斥安菲波里斯的雅典人依然是雅典公民的观点,他仍然总结说他们原来的公民资格将可能自动恢复,这就显示出了安菲波里斯公民资格的脆弱性。

已经四五次导致落户在那里的人全部灭亡(tous empoliteuthentas)。不妨同卡瑟维茨一起想象,empolis 一词和由此衍生的动词在雅典出现同安菲波里斯的特殊地位——或者其他的机构——有关,雅典的混居殖民地应当在雅典之外保持其公民身份,一边又是附属城邦的一部分。

除了这份细致的经典材料,再补充一份单薄的希腊时代的材料。波吕波斯(Polybe)(V, 9, 9)告诉我们,马其顿国王安提柯(Antigone Dôson)同斯巴达的克里昂米尼(Cléomène)作战,在塞拉西亚战役(Sellasie)中获胜(公元前 222 年),成为城邦和落户者(empoliteuomenoi)的主人。涉及的不仅仅是平等人(homoioi),而是所有以各种名义在城邦里的人,包括所有被克里昂米尼引入公民团体的人。① 最后,这个词出现在伯罗奔尼撒的两处铭文中,②很可能属于公元前 3 世纪。第一处铭文是在安提戈尼亚(Antigoneia)(曼提涅亚,Mantinée),为一项中间人法令,赞颂了一个阿尔戈斯人总是对安提戈尼亚的公民们和"居住在安提戈尼亚的人们"(τῶν ἐμπολιτευόντων ἐν Ἀντιγονείᾳ)表现出善意。第二处铭文在忒革亚(Tégée),也是在阿耳卡狄亚地区(Arcadie),赞扬一位墨伽勒波利斯(Mégalèpolis)的公民在城中居住了(enpoliteusas)某些年,然后回到他自己的(idias)城邦去,也就是说回到墨伽勒波利斯。在这两种情况中,严格来说,这两人都享有城邦的权利,或是在安提戈尼亚的永久权利,或是在两个城邦间双重公民资格协定的框架下,在忒革亚享有暂时的权利。③

---

① 关于这些事,请参阅 Ed. WILL,《希腊世界的政治史》(Histoire politique du monde hellénistique),I², Nancy, 1978,页 374—398。
② IG V, 2, 263,和 IG V, 2, 19。第一篇文章由比克尔曼(E. BIKERMAN)提供,见 Revue de Philologie,53, 1927,页 365 和注释 2;同第二篇的联系得益于 Ivana SAVALLI,《根据铭文研究古代希腊授予公民权的程序》(Recherches sur les procédures relatives à l'octroi du droit de cité dans la Grèce antique d'après les inscriptions),博士论文,巴黎一大,1983, 2 vol. , I,页 112—113。
③ 这是比克尔曼对安提戈尼亚法令的解读。

但是,我不相信这种解释。在我看来这似乎涉及到的仅仅是外国居住者,换言之,同侨民有微妙的差别。① 在我看来,这两份材料中,严格意义上的公民和那些在城邦里的人,却不是属于城邦人,这两类人之间的差别非常明显。

这种离开城邦的方式在我看来是必要的,但是它并不能解决俄狄浦斯在雅典的地位问题。俄狄浦斯进入雅典城邦一事是毫无疑问的。他是否以公民的身份进入雅典的呢?这又是另一回事,不论最终采纳哪个版本的文字。俄狄浦斯的公民身份,诺克斯说:"随着他神秘的死亡开始并终止。"这就意味着,对诺克斯而言,俄狄浦斯是在死亡的时候成为雅典公民的,同英雄们一样,加入了雅典的土地中?不,因为明显的是,对诺克斯而言,这种变化是在悲剧性的行为发生的同时发生的。这个行为发生在两位年轻的女儿被克瑞翁掳走的时候:"俄狄浦斯现在是一名雅典公民,而且当他面对克瑞翁的暴力时,他要求得到帮助(Iô polis,行 833),②他召唤的是雅典的帮助,用来对付忒拜。"③姑且就暂时承认这个推理。是否需要对它作出补充,比如说假设忒修斯让俄狄浦斯选择自己的行政区?的确,他可以或者留在科罗诺斯,活着跟随忒修斯进雅典(行 638—639)。凡是进城都明显假定了融入一个行政区或者一个氏族。

但是一旦按照诺克斯的假设作出如此的假定,证据就汹涌而来否认了这个假定。在忒修斯宣布接待俄狄浦斯的长篇演说中,他解释道(行 632—633):俄狄浦斯是他的军事客人,这是战士间的友谊,就像两位异乡人之间能产生的友谊一样。④ 在他"进入城邦"之前和

---

① 在公元前 5 世纪的时候,雅典附近并没有雅典,因此就男子而言,同邻邦的交流甚少或者甚至没有,除非在发生重大危机的时候。阿耳卡狄亚地区的两个城邦,像忒革亚和墨伽勒波利斯的情况就不同。
② 马宗仅仅翻译为:"哦!雅典啊!……"
③ 参见 B. KNOX,〈索福克勒斯与城邦〉(Sophocles and the *polis*),页 24。
④ 我如此翻译的希腊词语是 *doruxenos*,字面意思是因长枪而结缘的宾客;关于这一点,请参见 HALLIDAY,《普鲁塔克的希腊问题》(*Questions grecques* de PLUTARQUE),页 98,注释 17。这个词看似在城邦内部的意思和外部的意(转下页注)

之后,俄狄浦斯不断地被当作异邦人对待,接待他的土地也被当作是异乡的土地。① 忒修斯提议(行 633)在 koinê hestia 接待他,即在他们共同的家接待他,又在陆军子弟学校接待他,后者是城邦共同的家,是城邦接待尊贵宾客和它想要授予公民资格的人的地方。②

我举两个确切的例子,它们都需要我们加以思考。当大家在等待被掳去的安提戈涅和伊斯墨涅的消息时,科罗诺斯人的合唱队呼唤诸神,宙斯、雅典娜,还有猎手阿波罗和他的妹妹阿耳忒弥斯:

1094　Στέργω διπλᾶς ἀρωγὰς

μολεῖν γᾶ τᾷδε καὶ πολίταις,

"[对诸神],我说出自己的愿望,希望看到他们拯救这个国家和这些公民。"然而,他刚刚说到公民,合唱队转过身来朝着俄狄浦斯并对他说(行 1096):Ô xein' alêta,"哦! 流浪的异邦人……"而且当俄狄浦斯死后,当他作为异邦人死后,报信人对科罗诺斯的居民开始这样说,把他们称为城邦的人(Andres politai)(行 1579)。如果说索福克勒斯想要说俄狄浦斯从此是一个雅典人,他应当说了。

这一点阐明之后,还余下俄狄浦斯在雅典究竟成为了什么这个不好解答的问题。无论怎样重复也不为过的是,在司法范畴上做文章、探索不可能性是希腊悲剧的法则之一。③《俄狄浦斯王》

(接上页注)思之间摇摆,这里的情况就是如此。就这些问题,我们不久就能有一个印刷版的博士论文:G. HERMAN,《仪式化的友谊和希腊城邦》(*Ritualised Friendship and the Greek City*),Cambridge,1985。

① 比如,请参阅行 1637、1705、1713—1714,是我刻意从剧本末尾选出来的。

② 字面意思是指忒修斯和俄狄浦斯共同的家,但是很难不把这和陆军子弟学校联系起来,关于这一点,请参阅 L. GERNET,〈论政治象征学:共同的家〉(Sur le symbolisme politique : le foyer commun),见《古希腊人类学》(*Anthropologie de la Grèce antique*),Paris,1968,页 382—402。

③ 我在此重复,但也并不指望能说服贝内代托(V. DI BENEDETTO),他认为悲剧的模糊性不过是如今失去了方向的知识分子的世纪之恶的表达;请参阅他的文章〈让-皮埃尔·韦尔南的希腊悲剧〉(La tragedia greca di Jean-Pierre Vernant),见 *Belfagor*,32,4,1977,和《语文学和马克思主义:反对故弄玄虚》(*Filologia e marxismo. Contro le mistificazioni*),Naples,1981,页 107—114。

一剧中的俄狄浦斯就是如此。他自以为是科林斯本土的人,并且在神谕向他揭示其命运之后,逃离这个城邦,他曾经是科林斯的"头等公民"(行776,行794—795)。忒瑞西阿斯在之前就向他解释过他的真实处境。"这个人[杀害拉伊俄斯的凶手]就在这里。人们以为这是一个定居在这个国度的异乡人(xenos metoikos),他其实是一个真正的忒拜人。"(行451—453)但是能否想象在雅典,有这么一个统治的侨民,这个司法的怪兽?《俄狄浦斯在科罗诺斯》中有个令人惊讶的细节,忒修斯威胁说,如果不归还被掳走的两位年轻姑娘,就逮捕克瑞翁,"强制他"成为侨民,成为这个国度的居民(μέτοικος τῆσδε τῆς χώρας,行934)。当然这在司法上是不可能的。在雅典没有被强迫的侨民,索福克勒斯在词语和权利上做文章。

事实上,为了理解其关键,必须要换个方法。我不相信在此我们可以满足于评论公民和异邦人之间的差异,虽然这种不同对于城邦的一般事务而言,的确是根本的。无法把一个悲剧性的人物关在唯一一个意义网络中。如果我们现在面临的绝路有任何意义的话,那就是提醒了我们这个简单的事实。

当韦尔南想要定位《俄狄浦斯王》一剧中的俄狄浦斯,[1]他证明了需要至少在两个范畴上做文章。在宗教层面上俄狄浦斯在神王和代人受过者(pharmakos)的境遇之间摇摆,后者是在五月(Thargélion)六日的时候,为了净化城邦,被驱逐出雅典的替罪羊。在政治层面上,俄狄浦斯是一个强大的政治人物,是僭主制度的候选人,公元前5世纪的城邦面对僭主制度这一威胁,用贝壳放逐这一同宗教分离的机制来面对。两个层面可以互相融合,这是非常

---

[1] 〈模糊性与逆转:论《俄狄浦斯王》的结构之谜〉(Ambiguïté et renversement. Sur la structure énigmatique d'Œdipe-Roi),见 Mélanges Cl. Lévi-Strauss,和 J.-P. VERNANT et P. VIDAL-NAQUET,《神话与悲剧》(第一卷),前揭,页95—130。

显然的。吕西阿斯(Lysias)反对安多吉德斯(Andocide)的演说是我们理解代人受过者仪式的主要来源之一,在这篇演说中,吕西阿斯要求净化城邦,除去安多吉德斯这个污迹。① 但是恰恰在悲剧中,各个层面互相渗透,②而不是政治修辞中的寻常混淆。的确,可以就细节进行讨论:在《俄狄浦斯王》一剧中,主要人物(还)没有被驱逐出忒拜。他自己判决自己,城邦等待神谕的判决,③但是这个叙述上的意外并不妨碍韦尔南给俄狄浦斯这个人物设定框架。而且,发现了自己身份的俄狄浦斯当然既不是一位代人受过者(pharmakos),也不是一个受到贝壳驱逐的人,他在两者之间,而且正是因此,他是一位悲剧英雄。

可以把韦尔南的分析反过来用于《俄狄浦斯在科罗诺斯》一剧。在这个剧本中,一切都反过来了。被驱逐的对象、代人受过者成了亲自指引忒修斯的英雄,将他引向一个中心地点,他的陵墓,也是他在雅典作为拯救者出现的隐藏标记。俄狄浦斯是一个将要获得固定居所的流浪者。他是一个乞援人,而且我们知道,尤其是通过近来古尔德(J. Gould)的一项研究④可以知道,祈求帮助同殷勤好客一样,是一个机制,甚至是一个总体性社会事实(fait social total),就像莫斯(Mauss)定义的馈赠与回馈——一个乞援人将要成为一位英雄、一位拯救者。

俄狄浦斯的确成为了一位英雄,这是毫无疑问的,这一点已经研

---

① LYSIAS,《反安多吉德斯之辞》(Contre Andocide),行 108。
② 参见洛罗,《悲剧的交叉性》(L'interférence tragique),见 Critique,317,1973,页 908—925。
③ 参见《俄狄浦斯王》,行 1436—1439,行 1450—1454 和行 1516—1521。
④ J. GOULD,〈神佑〉(Hiketeia),见 Journal of Hellenic Studies,93,1973,页 74—103;关于乞援人和拯救者,参见 P. BURIAN,〈乞援人和拯救者:俄狄浦斯在科罗诺斯〉(Suppliant and Saviour : Œdipus at Colonos),见 Phoenix,28,1974,页 408—429;关于希腊的祈求,参见普拉龙(D. PRALON)写过的一篇新颖的文章,但不幸的是他从未将其发表。

究过,甚至研究过了头。① 然而,很清楚的是,尽管有批评,必须保持英雄变迁的观点,但是要剔除基督教关于人的永生和道德平反的观念。② 实际上,英雄概念本身指引我们朝向的正是政治层面,因为英雄并不为他自己存在,他以一个公民空间的元素的形式存在,③就恰恰像在科罗诺斯有用他名字命名行政区的骑士:"周边邻里以创世者是一位骑士为荣,这个骑士就是你在科罗诺斯看见的那一位,所有人

---

① 关于这个话题,两篇经典的研究无疑是第 359 页注释 3 中(原文如此)已经引用过的 A.-J. FESTUGIÈRE,〈悲剧与神圣的陵墓〉,前揭,和 C. M. BOWRA,《索福克勒斯的悲剧》(*Sophoclean Tragedy*),Oxford,1944,第八章,页 307—355;可以就历史编撰将讨论进行得更远,参见 D. A. HESTER,〈帮助朋友,损害敌人:《俄狄浦斯在科罗诺斯》研究〉(To Help one's Friends and Harm one's Enemies. A Study in the Œdipus at Colonus),见 *Antichthon*,11,1977,页 22—41。该文质疑被其称作剧本的"正统"的版本,这个"正统"版本在其中解读出英雄人道主义的胜利,并且强调俄狄浦斯的道德得到平反。

② 我们至少可以说,对于英雄崇拜的研究经常向这种企图妥协;参见这本书的书名:L. R. FARNELL,《希腊英雄崇拜和永生观念》(*Greek Hero Cults and Ideas of Immortality*),Oxford,1921;贝内代托(V. DI BENEDETTO)用一种特征性的方式,把他的作品《索福克勒斯》关于俄狄浦斯的最后一章命名为"善终",同前文,注释 1(页 344),页 217—247,然而他同"正统的"理解保持距离;与"正统"相反的是,能在赫斯特(D. A. HESTER)的文章中和巴克斯顿(R. G. A. BUXTON)的小册子(同前文,注释 1,页 30)中找到解药,而且,更好的是在迪茨(H. DIETZ)的注释中,〈索福克勒斯:俄狄浦斯在科罗诺斯〉行 1583 f.〉(Sophokles, *Oed. Col.* 1583 f.),见 *Gymnasium*,79,1972,页 239—242;他在里面证明了俄狄浦斯这个人物的永生,与其说同雅典公民权相关,不如说是马奇(Z. Mudge)在 1769 年纠正了手稿文字。在行 1583—1584,本来写作:ὡς λελοιπότα / κεῖνον τὸν αἰεὶ βίοτον ἐξεπίστασο,"要知道他放弃了这种一直是他的生活",改成 λελογχότα,并且比如马宗翻译成:"要知道他赢得了不会终结的生命。"

③ 参见 G. GNOLI et J.-P. VERNANT,《古代社会的死亡与死人》(*La Mort, les morts dans les sociétés anciennes*),Cambridge, et Paris, Maison des sciences de l'homme,1982,尤其是韦尔南的引言,页 5—15,和洛罗的文章,页 27—43;Cl. BÉRARD,页 89—105 和 A. SNODGRASS,页 107—119;至于《俄狄浦斯在科罗诺斯》的几个补充意见,请参阅 N. D. WALLACE,〈俄狄浦斯在科罗诺斯:英雄在集体环境中〉(*Œdipus at Colonus*: The Hero in his Collective Context),见 *Quaderni Urbinati di Cultura classica*,32,1979,页 39—52。

都一起冠上借自于他的名字。"(行58—61)俄狄浦斯不能是一个突然通过奇迹恢复了在造孽以前的状态的代人受过者。他也不是一个受到贝壳驱逐的人,越过了边境,就像客蒙(Cimon)和阿里斯蒂德(Aristide)在雅典那样,因为他恰恰不回忒拜了,而且这种不回归正是悲剧的关键所在。那么他在雅典究竟算什么呢?

现在需要回到这个被搁置的问题上来。然而说俄狄浦斯是一位英雄,也就是说比公民更甚,并且他同一些有时同雅典联系起来的人物,比如埃阿斯,一起分享英雄的资质,还是不够的。必须也有这个可能将俄狄浦斯更好地融入到索福克勒斯那个时代机制和习俗中去。

近二十年以来,关于希腊城邦与城内和城外异邦人已经有许多研究;尤其是关于雅典和其他城邦授予异邦人荣誉,以及最终授予公民权上,在这个领域里颇有研究——有时在雅典和在其他地方,①错误地冠以"入籍"的名称。

---

① 我依照时间顺序作如下引用:J. PEČIRKA,《在阿提卡地区的铭文中授予公民权的程序》(*The Formula for the Grant of Enktesis in Attic Inscriptions*),Acta Universitatis Carolina, Prague, 1969;Ph. GAUTHIER,《Symbola:希腊城邦中的异邦人和司法》,前揭,页356,注释4;B. BRAVO,〈*Sulân*:希腊城邦中对异邦人的报复行为和私法〉,前揭,页354,注释1,戈蒂耶(Ph. GAUTHIER)的书评,见 *Revue Historique de Droit français et étranger*, 60, 1982, 页 553—576; M. J. OSBORNE,《雅典入籍》(*Naturalization in Athens*), 2 vol., Verhand. Konink. Acad. Letteren, Bruxelles, n° 98, 1981, 和 n°101, 1982;I. SAVALLI,《根据铭文研究古代希腊授予公民权的程序》,前揭,页364,注释2;M.-F. BASLEZ,《异邦人在古代希腊》(*L'étranger dans la Grèce antique*),Paris, 1984。

自然,总是要回到威廉(A. WILHELM)的著名研究上,《中间人制度与资助人制度》(Proxenie und Evergesie),Attische Urkunden, V, 见 *Sitzungsberichte der Österreichischen Akademie der Wissenschaft in Wien*, 220, 1942, 页 11—86。至于特殊的情况,在萨索斯岛(Thasos(?)),参见 J. POUILLOUX et F. SALVIAT,〈拉西第梦人利卡、萨索斯岛的执政官和修昔底德的第八章〉(Lichas, Lacédémonien, archonte à Thasos et le livre VIII de Thucydide),见 *Comptes rendus de l'Académie des Inscriptions et Belles-Lettres*, avril-juin 1983, 页 376—403,他们也作了关于异邦人融入问题的思考。戈蒂耶刚出版了《希腊城邦和他们的施恩者》(*Les Cités grecques et leurs bienfaiteurs*),Athènes et Paris, 1985。萨瓦利(I. SAVALLI)把他的作品作了总结,见 *Historia*, XXXIV (1985), 页 387—431。

八、俄狄浦斯在两城之间:论《俄狄浦斯在科罗诺斯》 371

　　我先作两点评论。第一点,借自奥斯本(M. J. Osborne),就是他称之为"授予公民身份的双重性"。① 授予公民权既是荣誉的标志,又是高度实用的特权,能给受益人非常具体的权利。换言之,公民权可以是潜在的或者实在的。当涉及到个人或者团体的时候(永久居住在城邦里的普拉蒂亚人[Platéens]),它就是实在的。当它被用来授予一些大人物荣誉,比如说国王,这时,公民权就是潜在的,这些人没有任何要在雅典定居的意图,但是告诉他们如果他们来到雅典,将得到公民的待遇和一些附加的礼遇。

　　再举两个例子形成对比:塞浦路斯国王埃瓦戈拉斯(Évagoras),雅典的恩人,很可能在公元前407年初,为自己和他的儿子们获得了公民权,貌似还带有一项王冠,还有一些异邦人,很可能全部是侨民,在内战时期同雅典的民主派共同战斗过,于公元前401—前400年获得了城邦权利,这其中包括结婚的权利,明显他们对这一项将作非常具体的使用。② 倒过来也是可能的,但是在古典时期,在雅典不能同时获得保护人的资格和公民权。然而,在一个城邦里处于保护人的地位,也就是说是城邦的外人,这样的身份明显不能是实际意义上的公民。但是需要立即补充,就在雅典,从赞助人的头衔开始,能收到和"公民"埃瓦戈拉斯同样的荣誉,同样的特权,包括在雅典的居住权(*oikêsis*)和在雅典拥有土地的权利(*enktêsis*),这一切可以在没有公民头衔的情况下享有。

　　因此三类人之间存在一个共同的荣誉区域,一类是收到荣誉褒奖但保持原来身份的异邦人(哪怕是能在雅典享有类公民身份的权利)③,第

---

① M. J. OSBORNE,《入籍》(第一卷)(*Naturalisation*, I),页5。
② 在奥斯本作品中(《入籍》(第一卷),前揭,页31—33和页37—41,评论请参阅第二卷,页21—24和页26—43),三号和六号是铭文材料。
③ 我们知道,维拉莫威兹(WILAMOWITZ)在一篇著名的研究中,〈阿提卡地区侨民的现代希腊语〉(Demotika der attischen Metoeken),见Hermes, XXII, 1887,页107—128和页211—259,再次收录于《小作品》(Kleine Schriften), V, 1, Berlin, 1987,页272—342,把侨民们叫做"近乎公民的"(Quasi-bürger),这么称呼未免无分;这个表达被巴斯莱(M.-F. BASLEZ)用于描述保护人,同前文,页120。
　　这个表达并不用在普通侨民身上,而是用来形容杰出的人士,参见J. POUILLOUX et F. SALVIAT,前揭,注释67,页385—386。

二类是收到荣誉褒奖和被授予潜在公民身份的异邦人,最后是收到荣誉褒奖并被授予实在公民身份的异邦人。所有这些人都被认为是雅典的施恩者、资助人。①

如果现在就程序详细说明,该程序实际中也是共同的,就会发现它以祈求(aitêsis)开始,"这个要求伴随着对申请人头衔的详细描述,由他本人或者第三人提出"。② 申请人自然要提到他为雅典付出的恩惠,现有的和将来的,③而且他的恩典被收录在判决理由中。Aitêsis 这个词可以用作中性的意思,但是它也可以同 hiketeia 一词联系在一起,表示"恳求",这个词的本意至少是极具宗教色彩的机制。④ 正常情况下,当涉及到一位新公民,文章指出受益人必须在一个氏族或者一个行政区内登记,但是侨民们也同他们居住的行政区相关,⑤而且,在索福克勒斯的时代,当授予一位侨民荣誉但并不授予他城邦权利的时候,同样把他登记在一个氏族里。⑥

在我看来,很明显能从《俄狄浦斯在科罗诺斯》一剧中找到这个程序的要素。首先是要求。俄狄浦斯自行 5 起就以一个"要求不多"

---

① 把奥斯本收集的材料和佩奇尔卡(PEČIRKA)发表的图表(《在阿提卡地区的铭文中授予公民权的程序》,前揭,页 152—159)对比之后,很容易发现这个共同的区域。
② 参见 I. SAVALLI,《根据铭文研究古代希腊授予公民权的程序》(第一卷),前揭,页 19。
③ 参见亚里士多德,《修辞学》(Rhétorique I),1361a,注意荣誉授予"那些行善的人,但也授予那些有能力行善的人";是萨瓦利(Savalli)让我注意到这篇文章。
④ 参见 I. SAVALLI,《根据铭文研究古代希腊授予公民权的程序》(第二卷),前揭,页 17—18,的确给出了公元前 4 世纪的两个例子,说明"祈求"和"要求"之间的关系:IG II², 218 和 IG II², 337(= Tod,《希腊历史铭文》(第二卷)(Greek Hist. inscr. II,) n° 189)。第一篇文章的特别意义在于:通过修订法律,给与两位阿勃德拉人(Abdéritains)顾问委员会和十将军会成员的庇护,直到回到故土之前他们在雅典居住的权利。
⑤ 参见维拉莫威兹的研究,同前文,注释 70,和 Ph. GAUTHIER,《Symbola:希腊城邦中的异邦人和司法》,前揭,页 112。
⑥ 参见 OSBORNE,《入籍》(第二卷),前揭,页 33,关于拯救民主的侨民们。

(σμικρὸν μὲν ἐξαιτοῦντα)①的人出现。但是不久他就说明,他既是祈求者,又是施恩者:

    287   ἥκω γὰρ ἱερὸς εὐσεβής τε καὶ φέρων
            ὄνησιν ἀστοῖς τοῖσδε.

"我来到这里,被祝圣的、虔诚的凡人,为所有这些公民们带来了恩典。"他要求忒修斯为了他的城邦的益处,也为了施恩者的益处同他走到一起(行 308—309)。虽然没有宣布,但是俄狄浦斯无疑是雅典的资助人,他捐给雅典一项礼物,作为优势(kerdê),捐出的是他自己的身体(行 576—578)。他的善举(eumeneia,行 631),仅以铭文中出现的这个词为证,是明显的。

    当然,这位资助人直到终老都带着污迹。他是一个不可触碰的人,而一个不可触碰的人不能同忒修斯发生身体接触(行 1130—1136)。他只在剧本最最末尾的时候,才碰了忒修斯的手,在他故去的时候(行 1632)。他将是雅典的恩人和恩典,但是——现在就让我们对这个问题作出决断——他不会成为公民。忒修斯建议俄狄浦斯(行 639—642)留在科罗诺斯,同接待他的人、某种意义上是他的担保人,他的保护人(prostatês),或者跟自己一起去雅典;他没有让他成为行政区的德莫人。科罗诺斯,索福克勒斯的行政区,并没有成为俄狄浦斯的行政区,而是他的居住地,"那个他应当居住的地方"(ἔνθα χρὴ ναίειν,行 812),那个他同德莫人一同共处的地方(忒修斯提到了"在一起"[xunousia]这个词,行 847)。即使是在这个分阶段进行的程序的末尾,他都不是"科罗诺斯的俄狄浦斯"(Οἰδίπους Κολωνῆθεν 或 ἐκ Κολωνοῦ),而是"俄狄浦斯在科罗诺斯"(Οἰδίπους ἐπὶ Κολωνῷ)。他的孩子们将不接收城邦权,而有很多法令都授予赞助人的后代这种权利。如果要选择的话,我要说俄狄浦斯成为了某种居民,一个特权侨民,就像在埃斯库罗斯的剧本(行 1011)中的善好者,他恰恰也是在科罗诺斯遇见她们

---

① 忒修斯在行 583 说到俄狄浦斯向他要求的:"你的要求涉及到你的最后时刻"(τὰ λοίσθι᾽ αἰτῇ τοῦ βίου)。

的。即使他在雅典成了英雄,俄狄浦斯仍然是一个边缘人。

现在把这个边缘人在空间上,在舞台演出的空间上定位。琼斯(J. Jones)理解得很好,他说:"一种人和地点之间的互相依赖"①是索福克勒斯最后几部作品的特色。就像他所说的,这一点适用于《菲罗克忒忒斯》和《俄狄浦斯在科罗诺斯》。我认为,这也适用于《厄勒克特拉》。

一个根本的主题又回来了,由远及近,就是关于边界的问题。② 可居住的边界:在一首描绘俄狄浦斯的颂歌中,俄狄浦斯遭到风暴袭击,是年老力衰和纷争(stasis)的受害者,合唱队提到浪从四面八方涌来:"西面、东面、南面",最后从"浸在夜里的里菲山脉(Rhipées)"那边来(ἐννυχιᾶν ἀπὸ Ριπᾶν,行 1248)。里菲山脉(Rhipaia horê)是神话中的山,索福克勒斯这里明显是把它定位在极北的位置。③ 忒拜的边境:忒拜人想把俄狄浦斯安置于边境地带。这就是伊斯墨涅宣布的:

404　　σε προσθέσθαι πέλας

　　　χώρας θέλουσι μηδ᾿ ἵν᾿ ἂν σαυτοῦ κρατῇς

"他们要求把你安置于国家附近,而不是你是自己主人的地方。"在国家附近,而不是在国家里。俄狄浦斯的陵墓也是一样:他不会被

---

① 参见 J. JONES,《论亚里士多德与希腊悲剧》,前揭,页 219,R. P. WINNINGTON-INGRAM,《索福克勒斯:一种阐释》,前揭,页 339—340;塞加尔(Ch. SEGAL)在他关于《俄狄浦斯在科罗诺斯》的章节中,对这个问题也相当注意。
② 参见 Ch. SEGAL,《悲剧与文明:索福克勒斯阐释》,前揭,页 369;R. G. A. BUXTON,《索福克勒斯》,前揭,页 30,是这么写的:"它[《俄狄浦斯在科罗诺斯》]记述了一系列边界的交错:从神圣的陵墓到守法的地方,从城邦的外部到里面,从生命到死亡。"
③ 行 1248 的评注者将它们置于极东,这明显是错误的;关于里菲山脉的位置可以在正北和东北间摇摆,请参阅 J. DESAUTELS,〈希波克拉底《论空气、水和地方》中的里菲山脉和许珀耳玻瑞亚的极北人族〉(Les monts Rhipées et les Hyperboréens dans le traité hippocratique Des Airs, des Eaux et des Lieux),见 Revue des Études Grecques, LXXXIV,1971,页 289—296;另请参阅 A. BALLABRIGA,《太阳和塔耳塔罗斯:古代希腊对世界的神话印象》(Le Soleil et le Tartare. L'image mythique du monde en Grèce archaïque),Paris, 1986,页 243—245。

"忒拜的尘土"覆盖(行407)。他父亲的血禁止这样做。① 我已经注意到,在忒拜,俄狄浦斯将像野外生活的人(*paraulos*)那样,住在外面的空间(行785)。俄狄浦斯在雅典是侨民-英雄,他在忒拜就是被驱逐的公民,一个受制于自己的城邦的菲罗克忒忒斯,住在边境的无人之地。

雅典靠忒拜一边的边境:被克瑞翁的人掳去的安提戈涅和伊斯墨涅,不论走什么路线,都不能让她们越过边境:

884   Ἰὼ πᾶς λεώς, ἰὼ γᾶς πρόμοι,
       μόλετε σὺν τάχει μόλετ᾽ ἐπεὶ πέραν
       περῶσ᾽ οἵδε δή.

"喂,所有人,喂,这个国家的首领们,来吧,赶紧来:他们(劫持者)已经越过了我们的边境。"更远一些的地方,提到了奥伊诺埃地区(Oinoé),两条忒拜的道路在那里交汇,一条经过厄琉西斯,一条直往北走:"不应该让这些女孩子们到达那个路口。"(行902)

初看更为奇怪的是,科罗诺斯被描述成极限之地:

56   ὃν δ᾽ ἐπιστείβεις τόπον
       χθονὸς καλεῖται τῆσδε χαλκόπους ὁδός,
       ἔρεισμ᾽ Ἀθηνῶν.

"你脚下踩着的这片地,人们管它叫做这个国家的'青铜之槛',②雅典大道。"流浪者俄狄浦斯正是在这个地方第一次坐了下来(行85,99)。神谕曾经告诉过被驱逐的人他将在"一个国家的边境处",或者"在一个极限的国度"(ἐλθόντι χώραν τερμίαν)找到栖身之所,受到殷勤款待(行89)。

---

① 参见 B. KNOX,《索福克勒斯,三部忒拜剧本》,前揭,页264:"他们将把他葬在边境处,在那里他对任何其他城邦没有任何用处。"
② Ὁδός一词在这里肯定是οὐδός(门槛)的拼写变体,对此的解释一般是出于格律的需要。此外,οὐδός一词还出现在行57的评注者引用的神谕中。另有解释假设念成ὁδός,道路,并且认为是在影射通往冥府的道路。文字游戏当然也不是不可能的;参见下文,注释89。

如何解释这个定义？自然,科罗诺斯不是雅典的边境。但是从科罗诺斯人们谈论忒拜这个"反城邦",人们能看见雅典这个杰出的城邦

14 πύργοι μὲν οἳ
πόλιν στέφουσιν, ὡς ἀπ᾽ ὀμμάτων, πρόσω·

"我看见城墙围着一座城,但是如果我相信自己的眼睛,他们还颇有一段距离。"

"青铜之槛"有着双重解释。通过简单的地理考量:骏马科罗诺斯(Kolonos Hippios),郊区的德莫,有夜莺歌唱的德莫,是在克里斯提尼系统中雅典的"边境"德莫。这个阿提卡地区的德莫在上城(asty)的北部边界处,同海边(paralie)和平原(mésogée)一起,是阿提卡地区的三个部分之一。①

除此以外还有一个神话的因素。评注者已经把行 57 的"青铜之槛"同山峰之槛联系起来,καταρράκτης ὁδός,同行 1590 的缝隙联系起来,这个槛的"底座是青铜的",χαλκοῖς βάθροισι(行 1591),根植于雅典的土壤中。② 科罗诺斯位于城市和平原(Mésogée)的交界处,它也是下界神祇和上界神祇的边界——忒修斯和皮里托奥斯(Pirithous)曾

---

① 关于这个德莫的准确位置和鲜为人知的点滴,参见 D. M. LEWIS,〈科罗诺斯德莫〉(The Deme Kolonos),见 *Annual of the British School at Athens*,1955,页 12—17;刘易斯在第 16 页写道:"我们现在可以肯定地知道只有一个科罗诺斯德莫,是爱吉斯(Aigeis)的一个城邦-德莫,并且是索福克勒斯的德莫。"另请参阅 P. SIEWERT,《阿提卡的三分区和克里斯提尼的军队改革》(*Die Trittyen Attikas und die Heeresreform des Kleisthenes*),Munich,1982,页 88—89;关于德莫的具体形式,这个问题很久以来悬而未决,最后请参阅 J. FAIRWEATHER in F. CAIRNS (ed.),《利物浦拉丁演讲集》(*Papers ot the Liverpool Latin Seminar* IV),Liverpool,1944,页 343—344。

② 参见行 1590 的评注,其中提到德墨忒尔的女儿(Korè)在这个地方被劫,下入地府。现代人也这样想:参见 A.-J. FESTUGIÈRE,〈悲剧与神圣的陵墓〉,前揭,页 359,注释 3,页 55 和 R. P. WINNINGTON-INGRAM,《索福克勒斯:一种阐释》,前揭,页 340。两个人都没有引用离他们颇远的先行者。费斯蒂吉埃提醒说冥府一般是青铜做的,并且在合适的地方认为在戴恩-马宗(Dain-Mazon)的版本中对行 1590 的注释相当荒谬,页 143:"整个山丘都叫做'青铜之槛'。这是(转下页注)

拜访过下界,那次拜访有详细描述(行 1593—1594)——,以至于信使无法说出俄狄浦斯是死于天上还是死于地下(行 1661—1662),而且忒修斯的祈祷既对着大地又朝着奥林匹亚山发出(行 1654—1655)。

　　让我们离舞台前面和它对面的合唱队区(orchestra)更近些。来来去去的人物,一些——波吕尼刻斯和伊斯墨涅——从外面来(阿尔戈斯、忒拜),另一些——忒修斯、科罗诺斯德莫的人、他的同伴们组成的合唱队——从雅典来。科罗诺斯在剧本中是雅典的简要、浓缩版本。著名的合唱队之歌就是从科罗诺斯发出的(行 668—719),它激励雅典,激励它的橄榄树、骏马、桨手,也就是说它的整体。① 科罗诺斯和它的人们、诸神、英雄们、善好者、波塞冬和德墨忒尔的圣所和雅典娜的庇佑,就是一个小型的雅典。索福克勒斯是否给存在的加上点什么呢? 比如说,他是唯一一个在他自己的德莫里面见证了善好者圣所的人。这些女神们的大圣所在雅典卫城和战神山之间,此外保萨尼亚斯就把俄狄浦斯的陵墓定位在那里。②

　　即时展现的空间在剧本伊始就被分为神圣的树林和可以接触的、世俗的空间。俄狄浦斯让他的女儿为他找一个坐处(θάκησις [行

(接上页注)阿提卡地区的矿产之槛。"这个解释也来自行 57 的评注。所有的这些对比还要加上我的挪威同事索莱姆(Vigdis Soleim)给我的建议:在赫西俄德的《神谱》中,行 749—750 和行 811,有一道青铜大槛,megan oudon chalkeon,这道槛在冥府里是隔开白日和黑夜之门的底座。

① 贝内代托(V. DI BENEDETTO)写道(《索福克勒斯》,前揭,页 234):"无法在这种静止(stasimon)中看出索福克勒斯赞同雅典国的政治观念。索福克勒斯激励的不是作为城市中心的城邦(polis),而是阿提卡地区的乡村。"这样的解释在我看来完全错误。它忘记了科罗诺斯是一个城市的德莫,而且比起乡村精神来,海员象征的更是城市精神。

② 保萨尼亚斯,I, 28, 7;参见 VALÈRE MAXIME,V, 3, 3。索福克勒斯是伪阿波罗多洛斯(PSEUDO-APOLLODORE)的消息来源,III, 5, 9。保萨尼亚斯(I, 30, 4)把忒修斯和皮里托奥斯、俄狄浦斯和阿德剌斯托斯的英雄祠定位在科罗诺斯;关于悲剧和现实中的善好者的问题,参见 A. L. BROWN,〈希腊悲剧中的善好者〉(Eumenides in Greek Tragedy),见 Classical Quarterly,34,1984,页 260—281,其中给出了一个完美的混淆的例子,必须要提一提。索福克勒斯和埃斯库罗斯的善好者之间没有任何关联这一"论证"本身就是一种体裁的范本。

9], ἢ πρὸς βεβήλοις ἢ πρὸς ἄλσεσιν θεῶν [行 10]),"或者在世俗的地上,或者在诸神的林子里"。我们跟着伊斯墨涅走,一直到听不见声音的地方(行 489),她去完成净化仪式(行 495—509),这样我们就能知道圣地的深度。在那里有一处泉水和一些净化用的双耳爵(行 469—472)。① 俄狄浦斯所有的行动都在圣地和世俗之地之间交替。当他到达时,他坐在了一块没有雕琢过的石头上(axestos,行 19;askeparnos,行 101),这个座位带有善好者的名字,"可怕的人"(Semnai,行 100)。这时俄狄浦斯在神圣的一边,②他自己同善好者相似。他离开了这个座位消失在"路的另一边,在树林里"(行 113—114)。③ 之后他又在自己的第一个座位上出现,引起了合唱队的公愤。接着是——行 166—201——合唱队的秩序和俄狄浦斯在安提戈涅的引导下移动,最终使得对话成为可能,对俄狄浦斯没有危险,对圣地也没有亵渎。盲者走近科罗诺斯的德莫人,直到他来到了"一个由岩石构成的台阶上"(ἀντιπέτρου βήματος,行 192、193)。④ 在那里,俄狄浦斯不能被逮捕:"如果你停在这里,没有一个人,没有一位

---

① 行 52 也同样提到了双耳爵,这就意味着其重要性。
② 他滴酒不沾,清心寡欲(nêphôn),这对女神们的同伴而言很正常,女神们接受的贡品是不带酒的(nêphalia),因此她们是滴酒不沾的(aoinoi);关于行 100 的意思,请参阅 A. HENRICHS,〈俄狄浦斯的节制;索福克勒斯《俄狄浦斯在科罗诺斯》一剧百处误解〉(The "sobriety" of Œdipus ; Sophocles O. C. 100 misunderstood),见 Harvard Studies in Classical Philology,87,1983,页 87—100。
③ 通过俄狄浦斯名字的文字游戏,宾格为 Oidipoda 和 ex hodou poda(行 113):"脚在路程以外"。
④ 这个表达深奥莫测。在行 192 的评注中,能找到一系列的解释:比如把这个台阶和行 57 的"青铜之槛"相比。另一种解释:这里说的不是石头,而是青铜。两种观点肯定是朝同一个方向的:说的都是"岩石的等价物",是环境的一部分,而且是在"不可触及的地带边缘":边境的保护神(horion);手稿里的文字是 ἀντιπέτρου。马斯格雷夫建议更正为 αὐτοπέτρου,也就是说——我是这么假设的——,就是石头,这种更正得到道(Dawe)的认可并提出,塞加尔(Segal)则显得犹豫不决(《悲剧与文明:索福克勒斯阐释》,前揭,页 372)。在我看来是不可接受的:我相信俄狄浦斯坐在没有经过雕琢的石头上,相对的还有经过雕琢的台阶。

老年人能违背你的意愿,将你劫走", ἐκ τῶδ' ἑδράνων ἄκοντά τις ἄξει (行 176—177)。在那里他可以说话,可以听(τό μὲν εἴποιμεν, τὸ δ' ἀκούσαιμεν, 行 190)。整一幕都集中在俄狄浦斯和科罗诺斯的老者间对话的可能性,或者不可能性上:

> 167　'Αβάτων ἀποβάς,
> 　　　　ἵνα πᾶσι νόμος
> 　　　　φώνει.

"离开这些禁地,当你到了法律允许你说话的地方,(到那时再)说话吧。"因此,俄狄浦斯既在一个台阶(bêma)上,这个台阶冠有同普尼克斯(Pnyx)的法庭一样的名字,俄狄浦斯可以从这个平台上对科罗诺斯的政治集会广场说话,而且是在善好者的庇护下,因为他是不可逮捕的,在神圣与世俗①的交界处——又是交界。

我倾向于说一个类似的一分为二是俄狄浦斯仙逝地点的特点,但是解释一切是不容易的。② 就像伊斯墨涅所说的那样,是在一个"远离一切"的地方,*dicha te pantos* (行 1732),但是至少部分地重现了树林和树林边缘的空间分布。如果是说俄狄浦斯净礼和祭酒所需的活水(行 1599)位于德墨忒尔山丘上(行 1600),英雄仙逝的地点有四点特征:"一个构成双耳爵的凹陷",饰有重现忒修斯和皮里托奥斯互相交换的盟誓的铭文,石头陵墓和一棵中空的梨树。人为(铭文、坟墓)同自然(岩石、梨树)相对立,生命(梨树、托瑞高斯岩石)同死亡(坟墓、下地狱)相对立。俄狄浦斯最后一次在两者间行动。

---

① 参见 D. SEALE,《索福克勒斯的视野和编剧才能》(*Vision and Stagecraft in Sophocles*),Londres et Canberra,1982,页 122:"俄狄浦斯现在处于一个必须同科罗诺斯人民必要的理解和共处的境地。他也是字面上在神圣和通俗领域之间的人。"

② 参见塞加尔的尝试,Ch. SEGAL,《悲剧与文明:索福克勒斯阐释》,前揭,页 369,无疑是最深刻的。他提醒说,根据吕哥弗隆(LYCHOPHRON)的一条评注,行 766 和品达(PINDARE)的另一条评注,《第四代皮提亚》(IVe *Pythique*),行 246,托瑞高斯(Thoricos)岩石同波塞冬的精子创造出的马有关。

我刚刚转换到了戏剧的词汇。其实非常明显的是这种两分性表现在索福克勒斯给出的指示中,他为了表现自己的戏剧,在舞台空间和表现空间的词汇上做文章。这里我不想重新开启上百年来,对于高出合唱队区(orchestra)的、分隔开演员和合唱队的平台存在与否的争论。我尤其不打算发表自己关于这个平台可能的高度的意见。① 在我看来,根据索福克勒斯的文本可以明显地推知它是存在的。更有甚者,《俄狄浦斯在科罗诺斯》一剧,欧里庇得斯的《腓尼基的妇女》一剧,②无疑向我们提供了演员和合唱队分离的最明确的例子。③ 就像阿诺特(P. Arnott)所说的:"分隔的概念是开启剧本的舞台的基础本身。"④很清楚的是伊斯墨涅消失的那个木屋(skénè)代表了树林,但是安提戈涅引导下俄狄浦斯的戏份在未经加工的石块和台阶(bêma)之间,他最后定在了台阶上,这就暗示了他远离舞台,他弯下腰,⑤坐在一个连接了平台(logeion)和合唱队区(orchestra)的台阶(bêma)上。这个台阶是在岩石中凿出的,或许是一个演讲台,或许是梯子的一个不起眼的台阶,或者更为简单地,就是一把梯子,这就是索福克勒斯在神话和戏剧上做文章的一个很好的例

---

① 关于这个争论的最近的情况,请参阅 N. C. HOURMOUZIADES,《欧里庇得斯的创作与想象》(*Production and Imagination in Euripides*),Greek Soc. for Hum. Stud., Athènes, 1965,页 58—74,和 O. TAPLIN,《埃斯库罗斯编剧才能:希腊悲剧中进场和出场的戏剧运用》,前揭,注释 13,页 441—442。之前引用的 D. SEALE,《索福克勒斯的视野和编剧才能》,前揭,注释 96,并不真的涉及这个问题中与索福克勒斯相关的部分。

② 参见 J. JOUANNA,〈欧里庇得斯的《腓尼基的妇女》中的文字和戏剧空间〉(Texte et espace théâtral dans les *Phéniciennes* d'Euripide),见 *Ktema*, I, 1976,页 81—97。

③ 塔普林(O. TAPLIN)在这个问题上有点犹豫,但是并不排斥存在一个并不很高的平台,谈到《俄狄浦斯在科罗诺斯》中行 192 和之后一行时说"这或许是悲剧中最最明显的"关于这样一个平台存在的依据(《埃斯库罗斯编剧才能:希腊悲剧中进场和出场的戏剧运用》,前揭,页 441)。

④ 参见 P. ARNOTT,《公元前 5 世纪的希腊舞台习俗》(*Greek Scenic Conventions in the Fifth Century B.C.*),Oxford, 1962,页 35。

⑤ 参见行 196 的 *oklasas* 一词,意为"蹲下"。

子……

《俄狄浦斯在科罗诺斯》是一部过渡悲剧。在其中可以看到俄狄浦斯穿过边界以后,待在一处边境,然后,被佩托(Peithô)赦免,在神圣的劝导的鼓励下,从雅典进入另一个世界。在此我试图证明,哪怕是在演出的细节,悲剧都反映了分隔开人们的边界,也是让他们能相聚的边界。

九、俄狄浦斯在维琴察和巴黎：两个历史时刻＊

在没完没了的俄狄浦斯的故事中——索福克勒斯笔下的俄狄浦斯，但是他大大超出了索福克勒斯——我优先选择两个时刻。① 两个时刻？严格来说这个词只能适用于我的第一个思考对象：1585年3月3日，维琴察(Vicence)的"奥林匹亚剧院"(Teatro Olimpico)所上演的。那一天，上演了由朱斯蒂尼亚尼(Orsatto Giustiniani)翻译的索福克勒斯的《僭主俄狄浦斯》(*Edipo Tiranno*)。剧院由维琴察奥林匹亚学院(Accademia Olimpica)督造，图纸是学院的成员帕拉第奥(Andrea Palladio)所作。

相反，第二个时刻长达一整个世纪，甚至更长。我们可以以索福克勒斯剧本的第一个法语译本为开端，达西耶(André Dacier)于1692年译出，在他以后有一系列翻译和改编，其中只有一个版本是著名的，即1718年伏尔泰的版本，并且按照惯例，把这个系列的结尾

＊ 本文刊登于 *Quaderni di Storia*, 14, juillet-décembre 1981, 页3—29。
① 除了几处细节，这篇文章重拾了我于1980年5月17日在博洛尼亚(Bologne)的蒙塔纳里宫(Palazzo Montanari)，在摩德纳(Modène)的一次艾米利亚-罗马涅大区戏剧协会(Association théâtrale d'Émilie-Romagne)组织的关于《俄狄浦斯王》的圆桌会议中的陈述。我热烈感谢组织者的邀请和与会者的意见。从那以来，我还有机会在那慕尔(Namur)阐述这些观点，那是1981年2月，在希腊语、拉丁语教师联盟的大会上(Fédération des professeurs de grec et de latin)。

定在谢尼埃(Marie-Joseph Chénier,于 1811 年过世)身后出版(1818年)的《俄狄浦斯王》(*Œdipe-Roi*)。

但是,这两个时刻,独立于这个主观选择,为什么要研究它们呢?这对理解公元前 420 年左右在雅典演出的索福克勒斯的《俄狄浦斯王》,有什么潜在的启示呢?

将那些认为可以直接同雅典历史里的这个时刻接触的人搁置一边,这样的人的数目比能想到的要多。我只能羡慕他们的确信。对我在此所作的研究需要给出大致两种理由。

对于相当数量的语文学家和社会学家而言,就像博拉克(Jean Bollack)和他的朋友们,历史工作就是层层剥离的事情:古代注疏者和现代语文学家围绕着一个文本汇集了一系列层层叠叠的阐释和前仆后继的更正,就像剥洋葱一样,需要把这些都剥离掉,以便能得到索福克勒斯"赤裸的"原文。究竟是怎样的原文呢?雅典的演出没有任何录音机记录下来;一旦誊写者开始抄写手稿,传统的历史就开始了,而且伴随这历史的,就是最初的偏离。所谓"赤裸的"原文并不是索福克勒斯的,而是誊写者的,是拜占庭出版人的,比如莫斯霍普洛斯(Manuel Moschopoulos)。非常著名的罗梭坦本(*Laurentianus*),这个"音译"的范本(也就是说用小写字母重新誊写一篇安色尔体的文章)至多让我们追溯到公元前 5 世纪时的一个抄本(*codex*),罗梭坦本就是这个抄本的复制品。再往前,就需要假定早期帝国时期的一部卷轴(*volumen*),但不是索福克勒斯的文章,而是哈德良(Hadrien)时代的一位语文学家给出的阐释。如果认为同索福克勒斯发生的断裂始于悲剧文本成了教学的、文学的文本,换言之成了"经典",需要提请注意的是悲剧并不仅仅是随着罗马时代的理解(*interpretatio romana*)成为了文学,在这里例如塞内卡(Sénèque)的《俄狄浦斯》,三位悲剧大师早在阿里斯托芬的《蛙》(公元前 406 年)中就被列为经典,他们自莱库古(Lycurgue)[①]以来就是严格意义上的"经

[①] 参见普鲁塔克,《莱库古传》(*Lycurgue*),行 15;同前文,页 265。

典之作"。当然,这在希腊文明转换成书写文明①的过程中是一个重要的年份,但是比大部分作品晚了一个世纪。

此外,即使我们拥有索福克勒斯本人的手稿和第一场演出的胶片,问题不过是迁移了。假定有一个唯一的原始意义,我们要做的不过是从前仆后继的阐释遗址上做挖掘这个意义的工作,我怕这不是回到历史,而是回到瞬间的直觉上去了,我已经假设其不可能性。重新找回公元前 5 世纪的精神态度? 谁不想呢? 但是怎么才能达到呢,如果不是通过连续的阐释,我们的阐释也是其中一部分,去理解阐释形成的那一刻?

但是,让我们换个方式提出这个问题。对索福克勒斯剧本的阐释中,影响到我们时代的,当然有弗洛伊德的阐释。② 几年以前,韦尔南针对这种阐释给出了压倒性的控诉。③ 但是,说实话,控诉的力度部分来自于辩护的软肋。安齐厄(Didier Anzieu)非常不谨慎地试图证明,④俄狄浦斯自己的历险能用"俄狄浦斯情结"来解释。根据他的解释,俄狄浦斯每次误解,都是一个症状,"揭示了他无意识地服从乱伦和弑父的欲望"。⑤ 对此,在其他十条论证中,韦尔南不难作答,说在悲剧的俄狄浦斯的感情生活中,重要的人物不是他的生母伊俄卡斯忒,而是他的养母墨洛柏(Mérope),而索福克勒斯丝毫没有就俄狄浦斯和伊俄卡斯忒之间的肉欲作任何影射。但是不是所有神

---

① 关于这个转变,哈夫洛克(E. HAVELOCK)的研究吸引了我们的注意力。
② 在博洛尼亚研讨会上,讨论弗洛伊德和《俄狄浦斯王》的是莫利纳里(Sergio MOLINARI);请参阅他的书《弗洛伊德梦的科学之简注》(*Notazioni sulla Scienza dei Sogni in Freud*),Bologne, 1979。
③ 〈没有情结的俄狄浦斯〉(Œdipe sans complexe),见 *Raison présente*, 4(1967),页 3—20,重新收录于韦尔南和维达尔-纳凯,《神话与悲剧》,(第一卷)前揭,页 71—94。
④ 参见 D. ANZIEU,〈情结之前的俄狄浦斯或神话的精神分析学阐释〉(Œdipe avant le complexe ou de l'interprétattion psychanalytique des mythes),见 *Temps modernes*, 245(1966 年 10 月),页 675—715。
⑤ 韦尔南,《神话与悲剧》(第一卷),前揭,页 86。

话的叙述者都采取了这样谨慎的态度,而且尤其是弗洛伊德派的人在之前就回答过韦尔南,并且次要地回答了安齐厄,后者的尝试在弗洛伊德派的角度看来是毫无用处的。恰恰因为他是俄狄浦斯,俄狄浦斯怎么能有"俄狄浦斯情结"呢?让我们引用斯塔罗宾斯基(Jean Starobinski):"因此,俄狄浦斯没有无意识,因为他是我们的无意识,我的意思是说,我们的欲望扮演的主要角色之一。他不需要有深度,因为他是我们的深度。他的历险如此神秘,意义丰富,没有空缺。没有什么是藏起来的。不需要探究俄狄浦斯的动机和内心的想法。赋予他一种心理学是微不足道的:他已经是一个心理机制。他远不是一项心理研究可能的对象,他成了一项心理科学试图自我构成的所用到的功能因素之一。"①

即便如此,斯塔罗宾斯基所说的这个他和这个我们在哪个时间里起作用呢?对于我们这20世纪的人类、弗洛伊德的读者并且其门徒的病人而言,俄狄浦斯是一个原型,是一个"心理学机制"。但是在公元前420年时,他就已经是了吗?或者,是否需要从索福克勒斯的俄狄浦斯起追溯到另一个俄狄浦斯,比如说《奥德赛》中的那个(XI,行271及以下),在身份揭露以后继续执掌大权,《伊利亚特》中的那个(XXIII,行679),死于战争?或者相反,需要往后推算到欧里庇得斯的《腓尼基的妇女》(公元前410年)中伊俄卡斯忒活了下来,俄狄浦斯瞎了以后一直被关在王宫里,哪怕到了厄忒俄克勒斯和波吕尼刻斯争执不下,然后互相残杀的时候?是否还要往后推算得更远,一直到《忒拜传奇》(Roman de Thèbes)中的俄狄浦斯,直到中世纪的犹大(Judas)历险,就像俄狄浦斯一样,弑父、与母亲乱伦?②

抑或俄狄浦斯是一个抽象的存在,他的历史可以被简述成几行

---

① 参见斯塔罗宾斯基(J. STAROBINSKI)为琼斯(E. JONES)的《哈姆雷特和俄狄浦斯》(Hamlet et Œdipe)所写前言,trad. A.-M. Le Gall, Paris, 1967,页 XIX。
② 参见 L. CONSTANS,《俄狄浦斯传奇》(La Légende d'Œdipe),Paris, 1881,页 93—103。

字？但是,这个抽象的存在,这个理性的存在,假设他是存在的,我们只能通过如此众多的文本叙述来触及他,因此我想要在这里介绍的就是文本的两个历史和阐释工作的时刻。

让我们从 1585 年开始说起,维琴察的嘉年华于 3 月 3 日在奥林匹亚剧院举行:上演《僭主俄狄浦斯》一剧。这是一桩我们非常了解的事件,主要是因为在米兰盎博罗削图书馆(bibliothèque Ambrosienne de Milan)保存的一份档案,还有两本书,作者分别是施拉德(Leo Schrade)和加洛(Alberto Gallo),他们探究了这份档案,并且恢复了事件的原貌。①

事实上,这场令人惊讶的演出开启了一栋令人吃惊的建筑,在 1580 至 1585 年间建造了一座"古代剧院"。多亏了皮加费塔(Filippo Pigafetta),他来自于维琴察的大户人家,他于演出翌日就写下了剧评,写给一位匿名的"非常杰出的大人和非凡的主人"(*Illustrissimo signore e padrone osservatissimo*),②使得我们对此事的了解近乎真实,而且我们知道演出获得了巨大的成功。演出将要进行三个半小时,但是观众在演出开始九个半小时以前就开始入场。皮加费塔这样总结他的叙述:"这是一个事实,在古希腊人和古罗马人之后,维琴察人能够在其他民族之前,并且比其他民族更好地写作悲剧诗,他们如此出色,以至于他们不仅仅是第一批也更是最好的。"因此,一项独特的特权属于维琴察人:他们在原有的框架下、在古代剧院中,

---

① 参见 L. SCHRADE,《〈僭主俄狄浦斯〉在奥林匹亚剧院上演(维琴察,1585 年)》(*La Représentation d'Edipo Tiranno au Teatro Olimpico*[*Vicence*, 1585]),该文后附有朱斯蒂尼亚尼(Orsatto GIUSTINIANI)对索福克勒斯悲剧的评注版本,以及加布里埃尔(Angelo GABRIEL)对合唱队音乐的评注版本,CNRS, Paris, 1960; A. GALLO,《奥林匹亚剧院首演计划及其同当代的关系》(*La Prima Rappresentazione al teatro Olimpico con i progetti e le relazioni dei contemporanei*),普皮(L. Puppi)作序,Milan, 1973。之后我分开引用这两本书。1585 年 3 月 5 日第二次演出。

② 文章在《奥林匹亚剧院首演计划及其同当代的关系》中出现,页 53—58;参见《〈僭主俄狄浦斯〉在奥林匹亚剧院上演(维琴察,1585 年)》,页 47—51。

复活了古代悲剧;他们不仅仅是"第一批",因为特里西诺(Trissin)的《索福尼斯巴》(Sofonisba)在半个世纪以前上演,但是多亏了帕拉第奥和《俄狄浦斯王》,他们还是最好的。

事实是,在《俄狄浦斯王》的这个历史时刻,乍一看,有一位古代世界的历史学家就在自己的城市。一切就好像这是一次完整意义上的高度政治化的事件。1591 年,马尔扎里(G. Marzari)在维琴察出版了他的《维琴察史》(*Historia di Vicenza*)。这部作品分成两个部分:第一部分按照时间顺序记叙事件;第二部分是一张名单,一份纪念册,里面记载了城邦的重要人物。在第二部分中,帕拉第奥以及该事件的其他负责人占有一席之地。第一部分结束于 1555 年创立了奥林匹亚学院,就是这个学院决定建一座富丽堂皇的剧院(*superbissimo teatro*)来装饰祖国,"其他用作演出的剧院,不论是古代的还是现代的,没有一个"可以和它媲美。更有甚者,在那里我们仿佛置身于希腊罗马世界的资助人制度中,在保罗·韦纳(Paul Veyne)①描述的世界里,有一位 18 世纪的饱学之士,蒙泰纳里伯爵(Montenari)凭借着维琴察的档案告诉我们,剧院建造的"费用来自院士和那些想要获得公民权的人"。② 用公民权换取私人对公共建筑的捐赠……我们一定完全置身于希腊时代。

朱斯蒂尼亚尼的译本就是给人这样的感觉。至少可以说,他的译本并不忽略——甚至有时还强调——索福克勒斯文本里公民的方面。从题目开始:无论怎么说,索福克勒斯的僭主(*tyrannos*)都不是一个"国王",这一点不像我们的译本那样。在意大利语译文中,王室英雄和城邦之间的对话和对立表现得很清晰。举几个例子:在忒瑞西阿斯(Tirésias)的话中:*phanêsetai Thêbaios*(行

---

① 参见保罗·韦纳,《面包和竞技场》(*Le Pain et le Cirque*),Paris, 1976。
② 参见 Comte G. MONTENARI,《安德烈亚·帕拉第奥的奥林匹亚剧院》(*Del Teatro Olimpico di Andrea Palladio*),Padoue, 1749², 页 3。蒙泰纳里的依据是一份致"这个城市的政府成员"(*a' Deputati al governo di essa Città*)的请愿书,要求他们授予十二人"公民权"(*Cittadinanza*),这一点于 1581 年实现了。

453),俄狄浦斯"将被发现是个忒拜人",被翻译成"是个忒拜的城里人"(*esser di Thebe cittadin*)。在信使祈求伊始(行 1223):Ὦ γῆς μέγιστα τῆσδ' ἀεὶ τιμώμενοι,"哦!你这个受到国家一直敬重的人哪",夸张一番之后成了:

O Principali Cittadini soli
Ornamento e sostegno
De la Città di Thebe;

"哦!头等公民们!只有你们,才是
忒拜城的
荣耀和支持。"

Πᾶσι Καδμείοισι(行 1288),"致所有的卡德莫斯人",成了简单的 *a tutti i cittadini*(致所有的城里人);ἐκ χθονός(行 1290),"在这片土地以外",成了 *fuor di questa cittade*(在这座城以外)。在合唱队最后的祈求中(行 1523):Ὦ πάτρας Θήβης ἔνοικοι,"噢!忒拜的居民哪,我的祖国",被翻译成:"噢!可敬的公民哪,献给我的祖国"(*O di questa mia patria incliti e degni Cittadini*)。再次出现了差距,的确是对公民所说,但是尤其是对某些公民。

但是这里所说的真的是公民吗?朱斯蒂尼亚尼是一位贵族、元老院议员和一位政治家,他的确是头等公民(*Principali Cittadini*),然而他不是维琴察的公民,而是威尼斯的。自 1404 年以来,维琴察被威尼斯兼并,是其"陆上固土"的一部分,这在古代叫做国土(*chôra*);维琴察不过是 16 世纪意大利历史上不以自主的政治因素出现的城邦的影子。① 的确,实际情况是,城市的历史学家马尔扎里

---

① 因此在 A. VISCONTI 的《意大利反宗教改革时期:1516—1713》(*L'Italia nell'epoca della Contro riforma dal 1516 al 1713*, Milan, 1958)这本巨作的一卷中,我找到了两处提及维琴察的地方,一处她说帕拉第奥在此工作过(页 128),另一处指出那里存在羊毛手工业(页 229)。

为奥林匹亚学院提供的帮助感到高兴,"几乎所有的伦巴第(Lombardie)和马卡特雷维贾纳(Marche de Trévise)的贵族"都参与其中,①因此这些贵族很少是公民,因为他们不仅仅来自"马卡特雷维贾纳",而且来自伦巴第。② 维琴察当局肯定出让了建造剧院用的土地,但是它不过是一个受到威尼斯密切掌控的市级委员会罢了。皮加费塔还指出:军方代表同几位(威尼斯的)元老也在场,但是维琴察市长则不在(*Il clarissimo Capitano si trovò presente con alcuni Senatori e il Podestà restò fuori*)。③

我们甚至还有一份关于1585年3月3日演出的非常详尽的剧评,形式是致维琴察市长的一封信,作者是里科博尼(Antonio Riccoboni),④但是我得承认,这份剧评的政治考量,假设它存在的话,完全超出了我的理解。

其实,这场演出,以及剧院本身,对于维琴察的领导阶层而言,的确是一种理想的投射。奥林匹亚学院的创始人们,尤其是人文主义者和悲剧作家特里西诺(Gian Giorgio Trissino),如果可以这么说的话,他们这些贵族吸引了帕拉第奥前来,帕拉第奥自己是帕多瓦(Padoue)卑微的手工艺人的儿子。在维琴察,对古代的了解并不通向政治权力,但是通向权力的隐喻。比如,这使得皮加费塔如此介绍学院的主要人物:"学院的泰斗是杰出的瓦尔马拉纳(Lu-

---

① 参见 G. MARZARI,《维琴察史》(*La Historia di Vicenza*),Venise,1591,页160。
② "五百时代"(Cinquecento)是威尼斯一个贵族兴起的时代;参见 A. VENTURA,《四百至五百时代威尼斯社会中的贵族与平民》(*Nobiltà e popolo nella società veneta del '400 e '500*),Bari,1964,页275—374;关于维琴察,请参阅页279—280 和页 362—363;从这本书中给出的指示可以推知,公民权(*cittadinanza*)一直被认为是一项特权。我感谢我的同事特南蒂(A. Tenenti),是他给我推荐了这本书。
③ 参见 A. GALLO,《奥林匹亚剧院首演计划及其同当代的关系》,前揭,页56。
④ 同上,页39—51;参见 A. GALLO,《奥林匹亚剧院首演计划及其同当代的关系》,前揭,页 XXII 和页 XXVIII 引用了一份奥林匹亚学院的材料:"市长拒绝出席演出",并且认为"这种行为难以理解",但是这更多地是个人决定,未必是官方立场。

nardo Valmarana)伯爵,他有着凯撒的灵魂,来到这世上就是为了铸成丰功伟业。"①但是之后的文字告诉我们瓦尔马拉纳的丰功伟业为何物:他于自己在维琴察的宫殿里接待了尊贵的皇后,并且让他的花园向途经该城的异乡人开放,不消说,他的花园自然被比作是"古罗马的沙露斯堤亚尼花园"(horti Sallustiani)。

奥林匹亚剧院的建筑本身就是院士们的荣耀,他们身穿古代服装,出现在舞台前方,而纪念册的上部显示的是赫拉克勒斯(Hercule)的十二件功绩。阿克曼(James Ackerman)对这一点作了恰当的描述:"1580年春,院士们发现他们自己被英雄化的肖像被帕拉第奥的寓意画代替(所以,这是在帕拉第奥刚刚死去的时候)。这正值维琴察的贵族们应当永远放弃任何希望成为真正的英雄的时候⋯⋯"②同一份剧评说这个剧院就像是"一部三段式的学院演说,以长期对建筑和文本的熟悉为基础,精巧地重新构建了古罗马剧院"。③ 帕拉第奥的博学是真真切切的,但是他的剧院绝不是三段式的文章。

在此搁置图纸设计者帕拉第奥和执行者斯卡默基(V. Scamozzi)之间的难分难解。看起来马加尼亚托(L. Magagnato)证明了④剧院的一个特征——这在我们看来是最有趣的:远景中的街道把舞台的墙一分为二,源自于对维特鲁威(Vitruve)第五章中

---

① 参见 A. GALLO,《奥林匹亚剧院首演计划及其同当代的关系》,前揭,页 55。
② 参见 J.S. ACKERMAN,《帕拉第奥》(*Palladio*), trad. Cl. Lauriol, Paris, 1981,页 164;自然,可以对这个"确切的时刻"发表长篇大论。此外,关于帕拉第奥和他的剧院,我查询了下列书籍和文章:L. MAGAGNATO,〈奥林匹亚剧院的诞生〉(The Genesis of the Teatro Olimpico),见 *Journal of the Warburg and Courtauld Institute*,XIV,1951,页 209—220;L. PUPPI,《帕拉第奥》(*Palladio*), Londres, 1975;R. SCHIAVO,《奥林匹亚剧院指南》(*Guida al Teatro Olimpico*), Vicence, 1980;H. SPELMANN,《帕拉第奥与古代》(*Andrea Palladio und die Antike*), Munich et Berlin, 1964;主要材料来自于 G. ZORZI,《帕拉第奥的住宅和剧院》(*Le Ville e i Teatri di A. Palladio*), Vicence, 1969。
③ 参见 J.S. ACKERMAN,《帕拉第奥》,前揭,页 20。
④ 同注释 2 中引用的文章。

一段的误解。① 我们还注意到帕拉第奥取消了罗马理论家所说的特等座位。每位观众（贵族）都同其他人平起平坐。

但是还有更重要的：这部希腊悲剧，翻译成了意大利语（托斯卡纳方言），并且根据亚里士多德的意见被选为最好的，比其他任何古代或现代悲剧更好，比一曲牧歌更好，②并且在罗马剧院中演出。帕拉第奥和斯卡默基丝毫没有想要从维特鲁威关于希腊悲剧的理论中汲取灵感。再说，这是一个缩减的版本，皮内利（G. V. Pinelli）——一个与他们同时代的人——尽可能简要地说："太小的剧院。"（*Il teatro troppo piccolo*）③这也是一座有顶的剧院，如果说这个顶棚，今天（1914年以来）是天空，在1585年的时候则是一张绘图帆布，④照亮演员和合唱队的不是自然光，而且第一场演出是在夜间进行的。一切都符合仿古的人文精神，但是又非常清楚自己不是在古代。

余下还要说的是，1585年的演出是如何参照公元前5世纪的希腊悲剧的。有关导演因杰涅里（Angelo Ingegneri，费拉拉人）的安排和意图，以及他引发的讨论，我们知道得很清楚，因为除了当时人的叙述以外，我们还有他的计划文稿。⑤

---

① 参见 VITRUVE,《建筑十书》(*De Architectura*),V, 6, 8：《*secundum autem spatio ad ornatus comparator*》；*secundum* 一词一直被理解为"后面"而不是"侧面"。

② 对亚里士多德的引证是始终如一的，见于皮加费塔和里科博尼；参见《奥林匹亚剧院首演计划及其同当代的关系》，前揭，页 39—42 和页 54。关于相对于牧歌或者意大利悲剧而选择了一部希腊悲剧，请参阅 F. PIGAFETTA,《奥林匹亚剧院首演计划及其同当代的关系》，前揭，页 53—54，以及 A. GALLO,《奥林匹亚剧院首演计划及其同当代的关系》，同上，页 XIX, XXI。

③ 同上，页 59；此外，1585年3月3日，皮内利并不在场；参见 A. GALLO,《奥林匹亚剧院首演计划及其同当代的关系》，同上，页 XXIII；那个时代的人有时过高估计了剧院的容量。马尔扎里（G. MARZARI）在《维琴察史》中宣称它能容纳五千名观众（页 117），这是极度夸张的；参见 L. SCHRADE,《〈僭主俄狄浦斯〉在奥林匹亚剧院上演（维琴察,1585年）》，前揭，页 48。

④ 细节不为人知；主要的材料是前厅里的一副单色画，内容正是《僭主俄狄浦斯》一剧；参见 R. SCHIAVO,《奥林匹亚剧院指南》，前揭，页 127—132。

⑤ 收录于 A. GALLO,《奥林匹亚剧院首演计划及其同当代的关系》，前揭，(转下页注)

舞台布景并不比剧院本身来得更为"古代"。但是对我们而言,难处在于要区分旨在重建的部分、刻意偏离的部分(带有抛砖引玉的意图)和有意识的现代性。

重建当然不能仅仅是文本层面的,它也是细节层面的。比如在剧本伊始,当帘幕垂下:"首先闻到一股甜美的香气;这是为了让人明白,根据古代历史的描述,忒拜城里的男人们为了改变诸神的蔑视,广洒香水",①或许这里说的只是《俄狄浦斯王》行 4 的评论:Πόλις δ' ὁμοῦ μὲν θυμιαμάτων γέμει,"城邦充满了芳香的蒸汽",就像朱斯蒂尼亚尼所理解的那样。

加布里埃利(Angelo Gabrieli)②把合唱队编成了乐曲,里科博尼把它比作《耶利米哀歌》(Lamentations de Jérémie),③合唱队就这样无意识地被转换成了幕间剧。此外,从各个角度来看,合唱者的人数之少(十五人)相对于巨大的舞台布景而言,构成了一道特殊的混合景观,一面是严谨的仿古作风,另一面是半刻意的创新。

因为演出的巨大创新在于刻意添加的王室奢华。如果说合唱队和城邦的关系在翻译中比布景中更能体现,那么人物的王室特征则被充分强调。根据因杰涅里的说法,忒拜是"彼俄提亚的著名城邦和

(接上页注)页 33;关于舞台布景,尤请参阅 L. SCHRADE,《〈僭主俄狄浦斯〉在奥林匹亚剧院上演(维琴察,1585 年)》,前揭,页 51—56。

① 参见 F. PIGAFETTA,《奥林匹亚剧院首演计划及其同当代的关系》,前揭,页 56;遮挡布景的帘幕是放下的,而不是升起的;参见 F. PIGAFETTA,同前,和 L. SCHRADE,《〈僭主俄狄浦斯〉在奥林匹亚剧院上演(维琴察,1585 年)》,前揭,页 49。

② 参见 L. SCHRADE,《〈僭主俄狄浦斯〉在奥林匹亚剧院上演(维琴察,1585 年)》,前揭,页 65—77;我说无意识地是因为导演因杰涅里的确认为合唱队代表了舞台上的人们:"合唱队代表了国家(terra)",见后文,页 394,注释 2,页 18—19;terra 一词指城邦。

③ 参见 A. GALLO,《奥林匹亚剧院首演计划及其同当代的关系》,前揭,页 49;施拉德(L. SCHRADE)注意到(页 76),"在里科博尼所有的观点中,其大部分是迟钝的……",至少那一条并不是没有意义的,因为加布里埃利的音乐的确可以从《耶利米哀歌》复调版本中获取灵感。

帝国的首都"。① 必须让俄狄浦斯的"高度超出其他所有人";②每次他进场的时候,都有二十八个人陪伴,这个数字在伊俄卡斯忒那里降到二十五人,克瑞翁六人,后者不过是一个亲王。③ 因杰涅里详细规定,在他的计划中服装应当采用希腊式,而不是罗马式,但是神父除外。④ 但是他这么选定的服装看起来是从1585年的威尼斯人更熟悉的东方风格中挑选的,而不像是希腊的甚至拜占庭的东方。有意思的是比较一下因杰涅里的这句话:"国王的卫兵将穿上同样颜色的衣服,希腊式的",和皮加费塔的另一句话:"国王和二十四名弓箭手身穿土耳其人的索拉希(Solachi)服装……"⑤

尽管有因杰涅里的意志在,罗马是否远离?毫无疑问的是,塞内卡的俄狄浦斯站在索福克勒斯的俄狄浦斯背后。索福克勒斯剧本中拉伊俄斯的匿名牧羊人被因杰涅里叫做 *Forbante* (Phorbas,福耳巴斯),这同拉丁模式相吻合。⑥ 王室的奢华相比起16世纪对希腊传统的了解而言,更加符合帝国或者教皇的传统。⑦ 那个时代的评论家之一斯佩罗尼(Sperone Speroni)以悲剧和历史的名义,反对这种王室威严(*regal maestà*)。当时瘟疫肆虐,应当是"祈求,而不是讲排场"的时候,⑧并且他些许混淆了时代,补充道:野蛮人的国王头上缠了白色束发带,而希腊人唯有一根权杖,就像在荷马的作品中看见的那样。至于伊俄卡斯忒,她

---

① 参见 A. GALLO,《奥林匹亚剧院首演计划及其同当代的关系》,前揭,页9。
② 同上,页10。
③ 这些数据来自于 A. GALLO,《奥林匹亚剧院首演计划及其同当代的关系》,前揭,页 XLV,和 L. SCHRADE,《〈僭主俄狄浦斯〉在奥林匹亚剧院上演(维琴察,1585年)》,前揭,页53;流传下来的材料有点互相矛盾,数据有时略低些。
④ 参见 A. GALLO,《奥林匹亚剧院首演计划及其同当代的关系》,前揭,页13—15;神父的服装好像从文艺复兴时期的艺术中犹太神父的传统服装里获得灵感。
⑤ 参见 A. GALLO,《奥林匹亚剧院首演计划及其同当代的关系》,前揭,分别在页15和页16。
⑥ 同上,页12。
⑦ 1585年3月4日,院士们唱了一曲庄严的弥撒。
⑧ "对于国王和全体人民,那是祈求的时候;而不是讲排场的时候。"(同上,页31)

的服装应当像佩涅洛佩(Pénélope)那样简单,随从只要两位就够了。①

然而,余下的是最关键的:身为现代人的意识。在这里,因杰涅里的文本是不可替代的。② 将剧本搬上舞台包括了装备:服装、整体动作、礼仪;也包括了动作,动作分为两种:"动作涉及到两种:声音和姿势。"③声音关乎耳,姿势关乎眼。如果说演员们穿成希腊式是合理的,现代艺术中的姿势则同佩戴面具无法兼容,因为姿势主要不是通过手臂和腿完成的,而是通过脸部和眼睛:"姿势在于身体和部分的合适动作,尤其是手,更是脸,首当其冲的是眼睛。"④因此,1585年的演出中,面具被故意排除了,尽管因杰涅里完全了解它在古代戏剧中的角色。⑤ 通过这种意识的觉醒,就脱离了多少带着想象的考古心态,想着要作一部希腊大师之作,符合亚里士多德的《诗学》加给维琴察院士们的标准,在当下经历过去的历史。

现在,我们让一个多世纪流淌过去,离开维琴察,来到巴黎。1692年,达西耶在巴黎翻译出版了索福克勒斯的《厄勒克特拉》

---

① "对于国王和全体人民,那是祈求的时候;而不是讲排场的时候。"(同上,页31)
② 然而,因杰涅里是一位重要的舞台布景理论家,他有多部专著(参见 L. SCHRADE,《〈僭主俄狄浦斯〉在奥林匹亚剧院上演(维琴察,1585年)》,前揭,页51—52;他最重要的一部著作,于1598年在费拉拉(Ferrare)出版,题名为:《论表现诗歌及戏剧故事的表现方式》(*Della poesia rappresentativa e del modo di rappresentare le favole sceniche*);其中有从《僭主俄狄浦斯》搬上舞台的经历推广的思考,尤其是第18页。
③ 参见 A. GALLO,《奥林匹亚剧院首演计划及其同当代的关系》,前揭,页8。这种划分来自:ARISTOTE,《修辞学》(*Rhétorique*),III,1403 b 20—1404 a 8;《诗学》(*Poétique*)26,1461 b 26—1462 a 4。关于这些文本,请参阅 A. LIENHARD-LUKINOVITCH,《亚里士多德〈修辞学〉中的声音和姿势》(*La voce e il gesto nella retorica di Aristotele*),in Società di linguistica italiana,*Retorica e scienze del linguaggio*,Rome,1979,页75—92。
④ 同上,页18。
⑤ 同上,页8。

和《俄狄浦斯王》,并且加了评注。① 后来又有别的译本,②但从多方面来看,这个译本标志了一个转折,需要我们加以思考。

1. 这个译本,就像德尔古(Marie Delcourt)所明鉴,③标志了索福克勒斯胜出了塞内卡(在高乃依[Corneille]的时代,有两个几近完整的塞内卡的最近译本)。在 1795 年以前,不再有塞内卡的《俄狄浦斯》译本。④ 至多可以指出在索福克勒斯剧本的改编中,有某种塞内卡的隐形作用,通过"福耳巴斯"或者"拉伊俄斯的影子"来实现。

2. 这个译本,并不依赖文本的新版——这要等到 18 世纪末的教授革命⑤——,少不了同阿尔诺·德·昂迪伊(Arnaud d'Andilly)和佩洛·德·阿布朗古尔(Perrot d'Ablancourt)这样"不忠的美人"式的翻译决裂。就像布雷(René Bray)所说的:"世纪末的时候,达西耶及其夫人翻译亚里士多德、阿那克里翁(Anacréon)、柏拉图、贺拉斯(Horace)、普劳图斯(Plaute)和泰伦提乌斯(Térence)以及索福克勒斯,他们是以博学的语文学家的身份从事翻译,而不是寻求灵感或者把玩修辞的作家。"⑥

---

① 参见 A. DACIER,《索福克勒斯的〈俄狄浦斯〉和〈厄勒克特拉〉,希腊悲剧法语译文,附评注》(L'Œdipe et l'Électre de Sophocle, Tragédies grecques traduites en Français, avec des remarques),Paris, 1692。
② 其他译本有 BOIVIN, Paris, 1729,包括阿里斯托芬的《鸟》(Oiseaux);R. P. BRUMOY,《希腊人的戏剧》(Théâtre des Grecs),Paris, 1730(1785 年由罗什福尔[Rochefort]和杜泰伊[Laporte du Theil]重印);ROCHEFORT,《索福克勒斯全集》,I, Paris, 1788,页 3—133。
③ 参见 Marie DELCOURT,《自文艺复兴以来希腊和拉丁悲剧在法国的翻译研究》(Étude sur les traductions des tragiques grecs et latins en France depuis la Renaissance),Bruxelles, 1925,页 5。
④ 这个译本是:M.-L. COUPÉ,《塞内卡戏剧》(Théâtre de Sénèque),Paris, 1795, I,页 309—400;其中关于"悲剧小说"的制作很有价值(页 398)。
⑤ 参见布伦克(Brunck)的版本,由施魏格豪塞(J. Schweighaüser)作序,于 1779 年在斯特拉斯堡出版,沃尔夫(F. A. Wolf)版于 1787 年在哈雷(Hall)出版。
⑥ 布雷的话引自:R. ZUBER,《佩洛·德·阿布朗古尔和他的"不忠的美人":从巴尔扎克到布瓦洛的翻译与批评》(Perrot d'Ablancourt et ses 《belles infidèles》. Traduction et critique de Balzac à Boileau),thèse, Paris, 1968,页 19;这里(转下页注)

3. 这个译本是一个起点，因为数量众多的对索福克勒斯剧本和俄狄浦斯主题进行改编、模仿、思考的源头（archê）构成了18世纪文学和哲学最不为人知的一个方面。

这个课题直到现在鲜有研究，①一位年轻的研究员比耶（Christian Biet）②对此进行了深入研究，他识别了不下于十七种改编（其中两种为模仿，两种为歌剧），分属于1718年至1811年间。③

4. 最后，值得注意的是，达西耶的译本参与了古代人和现代人的争执，在这场争论中，达西耶力挺古代人。结果不论是从总体还是在俄狄浦斯悲剧的层面上，都与预期相反。在达西耶夫妇之后翻译界发生的改变，④是翻译在文学世界中的地位，从此翻译必须要达到精准，甚至在某些极端的情况下，做到逐字翻译。库斯泰勒（Pierre Coustel）在1687年解释道，翻译一篇通俗的文章需要遵守的是美学传播的标准："如果只是逐字翻译，就会让译文非常孱弱、低下、萎靡不振；让它变得毫无美感、呆板和缺乏生气；让它几乎同原文一样，就像一个死去的人同一个活人相像"；但是他对这条规则保留了一个例

（接上页注）可以给出更多的参考；比如，G. DE ROCHEFORT,〈希腊悲剧诗作翻译中遇到的难题〉(Observations sur les difficultés qui se rencontrent dans la traduction des Poètes tragiques grecs)，见《索福克勒斯戏剧》（第一卷）(Théâtre de Sophocle, I), Paris, 1788, 页XXI-XLIII。该文解释说，最让人惧怕的读者，"是那些半学者。那些人在上流社会中显摆自己的学问；他们分散在各个团体中；他们的话总能找到听众；在肤浅的人眼中，他们是深刻的人。他们从不怕对久经沉思得出的作品大胆发表第一瞥的意见"；敌人从此就是"诚实的人"。

① 只能引用波鸿（Bochum）的文章（1933年）；W. JORDENS,《法国的俄狄浦斯悲剧：论古代世界的延续和法国悲剧的历史》(Die französischen Oidipusdramen. Ein Beitrag zum Fortleben der Antike und zur Geschichte der französischen Tragödie)。而且作者只列出了18世纪的五部改编。

② 参见 Ch. BIET,《18世纪〈俄狄浦斯王〉的戏剧改编》(Les Transcriptions théâtrales d'Œdipe-Roi au XVIIIᵉ siècle)，博士论文，J. Chouillet 指导，université de Paris-III, Paris, 1980；我有幸作为评委，并且从此不止一次同作者探讨他的结论。

③ 之后我会引用其中不少的改编，但是比耶搜集的材料要他自己出版。

④ 参见 Noémi HEPP,《荷马在17世纪的法国》(Homère en France au XVIIᵉ siècle), Paris, 1969。

外:《圣经》。"然而,必须把圣书作为例外,翻译《圣经》需要永远尽量逐字逐句:因为话语的顺序常常是个奥秘。"①逐字翻译索福克勒斯是一件双重缓和的事。在第一阶段,注重逻辑胜于关注历史,这意味着可以把文本视作神圣的,就像《圣经》那样;到了第二阶段,两者都成了通俗文本。无论如何,在开始的时候,就犹如进入了禁地。但这还不是全部,因为,虽然没有悖论的矛盾,达西耶这个或多或少逐字翻译的译文又引发了改编,这些改编并不是为了适应古代,而是一个绝对现代的俄狄浦斯,伴随这个俄狄浦斯的是那个实际的意识形态和政治争论。

这些《俄狄浦斯》的第一部的作者是伏尔泰,他于 1718 年大获成功(实际上这是 18 世纪法国戏剧历史上最大的成功)。在伏尔泰 1731 年致耶稣会的波雷(R. P. Porée)的信中已经说得很明了了:"我沉浸在古代作品的阅读和您的教益中,我对巴黎的戏剧所知甚少;我工作起来就好像置身于雅典。我向达西耶咨询,他就在这个地方。他建议我在每一幕中都设置一个合唱队,就像希腊人那样。这等于是建议我身穿柏拉图长袍,在巴黎散步。"②

不消说,我的这番话并不是要系统地分析这些作品,那样只能是

---

① 参见 P. COUSTEL,《儿童教育法则:如何教授他们行为规范、坚定的虔诚和纯美文学》(*Règles de l'Éducation des Enfants où il est parlé de la manière dont il faut se conduire, pour leur inspirer les sentiments d'une solide piété et pour leur apprendre parfaitement les Belles Lettres*),2 vol., Paris, 1687,页 193—194;这一条参考以及其他多条我都得益于比耶;关于《圣经》译文的问题,参见 M. de CERTEAU,〈17 世纪的《圣经》翻译:塞西和西蒙〉(L'idée de traduction de la Bible au XVIIe siècle : Sacy et Simon),见 *Recherches de science religieuse*,66,1978,页 73—92;从这本书中(页 80),我借鉴了一个重要的数据:在 1695 年至 1700 年间,六十部巴黎出版的《圣经》版本中,有五十五部是法语的;半个世纪以前,这个比例是相反的。关于什么是翻译,我们提到的两位作者观点不同,甚至是相反的:另请参阅 M. DELCOURT,《自文艺复兴以来希腊和拉丁悲剧在法国的翻译研究》,前揭,注释 46,页 155—157 中强调了红衣主教于埃(Pierre-Daniel Huet)的作用。

② 参见伏尔泰(VOLTAIRE),《伏尔泰全集》(*Œuvres complètes*),Édition Besterman,86,Genève,1969,页 49(年份参见页 50)。

简要概括比耶的研究。因此,关于这个素材我提出几点总体的观点。

第一条意见关乎一个充满自身反思的整体,并且同众多参考联系在一起。在一篇最近被翻译成法语的研究中,①姚斯(Hans Robert Jauss)想知道为什么一部像歌德的《伊菲革涅亚在陶里斯》(*Iphigénie en Tauride*)这样的剧本如今失去了所有影响。他建议说,这至少部分是因为歌德使用了双重的参考,这在如今是无法传达信息的,一方面参考了古代悲剧,另一方面又参考了法国古典悲剧。毫无疑问,伏尔泰及其追随者也使用了这种双重参考,也就是说处处夹杂当时的政治和意识形态,使其很快就失去了可读性,因为后来的读者无法理解这些。历史学家的反应则不一样:许多参考在我们眼中的特别之处在于,它们常常明显地、有时则以暗含的方式,融入美学的、意识形态的、文化的辩论,这样的辩论总是越辩越新。达西耶的译本加详注就是如此。伏尔泰的《俄狄浦斯》和随之而来的一系列书信,也是如此。最初的信件是伏尔泰自己写的,并且包含了"对索福克勒斯、高乃依和他自己的《俄狄浦斯》的批评"②。

并不奇怪的是,布吕穆瓦(R. P. Brumoy)所著《希腊人的戏剧》(*Théâtre des Grecs*)这样的博学之作,其1785年版③同时包括了索

---

① 参见 Hans Robert JAUSS,〈从拉辛的伊菲革涅亚到歌德的伊菲革涅亚〉(De l'Iphigénie de Racine à celle de Goethe),见《接受美学》(*Pour une esthétique de la réception*),马亚尔(Cl. Maillard)译,斯塔罗宾斯基(J. Starobinski)作序,Paris,1978,页210—262。

② 参见伏尔泰,〈包含了对索福克勒斯、高乃依和作者自己的《俄狄浦斯》的批评的作者信件〉(*Lettres écrites par l'auteur qui contiennent la critique de l'Œdipe de Sophocle, de celui de Corneille et du sien*),Paris,1719,重新收录于《伏尔泰全集》(第二卷)(*Œuvres*, II),Paris,1877,页11—46。对于1719年一年,比耶(Biet)就举出了不下十种讨论新俄狄浦斯的册子;参见 R. POMEAU,《伏尔泰的宗教》(*La Religion de Voltaire*),Paris,1969,页85—91以及 J. MOUREAUX,《伏尔泰的〈俄狄浦斯〉:心理批判入门》(*L'Œdipe de Voltaire. Introduction à une psychocritique*),Paris,1973。

③ 这里指的是在铭文与文学皇家学院(Académie royale des Inscriptions et Belles Lettres)的罗什福尔(ROCHEFORT)和杜泰伊(DU THEIL)的关照下出版的第三卷。

福克勒斯文本的翻译、译者对这部剧本的思考和塞内卡与高乃依的剧作片段,以及一位匿名人士对朱斯蒂尼亚尼的《僭主俄狄浦斯》一剧做的摘要。1785 年的时候人们还知道这部剧本"在维琴察,院士们用了许多装备和排场上演了它",还有一份对伏尔泰剧本的详尽分析。按理来说,这再正常不过了,同样的评论可以对《厄勒克特拉》或者《安提戈涅》这样的剧本作出。更为稀奇的是,一位像洛拉盖伯爵(Lauraguais)这样的贵族绅士于 1781 年出版了《伊俄卡斯忒》,一部五幕悲剧,剧本之前还有长达一百八十三页的《论俄狄浦斯》(*Dissertation sur les Œdipe*)一文,文中比较了索福克勒斯、高乃依、伏尔泰、德拉莫特(Houdar de La Motte)和洛拉盖自己。①《俄狄浦斯》是一部不能单独呈现的剧本。更有甚者,《俄狄浦斯》是美学体验的一个绝妙借口。德拉莫特是"现代人"的捍卫者,但也是《伊利亚特》的改编者,他于 1726 年先后给出了两个版本,一个为散文,另一个用韵文。第一个版本被法国喜剧演员拒绝了,因此就有了第二个版本的撰写。②

但是,最令人惊讶的很可能要属德拉图内勒(M. de La Tournelle)。他是战争专员,是院士布瓦万(Boivin)的朋友,还是索福克勒斯和阿里斯托芬的译者。德拉图内勒写有一本《文集》(*Recueil*,现已失佚),书中有不下九篇和俄狄浦斯相关的剧本。这其中有四篇

---

① 在国家图书馆(Bibliothèque nationale)的目录中,以及 CIORANESCU,《法国文学目录》(*Bibliographie de la Littérature française*),n. 53638,这篇论文归入罗什福尔(G. de Rochefort)的名下,我不清楚这种做法的依据为何,但是这篇文章还是被认为同《伊俄卡斯忒》是同一个作者;关于洛拉盖,参见 P. FROMAGEOT,〈一位爵爷的文学、殷勤、政治及其他幻想:洛拉盖伯爵(1733—1824)〉(Les fantaisies littéraires, galantes, politiques et autres d'un grand seigneur. Le comte de Lauraguais(1733—1824)),见 *Revue des Études historiques*,80,1914,页 15—46,并没有提及《伊俄卡斯忒》。
② 参见 A. HOUDAR DE LA MOTTE,《德拉莫特全集》(*Œuvres*),卷四,页 3—68,和卷八,页 459—519,Paris, 1754;另请参阅卷八,页 377—458,〈俄狄浦斯悲剧演讲之四〉(Quatrième discours à l'occasion de la tragédie d'Œdipe)。

发表于1730年至1731年间,藏于巴黎图书馆,分别是:《俄狄浦斯或伊俄卡斯忒的三个儿子》(Œdipe ou les Trois Fils de Jocaste)、《俄狄浦斯和波吕波斯》(Œdipe et Polybe)、《俄狄浦斯或拉伊俄斯的影子》(Œdipe ou l'Ombre de Laius)、《俄狄浦斯和他全家》(Œdipe et Toute sa famille)。这是一种双重的、系统的探索。一方面探索的是俄狄浦斯的家庭(亲生的和寄养的)①所带来的戏剧上的可能性,另一方面探索这个有意思的家庭群组的情感心理。《伊俄卡斯忒的三个儿子》是一个令人惊讶的例子,这个剧本根据埃斯库罗斯的《俄狄浦斯王》、《七雄攻忒拜》和欧里庇得斯的《腓尼基妇女》改编而成。在剧中,波吕尼刻斯(Polinice)杀死了厄忒俄克勒斯,并且新奇的是,伊俄卡斯忒杀死了波吕尼刻斯,然后同俄狄浦斯一起自杀。正如比耶所言:"并没有以任何权力告终,最后什么都没了。"这种说法重提了所有的改编所提出的政治问题,这个问题正是权力的问题。

在某些极限的情况下,这已经是古代悲剧提出的问题:来自神话时代的英雄同现代民主城邦的对话。《俄狄浦斯王》是一部在三方之间展开的戏剧:僭主、作为公民机构的合唱队和掌握了通往神圣之路的预言家忒瑞西阿斯。

所有的改编都反映了早在高乃依的《俄狄浦斯》(1659年)中就涉及的政治辩论。在这部悲剧中,僭主的权力和合法的权力互相冲突,而现实世界中则可以省去德莫。②

18世纪的俄狄浦斯作品通过这些冲突,而不是通过对乱伦和弑父的直接思考,同当时的主要辩论相连接。戏剧的英雄是人民、神父

---

① 关于俄狄浦斯和他的养父波吕波斯之间关系的思考在我看来是几乎是独一无二的。
② 参见 S. DUBROVSKY,《高乃依与英雄的辩证法》(Corneille et la dialectique du héros),Paris, 1963,页337—339;A. STEGMANN,《高乃依的英雄主义:起源和意义》(第一卷)(L'Héroïsme cornélien. Genèse et signification, I),Paris, 1968,页618—619;A. VIALA,《作家的诞生》(Naissance de l'écrivain),Paris, 1985,页225—228。

和国王们。在达西耶的时代,还谈不上冲突。通过持续的双重曲解,达西耶使得在索福克勒斯剧本开头质疑俄狄浦斯的宙斯祭司成为了类似犹太人的"大神父"的人物,如果说他意识到行为是从"公民大会"开始的,他立即把政治角色、人民的角色交付了由"祭司"组成的合唱队。这个合唱队是他出于需要创立的,用于"教化民众,使他们拥有应有的情感"。[1]

在伏尔泰那里,合唱队重新具有了独立的政治特性,不过这种特性极其微弱,因为伏尔泰持有强烈的怀疑态度,把合唱队的政治功能尽可能减到最小,但是他注意到这是悲剧的活力之一,不可错失。让我们来听一下他是怎样定义这个极小值的:"一部引人入胜的剧本一般需要的剧情是:主角们必须要有秘密可以托付。并且要有把秘密告诉全体民众的途径。"再者,"如今仍有学者有勇气断言,自从我们放弃了合唱队以后,我们对真正的悲剧毫无了解。这就好比在同一个剧本中,想要我们把巴黎、伦敦和马德里搬上舞台,因为喜剧在法国创立的时候,我们的父辈们就是这么做的。"伏尔泰总结道:"因此我一直认为,除非直到有什么事件让我改变想法,我都认为在悲剧中斗胆启用合唱队,必须以为它安排合适的位置为前提。"最后的决定是双重的,审美和政治的需要交织在一起。出于审美的考虑:"仅在需要装饰舞台的时候"才接受合唱队的出席。出于对古代的和现代的城邦的考量:"合唱队……只适用于那些涉及到整体民众的剧本",[2]这恰恰正是《俄狄浦斯王》的情况,伏尔泰对此也并无异议。

值得注意的是,在这个问题上,伏尔泰的立场在那个世纪初是较为孤立的。如果把 18 世纪的俄狄浦斯剧本按照两个时间段分成两组:一组大约从摄政时期开始,包括了 1718 年至 1731 年间的至少十

---

[1] 参见 A. DACIER,《索福克勒斯的〈俄狄浦斯〉和〈厄勒克特拉〉,希腊悲剧法语译文,附评注》,前揭,页 149,169,198。
[2] 这些引用出自于关于《俄狄浦斯》的第六封信(1729 年),"包括了一篇关于合唱队的文章",收录于《伏尔泰全集》(第二卷)(Œuvres complètes, II),Paris, Garnier, 1877,页 42—44。

一部剧作,另一组是18世纪末19世纪初的六部剧本,可以发现,在第一组中,伏尔泰是唯一一个赋予其剧本合唱队的,而耶稣会会士福拉尔(Folard)在1722年发表的同哲学家相竞争的《俄狄浦斯》,仅仅留出了一个儿童组成的合唱队。在第二组的六部剧本中,只有1789年出版的莱昂纳尔(N. G. Léonard,卒于1793年1月)的剧本①有一个缩减到极简表达的合唱队。在所有其他的剧本中,合唱队扮演了重要的角色,在谢尼埃(Marie-Joseph Chénier)的作品中,每一幕、每一段戏都有合唱队的参与。毫无疑问,启用合唱队一事同世纪末以及帝国时期的复古潮流有关,但是这样的解释也有其局限性。在合唱队的角色实际崛起中——通过阅读剧本就可以大大证实这一点——,很难不发现一种现代意义上的、民主政治的崛起。当然,无需《俄狄浦斯》的剧本我们就可以知道这一点,但是证实这一点总是令人振奋的,哪怕只是间接的证实。

18世纪的理论家们是如何提出这个问题的?他们忽略了所有使得合唱队并不完全等同于城邦的因素,哪怕是因为合唱队一般由城邦之外的人或者城邦之下的人(妇女和老年人)②构成。他们在希腊悲剧中刻意发掘了君主和城邦之间的冲突,在这一点上,他们比许多19世纪甚至20世纪的阐释家做得更好。1730年,布吕穆瓦(R. P. Brumoy)在他的《关于戏剧比较的演说》(*Discours sur le Parallèle des théâtres*)中,关于国王和悲剧写下了出彩的一页。他说,希腊人"痛恨至高无上的高位,他们在舞台上表现国王,仅仅是为了对他们的失势幸灾乐祸"。当罗什福尔和杜泰伊重印这篇文章的时候,他们在注解中抗议道:"整个这一段需要谨慎对待。"③1788

---

① 参见 N.-G. LÉONARD,《俄狄浦斯或宿命》(*Œdipe ou la Fatalité*),载 *Œuvres*, I, Paris, 1789,页51—91。
② 在现存的剧本中,唯有索福克勒斯的《埃阿斯》和《菲罗克忒忒斯》以及流传下来的欧里庇得斯的《雷索斯》是例外,在这三部剧本中,合唱队由士兵或者成年海员组成。
③ 参见 BRUMOY,《希腊人的戏剧》(*Théâtre des Grecs*),Paris, 1785, I,页186—187。

年,巴泰勒米神甫(l'abbé Barthélémy)在《青年阿纳卡西斯游历》(*Voyage du jeune Anacharsis*)①一书中关于希腊悲剧的章节里,这样说道:"当代的共和派看到王位遭到践踏时总是带着恶意的快感。"

国王、王后、大神父,这些就是个人层面上《俄狄浦斯王》的政治人物。当然,还要加上谦逊的妻兄或者傲慢的觊觎者克瑞翁。这些人物来自索福克勒斯,只有大神父是后来加上去的,有时他同忒瑞西阿斯混为一谈,有时又有所区分。② 1719 年上演的模仿剧,是奥尔良公爵的喜剧演员比安科莱利(Biancolelli)③的作品。在这个剧本中,忒瑞西阿斯成了乡村"教师",然而意味深长的是,在另一部模仿德拉莫特的剧本中,勒格朗(Legrand)用一位年迈的拉比和一位养猫的母亲代替了诸神和神谕。④

同样,时间上的对立也适用于合唱队的出席与否:在伏尔泰的《俄狄浦斯》一剧中和其他受到这个剧本影响的作品中,神父和他们身后的神是第一位的,这些作品写于宗教冲突尤为显著的时期,例如耶稣会和冉森派之间的斗争。伏尔泰的剧本为后人所记诵的只有两行诗句,部分借自于伊俄卡斯忒对预言家的批评:⑤

---

① 参见 Abbé BARTHÉLEMY,IV, ch. 71,页 32。
② 在伏尔泰以及比法尔丹(BUFFARDIN D'AIX)的剧本中,在谢尼埃(Marie-Joseph CHÉNIER)的《俄狄浦斯在忒拜或宿命主义》(*Œdipe à Thèbes ou le fatalisme*, Paris, 1784)中,在德埃里(Bernard D'HÉRY)的《俄狄浦斯王》(*Œdipe-Roi*, Londres et Paris, 1786)中,在迪普拉·德拉图卢布勒(DUPRAT DE LA TOULOUBRE)的歌剧《俄狄浦斯在忒拜》(*Œdipe à Thèbes*, Paris, 1791)中,还有在莱昂纳尔(N.-G. LÉONARD)的《俄狄浦斯或宿命》(*Œdipe ou la Fatalité*)中,两个人物是有区分的。
③ 参见 P. F. BIANCOLELLI(人称多米尼克,Dominique)和 A. F. RICCOBONI,《乔装的俄狄浦斯》(*Œdipe travesti*),一部由多米尼克出演的喜剧,Paris, 1719。
④ 参见 M. A. LEGRAND,《流浪的骑士:德拉莫特的〈俄狄浦斯〉模仿剧》(*Le Chevalier Errant. Parodie de l' Œdipe de Monsieur de La Motte*),Paris, s. d. (1726?)。
⑤ 《俄狄浦斯王》,行 707—710;行 857—858;行 946—947;关于在创作《俄狄浦斯王》时期时伏尔泰对抗"可怖的上帝"和"残忍的神父"一事,请参阅 R. POMEAU,《伏尔泰的宗教》(*La Religion de Voltaire*²),页 85—91。

"神父们不是像虚荣的民众们所想的那样，
　我们的盲从成就了他们的学识。"
剧本公开以赞美开明的独裁者为结尾，就像"合法的"国王菲罗克忒忒斯(Philoctète)那样。

到了世纪末的时候，受到正面或者负面质疑的自然是违法的国王和乱伦的王后。因此，1786年的时候，德埃里(Bernard d'Héry)的一部剧本中，①悲剧在"伟大的国王"和"伟大的神父"及公民合唱队之间展开。希腊的主题被演绎成国王为了自己的人民而作出牺牲。在剧本终了，人民(合唱队)不惜任何代价，请求俄狄浦斯留下。

1791年时，迪普拉·德拉图卢布勒让他的歌剧在伊俄卡斯忒之死和俄狄浦斯致残之前结束。作者说这样做的目的是"以光辉的方式结束演出"。这个剧本被阐释成是"执意为受到质疑的父王辩护"(比耶)。最后，莱昂纳尔于1793年逝世前不久，展现的国王是民众起义的受害者。因此，合唱队从剧本中消失并不是偶然的。至于共和派的谢尼埃，他所展现的俄狄浦斯同"每个城邦居民的言论和发表判断的权利"相对立(比耶)。

说实话，作者的个人情感哪怕再鲜明，都不重要。重要的是这种渐进，这种王室人物的变迁。从高乃依和伏尔泰的《俄狄浦斯》剧本中在职能以内所展开的辩论，变到了国王和他的人民之间的宗教的、政治的对立。从伏尔泰到谢尼埃，历经了一段路；但是，就在这段路的过程中，保留了共同的语言，这就是我们应当试图揭示的。

如今我们可以对启蒙时代的多元化的俄狄浦斯一笑了之，就像我们对1585年伴有二十五位弓箭手和朝臣的俄狄浦斯感到好笑一样。然而，他们以他们的方式参与造就了我们的俄狄浦斯。

---

① 《俄狄浦斯王》，五幕抒情悲剧，Londres et Paris, 1786。

十、欧里庇得斯《酒神的伴侣》中戴面具的狄俄尼索斯*

在公元前5世纪的雅典所有关于狄俄尼索斯的见证中,欧里庇得斯的名为《酒神的伴侣》的戏剧占有特殊地位。① 这部作品的丰富和复杂、其文本的密度使得它阐明了酒神信徒们宗教体验的特殊之处,而酒神比希腊诸神中的任何其他神祇更能担当面具之神的功能。我们一方面借鉴了所掌握的出版物和评论,尤其是桑兹(J. E. Sandys)、多兹(E. R. Dodds)、温宁顿-英格拉姆(R. P. Winnington-Ingram)、柯克(G. R. Kirk)、鲁(Jeanne Roux)、塞加尔(Ch. Segal),②

---

* 本文的第一版刊登于 *L'Homme*,93,janv.-mars 1985,XXV(1),页3—29。
① 欧里庇得斯在马其顿国王阿克劳斯(Archélaos)身边旅居时,创作了这部作品。他于公元前408年来到马其顿,当时已经七旬高龄,并于公元前406年在那里过世。这部剧本于公元前405年第一次在雅典上演,由他的儿子或者侄子小欧里庇得斯导演。这部剧同《在奥利斯的伊菲革涅亚》(*Iphigénie à Aulis*)和《阿尔克墨翁》(*Alcméon*)一起,以三部曲的形式上演,为欧里庇得斯赢得了身后的一等奖。
② 参见 E. SANDYS,《欧里庇得斯〈酒神的伴侣〉》(*The Bacchae of Euripides*),Cambridge 4ᵉ éd. 1980;E. R. DODDS,《欧里庇得斯⁴,〈酒神的伴侣〉》(*Euripides*⁴, *Bacchae*),Oxford, 1960, 2ᵉ éd.;R. P. WINNINGTON-INGRAM,《欧里庇得斯与狄俄尼索斯:〈酒神的伴侣〉阐释》(*Euripides and Dionysus. An Interpretation of the Bacchae*),Cambridge, 1948;G. R. KIRK,《欧里庇得斯〈酒神的伴侣〉》(*The Bacchae of Euripides*),Cambridge, 1979(1ʳᵉ éd. 1970);Jeanne ROUX,(转下页注)

从这些学者那里我们收益良多,哪怕是其中某些我们与之意见相左的人,另一方面,我们在研究悲剧的时候,刻意选择了重点考虑所有能阐明神和面具之间联系的因素。当然,我们也不应当忘记,我们所面对的不是宗教材料,而是符合该种文学创作自有规则、协定和目标的一部悲剧。然而,因为狄俄尼索斯不像悲剧中的诸神那般介入,《酒神的伴侣》就格外引起我们的注意。酒神扮演了主要角色。诗人把他搬上舞台,就好像是酒神自己在剧院中显现一样,他既向戏剧的主角显形,又向坐在阶梯看台上的观众显形,神在悲剧进行过程中显形——悲剧的博弈本来正是在酒神的庇护下展开的。这就好像悲剧自始至终,在狄俄尼索斯出现在舞台上其他戏剧人物身旁的同时,他还在另一个层面活动,在幕后编织剧情和操控结局。

公民宗教中的狄俄尼索斯——官方崇拜的神——和悲剧表现中的狄俄尼索斯——主宰戏剧幻象的神互相交织,在舞台上他的二元性和二分性得到强调:他作为神出现在木屋顶上神的位置(theologeion),作为"女子气的"吕底亚异乡人出现在舞台上,两者都穿着相同的服装、佩戴相同的面具,难分难辨但却又互相区别。神和异乡人——他也是神——佩戴的面具是悲剧演员的面具;它的功能是让人一目了然地识别人物。但是在狄俄尼索斯的情况中,这个面具既宣示了酒神,又隐匿了他,确实"用面具遮盖"了他,并且通过他的秘

(接上页注)《〈酒神的伴侣〉一:导言、文本、译文》(Les Bacchantes. I: Introduction, texte, traduction),Paris, 1970,《一:评论》(I: Commentaire), 1972; Charles SEGAL,《狄俄尼索斯诗作和欧里庇得斯〈酒神的伴侣〉》(Dionysiac Poetics and Euripides Bacchae),Princeton, 1982。也可参阅 M. LACROIX,《欧里庇得斯〈酒神的伴侣〉》(Les Bacchantes d'Euripide), Paris, 1976; E. COCHE DE LA FERTÉ,〈彭透斯和狄俄尼索斯:关于欧里庇得斯《酒神的伴侣》的新考察〉(Penthée et Dionysos. Nouvel essai d'interprétation des Bacchantes d'Euripide),载 Raymond BLOCH (éd.), Recherches sur les religions de l'Antiquité classique, Genève, 1980,页 105—258;H. FOLEY,《仪式化的讽刺:欧里庇得斯的诗歌和祭祀》(Ritual Irony; Poetry and Sacrifice in Euripides),Ithaca, 1985,页 205—258。

密和不为人知,为他的胜利和真正的启示做了铺垫。戏剧中所有的主人公,包括在酒神之后,来到忒拜的由他的吕底亚信徒组成的合唱队,在酒神佩戴的戏剧面具中只看到了异乡的传教士。观众们看到的也是异乡人,但是他们看到的是隐匿了酒神的异乡人,这种遮掩揭示了他的本性:一个带着面具的神,他的到来给一些人带来幸福的完满,给其他那些没能认出他来的人带去了毁灭。这里强调了两种面具之间的一致性和对比,悲剧面具勾勒了一种性格、宣布了人物的固定身份,宗教面具的眼神震慑带来的是压倒性的、挥之不去的、侵入的显现,但同时又不在他所出现的地方,又在别处,在你身上又哪里也不在:是缺席者的现身——这种博弈借由神和异乡人所佩戴的面具来表达。这是一个"微笑的"面具(行434,1021),它同悲剧面具的标准相反,因此这个面具不同于其他,它不合时宜、令人困惑,在戏剧舞台上呼应的是某些公民宗教中的意识面具中谜一般的一面。[1]

因此这是一个文本,但是文本并不比图像来得更无辜些。就像狄俄尼索斯的系列表现中出现的面具柱,[2]随着偶像被视作例纳节(Lénéennes)、安塞斯特里昂节(Anthestéries)的一部分或者其他的情况,对这些场景的阐释从一开始就各取其道。同样,我们也是依照自己对狄俄尼索斯崇拜的理解来体会《酒神的伴侣》一剧。这个被我们称为狄俄尼索斯崇拜的观念不是既定的一个事实,而是自尼采以来宗教的现代历史的产物。研究希腊宗教的历史学家们当然是从文献中构建了这个范畴,但是他们使用的概念工具和参照框架的基础、原动力和内涵既同古典时代的希腊人相关,也来自于他们自己的宗

---

[1] 关于这一点,请参阅 Helene FOLEY,〈狄俄尼索斯的面具〉(The Masque of Dionysos),见 *Transactions and Proceedings of the American Philological Association*,110,1980,页107—133。

[2] 在一系列被考古学家称为"例纳陶"(vases des Lénées)的器皿中,狄俄尼索斯的偶像形象用一根披着衣服的柱子表示,顶上挂着一个胡子拉碴的面具,经常以正面示人,其睁大的眼睛盯着观众。关于这个系列,参见 J.-L. DURAND et F. FRONTISI-DUCROUX,〈偶像、雕像、图像〉(Idoles, figures, images),见 *Revue Archéologique*,1982,I,页81—108。

教系统、精神视野。同样一篇文本,出色的古希腊学家们给出了两种完全不同的阐释。有时,该文被视作是对狄俄尼索斯崇拜的终审宣判,其反宗教的态度同质疑诸神的思想一脉相承,阿里斯托芬可以就这一点诟病欧里庇得斯;有时,这篇文章又被视作是诗人在晚年归顺的见证,就好像他感受恩典,想要颂扬这种超越人性的智慧,它同智者们高傲的理智和知识不同,是将自己托付于神圣的狂热,体验来自于真福附体之神带来的神秘的疯狂。

我们因而考察了"狄俄尼索斯式"范畴是怎样根据尼采订立的二分法而建立的:阿波罗-狄俄尼索斯。① 这种构建同罗德(E. Rohde)、尼尔森(M. P. Nilsson)、哈里森(J. Harrisson)、奥托(W. Otto)、多兹(E. R. Dodds)和让迈尔(H. Jeanmaire)一脉相承,这里仅列举了作出主要贡献的人的名字,其关键源自于罗德的《灵魂》(*Psyché*),出版于 1893 年。作者的意图在于理解,在荷马见证的希腊宗教世界中,与此截然相反的灵魂的宗教是怎样崛起的。这种宗教旨在使每个人身上都拥有同神相关的现实:灵魂(*psyché*),它完全在人间之外,渴望能摆脱囚禁它的监狱,回到天国去,同神合为一体。

对于罗德而言——这是关键的一点——,狄俄尼索斯崇拜在希腊文化中是一个外来体。罗德这位历史学家把这种外来的特性归结于他源自于希腊边界以外的地方,来自于色雷斯。但这种外在起源

---

① 参见 Park MCGINTY,《阐释与狄俄尼索斯:上帝研究中的方法》(*Interpretation and Dionysos. Method in the Study of the God*),La Haye,Paris,New York,1978;在一部合著中,《尼采和古典传统研究》(*Studies in Nietzsche and the Classical Tradition*),éd. par James L. O'Flaherty, Timothy F. Sellner et Robert M. Helm, Chapell Hill, 1976,以及之后的两篇研究文章:Hugh LLYOD JONES,〈尼采和古代世界研究〉(Nietzsche and the Study of the Ancient World),页 1—15;Max L. BAEUMER,〈尼采和狄俄尼索斯的传统〉(Nietzsche and the Tradition of the Dionysian),页 165—189。此外还要推荐 Albert HENRICHS,〈自我迷失、受难、暴力:从尼采到吉拉尔对狄俄尼索斯的现代观点〉(Loss of Self, Suffering, Violence: the Modern View of Dionysos from Nietzsche to Girard),见 *Harvard Studies in Classical Philology*,88,1984,页 205—240。

本身就是让古希腊学家从一开始就接受的明显事实：狄俄尼索斯同真正的希腊文明和宗教、同荷马的世界没有任何共同之处。这种彻底的他性表现为狄俄尼索斯宗教非但没有把你融入这个世界上该归你的位置，反而旨在通过精神恍惚的状态，把你投射到这个世界以外，通过俯身让你同神结合。色雷斯的狄俄尼索斯崇拜中采用的俯身手段，导致了或多或少病态的传染性发作，可能在一开始被希腊人认为是反常的、违规的和危险的做法；然而这些做法本身具有希腊终将大为发展的真正的神秘主义的种子。在精神恍惚的俯身状态下的集体疯狂（mania）和脱离世界以图自身完满，以及对现世存在的谴责、苦行的生活方式和相信灵魂不死之间，有着连续性。但是如果真的如此，如果在精神恍惚的俯身状态下可以毫无阻碍地达到灵魂净化、集中、同身体分离的目的，如果苦行的避世理想、追求个人的解脱同狄俄尼索斯崇拜是一致的，那么必须得出有两种狄俄尼索斯崇拜的结论，并且隔离狄俄尼索斯崇拜和希腊文化之间的界限是在狄俄尼索斯崇拜的内部。狄俄尼索斯崇拜宣扬欢乐、享乐、葡萄酒、爱情、生命力，纵情沉湎于欢笑和假面之中，这并不是偏向了苦行的清白纯洁，而是投入了野性的怀抱。无论如何，得出的结论就像罗德不得不假设的那样，是希腊剔除了其中不是希腊的部分，对原发的、真正的、色雷斯的狄俄尼索斯崇拜进行了二次改造。不幸的是，"真正的"狄俄尼索斯，罗德的那个，色雷斯的那个，在公元前5世纪的雅典已经看不到了，而只能看见另一个狄俄尼索斯，那个改造后变了样的第二个酒神。

因而，沙巴图奇（D. Sabatucci）在他的《试论希腊神秘主义》（*Essai sur le mysticisme grec*）[1]之中反转了问题相关词汇的解释。对于作者而言，狄俄尼索斯不是神秘主义之神，但是他的有些仪式得

---

[1] 参见 D. SABATUCCI,《试论希腊神秘主义》(*Saggio sul misticismo greco*), Rome, 1965. 达尔蒙（J.-P. Darmon）的法语译本：*Essai sur le mysticism grec*, Paris, 1982.

以再次被当作可以称之为"神秘的"体验而使用并赋予新的意义,这种体验位于符合希腊传统宗教态度的对立面。原本通过暂时的发作,以巩固习惯的宗教秩序,本来相对的手段变成了目的本身,在发作时的体验成了绝对的,唯有它才能够带来同宗教虔诚既定的形式截然相反的"神圣"的真实启示。狄俄尼索斯的附身发作,本是找回健康、重回世界秩序的暂时工具,变成了脱离世界的唯一途径,摆脱人类的境遇,通过向着神自身同化,达到一种寻常崇拜仪式所无法获得的状态,在公民宗教的系统中也没有其相应的位置和意义。

一种假设说狄俄尼索斯作为来自异邦(色雷斯或者吕底亚,抑或兼而有之)的神,是较晚引入希腊的,但是在由线性文字 B 写成的迈锡尼文献中,有狄俄尼索斯的名字,因此酒神看似自古就是希腊的,在这一点上并不比诸神殿中的其他神祇逊色,如此一来以上的假设是不成立的。因而沙巴图奇的"反转"解读无疑在紧急状况下得到了认可,然而问题并没有得到解决。从此问题的形式如下:在何时、何地、以何种方式,在狄俄尼索斯崇拜中出现了这些变化、这些逆转? 沙巴图奇就此提到了"俄耳甫斯情结"(complexe orphique),其在俄耳甫斯崇拜的各种流派表达中,可能把对狄俄尼索斯崇拜的重新阐释和厄琉西斯(Éleusis)秘仪联系起来,后者在作者看来,是希腊秘仪的核心部分。神秘主义(mysticisme)一词本身就同 *mustês*, *muêsis*, *mustikos*, *mustêrion* 联系在一起,这些词尤指厄琉西斯,那里的仪式包括入门、启示、内心改变和获得天国更好的生活的承诺。但是一个词的起源并不意味着它一直以来都保存了相同的意义和相同的宗教含义。*muô* 一词的本意是"关起来"或者"把自己关起来"。至于同厄琉西斯的关联,可以是眼睛,也可以是嘴。在第一种情况下,秘仪入门者是些眼睛尚且闭着的人,也就是说他们还没有"看见",没有达到秘仪的第二阶段;因此 *muêsis* 指的是预先的净化,这同 *teletê* 相反,后者是最终的入门。[①] 第二种情况,那

---

① 参见柏拉图,《会饮篇》(*Banquet*),210 a;《斐多篇》(*Phédon*),行 69 c,和 IG I² 6,49。

些闭上嘴的人、那些入门者被禁止传播授予他们的秘密。这组词保存了同样的秘仪、隐遁的启示和协约(sumbola)的观念,直到公元3世纪,未入门的人仍然无法掌握协约的含义。到了普罗提诺(Plotin)那里,它们的含义丰富起来,不仅仅是在厄琉西斯那样,更多地构建在一种观念和一种情感上的启示,而不是某种教导,①这是对神的亲身体验,在自己身上直接感受,同神接触,超越自我,与神心灵相通。同样一脉相承的还有圣女德肋撒(Thérèse d'Avila)所说的"通神狂喜",很好地定义了基督教神秘主义。我们知道这种狂喜有三个条件:独处、沉默和静止。这同厄琉西斯相去甚远,同狄俄尼索斯崇拜截然相反。

但是让我们搁置关于词汇的评论,②并且承认沙巴图奇所言极是,每个宗教系统都可以有它自己独特的神秘体验形式,同基督教的一神教框架下的神秘体验非常不同。我们也不是没有注意到,在公元前5世纪的雅典,没有任何文献提到狄俄尼索斯崇拜被二次改造,也就是说被用来系统反转神圣的价值观念和崇拜的基本方向:没有任何苦修的倾向,丝毫没有否认积极的价值观念和人世的生活,没有舍弃的意愿,毫不考虑灵魂及其同身体的分离,不存在任何末世论。仪式、图像和《酒神的伴侣》一剧中都看不到期盼得救或者获得永生的想法的影子。所有一切都在这里、在当下的存在中进行。获得解脱、逃向他处的明确期盼并不表达为希望在死后获得另一种更加幸福的生活,而是在生活中体验另一种可能,在人的境遇中开辟让人幸福的他性。

---

① 参见亚里士多德, fr. 115, Rose.
② 如果想要辨别出狄俄尼索斯崇拜、厄琉西斯崇拜和俄耳甫斯崇拜之间在某时某地发生的交织现象,就需要研究以下词汇:τελετή, ὄργια, ὀργιασμός, ὀργιάζειν, βάκχος, βακχεύς, βακχεύειν, βάκχειος;参见 Giovanni CASADIO,〈论狄俄尼索斯的历史宗教崇拜与神秘现象的关系〉(Per un'indagine storico-religiosa sul culto di Dioniso in relatione alla fenomenologia dei Misteri), I et II, *Studie e Materiali di Storia delle Religioni*, 1982, VI, 1—2, et 1983, VII, 1, 页 209—234 和页 123—149。

人类学家们的分析证实了这种观念。① 在基督教通过独处、沉默和静止达到出神恍惚的状态以外,人类学家们区分了两种常常互相对立的恍惚状态和附身的形式。一种是人类个体采取主动,并且是主宰者。借助不同手段获得的特殊能力,使得他能离开自己处于强制性昏厥状态的躯壳,到另一个世界中去旅行,并且回到这个世界的时候还保存着关于另一个世界见闻的记忆。这就是希腊的"魔术师们"(mages)、这些特殊的人物有他们的门徒、精神锻炼、苦修的技法和重新投胎转世。这些人物或多或少带有传奇色彩,同阿波罗部分相关,其关联程度胜于和狄俄尼索斯的联系。②

在另一种恍惚的形式中,就不是一个超凡的人类个体上升到诸神那里,而是诸神来到下界,根据自己的意愿附身在一个凡人身上,让他获得跨界的体验,让他起舞。被附身的人并不离开人间;因为身负神力,他在人间成了他者。在这个层面上,有一种新的区别。在《斐德罗篇》(Phèdre,行 265a)中,柏拉图提到有两种疯狂(mania):妄想可以是需要医治的人类病症,也可以是一种神性的状态,具有完全积极的价值。类似的分界线将库柏勒式的(corybantique)习俗同狄俄尼索斯崇拜区分开来。在第一种情况下涉及的是患病的个体。他们的发作、妄想或者精疲力竭是过失的象征、不洁的表现。他们冒犯了神,神通过附体来惩罚他们,因而他们成了神的受害者。因此,

---

① 最后请参见 Gilbert ROUGET,《音乐与附身:音乐与附身关系总论概要》(*La Musique et la transe. Esquisse d'une théorie générale des relations de la musique et de la possession*),Paris,1980,由莱里斯(Michel Leiris)作序。

② 关于阿巴里斯(Abaris)、阿里斯提亚斯(Aristéas)、海尔摩提莫斯(Hermotime)、埃庇米尼得斯(Épiménide)、费雷西底(Phérécyde)、撒尔莫克西司(Zalmoxis)这些"魔术师们"同毕达哥拉斯和极北人阿波罗之间的联系,参见 E. ROHDE,《希腊人对灵魂以及永生的信仰》(*Psyché. Le Culte de l'âme chez les Grecs et leur croyance à l'immortalité*),trad. A. Reymond, Paris, 1952,页 337 及以下;E. R. DODDS,《希腊人与非理性》(*Les Grecs et l'irrationnel*),由吉布森(M. Gibson)自英语译出,Paris, 1965,页 141 及以下(原版:*The Greeks and the Irrational*, Berkeley, 1959);M. DETIENNE,《古代毕达哥拉斯注意中的魔的概念》(*La Notion de Daimôn dans le pythagorisme ancien*),Paris, 1963,页 69 及以下。

在仪式中,要指认报复他们的神明,要通过相应的净化,使得病人从附体的状态中解脱出来,从而得以痊愈。在酒神的护送队伍中,没有需要"指认"以便驱赶的神明,没有病症,人们没有特别的病征。护送队伍是一个由信徒组成的团体,如果说他们施行附身术,那是作为仪式化的社会行为,是得到控制的,很可能需要习得而成,其目的并不是治愈病患,更不是治疗这个想要永远逃离的世界中的恶,而是在集体身着仪式装、在野性的(真实的或者隐喻的)装饰下,通过舞蹈和音乐,达到状态的改变。这是在城邦的框架下,如果不是在城邦当局的领导下,就是得到了它的许可,在某个时段,体验成为他者,这并不绝对,而是相对于范本、规范和特定文化的价值观念。①

狄俄尼索斯崇拜怎么能不是这样呢?狄俄尼索斯在希腊诸神殿中并不代表同人世分离的神的现实,并不在人类生活的不坚定和易变的反面。狄俄尼索斯占据了模棱两可的位置,就像他的地位那样:他比起神来更接近半神,尽管他想要成为完完全全的神。即使在奥林匹亚山上,狄俄尼索斯也是他者的化身。如果说他的功能是"神秘的",他让人类脱离变化的、感知的、多重的世界,让他越过分界,在这道门槛的另一边就能进入永恒的、持久的、(统)一的世界,永远保持不变的世界。他的角色不是这样,他并不借助苦修或者避世的手段让你们脱离地上的生活;他把神明和人类、人类和兽类、人间和彼岸之间的界限都模糊了;他让孤立、隔离的人得以沟通;他通过规则化的恍惚状态和附身术的形式突然出现,在自然中、在社会群体中、在每个人类个体身上,通过一系列的奇事、鬼怪幻景、幻觉和打乱日常习惯的做法,颠覆了秩序,或是升入上境,在那里所有的生物间存有理想的情谊,黄金时代的幸福和谐突然重现,或是恰恰相反,对于那

---

① 关于这一点,请参阅 Albert HENRICHS,〈改变中的狄俄尼索斯式的身份〉(Changing Dionysiac Identities),页 143—147 写的是迈那得斯仪式(ménadisme),收录于《犹太教和基督教自我定义》(*Jewish and Christian Self-Definition*),第三卷,《希腊-罗马世界中的自我定义》(*Self Definition in the Graeco-Roman World*), éd. par Ben E. Meyer et E. P. Sanders, Londres, 1982, 页 137—160。

些拒绝狄俄尼索斯、否认他的人而言,则是贬入下界,陷入令人毛骨悚然的混乱。

我们已经说过,在我们分析《酒神的伴侣》时,只留意那些能阐明面具之神和他的信徒的宗教性的因素。

《酒神的伴侣》一剧中的狄俄尼索斯是一位把自己专横的、苛刻的、具有侵略性的出场强加给人间的神祇:他是"再临人间"的神。在所有的地方,在所有他决定征服的城邦里,他来了、到了、在了。剧本中的第一个词就是 hêkô:"我来了。"狄俄尼索斯突然现身,就好像每次都是从他处蹦出来:陌生人、野蛮的世界、彼岸。他的现身征服了一个又一个城邦、一个又一个地方,扩张、保障神的崇拜。整个悲剧的进行过程中都在例证这种"来临":让人看到狄俄尼索斯的现身。悲剧将此展现在舞台上,狄俄尼索斯既是其他演员中的主角,又是演出的组织者、剧情的秘密操纵者,使得自己最终为忒拜人承认为神。但是这种现身也是做给戏剧观众看的,就好像神显形的时候他们在场。他们对受害者表达的惊恐和怜悯之情,使得他们得以充分理解其内涵和关键,并且通过理解悲剧演出所带来的完美的、有组织的安排布置,获得愉悦的感觉,是狄俄尼索斯一旦受到承认、融入以后,给他选择现身的城邦所带来的"净化"。

这种显形不同于一般的诸神现身,也不类似于秘仪的第二阶段,狄俄尼索斯苛求人们"看见"他。在序幕的最后,同开场时的"我在这"形成呼应的是要求"卡德莫斯的城邦看见",ὡς ὁρᾷ Κάδμου πόλις (行 61)。他想要被视作神,要像神对于凡人那样明显,要自己得到承认、自己启示,①被认出、承认、理解。② 这种"明显"的特性,在某些条件下,是神现身时的外衣,由吕底亚信徒组成的合唱队在第四首歌曲(stasimon)中竭力表达这一点,她们用的是愿望的形式——在"光天化日之下显而易见"(phaneros)(行 993、1011)的正义——和

---

① δείκνυμι:行 47、50;φαίνομαι:行 42、182、528、646、1031。
② γιγνώσκω:行 859、1088;μανθάνω:行 1133、1296、1345。

原则受到肯定——我以追随"伟大的显者"(phanera)(行1007)为自己的幸福——,并且立即祈求狄俄尼索斯现身,要求他显形,好让人看到:"出现吧!"(phanêthi)(行1018)但是狄俄尼索斯用隐匿的方式现身,他的现身躲过了那些只相信眼见为实、能"亲眼看到"①的人的眼光,就像在行501彭透斯在面对狄俄尼索斯却认不出乔装之下的酒神时所说的。因此是戴着面具的神的显形。但是为了把他的出现强加给忒拜,为了在忒拜"出现",狄俄尼索斯更换了他的"外表",改变了他的形象、他的外在、他的本质:②他戴上了人类的面具;他以一个年轻的吕底亚异邦人的形象示人。这位异邦人既同狄俄尼索斯有所区别,又同他相同,他的功能就是面具,一切都掩盖了酒神的真实身份(对于那些并没有准备好承认他的人们而言),他是自己启示的手段;他让那些在他的眼光下、就像和他面对面时学会了"看见应该看见的"(行924)那些人的眼睛看到他的无法回避的显现:在极端隐匿的乔装下的极端显像。

神和他的信徒面对面,眼对眼?然而出神恍惚的状态是集体的;是酒神的护送队伍集体进行的。但是当一群狂女迈那得斯们一起纵情于酒神节的狂欢之中,每位参与者都只顾自己,并不考虑整体编舞的效果,对其他人的动作相当漠然(在狂欢队伍之歌[kômos]中也是一样)。信徒一旦进入舞蹈状态,他就成了被选中的人,同神单独面对面,他从内在臣服于附身于他的神力,神力可以任意支配他。

如果说狄俄尼索斯的现身只通过集体狂欢表现,但是对于每个个体,它依旧是直接的、面对面的体验。在这种震慑的关系中,在眼神交流、在互不可分的"看见"和"那个被看见的"关系中,信徒和神之间的一切距离都消失了,他们走到一起。在出神恍惚的状态中,人模仿神,神也模仿人;两者之间的界限暂时被神现身的强度模糊了,为

---

① φανερὸς ὄμμασιν。

② μορφή:行4、54;εἶδος:行53;φύσις:行54。

了在你面前明显地显现,神首先应当控制你的视线,从内部抓住你的眼光,甚至改变你的视觉模式。

当彭透斯询问这位吕底亚异乡人,这个年轻人自称是酒神的传教士,他的询问在两种互相对立的视觉形式之间划出了清晰的界限:一种是幻觉的、不真实的,是睡着的人在梦境中所见;另一种是真实的、不容置疑的,是醒着的、清醒的人所见,他的眼睛睁得大大的。"这个神,"他问道,"你是在晚上看见的(也就是说在梦境中)还是你亲眼所见?"异乡人回答说:"我看见他正看着我"(*Horôn horônta*)(行470)。我看见他的时候他正看着我,这是一个侧面的回答,它转移了问题,并强调了神的显现是在彭透斯确信的二元框架之外的:一方面是梦境、错视、幻觉;另一方面是真实的所见,不容驳斥的见证。在这两种形式以外,面具之神让人获得的"视觉"无视这种对立,它建立在视觉的互相性之上,拜狄俄尼索斯所赐,就如镜子游戏一般,在有超人视力的信徒和看得见的神之间可以互换,每个人相对另一个而言都是看见对方的那个和被对方看见的那个。

狄俄尼索斯突然出现在世上,他非同寻常的显现对"正常的"视觉提出了质疑。这种视觉既天真又可靠,彭透斯自以为可以借此拒绝酒神和他的所有行为——这种视觉试图成为积极的、理性的所见,但是在年轻的国王过分的"窥视癖"中却流露出阴暗、混乱的一面。彭透斯热情地、难以抑制地渴望(行812)成为观众(*theatês*,行829),去看他声称可怖的行为,去凝视狂女迈那得斯们的卑鄙行径,①去看那未入门的人禁止观看的(行472、912、1108),去当偷窥者、间谍,②有时在光天化

---

① 在行810及以下,异乡人询问彭透斯是否想要到山里看酒神的随从。"愿以世上所有的金子作为交换",年轻人这样回答,承认了自己热切渴望观看他认为不堪入目的场景。"对你而言,观看你认为苦涩的(πικρά)东西是一件美事",异乡人于是讽刺说(行815)。一出苦涩的演出,这就是彭透斯把年轻的酒神随从关押起来,要让他所看的(行357)。王宫奇迹使得这些镣铐对于彭透斯而言,成了最为苦涩的一幕(行634)。关于渴望凝视酒神随从的可耻嬉戏,也请参阅行957—958和行1058—1062。

② φύλαξ:行959;κατάσκοπος:行916、956、981。

日之下公然前去,①有时试图在观看时不被看到(行1050)。最后他自己露出了兽性、野蛮的一面,②最后他自己看起来是那么明显(行1076),让他窥视的那些人看得一清二楚(行982、1076、1095)。这对睁着双眼、视觉清晰的人而言是一大讽刺:在戏剧的关键时刻,当关乎他的生命时,"是人们看到他,而不是他自己看到"(行1075)。

　　文中出现了 *eidos*,甚至 *idea*(行471)这样的词,还有诸如 *morphê*,*phaneros*,*phainô*,*emphanês*,*horaô*,*eidô* 和相应的复合词:其他任何文本都没有如此强调,关于看见和视觉的词汇极为丰富,我们甚至可以说这是挥之不去的。欧里庇得斯使用这些词来暗示人类面对狄俄尼索斯时体会到的多义性、模糊性和颠覆,这些词既适用于普通的、规范的视觉,又适用于神带来的超自然的"显现"和"出现"、相像、伪装及幻觉的所有虚幻形式。

　　狄俄尼索斯的视觉在于使内在得到释放,粉碎自称唯一有效的"积极的"视觉。在这种视觉下,每个人都有他确切的形式、确定的位置和他独特的本质。这一切都存在于一个固定的世界中。这个世界为每个人设置了他自己的身份,他永远被限制在这个身份里面,永远和自己相同。要看到狄俄尼索斯,就要进入一个不同的世界,那个世界由他者统治,而不是同一。

　　从这个角度而言,悲剧中有两处具有特殊含义的时刻。在行477,彭透斯问异乡人:"既然你说清晰地看见了这个神,那么他是什么样的?"③对于视觉清晰的人而言,诸神应当同所有其他生物和物体一样,拥有一个确切的形态,一个表达了他们的本性的可见特征,一个身份。异乡人回答道:"他看起来很好。"并且补充说:"我没有命令要给予他。"当狄俄尼索斯显现的时候,没有需要遵守的条例来限制他现身的模式,因为并没有适合他的预先设定的形式能一劳永逸

---

① ἐμφανῶς:行818;参见行22提到狄俄尼索斯,采用讽刺的类比。
② ἀναφαίνει:行538;参见行528提到狄俄尼索斯,使用了同样的手法。
③ Τὸν θεὸν ὁρᾶν γὰρ φῇς σαφῶς, ποῖός τις ἦν.

地将酒神定型。悲剧文本多次强调面具之神这种谜一般的特征,酒神的形式和本性都环绕着不确定的光晕,例如这样的表达:这个神(这个异邦人)"无论他是怎样的","无论他能怎样"。①

再远一点,在行 500,面对年轻的国王的威胁,异乡人说到神自己(daimôn autos),狄俄尼索斯本人:"就在当下,我所容忍的,他就在旁边看见了。"②狄俄尼索斯的警惕是毫无懈怠的,他的出现是隐匿的,彭透斯的眼睛虽然还是睁着,但是他的眼光无视神的存在,他所看见的面具遮盖了他。国王决计不听他所说的,讽刺道:"他在哪里呢?我的眼睛看不见他。"异乡人驳斥他说:"他同我在一起;但是你是如此大逆不道,你看不见他。"③

在第二个片段中,彭透斯那个不再完全是他自己。狄俄尼索斯赋予了他"轻微的疯癫"(行 851)。虽然脱离了他一般的判断力,他仍旧没有进入狄俄尼索斯的世界。他在两者之间徘徊。到了第四幕,他离开王宫的时候,披头散发、穿着女子的衣服、身着酒神随从的服装、手持薜荔杖——酷似异邦人——,他喊出的第一句话是(行 918 及以下):"说实话,我看见两个太阳、两个忒拜。"彭透斯看东西重影,当然像一个喝醉的人,但是更为深层次的是,他身处两种相反的视觉模式之间,在两者间摇摆不定,目光被分化了:一面是原先的"清晰"视野,从此受到干扰;另一面是他触不可及的狄俄尼索斯"视觉"。他看见了两个太阳,但是他看不见面前看着他的狄俄尼索斯。彭透斯内心的双重性,在剧院的观众看来被舞台上出现的两个相同年纪、相同作风、相同服装的人物所强化,如果不是他的"微笑"让人认出面具遮盖了的特征和掩饰之下显现的酒神,他是无法辨别出来的:两个表面上相似的人面对面,但是他们属于截然相反的两个世界。

---

① ὅστις ἔστι:行 220、247、769,参见行 894。
② παρὼν ὁρᾷ.
③ οὐ γὰρ φανερὸς ὄμμασιν γ'ἐμοῖς. / […] οὐκ εἰσορᾷς,行 501—502。

狄俄尼索斯现身的时候，即使他在很近的地方，他同你有亲密的接触，他仍然是不可捕捉的、无所不在的。他从来不在他在的地方，他从来不属于某种最终的形式：木屋顶上（*théologeion*）的是神，舞台上微笑的是年轻人，公牛将彭透斯引向灭亡，狮子、蛇、火焰或一切其他的。他同时在舞台上、在王宫里、在喀泰戎（Cithéron），无所不在又哪儿也不在。当合唱队的女子们劝他现身，让人看到他完全的出现时，她们唱道："出现吧，公牛，或者千头龙，抑或是吐着火焰的狮子好教人看到。"①公牛、供人看的蛇和教人看到的狮子——合唱队继续唱道："带着一脸（面具）微笑，②把他（彭透斯）装进你的死亡之袋中。"面具上的眼睛睁得大大的，就像戈耳工的眼睛那样震慑你，表达了所有这种可怖的神现身所能采取的形式。面具奇怪的眼神具有震慑力，但是面具是空的，代表了神的缺席和他性，让你脱离自己、离开你的日常生活，附身于你，就好像面具之空是用来戴在你的脸上，并改变它。

我们在其他地方强调过，③面具是表达出席的缺席的手段之一。在戏剧的关键时刻，当彭透斯在树上，在露天（行 1037、1076）曝于所有人的视野之下，神的现身并没有采用非凡的显性的形式，而是突然消失了。亲眼所见的信使作证说："人们看到他（彭透斯）安顿在空中的这段时间里，异乡人已经消失在视野里"④；视野中看不见他了。是从天上，在天地间突然变得超自然般的寂静的时候，有一个声音⑤让人认出酒神，让迈那得斯们重新聚集起来，冲向她们的敌人。狄俄尼索斯不再身处人间，不再对彭透斯施加影响，在彭透斯被所有人看见的时候，酒神隐匿了起来。出席-缺席，当狄俄

---

① Φάνηθι[...]ἰδεῖν / [...] ὁρᾶσθαι，行 1017—1018。
② γελῶντι προσώπῳ，行 1021。
③ 参见 F. FRONTISI et J.-P. VERNANT,〈古希腊面具形象〉(Figures du masque en Grèce ancienne)，见前文，页 204—214。
④ οὐκέτ' εἰσορᾶν παρῆν，行 1077。
⑤ ἐκ δ'αἰθέρος φωνή τις，行 1078；αἰθήρ，行 1084。

尼索斯在人间的时候，他也在天上，在诸神那里；当他在天上的时候，他也没有不在地上。他是将一般情况下分离的天与地结合起来的神，他把超自然融入到自然之中。在这个层面上，彭透斯的坠落和神的上升愈加形成了鲜明的对比（为了表达这一点，作者讽刺地使用了相同的词汇和句式）。同狄俄尼索斯一样，彭透斯宣布自己是"举世无双的"(deinos)①，他的荣耀应当上升至天庭，②但是他注定要消亡。③ 在酒神为他安排的高处，④他在杉树上立起来，直到他坠落在地，毫无防卫地落入愤怒的迈那得斯们手中："他从高处被摔向地面，摔倒在地上。"⑤然而，根据进场歌（parodos）——极乐之歌，狄俄尼索斯式的纵情欢乐之歌——所唱的，狄俄尼索斯自己在跃起之后，在空中变得轻盈，去往高处，他把自己美丽的饰带抛向天空，⑥至于随从队伍的首领，他突然离开队伍、"倒在地上"；⑦但是这就是至福的最高点，在山中(hêdus)祭祀以后吃生肉的乐趣(charis)：重新找回了黄金时代的极大真福（行 142 及以下；行 695 及以下），地上的天国。如果说狄俄尼索斯和彭透斯一样，突然倒在地上，那是因为他的角色就是通过跃起（行 169、446、728）、跳跃（行 165—167）、操纵他的信徒们飞起，⑧把他的无所不在投射到地上某个确切的地方。载过彭透斯的杉树刚"向着天空笔直地"重新竖起（行 1073），狄俄尼索斯刚从可见的世界中消失，成为了高

---

① 在行 971，狄俄尼索斯对彭透斯说："独一无二，你是独一无二的。"另请参阅行 856。关于狄俄尼索斯的独特性以及他所引发的独特性，请参阅行 667、716、760、861、1260、1352。
② στηρίζον [...] κλέος，行 972。
③ πεσόντι，行 1022—1023。
④ Ὀρθὴ δ'ἐς ὀρθὸν αἰθέρ' ἐστηρίζετο，行 1073。
⑤ ὑψοῦ δὲ θάσσων ὑψόθεν χαμαιπετής / πίπτει οὖδας，行 1111—1112。
⑥ εἰς αἰθέρα，行 150；参见行 240。
⑦ πέσῃ πεδόσε，行 136。
⑧ Χωροῦσι δ'ὥστ' ὄρνιθες ἀρθεῖσαι，行 748。她们"就像鸟儿突然起飞那样"冲了出去；"就像鸽子飞起来那样迅速"，πελείας ἐκύπητ' οὐκ ἥσσονες，行 1090。

高的以太中的一个声音,在超自然的寂静中回响,"神的火焰之光从地上一直照亮到天上"。① 无论酒神上升至天空、倒在地上,在天地间跳起来、冒出火焰,还是他以人的形式、以火焰或声音的形式,可见的或不可见的,他总是位于彭透斯的对立面,虽然涉及到他俩的表达是对称的;他给人间启示了存在的另一种维度,带来了他处、彼岸的体验,直接植入到我们的世界和我们的生活中。

狄俄尼索斯的现身不但不受形式和可见的轮廓的限制,还表现为一种魔法(maya),干扰所有的表象。当由人们熟悉的物件、令人安心的形象组成的稳定的世界发生偏转,倒向由幻觉、不可能、荒唐组成的光怪陆离的幻象时,狄俄尼索斯就出现了。独一无二(deina)、奇迹(thaumata)、巧夺天工(sophismata),所有这些奇迹和奇事的形式,学者和巫师意义登场,他们从面具之神的现身中冒出来,就像阿弗洛狄忒脚步所到之处,鲜花盛开。在剧本中,这表现为王宫、马厩、喀泰戎的奇迹,"令人惊讶的奇迹完成了"之后,"超过了所有魔法的奇迹"。② 狄俄尼索斯开场说道:"我到了"(hêkô)。在行449,信使重复道:"这个人来了(hêkei),充满着奇迹。"在神出现的地方,舞台上的日常布景换成了虚幻的场景。就像伟大的猎手那样,酒神是伟大的魔术师,是幻象的主宰,是极其复杂的表演的作者和合唱队出资人,在他的演出中,没有什么东西也没有哪个人能持续保持自己。狄俄尼索斯是一位让人打颤的神(sphaleôtas)③,他让人失足、跟跄,他就像布尔加科夫(Boulgakov)的《大师和玛格丽特》(Le Maître et

---

① πρὸς οὐρανὸν / καὶ γαῖαν ἐστήριζε φῶς σεμνοῦ πυρός, 行1082—1083。
② δεινὰ δρῶσι θαυμάτων τ'ἐπάξια, 行716,参见行667。
③ 公元前4世纪的喜剧诗人欧布洛斯(Eubule)笔下的狄俄尼索斯说,第十樽双耳爵所盛的葡萄酒带来的不是健康,也不是愉悦和爱情,更不是睡意,而是疯狂(mania):"就是那一樽使人踉跄"(σφάλλειν),11 fr. 94 Koch = Athénée, II, 36c,雅各(Iacobs)对第十行做了改动。关于让人打颤的狄俄尼索斯,请参见G. ROUX,《德尔菲,其神谕和诸神》(Delphes, son oracle et ses dieux), Paris, 1976,页181—184,以及M. DETIENNE,《毫不遮掩的狄俄尼索斯》(Dionysos à ciel ouvert), Paris, 1986。

Marguerite)中的魔鬼,是他者的化身;他突然让表象发生反转,展现其虚假的坚固性,他在惊呆了的观众眼皮底下安排了由魔法和神秘组成的不同寻常的场景。

超越了所有的形式、在表象上做文章、虚幻和现实的混淆,狄俄尼索斯的他性也表现在,通过他的现身,赋予我们的世界一致性的所有干净利落的范畴和明确的对立,并没有保持互相区别和自身独特性,它们互相呼应、融合、互换。

男性特征和女性特征:狄俄尼索斯是一位女子风度的(thêlumorphos,行353)男性神祇。他的装束(skeuê)、他的头发是女子的。他让男子气的彭透斯穿上其信徒的衣服,使他变成了女子。因此彭透斯就想要成为女子,并且确实就以女子的形象示人(行925);狄俄尼索斯对他说:"我看到你的时候,就仿佛看见了你的母亲和婶婶本人。"(行927)彭透斯听到了非常满意。观众们看到的也是如此,因为演出彭透斯和阿高厄(Agavé)的是同一名演员。

年轻人和老年人:在酒神崇拜中,这两种状态的差别消失了(行206—209、694)。"在起舞的时候,酒神对年轻人和老年人毫不区分。他想要得到所有人共同的尊重",忒瑞西阿斯这样宣布,信使报告说他在喀泰戎山上看见"妇女、年轻人和老年人,还有尚未订婚的女孩子们"站在一起(行206—209、694)。

远与近,彼岸和下界:狄俄尼索斯借助他的显形改变这个世界的面貌,而没有让你脱离这个世界。

希腊人与野蛮人:吕底亚的异乡人来自亚洲,他出生在忒拜。

狂怒者,疯狂者,疯狂的发怒者(mainomenos)也是灵巧的智者(sophos, sophistês, sôphrôn)。

新来的神(neos;行219、272)来建立一种之前无人知晓的崇拜,然而却代表了"祖先的习俗,同时间一样古老(行201);这种根植于过去时代深处的习俗,来自于自然本身"(行895及以下)。

未开化的和文明的。狄俄尼索斯让人离开城市、家庭,抛弃孩子、丈夫、家庭,离开岗位和日常工作。大家在夜晚、在山里、山谷和树林中举行庆典。酒神的侍从们摆弄蛇类，像喂自己的孩子那样给动物的幼崽喂奶，她们使自己变得野蛮。她们同所有这些或野生或家养的牲畜情谊相通，同整个自然建立了一种新的、欢乐的亲近关系。然而狄俄尼索斯是一位"教人开化"的神。由他的信徒、吕底亚的迈那得斯们组成的合唱队同意忒瑞西阿斯把德墨忒尔（Déméter）和狄俄尼索斯联系起来的说法：酒神之相对于液体元素、饮料，就如同农耕女神之相对于固体和可食之物。一个发明了麦子和面包，另一个发明了（行279）葡萄和葡萄酒，他们两个把从野蛮生活到农耕生活的转变引入（行279）到人类中。然而，在小麦和葡萄酒之间依然有一种差别。小麦完全是农耕一方的，葡萄酒是模棱两可的。当它纯净的时候，包含了一种极端野蛮的力量，一种燃烧着的火焰；当它被合理分配、遵循规则饮用的时候，它给农耕的生活补充了一个超自然的维度：宴会的欢乐、忘却邪恶，它是驱散罪恶（pharmakon）的麻醉剂，它是宴饮的装饰、喜庆而充满活力的光辉（行380—383），是节日的幸福。

和葡萄酒一样，狄俄尼索斯是双重的：极端可怕，无限柔和。① 他作为他者令人吃惊地显现、闯入人类世界，他可能采用两种形式：或是在大自然之中，摆脱一切束缚、脱离日常的和自己的限制，同神幸福地合为一体。进场歌（parodos）所庆祝的就是这种体验：纯洁、神圣、欢乐、柔和的至福。或者坠落至混乱、血腥的、谋杀的疯狂，把相同和其他混为一谈，把最亲近、最亲爱的人当作野兽，把自己的孩子、把第二个自我亲手撕裂；这是恐怖的不洁之行，无法救赎的罪恶，永无止境、没有出路的不幸（行1360）。

狄俄尼索斯作为酒神的女性随从之首（archegos）来到忒拜。这些随从醉心于他的崇拜，了解相关的仪式。② 在这群人中，每个成员都通过神圣的净化来成为酒神的伴侣（行76—77），她们的生活、行

---

① δεινότατος, ἠπιώτατος, 行861。

② τελετὰς εἰδὼς, 行73。

为方式是被祝圣者才有的,她们把自己的灵魂同随从队伍结为一体。① 信徒的队伍因此聚集了那些知道的人(hoi eidotes)和那些为了服务于神、遵守启示于他们的仪式的人。未入门的人不但不知道仪式,而且他们没有权利了解秘密。当彭透斯问道:"这些秘仪(orgia)、这些崇拜,它们是什么样子的(它们有怎样的特征、本性和外表[idea])?"(行 471)异乡人回答他说:"不是酒神伴侣的人禁止知道这些(或者禁止观看[eidenai],行 472)。"但是年轻的国王继续追问:"那些庆祝的人能获得什么好处呢?",他得到的驳斥是:"不许你知道这一点。"(行 474)彭透斯到喀泰戎山上去窥视迈那得斯们,他的罪过在于,他想要"看那不应该看的"(行 912、1108—1109)。因此,酒神崇拜在随从队伍中包含了一个秘密的仪式特征,其必须在有限的封闭的团体中完成。信徒的队伍同神保持一种特权的联系;它同酒神直接联系;它在外部同他结合,独立于市民团体。"狄俄尼索斯,宙斯的儿子,而不是忒拜的,在我身上施展法力",在听到城邦的首领遭遇的不幸(行 1037—1038)的时候,合唱队这样唱道,以便为自己爆发的欢乐给出理由。然而,狄俄尼索斯一旦出现在木屋顶上神的位置(theologeion)时,他的话语是准确而清晰的。忒拜这个城邦应当看见他、承认他、接受他。但三位王族的妇女犯下了排斥他的错误,酒神把兽皮系在忒拜城上,他让忒拜城手持薜荔杖,立起来。"忒拜所有的妇女,无一例外"(行 35—36),他把她们从家里驱赶出来,让她们失去理智,引导她们去了山里。城邦(polis)应当知道对酒神节一窍不通的代价是什么(行 39—40)。在进场歌(parodos)的时候,酒神的随从们在王宫前面的广场上载歌载舞,按照不变的仪式庆祝布洛弥俄斯(Bromios)。酒神使得每个人都从家里出来、听到和看见这个场面。护送队伍在歌颂完秘仪和酒神教授她们的庆典之后,转而要求忒拜人戴上鲜花、穿上衣服、到教堂的前廊处完全臣服于巴

---

① βιοτὰν ἁγιστεύει,行 74;θιασεύεται ψυχάν,行 75,我们可以将它翻译成"从心灵上成为随从队伍的一员",或者"在心灵上成了随从队伍的一员"。

克斯(Bacchos，行109)。当布洛弥俄斯把护送队伍引向山里的时候,她们要求全城起舞(pasa，行114)。

狄俄尼索斯不想成为一个小教派、一个有限的群体或者一个封闭的、限制在自有秘密的组织的守护神,他要求作为完完全全的神出现在公民团体的诸神之列中。他的雄心是要看到他的崇拜,不论以怎样的形式,获得官方认可和一致执行(行536、1378、1668)。应当让城邦(polis)入门。在这个层面上,酒神的护送队伍同伯罗奔尼撒战争末期、在雅典遍地开花的封闭性团体不同,这些团体庆祝异乡神祇的奥秘:库柏勒(Cybèle)和月神(Bendis)、荒淫之神(Cottyto)、阿提斯(Attis)、阿多尼斯(Adonis)、萨巴齐奥斯(Sabazios)。狄俄尼索斯所要的地位不是一位边缘化的、偏离中心的神祇,那样的神祇的崇拜将被限制在一个教派分会中,分会意识到自己的不同,并满足于此,在众人眼中他们是同共同的宗教所不同的。酒神要求得到城邦的官方承认,作为在某种程度上脱离了城邦、超越了城邦的宗教。他意在把一些包含了偏心性质的习俗以公开的或者暗示的形式,植入公共生活的核心中去。

悲剧《酒神的伴侣》展现了城邦退守自己边界的危险。如果"相同"的世界不接受所有的群体和人类都无意识携带的他性元素,就像彭透斯拒绝承认吸引他、让他激动的、神秘的、女子气的、狄俄尼索斯式的部分,这些都让他害怕,那么稳定的、常规的、相同的就将要发生翻转和崩塌,届时他者以其可憎的面目、绝对的他性、重返混乱的形式作为凶险的现实,作为"相同"真实、可怖的一面出现。对于妇女们而言,唯一的解决办法就是出神恍惚的状态受到控制,护送队伍正式化、成为公共机构。对于男子们而言,借助狂欢队伍之歌(kômos)、葡萄酒、乔装打扮、节庆,对于整个城邦,他者通过剧院并在剧院里成为集体生活和每个人的日常存在的一个方面。狄俄尼索斯胜利的突现意味着,他性伴随着所有的荣耀植入于社会机制的中心。

彭透斯和狄俄尼索斯之间的冲突在什么程度上能被阐释为两种相反态度的戏剧展现:一方面是智者派的理性主义、他们作为技术家的智慧、他们对辩论术的掌握、他们对不可见之物的否定;另一方面是一种为非理性冲动留有余地的宗教体验,通向同神祇的亲密结合?① 答案并不简单,原因有多种:首先,彭透斯完全不是智者派的,他是太过于王家的、僭主的国王(行 671—776),太过于男子气概的男性(行 86、796),过分沉浸于比野蛮人高人一等思想的希腊人(行 483),城邦之人将国家利益视作积极的观念。忒瑞西阿斯自然可以谴责他的巧言善辨(行 268),并用鲁莽(*thrasus*)来形容他(行 270),说他在雄辩时恬不知耻。② 然而,就像人们所指出的那样,③神的话语服从典型的智者模式。其次,是否存在一种可以被称之为理性主义的智者思想? 高尔吉亚(Gorgias)在《海伦颂》(*Éloge d'Hélène*)中赞美的神力给人的精神施加了极有约束力的魔法,使得没有哪个凡人能抵御得了。狄俄尼索斯在剧本自始至终正是运用了同样的神力以施展法术。在这种意义上,酒神扮演了深奥的魔法大师的角色(如果他没有把自己一部分能力分给悲剧诗人,酒神甚至是唯一一个掌握此法的)。最后也是最重要的,悲剧并不把理性与灵魂宗教、智慧与情感完全对立起来,如西格尔(Charles Segal)之明鉴,悲剧并不把价值观念体系一分为二,彭透斯和狄俄尼索斯的世界各自有自己的理性与非理性、明见与疯狂、智慧和妄想的形式。④ 在彭透斯还没上场之前,他为卡德莫斯和忒瑞西阿斯这两位年长的智者的胡言乱语而感到愤愤不平(行 252),他的祖父形容他是"狂热的";正是这个词

---

① 参见 J. ROUX,《〈酒神的伴侣〉一:导言、文本、译文》,前揭,页 43—71,以及另一种不同的形式,Hermann ROHDICH,《欧里庇得斯的悲剧》(*Die euripideische Tragödie*),Heidelberg, 1968,页 131—168。
② 参见行 491,彭透斯用鲁莽(θρασὺς)和"无师自通、擅长驳斥"(οὐκ ἀγύμναστος λόγων)来形容狄俄尼索斯。
③ 尤请参阅 E. R. DODDS,《欧里庇得斯,〈酒神的伴侣〉》,前揭,页 103—105;也请参阅 J. ROUX,《〈酒神的伴侣〉一:导言、文本、译文》,前揭,页 337,和 Ch. SEGAL,《狄俄尼索斯诗作和欧里庇得斯〈酒神的伴侣〉》,前揭,页 294。
④ 参见 Ch. SEGAL,《狄俄尼索斯诗作和欧里庇得斯〈酒神的伴侣〉》,前揭,页 27 及以下。

在同样的人口中用来形容在出神恍惚的状态下失去理智的阿高厄。① 忒瑞西阿斯当然承认彭透斯这个能干的人(sophos anèr)巧舌如簧,但是他也说这个年轻人"一派胡言",如此中和了对他的赞美(行271)。他还指控他谵语连篇,被疯狂(mania)所控制。② 在忒瑞西阿斯看来,彭透斯是如此疯狂,他已经失去了心智,他的邪病只能用嗑药(pharmakon)来解释(行326—327)。在入场的时候,在还没有看见狄俄尼索斯时,彭透斯积极的通情达理不过是一个中了魔的人、被附身的人、疯子(mainomenos)(在行399—400、887和999,合唱队正是用了这个词来指称神的敌人;另请参见行915)的心智。在他的盲目中,彭透斯就和狄俄尼索斯一样,是一个疯子(mainomenos)。是不是要说存在一种人类知识(to sophon)的疯狂,就像有神明智慧(sophia)的疯狂一样? 在这个问题上,情况再一次复杂得很。到了第三首歌(stasimon)的时候,合唱队的确质疑了人类的知识(to sophon,行878、897),到了第四首歌,合唱队明确说对此毫无羡慕之情(行1005),并且早在第一首歌里就把它和智慧(sophia)对立起来,并谴责了它(行395)。但是在这个段落中,智慧(sophia)指的不是神圣的疯狂(mania),反而是平和、有节制的生活,同清晰的思维相符合,③是不自以为是神明的凡人的生活。这样的凡人懂得满足于生活所提供的福利,并不追逐不可企及之物。我们将会看到,狄俄尼索斯崇拜的这一面,同疯狂(mania)有所不同,但却不可分离,它意味着每时每刻都准备接受狄俄尼索斯的在场,这就解释了智慧(sophia)中的现世普世智慧的一面,简单而大众化,酒神的信徒们对此颇引以为豪。

《酒神的伴侣》中疯狂的酒神狄俄尼索斯,游走于"知识"、"智慧"和"思考"的各个层面。他在运用计谋、为对手设陷阱、欺骗对手以便

---

① ἐπτόηται, 行214; πτοηθέν, 行1268。
② μαίνῃ, 行336; μέμηνας, 行359。
③ τὸ φρονεῖν, 行390;参见行427: σοφὸν [...] πραπίδα φρένα τε。

战胜他的方面的才能,超过了智者派中的佼佼者。他赋予跟随他的人正确思考的特权,让他们拥有明见和节制。① 对于那些忽略酒神的人,这些盲目者的虚荣心使他们迷失,以至于失去了理智,胡言乱语起来。② 至于疯狂(mania),酒神所启用的疯癫,它可以有两种不同的形式。这取决于涉及到的是在护送队伍中同酒神结合的信徒,还是酒神的敌人;对后者的惩罚便是谵语。

疯癫的狂怒(lussa)仅仅属于那些狄俄尼索斯崇拜以外的人,比如对酒神崇拜实施打压的彭透斯。这些人拒绝了酒神以后,在疯狂的驱使下,被酒神赶到山里。阿高厄、奥托诺厄(Autonoé)、伊诺(Ino)和所有忒拜城的妇女就是这种情况。当合唱队祈求狂怒之神的狗抓住卡德莫斯的女儿们,并让她们冲向彭透斯,她们的歌强调了忒拜的狂女迈那得斯们、喀泰戎的护送队伍同这个她们要撕裂的年轻人之间团结一致和串通一气:和彭透斯一样,迈那得斯们属于酒神的敌对阵营。受制于出神恍惚的状态,游离在她们自己之外,被神气所侵入,迈那得斯们服从于狄俄尼索斯,她们成了酒神报复的工具。但是她们不是他的信徒,她们不属于酒神。

面对使迈那得斯们迷失的狂怒(lussa,行 977),做出回应的是狂怒的下一个受害者。迈那得斯们将要冲着和她们一样"怒气冲冲的"(lussôdê,行 981)间谍"发怒"。还应当继续探究,"迈那得斯"(mainades)一词明确用在狄俄尼索斯护送队伍中的吕底亚妇女们身上只有一次:在行 601,王宫奇迹的时候,当她们恐惧地倒在地上,用这个名字互相称呼,而不是用一般使用的"酒神的伴侣"一称。但是这个

---

① εὐ φρονοῦμεν, 行 196;σωφρονεῖν, 行 1341. 同样的意义还请参见喜剧演员狄菲洛斯(Diphilos)对狄俄尼索斯所说的话(fr. 86 Kock = Athénée, II, 35 d):"哦!你啊,所有理智的人所最钟爱的(τοῖς φρόνουσι),最智慧的(σοφώτατε),狄俄尼索斯。"还谈不上庆祝葡萄酒的精神美德;对于那些合理饮用葡萄酒的人而言,它带来的是"欢笑、智慧(σοφία)、善解(εὐμαθία)和佳议(εὐβουλία)"。Chairemon, fr. 15 N² = Athénée, II , 2, 35d.

② οὐδὲν φρονεῖς, 行 322;另请参见行 312;ἀφροσύνη, 行 387、1301.

词用来指称忒拜妇女用了十五次。尤其是动词 mainomai 只涉及到酒神的愤怒的受害者：彭透斯（五次）和忒拜城妇女，从不涉及到合唱队的女子们。在剧终的时候，卡德莫斯对阿高厄说："你当时胡言乱语，整个城邦都被狄俄尼索斯附身了。"①并且，酒神在上场的时候，也宣布过："这些女子们受制于疯狂（mania），我把她们赶了出去，她们丧失了心智。"（行 33）狄俄尼索斯意在惩罚她们，在酒神的影响下，忒拜妇女处在狂怒的状态下。② 阿高厄眼神慌乱，口吐白沫，被酒神附体，"神志不清"③。在从出神恍惚的状态中摆脱出来以后，她不无困难地恢复了理智，她对于自己和同伴们在俯身状态下实施的残忍行径毫无印象。

狄俄尼索斯的追随者们的情况则完全不同，她们对酒神的神秘入了门，并且同酒神很接近。不但从来不见她们谵语连篇或者受制于疯狂，当她们在进场歌（parodos）的时候提到她们应酒神的号召，陪同酒神在山里流浪和舞蹈，一切都是那么纯净、平和、欢乐，带着超自然的幸福。即使吃生肉祭也同柔和、无上快乐联系在一起。④ 在完全遵循仪式的护送队伍中，狄俄尼索斯对笃信他的人的影响力表现得同凶杀的疯狂不同，和他为了惩罚不虔诚的敌人而施加在他们身上的狂怒也不同。当然，在"皈依的"吕底亚女子和"不信神的"忒拜女子之间有交错的地带。这是因为狄俄尼索斯的复仇分两步，在两个层面进行。为了惩罚忒拜，酒神先是把城邦中所有的女性通过疯狂驱逐出城，赶向山里。在那里，女性们纯洁、和平地生活，同自然相交融，就像真正的护送队伍所做的那样。⑤ 忒拜城的男性们看到

---

① ἐμάνητε，行 1295；参见 G. R. KIRK，《欧里庇得斯〈酒神的伴侣〉》，前揭，页 129，其中有对行 1295 的评论。
② ἐμμανεῖς，行 1094；另请参见ἀφροσύνης，行 1301。
③ οὐ φρονοῦσ' ἃ χρὴ φρονεῖν，行 1123。
④ ἡδύ[...] ἐν οὔρεσιν，行 135；χάριν，行 139，同行 134 的 χαίρει 一词相呼应。
⑤ 参见行 680—713；行 1050—1053。当她们手持薛荔杖，实施奇迹的时候，大山及其所有的牲畜被一下卷入，从而加入了酒神节（行 726—727）。

了城邦被扰乱,因而介入其中,试图重建"秩序",把女性们带回家里。这时疯狂立即表现为神经错乱和精神失常的暴力。①

但是无论何时,即使她们的行为看似符合真正的护送队的楷模,受到酒神报复的忒拜城女子们都不完全等同于庆祝酒神祭的信徒们:哪怕是在她们的疯狂之中,她们都置身于狄俄尼索斯的启示之外。在狄俄尼索斯的促使下,她们神志不清,让男性们感到耻辱的是,她们抛却了原先的精神状态,放弃了年轻女孩或是主妇的习惯。在喀泰戎山的孤寂中,在奇迹的包围下,她们听任酒神处置,她们一致祈求酒神,称他为伊阿科斯(Iacchos,行 725—726),她们轮流唱着感恩的赞歌(行 1056—1057);然而,她们却不能体会到心醉神迷的幸福、同狄俄尼索斯亲密相通的欢乐。就像彭透斯在"轻微的精神错乱"之中伪装成酒神的伴侣,忒拜的女子们在两者之间游离。年轻的国王视觉重影;她们则双重分裂,被酒神附体的时候,就像彭透斯一样无法完成正常状态和附身状态之间的转换。

因为没能真正认识狄俄尼索斯,没能在出神的状态下"看见"他,当她们在危机之后恢复了理智时,就好像什么都没发生过一样。她们无法进行狄俄尼索斯式的宗教体验,无法把此归为己有。在酒神鼓动的疯狂和她们寻常状态下的清醒思维之间,有一种绝对的断裂,就像链条的两端,唯有狄俄尼索斯才有能力连接,才能在同一智慧(*sophia*)中将其统一,条件是他的崇拜得到官方认可,并且他自己融入到公民团体中。

阿高厄的例子在此非常具有说服力。当年轻国王的母亲神志不清、眼神疯狂地来到喀泰戎山上,她的薛荔杖上钉着儿子的头,而在她看来那是只幼狮或者牛犊的头。当然,她呼唤巴克斯(行 1145),但是她把巴克斯当作是"狩猎的同伴"、"捕猎的搭档"(行 1146),同她一起参与了狩猎之业,并夸耀自己给了那个畜生第一击(行 1178

---

① 关于这种态度和行为上的突然转变,从疯狂(*mania*)转为狂怒(*lussa*),参见行 731 及以下,行 1093 及以下。

及以下)。她为自己和姊妹们要求因此获得荣耀(行 1180 及以下;行 1204 及以下)。她的父亲,年迈的卡德莫斯,她年轻的儿子彭透斯和所有城邦的居民,整个忒拜城都应该奔涌而至,见证、庆贺她们在徒手狩猎时成就的壮举,因为她们既没有用网,也没有用标枪(行 1201 及以下)。她们所唱的凯旋之歌(行 1161),和进场歌(parodos)不同的是,她们为酒神所作的狂欢队伍之歌(kômos)(行 1167、1172)并不宣示狄俄尼索斯的到来、他在护送队伍中的到场;这些歌宣布了年轻女子远远高于其他人(行 1234—1235);卡德莫斯可以炫耀说(行 1233;参见行 1207)他生的女儿们所创下的功绩无人可比,是他的荣耀和至福(行 1241—1243)。

信徒的精神状态和酒神想要通过精神错乱毁掉的女子们的状态之间差距甚大。具有讽刺意味的是,这种差异是通过使用同样的词语但是相反的含义来实现的。由吕底亚女子组成的合唱队,呼唤狄俄尼索斯"现身"、"出现",祈求正义显形,① 表明"追求"(行 1006)的不是无用的知识,而是其他"伟大、明显的"事物(行 1006、1007)。阿高厄满心欢喜,自称幸福(行 1197;参见行 1179;行 1258),成就了"伟大、明显的狩猎"(行 1198—1199)。在剧本伊始,狄俄尼索斯表示想要一个一个城邦亲自去"显形"。② 阿高厄把想象中狩猎而得的狮首钉在王宫的屋脊,她试图展现给忒拜城的,③ 不是酒神,而是在她的疯狂状态下获得的可怕的战利品。她以此为豪。狄俄尼索斯想要"她看到忒拜城"(行 61),要她亲眼看到酒神的现身。阿高厄召集了全城居民,"为了让他们看到"(行 1203),不是看狄俄尼索斯,而是她自诩猎得的猎物。在她的"胜利"、"荣耀"、"幸福"之中,就像在她凶杀的狂怒中一样,阿高厄看不见附身于她、支配她行为的酒神;她完全受制于狄俄尼索斯,被动地掌握在酒神手里,但是她无法感知超

---

① φάνηθι, 行 1018;φανερὸς, 行 992、1012。
② δεικνὺς ἐμαυτόν, 行 50。
③ δεῖξον, 行 1200。

自然的存在,无法看到神的显现。她不再是自己,她也不是狄俄尼索斯的。她的"所见"不是酒神赋予其选中的信徒的特权:酒神亲自加入她们的护送队伍中,他的眼神同其他人的眼神混在一起。她的所见出于幻觉,带有凶险的特征。王后在精神失常的状态下自夸获得的幸福,并且自诩要让所有忒拜人都受益的,不过是真正的酒神伴侣同狄俄尼索斯分享的至乐的一个微不足道、令人毛骨悚然的阴影和幽灵。阿高厄丧失了原有的清醒,在同狄俄尼索斯的面对面中也没有获得心醉神迷的体验,她处于妄想的状态。这是拜酒神所赐,但是狄俄尼索斯本人并不现身,他要惩罚那些排斥他的人。

在卡德莫斯的引导下,阿高厄慢慢恢复理智,她的父亲逐渐让她意识到发生了什么,以及她的所作所为。最后——但是已经晚了——,她终于明白了,①承认了即使在附身状态下她都忽视的狄俄尼索斯:②她承认的不是温和的酒神,那个现身带来真福的酒神,而是那个带来惩罚和沉沦的恐怖之神。

因此,在酒神给予他的信徒们的神圣至福(*eudaimonia*,行 73、165、902、904)和阿高厄自以为相当满意的虚幻的幸福之间,没有任何共同之处,阿高厄希望彭透斯能欣赏这种幸福(行 1258)。对于这个幸福之幽灵,既在狄俄尼索斯的欢乐以外,又异于清醒头脑的冷静意识,卡德摩斯给出了惊人的定义。他把阿高厄的精神失常置于不确定的、含糊的中间状态;这种状态既谈不上幸福,也不能算不幸。当他面对自己的女儿们在精神错乱的状态下的狂喜,他留意道:"如果你们终生保持这种状态,那么虽然不能说你们是幸福的,至少你们

---

① 参见行 1296:"现在,我明白了"(ἄρτι μανθάνω);同样,在行 1113,彭透斯坠落在地,落到了狂怒的酒神伴侣手中,在面临毁灭的时刻,"他明白了"(ἐμάνθανεν)。
② 参见行 1345,狄俄尼索斯说:"你们对我的理解来得太晚;当初应当明白的时候,你们不认得我"(οὐκ ᾔδετε)。在之前的时候(行 1088—1089),阿高厄和忒拜的女子们"明确认出了"巴克斯的召唤,要她们冲向彭透斯,这并不代表她们认得狄俄尼索斯。认得酒神的召唤(κελευσμὸν Βακχίου),也就是说向他的鼓动作出让步,这是一回事;认得酒神,也就是说体验到他的现身,是另一回事。

不会觉得自己的不幸"(行1260)。

如果说,在酒神信徒的"俯身-幸福"和不信神者的"俯身-疯狂-惩罚"之间形成了对比和断裂,《酒神的伴侣》一剧的文本则反之呈现了山郊远足和狄俄尼索斯崇拜的其他方面之间的连续性,这些都异于疯狂(mania)。在第一首歌(stasimon)中,合唱队庆祝同彭透斯的渎神相对立的虔诚,把赞美的重点转移了,并且改变了用词。引领着护送队伍的酒神也是一个快乐的神祇,听见笛声他会笑,他会消除忧虑,通过种植葡萄、酿造葡萄酒、这宴请中酒水的光辉(ganos),从而带来睡意。狄俄尼索斯让宴饮、平和、富足的欢乐,"他不论贫富,一视同仁,让他们体会到葡萄酒驱逐了忧伤,带来幸福"(行417—423)。这是一种大众化的智慧,近乎地位低下的人渴望平和、符合理性(to phronein)的生活。这是因为他们乐于接受神明,意识到人类存在的短暂性,持有凡人的思想,他们并不追逐不可企及之物,而是把生命用来追求至福。这样做,就是智慧地同那些自以为高人一等的人保持距离,接受神明所赐。

在进场歌(parodos)所表现出的宗教热忱和第一首歌(stasimon)用词几乎地对地式的平实风格之间的减压让人产生疑问。德·罗米伊女士(Jacqueline de Romilly)这样写道:"从神秘的心醉神迷转换到了某种谨慎的享乐主义。"①对于现代读者而言,这种差距是显然的。对于雅典的观众而言,他们对祭祀的现实更为熟悉,对公元前5世纪的城邦中狄俄尼索斯能够代表的多面性更为了解,因此很可能不感到那么惊讶。无论如何,需要注意的是,信使在叙述了喀泰戎山上所见到的令人吃惊的奇事、不可思议的奇迹之后,很自然地总结道:这个神很伟大,尤其是"他给人们带来了葡萄作为礼物,葡萄能缓解忧伤。没有葡萄酒,人们就没有了爱(Cypris),就没有丝毫

---

① 参见德·罗米伊,〈欧里庇得斯《酒神的伴侣》中幸福的主题〉(Le thème du bonheur dans les *Bacchantes* d'Euripide),见 *Revue des Études Grecques*,LXXVI, 1963,页367。

幸福(*terpnon*)"(行 773—774)。是诗人在讽刺吗？在第三首歌(*stasimon*)中，又回到进场歌(*parodos*)类似的调子，赞美和艳羡(*makarismos*)酒神赐给他的信徒们的至福。① 比起人类的知识(*to sophron*)，更应当信赖神明的神秘力量(*to daimonion*)，并且在宗教层面，遵循既有的传统(*to nomimon*，行 894—895)。然而，狄俄尼索斯的虔信者自称拥有的至福是哪一种呢？合唱队唱道："那个一天天(*kat'êmar*)品尝生活的幸福的人，②我宣布此人幸福赛神仙。"

心醉神迷、热忱、附身的完满，还有葡萄酒的幸福、节日的欢乐、爱情的愉悦、日常生活的至福，如果人们懂得接受狄俄尼索斯，如果城邦能够承认酒神，那么他可以带来这一切，就像他可以给排斥他的人带去不幸和毁灭一样。但是任何情况下他都没有来宣布彼岸的命运更好。他并不提倡逃离世界，也不声称可以通过苦行的生活方式，让灵魂得到永生。人们反而应该接受他们的凡人境遇，懂得相对弥漫在人类四周、能毁灭他们的神力，他们什么也不是。狄俄尼索斯也不例外。酒神的信徒臣服于他，就像受制于超越他的非理性力量一样；酒神不需要向谁负责；他在我们的规则、习俗、忧虑之外，在善恶之外，极其温和又异常可怖，他在我们周围、在我们身上，唤起他者的多种形象。

《酒神的伴侣》一剧中的狄俄尼索斯是一个悲剧之神，就像在欧里庇得斯眼中，人类的存在也是悲剧的。但是诗人让酒神在舞台上显形，使得酒神和生活在矛盾中尽量能被理解。

要理解面具之神，就只有参与其中；悲剧诗人只有在思量了他的艺术，意识到他自己施展的威信，并且在戏剧幻象的魔术中成为大师之后，才能达到这个效果。酒神的魔法被搬上舞台以后，发生了变化：它同戏剧手法、诗意表达的魅力相符合，以便营造演出戏剧的愉

---

① εὐδαίμων，行 902、904、911；μακαρίζω，行 911。
② βίοτος εὐ δαίμων，行 911；参见行 426："他把自己的人生献给至福"(εὐδαίωνα διαζῆν)，在行 74："他献出了他的生命"(βιοτὰν ἁγιστεύει)。

悦,无论是最可怖的还是最柔和的。

在欧里庇得斯这部献给狄俄尼索斯的悲剧中,在作品有意识的"现代性"中,如西格尔之明鉴,①狄俄尼索斯式的体验和悲剧表现是同源的。如果说《酒神的伴侣》一剧通过狄俄尼索斯的现身揭示了人生的悲剧面,这部戏剧也通过"净化"舞台上对酒神行为的模仿所激发的恐惧和怜悯,使得观众眼前闪耀着酒水的光辉($ganos$),艺术、节庆、娱乐的欢乐:狄俄尼索斯的光辉($ganos$)特别能像来自他处的光一般,渲染下界,改变日常生活的面貌。

---

① 尤其是第七章〈悲剧之后:艺术、幻象、模仿〉(Metatragedy : Art, Illusion, Imitation),见 Charles SEGAL,《狄俄尼索斯诗作和欧里庇得斯〈酒神的伴侣〉》,前揭。

图书在版编目(CIP)数据

古希腊神话与悲剧 /(法)韦尔南,(法)维达尔-纳凯著;张苗,杨淑岚译. --上海:华东师范大学出版社,2016.3
 ISBN 978-7-5675-2781-2

Ⅰ.①古… Ⅱ.①韦…②维…③张…④杨… Ⅲ.①神话—文学研究—古希腊②悲剧—戏剧文学—文学研究—古希腊 Ⅳ.①I545.077②I545.073

中国版本图书馆 CIP 数据核字(2015)第 244190 号

华东师范大学出版社六点分社
企划人 倪为国

MYTHE ET TRAGEDIE EN GRECE ANCIENNE VOLUMES I & II
By JEAN-PIERRE VERNANT and PIERRE VIDAL-NAQUET
Copyright © Editions LA DÉCOUVERTE, Paris, France, 1972, 2005
Published by arrangement with Editions LA DÉCOUVERTE
Simplified Chinese Translation Copyright © 2016 by East China Normal University Press Ltd.
ALL RIGHTS RESERVED
上海市版权局著作权合同登记 图字:09-2008-651 号

古希腊神话与悲剧

著　　者　(法)韦尔南　维达尔-纳凯
译　　者　张　苗　杨淑岚
责任编辑　高建红
封面设计　吴元瑛

出版发行　华东师范大学出版社
社　　址　上海市中山北路 3663 号　邮编　200062
网　　址　www.ecnupress.com.cn
电　　话　021-60821666　行政传真　021-62572105
客服电话　021-62865537
门市(邮购)电话　021-62869887
地　　址　上海市中山北路 3663 号华东师范大学校内先锋路口
网　　店　http://hdsdcbs.tmall.com

印刷者　上海盛隆印务有限公司
开　本　787×1092　1/32
印　张　14
字　数　335 千字
版　次　2016 年 3 月第 1 版
印　次　2022 年 7 月第 2 次
书　号　ISBN 978-7-5675-2781-2/I·1281
定　价　128.00 元

出版人　王　焰

(如发现本版图书有印订质量问题,请寄回本社客服中心调换或电话 021-62865537 联系)